anéantir

DU MÊME AUTEUR

H.P. Lovecraft, Le Rocher, 1991 ; J'ai lu, 1999 ; nouvelle édition, 2010.

Rester vivant, La Différence, 1991 ; Librio, 1999.

La Poursuite du bonheur, La Différence, 1991 ; Librio, 2001.

Extension du domaine de la lutte, Maurice Nadeau, 1994 ; J'ai lu, 1997.

Le Sens du combat, Flammarion, 1996.

Rester vivant suivi de *La Poursuite du bonheur* (édition revue par l'auteur), Flammarion, 1997.

Les Particules élémentaires, Flammarion, 1998 ; J'ai lu, 2000.

Interventions, Flammarion, 1998.

Rester vivant et autres textes, Librio, 1999.

Renaissance, Flammarion, 1999.

Lanzarote, Flammarion, 2000.

Poésies (intégrale poche), J'ai lu, 2000.

Plateforme, Flammarion, 2001 ; J'ai lu, 2002.

Lanzarote et autres textes, Librio, 2002.

La Possibilité d'une île, Fayard, 2005 ; J'ai lu, 2013.

Ennemis publics (avec Bernard-Henri Lévy), Flammarion/Grasset, 2008 ; J'ai lu, 2011.

Interventions 2, Flammarion, 2009.

(La suite en fin d'ouvrage)

MICHEL HOUELLEBECQ

anéantir

ROMAN

J'AI LU

www.michelhouellebecq.com

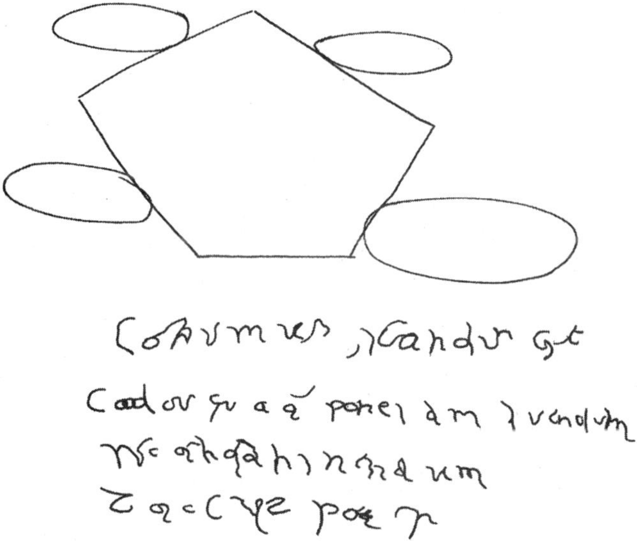

un

1

Certains lundis de la toute fin novembre, ou du début de décembre, surtout lorsqu'on est célibataire, on a la sensation d'être dans le couloir de la mort. Les vacances d'été sont depuis longtemps oubliées, la nouvelle année est encore loin ; la proximité du néant est inhabituelle.

Le lundi 23 novembre, Bastien Doutremont décida de se rendre au travail en métro. En descendant à la station Porte de Clichy, il se retrouva en face de cette inscription dont lui avaient parlé plusieurs de ses collègues les jours précédents. Il était un peu plus de dix heures du matin ; le quai était désert.

Depuis son adolescence, il s'intéressait aux graffitis du métro parisien. Il les prenait souvent en photo, avec son iPhone désuet – on devait en être à la génération 23, il s'était arrêté à la 11. Il classait ses photos par stations et par lignes, de nombreux dossiers sur son ordinateur y étaient consacrés.

C'était un hobby si l'on veut, mais il préférait l'expression en principe plus douce, mais au fond plus brutale, de *passe-temps*. Un de ses graffitis préférés était d'ailleurs cette inscription, en lettres penchées et précises, qu'il avait découverte au milieu d'un long couloir blanc de la station Place d'Italie, et qui proclamait avec énergie : « Le temps ne passera pas ! »

Les affiches de l'opération « Poésie RATP », avec leur étalage de niaiseries molles qui avaient un temps submergé l'ensemble des stations parisiennes, jusqu'à se répandre par capillarité dans certaines rames, avaient suscité chez les usagers des réactions de colère désaxées, multiples. Il avait ainsi pu relever, à la station Victor Hugo : « Je revendique le titre honorifique de roi d'Israël. Je ne peux faire autrement. » À la station Voltaire, le graffiti était plus brutal et plus angoissé : « Message définitif à tous les télépathes, à tous les Stéphane qui ont voulu perturber ma vie : c'est NON ! »

L'inscription de la station Porte de Clichy n'était à vrai dire pas un graffiti : en lettres épaisses énormes, de deux mètres de haut, tracées à la peinture noire, elle s'étendait sur toute la longueur du quai en direction Gabriel Péri-Asnières-Gennevilliers. Même en passant sur le quai opposé, il lui avait été impossible de la cadrer entièrement, mais il avait pu découvrir le texte dans son intégralité : « Survivances de monopoles / Au cœur de la métropole ». Cela n'avait rien de très inquiétant, ni même de très explicite ; c'était pourtant le genre de choses qui pouvaient susciter l'intérêt de la DGSI, comme toutes les communications mystérieuses, obscurément menaçantes, qui envahissaient l'espace public depuis quelques années, qu'on ne pouvait attribuer à aucun groupuscule politique clairement répertorié, et dont les messages Internet qu'il était chargé d'élucider en ce moment étaient l'exemple le plus spectaculaire et le plus alarmant.

Sur son bureau, il trouva le rapport du laboratoire de lexicologie ; il était arrivé à la première distribution du matin. L'examen par le laboratoire des messages attestés avait permis d'isoler cinquante-trois lettres – des caractères alphabétiques, et non des idéogrammes ; les espacements avaient permis de répartir ces lettres en mots. Ils s'étaient ensuite attachés à établir une bijection avec un alphabet existant, et avaient fait leur première tentative avec le français. De manière inespérée, cela semblait pouvoir correspondre : si l'on ajoutait aux vingt-six lettres de base les caractères accentués et ceux dotés d'une ligature ou d'une cédille, on obtenait quarante-deux signes. Traditionnellement, on recensait par ailleurs onze signes de ponctuation, ce qui permettait d'obtenir un total de cinquante-trois signes.

Ils se retrouvaient donc face à un problème de décryptage classique, consistant à établir une correspondance biunivoque entre les caractères des messages et ceux de l'alphabet français au sens large. Malheureusement, après deux semaines d'efforts, ils s'étaient retrouvés face à une impasse totale : aucune correspondance n'avait pu être établie, par aucun des systèmes de cryptage connus ; c'était la première fois que cela se produisait, depuis la création du laboratoire. Diffuser sur Internet des messages que personne ne parviendrait à lire était évidemment une démarche absurde, il y avait forcément des destinataires ; mais qui ?

Il se leva, se prépara un expresso et marcha jusqu'à la baie vitrée, sa tasse à la main. Une luminosité aveuglante se réverbérait sur les parois du tribunal de grande instance. Il n'avait jamais trouvé aucun mérite esthétique particulier à cette juxtaposition déstructurée de gigantesques parallélépipèdes de verre et d'acier, qui dominait un paysage boueux et morne. De toute façon le but poursuivi par les concepteurs n'était pas la beauté, ni même vraiment l'agrément, mais plutôt l'étalage d'un certain savoir-faire technique – comme s'il s'agissait, avant tout, d'en mettre plein la vue à d'éventuels extraterrestres. Bastien n'avait pas connu les bâtiments historiques du 36, quai des Orfèvres, et n'en éprouvait par conséquent aucune nostalgie, contrairement à ses collègues plus âgés ; mais il fallait bien reconnaître que ce quartier du « nouveau Clichy » évoluait jour après jour vers le désastre urbain pur et simple ; le centre commercial, les cafés, les restaurants prévus dans le plan d'aménagement initial n'avaient jamais accédé à l'existence, et se détendre en dehors du cadre de travail pendant la journée était devenu, dans les nouveaux locaux, presque impossible ; on n'avait, par contre, aucune difficulté à se garer.

Une cinquantaine de mètres plus bas, une Aston Martin DB11 pénétra dans le parking visiteurs ; Fred était arrivé, donc. C'était un trait étrange, chez un geek comme Fred, qui aurait logiquement dû acheter une Tesla, cette fidélité aux charmes désuets du moteur à explosion – il restait parfois des minutes entières à rêvasser en se berçant du ronronnement de son V12. Il finit par sortir, claqua la portière derrière lui. Avec les procédures de sécurité de l'accueil, il serait là dans dix minutes. Il espérait que Fred avait du nouveau ; c'était même, à vrai dire, son dernier espoir de pouvoir faire état d'une avancée quelconque lors de la prochaine réunion.

Lorsqu'ils avaient, sept ans auparavant, été embauchés comme contractuels par la DGSI – à un salaire plus que confortable pour des jeunes gens dépourvus du moindre diplôme, de la moindre expérience professionnelle – l'entretien d'embauche s'était résumé à une démonstration de leurs capacités d'intrusion dans différents sites Internet. Devant la quinzaine d'agents de la BEFTI et d'autres services techniques du ministère de l'Intérieur réunis pour l'occasion, ils avaient expliqué comment, une fois entrés dans le RNIPP, ils pouvaient, d'un simple clic, désactiver ou réactiver une carte Vitale ; comment ils procédaient pour pénétrer sur le site gouvernemental des impôts, et de là pour modifier, très simplement, le montant des revenus déclarés. Ils leur avaient même montré – la procédure était plus lourde, les codes étaient changés régulièrement – comment ils parvenaient, une fois introduits dans le FNAEG, le fichier national automatisé des empreintes génétiques, à modifier ou à détruire un profil ADN, même dans le cas d'un individu déjà condamné. La seule chose qu'ils avaient estimé préférable de passer sous silence, c'était leur incursion sur le site de la centrale nucléaire de Chooz. Pendant quarante-huit heures ils avaient pris la main sur le système, et ils auraient pu déclencher une procédure d'arrêt en urgence du réacteur – privant ainsi d'électricité plusieurs départements français. Ils n'auraient par contre pas pu déclencher d'incident nucléaire majeur – il demeurait pour pénétrer au cœur du réacteur une clef de cryptage à 4096 bits, qu'ils n'avaient pas encore craquée. Fred avait un nouveau logiciel de craquage, qu'il avait été tenté de lancer ; mais d'un commun accord ils avaient décidé, ce jour-là, qu'ils étaient peut-être allés trop loin ; ils étaient ressortis, effaçant toutes les traces de leur intrusion, et n'en avaient plus jamais reparlé – ni à personne, ni même entre eux. Cette nuit-là, Bastien avait fait un cauchemar où il était poursuivi par des chimères monstrueuses composées d'assemblages de nouveau-nés en décomposition ; à la fin de son rêve, le cœur du réacteur lui était apparu. Ils avaient laissé passer plusieurs jours avant de se revoir, ils ne s'étaient même pas téléphoné, et c'est sans doute à partir de ce moment qu'ils avaient, pour la première fois, envisagé de se mettre au service de l'État. Pour eux, dont les héros de jeunesse avaient été Julian Assange et Edward Snowden, collaborer avec les autorités n'avait rien d'évident, mais le contexte du milieu des années 2010 était particulier : la population française, à la suite de différents attentats islamistes meurtriers, s'était mise à soutenir, et même à éprouver une certaine affection pour sa police et son armée.

Fred, cependant, n'avait pas renouvelé son contrat avec la DGSI au bout de la première année ; il était parti créer *Distorted Visions*, société spécialisée dans les effets spéciaux numériques et l'image de synthèse. Au fond Fred, contrairement à lui, n'avait jamais vraiment été un hacker ; il n'avait jamais vraiment ressenti ce plaisir, un peu analogue à celui du slalom spécial, qu'il éprouvait à contourner une succession de firewalls, ni cette ivresse mégalomane qui l'envahissait lorsqu'il lançait une attaque par force brute, mobilisant des milliers d'ordinateurs zombies afin de décrypter une clef particulièrement retorse. Fred, comme son maître Julian Assange, était avant tout un programmeur né, capable de maîtriser en quelques jours les langages les plus sophistiqués apparaissant sans cesse sur le marché – et il avait utilisé cette aptitude pour écrire des algorithmes de génération de formes et de textures totalement innovants. On parle souvent de l'excellence française dans le domaine de l'aéronautique ou de l'espace, on pense plus rarement aux effets spéciaux numériques. La société de Fred avait régulièrement pour clients les plus gros blockbusters hollywoodiens ; cinq ans après sa création, elle avait déjà atteint le troisième rang mondial.

Lorsqu'il pénétra dans son bureau avant de s'affaler sur le canapé, Doutremont comprit immédiatement que les nouvelles seraient mauvaises.

« En effet, Bastien, je n'ai rien de très réjouissant à t'annoncer, confirma Fred aussitôt. Bon, je vais déjà te parler du premier message. Je sais, ce n'est pas celui qui vous intéresse ; mais, quand même, la vidéo est curieuse. »

La première fenêtre surgissante était passée inaperçue de la DGSI ; elle avait essentiellement parasité des sites d'achat de billets d'avion et de réservation d'hôtels en ligne. Comme les deux suivantes, elle était constituée d'une juxtaposition de pentagones, de cercles et de lignes de texte à l'alphabet indéchiffrable. Lorsqu'on cliquait n'importe où à l'intérieur de la fenêtre, la séquence démarrait. La vue était prise d'un surplomb, ou d'un aérostat en vol stationnaire ; c'était un plan fixe d'une dizaine de minutes. Une immense prairie d'herbes hautes s'étendait jusqu'à l'horizon, le ciel était d'une limpidité parfaite – le paysage évoquait certains états de l'Ouest américain. Sous l'effet du vent, d'immenses lignes rectilignes se formaient dans la surface herbeuse ; puis elles se croisaient, dessinant des triangles et des polygones. Tout se calmait, la surface redevenait étale, à perte de vue ; puis le vent soufflait de nouveau, les polygones se remboîtaient, quadrillant lentement la plaine, jusqu'à l'infini. C'était très beau, mais ne suscitait aucune inquiétude particulière ; le bruit du vent n'avait pas été enregistré, la géométrie de l'ensemble se développait dans un silence total.

« Ces derniers temps, on a réalisé pas mal de scènes de tempête en mer pour des films de guerre, dit Fred. Une surface d'herbe de cette taille, ça se modélise à peu près comme un plan d'eau de taille équivalente – pas l'océan, plutôt un grand lac. Et ce que je peux te dire avec certitude, c'est que les figures géométriques qui se forment dans cette vidéo sont impossibles. Il faudrait supposer que le vent souffle en même temps de trois directions différentes – et, à certains moments, de quatre. Donc, je n'ai aucun doute : c'est de l'image de synthèse. Mais ce qui me pose une vraie question, c'est qu'on peut agrandir l'image autant qu'on veut, les brins d'herbe de synthèse ressemblent toujours autant à des brins d'herbe véritables ; et ça, normalement, ce n'est pas faisable. Il n'y a pas deux brins d'herbe identiques dans la nature ; ils ont tous des irrégularités, des petits défauts, une signature génétique spécifique. On en a agrandi mille, en les choisissant de manière aléatoire dans l'image : ils sont tous différents. Je suis prêt à parier que les millions de brins d'herbe présents dans la vidéo sont tous différents ; c'est hallucinant, c'est un travail de dingue ; on pourrait peut-être le faire, chez *Distorted*, mais pour une séquence de cette longueur ça nous prendrait des mois de temps de calcul. »

2

Dans la seconde vidéo, Bruno Juge, le ministre de l'Économie et des Finances – qui, depuis le début de quinquennat, était également ministre du Budget – était debout, les mains liées derrière le dos, au milieu d'un jardin de taille moyenne qui devait être situé à l'arrière d'un pavillon. Le paysage alentour, vallonné, évoquait la Suisse normande et devait être verdoyant au printemps, mais les arbres en cette saison étaient dénudés, on était probablement à la fin de l'automne ou au début de l'hiver. Le ministre était vêtu d'un pantalon de costume sombre et d'une chemisette blanche à manches courtes, portée sans cravate, et trop légère pour la saison – il avait la chair de poule.

Dans le plan suivant, il était vêtu d'une longue robe noire surmontée d'un capirote, noir lui aussi, qui le faisait ressembler aux pénitents de la semaine sainte à Séville ; ce type de coiffure avait également été porté, en signe d'humiliation publique, par les condamnés à mort sous l'Inquisition. Deux hommes vêtus de la même manière – à ceci près que leurs capirotes étaient troués au niveau des yeux – le saisissaient sous le bras pour l'entraîner.

Arrivés au fond du jardin, ils retiraient brutalement son couvre-chef au ministre, qui clignait des yeux à plusieurs reprises pour se réhabituer à la lumière. Ils se trouvaient en bas d'une petite butte herbeuse au sommet de laquelle s'élevait une guillotine. Le visage de Bruno Juge en découvrant l'instrument ne laissait pas transparaître de crainte, juste une légère surprise.

Pendant que l'un des deux hommes faisait s'agenouiller le ministre, positionnait sa tête dans la lunette, puis déclenchait le mécanisme de fermeture, le second installait le couperet dans le mouton, lourde masse de fonte destinée à stabiliser la chute de la lame. À l'aide d'une corde passée dans une poulie, ils remontaient ensemble le dispositif constitué du mouton et du couperet jusqu'au chapiteau. Peu à peu, Bruno Juge paraissait gagné par une grande tristesse, mais plutôt une tristesse d'ordre général.

Après quelques secondes pendant lesquelles on voyait le ministre fermer brièvement les yeux, puis les rouvrir, l'un des hommes actionnait le déclic. La lame descendait en deux ou trois secondes, la tête

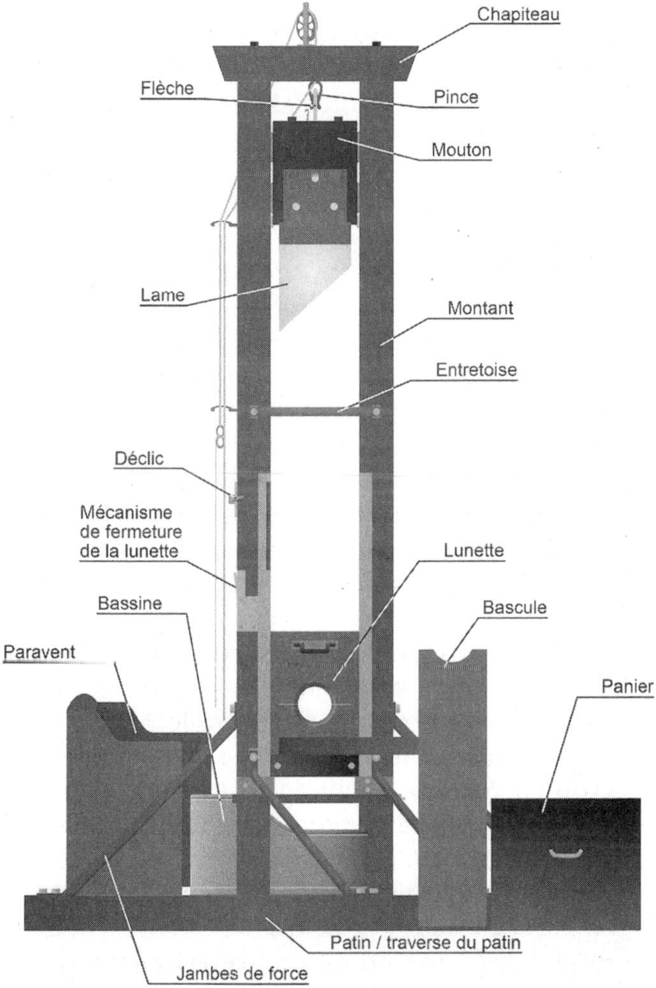
Chapiteau
Flèche
Pince
Mouton
Lame
Montant
Entretoise
Déclic
Mécanisme
de fermeture
de la lunette
Lunette
Bassine
Bascule
Paravent
Panier
Patin / traverse du patin
Jambes de force

était tranchée d'un seul coup, un flot de sang jaillissait dans la bassine pendant que la tête roulait le long de la pente herbeuse avant de s'immobiliser juste en face de la caméra, à quelques centimètres de l'objectif. Les yeux du ministre, grands ouverts, reflétaient maintenant une immense surprise.

La fenêtre surgissante et la vidéo associée avaient envahi des sites d'information administrative tels que *www.impots.gouv.fr* ou *www.servicepublic.fr*. Bruno Juge en avait d'abord parlé à son collègue de l'Intérieur, c'était lui qui avait alerté la DGSI. On avait ensuite informé le premier ministre, l'affaire était remontée jusqu'au président. Aucune déclaration officielle n'avait été faite à la presse. Jusqu'à présent, toutes les tentatives pour éliminer la vidéo avaient été vaines – la fenêtre réapparaissait, postée à partir d'une adresse IP différente, au bout de quelques heures, parfois de quelques minutes.

« Cette vidéo, reprit Fred, je peux te dire qu'on l'a regardée des heures, on l'a agrandie au maximum, surtout le plan sur le tronc décapité, au moment où le sang jaillit de la carotide. Normalement, si tu agrandis suffisamment, tu commences à voir apparaître des régularités géométriques, des microfigures artificielles – la plupart du temps, tu peux même deviner l'équation dont le mec s'est servi. Là, rien du tout : tu peux agrandir autant que tu veux, ça reste chaotique, irrégulier, exactement comme une vraie coupure.

Ça m'a tellement intrigué que j'en ai parlé à Bustamante, le patron de *Digital Commando*.

— C'est vos concurrents, pourtant, non ?

— Oui, on est concurrents si tu veux, mais on s'entend bien, ça nous est déjà arrivé de travailler ensemble sur des films. On n'a pas exactement les mêmes domaines d'excellence : on est meilleurs qu'eux sur les architectures imaginaires, la génération de foules virtuelles, etc. Mais pour tout ce qui est effets spéciaux gore, monstres organiques, mutilations, décapitations, c'est eux les plus forts. Et Bustamante était aussi soufflé que moi : il ne voyait absolument pas comment ça avait pu être fait. Si on avait dû témoigner sous serment devant un tribunal, et bien sûr s'il ne s'était pas agi d'un ministre, mais d'un quidam quelconque, je crois qu'on aurait juré qu'il s'agissait d'une vraie décapitation… »

Un net silence s'ensuivit. Bastien dirigea son regard sur la baie vitrée, le laissa flotter à nouveau sur les énormes parallélépipèdes de verre et d'acier. Décidément le bâtiment était impressionnant, et même effrayant par temps clair ; mais c'était probablement nécessaire, pour un tribunal de grande instance, d'inspirer de l'effroi aux populations.

« La troisième vidéo, bon, tu l'as vue comme moi, poursuivit Fred. C'est un long plan en caméra portée, dans des tunnels ferroviaires. Plutôt flippant, avec les dominantes jaunes.

La bande-son, c'est du métal industriel classique. C'est de l'image de synthèse évidemment, il n'existe pas de voies ferrées de dix mètres de large, ni de motrices hautes de cinquante mètres. C'est bien fait, très bien fait même, c'est de la très bonne image de synthèse, mais enfin c'est moins bluffant que les autres vidéos, on aurait pu le faire chez *Distorted*, deux semaines de boulot je dirais. »

Bastien reporta son regard sur lui. « Ce qui est inquiétant dans le troisième message, ce n'est pas son contenu, c'est sa diffusion. Cette fois ils ne se sont pas attaqués à un site administratif, ils ont visé Google et Facebook ; des gens qui, en principe, ont les moyens de se défendre. Et ce qui est stupéfiant, c'est la violence et la soudaineté de l'attaque. À mon avis, leur botnet doit contrôler, au bas mot, cent millions de machines zombies. » Fred sursauta ; ça lui paraissait impossible, ça n'avait rien à voir avec les ordres de grandeur qu'ils avaient connus. « Je sais, poursuivit Bastien, mais les choses ont changé, et dans un sens elles sont devenues plus faciles pour les pirates. Les gens continuent à acheter un ordinateur par habitude, mais ils n'accèdent plus au réseau qu'avec leur smartphone, et ils laissent leur ordinateur allumé. À l'heure actuelle, dans le monde, tu as des centaines de millions, peut-être des milliards de machines à l'état dormant, qui ne demandent qu'à être contrôlées par un bot.

— Je suis désolé de ne pas pouvoir t'aider, Bastien.

— Tu m'as aidé. J'ai rendez-vous à 19 heures avec Paul Raison, c'est le type du ministère de l'Économie. Il est au cabinet du ministre, c'est mon correspondant sur le dossier ; je sais maintenant ce que j'ai à lui dire. Un : on a affaire à une attaque perpétrée par des inconnus. Deux : ils peuvent réaliser des effets spéciaux numériques jugés impossibles par les meilleurs spécialistes du domaine. Trois : la puissance de calcul qu'ils peuvent mobiliser est inouïe, elle dépasse tout ce qu'on connaissait jusqu'à présent. Quatre : leurs motivations sont inconnues. »

Un nouveau silence s'installa entre eux.

« Il est comment, ce Raison ? demanda finalement Fred.

— Il est bien. Sérieux, pas marrant du tout, franchement austère même, mais il est raisonnable. Il se trouve que les gens le connaissent à la DGSI – enfin ils se souviennent de son père, Édouard Raison. Il avait fait toute sa carrière dans la boîte, il avait commencé dans les anciens Renseignements généraux, il y a presque quarante ans. Il était respecté ; il avait eu de très grosses affaires à traiter, des affaires au plus haut niveau, intéressant directement la sécurité de l'État. Bref, son fils est un peu de la maison. Ça a beau être un énarque, un inspecteur des finances, enfin le cursus habituel, il connaît la nature particulière de notre travail, il ne nous est pas a priori hostile. »

3

Le ciel est bas, gris, compact. La lumière ne semble pas venir d'en haut, mais du manteau neigeux qui recouvre le sol ; elle s'affaiblit inexorablement, sans doute est-ce que le soir tombe. Des plaques de givre se cristallisent, les branches des arbres sont craquantes. Des flocons de neige tourbillonnent au milieu des gens qui se croisent sans se voir, leur visage se durcit et se ride, de petits points de lumière fous dansent dans leurs yeux. Certains rentrent à la maison, mais avant d'y arriver ils comprennent que leurs proches vont mourir, ou probablement sont déjà morts. Paul prend conscience que la planète est en train de mourir de froid ; ce n'est d'abord qu'une hypothèse, mais peu à peu elle se transforme en certitude. Le gouvernement n'existe plus, il a pris la fuite, ou s'est évanoui de lui-même, c'est difficile à dire. Paul est ensuite dans un train, il a décidé de passer par la Pologne, mais la mort s'installe dans les compartiments, bien que leurs parois soient doublées d'épaisses fourrures. Il comprend alors que plus personne ne conduit le train, qui file à toute allure dans une plaine déserte. La température continue de baisser : – 40°, - 50°, - 60°...

Ce fut le froid qui tira Paul de son rêve ; il était minuit vingt-sept. Tous les soirs le chauffage était coupé à vingt et une heures dans les bureaux du ministère, c'était déjà un horaire tardif, dans la plupart des administrations les gens quittent leur travail beaucoup plus tôt. Il avait dû s'assoupir sur le canapé de son bureau peu après le départ du type de la DGSI. Celui-ci avait eu l'air inquiet, personnellement inquiet, pour son sort – comme si Paul allait se plaindre auprès de sa hiérarchie, demander qu'il soit dessaisi de l'enquête, ou quelque chose de ce genre ; il n'en avait nullement l'intention. Depuis la troisième vidéo, de toute façon, l'affaire était devenue mondiale. Cette fois, Google était directement visée : la première entreprise de la planète, et qui travaillait main dans la main avec la NSA. La DGSI serait peut-être tenue au courant des premiers résultats, par courtoisie et parce que l'affaire, de manière inexplicable, avait d'abord concerné un ministre français ; mais les Américains disposaient de moyens d'investigation sans commune mesure avec ceux de leurs homologues français, ils allaient très vite reprendre un contrôle total sur le dossier. Décider d'une sanction contre ce type de la DGSI n'aurait pas seulement été injuste, mais stupide : on n'était plus à l'époque de son père, où les dangers restaient locaux ; ils prenaient maintenant, presque tout de suite, une dimension mondiale.

Pour l'heure, Paul avait faim. Il allait rentrer chez lui, c'était la seule chose à faire, se dit-il avant de prendre conscience qu'il n'y aurait rien à manger chez lui, que le rayonnage du réfrigérateur qui lui était réservé serait désespérément vide, et que l'expression même de « chez lui » témoignait d'un optimisme déraisonnable.

C'était certainement le partage du réfrigérateur qui symbolisait le mieux la dégénérescence de leur couple. Lorsque Paul, jeune fonctionnaire de la direction du Budget, avait rencontré Prudence, jeune fonctionnaire de la direction du Trésor, il s'était passé quelque chose, indéniablement, dès les premières minutes ; peut-être pas dès les premières secondes, l'expression de *coup de foudre* aurait été exagérée, mais cela n'avait pris que quelques minutes, certainement moins de cinq, plus ou moins le temps d'une chanson en réalité. Le père de Prudence était dans sa jeunesse fan de John Lennon, c'est de là que venait son prénom, elle devait le lui révéler quelques semaines plus tard. *Dear Prudence* n'était certainement pas la meilleure chanson des Beatles, et plus généralement Paul n'avait jamais considéré l'album blanc comme le sommet de leur carrière, toujours est-il qu'il n'avait jamais réussi à appeler Prudence par son prénom, aux moments les plus tendres il lui disait « ma chérie », ou parfois « mon amour ».

Elle n'avait jamais cuisiné, à aucun moment de leur vie commune, ça ne lui apparaissait pas comme un élément de son statut. Elle était énarque comme Paul, inspecteur des finances comme Paul, et en effet, une inspectrice des finances aux fourneaux, cela avait eu quelque chose d'un peu déplacé. Leur accord sur la taxation des plus-values avait d'emblée été total, et ils étaient l'un comme l'autre si peu aptes à sourire de manière engageante, à parler avec légèreté de sujets variés, en un mot à séduire, que c'était probablement cet accord qui avait permis la concrétisation de leur idylle, au cours de ces interminables réunions qu'organisait la Direction de la législation fiscale, tard dans la nuit, le plus souvent dans la salle B87. Leur entente sexuelle avait tout de suite été bonne, rarement extatique cependant, mais la plupart des couples n'en demandent pas tant, le maintien d'une activité sexuelle quelconque dans un couple constitué est déjà un vrai succès, c'est l'exception bien davantage que la règle, la plupart des personnes bien informées (journalistes des magazines féminins de référence, auteurs de romans réalistes) en témoignent, et ceci ne concernait même que les personnes relativement âgées, comme l'étaient Paul et Prudence, qui approchaient doucement de la cinquantaine, pour les plus jeunes de leurs contemporains l'idée en soi d'une relation sexuelle entre deux individus autonomes, ne dût-elle se prolonger que quelques minutes, n'apparaissait plus que comme un fantasme daté, et pour tout dire regrettable.

Le désaccord alimentaire entre Prudence et Paul s'était par contre manifesté rapidement. Prudence cependant dans les premières années, mue par l'amour ou par un sentiment analogue, avait assuré à son concubin une alimentation conforme à ses goûts, à ses yeux pourtant marqués par un conservatisme éprouvant. Si elle ne faisait pas la cuisine, elle faisait elle-même les courses, et mettait une fierté particulière à dénicher pour Paul les meilleurs steaks, les meilleurs fromages, la meilleure charcuterie. Ces produits carnés se mêlaient alors, dans un amoureux désordre, aux fruits, céréales et légumineuses bio qui constituaient son ordinaire personnel, au long des rayonnages de leur réfrigérateur commun.

La mutation végane, survenue chez Prudence dès 2015, au moment même où le mot faisait son apparition dans le Petit Robert, allait déclencher une guerre alimentaire totale, dont onze ans plus tard ils n'avaient toujours pas pansé les séquelles, et à laquelle leur couple avait maintenant bien peu de chances de survivre.

La première attaque de Prudence fut brutale, absolue, décisive. À son retour de Marrakech, où il assistait avec le ministre de l'époque à un congrès de l'Union africaine, Paul avait eu la surprise de voir son réfrigérateur envahi, outre les fruits et légumes habituels, par une multitude d'aliments étranges où se côtoyaient algues, soja germé et de nombreux plats cuisinés de la marque *Biozone* mêlant tofu, boulgour, quinoa, épeautre et nouilles japonaises. Rien de tout cela ne lui paraissait si peu que ce soit comestible, et il en fit part avec une certaine acrimonie (« Y'a que de la merde à bouffer », tels furent ses mots exacts). Une négociation brève mais intense s'ensuivit, à l'issue de laquelle Paul se vit concéder un rayon du réfrigérateur pour y stocker sa « bouffe de beauf », pour reprendre les termes de Prudence – bouffe qu'il lui appartenait désormais d'acheter lui-même, sur ses propres deniers (ils avaient conservé des comptes bancaires séparés, le détail a son importance).

Les premières semaines, Paul osa quelques escarmouches ; elles furent repoussées avec vigueur. Toute tranche de saint nectaire ou de pâté en croûte qu'il déposait au milieu du tofu et du quinoa de Prudence était en quelques heures ramenée à son rayon d'origine, quand elle n'était pas purement et simplement jetée à la poubelle.

Une dizaine d'années plus tard, tout s'était extérieurement apaisé. Sur le plan alimentaire, Paul se contentait de son petit rayon, qu'il remplissait vite, ayant peu à peu renoncé à la fréquentation des artisans de bouche pour se contenter de la formule, synthétique sur le plan nutritionnel et assurée d'une distribution fiable, des plats cuisinés micro-ondables. « Il faut bien manger quelque chose » se répétait-il avec sagesse devant son tajine de volaille Monoprix Gourmet, rejoignant ainsi une forme d'épicurisme morose. La volaille était issue « de différents pays de l'Union européenne » ; cela aurait pu être pire, se disait-il encore, les poulets brésiliens non merci. De petits êtres lui apparaissaient maintenant, de plus en plus souvent, dans la nuit ; ils s'agitaient avec rapidité, leur peau était sombre, et leurs bras nombreux.

Dès le début de la crise, ils avaient fait chambre à part. Coucher seul est difficile lorsqu'on en a perdu l'habitude, on a froid et on a peur ; mais ils avaient depuis longtemps dépassé ce stade pénible ; ils étaient parvenus à une sorte de désespoir standardisé.

Le déclin de leur couple avait débuté peu après qu'ils achètent en commun, s'endettant tous les deux sur vingt ans, leur appartement rue Lheureux, aux abords du parc de Bercy – un splendide duplex avec deux chambres et un espace de vie magnifique, dont les baies vitrées donnaient sur le parc. La coïncidence n'était pas fortuite, une amélioration des conditions de vie va souvent de pair avec une détérioration des raisons de vivre, et en particulier de vivre ensemble. Le quartier était « plus que génial », avait estimé Indy, sa conne de belle-sœur, lors de la visite qu'elle leur avait rendue, au printemps 2017, en compagnie de son malheureux frère. Cette visite était heureusement restée la seule, la tentation d'étrangler Indy avait été trop forte, il n'était pas certain de pouvoir y résister une seconde fois.

Le quartier était génial, oui, ce n'était pas faux. Leur chambre, du temps où ils avaient une chambre commune, donnait sur le Musée des arts forains, avenue des Terroirs de France. À une cinquantaine de mètres, la rue de la cour Saint-Émilion, traversant de part en part le quadrilatère urbain connu sous le nom de « Bercy Village », était hiver comme été surplombée d'une nuée de ballons multicolores, alors que s'y alignaient restaurants régionaux et bistrots alternatifs. L'esprit d'enfance pouvait, à volonté, s'y réinventer. Le parc en lui-même témoignait de la même volonté de désordre ludique : on avait voulu y donner toute leur place aux légumes, et un pavillon géré par la municipalité de Paris proposait aux résidents du quartier des ateliers jardinage (« Jardiner à

Paris, c'est permis ! », selon le slogan qui ornait sa façade).

C'était situé – et l'argument demeurait, concret et solide – à un quart d'heure à pied du ministère. Il était à présent minuit quarante-deux – sa réflexion, quoique s'étendant sur l'essentiel de sa vie d'adulte, n'avait duré qu'un quart d'heure. S'il partait maintenant, il pourrait être à une heure du matin chez lui. Du moins à son domicile.

4

Tournant à droite immédiatement après son bureau pour rejoindre la batterie d'ascenseurs nord, Paul aperçut, au bout du long couloir faiblement éclairé menant aux appartements du ministre, une silhouette qui avançait avec lenteur, vêtue d'un pyjama gris de déporté. Quelques pas plus loin, il le reconnut : c'était le ministre lui-même. Depuis deux mois, Bruno Juge avait demandé à bénéficier de son appartement de fonction, qui était pratiquement toujours resté inoccupé depuis l'édification du ministère. Il avait donc, même s'il ne l'avait pas explicitement formulé, décidé d'abandonner le domicile conjugal, mettant ainsi un terme à un mariage de vingt-cinq ans. Paul ignorait la nature exacte des problèmes de Bruno avec sa femme – même s'il les imaginait, par pure empathie entre hommes occidentaux d'âge et de milieu comparables, à peu près similaires aux siens. Il se murmurait, dans les couloirs du ministère (comment des choses de ce genre parviennent-elles à se murmurer dans les couloirs ? c'était demeuré pour Paul un mystère ; mais elles se murmuraient, sans aucun doute), qu'une question plus sordide, à base d'infidélités conjugales répétées – infidélités de la femme – gisait au fond de l'histoire. Certains témoins semblaient avoir surpris des gestes sans équivoque d'Évangéline, la femme du ministre, lors de réceptions données au ministère des années auparavant. La femme de Paul, du moins, se tenait à l'écart de ce genre de scandale. Prudence n'avait pas, autant qu'il le sache, de vie sexuelle, les joies plus austères du yoga et de la méditation transcendantale semblaient suffire à son épanouissement, ou plus probablement est-ce qu'elles n'y suffisaient pas, mais que rien n'aurait pu y suffire, et le sexe encore bien moins, Prudence n'était pas une *femme pour le sexe*, c'est au moins ce dont Paul essayait de se persuader, sans réel succès parce qu'il savait bien, au fond, que Prudence était faite pour le sexe au même titre, et peut-être davantage, que la plupart des femmes, que son être profond aurait toujours besoin du sexe, et dans son cas il s'agissait du sexe hétérosexuel, et même, s'il fallait être tout à fait précis, de la pénétration par une bite. Mais les mimiques de positionnement social à l'intérieur du groupe, aussi ridicules et même méprisables soient-elles, ont leur rôle à jouer, et Prudence avait été, pour le sexe comme pour l'alimentation végane, une sorte de précurseur ; les asexuels se multipliaient, tous les sondages en témoignaient, mois après mois le pourcentage des asexuels dans la population semblait connaître une augmentation non pas constante mais accélérée ; les journalistes, avec leur habituel goût pour l'approximation et le terme scientifique inapproprié, n'avaient pas hésité à la qualifier d'exponentielle, en réalité ce n'en était pas une, le rythme de croissance n'était pas celui, extrême, des exponentielles authentiques – il n'en était pas moins très rapide.

Au contraire de Prudence et de la plupart de ses contemporains, Évangéline avait parfaitement assumé, assumait peut-être encore d'être une authentique *chaudasse*, ce qui ne pouvait naturellement convenir à un homme comme Bruno, épris avant tout d'un foyer chaleureux et douillet, apte à le distraire des luttes de pouvoir nécessairement inhérentes au *jeu politique*. Leurs problèmes de couple, en réalité, n'avaient à peu près rien à voir.

« Ah, Paul, tu étais là ? » Bruno ne semblait pas tout à fait réveillé ; son ton était incertain, un peu égaré, heureux cependant. « Tu travaillais encore ?

— Non, pas vraiment. Pas du tout, même. Je m'étais endormi sur mon canapé.

— Oui, les canapés… » Il avait prononcé le mot avec délice, comme s'il s'agissait d'une invention merveilleuse, dont il venait juste de redécouvrir l'existence. « Moi je dormais mal, poursuivit-il sur un ton tout différent, alors j'ai repensé à un dossier. Tu veux venir boire quelque chose à l'appartement ? On ne peut pas laisser les Chinois en situation de monopole sur les terres rares », enchaîna-t-il presque aussitôt, alors que Paul lui avait déjà emboîté le pas. « Là, je suis en train de finaliser un accord avec Lynas, la société australienne – ils sont durs en négociation, ces Australiens, tu ne peux pas savoir ; ça suffira pour l'yttrium, le gadolinium et le lanthane ; mais il reste plein de problèmes, surtout avec le samarium et le praséodyme ; je suis en contact avec le Burundi et la Russie.

— Ça devrait le faire, avec le Burundi » répondit Paul avec insouciance. Le Burundi était un pays africain ; là s'arrêtaient, à peu près, ses connaissances sur le Burundi ; il le supposait cependant proche du Congo, en raison du syntagme « Congo Burundi », qui flottait dans un coin de sa mémoire sans qu'il puisse lui attribuer de contenu sémantique stable.

« Récemment, le Burundi s'est doté d'une équipe dirigeante tout à fait remarquable, insista Bruno, cette fois sans attendre de réponse.

— J'ai un peu faim, dit Paul, en fait je n'ai pas pensé à manger ce soir, enfin le soir dernier.

— Oui ?… Je crois qu'il me reste un sandwich, enfin une sorte de sandwich, j'avais prévu de le manger cet après-midi. Il n'est peut-être pas très bon, remarque, mais c'est déjà ça. »

Ils pénétrèrent dans l'appartement de fonction, puis Bruno se retourna vers lui. « J'ai oublié, j'étais sorti pour aller chercher un dossier dans mon bureau. Tu peux m'attendre un instant ? »

Son bureau ministériel, celui où il recevait responsables politiques, syndicaux et patrons de grandes entreprises, était situé dans une autre aile, le trajet aller-retour lui prendrait une vingtaine de minutes. Bruno s'était installé un bureau annexe dans une petite pièce de son logement : un simple plateau recouvert de mélamine de faux frêne, sur lequel étaient posés son ordinateur portable et quelques dossiers, complété d'un retour imprimante. Il avait tiré les rideaux, occultant toute vue sur la Seine.

La cuisine était neuve, étincelante, et semblait n'avoir jamais servi : aucune vaisselle n'encombrait l'évier, et l'énorme réfrigérateur américain était vide. La suite parentale qui donnait sur la Seine était elle aussi inoccupée, le lit n'avait pas été défait. Bruno semblait dormir dans ce qui devait être une chambre d'enfant, à condition d'imaginer un enfant peu exigeant. C'était une petite pièce aveugle, aux murs et à la moquette gris, uniquement meublée d'un lit à une place et d'une table de nuit.

Paul revint vers la salle à manger de réception, qui surplombait la Seine. À travers les grandes baies vitrées qui entouraient la pièce sur trois côtés, la vue était splendide : les arcades du métro aérien étaient illuminées, et la circulation encore dense sur le quai d'Austerlitz ; les eaux de la Seine, teintées d'un jaune doré par l'éclairage urbain, clapotaient entre les piles du pont de Bercy. La magnificence des éclairages qui baignaient la pièce évoquait quelque chose de mondain et de fastueux, comme un milieu parisien lié au monde de la nuit, de l'élégance, voire des arts plastiques. Tout cela ne lui évoquait rien, rien de connu – et à Bruno sans doute pas davantage. Sur la table de huit personnes, recouverte d'une nappe blanche, étaient posés un sandwich Daunat maxi-moelleux au blanc de poulet-emmental, encore dans son emballage, et une Tourtel. C'était donc le repas de Bruno ; son désintéressement au service de l'État forçait quand même le respect, se dit Paul. Il devait y avoir une brasserie ouverte près de la gare de Lyon, il y a en général des brasseries ouvertes tard la nuit, près des grandes gares, qui proposent des plats de tradition à des voyageurs solitaires, sans jamais réellement parvenir à les convaincre qu'ils ont encore leur place dans un monde accessible, humain, marqué par la cuisine familiale et les plats de tradition. C'est dans ces brasseries héroïques, dont les serveurs, témoins de tant de détresses, meurent en général jeunes, que reposaient pour la soirée les derniers espoirs culinaires de Paul.

Au moment où Bruno revint, un volumineux dossier à la main, il était dans le petit salon attenant, plongé dans l'examen d'une sculpture animalière posée sur un appui de fenêtre. L'animal, dont la musculature était rendue avec minutie, tournait la tête vers l'arrière. Il semblait inquiet, peut-être avait-il entendu quelque chose derrière lui, deviné la présence d'un prédateur. Il devait s'agir d'une chèvre, ou peut-être d'un chevreuil ou d'une biche, il n'y connaissait pas grand-chose en animaux.

« C'est quoi, ça ? demanda-t-il.

— Une biche, j'ai l'impression.

— Oui, tu as raison, ça doit être une biche. Et ça vient d'où ?

— Je n'en sais rien, c'était là. »

Apparemment, c'était la première fois que Bruno remarquait l'existence de cette sculpture. Pendant qu'il reprenait son lamento sur les terres rares chinoises ou non chinoises, Paul se demanda s'il devait le mettre au courant, pour la DGSI. Cette vidéo l'avait, il le savait, profondément affecté, il avait même pensé un moment à se retirer de la vie politique. Dans la vraie vie politique, enfin dans le cœur du réacteur, Bruno était plus ou moins un outsider. Sa nomination à Bercy, presque cinq ans plus tôt, n'avait pas provoqué l'enthousiasme des services, c'est le moins qu'on puisse dire – on aurait même pu parler de *bronca*, si le terme avait pu convenir à des inspecteurs des finances vêtus de complets anthracite. Il n'était pas inspecteur des finances, n'avait même pas fait l'ENA, il était à tous égards un polytechnicien pur, qui avait fait toute sa carrière dans l'industrie. Il y avait remporté des succès réels, d'abord à la tête de Dassault Aviation, puis d'Orano, enfin d'Arianespace, où il avait réussi en quelques années à éradiquer les tentatives de concurrence américaine et chinoise, plaçant solidement la France au premier rang mondial des lanceurs de satellites. L'armement, le nucléaire, l'espace : autant de secteurs de haute technologie, autant de lieux d'épanouissement naturel pour un polytechnicien, qui lui donnaient en même temps le cursus idéal pour répondre aux promesses de campagne du président nouvellement réélu. Ce dernier avait en effet délaissé les fantasmes de *start-up nation* qui avaient fait sa première élection, mais n'avaient objectivement conduit qu'à produire quelques emplois précaires et sous-payés, à la limite de l'esclavagisme, au sein de multinationales incontrôlables. Retrouvant les charmes de l'économie dirigée à la française, il n'avait pas hésité à proclamer, les bras largement ouverts dans un élan quasi christique (cela il savait toujours le faire, et même mieux que jamais, ses bras s'ouvraient à un angle apparemment impossible, il avait dû s'entraîner avec un coach de yoga, ce n'était pas possible autrement), lors de l'immense meeting parisien qui avait clos sa campagne : « Je suis venu ce soir avec un message d'espérance, et je vais faire taire les prophètes de malheur : pour la France, aujourd'hui, commencent les nouvelles Trente Glorieuses ! »

Bruno Juge était, mieux que tout autre, fait pour relever ce défi industriel. Cinq années ou presque étaient passées, et il avait plus que largement rempli son contrat. Son succès le plus impressionnant, celui dont on avait le plus parlé dans les médias, mais aussi qui avait le plus profondément marqué les esprits, avait été le spectaculaire redressement du groupe PSA. Largement recapitalisé par l'État, qui en avait de fait à peu près pris le contrôle, le groupe s'était lancé dans la reconquête du haut de gamme en s'appuyant sur l'une de ses marques : Citroën. Il n'y avait plus, telle était du moins la conviction de Bruno, que deux marchés en automobile, le low cost et le haut de gamme, de même qu'il n'y avait plus, mais cela Bruno s'abstenait de le dire, d'ailleurs ça n'entrait pas directement dans son champ de compétences, que deux classes sociales, les riches et les pauvres, la classe moyenne s'était évaporée, et l'automobile moyenne ne tarderait pas à la suivre dans sa disparition.

La France avait montré sa compétence et sa pugnacité dans le domaine du low cost – le rachat de Dacia par Renault avait été la base d'une impressionnante success story, sans doute la plus impressionnante dans l'histoire récente de la construction automobile. Forte d'une réputation d'élégance et d'un leadership maintenus dans l'industrie du luxe, la France pouvait relever le défi du haut de gamme automobile et se poser en challenger sérieux des constructeurs allemands, pensait Bruno. Le très haut de gamme demeurait inaccessible – il était verrouillé par les constructeurs anglais, pour des raisons au demeurant peu compréhensibles, qui ne prendraient probablement fin qu'avec l'extinction de la monarchie britannique ; mais le haut de gamme, dominé par les constructeurs allemands, était à leur portée.

Ce défi, le plus important de sa carrière ministérielle, celui qui l'avait maintenu éveillé, des mois durant, dans son bureau de Bercy, cependant que sa femme se livrait à d'improbables étreintes, il l'avait finalement relevé. L'année précédente, Citroën avait fait jeu égal avec Mercedes sur la quasi-totalité des marchés mondiaux. Elle s'était même, sur le très stratégique marché indien, hissée au premier rang, devançant ses trois rivaux allemands – Audi elle-même, la souveraine Audi, avait été reléguée au deuxième rang, et le journaliste économique François Lenglet, pourtant peu coutumier des épanchements émotionnels, avait pleuré en annonçant la nouvelle, lors de l'émission très suivie de David Pujadas sur LCI.

Renouant – grâce à l'inventivité de ses designers, personnellement choisis par Bruno, qui, sortant pour l'occasion de son rôle purement technique, n'avait pas hésité à imposer sa vision artistique – avec l'audace des créateurs de la Traction et de la DS, Citroën avait réussi, et plus généralement la France avait réussi à redevenir la nation emblématique du haut de gamme, enviée et admirée partout dans le monde – et le déclic, contre toute attente, n'était pas venu du secteur de la mode, mais de celui de l'automobile, symbolique entre tous, fruit accompli de l'union de l'intelligence technologique et de la beauté.

Même si ce succès avait été de loin le plus médiatisé, c'était loin d'être le seul, et la France était redevenue la cinquième puissance économique mondiale, talonnant l'Allemagne pour la quatrième position : son déficit représentait maintenant moins de 1 % du PIB, et elle réduisait peu à peu sa dette ; tout cela sans contestations, sans grèves, dans un climat d'acquiescement étonnant ; le ministère de Bruno était un succès total.

La prochaine élection présidentielle aurait lieu dans moins de six mois maintenant, et le président, qui aurait été réélu sans difficulté, ne pouvait en aucun cas se représenter : depuis l'imprudente réforme constitutionnelle de 2008, nul ne pouvait exercer plus de deux mandats présidentiels consécutifs.

Bien des choses étaient déjà connues, dans cette élection : le candidat du Rassemblement national serait présent au second tour – même si on ignorait encore son nom, il y avait cinq ou six prétendants valables – et il serait battu. Demeurait une question, simple mais cruciale : qui serait le candidat de la majorité présidentielle ?

À bien des égards, Bruno était le mieux placé. Il avait, déjà, la confiance du président – ce qui était fondamental, car celui-ci avait bien l'intention de revenir, cinq ans plus tard, et d'accomplir à nouveau deux mandats consécutifs. D'une manière ou d'une autre, le président semblait s'être persuadé que Bruno tiendrait parole, qu'il accepterait de s'effacer, les cinq années de son mandat écoulées, qu'il ne succomberait pas à l'ivresse du pouvoir. Bruno était un technicien, un technicien exceptionnel, mais ce n'était pas un homme de pouvoir ; c'est du moins ce dont le président parvenait, la plupart du temps, à se convaincre ; il y avait quand même un côté pacte faustien dans toute cette affaire, parvenir à une certitude était impossible.

Un autre problème, beaucoup plus immédiat, était celui des sondages. Pour 88 % des Français, Bruno était quelqu'un de « compétent » ; ils étaient 89 % à le juger « travailleur » et 82 % « intègre », ce qui était un score exceptionnel, jamais atteint par aucun homme politique depuis l'apparition des sondages, même Antoine Pinay et Pierre Mendès France ne s'étaient pas approchés d'un tel résultat. Mais 18 % seulement le trouvaient « chaleureux », 16 % « empathique », et ils n'étaient que 11 % à l'estimer « proche des gens » – un chiffre cette fois catastrophique, le pire de la classe politique, tous partis confondus. En bref les gens l'estimaient, mais ils ne l'aimaient pas. Il le savait, il en souffrait, et c'est pour ça que cette vidéo sanglante l'avait si profondément affecté : non seulement les gens ne l'aimaient pas, mais certains le haïssaient suffisamment pour mettre en scène sa mise à mort. Le choix de la décapitation, avec ses connotations révolutionnaires, ne faisait que souligner son image de technocrate distant, aussi éloigné du peuple qu'avaient pu l'être les aristocrates de l'Ancien Régime.

C'était injuste parce que Bruno était un type bien, Paul le savait ; mais comment en persuader les électeurs ? Mal à l'aise avec les médias, refusant obstinément d'aborder les sujets privés, il n'aimait pas non plus parler en public. Comment pourrait-il supporter une campagne électorale ? Sa candidature, en effet, n'avait rien d'évident.

Leur amitié était relativement récente. Lorsqu'il travaillait à la Direction de la législation fiscale, Paul avait à plusieurs reprises, mais brièvement, rencontré Bruno. Les réductions d'impôts massives que celui-ci avait décidées dès la première année du quinquennat ne devaient s'appliquer qu'aux investissements directement destinés au financement de l'industrie française – cela c'était une condition non négociable, il y tenait absolument. Un dirigisme aussi clairement assumé n'était pas dans les habitudes de la maison, et Paul avait dû batailler, à peu près seul, contre l'ensemble des fonctionnaires de sa propre direction, rédigeant sans faiblir des directives et des rapports qui allaient dans le sens des vœux du ministre. Ils avaient eu gain de cause, finalement, après plus d'une année d'une guerre interne qui avait laissé des traces.

Ce combat commun avait attiré l'attention de Bruno sur lui, mais leurs relations n'avaient vraiment pris un tour plus personnel qu'à l'occasion d'un nouveau congrès de l'Union africaine, qui se tenait cette fois à Addis-Abeba ; plus précisément le soir du premier jour des travaux du congrès, au bar de l'hôtel Hilton. La conversation avait d'abord été gênée, contrainte, puis tout s'était dénoué au retour de la serveuse. « Ça ne va pas très fort, avec ma femme, en ce moment… » avait dit Bruno au moment où elle posait une coupe de champagne devant lui. Paul avait eu un mouvement de surprise, avait failli en renverser son cocktail – une merde tropicale infâme et trop sucrée, ça n'aurait pas été une grosse perte. À ce moment précis, avec un synchronisme parfait, deux prostituées africaines s'étaient assises à une table à quelques mètres d'eux. Jamais Bruno n'avait auparavant abordé, si peu que ce soit, un sujet d'ordre privé ; Paul ignorait même qu'il fût marié. Mais après tout pourquoi pas, oui, cela existe, les gens se marient encore parfois, des hommes et des femmes, c'est même courant. Et un polytechnicien, même sorti major de sa promotion, même issu du corps des mines, restait un homme ; c'était une dimension nouvelle, qu'il allait devoir prendre en compte.

Bruno ne dit d'ailleurs rien de plus, dans un premier temps ; puis il bredouilla, d'une voix contrainte : « Ça fait six mois qu'on n'a pas fait l'amour… » Il avait dit *fait l'amour*, nota Paul aussitôt, et le choix de cette expression à connotation sentimentale, plutôt que le terme *baiser* (qu'il aurait probablement lui-même employé) ou celui de *vie sexuelle* (qui aurait été le choix de beaucoup de gens soucieux de diminuer l'impact affectif de leur révélation par l'emploi d'un terme neutre) en disait déjà énormément. Quoique polytechnicien, Bruno *faisait l'amour*, ou du moins l'avait déjà fait ; quoique polytechnicien, Bruno (et sa personnalité tout entière, rigueur budgétaire comprise, lui apparut à cet instant sous un jour neuf) était un romantique. Le romantisme est né en Allemagne, on l'oublie parfois, et il est même, très précisément, né dans le Nord de l'Allemagne, dans un milieu piétiste qui a par ailleurs joué un rôle non négligeable dans les premiers développements du capitalisme industriel. C'était là un mystère historique douloureux, sur lequel Paul avait parfois médité, dans les années de sa jeunesse, du temps où les choses de l'esprit parvenaient encore à retenir son attention.

De justesse il s'était retenu de rétorquer, avec brutalité et cynisme : « Six mois ? Mais moi ça fait dix ans, mon gars !… » C'était pourtant vrai, depuis dix ans il n'avait pas *baisé*, encore moins *fait l'amour* avec Prudence, ni avec qui que ce soit d'ailleurs. Mais la notation aurait été, à ce stade de leurs relations, malvenue, il le comprit juste à temps. Bruno s'imaginait sans doute encore qu'une amélioration, voire une pure et simple *reprise*, demeurait possible ; et en effet, au bout de six mois, d'après la plupart des témoignages, cela demeurait possible.

Le soir tombait sur Addis-Abeba, une rumeur de rumba congolaise emplissait doucement le bar. Les deux filles de la table à côté étaient des prostituées, mais c'étaient des prostituées haut de gamme, tout en témoignait : leurs vêtements de marque, la discrétion de leur maquillage, leur élégance générale. Probablement des filles éduquées par ailleurs, voire des ingénieures ou des doctorantes. Elles étaient de surcroît très belles, leurs jupes courtes et moulantes, leurs corsages ajustés semblaient la promesse de plaisirs considérables. C'étaient sans doute des Éthiopiennes, elles avaient le port altier des femmes de ce pays. Tout, à ce stade, aurait pu être très simple : il aurait suffi de les inviter à leur table. Elles étaient venues pour ça, et elles n'étaient pas les seules, à peu près tout le monde était venu pour ça à ce putain de congrès, ce n'était certainement pas là que des décisions allaient se prendre pour le développement de l'Afrique, c'était déjà évident dès la fin de la première journée. Bruno réussirait peut-être, par-ci par-là, à placer quelques centrales nucléaires, c'était un peu sa marotte, de placer des centrales nucléaires dans les congrès internationaux ; au vrai les contrats ne seraient pas signés tout de suite, des contacts simplement seraient pris, la signature se ferait plus tard, discrètement, vraisemblablement à Paris.

Dans un avenir plus immédiat, une fois les deux filles invitées à leur table, la négociation serait courtoise et brève, le prix était à peu près connu de tous – cela serait certainement moins facile pour les centrales nucléaires, mais là ce n'était plus de son ressort. Demeurait la question de la répartition des filles, mais à ce sujet Paul se sentait très calme : les deux lui plaisaient à peu près autant, leur beauté était équivalente, elles paraissaient toutes deux aimables et douces, et également désireuses de servir une bite occidentale. Paul était, à ce stade, tout à fait prêt à laisser le premier choix à Bruno. Et, au cas où ce choix s'avérerait impossible, une partie à quatre était peut-être envisageable.

C'est au moment précis où cette pensée se formait dans son esprit qu'il comprit que l'ensemble de la situation était sans issue. Sa relation avec Bruno avait certes pris une dimension nouvelle, depuis quelques minutes ; mais ils n'en étaient pas, et n'en seraient sans doute jamais, au point où ils pourraient coucher ensemble avec des filles dans la même chambre, leur amitié ne pouvait en aucun cas s'établir sur ces bases, ils n'étaient ni l'un ni l'autre, et ne seraient jamais des *queutards*, il était même exclu qu'il assiste à la scène où Bruno se déciderait à louer les services d'une pute – sans même considérer le fait que Bruno était un homme politique de notoriété nationale, que des journalistes grimés en congressistes traînaient probablement, à cette minute même, dans le hall, surveillant l'accès aux ascenseurs, et qu'il se sentait déjà investi d'une sorte de mission de protection à son égard. L'absence de cette complicité masculine de base interdirait à Bruno, en sa présence, de répondre aux sollicitations des deux jeunes femmes, mais en même temps créait entre eux une complicité plus forte, sur la base de réactions de pudeur qui établissait entre eux une proximité inédite, à mesure qu'elle les éloignait de la communauté basique des mâles.

Tirant aussitôt les conclusions de cet *insight* Paul se leva, prétextant une vague fatigue, le décalage horaire peut-être ajouta-t-il (ce qui était assez idiot, le décalage horaire entre Paris et Addis-Abeba était presque inexistant) et souhaita une bonne nuit à Bruno. Les filles réagirent par de légers mouvements et un bref conciliabule ; la configuration de la situation venait en effet de se modifier. Qu'allait faire Bruno ? Il pouvait choisir l'une ou l'autre des deux filles ; il pouvait aussi prendre les deux, c'est sans doute ce qu'il aurait fait à sa place. Il pouvait encore, c'était une troisième hypothèse, et malheureusement la plus probable, ne rien faire du tout. Bruno était un homme qui recherchait les solutions à long terme, et c'était sans doute aussi vrai dans la gestion de sa vie sexuelle que dans celle de la politique industrielle du pays. Il n'était pas arrivé, et n'arriverait peut-être jamais, à cet état d'esprit morose, qui était de plus en plus le sien, consistant à admettre qu'il n'existe pas de solution à long terme ; que la vie en elle-même ne comporte pas de solution à long terme.

Au moment où ce souvenir lui revint, quatre ans plus tard, le souvenir de ce moment où il avait décidé, se levant pour remonter dans sa chambre, de laisser Bruno seul face à son éventuel destin sexuel de la soirée, Paul comprit qu'il n'allait pas lui parler de sa rencontre avec le type de la DGSI, pas maintenant, pas tout de suite.

Au lendemain de cette soirée, s'enquérant de Bruno à la réception après avoir réglé sa note de minibar, Paul eut la surprise d'apprendre qu'il avait déjà quitté l'hôtel, tôt dans la matinée, avec ses bagages. Ce départ solitaire et matinal n'évoquait évidemment pas une intrigue amoureuse, le portable de Bruno était sur répondeur et la situation impliquait une prise de décision rapide : devait-il d'ores et déjà alerter les services diplomatiques ? Il ne pouvait en aucun cas abandonner son ministre, mais il décida de lui laisser un peu de temps, et commanda un taxi pour l'aéroport.

Le monospace Mercedes qui le conduisait à l'aéroport d'Addis-Abeba aurait pu, se dit Paul, transporter une nombreuse famille. Ne connaissant pas, en raison de son altitude, les températures excessives de Djibouti ou du Soudan, Addis-Abeba ambitionnait de devenir une métropole africaine incontournable, pivot de l'économie de l'ensemble du continent. À l'issue de son bref séjour, Paul aurait plutôt eu tendance à considérer cet objectif comme réaliste ; du point de vue par exemple des prestations de service annexes, les putes d'hier soir étaient d'un niveau plus qu'honorable, elles auraient pu subjuguer n'importe quel homme d'affaires occidental, et un businessman chinois tout aussi bien.

Le hall principal de l'aéroport était envahi de touristes, dont certains, il l'apprit par leurs conversations, étaient venus pour photographier des okapis. Ils avaient été bien mal conseillés par leur voyagiste : l'okapi vit exclusivement dans une petite région au nord-est de la République démocratique du Congo, la forêt de l'Ituri, où une réserve lui est dédiée ; par ailleurs, ses mœurs discrètes le rendent très difficile à photographier. À la cafétéria de l'aéroport, il fut entrepris par un Slovène jovial et trapu, un délégué de l'Union européenne. L'homme n'avait rien de significatif à dire, comme tous les délégués de l'Union européenne. Paul l'écouta cependant avec patience, car telle est l'attitude à adopter, vis-à-vis des délégués de l'Union européenne. Brusquement, il fut saisi par l'harmonie de couleurs violente qui émanait d'une jeune fille en pantalon blanc et en tee-shirt rouge, aux longs cheveux noirs et à la peau mate, qui venait de se dégager de la foule des touristes. Puis ce saisissement disparut ; la jeune fille elle-même semblait avoir disparu, s'évaporant dans l'atmosphère tantôt surchauffée, tantôt fraîche du terminal ; mais cette disparition était, Paul le savait, presque certainement impossible.

Immédiatement avant le dernier appel des haut-parleurs dans le hall d'embarquement, Bruno apparut, sa valise à la main. Il ne dit pas ce qu'il avait fait, ce qui justifiait son arrivée tardive, et Paul n'osa pas le lui demander, ni sur le moment, ni par la suite.

Une semaine après leur retour, Bruno l'invita à rejoindre son cabinet ministériel. Ce n'était pas une décision inhabituelle, Paul en était à peu près à ce stade de son odyssée administrative où un passage en cabinet est une étape normale. Là où les choses devenaient plus surprenantes, c'est qu'il n'aurait, il le comprit immédiatement, aucune tâche précise. La gestion de l'agenda de Bruno n'était pas une charge énorme, il était beaucoup moins rempli que Paul ne se l'était imaginé. Bruno préférait travailler sur dossiers, et accordait très peu de rendez-vous ; Bernard Arnault par exemple, pourtant l'homme le plus riche de France, tentait en vain, depuis le début du quinquennat, de le rencontrer ; il ne s'intéressait simplement pas au secteur du luxe – qui n'avait, de toute façon, aucun besoin d'être aidé par les pouvoirs publics.

Le rôle essentiel de Paul, il le comprit peu à peu, serait simplement, en cas de besoin, de servir de confident à Bruno. Il ne considéra pas cela comme anormal, ni comme humiliant ; Bruno était probablement le plus grand ministre de l'Économie depuis

Colbert, et la poursuite de sa tâche au service du pays allait impliquer, pendant peut-être de nombreuses années, qu'il assume un destin singulier, où les moments d'interrogation, de doute seraient inévitables. Des conseillers il n'en avait pas besoin, il maîtrisait les dossiers à un point exceptionnel, c'était presque comme s'il possédait un second cerveau, un cerveau informatique, greffé à son cerveau humain habituel. Mais un confident, quelqu'un en qui il ait réellement confiance, était sans doute devenu, à ce stade de sa vie, indispensable.

Cela faisait déjà quelque temps, cette nuit-là, deux ans plus tard, que Paul n'écoutait plus vraiment Bruno. Abandonnant les terres rares, celui-ci s'était lancé dans une violente diatribe contre les panneaux solaires chinois, contre les incroyables transferts de technologie que la Chine avait arrachés à la France au cours du mandat précédent, et qui leur permettaient maintenant de revenir inonder la France avec leurs produits à prix cassés. Il en était au point de songer à une authentique guerre commerciale avec la Chine, pour protéger les intérêts des fabricants de panneaux solaires français. Ça, c'était peut-être une bonne idée, dit Paul, l'interrompant pour la première fois ; il avait beaucoup à se faire pardonner des électeurs écologistes, en particulier son soutien sans failles à l'industrie nucléaire française.

« Je vais peut-être y aller, Bruno, ajouta-t-il. Il est deux heures du matin.

— Oui… Oui, bien sûr. » Il jeta un coup d'œil au dossier qu'il tenait toujours à la main. « Moi, je vais peut-être continuer un peu. »

5

Intellectuellement, Paul sait qu'il est dans les locaux du ministère, puisqu'il vient de quitter le bureau de Bruno ; pourtant, il ne reconnaît pas les parois de l'ascenseur. Elles sont d'un métal terne, usé, et commencent à vibrer légèrement lorsqu'il appuie sur la touche 0. Le sol est de béton crasseux, couvert de détritus variés. Existe-t-il des cabines d'ascenseur au sol de béton ? Il doit être monté, accidentellement, dans un monte-charge. L'espace est froid, rigide, comme s'il était soutenu par des barres métalliques invisibles sans lesquelles il menacerait de s'effondrer sur lui-même comme un ballon crevé, flasque.

Avec un long gémissement métallique, la cabine s'arrête au niveau 0, mais les portes refusent de s'ouvrir. Paul réappuie sur la touche 0 à plusieurs reprises, mais les portes ne bougent toujours pas, ça commence à devenir inquiétant. Après une brève hésitation, il appuie sur le bouton d'appel d'urgence ; il est relié au poste de secours, ouvert 24 heures sur 24, du moins c'est le cas des ascenseurs ordinaires, ce doit être également le cas pour les monte-charges. Aussitôt l'ascenseur reprend sa descente, cette fois à un rythme très accéléré, les chiffres défilent à une vitesse folle sur le panneau de contrôle. Puis il s'arrête brutalement, avec un choc violent qui manque de lui faire perdre l'équilibre : on est au niveau – 62. Il ignorait complètement qu'il y eût 62 niveaux dans les sous-sols du ministère, mais après tout ce n'est pas impossible, il ne s'était jamais posé la question.

Cette fois les portes s'ouvrent rapidement, avec souplesse : un couloir de béton gris clair, presque blanc, faiblement éclairé, s'étend à l'infini devant lui. Sa première impulsion est de sortir, mais il se ravise. Rester dans cet ascenseur n'est pas très rassurant, son fonctionnement est visiblement défectueux. Mais s'arrêter au niveau – 62 ? Qui s'arrête jamais au niveau – 62 ? Le couloir qui s'étend devant lui est vide, désert, et donne l'impression de l'avoir été de toute éternité. Et si l'ascenseur repartait sans lui ? Et s'il demeurait prisonnier au niveau – 62, jusqu'à y mourir de faim et de soif ? Il réappuie sur la touche du niveau 0. Le niveau – 62, pas davantage que les niveaux intermédiaires, n'est, il s'en rend compte à cet instant, répertorié sur le panneau de commandes ; il n'y a rien en dessous du – 4.

Aussitôt l'ascenseur bondit vers le haut, avec cette fois une vitesse vertigineuse, les chiffres se mêlent, défilent sans qu'il ait le temps de les distinguer, il a juste la sensation, à un moment donné, de la disparition du signe moins. Puis l'ascenseur s'arrête avec un choc énorme qui le projette contre la paroi du fond ; les vibrations de la cabine mettent une trentaine de secondes à s'amortir ; le trajet, malgré sa brièveté, lui a paru interminable.

On est au niveau 64. Cette fois c'est impossible, absolument impossible, les bâtiments du ministère de l'Économie n'ont jamais comporté que six étages, de cela il est absolument certain. Les portes s'ouvrent à nouveau sur un couloir moquetté de blanc, bordé de vastes verrières ; la luminosité est très vive, éblouissante presque ; un air d'orgue électrique, tantôt guilleret tantôt mélancolique, se fait entendre dans le lointain.

Paul cette fois ne bouge pas, il demeure absolument immobile pendant presque une minute. Ce laps de temps écoulé, le mécanisme se remet en route, comme s'il récompensait sa docilité : les portes se referment doucement, puis l'appareil entame sa descente à un rythme normal. Bien que les niveaux apparaissant sur l'écran de contrôle (40, 30, 20...) ne soient nullement répertoriés sur le tableau de commande, qui ne comporte rien au-delà du niveau 6, ils se succèdent avec une rassurante régularité.

Puis l'ascenseur stoppe au niveau 0, les portes s'ouvrent largement. Paul est sauvé, il le croit tout du moins, mais en sortant de la cabine il se rend compte qu'il n'est nullement dans les locaux du ministère, mais dans un lieu inconnu. C'est un hall immense, la hauteur du plafond est d'au moins cinquante mètres. Il s'agit d'un centre commercial, Paul en est intuitivement persuadé, bien qu'aucune boutique ne soit visible. On se trouve vraisemblablement dans une capitale latino-américaine, peu à peu son audition revient, il perçoit une musique qui confirme l'hypothèse du centre commercial, par ailleurs le brouhaha de voix qui l'entoure semble constitué de mots espagnols, l'hypothèse d'une capitale latino-américaine prend de la consistance. Pourtant, les consommateurs qui se croisent, plutôt nombreux, dans le hall, ne ressemblent nullement à des latino-américains, ni même à des êtres humains. Leurs visages, d'une pâleur malsaine, sont anormalement plats, ils n'ont presque pas de nez. Paul a soudain la certitude que leurs langues sont longues, cylindriques et bifides, comme celles des serpents.

À ce moment il commença à percevoir une sonnerie intermittente, brève mais désagréable, qui se répétait toutes les quinze secondes. Ce n'était pas une sonnerie mais plutôt un bip d'avertissement, et il se réveilla soudain en comprenant qu'il s'agissait de son téléphone portable, qui le prévenait de l'existence d'un message en attente.

Le message était de Madeleine, la compagne de son père. Elle lui avait téléphoné à neuf heures du matin, il était à présent un peu plus de onze heures. C'était parfois incompréhensible, entrecoupé de sanglots, et avec un vacarme de circulation effroyable à l'arrière-plan. Paul comprit cependant que son père était dans le coma, et qu'il avait été transporté à l'hôpital Saint-Luc de Lyon. Il rappela aussitôt. Madeleine décrocha dès la première sonnerie. Elle était un peu plus calme et put lui expliquer qu'il avait été victime d'un infarctus cérébral, il venait de se lever, elle avait préféré rester encore quelques minutes au lit, puis avait entendu un choc sourd provenant de la cuisine. Elle se plaignit ensuite du temps que l'ambulance avait mis à arriver, presque une demi-heure. Cela n'avait rien de surprenant, son père habitait en pleine campagne, dans un hameau du Beaujolais difficile d'accès, à une cinquantaine de kilomètres au nord de Lyon. Cela n'avait rien de surprenant mais les conséquences pouvaient être très graves, il avait manqué d'oxygénation quelques minutes, des secteurs du cerveau avaient pu être endommagés. Elle s'interrompait parfois, emportée par une nouvelle crise de larmes, pendant qu'il lui parlait il déclenchait une recherche Internet, le prochain train pour Perrache était à 12 h 59, il pouvait l'attraper facilement, il aurait même le temps de passer au ministère pour dire quelques mots à Bruno, c'était sur le chemin, dans la foulée il réserva une chambre au Sofitel de Lyon, ça n'avait pas l'air loin de l'hôpital Saint-Luc, puis il raccrocha, prépara quelques affaires pour la nuit.

Il attendit quelques secondes à l'entrée du bureau de Bruno.

« Je suis en rendez-vous avec le PDG de Renault… annonça Bruno, passant la moitié de son corps par la porte entrouverte. C'est grave ?

— C'est mon père. Il est dans le coma. Je pars à Lyon.

— Mon rendez-vous est presque terminé. »

En l'attendant, Paul consulta des sites d'information médicale sur Internet. L'infarctus cérébral était une forme d'AVC – c'était même de loin la forme principale, il représentait 80 % des cas. La durée de la privation d'oxygène infligée au cerveau était un facteur essentiel dans l'établissement du pronostic vital.

« Ils t'expliqueront qu'ils ne savent pas grand-chose, qu'ils sont incapables de faire un pronostic… lui dit Bruno deux minutes plus tard. Malheureusement, c'est vrai. Il peut se réveiller en quelques jours, mais il peut aussi rester beaucoup plus longtemps

dans cet état. Mon père a eu un AVC l'an dernier, il est resté six mois dans le coma.
— Et après ?
— Après il est mort. »

La gare de Lyon était inhabituellement déserte, et Paul eut le temps d'acheter des paninis et des wraps, qu'il mastiqua avec lenteur, cependant que la rame traversait à 300 km/h la Bourgogne surplombée d'un ciel gris et impénétrable. Son père avait soixante-dix-sept ans, c'était beaucoup mais ce n'était pas énorme, beaucoup de gens dépassaient cet âge maintenant, c'était plutôt un argument qui plaidait en faveur de sa survie ; mais c'était à peu près le seul. Fumeur régulier, amateur de charcuterie et de vins corsés, peu porté à sa connaissance sur l'exercice, il avait tout ce qu'il fallait pour développer une solide athérosclérose.

Paul prit un taxi, mais le centre hospitalier Saint-Luc n'était qu'à cinq minutes de la gare de Perrache. La circulation sur le quai Claude Bernard, qui longeait le Rhône, était d'une densité éprouvante, il aurait mieux fait d'y aller à pied. Les rectangles de verre coloré qui composaient la façade de Saint-Luc avaient certainement pour objectif d'améliorer le moral des familles, de leur suggérer l'idée d'un hôpital pour rire, un hôpital de Lego, un hôpital jouet. L'effet n'était que très partiellement atteint, le verre était terne et sale par endroits, l'impression de gaieté douteuse ; mais de toute façon, dès qu'on pénétrait dans les couloirs et dans les chambres, la présence des moniteurs de contrôle, des appareils d'assistance respiratoire vous ramenait à la réalité. On n'était pas là pour s'amuser ; on était là pour mourir, la plupart du temps.

« Oui, monsieur Raison, votre papa a été hospitalisé ce matin » lui dit la réceptionniste. Sa voix était douce, un peu lénifiante, parfaite en somme. « Bien sûr, vous pourrez le voir ; mais la médecin-chef aimerait vous dire quelques mots avant. Je vais la prévenir de votre arrivée. »

La médecin-chef était une femme brusque et élégante d'une cinquantaine d'années, de toute évidence une bourgeoise – on sentait l'habitude du commandement et des *dîners en ville,* elle avait des boucles d'oreilles de bourgeoise, et Paul était certain qu'un discret collier de perles se dissimulait sous sa blouse d'hôpital impeccablement boutonnée – elle lui rappelait un peu Prudence en réalité, ou plutôt ce que Prudence aurait pu devenir, ce qu'elle était originellement destinée à devenir ; quelle que soit la manière dont on interprète l'information, ce n'était pas une bonne nouvelle. Elle retrouva le dossier en moins d'une minute – au moins, son bureau était bien rangé.

« Votre papa a été hospitalisé à 8 heures 17 ce matin. » Elle disait « papa » elle aussi, c'était effrayant, ça faisait partie des consignes officielles, de commencer par infantiliser les proches ? Il avait presque cinquante ans, ça faisait bien longtemps qu'il n'appelait plus son père « papa », est-ce qu'elle-même appelait son père « papa », ça l'aurait étonné. Le problème est qu'il ne parvenait pas non plus à dire « Édouard », comme il l'aurait fait avec un frère ou un ami de la même génération, en somme il ne savait plus du tout comment s'adresser à lui.

« Nous avons tout de suite pratiqué une IRM, poursuivit-elle, afin de repérer l'artère cérébrale en cause ; nous avons ensuite effectué une thrombolyse, puis une thrombectomie, afin d'éliminer le caillot sanguin qui l'obstruait. L'opération s'est bien déroulée ; malheureusement, une hémorragie secondaire est venue compliquer la situation.

— Vous pensez qu'il y a des chances de récupération ?

— C'est normal que vous posiez la question. » Elle hocha la tête avec satisfaction ; manifestement elle appréciait les patients normaux, les familles normales et les questions normales. « Mais je dois malheureusement vous répondre que nous n'en savons rien ; l'IRM nous permet de déterminer les zones qui ont pu être lésées – en l'occurrence, il s'agit du lobe fronto-pariétal – mais pas la gravité des lésions. Il n'y a plus de geste médical à tenter ; nous pouvons juste suivre la situation en contrôlant la tension artérielle et la glycémie. Votre papa peut récupérer un niveau de conscience altéré, voire dans certains cas normal ; mais il peut aussi bien évoluer vers la mort cérébrale, tout est possible à ce stade. Il faut être raisonnable… » conclut-elle sans vraie nécessité.

« Il y a quelqu'un qui n'est pas raisonnable, ici ? » Il n'avait pas pu s'empêcher de dire ça ; elle commençait à l'énerver un peu.

« Eh bien, je dois dire que la compagne de votre père… Ses manifestations émotionnelles, compréhensibles évidemment… Enfin, depuis l'arrivée de votre sœur, elle s'est un peu calmée. »

Ainsi, Cécile était là ; comment avait-elle fait, venant d'Arras ? Contrairement à lui elle se levait très tôt, et Madeleine avait dû l'appeler en premier, elle s'était tout de suite bien entendue avec Cécile, alors qu'elle avait toujours eu un peu peur de lui – peut-être parce qu'il était le fils aîné, peut-être parce qu'elle avait un peu peur de tout le monde.

« Une dernière chose… » Elle s'était levée pour l'accompagner jusqu'à la porte. « Votre papa a dû être placé sous ventilation artificielle, c'était indispensable pour qu'il puisse respirer, et je sais que le spectacle de la trachéotomie est parfois un peu éprouvant pour les familles. Mais ce n'est pas douloureux pour lui, je peux vous assurer qu'il ne souffre pas du tout. »

En effet son « papa », un tuyau enfoncé dans la gorge et relié à un gros appareil posé sur roulettes dont le vrombissement permanent emplissait la pièce, une perfusion à la saignée du coude, des électrodes fixées sur le crâne et la poitrine, lui parut effroyablement vieux et faible – à le voir comme ça on ne donnait pas cher de sa peau, il avait tout du mourant. Les deux femmes étaient assises côte à côte dans un coin de la chambre, elles donnaient l'impression de n'avoir pas bougé depuis des heures. Madeleine l'aperçut en premier, lui jeta un regard à la fois effrayé et soulagé, mais n'osa pas se lever de sa chaise. Ce fut Cécile qui vint vers lui et le serra dans ses bras. Depuis combien de temps ne l'avait-il pas vue ? se demanda-t-il. Sept ans, peut-être huit. Ce n'était pourtant pas loin, Arras, moins d'une heure en TGV. Elle avait un peu vieilli : quelques cheveux blancs mais qui se voyaient à peine, dans la masse toujours aussi fournie de ses cheveux blond clair. Son visage s'était un peu empâté, aussi, mais ses traits étaient toujours d'une grande finesse. C'était une des plus belles filles du lycée, sa petite sœur, il s'en souvenait très bien, les mecs qui tournaient autour d'elle étaient presque innombrables. Elle était pourtant restée vierge jusqu'au mariage, il en était certain, elle aurait été incapable de dissimuler une intrigue amoureuse. Déjà à l'époque elle était très pieuse, elle allait à la messe tous les dimanches, participait aux activités catholiques de la paroisse. Il l'avait une fois surprise en prières, agenouillée dans sa chambre, alors qu'il s'était trompé de porte après s'être relevé en pleine nuit pour pisser. Il avait été gêné, il s'en souvenait, aussi gêné que s'il l'avait surprise avec un mec. Elle aussi, d'ailleurs, avait eu l'air un peu gênée, elle devait avoir seize ans à l'époque, ce n'est qu'un peu plus tard qu'elle avait commencé, quand il s'inquiétait pour ses examens – et il s'était plus d'une fois, et à juste titre, inquiété pour ses examens – à lui répondre : « Je demanderai pour toi à la Sainte Vierge », sur un ton tout à fait naturel, comme si elle parlait d'un corsage à aller chercher au pressing. Il ne savait vraiment pas d'où ça lui venait, cette tendance mystique, c'était le seul cas dans la famille. Elle avait épousé un type dans son genre, en apparence plus pondéré – un notaire de province en principe c'est pondéré, c'est sûrement ça qui trompait chez lui, parce qu'en réalité, au bout de deux ou trois minutes de conversation, on sentait en lui quelque chose d'*intense*, on avait l'impression qu'il aurait sans une seconde d'hésitation donné sa vie pour le Christ, ou pour une cause analogue. Il les aimait bien, il trouvait que c'était un beau couple – bien supérieur au sien en tout cas, sans même parler de son frère et de sa pétasse de belle-sœur.

« Ça va ? Ce n'est pas trop dur ? demanda-t-il finalement en relâchant son étreinte.

— Si. C'est très dur. Mais je sais que papa va s'en sortir. J'ai demandé à Dieu. »

6

Quelques minutes plus tard une infirmière entra dans la chambre, vérifia la perfusion, le positionnement du tuyau respiratoire, nota quelques chiffres parmi ceux qui s'affichaient sur les moniteurs de contrôle. « On va faire sa toilette... dit-elle finalement. Vous pouvez rester si vous voulez, mais vous n'êtes pas obligés. »

« J'ai besoin d'une cigarette », dit Paul. La plupart du temps, il arrivait à se contrôler durant le délai socialement requis par les normes de la prohibition ; mais là c'était un cas de force majeure. Il sortit sur le quai, aussitôt saisi par un froid vif. Une trentaine de personnes faisaient les cent pas devant les portes de l'hôpital en grillant des cigarettes ; aucun d'entre eux ne parlait, ni même ne semblait voir les autres, ils étaient enfermés dans leurs petits enfers individuels. De fait, s'il y a un endroit qui produit des situations angoissantes, s'il y a un endroit où le besoin de tabac devient rapidement intolérable, c'est bien un hôpital. On a mettons un époux, un père ou un fils, le matin même il vivait avec vous, et en quelques heures, parfois en quelques minutes il pouvait vous être enlevé ; qu'est-ce qui pouvait être à la hauteur de la situation, sinon une cigarette ? Jésus-Christ, aurait probablement répondu Cécile. Oui, Jésus-Christ, probablement. La dernière fois que Paul avait vu son père remontait au début de l'été, moins de six mois auparavant. Il avait l'air en pleine forme, plongé dans les préparatifs d'un voyage au Portugal qu'il allait faire avec Madeleine – ils partaient la semaine suivante, il terminait ses réservations d'hôtel, dans des *pousadas* ou des établissements de ce genre, il y avait beaucoup d'endroits qu'il voulait revoir, il avait toujours aimé ce pays. Il s'intéressait à l'actualité politique aussi, il avait longuement et savamment commenté le renouveau d'activité des *black blocs*. En somme leur rencontre avait été pleinement rassurante, et satisfaisante ; il avait tout du senior actif, alerte, profitant pleinement de sa retraite, sur le plan conjugal Paul aurait même pu l'envier – c'était exactement le type de senior, songea-t-il, qui était invariablement mis en scène dans les publicités des plans de prévention obsèques.

C'était l'heure de sortie des bureaux, la circulation s'était encore densifiée sur le quai Claude Bernard, elle était en fait complètement à l'arrêt. Le feu, juste en face de l'hôpital, passa de nouveau au rouge ; il y eut un premier coup de klaxon, comme un brame isolé, puis une immense vague de klaxons monta, emplissant l'atmosphère empuantie. Tous ces gens avaient sans doute des soucis variés, des préoccupations personnelles ou professionnelles ; ils étaient loin de songer que la mort était là, sur le quai, à les attendre. Dans l'hôpital, les *proches* se préparaient au départ ; eux aussi avaient une vie personnelle et professionnelle, bien entendu. S'ils étaient restés quelques minutes de plus ils l'auraient vue, la mort. Elle était à proximité de l'entrée, mais tout à fait prête à monter dans les étages ; c'était une salope, mais plutôt une salope bourgeoise, classe et sexy. Elle accueillait cependant tous les trépas, les mourants des classes populaires pouvaient faire appel à elle aussi bien que les riches ; comme toutes les putes, elle ne choisissait pas ses clients. Les hôpitaux ne devraient pas être situés dans les villes, se dit Paul, l'ambiance y est trop agitée, trop saturée de projets et de désirs, les villes ne sont pas un bon endroit pour mourir. Il alluma une troisième cigarette ; il n'avait pas trop envie de retourner dans cette chambre, de revoir le corps intubé de son père ; il s'y força, pourtant. Cécile était seule à présent, elle s'était carrément agenouillée au pied du lit, elle priait « sans pudeur », songea-t-il malgré lui.

« Tu priais… Dieu ? » demanda-t-il sans réfléchir, décidément il avait du mal à s'y faire, est-ce qu'il arriverait, un jour, à poser autre chose que des questions idiotes ?

« Non, dit-elle en se relevant, là c'était une prière ordinaire, c'était mieux que je parle à la Sainte Vierge.

— Oui, je comprends.

— Non, tu ne comprends rien du tout, mais ça n'a aucune importance !… » Elle avait presque éclaté de rire, son sourire était lumineux et un peu moqueur, d'un seul coup il la revit l'été de ses dix-neuf ans, juste avant qu'elle ne rencontre Hervé, c'était exactement le même sourire. Elle n'avait pas beaucoup de soucis, à l'époque, sa petite sœur, sa vie était d'une limpidité impressionnante. Lui-même était au milieu d'une histoire compliquée, enfin sur la fin du milieu à vrai dire, Véronique venait d'avorter de lui, à aucun moment elle n'avait envisagé de le consulter, il avait appris la nouvelle le lendemain de l'opération, c'était déjà un mauvais signe, et en effet elle devait le quitter quelques semaines plus tard, c'était elle qui avait prononcé la phrase fatidique, un truc du genre : « Je crois qu'il vaudrait mieux qu'on arrête », ou peut-être plutôt : « Je crois qu'il vaudrait mieux qu'on prenne le temps de réfléchir », il ne se souvenait plus, de toute façon ça revenait au même, dès qu'on commence à réfléchir ça va toujours dans le même sens, pas seulement sur le plan sentimental d'ailleurs, la réflexion et la vie sont tout simplement incompatibles. Ce n'était d'ailleurs pas une possibilité de vie très remarquable qui lui avait été enlevée à cette occasion, Véronique était une médiocre, elle était responsable de la médiocrité du monde, elle aurait presque pu la symboliser. Il n'avait aucune idée de ce qu'elle était devenue, ni aucune envie de le savoir, mais son mari si elle en avait un n'était certainement pas heureux, et elle-même pas davantage : rendre un autre être humain heureux, être heureux soi-même, tout cela n'était pas à sa portée ; elle n'était simplement pas capable d'aimer.

Sur le plan des études il avait des soucis également, qui étaient eux aussi, il s'en rendait compte avec le recul, d'une désolante médiocrité. Il n'était pas certain de sortir dans la botte de l'ENA, et de pouvoir choisir l'inspection des finances, voilà quelles étaient à peu près ses préoccupations du moment. Cécile n'avait pas de problèmes de ce côté-là non plus, les études elle n'en avait simplement pas fait, elle enchaînait de vagues CDD dans le social ou le paramédical, elle devait déjà avoir plus ou moins décidé qu'elle serait femme au foyer, enfin qu'elle ne travaillerait qu'en cas d'extrême urgence, la vie professionnelle ne l'attirait pas le moins du monde, et les études pas davantage, ça ne lui disait rien. « Je ne suis pas une intellectuelle », disait-elle parfois.

À vrai dire lui non plus, il n'était pas du genre à s'endormir en lisant Wittgenstein, mais il était ambitieux. Ambitieux ? Il avait du mal à reconstituer, aujourd'hui, la nature de son ambition. Certainement pas une ambition politique, ça non, ça ne l'avait jamais effleuré. Il devait ambitionner d'habiter un duplex avec un espace de vie magnifique dont les baies vitrées donnaient sur le parc de Bercy, de pouvoir traverser tous les matins un jardin public respectueux de la biodiversité, avec des ginkgos biloba et des espaces légumes, et d'épouser quelqu'un dans le genre de Prudence.

« J'ai dit à Madeleine de rentrer dormir, dit Cécile, interrompant ses réminiscences. C'est dur pour elle, depuis ce matin. » Il avait complètement oublié Madeleine, et d'un seul coup, en songeant à sa situation, il fut envahi par l'horreur. Huit ans plus tôt son père avait été mis à la retraite, et quelques jours plus tard sa mère mourait. Paul avait alors sérieusement craint pour la santé, et même pour la vie de son père. Il n'avait plus son travail, il n'avait plus sa femme, il ne savait tout simplement plus où aller. Il restait là, des heures entières, à feuilleter ses anciens dossiers. Faire sa toilette, manger ne lui traversaient plus l'esprit ; il buvait par contre toujours, malheureusement, et même plutôt davantage. Un séjour à l'hôpital psychiatrique de Mâcon-Bellevue apporta une solution partielle, sous la forme de psychotropes variés qu'il absorbait avec une bonne volonté remarquable, c'était un patient tout à fait *compliant*, pour reprendre les termes du médecin-chef. Puis il y eut le retour à Saint-Joseph, dans cette maison qu'il aimait, qui était une partie de sa vie, mais qui n'était qu'une partie de sa vie. Il y avait eu son travail à la DGSI, c'était fini ; son mariage, c'était fini également ; son existence venait de se simplifier dans des proportions considérables ; la maison demeurait, certes, mais ce ne serait peut-être pas suffisant.

Paul ne sut jamais si Madeleine était payée par le Conseil départemental ou par le Conseil régional. C'était une aide-ménagère, capable d'accomplir les tâches classiques (ménage, courses, cuisine, lavage, repassage) auxquelles son père était radicalement inapte, comme tous les hommes de sa génération – non que les hommes de la génération suivante aient gagné en compétence, mais les femmes avaient perdu de leur côté, et une certaine égalité s'était de mauvaise grâce installée, ayant pour conséquence chez les riches et les demi-riches une *externalisation* des tâches (comme on le disait aussi pour les entreprises, qui sous-traitaient en général ménage et gardiennage à des prestataires extérieurs), chez les autres une progression générale de la mauvaise humeur, des attaques parasitaires et plus généralement de la saleté. Une aide-ménagère était quoi qu'il en soit, dans le cas de son père, indispensable, et les choses auraient normalement dû en rester là. Est-ce que son père était tombé amoureux ? Est-ce qu'on peut tomber amoureux à soixante-cinq ans ? Peut-être que oui, tant de choses existent sur cette terre. Il est certain en tout cas que Madeleine était tombée amoureuse de son père, et cette évidence mettait Paul mal à l'aise, la vie amoureuse de son père n'était pas un sujet auquel il avait envie d'être confronté. Cela pouvait se comprendre, son père était à sa manière un homme impressionnant, d'ailleurs il avait toujours eu un peu peur de lui, mais pas tellement peur non plus parce que c'était aussi un homme bon, cela se voyait, au départ plutôt un homme bon, un peu harassé et rendu plus dur par son travail dans les services secrets, rien à voir avec le milieu que connaissait Madeleine, elle c'était juste une pauvre sans commentaires, et sa vie jusqu'à présent avait été parfaitement merdique, un bref mariage avec un alcoolique et c'était tout, on n'arrive jamais à imaginer à quel point c'est peu de chose, en général, la vie des gens, on n'y arrive pas davantage quand on fait soi-même partie de ces « gens », et c'est toujours le cas, plus ou moins. Elle avait cinquante ans exactement – quinze ans de moins que son père – et n'avait jamais connu le bonheur, ni quoi que ce soit qui y ressemble. Elle était encore belle pourtant, et avait dû être très belle – et cela avait sans doute contribué pour une grande part à ses malheurs, non qu'elle aurait été plus heureuse en étant plus laide, au contraire, mais son malheur aurait été plus uniforme, plus ennuyeux et plus bref, elle serait vraisemblablement morte plus vite. Ce bonheur ultimement survenu risquait maintenant de lui être enlevé, par la faute d'un caillot qui s'était formé dans une artère cérébrale. Comment aurait-elle pu réagir calmement ? Elle était comme un chien qui a perdu son maître. Dans ce cas le chien s'agite, et il hurle.

« Tu es à l'hôtel ? demanda-t-il finalement à Cécile, sortant de sa réflexion solitaire.

— Je suis à l'Ibis près de la gare. C'est bien, enfin c'est pratique. »

L'hôtel Ibis, oui. Un trait d'humilité chrétienne, probablement. Ça l'énervait un peu, à vrai dire, cette humilité chrétienne, Hervé était notaire, merde, ce n'était pas un SDF. Madeleine, dans sa simplicité prolétarienne, avait accepté avec joie de se dépouiller de toute humilité, chrétienne ou non ; elle s'était réjouie de manière presque enfantine, il s'en souvenait, à l'idée de dormir avec son père dans de luxueuses *pousadas* portugaises.

« Moi, je suis descendu au Sofitel... On peut dîner ensemble ce soir au restaurant du Sofitel, je t'invite. » Il ouvrit les mains, comme il l'avait vu faire à des joueurs de poker en ligne sur Internet. « C'est tout près d'ici, sur les quais du Rhône mais de l'autre côté, c'est pratiquement en face.

— Oui, montre-moi sur le plan. » Elle sortit un plan de Lyon de son sac à main. En effet, c'était tout près ; il y avait juste le pont à traverser.

« Je vais rester jusqu'à la fermeture, à sept heures et demie. Tu peux m'acheter un saucisson de Lyon, en passant ? Un saucisson à cuire, j'ai promis d'en ramener un à Hervé. Tu peux aller chez Montaland, c'est sur ta route, au milieu de la rue Franklin.

— Bon, d'accord, un saucisson à cuire.

— Prends-en deux, même, un truffé et un pistaché. Tu devrais en prendre un pour toi aussi, d'ailleurs, ils sont exceptionnels leurs saucissons à cuire, c'est une des meilleures charcuteries de France.

— La cuisine, tu sais, ce n'est pas trop mon truc.

— Ce n'est pas de la cuisine… » Elle secoua la tête avec indulgence, avec un peu d'impatience aussi. « Tu les mets dans une eau frémissante et tu attends trente minutes, c'est tout. Enfin, c'est comme tu veux. »

7

Le Rhône était un fleuve impressionnant, d'une largeur étonnante, cela faisait déjà au moins cinq minutes qu'il s'était engagé sur le pont de l'Université ; un fleuve *majestueux*, le terme n'était pas excessif, la Seine en comparaison n'était qu'un ruisseau minable. Il avait vue sur la Seine de son bureau, c'était un des avantages dont bénéficiaient les membres du cabinet, mais il ne la regardait presque jamais pendant la journée – et, en présence du Rhône, il comprenait pourquoi. Les fleuves français avaient leur qualificatif associé, dans les manuels de géographie destinés aux écoles primaires, du temps de son enfance. La Loire était *capricieuse*, la Garonne *impétueuse*, la Seine il ne se souvenait plus. *Paisible* ? Oui, ça pouvait être ça. Et le Rhône ? Sans doute *majestueux*, en effet.

Dans sa chambre, il consulta ses messages. Il n'en avait qu'un, de Bruno : « Tiens-moi au courant STP. » Il l'appela presque aussitôt, essaya de son mieux de lui résumer la situation – mais objectivement le fait est qu'il ne savait à peu près rien. Il ajouta qu'il serait probablement de retour le lendemain dans la matinée.

Le restaurant « Les trois dômes » était sans surprise, il y avait l'habituel étalage de menus à la grandiloquence plus ou moins humoristique, du style « L'adagio des terroirs » ou « Sa majesté le homard ». Il choisit rapidement, sans réfléchir, un pavé de skrei norvégien mi-salé, cependant que sa sœur continuait de promener un regard rêveur sur la carte, elle ne devait pas aller souvent dans des restaurants étoilés. Il se rattrapa sur le vin, optant sans hésiter pour une des bouteilles les plus chères de la carte, un corton-charlemagne. Ce vin était marqué par « des tonalités beurrées et des arômes d'agrumes, d'ananas, de tilleul, de pomme au four, de fougère, de cannelle, de silex, de genévrier et de miel ». C'était vraiment n'importe quoi, ce vin.

La circulation commençait à s'apaiser un peu sur les quais du Rhône ; dans la nuit on distinguait à l'horizon deux gigantesques immeubles modernes, brillamment illuminés, dont l'un avait la forme d'un crayon et l'autre d'une gomme. S'agissait-il du quartier connu sous le nom de Lyon Part-Dieu ? Le spectacle était un peu inquiétant, en tout cas. Il avait l'impression que des fantômes lumineux flottaient entre les immeubles – un peu comme des aurores boréales, mais leurs teintes étaient malsaines, violacées et verdâtres, elles se tordaient comme des suaires, comme des divinités maléfiques venues chercher l'âme de son père, se dit Paul, il se sentait de plus en plus angoissé et pendant quelques secondes il perdit le contact, il voyait des mots se former sur les lèvres de Cécile mais il ne l'entendait plus, puis cela revint, elle parlait de la gastronomie lyonnaise, elle avait toujours adoré faire la cuisine. Le serveur arriva avec les *mises en bouche*.

« Je vais partir demain, dit-il. Je ne crois pas que ça serve à grand-chose que je reste.

— Non, en effet, tu ne peux pas être très utile. »

Il eut un sursaut d'indignation. Qu'est-ce qu'elle voulait dire par là ? Est-ce qu'elle s'imaginait, par hasard, que sa présence était plus utile que la sienne ? Il préparait une repartie cinglante lorsqu'il comprit, d'un seul coup, son point de vue. Oui, elle pensait que sa présence, à elle, était plus utile. Elle allait prier, elle allait continuer à prier sans relâche pour que leur père sorte du coma ; et, d'une manière ou d'une autre, elle pensait que ses prières seraient plus efficaces si elle les récitait au chevet du malade ; de fait la pensée magique, ou la pensée religieuse s'il y avait une différence, avait sa logique propre. Paul se souvint soudain du Bardo

Thödol, qu'il avait lu dans sa jeunesse sous l'influence d'une petite amie bouddhiste qui savait contracter sa chatte, c'était la première fois qu'une fille lui faisait ça, dans sa religion chatte se disait *yoni*, il trouvait ça mignon ; en plus son *yoni* avait un goût sucré, inhabituel. Sa chambre était très gaie, décorée de mandalas colorés ; il y avait aussi un grand tableau qui l'avait impressionné, il s'en souvenait encore. Au centre il y avait le bouddha Shakyamuni, assis en tailleur sous l'arbre de l'éveil, isolé au milieu d'une clairière. Dans toutes les directions autour de lui, à la lisière de la forêt, s'étaient rassemblés les animaux de la jungle : tigres, biches, chimpanzés, serpents, éléphants, buffles... Tous, ils avaient les yeux fixés sur le bouddha, attendant dans l'angoisse le résultat de sa méditation, obscurément conscients que ce qui était en train de se produire, au centre de cette clairière, avait une importance cosmique universelle. Si le bouddha Shakyamuni parvenait à l'éveil, ils le savaient, ce n'était pas seulement lui, pas seulement l'humanité qui seraient libérés du samsara, c'est l'ensemble des êtres qui pourraient, à sa suite, quitter le royaume des apparences pour accéder à l'illumination.

En même temps qu'il passait avec succès le concours d'entrée à l'ENA, Catherine passait celui des écoles vétérinaires ; elle le réussit du premier coup, mais son rang d'entrée n'était pas suffisant pour choisir l'école de

Maisons-Alfort, elle dut se résoudre à poursuivre ses études à Toulouse. Cette séparation lui causa un vrai déchirement ; c'était la première fois qu'il éprouvait une réelle tristesse à l'idée qu'une relation avec une fille puisse prendre fin. Bien sûr elle pouvait remonter à Paris, il pouvait descendre à Toulouse de temps en temps, c'est ce qu'ils se dirent, mais ils n'étaient pas réellement dupes, et bien entendu elle trouva rapidement un autre mec. Elle était plutôt mignonne, d'un caractère facile et gai, et elle adorait baiser ; comment aurait-il pu en être autrement ? Peu après il avait couché avec une autre bouddhiste, une fille de Sciences Po, mais c'était un bouddhisme plus intello, plutôt zen, et leur relation avait brutalement pris fin juste après qu'elle lui eut raconté avoir eu une soirée « grave flippante » : alors qu'elle tentait d'entrer en méditation, plus exactement qu'elle avait entamé la psalmodie du « Sutra du lotus de la loi merveilleuse », un fort vacarme venant du palier l'avait interrompue. S'approchant de sa porte d'entrée, puis collant son œil au judas, elle avait aperçu un type recroquevillé sur lui-même, agité de soubresauts, se vidant de son sang. Elle n'avait rien fait, même pas appelé la police, elle s'était juste rassise en tailleur sur sa moquette, afin « de ne pas interrompre sa méditation ». La mini-distribution d'événements lourds établit aussitôt entre eux une barrière mentale invisible, et elle ne parut même pas en prendre conscience, l'idée qu'il puisse la prendre en horreur à la suite de sa narration ne sembla pas lui traverser l'esprit. Immédiatement après Paul sortit de chez elle, sous un prétexte quelconque, et ne répondit plus jamais à ses appels téléphoniques. Leur relation charnelle se limita donc à un coït unique, pas inoubliable d'ailleurs, la fille était certes canon mais elle ne savait pas contracter sa chatte et ses fellations étaient au mieux approximatives, alors que Catherine s'y adonnait avec application et enthousiasme, à tous points de vue le bouddhisme tibétain semblait supérieur au zen. Pour les bouddhistes tibétains, quoi qu'il en soit, le moment de la mort constituait une dernière chance de se libérer du cycle des renaissances et des morts, de l'existence samsarique. La nuit était complètement tombée sur Lyon, maintenant. Chacune des psalmodies des lamas commençait, il s'en souvenait, par l'adresse : « Fils noble, écoute sans distraction », prononcée à l'attention du mourant, et même du mort, ils pensaient que l'âme du défunt demeurait accessible pendant quelques semaines après le trépas.

« Papa n'est pas mourant » intervint sa sœur sur un ton obstiné. Cela faisait cinq minutes qu'il n'avait rien dit, perdu dans ses souvenirs, mais elle semblait avoir suivi le déroulement de ses pensées.

« Oui, je sais tu m'as dit, tu as demandé à Dieu… » Il avait parlé avec un peu trop de légèreté ; il ne voulait surtout pas la blesser, pourtant. « Tu vas célébrer l'extrême-onction ? demanda-t-il, espérant se rattraper.

— Depuis Vatican II, ça s'appelle l'onction des malades, répondit-elle avec patience. Et le malade doit être conscient, il faut qu'il fasse la demande lui-même, on ne peut pas la lui imposer. »

Bon, il avait perdu une nouvelle occasion de se taire. Il allait falloir qu'il se documente, tout de même, sur ces histoires de catholicisme, s'il voulait reprendre des relations avec Cécile. Il y avait une église près de chez lui, il s'en souvenait, Notre-Dame de la Nativité de Bercy ou quelque chose du genre. Ils devaient avoir de la documentation sur le catholicisme, forcément.

« Tu n'as pas à craindre de me vexer... dit-elle doucement, on commence à être habitués, nous autres, les catholiques. » Est-ce qu'elle devinait, vraiment, chacune de ses pensées ?

« Je vais repartir demain moi aussi, poursuivit-elle. Mais d'abord je vais raccompagner Madeleine à Saint-Joseph, je pense qu'il vaut mieux qu'elle ne soit pas seule au moment où elle retrouvera leur maison. Et puis il faut que je vérifie des choses en prévision de notre installation, je reviens la semaine prochaine avec Hervé.

— Hervé ? Mais comment c'est possible, Hervé ? Il n'a pas son travail ?

— Non… » Elle baissa la tête avec gêne. « Je ne te l'ai pas dit, mais c'est vrai qu'on ne se voit pas souvent. » Ce n'était pas le ton du reproche, mais celui de la constatation pure et simple. « Hervé est au chômage depuis un an. »

Au chômage ? Comment est-ce qu'un notaire pouvait être au chômage ? Il se souvint soudain qu'Hervé avait beau être notaire il n'était pas issu d'un milieu aisé, bien au contraire. Il venait de Valenciennes ou de Denain, enfin d'une de ces villes du Nord où les gens sont au chômage depuis trois générations ; lors de leur première rencontre, lorsqu'il lui avait demandé ce que faisaient ses parents, il avait d'ailleurs répondu « chômeurs », sur le ton de l'évidence.

« Il était notaire salarié cadre 4 quand son étude a fait faillite, poursuivit Cécile. Retrouver un emploi dans la région ce n'est vraiment pas facile, la crise immobilière est terrible, les transactions sont au point mort. Et l'immobilier c'est la base, pour les notaires.

— Mais… ça va ? Vous vous en sortez ?

— Tant qu'il est indemnisé, oui ; mais ça ne va pas durer longtemps. Après, il va falloir que je trouve quelque chose. Mais je n'ai pas fait d'études, tu sais bien ; je n'ai même jamais vraiment travaillé. À part la cuisine et le ménage, je ne sais rien faire. »

C'est à partir de ce moment de la soirée que Paul commença à se sentir gêné en pensant à ses huit mille euros mensuels – ce salaire n'était pas du tout anormal, compte tenu de son parcours universitaire et professionnel, mais il commença à se sentir gêné. Il avait choisi un travail et une femme qui le rendaient malheureux – avait-il choisi, d'ailleurs ? La femme, oui, sûrement, un peu, et le travail aussi, un peu, sûrement – mais au moins il n'avait pas de problèmes d'argent. Au fond, lui et Cécile s'étaient engagés dans des voies diamétralement opposées, et leur destin, avec ce pénible déterminisme qui caractérise en général le destin, était lui aussi diamétralement opposé.

Sur le plan professionnel, à vrai dire, ça n'allait pas si mal depuis qu'il avait rencontré Bruno. Bruno était un hasard heureux, le seul hasard heureux de sa vie ; tout le reste il l'avait conquis par la compétition et par la lutte. Avait-il lutté pour conquérir Prudence ? Peut-être, oui, il peinait à s'en souvenir ; ça paraissait si bizarre, à quelques années de distance.

« Et tes filles ? Tu n'as pas de problèmes, pour payer les études de tes filles ? » Pour d'obscures raisons, le sujet de ses nièces lui paraissait plus facile, moins lourd d'implications dramatiques – sans doute simplement parce qu'elles étaient plus jeunes.

Deborah n'avait pas fait d'études, lui apprit sa sœur. Elle était un peu comme sa mère, ce n'était pas une intellectuelle, avait-elle l'habitude de dire ; elle enchaînait les petits boulots, en général des boulots de serveuse, en ce moment elle était dans une pizzeria. C'était toujours des CDD, mais enfin ça allait, elle était dynamique et souriante, appréciée par la clientèle comme par ses employeurs, elle retrouvait facilement.

Anne-Lise c'était autre chose, elle entamait un doctorat à la Sorbonne consacré aux auteurs décadents français, en particulier Élémir Bourges et Hugues Rebell. Cécile dit cela avec une bizarre fierté, alors qu'elle ne connaissait de toute évidence rien de ces auteurs, c'est étrange cette fierté que les parents éprouvent à l'idée des études de leurs enfants, même et surtout lorsqu'ils n'y comprennent rien, c'est un beau sentiment humain, se dit Paul. En plus Anne-Lise était à Paris IV – Sorbonne, c'était la plus prestigieuse de toutes les facultés de lettres, Cécile avait retenu ça. Anne-Lise ne leur demandait rien, elle refusait qu'ils l'aident financièrement, et pourtant c'était cher les loyers à Paris, mais elle avait trouvé un job dans une maison d'édition, elle était financièrement autonome.

Sa nièce était depuis six ans à Paris et ils ne s'étaient pas vus une seule fois, Paul en prit brutalement conscience. C'était de sa faute, entièrement de sa faute, c'était de toute évidence à lui de la contacter. En même temps, où auraient-ils pu se rencontrer ? Chez lui, vu l'état de sa relation avec Prudence, ce n'était pas facile ; c'est l'inconvénient des couples qui se défont, on a honte d'exhiber le spectacle piteux et banal de sa désunion, il devient peu à peu impossible de recevoir qui que ce soit, et toute relation sociale finit par disparaître. Ils avaient chacun leur chambre et leur salle de bains. L'*espace de vie*, avec sa grande baie vitrée donnant sur le parc, était progressivement devenu un *no man's land*, un terrain neutre, déserté. La seule pièce qu'ils partageaient encore, c'était la cuisine ; leur dernier meuble commun, le réfrigérateur ; comment expliquer tout cela à Anne-Lise ?

Son pavé de skrei norvégien mi-salé n'avait pas été desservi au moment où le serveur apporta leurs desserts ; une légère faute avait été commise dans un service jusqu'à présent parfait. Paul ne chercha pas à la minimiser ; il accueillit les excuses du serveur avec le sourire demi-indulgent de l'homme riche – l'homme riche qui pardonne, mais qui pardonne *seulement pour cette fois*.

Comme l'espérait Paul, l'évocation des filles de Cécile avait notablement allégé l'atmosphère, au fond les jeunes n'ont jamais de vrais problèmes, de problèmes lourds, on s'imagine toujours que les choses vont s'arranger, pour les jeunes. Un homme de cinquante ans qui se retrouve au chômage, par contre, personne ne croit plus vraiment à ses chances de retrouver un emploi. On feint de le croire pourtant, les conseillers de Pôle Emploi produisent de remarquables imitations d'optimisme, ils sont payés pour ça, sans doute ont-ils des stages de théâtre, voire des ateliers de clown, ça s'était beaucoup amélioré, ces dernières années, la prise en charge psychologique des chômeurs. Le taux de chômage par contre n'avait pas baissé, c'était un des seuls véritables échecs de Bruno en tant que ministre ; il avait réussi à le stabiliser, c'est tout. L'économie française était pourtant redevenue puissante et exportatrice, mais le niveau de productivité du travail avait augmenté dans des proportions hallucinantes, les emplois non qualifiés avaient à peu près complètement disparu.

« Tu veux venir avec moi à Saint-Joseph demain ? » lui demanda Cécile, interrompant des méditations sans grand objet, de toute façon le chômage en France il n'y pouvait rien, l'avenir de son couple non plus, le coma de son père pas davantage. « Que puis-je faire ? » N'était-ce pas Kant qui posait la question quelque part ? C'était peut-être plutôt « Que dois-je faire ? », il ne savait plus. C'était une question différente, ou peut-être pas. Saint-Joseph-en-Beaujolais c'était la vraie maison de son enfance, son père y venait tous les week-ends, ils y passaient toutes leurs vacances également. « Y aller sans papa, je crois que c'est un peu tôt pour moi » répondit-il, ça y est il se mettait à dire *papa* lui aussi, c'est sans doute agréable, au fond, de retomber en enfance, c'est peut-être ce que tout le monde souhaite, en réalité. Cécile acquiesça, dit qu'elle comprenait. Elle ne comprenait pas tout à fait en réalité, le fond du problème c'est qu'il ne pouvait plus supporter la présence de Madeleine en ce moment, elle dégageait une onde de souffrance brûlante, insoutenable, il fallait au moins un Dieu pour accueillir une telle souffrance. Il n'était même pas sûr que Madeleine croie en Dieu au sens catholique du terme, elle devait croire à une puissance organisatrice qui pouvait diriger ou briser la vie des hommes – quelque chose de pas très rassurant au fond, plus proche de la tragédie grecque que du message de l'Évangile. Elle croyait en Cécile en tout cas, elle devait voir en Cécile une sorte d'initiée qui pouvait, par ses prières, infléchir la divinité. Et lui, c'était le plus surprenant, commençait à voir sa sœur un peu de la même manière.

Et son père qui reposait sur son lit d'hôpital, à quelques centaines de mètres de là, de l'autre côté du fleuve, à quoi pouvait-il penser en ce moment ? Les malades en état de coma n'ont plus d'alternance veille-sommeil, mais ont-ils encore des rêves ? Nul ne le savait vraiment, et tous les médecins qu'il rencontrerait allaient le lui confirmer : on avait affaire à un continent mental inaccessible.

Cécile interrompit à nouveau la succession de ses réflexions, qui devenaient de plus en plus erratiques. « Je prends le 17 h 12 demain. Ça me laisse trois quarts d'heure pour rejoindre la gare du Nord. Tu veux qu'on parte ensemble ? »

Il y avait une question. Deux questions, même. Oui, entre gare de Lyon et gare du Nord, trois quarts d'heure ça pourrait aller. Il partirait avec elle, oui. Il flânerait dans Lyon en attendant. Il avait le vague souvenir qu'on pouvait flâner dans Lyon, sur les quais de la Saône ou quelque part.

8

Contre toute attente, la promenade dans Lyon s'avéra presque agréable. Les quais de la Saône étaient beaucoup plus calmes que ceux du Rhône, la circulation y était à peu près inexistante. Sur la rive opposée s'étendaient des collines boisées entrecoupées de groupes d'immeubles anciens, datant probablement du début du XXe siècle, il y avait également des pavillons, et même quelques hôtels particuliers. Tout cela était plutôt harmonieux, et surtout remarquablement apaisant. On ne pouvait malheureusement pas s'empêcher de constater qu'un paysage agréable, aujourd'hui, était presque nécessairement un paysage préservé de toute intervention humaine depuis au moins un siècle. Il y aurait eu, probablement, des conséquences politiques à en tirer – mais il était certainement préférable, vu sa situation au cœur de l'appareil d'État, qu'il s'en abstienne.

Il était sans doute préférable qu'il s'abstienne de penser, en général. La mort de sa mère, huit ans auparavant, avait été un moment violent, étrange de sa vie. Suzanne était tombée d'un échafaudage en restaurant un groupe d'anges décorant une tour de la cathédrale d'Amiens. Elle avait oublié d'ajuster son harnais de sécurité ; elle était à six mois de la retraite. La brutalité de l'événement, son caractère imprévisible l'avaient à l'époque anesthésié, il ne se souvenait même pas d'avoir éprouvé de réel chagrin, plutôt une sidération profonde. Avec son père, cette fois, c'était bien différent : à mesure qu'il cheminait sur les quais de la Saône qu'envahissait une brume discrète, il sentait monter en lui un désespoir calme et sans limites, accompagné de l'idée que cette fois il entrait vraiment dans la dernière partie de sa vie, la phase ultime, que la prochaine fois ce serait son tour, ou peut-être celui de Cécile, mais plus probablement le sien.

Il prit alors conscience qu'ils n'avaient pas du tout parlé d'Aurélien, son nom n'avait même pas été prononcé la veille au soir. Avait-il au moins été prévenu ? Probablement pas, Madeleine n'avait jamais eu de véritables rapports avec lui. Qui allait s'en charger ? Cécile évidemment, lorsqu'une tâche humainement pénible était à prévoir, elle incombait automatiquement à Cécile. « En tant que catholique... » se dit-il vaguement en s'asseyant sur un banc, et ce fut sa dernière pensée structurée, pour un temps important. La brume montait du fleuve, s'épaississait autour de lui, on n'y voyait qu'à quelques mètres.

Un autocar luxueux, confortable, roulait à vive allure sur une autoroute traversant un paysage désertique fait de roches blanches et plates, avec quelques bosquets d'épineux et de plantes grasses, on était sans doute dans un état de l'Ouest américain, l'Arizona ou le Nevada peut-être, d'ailleurs il s'agissait presque certainement d'un car Greyhound. Au milieu de l'autobus était assis un homme grand, brun, dur, au visage satanique. Il était assis aux côtés d'un autre passager, qu'il connaissait peut-être, mais probablement pas ; de toute façon cet autre passager n'était pas en mesure d'intervenir, car l'homme brun symbolisait le Mal, les voyageurs savaient (et Paul le savait comme eux) qu'à tout instant l'homme brun pouvait se lever et décider de tuer un autre voyageur ; ils savaient aussi qu'aucun d'entre eux n'aurait la possibilité, ni même l'idée d'opposer la moindre résistance.

L'homme brun se levait, s'approchait d'un vieillard assis à l'avant du bus, non loin du chauffeur. Le vieillard tremblait, sa terreur était visible, mais il ne lui venait pas à l'idée de se rebeller. L'homme brun se levait, traînait de force le vieillard jusqu'à la porte, puis actionnait le dispositif d'ouverture et poussait le vieillard dans le vide. Il se penchait ensuite un instant pour observer les modalités de l'écrasement et de la démantibulation du corps du vieillard, les figures formées par la projection du sang sur le sol aride. Puis il se rasseyait, et le voyage continuait. Paul comprenait alors qu'il allait se poursuivre jusqu'au bout, avec de nouvelles interventions, espacées et irrégulières, de l'homme brun.

Il comprenait aussitôt après, juste avant de se réveiller sur le banc, que l'homme brun symbolisait également Dieu, et qu'à ce titre ses décisions étaient justes, et sans appel. Il faisait un peu froid maintenant, le soir tombait, c'est sans doute cela qui l'avait réveillé ; c'était une chance, car il était déjà 16 heures 30, il était temps qu'il se rende à la gare. Cécile accepta sans trop faire d'histoires qu'il lui paie un surclassement en première, et en ce qui concerne Aurélien elle aborda d'elle-même le sujet. Aurélien n'avait à aucun moment été proche de leur père, de leur mère si, et même un peu trop, à son exemple il avait choisi la carrière de restaurateur d'œuvres d'art, à son exemple il avait obtenu le diplôme de « restaurateur conservateur de biens culturels » en suivant la scolarité de l'École de Condé, ils avaient de plus choisi la même période historique – la fin du Moyen âge, le début de la Renaissance – la seule différence étant que sa mère s'était spécialisée dans la sculpture, lui dans la tapisserie. En mettant ses pas dans les pas de sa mère, en choisissant une carrière artistique presque analogue à la sienne, Aurélien se livrait à un rejet sourd, implicite – et pas toujours implicite – de la carrière de son père, basée sur le service de l'État et sur l'adhésion inconditionnelle, militaire, aux intérêts variables et parfois troubles du renseignement français.

Son père au fond n'avait jamais voulu de troisième enfant, ce troisième enfant né plusieurs années après les autres lui avait en quelque sorte été imposé, il n'avait jamais fait partie de son projet, et c'était un homme, en général, qui préférait s'en tenir à ses projets. Un couple se constitue le plus souvent autour d'un projet, hormis le cas des couples fusionnels, dont l'unique projet consiste à se contempler éternellement, à se prodiguer jusqu'à la fin de leurs jours mille attentions caressantes, des gens comme ça existent, Paul en avait entendu parler, mais ses parents n'en faisaient pas partie, aussi avaient-ils dû élaborer un projet, avoir deux enfants était un projet classique, et même l'archétype du projet classique, si Prudence et lui avaient eu des enfants ils n'en seraient pas là, en réalité sans doute que si, au contraire même, ils se seraient probablement déjà séparés, les enfants aujourd'hui ne suffisent plus à sauver un couple, ils contribuent plutôt à le détruire, de toute façon les choses avaient commencé à se dégrader entre eux avant même qu'ils ne l'envisagent. Dans le cas de ses parents il y avait eu, en plus, un autre projet, c'était la maison de Saint-Joseph. Son père connaissait bien la région, il y avait passé, enfant, des vacances idylliques chez son oncle vigneron. Il avait acheté dès 1976, quelques semaines après son mariage, ce petit groupe de maisons abandonnées, situées près de Saint-Joseph-en-Beaujolais, un hameau dépendant de la commune de Villié-Morgon.

Il y avait trois maisons, de taille inégale, qui avaient appartenu à trois frères, une étable et une vaste grange. Il avait eu l'ensemble pour un prix dérisoire ; les murs et la toiture étaient bons, mais tout le reste était à refaire. Il y avait consacré l'ensemble de ses week-ends et de ses vacances au cours des dix années suivantes, dessinant lui-même les plans alors qu'il n'avait aucune formation d'architecte, réalisant de ses mains une grande partie des travaux de menuiserie et de charpente. C'était lui qui avait imaginé le jardin d'hiver, la galerie vitrée allant de la maison principale à leur petite maison d'enfants. Sa mère elle aussi s'était passionnée pour le projet, elle avait par son métier des contacts avec les meilleurs artisans d'art, dans tous les domaines, cette maison avait pris une importance croissante dans leur vie, elle était la manifestation la plus tangible, et probablement la plus durable, de l'existence de leur couple. Le résultat était magnifique : c'était là qu'il avait vécu, avec Cécile, quelques années de ce bonheur irréel et brutal de l'enfance. La fenêtre de sa chambre donnait vers le Nord-Ouest sur un paysage vallonné de prairies, de forêts et de vignes, qui s'illuminaient en automne de rouge et d'or, jusqu'aux pentes verdoyantes et abruptes des monts d'Avenas.

Ce temps était terminé pour lui, il ne serait plus jamais aussi heureux, cela ne faisait pas partie des choses possibles. Cécile avait connu, connaissait peut-être encore de tels moments de bonheur, elle avait eu des enfants, elle était redevenue elle-même une enfant, elle avait déposé son âme entre les mains du Père, ainsi qu'ils le disent dans leur croyance. Il avait besoin, absolument besoin d'imaginer Cécile heureuse.

Il l'observa, calme et tranquille, qui contemplait, dans les dernières lueurs du jour, le paysage défilant par la fenêtre. Un panneau d'informations électroniques indiquait qu'ils circulaient actuellement à une vitesse de 313 km/h, il indiquait aussi leur position géographique, et il réalisa avec un choc nerveux qu'ils étaient, au moment même où tout cela lui revenait en mémoire, un peu au sud de Mâcon, à quelques kilomètres de la maison de Saint-Joseph.

Longtemps, très longtemps après, elle tourna de nouveau son regard vers lui – le train approchait maintenant de Laroche-Migennes, et circulait à 327 km/h.

« Je ne t'ai pas demandé où tu en étais avec Prudence... observa-t-elle avec précaution.

4

— Tu as bien fait. Tu as bien fait de ne pas me demander.

— Je m'en doutais un peu. C'est dommage, Paul. Tu mérites d'être heureux. »

Comment savait-elle tout cela, comment connaissait-elle la vie, elle qui n'avait connu qu'un homme, et qui avait immédiatement choisi, avec une prescience miraculeuse, un monstre d'intégrité, de fidélité et de vertu ? Peut-être que c'est très simple, en réalité, la vie, se dit Paul, qu'il n'y a à peu près rien à savoir, qu'il suffit de se laisser guider.

Ils ne dirent pas grand-chose de plus jusqu'à leur arrivée à Paris. Le déroulement des choses, maintenant, était fixé. Dans une semaine tout au plus Cécile reviendrait avec Hervé, ils s'installeraient dans la maison de Saint-Joseph. Leur première tâche consisterait à calmer Madeleine, à tenter de redonner un sens à ses journées, à éviter qu'elle ne reste fourrée toute la journée dans les pattes des aides-soignantes de l'hôpital Saint-Luc. Et puis il n'y aurait plus qu'à attendre ; attendre et prier. Est-ce que la prière pouvait être une activité de couple ? Ou bien est-ce que c'était nécessairement un contact individuel, personnel, avec Dieu ?

Ils se serrèrent dans les bras l'un de l'autre brièvement, mais avec force, avant que Cécile ne s'engage dans le métro – elle devait changer à Bastille, c'était ensuite direct pour la gare du Nord.

9

En poussant la porte de son appartement il fut surpris par des chants de baleines provenant de l'espace de vie, et réalisa que Prudence était certainement rentrée, qu'elle devait être dans l'appartement en ce moment même, c'était ses horaires habituels. Ce n'était par contre pas du tout les siens ; depuis qu'il était au cabinet, il avait pris l'habitude de se lever tard ; vers midi il prenait la direction du ministère, flânait en traversant le parc de Bercy – il avait presque fini par aimer ce parc, avec ses espaces légumes à la con – puis le jardin Yitzhak Rabin. Arrivé à Bercy, il déjeunait en général d'une assiette de poissons fumés – le cabinet avait une cuisine séparée du reste du ministère, et le chef était excellent, mais à midi il préférait se contenter de poissons fumés. C'est à ce moment de la journée que, pour la première fois, il rencontrait Bruno.

Celui-ci arrivait tôt à son bureau, dès sept heures du matin – et, depuis qu'il occupait l'appartement de fonction, il y passait parfois une partie de la nuit – mais il ne prenait jamais de rendez-vous dans la matinée, qu'il consacrait au travail de fond. Il devait probablement, comme le faisait selon la légende son lointain prédécesseur Colbert, se frotter les mains d'enthousiasme en découvrant les tâches du jour, la pile de dossiers accumulés sur son bureau. Déjeunant en général seul avec Paul – il était, pour sa part, plutôt amateur de pizzas – ils passaient ensemble en revue les rendez-vous de l'après-midi et de la soirée, les ennuis probables.

Le plus souvent Paul rentrait tard, entre une et trois heures du matin, à cette heure Prudence avait depuis longtemps déjà regagné sa chambre. Il terminait parfois sa journée avec des documentaires animaliers ; il avait complètement cessé de se masturber. Cela faisait en réalité des mois – presque un an, songea-t-il avec terreur – qu'il n'avait pas croisé sa femme, et même les années précédentes, quand ils se croisaient, ce n'était pas très souvent, ni très longtemps. En tant que représentants des CSP++ ils n'entendaient pas déroger, et accordaient une grande importance à ce que le naufrage de leur couple se déroule dans des conditions de civilisation optimales. En entendant les chants de baleines il faillit cependant prendre la fuite, ressortir de l'appartement, chercher un hôtel pour la nuit. Mais la lassitude l'emporta, et il poussa la porte de l'espace de vie.

Prudence sursauta en l'apercevant, elle ne devait pas être tellement rassurée, elle non plus. Il fallait agir vite, désamorcer immédiatement la situation, il s'expliqua : son père avait eu un AVC, il était dans le coma à l'hôpital de Lyon, voilà ce qui justifiait ces horaires inhabituels, mais dès le lendemain les choses allaient revenir à la normale, cela ne se reproduirait plus. Elle ne réagit pas tellement à cette promesse ; curieusement, au contraire, elle semblait avoir de la peine pour lui, son visage s'était plissé sous l'effet de quelque chose qui ressemblait à de la tristesse, ou au moins à du souci. Cela s'estompa, certes, en quelques secondes ; mais cela avait eu lieu, sans aucun doute. Elle dit ensuite quelque chose de plus banal, qu'il devait s'organiser au mieux pour lui, ne pas tenir compte d'elle, etc. Elle n'avait pas très loin de cinquante ans, elle non plus ; où est-ce qu'elle en était, au juste, avec ses parents ? Des vieux bourgeois de gauche classiques, ayant passé leur vie dans des secteurs protégés, genre enseignement supérieur ou magistrature, adeptes sans nul doute du jogging, ils devaient être en pleine forme. Il n'avait jamais beaucoup aimé les parents de Prudence, enfin son père ça pouvait encore aller, mais sa mère était franchement pénible. Il y avait un vieux dicton de la sagesse populaire qui disait à peu près : « Si tu veux épouser la fille, regarde la mère » ; le fait est qu'il avait courageusement refusé, à l'époque, de tenir compte de l'avertissement. Prudence par contre – et c'était une surprise – semblait concernée par le sort d'Édouard, alors qu'elle avait accueilli avec indifférence la mort de Suzanne, huit ans auparavant. « Au fond, tu ressembles à ton père... » lui avait-elle dit un jour. Est-ce que les deux informations avaient un lien ? Est-ce que cette empathie inattendue pour le sort de son père signifiait qu'elle éprouvait encore, d'une certaine manière, quelque chose à son égard ? C'était assez vertigineux, comme idée ; mais depuis son départ pour Lyon, la veille, il avait l'impression d'être entré dans une zone de grande incertitude. La veille seulement ? Il avait l'impression que ça remontait à bien plus longtemps, et que c'était plus grave, qu'il n'était pas seulement entré dans une zone incertaine mais circonscrite de sa vie, mais que tout dans sa vie était devenu incertain, à commencer par lui-même, comme s'il était en train d'être remplacé par un double incompréhensible qui l'accompagnait en secret depuis des années, et peut-être depuis toujours.

Quoi qu'il en soit il estima préférable, pour l'instant, de ne pas aller plus loin avec Prudence, et annonça qu'il allait se retirer dans sa chambre, arguant d'un état de fatigue aisément explicable par le voyage et les émotions. Prudence sourit, elle accueillit son départ avec le calme et la bonne humeur requis, son désarroi se manifestait cependant par de petits gestes circulaires de la main, comme si elle voulait, en établissant des tourbillons cartésiens dans l'éther, créer une force d'attraction entre eux, analogue peut-être aux forces gravitationnelles. Et pourtant l'inexistence de l'éther, et des tourbillons de Descartes, avait depuis longtemps été démontrée, et ne faisait plus aucun doute dans la communauté scientifique, malgré l'ultime tentative de Fontenelle, qui publierait en 1752 une *Théorie des tourbillons cartésiens avec des réflexions sur l'attraction*, ouvrage qui n'eut aucun écho.

Elle aurait mieux fait de lui montrer son cul, à la rigueur ses seins, c'est une erreur de croire que la dignité du chagrin est compromise par une sollicitation directement sexuelle, c'est souvent le contraire qui se produit, il y a une réaction de l'organisme physique dévasté par le chagrin, terrorisé par la perspective de devenir définitivement inapte aux fonctions biologiques les plus simples, et qui souhaite se relier de nouveau à une forme de vie quelconque, la plus élémentaire possible. Mais ce n'était probablement pas à la portée de Prudence, son éducation n'avait pas été conduite dans cette direction, et c'était regrettable, car peu d'autres opportunités seraient offertes à leur couple.

10

Dès son arrivée au bureau le lendemain matin Bruno alla droit au but, lui demanda quelles étaient à peu près les chances de survie de son père ; il lui expliqua la situation de son mieux. Puis Bruno lui demanda si son père était seul ; alors il lui parla de Madeleine, ce qui le laissa pensif, son regard devint plus flou et parut s'égarer dans un espace indistinct ; Paul commençait à être habitué à ces moments où il se laissait envahir par des réflexions d'ordre général, où son mode de raisonnement habituel, pragmatique et précis, s'effaçait devant des considérations plus théoriques.

« Ton père est né en 1952, c'est bien ce que tu m'avais dit ? » demanda finalement Bruno. Paul confirma. « Un *baby boomer* typique, donc… On a vraiment l'impression, poursuivit-il, que les gens de cette génération, non seulement étaient plus énergiques, plus actifs, plus créatifs et en somme plus talentueux que nous à tous points de vue, mais qu'ils s'en tiraient mieux sur tous les plans, y compris sur le plan matrimonial. Même lorsqu'ils divorçaient – ils divorçaient déjà, nettement moins, mais ils divorçaient quand même – et même lorsqu'ils étaient déjà âgés au moment de leur divorce, ils réussissaient à retrouver quelqu'un. Nous, je ne pense pas que ce sera aussi simple. Et la génération d'après, c'est encore pire. Je vois mes deux fils, il y en a un qui est homosexuel – enfin homosexuel en théorie, en pratique je crois qu'il n'a pas de petit ami, ni régulier ni occasionnel, ce serait plutôt un asexuel à tendances homosexuelles. L'autre je ne sais pas, je crois qu'il n'est rien du tout, qu'il n'a jamais rien été, il m'arrive parfois d'oublier son existence. Nous, au moins, on essayait de se mettre en couple ; on échouait assez souvent, mais on avait essayé. »

Plus ou moins explicitement embauché pour faire revenir en France les *Trente Glorieuses*, il était normal que Bruno soit fasciné par la psychologie des *boomers*, si différente de la psychologie contemporaine par son optimisme et son audace, si différente même qu'il paraissait incroyable qu'une génération seulement les sépare. Son père lui-même, d'après ce que Paul en savait, était un moyen-haut fonctionnaire, et en ce sens un *boomer* atypique. Les *boomers* originels, les *boomers* d'anthologie, les créateurs et capitaines d'industrie, ceux dont il espérait favoriser la renaissance en France, il n'en avait jamais rencontré, et du reste ils étaient tous à peu près morts maintenant ; mortes également les baiseuses de légende des années 1970, avec leurs chattes velues, elles les avaient en quelque sorte accompagnées dans la tombe. Sur le plan matrimonial en tout cas, Paul n'avait rien à objecter à son constat désillusionné ; il se resservit d'anguille fumée, et le reste de l'après-midi se déroula à peu près tranquillement. Le principal enjeu du lendemain serait le déjeuner avec les syndicalistes. C'était lui qui avait eu l'idée de ces déjeuners mensuels, réunissant à Bercy les principaux responsables syndicaux français ; ils n'avaient aucun programme précis, c'étaient des déjeuners « informels », pour « prendre la température du pays ». L'idée de vouloir acheter la bienveillance des syndicalistes à coups de *lièvre à la royale*, de *palombes confites* et de grands crus appropriés pouvait apparaître simpliste, voire stupide ; il n'empêche que le quinquennat s'était déroulé dans une ambiance de paix sociale inédite, le nombre de jours de grève n'avait jamais été aussi bas depuis le début de la Ve République, alors que pourtant les effectifs de la fonction publique baissaient lentement mais inexorablement, au point que certains territoires ruraux, du point de vue services publics et couverture médicale, étaient à peu près tombés au niveau d'un pays africain.

L'information tomba peu après 18 heures, Paul fut prévenu à 18 heures 25 par un mail de l'attachée de presse du ministre. Un nouveau message venait de faire son apparition sur la toile ; cela commençait, comme à chaque fois, par un assemblage de pentagones et de cercles grossièrement dessinés ; mais l'assemblage était à chaque fois différent, le nombre de cercles, en particulier, variait. Il y avait ensuite un texte, composé des caractères habituels ; mais il était cette fois nettement plus long : les messages précédents avaient quatre ou cinq lignes, celui-ci une vingtaine.

En cliquant n'importe où dans la fenêtre, la vidéo démarrait. L'océan était gris, agité. La caméra se rapprochait lentement d'un navire, un porte-conteneurs gigantesque qui fendait les vagues à vive allure, sans la moindre difficulté. Le pont était désert, on ne distinguait aucun membre d'équipage. Soudain, sans impact apparent, l'énorme vaisseau se soulevait au-dessus de la surface de l'océan et retombait, coupé en deux par le milieu. Les deux moitiés, disloquées, sombraient en moins d'une minute.

Le trucage était comme d'habitude parfait, se dit Paul, on croyait absolument à la scène. Après une ou deux minutes, il appela Doutremont. Celui-ci était sur l'affaire, évidemment, et ne pouvait rien dire pour l'instant ; il promit de le rappeler dès qu'il saurait quelque chose, même tard dans la nuit.

Il rappela à huit heures du matin, et Paul eut le message à son réveil. Il préférait ne rien dire par téléphone, et proposa un rendez-vous au ministère dans l'après-midi ; il souhaitait être accompagné d'un de ses supérieurs de la DGSI.

Il arriva à 14 heures précises, accompagné du commissaire Martin-Renaud ; c'était un homme d'une cinquantaine d'années, aux cheveux gris coupés court, d'allure plutôt militaire – en réalité, il rappelait assez à Paul son propre père.

« Vous êtes le chef de la cellule informatique ?

— Pas exactement ; c'est moi qui dirige la DGSI. Il se trouve que j'ai eu l'occasion de travailler avec votre père, il y a pas mal d'années de ça. J'ai appris ce qui lui est arrivé, et j'en suis profondément peiné, c'est en partie la raison de ma présence ; mais parlons d'abord du sujet du jour. Il se tourna vers Doutremont.

— Le message, dit celui-ci, présente certains caractères originaux par rapport aux précédents. D'abord dans sa diffusion : il a cette fois parasité une centaine de serveurs, un peu partout dans le monde – y compris en Chine, ce qui ne s'était jamais produit auparavant. Mais, surtout, les vidéos précédentes étaient des trucages – des trucages très bien réalisés, mais des trucages. Cette fois, nous avons un sérieux doute.

— Vous voulez dire qu'un navire aurait réellement été coulé ?

— Son immatriculation est très lisible sur l'image, nous n'avons eu aucune difficulté à l'identifier. Il s'agit d'un porte-conteneurs de dernière génération, construit par les chantiers navals de Shanghai. C'est un bateau d'un peu plus de 400 mètres de long, qui peut transporter jusqu'à 23 000 conteneurs standard, soit environ 220 000 tonnes de fret. Il assurait la liaison Shanghai-Rotterdam, et avait été affrété par la CGA-CGM, qui est le quatrième armateur mondial dans le domaine du transport de marchandises ; c'est un opérateur français. Naturellement, nous leur avons demandé de nous signaler s'il y avait eu un accident sur un de leurs navires. Ils sont tenus de nous répondre ; ils ne l'ont pas encore fait. Ce que nous supposons, c'est qu'ils aimeraient éviter que l'affaire ne s'ébruite, et qu'ils souhaiteraient un engagement de notre part à ce sujet.

— Nous ne sommes pas du tout certains de pouvoir satisfaire cette demande, intervint Martin-Renaud. Ils donnent l'impression de penser que nous pouvons en toutes circonstances contrôler les médias, décider de ce qui va sortir ou non ; c'est loin d'être le cas. Des possibilités de fuite il y en a des dizaines, et nous n'avons aucun contrôle là-dessus, d'autant qu'il y a un point curieux dans la vidéo : on ne distingue personne, aucun membre de l'équipage – tout à fait comme s'ils avaient été prévenus de l'attaque, et avaient eu le temps de quitter le navire. Si c'est le cas ils ressurgiront forcément, tôt ou tard – et on ne pourra pas les empêcher de parler.

Je suppose qu'un bateau de cette taille n'est pas facile à couler. Ça doit demander des moyens militaires, non ?

— Dans une certaine mesure. Un lance-torpilles est un équipement difficile à trouver sur le marché, mais il peut être monté sur un bateau ordinaire. La méthode employée ici est la dislocation : il n'y a pas de contact direct entre la torpille et le navire, elle explose quelques mètres en dessous. C'est la colonne d'eau montante, celle qui se projette dans la bulle de gaz engendrée par l'explosion, qui coupe le navire en deux ; il n'y a même pas forcément besoin d'une torpille très puissante. Donc, non, des moyens énormes ne sont pas indispensables ; par contre, la visée et le timing du moment de l'explosion doivent être très précis, ça demande une vraie compétence balistique.

— Qui est-ce qui a pu faire ça ? » Il avait posé la question spontanément, involontairement presque ; cette fois, Martin-Renaud sourit franchement.

« C'est ce que nous aimerions savoir, bien sûr… » Il échangea un regard avec Doutremont. « Personne qui soit connu de nos services, en tout cas. Depuis les premiers messages, en réalité, nous sommes dans un flou total. Et, cette fois, les conséquences pourraient être très graves. Le gouvernement chinois a bien sûr les moyens de protéger le transport des marchandises produites par ses entreprises ; mais faire escorter chaque porte-conteneurs par un contre-torpilleur, ça va augmenter sérieusement les coûts. Sans compter les assurances maritimes, qui vont se renchérir dans des proportions considérables.

— Donc, ça va nuire au commerce mondial ? » C'était Doutremont qui avait posé la question ; pour Paul la réponse était évidente, et le chef de la DGSI la formula simplement : « Si l'on voulait nuire au commerce mondial, on ne s'y prendrait pas autrement. » Évidemment ça pouvait les orienter vers certains types d'activistes, plutôt d'ultragauche, mais les activistes d'ultragauche, s'ils avaient fait la preuve de leur aptitude à pourrir n'importe quelle manifestation, n'avaient pour l'instant manifesté aucune compétence de niveau militaire, et par ailleurs manquaient de moyens financiers, un lance-torpilles restait un équipement onéreux, quelle que soit la manière dont on envisage de l'acquérir.

Martin-Renaud hésita quelques secondes avant de poursuivre. « Il y a un autre sujet pour lequel je voulais vous voir... dit-il finalement. Votre père détient encore certains dossiers. » Paul s'étonna : des dossiers ? Il était pourtant bien à la retraite ? Oui, certainement, mais quand on exerce des fonctions comme les siennes on n'est jamais complètement à la retraite, dit Martin-Renaud ; et ces dossiers n'étaient pas vraiment des dossiers, enfin c'était difficile à expliquer. « Vous pourriez les lire, poursuivit-il, vous n'y comprendriez pas grand-chose. Si si, vous pourriez, ils ne sont pas classifiés... » ajouta-t-il. « C'est d'ailleurs pour ça que nous ne prenons aucune précaution pour éviter qu'on les dérobe : nous ne pensons pas que qui que ce soit puisse en tirer des éléments. » Il s'agissait au fond moins de dossiers que de collections de faits ou d'informations étranges, entre lesquels le père de Paul avait été le seul à établir une relation ; il n'y avait rien d'assez solide pour justifier une enquête ou une opération de surveillance. C'étaient plutôt comme des espèces d'énigmes, qui l'avaient parfois occupé pendant des années, dans lesquelles il pressentait une menace pour la sécurité de l'État, sans pour autant pouvoir en préciser la nature. « Il y a quelques chemises cartonnées, qu'il conservait dans son bureau à Saint-Joseph-en-Beaujolais, j'y suis allé une fois, expliqua-t-il. Donc, nous souhaiterions, en cas de malheur, enfin, au cas où les choses tourneraient mal, que ces dossiers nous soient remis. »

Paul se dit d'abord qu'il avait évité d'utiliser le mot « mort » pour ne pas le heurter, mais en jetant un coup d'œil à Martin-Renaud il se rendit compte que celui-ci était réellement troublé, mal à l'aise. « J'aimais beaucoup votre père », confirma-t-il. « Je ne vais pas vous raconter que c'était mon mentor, il a travaillé avec beaucoup d'autres jeunes agents de ma génération ; mais j'ai beaucoup appris à son contact. »

Il n'avait jamais compris grand-chose aux activités professionnelles de son père ; il se souvenait juste que, de temps en temps, il recevait un appel sur son téléphone sécurisé Teorem – parfois au moment des repas – et qu'il s'isolait aussitôt pour répondre. Il ne leur parlait jamais ensuite du contenu de la conversation, mais il paraissait soucieux, en général pour le restant de la journée. Soucieux et taciturne. Oui, c'était un homme dont les activités professionnelles avaient été caractérisées par le *souci*, c'était tout ce qu'il pouvait en dire.

Naturellement, il accepta. « J'ai, moi aussi, une demande à vous faire... » poursuivit-il. Les responsables de ces attaques informatiques – et, maintenant, de cet attentat – disposaient manifestement de moyens importants ; mais ces moyens ne devaient quand même pas être illimités. Il savait qu'on avait, par le passé, tenté de supprimer les messages – mais que très vite ils réapparaissaient sur d'autres serveurs, et parfois sur le même. Maintenant qu'ils avaient davantage de messages à gérer, ils prêteraient peut-être moins d'attention aux premiers. La vidéo mettant en scène sa décapitation avait, il le savait, profondément heurté le ministre. Elle continuait de le miner ; ne serait-il pas possible d'envisager de l'éradiquer pour de bon ?

Martin-Renaud acquiesça aussitôt. « Votre raisonnement me paraît valable… Oui, on s'en occupe dès notre retour. »

Lorsque le rendez-vous s'acheva, l'après-midi était déjà bien avancé ; cette lumière des fins d'après-midi du début de décembre était sinistre, se dit Paul ; c'était vraiment le temps idéal pour mourir.

11

Le lendemain, l'équipage du bateau refit son apparition. Il avait été coulé au large de La Corogne, à la limite des eaux territoriales espagnoles ; Paul apprit avec surprise que ces navires gigantesques fonctionnaient avec un équipage d'une dizaine de personnes. Leur interrogatoire n'apprit pas grand-chose aux autorités : ils avaient été contactés par radio, leurs interlocuteurs ne s'étaient évidemment pas identifiés. Ils avaient tiré une première torpille qui avait frôlé la poupe du bateau, afin de montrer qu'ils ne plaisantaient pas, puis leur avaient laissé dix minutes pour quitter le navire.

La couverture médiatique de l'événement avait d'abord été énorme – c'était la première fois qu'un attentat de ce type était commis – puis, en l'absence de tout élément d'information, s'était rapidement tarie. Paul résuma à Bruno la visite de Martin-Renaud, et fut surpris par le calme avec lequel il accueillait les événements. Sa relative indifférence lors des premières attaques informatiques, hormis celle qui le touchait directement, l'avait déjà étonné. Les conséquences sur les transactions financières avaient pourtant été considérables : une suspicion générale sur la sécurité d'Internet s'était répandue dans les salles de marché, qui étaient revenues au temps du téléphone et du fax – un bond en arrière d'une quarantaine d'années ; mais Bruno avait toujours éprouvé un certain mépris pour le capitalisme financier. On ne pouvait pas réellement inventer l'argent, pensait-il, la différence finissait tôt ou tard par se faire, la référence à une production de biens quelconque devenait tôt ou tard indispensable, et de fait le fonctionnement du système productif, même avec des transactions financières considérablement ralenties, était resté à peu près inchangé. Cette fois, pourtant, l'économie réelle était touchée ; mais à vrai dire, même si ce n'était pas un argument qu'on pouvait avancer publiquement, les entraves imposées au commerce extérieur chinois n'étaient pas forcément une mauvaise nouvelle pour la France. Depuis le début, Bruno ne jouait pas vraiment le jeu ; il jouait sa propre version du jeu.

Paul sentait, aussi, qu'il commençait à être envahi par des soucis d'une nature différente, plus directement politique. La situation ne s'était pas vraiment éclaircie :

non seulement il n'avait pas annoncé sa candidature, mais il se refusait à toute déclaration à ce sujet, répétant à chaque fois que le moment « n'était pas venu ». Il n'avait aucun rival sérieux dans le parti du président : l'hypothèse d'une candidature du premier ministre était parfois évoquée dans les médias, mais c'était pour la rejeter aussitôt ; nommé dès le début du quinquennat, il n'avait jamais été qu'un pur pantin entre les mains du chef de l'état. Du début à la fin Bruno avait été son seul interlocuteur véritable, le seul à disposer d'un poids suffisant pour infléchir la politique du pays.

Un autre concurrent surprenant s'était manifesté depuis peu. Benjamin Sarfati, dit parfois « Ben », ou encore « Big Ben », sortait des zones les plus basses du divertissement télévisuel. Il avait fait toute sa carrière sur TF1, où il avait d'abord animé une émission destinée aux adolescents, nettement inspirée de *Jackass*, à ceci près que les défis proposés jouaient beaucoup plus sur l'humiliation que sur le danger : déculottages, vomissements et pets constituaient la matière première d'un programme qui devait permettre à TF1, pour la première fois de son histoire, d'arriver en tête des audiences sur le segment des adolescents et des jeunes adultes. Sa carrière devait ensuite être marquée par une totale fidélité à la chaîne, ainsi que par une druckerisation, équivalent télévisuel de la gentrification des quartiers urbains, qui devait culminer lors de son invitation à l'émission d'adieux de Michel Drucker, le jour de son quatre-vingtième anniversaire – un des moments majeurs de la télévision des années 2020. À son talk-show hebdomadaire, puis quotidien, se pressèrent bientôt hommes politiques de premier plan et grandes consciences – le plus difficile à convaincre fut Stéphane Bern, qui craignait la frilosité de son public du quatrième âge ; mais il vint lui aussi, et ce fut l'une des plus grandes joies de la carrière de Sarfati, qui avait bénéficié presque en même temps de la *sortie de route* de Cyril Hanouna. Paul ne se souvenait plus au juste si ce dernier avait été accusé d'exhibitionnisme, de harcèlement sexuel ou carrément de viol, toujours est-il qu'il avait *explosé en plein vol*, il croyait avoir des appuis solides dans le milieu mais finalement non, il avait disparu des antennes et des consciences encore plus vite qu'il n'était apparu, plus personne ne se souvenait de l'avoir employé ni même croisé. « Bouygues a eu sa revanche sur Bolloré », tel avait été le sobre commentaire de Bruno.

Sans jamais favoriser de manière trop ostensible le parti du président – cela aurait été contraire à son éthique d'animateur – Benjamin Sarfati faisait implicitement connaître ses positions politiques, ne serait-ce que par son choix des opposants les plus médiocres – il n'en manquait pas – lorsqu'il s'agissait d'organiser une confrontation avec un membre important du gouvernement ; il commença ainsi à se rapprocher des cercles les plus intimes du pouvoir. Il lui restait pas mal d'étapes à franchir avant d'envisager une candidature à la présidentielle, mais il s'employait à les franchir, nul ne le contestait plus à présent. Un moment décisif avait certainement été sa rencontre avec Solène Signal, présidente du cabinet de consulting *Confluences*, qui s'occupait depuis de sa communication.

Contrairement à la plupart de ses concurrents, Solène croyait peu à la nécessité d'occuper le terrain sur Internet. Internet, aimait-elle à dire, n'avait que deux utilités : télécharger du porno, insulter autrui sans risques ; seule une minorité de gens particulièrement haineux et vulgaires s'exprimait en réalité sur le Net. Internet constituait cependant une sorte de passage obligé d'un point de vue fictionnel, un élément nécessaire de la story ; mais il lui paraissait suffisant, et même préférable, de faire savoir qu'on était populaire sur le Net, sans que cela ne corresponde à aucune réalité. On pouvait annoncer sans crainte des chiffres de centaines de milliers, voire de millions de vues ; aucune vérification n'était envisageable.

La véritable innovation de Solène était la seconde étape, celle qui suivait immédiatement Internet, et qui, sous son influence, devint peu à peu incontournable, pour tous les cabinets de consulting, dans l'établissement d'une story moderne : celle des people intermédiaires (actrices prometteuses, chanteurs en devenir). Leur fonction, dans les médias auxquels ils avaient accès – hype le plus souvent, mais occasionnellement lourds –, était de relayer inlassablement le même message concernant le candidat : humanité, proximité, empathie – mais aussi patriotisme, sérieux, attachement aux valeurs de la république. Cette étape, la plus importante selon elle, était aussi la plus longue, et de loin la plus coûteuse en temps comme en investissement individuel ; car il fallait bien rencontrer ces people intermédiaires, leur parler, sympathiser avec leurs ego aussi démesurés que lamentables. Benjamin, à cet égard, était particulièrement favorisé : sa position télévisuelle, l'incroyable audience de son talk en faisaient, pour les people intermédiaires, un interlocuteur indispensable. Ils pouvaient tout au plus envisager de légers différends avec lui ; mais se fâcher avec Benjamin, pour un people intermédiaire, n'était pas une option.

Sur la troisième étape, le troisième étage de la fusée, Solène n'apportait aucune innovation, ses contacts étaient exactement les mêmes que ceux de ses concurrents. Elle connaissait les mêmes sénateurs, les mêmes directeurs de cabinet, les mêmes journalistes des *quotidiens de référence* ; c'est au second stade surtout qu'elle entendait creuser l'écart (et, depuis quelque temps, Benjamin Sarfati était clairement passé au troisième) ; elle était chère évidemment, mais son cabinet était encore jeune, elle ne pouvait pas se permettre d'être hors de prix.

Même s'il s'affirmait de plus en plus comme un candidat crédible, Sarfati, lui non plus, ne s'était pas encore déclaré ; la période suivant les fêtes serait décisive.

Après leur rencontre fortuite, Paul et Prudence avaient pris l'habitude de se revoir une fois par semaine – en général le dimanche après-midi. La communication entre eux restait difficile et principalement verbale, jamais ils ne dépassèrent le stade de la bise – mais c'était déjà énorme de pouvoir se parler, se disait Paul, ils revenaient vraiment de loin. Prudence parlait presque uniquement de son travail – elle était toujours à la direction du Trésor. Sur ses amitiés, ses loisirs, Paul au bout d'un mois n'en savait pas davantage. Quelque chose de nouveau semblait s'être installé en elle – comme une résignation, une tristesse, elle parlait maintenant d'une voix ralentie, presque comme une petite vieille ; physiquement, pourtant, elle avait à peine changé.

Elle lui demandait aussi, à chaque fois, des nouvelles de son père – après tout, c'était cela qui les avait rapprochés. Il essayait de lui en donner – même s'il n'était pas retourné à Lyon, il téléphonait souvent à Cécile, qui s'était installée dans la maison de Saint-Joseph. Mais pour l'instant son père était toujours dans le coma, la situation était stable. Cécile pourtant ne semblait nullement découragée – elle semblait avoir une confiance illimitée dans les pouvoirs de la prière.

Un samedi du milieu de décembre, Paul se rendit à l'église Notre-Dame de la Nativité de Bercy. Elle était située place Lachambeaudie, à cinq minutes à pied de chez lui. C'était vraiment une petite église, probablement construite au XIXe siècle, incongrue dans ce quartier moderne, voire postmoderne. À quelques mètres il y avait les lignes du réseau ferré Sud-Est, les TGV pour Mâcon et Lyon passaient par là, son train était certainement de nombreuses fois déjà passé devant cette église sans qu'il ne soupçonne son existence. Un dépliant d'information lui en apprit davantage : construite en 1677 sous le nom de Notre-Dame de Bon Secours, l'église avait été détruite en 1821, car quasiment en ruines, puis reconstruite à partir de 1823. Elle avait de nouveau été détruite au cours de la Commune, puis reconstruite à l'identique un peu plus tard. Ensuite inondée lors des crues de la Seine de 1910, puis touchée en avril 1944 par le bombardement des voies de chemin de fer, elle avait été partiellement détruite par un incendie en 1982.

En somme c'était une église qui avait souffert, et qui continuait de ne pas très bien se porter, elle était en ce samedi après-midi absolument déserte, et donnait l'impression de l'être à peu près en permanence. Si l'on avait voulu figurer les tribulations du christianisme en Europe occidentale, on n'aurait pas pu trouver mieux que l'église Notre-Dame de la Nativité de Bercy.

12

Le 25 décembre était un vendredi, Paul allait pouvoir rester trois jours entiers à Saint-Joseph. Prudence était partie le samedi précédent, il ignorait pour quelle destination ; probablement en Bretagne, dans la maison de vacances de ses parents, qui n'était d'ailleurs plus une maison de vacances, il croyait se souvenir qu'ils s'y étaient installés il y a quelques années, après le départ en retraite de son père.

En traversant l'espace de vie – qui servait maintenant à leurs conversations du dimanche après-midi, qui recommençait dans une certaine mesure à mériter son nom, il remarqua une feuille vivement coloriée posée sur la crédence – un achat de Prudence, il s'en souvenait, elle s'était littéralement enthousiasmée pour cette crédence Louis XVI, qui lui paraissait « donnée », c'était une femme qui avait été capable d'enthousiasme, à certains moments, sur certains sujets. Il s'agissait d'une invitation à la célébration du sabbat de Yule, qui avait lieu le 21 décembre à Gretz-Armainvilliers. Elle était illustrée d'une photo de jeunes filles vêtues de longues robes blanches, aux fronts ceints de bandeaux de fleurs, qui s'ébattaient dans une prairie ensoleillée en esquissant des gestes préraphaélites. Cela évoquait assez un porno soft des années 1970 ; qu'est-ce que c'était que cette histoire ? Dans quoi Prudence s'était-elle fourrée ?

Plus bas, une série de sigles ésotériques semblaient pourtant se porter garants du sérieux de l'événement. Une brève note explicative, mais que l'on sentait plutôt destinée aux adeptes inattentifs, rappelait que le sabbat de Yule était traditionnellement associé à l'espérance, à la renaissance après la mort du passé. Cela correspondait assez bien, si l'on veut, à la situation de leur couple. En tout cas cela ne ressemblait pas à une secte très hard, plutôt un truc de femmes, à base d'huiles essentielles. Rassuré, il reposa la feuille sur la crédence et partit prendre son train.

Il avait passé une mauvaise nuit, et s'endormit quelques secondes après s'être installé dans son siège de première classe – il y avait un appuie-tête, c'était bien, et le wagon était pratiquement désert. Il était debout au milieu d'une prairie verdoyante – l'herbe paraissait taillée au ciseau, d'un vert éblouissant sous le soleil, sous le ciel d'un bleu parfait rehaussé par quelques nuages, des nuages sans gravité, des nuages décoratifs, qui à aucun moment de leur existence de nuages n'avaient pu être porteurs de pluie. Intuitivement, il savait qu'il se trouvait dans le sud de la Bavière, non loin de la frontière autrichienne – les montagnes qui barraient l'horizon étaient sans aucun doute les Alpes. Il était entouré d'une dizaine d'hommes âgés, qui donnaient une grande impression de sagesse. Ils étaient pourtant vêtus de costumes classiques, de costumes d'employés de bureau, mais leurs emplois de bureau, il le saisissait à l'instant même, n'avaient été qu'une couverture, ils étaient en réalité d'authentiques initiés. Tous étaient d'accord sur un point : Paul Raison était prêt pour l'envol, sa préparation avait été suffisante. Il descendait alors la pente en courant, maintenant son regard fixé sur les chaînes de montagnes qui délimitaient l'horizon vers le Sud, mais cela ne durait que quelques secondes ou quelques dizaines de secondes, en tout cas moins d'une minute, et d'un seul coup, sans l'avoir prémédité, sans même l'avoir vraiment anticipé, il se retrouvait soulevé dans l'atmosphère, à une vingtaine de mètres du sol. Il battait ensuite faiblement des mains pour assurer son équilibre, puis s'immobilisait. Les pseudo-employés de bureau, qui avaient en réalité été ses maîtres, et ses initiateurs à l'art du vol, s'étaient réunis en dessous de lui pour commenter sa première ascension, en tout point conforme à leurs vues. Rasséréné, Paul tentait alors un premier déplacement – il s'agissait simplement d'opérer des mouvements de brasse, modifiant sa direction par l'orientation des bras, cela fonctionnait exactement comme la nage, quoique dans un milieu naturellement plus fluide. Après quelques minutes d'entraînement il put exécuter des cabrioles, et même de discrets loopings, avant de s'élever un peu, atteignant sans efforts une altitude d'une centaine de mètres. Se déplaçant par des brasses souples, Paul se dirigea vers les chaînes de montagnes ; il n'avait jamais été aussi heureux.

Lorsqu'il s'éveilla, le train traversait la gare de Chalon-sur-Saône ; il circulait à une vitesse de 321 km/h. Son portable émettait un nasillement faible, mais insistant ; il avait 19 appels en absence. Il tenta d'écouter ses messages, mais il n'avait pas de réseau. Des affichettes lui recommandaient de passer ses appels de la plateforme « pour des raisons de courtoisie ». Il se dirigea vers la plateforme, mais il n'y avait pas davantage de réseau. Traversant deux wagons également déserts, il parvint jusqu'à l'espace restauration Inouï ; il avait pris la précaution de se munir de son titre de transport, il n'avait pas de carte de réduction ; l'employé de l'espace restauration s'appelait Jordan et lui servit un burger de création Paul Constant, une salade de quinoa et d'épeautre, une bouteille de 17,5 cl de Côtes-du-Rhône tradition. Un défibrillateur était le cas échéant à sa disposition, mais il n'y avait toujours pas de réseau ; le train arriverait en gare de Mâcon-Loché TGV dans 23 minutes.

Était-il responsable de ce monde ? Dans une certaine mesure oui, il appartenait à l'appareil d'État, pourtant il n'aimait pas ce monde. Et Bruno, il le savait, se serait lui aussi senti mal à l'aise avec ces burgers de création, ces espaces zen où l'on pouvait se faire masser les cervicales le temps du trajet en écoutant des chants d'oiseaux, cet étrange étiquetage des bagages « pour raisons de sécurité », enfin avec la tournure générale que les choses avaient prises, avec cette ambiance pseudo-ludique, mais en réalité d'une normativité quasi fasciste, qui avait peu à peu infecté les moindres recoins de la vie quotidienne. Pourtant Bruno était responsable de la marche du monde, et même bien davantage que lui. La phrase de Raymond Aron selon laquelle les hommes « ne savent pas l'histoire qu'ils font » lui était toujours apparue comme un *bon mot* sans consistance, si Aron n'avait que ça à dire il aurait mieux fait de se taire. Il y avait là-dessous quelque chose de beaucoup plus sombre, la distorsion de plus en plus évidente entre les intentions des hommes politiques et les conséquences réelles de leurs actes lui apparaissait comme malsaine et même maléfique, la société en tout cas ne pouvait pas continuer à fonctionner sur ces bases, se disait Paul.

Peu avant l'arrivée à Mâcon la brume se dissipa, et le soleil illumina, splendide, le paysage de prairies, de forêts et de vignes déjà blanchies par l'hiver. Dès qu'il descendit de la rame il aperçut Cécile, elle courut pour franchir les quelques mètres qui les séparaient et se jeta dans ses bras, elle était en larmes. Il y a beaucoup de raisons pour pleurer dans une vie, et il lui fallut presque une minute pour parvenir à articuler : « Papa s'est réveillé ! Papa est sorti du coma ce matin !... » avant de fondre en larmes de nouveau.

deux

1

Hervé les attendait près de la voiture en fumant une cigarette. Il serra longuement la main de Paul, il avait l'air content de le voir. Des gens m'aiment, se dit Paul avec surprise ; enfin plus exactement ils m'apprécient, n'exagérons rien. Hervé aimait sa sœur, il avait fait de son mieux pour apprécier, et en effet dans un sens pour aimer le beau-frère que le destin lui avait donné ; et il y était parvenu, se dit Paul, il avait découvert en lui des éléments estimables et même aimables. Cela ne correspondait à aucune réalité objective, se dit encore Paul, ce n'était qu'une conséquence du regard de l'observateur, et plus précisément de la bonté d'Hervé, qui le conduisait à apercevoir autour de lui une conjonction d'êtres estimables, à considérer que les gens sont la plupart du temps de *braves gens*.

Il avait pris un coup de vieux depuis la dernière fois : plus de ventre, moins de cheveux, enfin le vieillissement classique ; mais il n'avait pas l'air marqué par le chômage, se dit stupidement Paul. À quoi est-ce qu'il s'attendait ? À ce qu'il lui pousse des cornes ? Il ne donnait en tout cas pas l'impression de passer ses nuits dans l'angoisse en ressassant ses infructueuses démarches de recherche d'emploi ; le chômage était à ses yeux un état répandu, naturel, installé depuis des générations, accepté en quelque sorte comme un destin. De difficiles études lui avaient permis d'y échapper pour un temps ; puis le destin l'avait rattrapé.

Mais, surtout, il était marié. « On y va, mamour ? » demanda Cécile en ouvrant la portière avant droite. *Mamour* ?... Est-il vrai qu'on ne change pas, même physiquement, pour des yeux aimants, que des yeux aimants sont capables d'annihiler les conditions normales de la perception ? Est-il vrai que la première image qu'on a laissée dans les yeux de l'aimée se superpose toujours, éternellement, à ce qu'on est devenu ?

Alors que la voiture s'engageait sur l'autoroute A6, Paul se souvint d'être allé à la prestation de serment d'Hervé, une vingtaine d'années auparavant. Les aspirants notaires étaient une quinzaine, vêtus d'un curieux costume datant du XVIIIe siècle, avec une culotte noire, des bas blancs, une sorte de redingote et un bicorne. Cela se passait dans l'ancien palais de justice de Paris, le décor convenait bien. Le juge avait parlé de remplir loyalement ses fonctions, « avec exactitude et probité », quelque chose de ce genre. Il revoyait son beau-frère répétant avec solennité : « Je le jure » à l'appel de son nom, c'était plutôt impressionnant. Hervé avait ensuite reçu un sceau personnel, qui lui permettait de certifier des actes authentiques ; il y avait en effet de quoi ressentir une certaine fierté, pour un fils d'ouvrier.

Il allait quand même falloir qu'il retrouve un emploi, se dit Paul, tôt ou tard il allait falloir qu'ils retrouvent un emploi, lui ou Cécile. Il ne s'était probablement pas lancé dans des dépenses irraisonnées – sa Dacia Duster était en bon état, mais ce n'était qu'une Dacia Duster. Le soleil hivernal était de plus en plus vif, des flots de lumière envahissaient l'habitacle ; alors qu'après une courbe facile ils s'engageaient sur une longue pente faiblement inclinée, Paul eut l'impression de pénétrer dans un puits de lumière. Il s'était installé à côté de Madeleine à l'arrière de la voiture. D'abord ils avaient échangé deux bises, ça c'était un fonctionnement établi entre eux, ils savaient faire. Puis, pendant une dizaine de kilomètres – à peu près jusqu'à la hauteur de Saint-Symphorien-d'Ancelles – il s'était demandé ce qu'il allait bien pouvoir trouver à lui dire, avant de parvenir à la conclusion qu'il valait probablement mieux qu'il se taise, que Madeleine préférait le silence, qu'elle était en ce moment très heureuse, et que toute parole aurait diminué la plénitude de sa joie. Il comprit alors un peu mieux, mais fugitivement, ce qu'avaient été les relations de Madeleine et de son père, ce qu'avait été à ses côtés la présence paisible, presque animale de Madeleine – et songea dans la même seconde qu'il ne parvenait toujours pas à penser à son père autrement qu'au passé.

Comme si elle avait instantanément reçu cette pensée négative, Cécile se mit alors à parler, à raconter sa journée, qui avait été intense. C'est en traversant Paris, entre le trajet qui l'amenait d'Arras et celui qu'elle s'apprêtait à faire jusqu'à Lyon, qu'elle avait reçu le coup de téléphone de l'hôpital – exactement, à la station de métro Jacques-Bonsergent. Son père était sorti du coma, c'était la seule information qu'elle avait réussi à capter. Elle avait cherché pendant toute la matinée à joindre l'hôpital, mais elle n'avait pas eu de chance du point de vue réseau, les communications avaient été brèves et décevantes, presque inaudibles ; ce n'est qu'en arrivant à Lyon qu'elle put se faire une idée exacte de la situation. La sortie du coma est un événement imprévisible et brutal, qui peut prendre différentes formes. Parfois la personne meurt, tout simplement. Il arrive aussi qu'elle revienne complètement à la vie, qu'elle recouvre toutes ses capacités, une sortie est même parfois possible dès le lendemain. Dans des cas intermédiaires, comme celui du père de Paul, certaines fonctions reprennent, mais elles sont peu nombreuses. Il avait ouvert les yeux, ce qui était le critère majeur de sortie du coma ; il pouvait, aussi, respirer normalement ; mais il était entièrement paralysé, incapable de parler et de maîtriser ses fonctions naturelles. Il était dans un état antérieurement qualifié de « végétatif » par les praticiens, mais la plupart d'entre eux récusaient maintenant le terme, craignant qu'il ne rappelle la métaphore usuelle assimilant leurs patients à des légumes, et qu'il ne s'agisse d'une ruse sémantique destinée à justifier par avance leur euthanasie ; ils préféraient utiliser celui d'« éveil non répondant », par ailleurs plus exact : le patient avait récupéré sa capacité à percevoir le monde, mais pas celle d'interagir avec lui.

La voiture atteignit la banlieue de Lyon ; les embouteillages promettaient d'être interminables. Hervé conduisait calmement, rien ne semblait pouvoir l'énerver ce matin. Il n'y avait plus un nuage dans le ciel, même la brume s'était dissipée.

Une fois garés sur le parking de l'hôpital, Madeleine se tourna vers lui. « Il vaut mieux que je vous laisse le voir seul », dit-elle. C'était important, pour elle, le fils aîné, elle ne plaisantait pas avec ça, elle ne parviendrait probablement jamais à se départir à son égard d'une attitude de respect craintif.

« Tu viens avec moi, Cécile !... » lança Paul à sa sœur d'un ton désespéré, presque implorant, sans l'avoir prémédité. C'est à ce moment, seulement, qu'il comprit qu'il avait peur.

2

Son père avait été changé de chambre, et même d'étage, telle fut la première constatation que fit Paul après être passé à l'accueil du centre hospitalier. « C'est normal, il n'est plus en réanimation... » lui dit Cécile. « J'ai vu la médecin-chef ce matin. Elle n'est plus là, elle devait partir tôt aujourd'hui, mais elle pourra nous recevoir lundi, elle ne prend pas de vacances entre Noël et le Jour de l'An. Tu pourras être là lundi ? » Ça il n'en savait rien, on verrait plus tard, répondit-il, ce n'était pas le plus important pour l'instant. Probablement oui, se dit-il presque aussitôt : entre le lundi 28 et le jeudi 31 c'était une nouvelle semaine de quatre jours, la trêve des confiseurs par excellence. Bruno serait à son bureau sans aucun doute, il ne se souvenait pas d'avoir jamais vu Bruno prendre de vacances, mais il n'aurait aucun rendez-vous, ni aucun besoin de lui, il serait seul avec ses dossiers, il serait heureux.

Le travail divertit, se dit Paul. L'infirmière qui les précédait dans le couloir avançait rapidement, dans moins d'une minute il serait de nouveau en présence de son père, son cœur battait de plus en plus vite, un flot de terreur montait en lui, il faillit trébucher en arrivant devant la porte de la chambre.

Le changement était radical : appuyé sur deux oreillers, Édouard était presque assis dans son lit. Il n'avait plus de tuyau dans la gorge, et l'appareil bruyant avait disparu. Il n'avait pas non plus de perfusion, ni d'électrodes fixées sur le crâne. C'était de nouveau son père, avec son visage sérieux et même austère, et surtout il avait les yeux grands ouverts, qui fixaient droit devant lui sans bouger, sans ciller.

« La ventilation naturelle a repris, il n'a plus besoin de respirateur. C'est surtout le respirateur qui impressionne les familles, d'habitude » commenta l'infirmière. Figé sur place, Paul ne parvenait pas à détacher son regard de celui de son père.

« Il voit ? demanda-t-il finalement. Il entend et il voit ?

— Oui, il ne peut ni bouger ni parler, il est totalement paralysé, mais ses capacités visuelles et auditives sont restaurées. Par contre, nous ne sommes pas capables de dire s'il peut interpréter ses perceptions, les relier à des choses connues, des notions ou des souvenirs.

— Bien sûr qu'il se souvient de nous ! coupa Cécile sans hésitation.

— En général, les patients en état végétatif réagissent davantage aux voix familières qu'aux visages, poursuivit l'infirmière sans se troubler. Donc il faut lui parler, n'hésitez pas à lui parler.

— Bonjour, papa » dit Paul pendant que Cécile, très à l'aise, commençait à lui caresser la main. Paul réfléchit une minute avant de demander :

« Il va rester longtemps comme ça ?

— Alors ça, nous n'en savons rien » répondit l'infirmière avec satisfaction, ça faisait longtemps qu'elle attendait cette question, les familles la posent en général tout de suite, le fait que Cécile n'ait à aucun moment abordé le sujet la perturbait depuis le début de la matinée. « Nous avons pratiqué tous les examens possibles : scanner, IRM, PET-Scan, et bien sûr électroencéphalogramme ; nous allons continuer, mais il n'y a aucun examen à l'heure actuelle qui permette de prédire avec certitude l'évolution d'un patient en état végétatif. Il peut revenir à une conscience normale dans quelques jours ; mais il peut aussi rester comme ça toute sa vie.

— Bien entendu qu'il va revenir, mais ça va prendre plus que quelques jours… » intervint Cécile. Son aplomb était incroyable, elle s'exprimait comme si elle tenait directement ses informations d'une puissance surnaturelle ; les manifestations mystiques de sa sœur avaient décidément pris de nouvelles proportions, se dit Paul. Il jeta un regard de côté à l'infirmière, mais celle-ci n'avait même pas l'air en colère, elle en restait simplement bouche bée.

Son père en tout cas paraissait au-delà de toutes ces préoccupations. Ce regard qui fixait un point indéterminé dans l'espace, ces yeux qui voyaient mais ne pouvaient plus rien exprimer, étaient infiniment troublants, comme si son père était entré dans un état de perception pure, comme s'il était déconnecté du labyrinthe émotionnel, mais Paul se dit que c'était certainement faux, son père devait avoir gardé toute sa capacité d'éprouver des émotions, même s'il n'était plus en état de les exprimer, c'était pourtant une chose étrange d'imaginer la douleur ou la joie sans qu'elles ne puissent se traduire par des mimiques, des gémissements, des sourires ou des plaintes. L'infirmière paraissait pleine de bonne volonté, et désireuse de communiquer toutes les informations médicales à sa disposition. Elle rappela plusieurs fois, par prudence, qu'ils devraient se faire confirmer auprès de la médecin-chef, mais elle avait l'air de parfaitement maîtriser son sujet. Son père avait un fonctionnement mental, oui, sans aucun doute, dit-elle à Paul. L'électroencéphalogramme avait permis de détecter des ondes delta, typiques du sommeil sans rêves ou de la méditation profonde, mais aussi des ondes thêta, plutôt associées à la somnolence, et même à deux reprises des ondes alpha, ce qui était très encourageant. Il avait une alternance veille-sommeil, même si celle-ci était beaucoup plus rapide que chez un homme en bonne santé, et ne suivait pas du tout le rythme nycthéméral habituel ; on ignorait s'il avait des rêves.

À ce moment précis, son père ferma les yeux. « Voilà... » dit l'infirmière avec satisfaction, comme si son père avait parfaitement joué son rôle de patient. « Il vient de s'endormir, ça va durer quelques minutes, au maximum une heure. C'est peut-être votre visite, le fait de vous revoir, ça l'a fatigué.

— Vous pensez qu'il m'a reconnu, alors ?

— Mais bien sûr qu'il t'a reconnu, puisqu'on te le dit ! intervint Cécile avec impatience. C'est vrai, on va le laisser se reposer pour ce soir. D'ailleurs il faut que je rentre préparer le repas.

— Déjà ?

— C'est le réveillon de Noël, ce soir. Tu avais oublié ? »

3

Oui, il avait complètement oublié qu'on était le soir de Noël. Les termes techniques employés par l'infirmière, le regard de son père, qui lui avait immédiatement évoqué ce qu'il imaginait être le regard d'un spectre, ce regard tenant à la fois de la vie et de la mort, très éloigné et très proche de l'humanité, l'incapacité en réalité de savoir quoi que ce soit sur son état mental, tout l'avait plongé dans un état de désarroi généralisé et lui donnait l'impression de sortir d'une série télévisée sur le paranormal. La nuit était tombée depuis longtemps lorsqu'ils atteignirent Villié-Morgon illuminée pour les fêtes, avant de s'engager sur la D18 en direction du col du Fût-d'Avenas.

Hervé se gara en face de la maison principale. Sous les étoiles, elle paraissait encore plus massive, plus imposante que dans son souvenir.

« J'ai oublié de t'en parler… dit Cécile en sortant de la Dacia. Enfin, au cas où tu pourrais rester la semaine prochaine. On va avoir la visite d'Aurélien, il devrait arriver le 31.

— Il y aura sa femme ?

— Oui, Indy sera là. Et il y aura aussi leur fils. » Elle avait hésité en prononçant ce dernier mot, elle ne parvenait décidément pas à s'y faire.

« On va sûrement le mettre dans l'ancienne chambre d'Aurélien, poursuivit-elle. Ce qui fait que pour toi il reste une chambre d'invités, la bleue – moi, je suis dans la verte. À moins que tu ne préfères dormir dans la petite maison.

— Oui, je préfère.

— Je m'en doutais. En fait j'ai déjà préparé la chambre pour toi, j'ai allumé le chauffage. »

C'était curieux qu'elle se soit doutée de ça, parce que lui-même ne l'avait pas du tout anticipé. Plusieurs fois au cours des dernières années, il avait rendu visite à son père ; mais à chaque fois il avait préféré dormir dans une chambre d'invités, jamais il n'avait remis les pieds dans la chambre qui avait été la sienne enfant, puis adolescent, cela faisait vingt-cinq ans qu'il ne l'avait pas revue. C'était probablement mauvais signe d'avoir envie, comme ça, de se replonger dans ses années de jeunesse, c'est probablement ce qui arrive à ceux qui commencent à comprendre qu'ils ont raté leur vie.

« Tu veux t'installer maintenant ? demanda Cécile. Là je vais préparer le repas, puis on ira à la messe, et on mangera au retour. Tu as deux bonnes heures pour te reposer, si tu veux.

— Non, je préfère rester dans le séjour. »

Il avait besoin d'un verre en réalité, et même de plusieurs. L'emplacement du bar n'avait pas changé, et il y avait du Glenmorangie, du Talisker et du Lagavulin ; la qualité non plus n'avait pas baissé, donc. Au bout de son troisième Talisker, Paul se dit qu'il allait être un peu saoul à la messe de minuit ; ce n'était pas forcément une mauvaise chose. Cécile n'avait pas bougé de sa cuisine depuis une heure, des fumets variés commençaient à emplir le salon ; il reconnaissait l'odeur du laurier et de l'échalote.

Il devrait peut-être allumer un feu, ça lui paraissait une idée pertinente pour un soir de Noël, il y avait des bûches et du petit bois près de la cheminée. Au moment où il envisageait le dispositif avec perplexité, essayant de rappeler des souvenirs de feux qu'il avait vu allumer par le passé, Hervé fit son entrée dans la pièce ; il tombait bien. Il accepta un verre de Glenmorangie, et comme Paul s'y attendait s'attaqua à la question du feu avec compétence et rapidité, quelques minutes plus tard des flammes élevées et vives montaient déjà dans la cheminée.

« Ah, vous avez fait du feu, c'est bien, dit Cécile en entrant dans le séjour. Il va falloir y aller.

— Déjà ?

— Oui, je m'étais trompée sur l'horaire, ils ont avancé d'une demi-heure cette année, c'est à 22 heures. »

En remettant son manteau, Paul se demanda fugitivement où pouvait bien être Prudence en ce moment ; la célébration du sabbat de Yule était-elle terminée ? Cécile ne lui avait posé aucune question sur son mariage, Hervé n'en poserait pas non plus ; Bruno resterait sans doute le seul à avoir abordé le sujet avec lui. Les couples qui vont bien n'aiment pas, en général, se pencher sur le sort des couples qui vont mal, on dirait qu'ils éprouvent une espèce de crainte, comme si la mésentente conjugale était un état contagieux, comme s'ils étaient tétanisés par l'idée que tout couple marié, de nos jours, est presque nécessairement un couple en instance de divorce. À ce recul instinctif, animal, émouvante tentative de conjurer le sort commun de la séparation et de la mort solitaire, s'ajoute l'écrasante sensation de leur incompétence ; c'est un peu comme les non-cancéreux, ils ont toujours du mal à parler aux cancéreux, à trouver le ton juste.

Son père était bien intégré à la vie du village, il s'en rendit compte dès qu'ils pénétrèrent dans l'église, il se sentit entouré d'une atmosphère confuse mais bienveillante, une vingtaine de fidèles au moins firent des signes discrets dans leur direction. Il se souvint soudain que son domicile était censé avoir été « neutralisé » par la DGSI : ils payaient l'ensemble des factures et les impôts locaux, afin d'éviter qu'il ne soit localisé. Cette protection se poursuivait après la mise en retraite, en réalité jusqu'à la mort. Son père lui avait expliqué ça quelques mois avant qu'il ne passe son bac, lors de son unique tentative de parler avec son fils de son avenir professionnel, dans l'espoir déçu qu'il emprunte la même voie que lui. Cette protection lui parut, dans l'église de Villié-Morgon où le prêtre était déjà en scène pour la cérémonie – l'expression lui vint malgré lui, il la regretta, mais il n'y pouvait rien – vaguement absurde : de toute façon l'ensemble des villageois le connaissaient, et devaient savoir qu'il avait travaillé « dans les services secrets », cela ajoutait du romanesque à leurs vies, certainement ils n'en savaient pas davantage, mais lui-même au fond n'en avait jamais su tellement davantage, quoi qu'il en soit une enquête de voisinage simple aurait suffi à le localiser. En même temps, ce n'était peut-être pas si absurde : une enquête de voisinage coûte cher, il faut envoyer des agents sur place, c'est certainement plus onéreux que d'employer un hacker de niveau moyen pour s'introduire dans quelques fichiers mal protégés, du genre factures EDF ou impôts locaux.

La crèche était très réussie, les enfants du village avaient travaillé avec cœur, et la cérémonie en elle-même se passa bien, pour autant qu'il puisse en juger. Un sauveur était né au monde, il connaissait le principe, et l'effet du Talisker lui permit même par instants, surtout lors des chants, de considérer que c'était une bonne nouvelle. Il savait l'importance que Cécile accordait au fait que leur père soit sorti du coma justement le jour de Noël, il ironisait malgré lui, mais n'avait au fond aucune envie d'ironiser. Le sabbat de Yule célébré par Prudence avait-il davantage de sens ? Probablement moins. Ça devait être un truc plus ou moins païen, voire panthéiste ou polythéiste, il confondait les deux, enfin un truc vaguement dégoûtant, à la Spinoza. Un dieu, déjà, ça lui paraissait difficile à concilier avec son expérience personnelle ; mais plusieurs ça tournait à la plaisanterie, et l'idée de diviniser la nature lui donnait carrément envie de vomir. Quant à Madeleine, elle était passée complètement du côté de Cécile ; elle voulait retrouver son homme et reprendre leur vie, son ambition n'allait pas au-delà ; le dieu de Cécile paraissait puissant, il avait obtenu un premier résultat, elle se rangeait sans hésiter aux côtés du dieu de Cécile, et elle communia avec ferveur.

Lui-même s'abstint de participer à la communion, qui constituait lui semblait-il le moment orgastique d'une messe bien conçue, pour autant qu'il ait compris quelque chose à leur culte, pour autant également qu'il se souvienne de l'orgasme. Cette abstinence était due au respect qu'il éprouvait pour la foi de Cécile, du moins il tâcha de s'en persuader.

Peu après, selon l'expression consacrée, la messe était dite – chacun devait rentrer dans son foyer, et se réjouir au milieu de sa famille, selon ses moyens propres.

En sortant de l'église, il comprit encore mieux à quel point son père avait été (il ne pouvait pas s'empêcher de formuler dans sa tête « avait été », alors qu'il fallait penser « était », il n'était décidément pas doué pour l'espérance), à quel point son père était populaire dans le village. À peu près tous les fidèles ayant assisté à la messe vinrent vers eux, s'adressant surtout à Madeleine mais aussi à Cécile, ils la connaissaient bien apparemment, elle avait dû rendre visite à leur père bien plus souvent que lui. Tous avaient appris son accident vasculaire cérébral, son entrée dans le coma ; Cécile leur apprit la nouvelle de son réveil, ce matin même. C'était une bonne nouvelle, et le réveillon de Noël serait meilleur pour beaucoup d'entre eux, Paul le comprit aussitôt. Il n'est jamais agréable que les hommes meurent, se dit-il bêtement, il avait décidément du mal à sortir de l'état d'abrutissement qui l'avait gagné depuis sa visite à l'hôpital.

« Ils sont gentils, les gens, ici… dit simplement Hervé en remontant dans sa voiture.

— Oui, c'est vrai, c'est une bonne région, répondit Cécile, pensive. Chez nous aussi, dans le Nord, en principe on est plutôt hospitaliers, mais c'est vrai que les gens sont tellement pauvres, ça finit par créer des tensions. »

La conversation allait bifurquer vers la politique, inéluctablement, au cours du repas, Paul s'y préparait avec résignation, il n'envisageait même pas d'essayer de l'éviter, les discussions politiques sont un incontournable des repas familiaux depuis que la politique existe, et la famille – en somme depuis longtemps. Lui-même, à vrai dire, n'y avait pas tellement eu droit durant sa propre enfance, les fonctions de son père à la DGSI semblaient anesthésier les conversations politiques, comme si elles l'obligeaient à une allégeance sans faille au pouvoir en place. Ce n'était pourtant pas le cas, il pouvait voter « comme n'importe quel citoyen », rappelait-il parfois avec humeur, Paul se souvenait d'ailleurs de l'avoir entendu formuler des critiques particulièrement acerbes contre Giscard, Mitterrand, puis Chirac – soit, quand même, plus de trente ans de vie politique. Ses critiques en y repensant étaient même tellement violentes qu'on n'imaginait pas qu'il ait pu, un jour, leur apporter ses suffrages. Pour qui pouvait bien voter son père ? Encore une chose qui demeurait mystérieuse, à son sujet.

Cécile et son mari votaient tous les deux Marine, évidemment, et depuis pas mal de temps, depuis qu'elle avait remplacé son père à la tête du mouvement. Compte tenu de ses fonctions, Cécile supposait que Paul votait pour le président – sa supposition était d'ailleurs exacte, il avait voté pour le parti du président, ou pour le président lui-même, à toutes les élections, ça lui paraissait « la seule option raisonnable », selon l'expression consacrée. Cécile éviterait donc que la discussion politique n'aille trop loin, pour éviter de le heurter, elle avait probablement fait la leçon à Hervé – qui, il le savait, avait fait partie dans sa jeunesse de mouvances plus dures, du genre Bloc identitaire. En réalité, il ne leur en tenait pas du tout rigueur – s'il habitait à Arras, lui aussi voterait probablement Marine. En dehors de Paris il ne connaissait vraiment que le Beaujolais, région prospère, les viticulteurs étaient sans doute les seuls agriculteurs français, à l'exception de quelques céréaliers, qui parvenaient à ne pas être en permanence au bord de la faillite, voire à dégager quelques bénéfices. Il y avait aussi, tout le long de la vallée de la Saône, de nombreuses entreprises de mécanique de précision, des sous-traitants de l'automobile aussi, qui s'en sortaient bien, qui soutenaient victorieusement la concurrence allemande – et cela plus encore depuis l'arrivée de Bruno au ministère de l'Économie. Bruno n'avait jamais hésité à s'asseoir sur les réglementations de libre concurrence européennes, que ce soit pour l'attribution des marchés publics ou pour l'instauration de droits de douane quand ça l'arrangeait, sur les produits pour lesquels ça l'arrangeait, il s'était en cela comme en tout, et depuis le début, comporté en pragmatique pur, laissant au président le soin de déminer, de réaffirmer chaque fois que possible son attachement à l'Europe, et de tendre ses lèvres à toutes les joues de chancelières allemandes que le destin lui donnerait à baiser. C'était sexuel, quand même, entre la France et l'Allemagne, c'était bizarrement sexuel, et depuis pas mal de temps.

Cécile avait préparé des médaillons de homard, une daube de sanglier et une tarte aux pommes. Tout cela était délicieux, elle était vraiment incroyablement douée, la tarte en particulier était à tomber – la finesse de la pâte, croustillante puis tendre, le dosage exact des saveurs du beurre fondu et de la pomme, comment est-ce qu'elle avait appris à faire ça ? Il était navrant de penser qu'elle allait certainement devoir, bientôt, se consacrer à d'autres tâches, c'était une mauvaise utilisation des compétences, c'était un drame à tous les niveaux – culturel, économique, personnel. Hervé semblait partager son diagnostic, et se mit à dodeliner sombrement de la tête immédiatement après la tarte aux pommes – évidemment, il serait la première victime. Il accepta cependant lui aussi un Grand Marnier, que Madeleine se fit une joie de lui servir – où était passée Cécile ? elle avait disparu au milieu de la tarte aux pommes. Le Grand Marnier est un alcool exceptionnel, et trop ignoré ; Paul fut cependant surpris de ce choix, dans son souvenir Hervé était adepte de sensations plus âpres, celles offertes par l'armagnac, le calvados, par d'autres liqueurs régionales violentes et obscures. Hervé se féminisait peut-être un peu en vieillissant, ça lui paraissait plutôt une bonne nouvelle.

Cécile réapparut aussitôt après, elle portait un petit paquet enrubanné qu'elle posa devant lui avec un sourire timide en disant : « Ton cadeau de Noël... »

Un cadeau de Noël évidemment, on se fait des cadeaux à Noël, comment avait-il pu oublier ? Il était décidément nul en relations familiales, nul en relations humaines en général – et, avec les animaux, il ne s'en sortait pas très bien non plus. Il défit le ruban et découvrit un très bel étui métallique, aux discrètes luisances argentées ; il contenait un stylo-plume de la marque Montblanc – un Meisterstück 149 – qui semblait décoré d'une matière spéciale, c'était probablement ce qu'on appelle de l'or rouge.

« Il ne fallait pas… c'est vraiment trop.

— On l'a acheté à deux avec Madeleine, on s'est cotisées, il faut la remercier aussi. »

Il leur fit la bise, envahi par une émotion étrange ; c'était un beau cadeau, un cadeau incompréhensible.

« Je me suis souvenue, dit Cécile, que dans le temps tu recopiais des phrases sur un cahier, des phrases d'écrivains, celles que tu trouvais les plus belles, et de temps en temps tu m'en lisais. »

Ça lui revint d'un seul coup ; en effet, oui, il faisait ça. Il avait commencé à l'âge de treize ans, et continué jusqu'à l'année du bac ; il calligraphiait les phrases avec soin, il y passait des heures, s'entraînait plusieurs fois, sur des feuilles volantes, avant de les recopier dans son cahier. Il revoyait le cahier lui-même, sa couverture rigide qui reproduisait une mosaïque arabe. Qu'est-ce qu'il avait bien pu devenir ? Il était probablement encore là, dans sa chambre d'adolescent ; il ne se souvenait par contre pas du tout de ce qu'il pouvait recopier à l'époque. Tout à coup quelque chose lui revint, mais ce n'était pas une phrase, plutôt une strophe d'un poème, elle avait ressurgi, isolée, du fond de sa mémoire :

Aujourd'hui, que reste-t-il
À ce dauphin si gentil
De tout son beau royaume ?
Orléans, Beaugency,

Notre-Dame de Cléry,
Vendôme,
Vendôme.

Aussitôt après, il se remémora la chanson de David Crosby qui reprenait ces mêmes paroles – ce n'était d'ailleurs pas vraiment une chanson, plutôt une de ces étranges combinaisons d'harmonies vocales, sans réelle mélodie et parfois sans texte, que David Crosby composait sur la fin de sa carrière.

Ils se séparèrent peu après la fin du repas ; Paul se dit qu'il avait oublié de téléphoner à Bruno. Il allait le faire dès le lendemain ; il ignorait ce que Bruno pouvait faire à Noël. Probablement rien, le jour de Noël devait l'emmerder plutôt qu'autre chose. Ou peut-être que si, quand même, peut-être voyait-il ses enfants, peut-être allait-il faire une ultime tentative de réconciliation avec sa femme, il valait mieux attendre le 26. Mais, de toute façon, il allait lui dire qu'il avait envie de rester à Saint-Joseph toute la semaine.

Agréablement ivre, il suivit sans même y penser le couloir vitré qui conduisait à sa chambre. La première chose qui le frappa, en entrant, fut le poster de Keanu Reeves. L'image était extraite de *Matrix Revolutions*, elle représentait Neo aveugle, le visage barré par un bandeau sanguinolent, errant dans un paysage d'apocalypse. C'était probablement symptomatique qu'il ait choisi cette image plutôt que l'une de celles, nombreuses, qui le représentaient accomplissant une prouesse d'arts martiaux. Il s'abattit sur le petit lit, terriblement étroit, il avait pourtant couché avec des nanas dans ce lit, enfin avec deux.

Matrix était sorti quelques jours avant le dix-huitième anniversaire de Paul ; il avait tout de suite été enthousiasmé. La même chose devait arriver à Cécile deux ans plus tard, avec le premier volet du *Seigneur des anneaux*. Beaucoup avaient considéré par la suite que ce premier volet de la trilogie *Matrix* était le seul réellement intéressant, par les innovations visuelles qu'il apportait, et qu'ensuite c'était un peu du réchauffé. Paul ne partageait pas ce point de vue, qui à ses yeux ne faisait pas assez de place à la construction scénaristique. Dans la plupart des trilogies, que ce soit *Matrix* ou le *Seigneur des anneaux*, il y a un fléchissement d'intérêt dans la deuxième partie, mais une reprise de l'intensité dramatique dans la troisième, c'est même dans le cas du *Retour du Roi* une apothéose ; et dans le cas de *Matrix Revolutions*, l'histoire d'amour entre Trinity et Neo, au départ un peu incongrue dans un film de *nerds*, finit par devenir réellement bouleversante, en grande partie grâce à l'interprétation des acteurs, c'est du moins ce qu'il avait pensé à l'époque, et qu'il pensait encore le lendemain à son réveil, ce matin du 25 décembre, presque vingt-cinq ans plus tard. Le jour était presque levé sur les prairies couvertes de givre, il passa dans la pièce commune pour se préparer un café. Il se sentait un peu brumeux mais n'avait pas du tout mal à la tête, ce qui était surprenant vu les quantités d'alcool ingurgitées la veille. Cécile avait l'intention de retourner voir leur père en début d'après-midi ; c'était le seul programme de la journée. En avalant sa première gorgée de café, se remémorant à nouveau *Matrix*, il fut frappé par une évidence aveuglante, qui le figea sur place et lui coupa le souffle : Prudence ressemblait énormément à Carrie-Anne Moss, l'actrice qui interprétait le rôle de Trinity. Il se précipita dans sa chambre, retrouva facilement le classeur où il avait conservé des photos du film : c'était évident, flagrant, comment avait-il pu ne pas faire le rapprochement avant ? Il était stupéfait, il n'aurait jamais pensé être quelqu'un comme ça, il avait de lui-même l'image de quelqu'un de plutôt froid, rationnel. La lumière montait de plus en plus dans la pièce, il distinguait maintenant tous les éléments de sa chambre de jeune, à commencer par l'énorme poster de Nirvana, c'était encore plus vieux que *Matrix*, ça devait remonter au début de son adolescence. *Matrix*, il aurait probablement du plaisir à le revoir ; Nirvana c'était plus douteux, il n'écoutait presque plus jamais de musique, parfois un peu de chants grégoriens quand il avait eu une journée difficile, des trucs du genre *Christus Factus Est* ou *Alma Redemptoris Mater*, on était loin de Kurt Cobain, sur certains points on change et sur d'autres pas du tout, telle était la très pauvre conclusion à laquelle il se sentait en mesure d'aboutir en ce matin de Noël. Carrie-Anne Moss par contre lui plaisait toujours autant, et même plus que jamais, il retrouvait intactes, en revoyant ces photos du film, toutes ses émotions de jeune homme, et il ne parvenait pas à savoir si c'était une bonne nouvelle. Il reprit un deuxième café et l'idée lui vint de rechercher ce cahier dont parlait Cécile la veille, celui où il notait ses phrases préférées. Après un quart d'heure d'efforts infructueux, il se souvint qu'il l'avait jeté peu après avoir décidé de préparer le concours d'entrée à l'ENA, à l'issue d'une nuit de crise dont il ne parvenait pas tout à fait à reconstituer le déroulement, mais il revoyait la poubelle de la rue Saint-Guillaume où il s'était débarrassé de l'objet. C'était dommage, se dit-il, il aurait peut-être pu en apprendre davantage sur lui-même, il y avait certainement eu des signes annonciateurs précoces, des avertissements du destin peut-être, qu'il aurait pu déchiffrer en filigrane dans son choix de certaines phrases ; les seules qu'il avait réussi à se remémorer, déjà, n'étaient pas très encourageantes, c'était quand même d'un roi malheureux qu'il s'agissait, un roi battu, humilié par les Anglais, qui avait presque tout perdu de son royaume. Et le destin de Neo n'était pas très enviable, lui non plus ; sans parler de Kurt Cobain.

Le jour était complètement levé, maintenant, ce serait à nouveau une très belle journée d'hiver, claire et radieuse. Les flots du passé qui montaient peu à peu en lui à mesure qu'il redécouvrait les objets de la pièce finirent par lui faire un peu mal au cœur, et il sortit. La maison était splendide dans cette lumière, ses murs de calcaire doré illuminés par le grand soleil hivernal, mais il faisait quand même très froid. Il n'avait pas envie de rentrer dans sa chambre, pas immédiatement, et il bifurqua vers la chambre de Cécile, ce serait quand même moins lourd. Il savait qu'elle ne lui en voudrait pas, elle n'avait jamais eu grand-chose à cacher, ce n'était pas dans sa nature.

Ce n'était plus Nirvana, mais Radiohead ; et ce n'était plus *Matrix*, mais *Le Seigneur des Anneaux*. Il n'y avait que deux ans d'écart entre eux, mais ça pouvait suffire à expliquer la différence, les choses allaient encore relativement vite à l'époque, beaucoup moins vite évidemment que dans les années 1960, ou même dans les années 1970, le ralentissement et l'immobilisation de l'Occident, préludes à son anéantissement, avaient été progressifs. S'il n'écoutait plus jamais Nirvana, il soupçonnait que Cécile écoutait encore, de temps à autre, de vieux morceaux de Radiohead, et soudain il se souvint d'Hervé à l'âge de vingt ans, au moment où il avait rencontré Cécile. Il était fan lui aussi du *Seigneur des Anneaux*, il en était même un *fan absolu*, il connaissait par cœur certains passages, en particulier celui où la Porte Noire s'ouvre, juste avant l'affrontement final. À ce moment il revit Hervé se planter devant eux, redisant par cœur le discours d'Aragorn, fils d'Arathorn. D'abord il y avait le moment où devant la porte, accompagné de Gandalf, Legolas, Gimli, ses premiers compagnons, Aragorn lançait d'une voix forte cette ultime demande, généreuse, chevaleresque :

Que le seigneur de la Terre Noire sorte,
Justice lui sera rendue.

Les portes s'ouvraient en effet, et les armées des puissances maléfiques déferlaient dans la plaine – immenses, infiniment supérieures en nombre, les armées du Gondor étaient envahies par l'effroi. Aragorn se repliait avec ses compagnons avant de prononcer son adresse à ses troupes, et c'était certainement un des plus beaux moments du film, cette exhortation d'Aragorn :

Fils du Gondor et du Rohan, mes frères,
Je lis dans vos yeux la même peur qui pourrait m'étreindre.
Un jour, peut-être, les hommes perdront courage,

Abandonneront leurs amis et briseront
tous liens de fidélité.
Mais ce jour n'est pas arrivé.

Là, Hervé redisait la phrase en anglais, c'était en effet le seul moyen de rendre l'intonation de Viggo Mortensen, cette conscience que le combat était presque impossible mais cependant indispensable, cette obstination désespérée, ce courage : *BUT IT IS NOT THIS DAY !*

Pourquoi se souvenait-il aussi bien de cet épisode qui ne le concernait même pas directement ? Sans doute parce que c'est à cet instant précis qu'il avait compris que sa petite sœur était en train de tomber amoureuse d'Hervé. Lui-même n'avait jamais été amoureux, il avait couché avec une demi-douzaine de filles, il les avait trouvées sympathiques sans plus, mais là il avait vu se manifester dans les regards que sa sœur jetait à Hervé une force évidente, puissante, qui lui était inconnue.

Ce sera l'heure des loups
et des boucliers brisés,
Quand l'âge des hommes s'effondrera,
Mais ce jour n'est pas arrivé
– BUT IT IS NOT THIS DAY !
Nous nous battrons.
Par tout ce qui vous est cher
sur cette terre,

À nouveau Hervé ajoutait la version originale, la traduction n'était pas mal mais c'est vrai que le texte anglais, *By all that you hold dear on this good earth*, c'était quand même autre chose. Puis venait la dernière phrase, l'appel au combat :

Faites front, hommes de l'Ouest !

Hervé devait certainement appartenir au Bloc identitaire à l'époque, et penser que les puissances du Mordor offraient une représentation adéquate des musulmans, la *Reconquista* n'était pas encore commencée en Europe mais elle avait déjà son film, c'était comme ça qu'il voyait les choses, sûrement. Avait-il pris part à des actions franchement illégales ou violentes ? Paul ne le pensait pas, enfin il n'était pas sûr, Cécile le savait probablement, mais il ne la questionnerait pas à ce sujet. De toute façon, ses études de notariat avaient dû le calmer. Enfin peut-être pas tout à fait, il demeurait en lui quelque chose de bizarrement insoumis, pas totalement domestiqué, difficile à définir. Son père l'avait toujours bien aimé, il n'était *pas déçu de son gendre*, et le mariage avait été somptueux, des calèches qui traversaient les monts du Beaujolais, des choses de ce genre, totalement disproportionnées par rapport à son traitement. Son père avait toujours préféré Cécile, voilà la vérité, Cécile était depuis le début sa chouchoute, et au fond il n'avait rien à redire à cela parce que Cécile *était* préférable, elle était juste un être humain de meilleure qualité.[1]

Les choses venaient brutalement de s'inverser, son père était maintenant dans le rôle de l'enfant, et même du nourrisson, mais Cécile allait faire face à la situation, elle était en pleine force de l'âge et elle n'allait pas s'en laisser conter, Paul en était certain, son père ne se retrouverait jamais dans la situation de ces petites vieilles baignant pendant des heures dans leur urine et dans leur merde en attendant qu'une infirmière, ou plus probablement une aide-soignante mieux disposée que les autres, vienne changer leur couche. En pensant à ce qui aurait pu attendre son père, à ce qui aurait pu être le sort de son père, si Cécile et Madeleine n'avaient pas été là, Paul se sentit légèrement oppressé, et il décida de faire un tour

1. Lorsqu'on en vient à examiner ce genre de questions (et on en vient toujours, tôt ou tard, à examiner ce genre de questions), il faut tenir compte du fait qu'on se place toujours soi-même exactement au centre du monde moral, qu'on se considère toujours soi-même comme un être ni bon ni mauvais, moralement neutre (j'entends dans le cœur véritable, dans le repli secret de son être, car officiellement on se décrit toujours comme « plutôt un type bien », mais au fond de soi on n'est pas dupe, au fond de soi on a toujours cette échelle secrète qui vous replace exactement au centre du monde moral). Ainsi, un biais méthodologique se crée dans l'observation, et une opération de translation s'avère presque à chaque fois nécessaire.

dans les vignes. Ce n'était pas grand-chose, les vignes, à cette époque de l'année : de médiocres entités tordues et noirâtres, plutôt laides, tentant de préserver leur essence au cours de la traversée de l'hiver, on n'imaginait nullement que de si vilaines petites choses puissent plus tard donner naissance à du vin, le monde était quand même bizarrement organisé, se dit Paul en circulant entre les ceps. Si Dieu existait vraiment, comme le pensait Cécile, il aurait pu donner davantage d'indications sur ses vues, Dieu était un très mauvais communicant, un tel degré d'amateurisme n'aurait pas été admis, dans un cadre professionnel.

4

L'hôpital était plein de monde en ce jour de Noël, ce qui n'avait rien d'étonnant, pour la plupart des visiteurs c'était leur moment de générosité annuel, il s'achèverait au plus tard le lendemain, plus probablement le soir même. C'était la même infirmière que la veille (assurait-elle la permanence pendant toute la période des fêtes ?), elle avait l'air fatiguée, mais toujours aussi bienveillante et compétente. La porte de la chambre était fermée. « Les aides-soignantes sont en train de faire sa toilette, dit-elle, il y en a pour un quart d'heure. »

Madeleine avait apporté un cadeau, une boîte de cigares, des Médaille d'Or n° 1. Paul se souvenait de ces longs cigares plutôt fins, des panatelas, que son père avait beaucoup de mal à trouver, ils étaient fabriqués par La Gloria Cubana, une petite manufacture peu connue, il les considérait comme les meilleurs cigares du monde, bien supérieurs aux Cohiba ou aux Partagas. « Je vais juste lui montrer et lui faire sentir, bien sûr, précisa Madeleine, je ne vais pas les laisser à l'hôpital » ; elle n'avait manifestement pas une très grande confiance dans le personnel hospitalier.

Ce cadeau surprenant n'était pas injustifié, en principe les capacités sensorielles de son père étaient entièrement rétablies, l'odorat compris. En tout cas il pouvait voir, l'infirmière avait été formelle là-dessus, et reconnaître ce qu'il voyait. Il pouvait aussi comprendre les paroles prononcées, Cécile au moins en était persuadée, et elle se mit à lui raconter leur soirée de Noël, tout le village avait demandé de ses nouvelles, elle lui parla du menu de leur repas, du cadeau qu'elles avaient offert à Paul ; elle parla aussi d'Hervé, sans mentionner le fait qu'il était au chômage. Paul écoutait de plus en plus distraitement sa sœur, et se décida d'un seul coup. « Tu peux nous laisser ? demanda-t-il à Cécile. Tu peux nous laisser un instant ? »

Elle répondit que oui, bien sûr, et sortit aussitôt avec Madeleine. Il prit une longue respiration, fixa son père droit dans les yeux avant de commencer à parler. Il n'avait rien prévu, rien de particulier, et il eut l'impression de dévaler une pente, les yeux toujours fixés dans les yeux de son père. Il parla d'abord de Bruno, c'était important pour lui. Il en parla longuement, évoqua la prochaine élection présidentielle, aborda aussi ces messages étranges qui perturbaient maintenant les sites Internet du monde entier, il supposait que ça pouvait l'intéresser, en tant qu'ancien de la DGSI. Il parla aussi de Prudence, c'était le plus difficile, son père n'avait jamais beaucoup aimé Prudence, Paul le savait, même s'il s'était presque toujours abstenu de le dire. Une fois, une seule, très tard dans la nuit (que faisaient-ils debout ensemble à trois heures du matin ? impossible de s'en souvenir), il avait laissé échapper : « Je ne suis pas sûr que ce soit une femme pour toi. » Mais aussitôt après il avait ajouté : « Je ne suis pas certain non plus que l'ENA soit une école pour toi. En ce moment, je ne comprends pas très bien la direction que tu essaies de donner à ta vie. Mais c'est ta vie, bien sûr. »

Enfin, Paul ajouta qu'il regrettait de ne pas avoir eu d'enfants, et ce fut un vrai choc quand il entendit ces mots sortir de sa bouche, parce que c'était une chose qu'il ne s'était jamais dite à lui-même, et qui en plus était totalement inattendue, il avait toujours été persuadé du contraire. Jamais il n'avait parlé de manière aussi intime à son père lorsque celui-ci était en pleine possession de ses facultés, et cela lui avait manqué, à de nombreux moments de sa vie. Il avait essayé, mais il n'avait simplement pas réussi. Avec son visage hiératiquement figé, ses yeux fixant un point indéterminé de l'espace, son père n'appartenait plus tout à fait à l'humanité, il y avait décidément en lui quelque chose du spectre, mais également de l'oracle.

Il parla encore longtemps, et sortit dans un état de grande confusion mentale. Cécile et Madeleine n'étaient plus dans le couloir, la première personne sur laquelle il tomba fut l'infirmière. Elle eut un regard soucieux en l'apercevant.

« Ça n'a pas l'air d'aller… dit-elle. Vous avez… C'était un moment difficile ? » Évidemment, se dit Paul, elle devait être habituée à ce que les familles partent en vrille après avoir rendu visite à leurs parents, leurs frères ou leurs enfants dans le coma, c'était son quotidien, ce genre de choses. « Vous voulez vous reposer un instant dans une chambre libre ? »

Il dit que non, qu'il allait bientôt se remettre. Il n'en était pas du tout certain, en réalité.

« Votre papa ne va pas rester longtemps avec nous, vous savez… dit-elle, plus bienveillante que jamais. Vous voyez la médecin-chef lundi, c'est ça ? » Paul confirma.

« Il est en coma stade 2, presque stade 1 ; ils vont certainement essayer de lui trouver une place en EVC-EPR.

— C'est quoi, EVC-EPR ?

— EVC c'est l'état végétatif chronique, celui de votre papa en ce moment : pas de réactions, pas d'interactions avec le monde. EPR c'est l'état pauci-relationnel, quand le malade commence à réagir un petit peu, à avoir des mouvements volontaires, en général ça commence par les yeux. J'ai travaillé dans un service EVC-EPR pendant plusieurs années ; j'aimais ça, en général c'est dirigé par des gens bien, qui prennent le temps de s'intéresser à chaque patient. Ici on ne peut pas, on est dans les urgences, puis les réanimations, les malades ne restent pas longtemps, ce n'est pas possible de les connaître. Je suis sûre que votre papa est quelqu'un d'intéressant. »

Elle avait dit « est » et pas « était », c'était à noter ; mais, par ailleurs, qu'est-ce qu'elle pouvait bien en savoir ?

« Il a un visage intéressant, je trouve, un beau visage. D'ailleurs vous lui ressemblez beaucoup. »

Qu'est-ce qu'elle voulait dire, là ? Est-ce qu'elle était en train de le draguer ? C'était une jolie fille, elle devait avoir dans les vingt-cinq trente ans, elle avait des cheveux blond-roux, frisottés et en désordre, en plus bien roulée, ça se voyait nettement sous sa blouse, mais par ailleurs elle n'allait pas bien, ses gestes nerveux trahissaient son envie de fumer, elle devait avoir des soucis en ce moment, c'était un signe qui ne trompait pas le tabac, lui-même fumait beaucoup plus depuis l'AVC de son père, surtout quand il devait aller à l'hôpital. Avait-elle des problèmes de mec pas fiable ? Était-elle à la recherche d'un quadragénaire rassurant et bien installé dans la vie, un type un peu dans son genre en fait ? Ça n'avait aucun sens, tout ça, il allait retrouver Cécile.

« Votre sœur est descendue à la cafétéria, je crois, avec la compagne de votre papa... » dit la fille, tout à fait comme si elle avait suivi le cours de ses pensées. Il prit congé d'elle tout en songeant que son père avait vingt ou vingt-cinq ans de plus que Madeleine, et qu'il n'aurait certainement pas hésité, lui ; il descendit l'escalier qui menait au niveau de la cafétéria avec la sensation grandissante d'être un con.

Madeleine et Cécile étaient installées devant des parts de clafoutis aux pommes et des sodas. Hervé les avait rejointes, il avait pris un hot-dog et une bière. Cécile paraissait l'attendre, l'aperçut dès son entrée dans la salle et le suivit des yeux alors qu'il se dirigeait vers leur table.

« Tu avais beaucoup de choses à dire à papa... dit-elle alors qu'il s'asseyait.

— Ah bon ?

— Tu es resté plus de deux heures avec lui... » Ce n'était pas un reproche, elle était juste intriguée. « Enfin, je suis sûre que c'est bien que tu l'aies fait, je suis sûre que tu en avais besoin, et lui sans doute encore plus. Là on va aller lui dire au revoir, et puis on va rentrer. On a rendez-vous lundi matin à neuf heures avec la médecin-chef. »

5

Le temps se gâta dans la matinée de samedi, mais Paul aimait tout autant ces paysages lorsqu'ils étaient envahis par la brume, et il fit une longue promenade à travers les coteaux et les vignobles. À son retour il téléphona à Bruno, lui expliqua la situation ; comme il s'y attendait, ça ne posait aucun problème qu'il prenne sa semaine. Il ne se passerait rien d'important dans l'immédiat, mais les choses allaient certainement se déclencher début janvier, on ne pouvait pas attendre davantage ; le président ferait d'ailleurs peut-être allusion à sa succession lors de ses vœux de nouvel an, ce n'était pas impossible. Par ailleurs, la vidéo mettant en scène la décapitation de Bruno avait complètement disparu, on ne la trouvait plus nulle part sur Internet ; Martin-Renaud avait tenu sa promesse.

Il s'était installé pour téléphoner dans le jardin d'hiver, une petite pièce octogonale envahie de caoutchoucs, de bégonias, d'hibiscus et d'autres plantes plus ou moins tropicales dont il ignorait le nom. Une petite table en marqueterie permettait d'y prendre le café. La pièce, entièrement vitrée, offrait une vue magnifique sur la campagne environnante. Bruno « n'avait pas fait grand-chose » pour Noël. Ainsi, il s'était trompé : Bruno n'avait pas vu ses enfants, ni tenté de se réconcilier avec sa femme. Il ne le ferait probablement plus, et n'en reparlerait jamais, il est rare qu'on annonce son divorce. Il aurait mieux valu qu'il divorce rapidement, avant le vrai démarrage de la campagne électorale, mais il était probablement trop tard pour s'en occuper ; Paul s'abstint d'aborder le sujet. En raccrochant, il se sentit d'un seul coup très seul. Il songea même à appeler Prudence, elle devait sûrement être rentrée de son week-end sabbatique, était-ce comme ça qu'on disait ? Quelque chose le retint au dernier moment.

Madeleine et Cécile revinrent vers midi. Après le déjeuner le soleil apparut, dissipant peu à peu la brume. Madeleine annonça qu'elle allait faire du vélo, elle faisait souvent du vélo, été comme hiver, il y avait plusieurs petits cols dans les environs, enfin pas des cols très difficiles, mais tout de même. « Votre papa m'accompagnait souvent, dit-elle à Paul, il marchait encore bien, pour un homme de son âge. » Il la regarda avec incompréhension, avant de se souvenir que les cyclistes amateurs disaient souvent

« marcher » à la place de « rouler » ; c'était une petite tribu, soudée par des valeurs communes et des rituels forts. Il ignorait complètement que son père pût avoir ce genre de loisirs, et il ressentait une admiration de plus en plus vive pour son insertion sociale. La fin de vie pouvait peut-être dans certains cas ne pas être tout à fait malheureuse, se dit-il ; c'était surprenant. Madeleine commençait à lui parler, à être moins intimidée par lui. En la voyant revenir, vêtue du maillot et du caleçon de cycliste qui moulaient ses formes, Paul eut soudain la certitude qu'elle et son père avaient encore une vie sexuelle, avant son AVC tout du moins.

Pourquoi lui-même n'avait-il pas baisé d'autres femmes que Prudence, au cours de ces dix dernières années ? Parce que la vie professionnelle n'incite pas à ce genre de choses, se dit-il d'abord. Quelques secondes plus tard il prit conscience que ce n'était qu'un prétexte, certains de ses collègues, une petite minorité mais tout de même quelques-uns, avaient encore une vie sexuelle active. L'acte en lui-même il s'en souvenait, ça ne s'oublie pas, c'est comme le vélo, songea-t-il avec un certain manque d'à-propos alors que Madeleine quittait la pièce ; c'étaient les procédures permettant d'y parvenir qui lui paraissaient extrêmement lointaines et fantasmagoriques, elles auraient pu appartenir à un récit mythologique, ou à une vie antérieure.

En fin d'après-midi il croisa Hervé, qui lui proposa de boire un verre avant le dîner. Il accepta immédiatement, il était toujours partant pour boire un verre, un peu trop même, ça commençait à prendre des proportions exagérées, le tabac et l'alcool allaient peut-être le tuer rapidement, ainsi le problème de la fin de vie ne se poserait tout simplement pas. Hervé s'était lui aussi promené ce matin, il avait parlé avec plusieurs personnes qui l'avaient reconnu, enfin il appréciait vraiment la région, il se demandait s'ils n'allaient pas s'y installer avec Cécile. Il était né à Denain, ses parents étaient nés à Denain, il n'avait jamais quitté le Nord-Pas-de-Calais, mais il fallait se rendre à l'évidence le Nord-Pas-de-Calais c'était foutu, il n'avait aucune chance de retrouver quelque chose dans le Nord-Pas-de-Calais, alors qu'ici, peut-être, oui. Et puis leurs filles étaient grandes, maintenant, elles avaient leurs vies, dit-il avec un peu de tristesse. Paul se demanda où elles en étaient, ces nièces qu'il n'avait pas revues depuis six ou sept ans, si elles avaient un « copain », comme on disait peut-être encore, puis il se dit que leur père n'en savait probablement rien. Cécile en tout cas avait une piste de travail, poursuivit Hervé, un job de cuisinier à domicile, elle s'était renseignée sur Internet, il y avait pas mal d'offres à Lyon, et elle serait prise, elle avait toujours été douée pour la cuisine, aucun doute là-dessus.

Paul ne savait même pas que ça existait, ce genre de jobs ; Hervé aussi, d'ailleurs, l'avait appris à cette occasion. Des bourgeois, enfin des riches qui voulaient inviter des amis à dîner chez eux, mais qui ne savaient pas faire la cuisine, pouvaient louer les services d'un cuisinier pour la soirée. Et des gens riches il y en avait, à Lyon – pas comme à Valenciennes, ni à Denain.

Tout cela était un peu déprimant, et Paul partit se coucher immédiatement après le dîner. Il se trouvait au rez-de-chaussée d'un bâtiment immense et vétuste, en compagnie d'une femme d'âge moyen, au visage rond et aux membres robustes, qui appartenait aux couches populaires. Lui aussi, d'ailleurs, appartenait dans son rêve au prolétariat le plus misérable, et il discutait avec la femme de l'impossibilité d'accéder aux étages supérieurs, réservés aux couches les plus élevées de la société. Alors apparaissait un type jeune et audacieux, aux cheveux très noirs, qui était peut-être un corsaire, ou plus probablement l'avait été dans une vie antérieure. Les étages supérieurs étaient en réalité très peu gardés, leur expliquait-il, et même la rencontre de gardes ne présentait pas de réel danger. Il en parlait avec assurance, comme s'il effectuait le trajet tous les jours. Ils s'engageaient alors dans l'ascension, mais à chaque palier il leur fallait sauter au-dessus de piles de valises accumulées au hasard, séparées par des trous béants, le danger était bel et bien présent et l'homme jeune avait disparu, Paul se trouvait maintenant obligé d'assumer un rôle de guide.

Ils parvenaient enfin au palier ultime, le plus dangereux, il y avait cette fois un large espace vide à franchir. Paul accomplissait le saut avec succès, puis se retournait pour aider sa compagne, mais il ne s'agissait plus de la femme appartenant aux couches populaires, elle avait été remplacée par une jeune femme dynamique et moderne, qui prenait soin de sa peau et travaillait dans une direction commerciale. La femme était accompagnée de deux enfants jeunes. Au mépris de sa propre sécurité, Paul lui tendait la main au-dessus du vide, mais il se sentait floué par la substitution. Elle accomplissait le saut avec succès, c'était ensuite le tour du plus âgé des deux enfants, mais l'espace vide s'était réduit, le danger du saut également. Venait enfin le tour du plus jeune, mais Paul s'apercevait avec écœurement que l'espace vide avait complètement disparu, remplacé par un parquet légèrement incliné que l'enfant pouvait aisément franchir à quatre pattes. Il devait cependant, sur les instances de la mère, féliciter l'enfant, qui à cet instant lui apparaissait sous les traits d'un chien, un joli petit chien tout blanc et tout propre.

Le dernier palier conduisait en réalité à une zone de vacances, une plage immense, à perte de vue, malheureusement occupée par une foule de vacanciers sportifs, très bruyants et vulgaires. Ils semblaient s'amuser énormément, poussaient sans cesse des cris d'animaux, alors que pourtant le ciel était obscurci de grands nuages sombres, la mer agitée et le temps plutôt froid. Marchant sur des kilomètres, il parvenait enfin à échapper à la foule des vacanciers et arrivait au bord d'une vallée où un ruisseau presque à sec se jetait dans l'océan. Les parois de la vallée étaient faites de grandes surfaces de béton rugueuses, à la pente plutôt raide. Se lançant dans le vide, il s'immobilisait à quelques centimètres de la surface, puis commençait à tourner dans le sens inverse des aiguilles d'une montre, flottant toujours un peu au-dessus de la paroi ; l'exercice lui apportait un soulagement immense. Posté sur un pont qui enjambait le ruisseau à sec, un jeune homme au visage tendu, visiblement en quête d'une révélation, l'observait avec une expression d'admiration respectueuse. Paul se relevait alors, lui expliquait de son mieux le mécanisme de la rotation en apesanteur, mais devait rapidement le quitter pour rejoindre une maison de verre, où se concentrait l'essentiel de la futilité vacancière. C'était un pavillon situé au centre d'un jardin à la française très bien entretenu, qui possédait une propriété curieuse : à l'intérieur du pavillon il n'y avait que des vacanciers sportifs, bruyants et vulgaires ; mais dès qu'ils en sortaient ils se transformaient en petits chiens blancs et joyeux. Au moment où Paul percevait l'identité de ces deux formes, il comprenait également que le pavillon de verre n'était qu'une autre forme de l'immense bâtisse vétuste dont il s'était échappé auparavant. Un vif écœurement l'envahissait de nouveau, mais très vite il se retrouvait dans un grand chalet de montagne, accompagné cette fois d'une institutrice autrichienne dont il savait qu'elle allait devenir sa maîtresse dans les prochaines heures, en tout cas avant la tombée de la nuit. Ils s'étaient introduits illégalement dans le chalet, et mangeaient pour reprendre des forces. Le temps n'avait pas changé, le ciel était recouvert de nuages sombres, on sentait qu'il allait s'assombrir encore, l'atmosphère était lourde de neige ; cela leur déplaisait, leur projet initial était d'aller vers le soleil. Le père de Paul était là lui aussi, mais contrairement à eux on sentait qu'il avait toujours été là et qu'il s'y était résigné, qu'il s'y plaisait même. Cette maison immense, ces meubles de bois sombre, cette montagne triste, ces journées brèves et glaciales : on sentait qu'il allait rester là toute sa vie, qu'il n'envisagerait plus jamais de vivre ailleurs. Le caractère illégal de leur présence dans ce chalet était d'ailleurs un détail sans importance, car les propriétaires étaient partis en voyage, et ne reviendraient jamais. L'institutrice autrichienne avait maintenant disparu, et Paul comprenait qu'elle ne serait jamais son amante, et qu'il resterait lui aussi dans cette maison, en compagnie de son père, jusqu'à la fin de ses jours.

Un brouillard très épais, ce matin, recouvrait la campagne. Lorsqu'il pénétra dans la cuisine, où était servi le petit-déjeuner, Cécile lui demanda s'il voulait les accompagner à la messe. Non, peut-être pas, deux messes dans une semaine ça faisait beaucoup pour un non-croyant, enfin un agnostique, argua-t-il. Il ajouta pourtant que la messe de Noël lui avait « bien plu », ce qui ne voulait pas dire grand-chose, il en était conscient. À la place, il décida de faire une promenade. Dès qu'il sortit, il commença à avancer au milieu d'une masse d'un blanc laiteux, palpable, on n'y voyait qu'à quelques mètres, deux ou trois au maximum, c'était une sensation irréelle mais plutôt plaisante, il marcha encore pendant un quart d'heure avant de prendre conscience qu'il risquait bel et bien, s'il continuait, de se perdre. Il rebroussa alors chemin vers la maison, qu'il retrouva lui sembla-t-il un peu par hasard. Il prit une clef au râtelier et se dirigea vers le bureau de son père, qu'il n'avait pas revu depuis une vingtaine d'années, même davantage, il n'y était entré en fait qu'une fois dans sa vie, cette unique fois où son père lui avait donné des éclaircissements sur son métier. Cela remontait exactement à trente ans, presque jour pour jour – son père avait choisi pour cette explication un 1er janvier. Il se souvenait pourtant parfaitement de ce moment, et constata que presque rien n'avait changé dans l'ameublement de la pièce – il y avait en plus un ordinateur et une imprimante, c'est tout. Sur les étagères de la bibliothèque s'alignaient quelques ouvrages de référence – des annuaires professionnels, des atlas thématiques sur les ressources minières ou hydrographiques de la planète. Il y avait aussi, isolés sur l'étagère du haut, des dossiers – certainement ceux dont lui avait parlé Martin-Renaud. Cinq chemises cartonnées, d'aspect anodin. C'était donc là que se cachaient les éléments mystérieux qui avaient occupé jusqu'au bout les spéculations de son père. Il n'était pas tenté de les ouvrir ; il savait qu'il n'y comprendrait rien. Il referma cependant la porte avec soin, revint vers la maison principale, reposa la clef au râtelier, en prit une autre.

L'ancienne grange, qui avait servi d'atelier à sa mère, c'était autre chose, il y était entré plusieurs fois, sans réel plaisir, lorsqu'il fallait venir la chercher pour qu'elle assiste aux repas – elle avait complètement cessé sur la fin de prendre en charge les tâches ménagères, c'était Cécile qui s'occupait de tout. Après avoir passé presque toute sa vie professionnelle à restaurer des gargouilles et des chimères dans une bonne partie des églises, abbatiales, basiliques et cathédrales de France, elle avait décidé de se lancer dans la création, à presque quarante-cinq ans, et s'était désintéressée de son foyer. Le mur à gauche de la porte de la grange avait été sculpté par une autre artiste, une relation de sa mère, Paul se souvenait de son séjour, c'était une femme grande et maigre, très laide, qui ne parlait pratiquement pas, mais qui s'était prise de passion pour les pierres de la région, ce calcaire doré si typique du Beaujolais. Elle s'était servie des pierres qui constituaient les murs de la grange – de grosses pierres, d'une vingtaine de centimètres de côté. Dans chacune, elle avait sculpté un visage humain différent – aux expressions tantôt terrifiées, tantôt haineuses, parfois au bord de l'agonie, plus rarement ricanantes ou sarcastiques. C'était une œuvre impressionnante, très expressive, la souffrance qui s'exhalait de ce mur vous prenait à la gorge. Les sculptures de sa mère par contre, dont beaucoup étaient encore stockées dans la grange, Paul ne les aimait pas, ne les avait jamais aimées. Les figures gothiques qu'elle avait passé l'essentiel de sa carrière à restaurer l'avaient sans nul doute influencée, il s'agissait essentiellement de créatures chimériques, monstrueuses combinaisons d'animaux et d'humains, avec une forte charge d'obscénité, des vulves et des pénis démesurés, comme en possédaient en effet certaines gargouilles, mais il y avait dans le traitement quelque chose d'arbitraire, d'artificiel, qui faisait moins penser à des sculptures médiévales qu'à des mangas, au fond c'était peut-être lui qui ne comprenait rien à l'art, il ne s'était jamais intéressé à la bande dessinée japonaise, que certains tenaient pourtant en haute estime, les œuvres de sa mère avaient en tout cas eu un certain succès, sans atteindre une cote énorme, mais certaines avaient été achetées par des FRAC ou des conseils régionaux, parfois pour décorer des ronds-points, et elle avait eu quelques articles dans des magazines spécialisés, c'était même à l'un de ces articles – et c'était le plus grand reproche, au fond, qu'on pouvait faire aux sculptures de sa mère – que son frère Aurélien devait d'avoir rencontré sa future femme. Indy était à l'époque une relativement jeune journaliste – dans la mesure où une journaliste peut être jeune – son article avait été élogieux, voire dithyrambique, le travail de sa mère avait été présenté comme l'exemple le plus emblématique d'une nouvelle sculpture féministe – mais on avait affaire à un féminisme différentialiste, sauvage, sexuel, à rapprocher du mouvement des *sorcières*. Ce courant artistique n'existait nullement, elle l'avait inventé pour les besoins de l'article qui en lui-même se lisait sans déplaisir, cette salope avait une certaine agilité de plume comme on dit, elle ne devait d'ailleurs pas tarder à quitter ce magazine artistique de second plan pour entrer dans la rubrique société d'un important news magazine de centre gauche. Elle éprouvait cela dit une réelle admiration pour sa mère, et c'était sans doute le seul élément sincère dans sa démarche, jamais Paul n'avait cru à l'amour de cette femme pour Aurélien, pas une seule seconde, ce n'était en aucun cas une femme qui pouvait aimer Aurélien, cette femme haïssait les faibles, Aurélien était un faible et l'avait toujours été, confit d'admiration devant leur mère, incapable en quoi que ce soit d'affirmer son existence ou même simplement d'exister, Indy n'aurait aucun mal à le dominer c'est certain, mais quand même ce n'était pas une raison suffisante pour épouser un homme, on pouvait s'interroger. Peut-être avait-elle cru que la cote de la mère d'Aurélien allait s'envoler, atteindre des niveaux stratosphériques, et qu'elle se retrouverait dans le futur bénéficier d'un héritage considérable, oui, c'était sûrement ça, elle était suffisamment conne pour avoir formé cette hypothèse. L'hypothèse ne s'était pas avérée, la cote de sa mère était demeurée à des niveaux raisonnables, respectables, mais enfin il n'y avait pas de quoi grimper aux rideaux. Aussi Indy commençait-elle à laisser paraître une certaine déception, qui se traduisait par une attitude de plus en plus méprisante à l'égard de son époux.

Paul n'avait jamais vraiment aimé Aurélien, il ne l'avait jamais détesté non plus, au fond il le connaissait mal et n'avait jamais éprouvé grand-chose pour lui, hormis peut-être un vague mépris. Aurélien était né longtemps après lui et Cécile, il avait grandi avec Internet et les réseaux sociaux, c'était une autre génération. Quand au juste était-il né ? Paul prit conscience avec gêne qu'il avait oublié la date de naissance de son frère ; il y avait de toute façon un écart important. Cécile avait parfois tenté de combler cet écart ; ce n'était pas son cas. Quand il avait quitté la maison Aurélien était encore un enfant, quelque chose qu'il distinguait assez peu d'un animal domestique ; il n'avait jamais eu l'impression, en réalité, d'avoir un frère.

Ils arriveraient sans doute dans l'après-midi du 31 avec leur petit merdeux de fils, ce n'était qu'un mauvais moment à passer, un moment assez long il est vrai, c'est impensable de se coucher avant minuit le 31, mais enfin ça demeurait gérable, sans doute pourrait-il être ivre dès le milieu de l'après-midi, et l'alcool permet de supporter à peu près tout, c'est d'ailleurs un des principaux problèmes avec l'alcool.

Il ressortit un peu plus tard de la grange, sans avoir regardé, il s'en rendit compte en refermant le cadenas, aucune des œuvres de sa mère. Il était trois heures de l'après-midi et il avait oublié de déjeuner, Cécile lui en fit la remarque lorsqu'il pénétra dans le salon. C'était vrai, il avait oublié, et il accepta deux tranches de pâté en croûte, accompagnées de cornichons et d'une demi-bouteille de Saint-Amour. Cécile et Hervé étaient installés devant l'émission dominicale de Michel Drucker ; il assistait à un rite de couple, qu'ils partageaient avec des millions de couples, d'âge équivalent ou plus élevé, dans la France entière. Cet après-midi, apparemment, ce serait Michel Drucker ou rien ; pour lui, ça revenait à peu près au même. Il les laissa, main dans la main, devant le populaire animateur.

6

« J'ai une bonne nouvelle pour vous », dit la médecin-chef ; puis elle se tut, tout à fait comme si elle avait oublié le reste de sa phrase. Elle-même ne donnait pas l'impression d'aller bien, franchement pas bien du tout, peut-être avait-elle passé un réveillon infect, peut-être d'insondables conflits familiaux étaient-ils apparus au grand jour lors de cette soirée du 24 décembre, peut-être s'étaient-ils encore creusés lors des journées de congé qui s'étaient ensuivies. Cela dit, sa suffisance bourgeoise était toujours présente, et elle allait reprendre le dessus, c'est du moins ce qu'espérait Paul, en ce lundi 28 décembre où l'hôpital Saint-Luc était très calme, les malades eux-mêmes, s'ils mouraient encore, semblaient le faire au ralenti.

« La présence de votre père dans notre unité ne se justifie plus vraiment, poursuivit-elle, reprenant peu à peu le contrôle d'elle-même à mesure qu'elle se recentrait sur son champ de compétences, et c'est une première bonne nouvelle, la question de la réanimation ne se pose pas, le pronostic vital n'est plus engagé. »

Elle avait dit « père » et non « papa », se dit Paul, elle avait peut-être vraiment eu des problèmes familiaux à Noël, elle commençait à lui être presque sympathique, cette bourgeoise à la con.

« Votre père a maintenant sa place dans une unité dédiée.

— Oui, une EVC-EPR... enchaîna involontairement Paul. Le visage de la médecin-chef s'assombrit.

— Qu'est-ce que vous en savez ? lança-t-elle d'un ton glacial, qu'est-ce que vous connaissez aux EVC et aux EPR ?

— Oh, rien, j'ai dû lire ça sur Internet... » répondit-il précipitamment, singeant l'idiotie et l'incompétence. Le visage de la médecin-chef s'apaisa tout en s'assombrissant encore, c'était plutôt joli. « Oui, Internet, Doctissimo, je sais, tout ça nous fait beaucoup de mal... » Paul hocha la tête avec un mélange de contrition et d'enthousiasme, il était ravi de jouer le rôle de l'idiot moderne intoxiqué à Doctissimo, aux théories complotistes et aux *fake news*, il se sentait prêt à beaucoup de choses, en cette minute, pour apaiser la médecin-chef. Celle-ci patina quelque temps, pourtant, avant de retrouver ce qu'elle voulait leur annoncer.

« La grande nouvelle, émit-elle finalement, est que nous avons une place en EVC-EPR pour votre papa. » À nouveau « papa », c'était peut-être bon signe, se dit Paul, enfin c'était un signe. « Une place vient de se libérer au centre hospitalier de Belleville-en-Beaujolais, poursuivit-elle. Je crois que ça vous arrange, Belleville-en-Beaujolais, par rapport à votre domicile, ce n'est pas trop loin, non ? » Elle n'avait pas eu le temps de reprendre le dossier évidemment, Belleville c'était à dix kilomètres de Saint-Joseph, ils n'auraient même jamais espéré ça, et la conversation fut interrompue par un long hurlement de Madeleine, mais il s'agissait d'un hurlement de joie, la médecin-chef finit par le comprendre et se tut, attendant simplement la fin du hurlement. Ils avaient hésité à emmener Madeleine mais Cécile avait tranché, « c'est quand même elle la première concernée », avait-elle fait remarquer, et bien entendu elle avait raison, il n'empêche qu'il y avait un *gap*, un écart culturel entre la médecin-chef et Madeleine, et Paul fut reconnaissant à Cécile lorsqu'elle reprit la parole, synthétisant l'ensemble des émotions présentes : « Oui, on est très contents, on ne pouvait pas espérer mieux. Quand est-ce que le transfert pourrait avoir lieu ? »

La médecin-chef eut un geste de satisfaction, mais en même temps elle n'avait pas terminé son exposé, et elle aimait terminer ses exposés. « C'est une petite unité, d'une quarantaine de lits, créée à la suite de la circulaire Kouchner du 3 mai 2002… » commença-t-elle avec douceur, et là personne ne pouvait se rendre compte mais cette circulaire avait été la dernière signée personnellement par Bernard Kouchner, juste avant qu'il ne doive quitter ses fonctions en raison de l'élection présidentielle, dont le second tour avait lieu le surlendemain, le 5 mai, et pour elle c'était bouleversant parce qu'elle avait été amoureuse de Bernard Kouchner pendant toute son adolescence, amoureuse *grave,* et que cela avait pesé lourd dans sa décision d'entreprendre des études de médecine, elle avait même le demi-souvenir un peu honteux de s'être, le soir de son inscription à la fac de médecine, masturbée devant une affiche de Bernard Kouchner en meeting qui décorait sa chambre, ce n'était pourtant qu'un meeting du parti socialiste, il n'avait même pas de sac de riz. « Comme beaucoup d'unités EVC-EPR, elle est adossée à un EHPAD », poursuivit-elle alors qu'elle se remettait difficilement, qu'elle sentait quelque chose de trouble et d'humide envahir son entrejambe, l'évocation de Bernard Kouchner elle avait vraiment intérêt à éviter. Au bout de trente secondes de respiration coordonnée, elle se reprit. « Oui, je sais, dit-elle en se retournant vers Cécile, les EHPAD ont une mauvaise réputation, et c'est loin d'être injustifié, il est vrai que dans l'ensemble ce sont des mouroirs ignobles, je ne devrais peut-être pas dire ça mais à mon avis les EHPAD sont l'une des plus grandes hontes du système médical français. Cela dit, en l'occurrence, l'unité EVC-EPR est gérée de manière autonome, au moins sur le plan thérapeutique. Il se trouve que je connais le médecin qui la dirige, le docteur Leroux, et c'est vraiment un type bien. Votre papa sera parfaitement soigné, j'en ai la certitude. Il n'a pas besoin de trachéotomie pour respirer, et ça c'est déjà énorme. Le point noir, par contre, c'est qu'il n'a aucun mouvement oculaire – ce sont les mouvements oculaires qui permettent de rétablir une communication, et c'est souvent la première chose qu'ils récupèrent.

Elle s'abstint d'ajouter que c'était assez souvent, aussi, la dernière, elle gardait à vrai dire un souvenir plutôt angoissé de ce moment de sa visite au centre hospitalier de Belleville-en-Beaujolais, lorsqu'elle s'était retrouvée dans la salle commune, au milieu de cette vingtaine d'hommes immobiles dans leurs fauteuils roulants, absolument immobiles à l'exception de leurs regards qui s'attachaient à elle et la suivaient alors qu'elle traversait la pièce. « Ils ont plusieurs séances hebdomadaires de kinésithérapie et d'orthophonie, poursuivit-elle, chassant ce souvenir, et Leroux travaille avec de bons professionnels, les mêmes depuis des années, j'ai été impressionnée quand j'y suis allée. Ils sont baignés régulièrement, et ils ont fréquemment des sorties en fauteuil roulant. Il y a un parc, enfin une espèce de petit parc, à l'intérieur de l'établissement, mais souvent ils vont plus loin, jusqu'aux berges de la Saône. Pour ce qui est de la date de transfert, poursuivit-elle, ça se passait comme elle le souhaitait maintenant, cet entretien avec la *famille*, elle gérait tout à fait l'affaire, eh bien nous sommes lundi. Leroux m'a téléphoné ce matin pour m'avertir ; la chambre a déjà été vidée, il ne reste plus qu'à la nettoyer, ça me paraît tout à fait possible d'accueillir votre papa dès mercredi. Vous seriez disponibles, mercredi, pour rencontrer l'équipe ? » Madeleine et Cécile confirmèrent avec enthousiasme, tout était décidé en somme, et la réunion pouvait prendre fin. Paul sourit avec urbanité en prenant congé de la médecin-chef, sans pouvoir cependant empêcher des pensées déplaisantes de lui traverser l'esprit. Ainsi, le mercredi 30 décembre de cette année, Édouard Raison entamerait une nouvelle phase de son existence – et tout portait à croire que ce serait la dernière. Si une place s'était libérée, dans cette unité de Belleville-en-Beaujolais, si une chambre avait été vidée, puis allait être nettoyée, c'était de toute évidence qu'un autre résident était *parti* – ou, pour le dire plus clairement, qu'il était mort.

Cela il s'abstint d'en parler, assis aux côtés d'Hervé, dans la voiture qui les ramenait à

Saint-Joseph – Hervé avait été mis au courant de l'entretien, de sa conclusion heureuse, et il conduisait comme d'habitude avec calme. Cécile et Madeleine, à l'arrière, baignaient dans un soulagement presque extatique – Cécile se mit même, à un moment donné, à fredonner quelque chose, peut-être du Radiohead, il lui semblait reconnaître la mélodie.

7

Cela faisait presque trente ans que Paul n'avait pas mis les pieds à Belleville-en-Beaujolais, qui s'appelait à l'époque Belleville-sur-Saône – la municipalité, il le savait par son père, avait intrigué auprès du Conseil départemental pour être rebaptisée Belleville-en-Beaujolais, la dénomination lui paraissait plus porteuse auprès des touristes indiens et chinois. De toute façon, même du temps de son adolescence, même du temps où il se déplaçait volontiers dans tel ou tel endroit, à la recherche de possibilités de vivre et principalement de baiser, il ne s'était jamais beaucoup intéressé à Belleville-sur-Saône. Il avait le vague souvenir d'un bar de nuit appelé le *Cuba Night*, c'était plausible, mais des bars de nuit appelés le *Cuba Night* il pouvait y en avoir partout, cela aurait pu être à Addis-Abeba, aussi bien. Il était certain en tout cas de ne jamais y avoir fait de rencontre significative, c'est-à-dire sexuelle, il se souvenait de chacune de ses rencontres sexuelles, même des plus brèves, même d'une pipe dans les toilettes d'une boîte de nuit il s'en souvenait, cela s'était produit une fois dans sa vie, au *Macumba*, et la fille s'appelait Sandrine – son visage, sa bouche, la manière qu'elle avait eue de s'agenouiller, tout cela il le revoyait parfaitement, en fermant les yeux il pouvait même se souvenir des mouvements de sa langue. Au contraire il ne pouvait se remémorer personne qu'il aurait pu dans sa jeunesse qualifier du nom d'ami, sans même parler de ses enseignants, il ne s'en rappelait absolument aucun, pas la moindre image, le néant. La sexualité n'avait pourtant pas joué un grand rôle dans sa vie, enfin peut-être que si, à un niveau inconscient éventuellement, on pouvait du moins le supposer, mais en tout cas il n'avait pas tellement baisé, il n'avait jamais été ce qu'on appelle un *queutard*, alors qu'il avait probablement manifesté de l'intérêt pour des questions philosophiques et politiques, sans jamais avoir été un militant il avait tout de même fait Sciences Po, sans doute avait-il eu des discussions avec des condisciples sur des sujets d'ordre général, mais là non plus il ne s'en souvenait pas, sa vie intellectuelle dans l'ensemble ne semblait pas avoir été très intense. Pouvait-on en conclure qu'il n'avait été qu'un hypocrite, dissimulant son intérêt exclusif pour le sexe derrière d'autres préoccupations plus avouables ? Il ne le pensait pas. La vérité était plutôt que, contrairement à un Casanova ou à un Don Juan (ou, pour le dire plus clairement, à un *queutard*), chez qui la sexualité fait partie de l'ordinaire de la vie et en quelque sorte de l'air qu'il respire, tout moment sexuel avait été dans sa vie une incongruité, une rupture dans l'ordre normal des choses, et suscitait par conséquent le souvenir, à commencer d'ailleurs par cette pipe dans les toilettes du *Macumba*, à Montpellier, que pouvait-il bien faire à Montpellier il n'en avait pas la moindre idée, il parlait avec Sandrine depuis quelques minutes et c'était elle qui l'avait entraîné dans les toilettes, il se demandait encore pourquoi elle avait fait ça, sans doute avait-elle lu quelque chose de ce genre dans un roman et s'était-elle mise au défi d'en faire autant, par ailleurs elle était probablement saoule, ou bien elle traversait une sorte de moment sartrien, mais appliqué aux bites, « une bite faite de toutes les autres et qui les vaut toutes et que vaut n'importe quelle autre », il suffit alors à l'homme d'être sur place pour profiter de l'aubaine.

Pourtant, ce soir-là, même si comme n'importe quel homme « fait de tous les autres et qui les vaut tous », il ne lui serait jamais venu à l'idée de refuser une pipe, on pouvait sans doute dire qu'il avait cherché l'amour davantage que le sexe, sa mère n'avait jamais été réellement affectueuse, oui c'était cela, il devait avoir éprouvé un besoin d'amour inassouvi. Il ne l'avait en tout cas pas assouvi à Belleville-sur-Saône, et il fut surpris d'avoir la sensation que cette petite ville avait changé, alors qu'il ne s'en souvenait en réalité pratiquement pas. Il mit quelque temps à en comprendre la raison : il y avait des Arabes, beaucoup d'Arabes dans les rues, et cela c'était certainement une innovation par rapport à l'ambiance générale du Beaujolais, et de la France tout entière. L'adresse du centre hospitalier était rue Paulin-Bussières, mais l'entrée était en réalité située rue Martinière, ils mirent assez longtemps à trouver, non sans avoir remarqué plusieurs pancartes leur indiquant la direction de la mosquée Ennour, il y avait donc une mosquée à Belleville-en-Beaujolais, c'était étonnant. Il ne s'agissait pas d'une mosquée salafiste, du moins aucune information de ce genre n'avait filtré dans la presse, comme cela aurait certainement été le cas, malgré leurs déboires militaires récents les salafistes restaient un sujet vendeur, mais enfin c'était une mosquée. Le centre hospitalier de Belleville – principalement un EHPAD, s'il avait bien compris les explications de la médecin-chef – était de toute façon un espace clos, un ensemble de bâtiments modernes, de teinte claire, planté au centre de la petite ville, nettement isolé du tissu urbain, et sans rapport perceptible avec lui. Trois cents personnes environ y terminaient leur vie, principalement des

Français de souche comme on dit mais peut-être aussi quelques Maghrébins, probablement très peu, la solidarité entre les générations demeurait forte dans ces populations, les vieillards y mouraient en général chez eux, confier leurs parents à une institution aurait constitué pour la plupart des Maghrébins un déshonneur, c'est du moins ce qu'il avait pu conclure de la lecture de différents magazines de société. Ils arrivèrent à midi et quart, le docteur Leroux les attendait dans son bureau, il buvait un café au lait en mangeant un sandwich au saucisson, « pas eu le temps de prendre mon petit-déjeuner, je déjeune en même temps... expliqua-t-il, vous voulez un café ? » C'était un homme d'une cinquantaine d'années, aux cheveux étonnamment drus et bouclés, avec sur son visage une expression enfantine, quelque chose de gamin, mais en même temps on sentait qu'il avait dû être un enfant méditatif, plutôt triste et solitaire. Sa blouse blanche de médecin était hâtivement enfilée sur un jogging bleu roi, et il était chaussé de tennis. « Vous êtes presque à l'heure, mais votre père est très en retard, poursuivit-il, enfin je veux dire que l'ambulance de Lyon est en retard, ils sont toujours en retard, je ne sais pas pourquoi. » Puis il se tut, les observa tous les quatre avec attention, sans prononcer une parole, pendant presque une minute. « Donc, vous êtes les enfants. La famille... Et vous... il se tourna brusquement vers Madeleine, vous êtes sa femme, n'est-ce pas ? » Il avait dit « femme » et pas « compagne », nota Paul. Madeleine acquiesça sans un mot et Paul comprit que la situation venait de basculer, il était maintenant une quantité négligeable aux yeux du docteur Leroux, et Cécile elle-même semblait un peu hors-jeu, c'était à Madeleine, et à Madeleine presque exclusivement qu'il allait avoir affaire, il l'avait compris, comment l'avait-il compris d'ailleurs, comment avait-il compris que Madeleine était la femme et eux les enfants, il n'avait pas eu le temps de prendre connaissance du dossier et de toute façon ce n'était pas inscrit dans le dossier, il l'avait compris c'est tout, et c'est à Madeleine qu'il s'adressa en premier lorsqu'il les invita à le suivre, la chambre était prête dit-il, elle était prête depuis ce matin, c'est Madeleine qu'il prit par l'épaule pour la conduire dans les couloirs. Lui, Cécile et Hervé suivaient deux pas derrière, les couloirs étaient clairs et propres mais pas déserts, il y avait au contraire pas mal de gens qui circulaient, des gens de tous âges et de tous milieux, les familles probablement, se dit Paul. C'est dans ces bâtiments que son père allait vivre ses derniers jours, se dit-il également, c'étaient eux qui allaient constituer son dernier horizon, son dernier paysage.

La chambre en elle-même était plutôt grande, six mètres sur quatre environ, et les murs peints d'une teinte jaune poussin, enfin un jaune plutôt clair et chaud, Paul ne se souvenait plus de la dernière fois où il avait effectivement vu un poussin, sans doute même n'en avait-il jamais vu, on a peu l'occasion de voir ce genre de choses dans la vie réelle, c'était quoi qu'il en soit une teinte agréable, et une chambre agréable, des étagères accrochées au mur attendaient d'être remplies. « Vous pouvez amener ce que vous voulez, coller des photos ou des dessins, aménager l'espace à votre goût, ce n'est pas un hôpital ici, c'est un lieu de vie, un lieu de vie pour des personnes handicapées, des personnes atteintes d'un handicap très grave, et vous êtes ici chez vous, les familles sont toujours les bienvenues parmi nous, voilà ce que je voulais vous dire. » Il était sincère, Paul en eut aussitôt la certitude, la médecin-chef avait raison, c'était un type bien. « Est-ce que je pourrai dormir dans sa chambre ? » demanda tout à coup Madeleine. Eh bien oui, répondit-il, c'était inhabituel mais il n'avait pas d'objection de principe, on pouvait même lui installer un lit de camp. Il fallait juste qu'elle soit consciente que les chambres n'avaient pas de lavabo ni de toilettes, dans leur état les malades n'en auraient pas eu l'utilité, mais elle pourrait utiliser les installations collectives du personnel, au fond du couloir. Elle devrait aussi assurer elle-même ses repas, le personnel de l'unité mangeait avec celui de l'EHPAD, elle n'aurait pas accès au self. Madeleine acquiesça avec vigueur. « Tu es sûre que tu préfères, Madeleine ? intervint Cécile, ce n'est pas très confortable tout de même. On peut t'amener ici tous les matins si tu veux, c'est vraiment tout près. » Madeleine était sûre, elle avait décidé, elle retournerait à Saint-Joseph une fois par semaine pour prendre une douche et changer de linge, c'était très bien comme ça.

« Eh bien, il n'y a plus qu'à attendre l'entrée en scène de la vedette… » conclut Leroux. « Vous m'excusez un instant ? J'ai des rendez-vous cet après-midi, de toute façon on me bipera au moment de son arrivée. » Au même moment le portable de Cécile sonna, elle sortit dans le couloir pour répondre, la conversation dura une à deux minutes, elle avait l'air soucieuse en revenant. « C'était Aurélien, dit-elle, ils arrivent plus tôt que prévu, dès aujourd'hui, ils seront dans deux heures à la gare de Loché. Ça m'ennuie d'y aller, j'aurais préféré être là au moment de l'arrivée de papa… » Il y eut un moment de silence, puis Hervé dit avec effort : « Je peux y aller, moi, si tu veux. » Sa femme lui jeta un regard dubitatif ; elle était parvenue la plupart du temps à maintenir des relations à peu près acceptables avec Indy, mais c'était déjà ancien, leur dernière rencontre remontait à cinq ans ; elle n'avait aucune confiance dans les capacités d'Hervé à faire preuve de la même diplomatie.

« Je peux y aller, intervint Paul, si tu me prêtes ta voiture.

— Oui, vas-y toi, ce sera mieux » répondit-elle avec soulagement.

Paul avait à peine quitté le parking depuis dix minutes, et Hervé terminait sa cigarette, lorsque l'ambulance arriva. Leroux sortit aussitôt des bâtiments pour se porter à sa rencontre ; manifestement, il tenait à accueillir personnellement les malades. Les deux brancardiers installèrent un petit plan incliné à l'arrière de l'ambulance et firent rouler la civière sur le parking. Édouard était bien réveillé, ses yeux grands ouverts – mais toujours aussi fixes. Le médecin se porta à sa hauteur. « Bonjour, monsieur Raison, dit-il d'une voix douce en le regardant droit dans les yeux. Je suis le docteur Leroux, le responsable de l'unité médicale où vous allez vivre. Je vous souhaite la bienvenue. »

Les deux heures suivantes, une fois Édouard installé dans sa chambre, furent consacrées à la description des soins qui rythmeraient sa semaine – dans le doute, Leroux préférait faire comme si les malades comprenaient tout ce qu'on leur dit, et leur expliquer le but de chacun des soins prodigués. D'abord, il y avait la kinésithérapie – deux séances par semaine – qui visait à éviter les contractions musculaires, les phénomènes de rétraction des extrémités. Ensuite, très importante aussi, deux séances par semaine, l'orthophonie, pour faire travailler la langue et les lèvres.

« Ça sert à ce qu'ils réapprennent à parler ? demanda Cécile.

— Oui... Enfin, là, c'est la version très optimiste. La parole est une fonction sophistiquée, ça mobilise pas mal de zones différentes du cerveau, contrairement à ce qu'on a longtemps cru. Mais l'aire de Broca reste importante, même si elle n'est pas la seule, et j'ai vu sur les IRM de votre père qu'elle avait été touchée, donc honnêtement je n'y crois pas trop. Mais en dehors de la parole l'orthophonie sert aussi à rééduquer la déglutition, ce qui peut permettre d'abandonner la gastrostomie pour revenir à une alimentation normale.

— Normale comment ? Cécile avait l'air surprise.

— Tout à fait normale. Tous les aliments sont permis ; à condition de les mixer, de les réduire en purée, il pourra retrouver toutes les saveurs qu'il connaissait. »

Voyant que Cécile avait l'air ravie, que ça semblait lui ouvrir des horizons, il jugea bon de tempérer : « Attention, ce n'est pas simple, je n'ai pas dit qu'on y arriverait ; mais je vous promets qu'on va essayer. Ensuite, poursuivit-il, il y a la stimulation sensorielle en général. Toutes les semaines, pour ceux qui le souhaitent, on a une séance de musicothérapie. Et puis, là c'est plus récent, c'est une association qui gère ça, il y a les ateliers animaux domestiques. Ils viennent une fois tous les quinze jours, avec des chats et des petits chiens qui sont installés sur les genoux de nos patients. Ils ne peuvent même pas les caresser, on n'a qu'un seul résident qui parvienne vraiment à bouger ses doigts, mais c'est incroyable à quel point ça fait du bien à certains, déjà, de poser leurs mains sur la fourrure d'un animal.

Et puis bien sûr on ne les laisse pas allongés toute la journée, ça c'est le plus important à mon avis. Déjà ça évite les escarres, en cinq ans je n'ai pas eu une seule escarre dans mon unité. Tous les matins ils sont levés, mis en fauteuil roulant – très important, le fauteuil roulant, il faudra en fabriquer un rapidement aux mesures de votre père – et ils restent en fauteuil jusqu'au soir, on peut les déplacer, suivant les disponibilités des soignants bien entendu. On a un parc, enfin parc c'est un grand mot, on a quelques arbres, en ce moment ce n'est pas la saison bien sûr mais en été la plupart des malades préfèrent rester là, en plein air, plutôt que dans les bâtiments. Et puis on essaie de les promener plus longtemps, on les sort tous les jours, parfois en ville, parfois sur les bords de Saône. C'est important qu'ils puissent voir d'autres choses, écouter des sons différents, sentir d'autres odeurs ; mais évidemment c'est le plus coûteux en personnel, il faut un soignant pour pousser chaque fauteuil, on procède par roulement, on s'arrange pour que chacun puisse avoir sa promenade au moins une fois par semaine.

— Tiens, notre patient s'est endormi... » remarqua-t-il en s'interrompant. En effet les yeux d'Édouard étaient clos, son souffle était devenu lent et régulier. « C'est normal, ça arrive souvent après leur transfert, c'est un changement d'environnement, c'est fatigant pour eux ; il va se réveiller bientôt, dans une heure ou deux je pense. Moi je vais y aller, mais vous pouvez rester pour attendre son réveil, enfin vous restez aussi longtemps que vous voulez, vous êtes chez vous, vraiment », répéta-t-il avant de les laisser dans la chambre.

8

Pendant ce temps, Paul était engagé dans un combat sans gloire avec le distributeur de confiseries de la gare TGV Mâcon-Loché, à part lui déserte. Quelques minutes plus tard il renonça, abandonnant ses deux euros à la machine récalcitrante ; le train de Paris venait d'être annoncé. En atteignant le quai, il fut envahi d'un doute soudain : allait-il reconnaître son frère et sa belle-sœur ? Leur dernière rencontre remontait à pas mal d'années, il en gardait un souvenir aussi matériellement flou qu'émotionnellement déplaisant, mais ce serait embarrassant, tout de même, s'il échouait à reconnaître son propre frère. La veille, il avait fait un rêve inquiétant. Il avait rendez-vous avec son amante russe dans la gare de Bourges, il n'avait jamais eu d'amante russe mais dans son rêve il en avait une ; il n'était d'ailleurs jamais allé à Bourges non plus. Ils s'appelaient sur leurs portables pour essayer de se retrouver à un point précis de la gare, en face du *Relay* dans le hall d'entrée, ils y arrivaient en même temps, se confirmaient par téléphone qu'ils étaient bien là, et pourtant ils ne se voyaient pas. Ils essayaient ensuite un autre point de rendez-vous, le repère G du quai 3, mais là non plus, quoique le lieu soit parfaitement défini, la communication téléphonique excellente et qu'ils se confirment à plusieurs reprises leur présence, ils ne parvenaient pas à se rencontrer, et c'était d'autant plus frappant que le quai 3 était désert, ils s'en étonnaient au téléphone. À ce moment de la nuit, Paul avait violemment pris à partie le concepteur du rêve : cette histoire de plans de réalité parallèles était peut-être intéressante en théorie, lui disait-il, mais dans la réalité, enfin dans la réalité du rêve, il n'en avait pas moins éprouvé un douloureux regret d'avoir perdu son amante russe ; le concepteur du rêve s'en montrait désolé, sans pour autant réellement présenter ses excuses.

Rien de tel ne se produisit à la gare TGV Mâcon-Loché : son frère, sa belle-sœur et leur fils furent les seuls voyageurs à descendre du train de Paris. Mais même sans cela Paul aurait reconnu Aurélien sans difficulté, il n'avait pas du tout changé ; son visage aux traits fins, plutôt harmonieux, avait quelque chose d'hésitant, d'indécis qui donnait une impression de fragilité ; il continuait, sans grand succès, à essayer de le viriliser en laissant pousser une barbe qui demeurait clairsemée. Indy avait dix ans de plus que lui, et ça commençait à se voir sérieusement, il ne put s'empêcher de se faire la remarque : elle avait pris un sacré coup de vieux ; ça ne devait pas l'avoir rendue plus aimable. Leur fils, lui, était très grand pour son âge – neuf ans ? il ne se souvenait plus au juste. Leur fils c'était le pire, il n'arrivait pas à s'y faire, pas davantage que Cécile. Ce n'était pas une question de racisme, il n'avait jamais ressenti de répulsion, ni d'attraction particulière pour les personnes de peau noire ; mais là, quand même, il y avait quelque chose qui n'allait pas. Qu'Indy décide de recourir à la PMA parce que son mari était stérile, il pouvait bien entendu le comprendre ; qu'elle choisisse en plus de recourir à la GPA, c'était déjà plus discutable, à ses yeux tout du moins, mais il était peut-être victime de conceptions morales dépassées, la marchandisation de la grossesse était peut-être tout à fait légitime, il ne croyait pas à vrai dire, mais il évitait en général de trop penser à ces questions. Qu'elle se rende en Californie pour procéder à l'ensemble de ces opérations, parfait, c'était l'option la plus performante sur le plan technologique, c'était également la plus chère – mais elle semblait avoir les moyens, il se demandait d'ailleurs d'où pouvait venir l'argent, ce n'était certainement pas son salaire de « journaliste de société » qui lui permettait ces fantaisies, et même si elle avait été une « grande plume », comme on dit, cela serait resté hors de portée. C'étaient probablement ses parents qui avaient payé, elle-même était plutôt radine, du genre à aller en Belgique ou en Ukraine. Tout cela, bon, admettons, mais qu'est-ce qui avait bien pu lui prendre, parmi l'immense catalogue de géniteurs qui devait avoir été mis à sa disposition par la société californienne de biotech dont elle avait utilisé les services, de choisir un géniteur de race noire ? Sans doute la volonté d'affirmer son indépendance d'esprit, son anticonformisme, son antiracisme par la même occasion. Elle avait utilisé son enfant comme une sorte de placard publicitaire, comme un moyen d'afficher l'image qu'elle souhaitait donner d'elle-même – chaleureuse, ouverte, citoyenne du monde – alors qu'il la connaissait comme plutôt égoïste, avare, et surtout conformiste au dernier degré.

Ou bien – et l'hypothèse était encore pire – elle avait souhaité par ce choix humilier Aurélien, faire savoir à tous dès la première seconde qu'il n'était pas, ne pouvait en aucun cas être le père véritable de l'enfant. Si telle avait été son intention, elle avait pleinement réussi. La paternité biologique n'a aucune importance, l'important c'est l'amour, du moins c'est ce qu'on affirme en général ; mais l'amour, encore faut-il qu'il y en ait, et Paul n'avait jamais eu l'impression qu'il existât une quelconque forme d'amour entre Aurélien et son fils, il n'avait à aucun moment surpris de gestes câlins, ni même de simples attitudes protectrices, qu'il aurait eues à son égard, et pour tout dire il ne se souvenait pas d'avoir vu Aurélien et Godefroy s'adresser la parole – elle avait de plus insisté pour lui donner ce ridicule prénom moyenâgeux, incongru par rapport au physique du gosse. Paul avait l'impression écœurante que ce prénom n'était rien d'autre qu'un trait d'humour, une manifestation de *second degré*. Il parvint cependant à faire au couple des bises suffisantes, et même à brièvement effleurer de ses lèvres une joue de l'enfant. Non seulement il avait beaucoup grandi et forci, ce serait un gros gars costaud, physiquement tout le contraire de son *papa*, mais il semblait que sa peau ait encore foncé par rapport à la dernière fois.

Avec un soupir de soulagement, Aurélien s'installa aux côtés de Paul à l'avant de la voiture. Dès qu'ils furent sortis du parking de la gare, Godefroy alluma son iPhone pour se lancer dans ce qui semblait être un jeu vidéo.

« Tu fais quel jeu ? s'enquit Paul dans une tentative, dont il sentait qu'elle serait la dernière du week-end, pour s'intéresser à lui.

— Ragnarök Online.

— C'est un jeu scandinave ?

— Non, coréen.

— Et ça consiste en quoi ?

— Oh c'est très classique, je dois tuer des monstres pour accumuler des points d'expérience, ça me permet de gagner des niveaux de job et de changer de classe. Mais c'est un bon jeu, bien dessiné, très fluide.

— Et là, tu en es à quelle classe ?

— Paladin, répondit le garçon avec modestie. Mais je ne suis pas très loin de passer Rune Knight, enfin j'espère. »

En effet, on ne pouvait pas dire que le concepteur coréen avait révolutionné le genre, et ce fut la fin de la conversation, mais Paul avait l'impression qu'ils avaient *bien discuté*, cette fois, lui et son neveu. Une fois engagés sur l'autoroute, Aurélien voulut savoir où leur père en était sur le plan médical ; il le lui expliqua de son mieux, sans dissimuler que les chances d'amélioration étaient minces.

« Ouais, ça va rester un légume, quoi… » dit Indy à l'arrière d'un ton las. Le mot de « légume » fit, assez bêtement, rire son fils. Paul leur jeta un regard furieux dans le rétroviseur, mais s'abstint de répliquer. Autant que possible rester calme, autant que possible ne pas envenimer les choses, respirer lentement, régulièrement, se répétait-il, il avait quand même donné un coup d'accélérateur involontaire, il freina brusquement juste avant d'emboutir un camion. Il avait failli rétorquer à cette garce qu'elle avait plutôt apprécié les jardins de légumes mis en place par la mairie de Paris, lorsqu'elle avait visité le parc de Bercy, le jour de sa première visite à leur appartement – dont il espérait plus que jamais qu'elle resterait la dernière. Où était Prudence ? se demanda-t-il par association d'idées, où pouvait bien être Prudence en ce moment ? Décidément, il essaierait de venir avec elle la prochaine fois.

Paul était encore passablement nerveux lorsqu'ils arrivèrent au centre hospitalier, et après avoir garé la voiture d'Hervé dans le parking qui donnait sur la rue Paulin-Bussières il fit un peu d'hyperventilation rapide, avant de les précéder dans les couloirs. Peu désireux de s'impliquer dans la reprise de contact, il fit quelques pas en arrière une fois arrivés à destination, laissant Aurélien et Indy s'avancer dans la chambre où Édouard venait de se réveiller, il avait ouvert les yeux. Madeleine et Cécile, à son chevet, étaient plongées dans une discussion ardente sur la manière dont elles allaient décorer la chambre, cependant qu'Hervé s'assoupissait quelque peu. Godefroy était resté dans la voiture, refusant d'abandonner son jeu vidéo. Il n'en avait bien entendu rien à foutre de son grand-père, et c'était en un sens normal, son grand-père de son côté n'en avait pas grand-chose à foutre de lui. Édouard n'était pas raciste, lui non plus – Paul se souvenait au contraire qu'il entretenait des rapports particulièrement chaleureux avec un de ses collègues antillais, qu'il avait une fois invité à dîner à la maison ; mais il estimait, et ne l'avait nullement caché, que sa belle-fille avait eu comme d'habitude une idée absurde, qui ne pouvait occasionner « que du trouble et du tracas », c'était une expression qui lui était chère, qu'il utilisait fréquemment à propos des groupuscules gauchistes qu'il avait passé l'essentiel de sa vie professionnelle à surveiller et occasionnellement à démanteler, « des fauteurs de troubles et de tracas ». De toute façon Godefroy, Paul l'avait senti au moment où le garçon déclinait sa proposition de les accompagner, avait probablement pressenti l'existence d'un problème familial épineux, dont il n'avait aucune envie de se mêler. Ce garçon, il en avait l'intuition, malgré son physique de futur rappeur du Bronx, n'était nullement stupide, et son intelligence ne lui venait évidemment pas de sa mère – Paul imaginait Indy feuilletant le catalogue des géniteurs mis à sa disposition, elle avait peut-être choisi un Noir, mais sûrement un Noir diplômé de Harvard ou du MIT, il voyait très bien comment elle avait pu raisonner.

Avec un peu d'hésitation Cécile se leva, s'approcha d'eux, réussit quand même à procéder aux bises requises par la bienséance familiale, mais ne trouva absolument rien à leur dire ; elle parvint juste à émettre, au bout de presque deux minutes, un : « Vous avez fait bonne route ? » franchement minimal. Hervé et Madeleine, tranquillement installés sur leurs chaises d'hôpital, ne manifestaient aucune intention de lui venir en aide.

Ce fut Aurélien qui s'approcha en premier de son père et plongea son regard dans le sien, qui demeurait obstinément fixe. Il lui prit la main, la serra avec force – il avait envie de l'embrasser sur la joue, mais n'osait pas. Puis il mit fin au contact et recula de deux pas, ses yeux toujours fixés dans les yeux de son père, ses lèvres tremblèrent légèrement mais il ne prononça aucune parole. Indy s'approcha à son tour du lit médicalisé, en apparence résignée. Au moment où elle pénétrait dans son champ de vision, de manière lente mais indiscutable, Édouard détourna son regard vers la gauche – vers Madeleine, assise à ses côtés. Cécile poussa une espèce de cri, comme un « Ah ! » inarticulé. Madeleine demeura silencieuse, mais son visage était figé par la stupéfaction.

« Eh bien, tu vois… » dit Paul en se détachant du mur pour s'approcher d'Indy, « tu as bien fait de venir, tu as déjà accompli un miracle… Il a tourné son regard pour éviter de te voir, c'est la première fois qu'il bouge les yeux depuis qu'il est sorti du coma. » Il ne savait pas ce qui lui prenait, cette légèreté méchante, ce n'était pas du tout dans ses habitudes, mais Indy s'était empourprée, elle avait serré les poings et Paul crut qu'elle allait le gifler, peut-être même lui balancer une droite, il se raffermit sur ses pieds pour anticiper le choc en même temps qu'il refermait sa main droite en coupe pour la cueillir au niveau de l'oreille. Pendant presque une minute elle demeura figée devant lui, tremblante de rage, puis elle tourna les talons, claquant brutalement la porte derrière elle. Aurélien avait suivi la scène avec effarement, mais il ne fit pas un geste.

Ce fut Cécile qui rompit le silence qui s'était installé. « Tu n'aurais pas dû dire ça, Paul… » dit-elle avec tristesse. Il s'abstint de répondre, mais au fond il n'était pas d'accord. Non seulement ce qu'il avait dit était factuellement exact, mais cette augmentation du niveau de violence lui avait fait du bien, il respirait plus aisément. Il avait même failli, au moment où elle le fixait en serrant les poings avec fureur, lui balancer une phrase ironique, du genre « Le légume se rebiffe », mais il n'en avait pas eu le temps. Aurélien émit à ce moment un bruit de gorge étouffé, qui avait un peu le même sens que le reproche de Cécile, et là Paul fut envahi par le remords. Il ne pouvait décidément pas encadrer Indy mais pour Aurélien il avait de la peine, c'était lui qui allait payer les pots cassés, dès ce soir probablement, dans leur chambre commune, il allait passer une bien mauvaise nuit. Au fond, oui, il aurait peut-être mieux fait de se taire.

À ce moment, Édouard referma les yeux. « Il est fatigué, interpréta immédiatement

Cécile, ça l'a fatigué tout ça, il vaut mieux le laisser. » Tous grommelèrent un acquiescement, en effet du point de vue *réunion de famille* ça suffisait pour aujourd'hui. Ils se retirèrent de la chambre, le laissant seul en compagnie de Madeleine, qui lui avait repris la main et surveillait la progression de son souffle, de plus en plus lent et paisible.

« Il faut qu'on s'organise pour le transport », lui dit Hervé en arrivant sur le parking. En effet ils ne tiendraient pas tous dans la voiture, il fallait prévoir deux voyages.

9

Ils trouvèrent un café ouvert rue du Moulin, où Aurélien et sa famille pourraient attendre son retour, c'était Paul qui se chargerait de leur transport. Ça ne le dérangeait pas, il était certain que la fermeté paierait avec Indy, il se sentait capable de la gérer. Il savait qu'elle avait un peu peur de lui, surtout depuis qu'il appartenait à un cabinet ministériel, c'était quand même un lieu de pouvoir et elle respectait le pouvoir, elle le respectait presque autant que l'argent.

Il fut de retour à Belleville-en-Beaujolais vingt minutes plus tard, le trajet était en effet très rapide, et comme il s'y attendait Indy était tout sourire, elle semblait avoir oublié l'incident, du moins elle faisait assez bien semblant. Elle s'installa à ses côtés à l'avant de la voiture et engagea la conversation sur la présidentielle. Ah bon c'est ça, se dit-il avec amusement, il aurait dû s'en douter, c'était même sans doute la raison qui l'avait fait accompagner Aurélien dans sa visite à son père : elle allait essayer de lui soutirer des informations sur les intentions de Bruno. En effet rien n'avait filtré dans la presse, depuis un ou deux mois il refusait même toutes les interviews, ça devait commencer à agacer pas mal de monde dans les milieux que fréquentait cette conne. Il lui revint soudain à l'esprit qu'elle avait changé d'employeur pour la deuxième fois en l'espace de quelques mois, et ce n'étaient pas des changements anodins, elle était passée de *L'Obs* au *Figaro*, puis du *Figaro* à *Marianne*, qui est-ce qui lui avait raconté ça ? Probablement l'attachée de presse de Bruno, qui connaissait leurs liens de parenté. Enfin en même temps c'était le point de vue d'une attachée de presse, habituée à établir des distinctions byzantines entre organes de presse à peu près indiscernables.

« J'avais été surpris que tu passes au *Figaro*, surtout pour aller aussitôt après chez *Marianne*... dit-il cependant, sans réelle conviction.

— Ah bon, pourquoi ? » Elle avait réagi très vite, du tac au tac, mais elle était déstabilisée, il le sentait, elle allait tenter de se justifier, il suffisait de se taire et d'attendre.

« J'avais vraiment du mal avec les éditoriaux de Zemmour », poursuivit-elle comme si, ce disant, elle accomplissait un acte méritoire de courage civique. « Zemmour, c'est un bâtard » intervint brièvement Godefroy avant de replonger dans *Ragnarök Online*. Quoique assez banale elle aussi, sa remarque permit à sa mère de se ressaisir, et d'ajouter, sur un ton cette fois nettement plus convaincu, et presque ému au sens large : « Mais je trouve important qu'il puisse s'exprimer, défendre son point de vue. La liberté d'expression, c'est quand même ce qu'on a de plus fondamental.

— C'est un bâtard de sa race » ajouta Godefroy, précisant sa pensée. Paul hocha la tête avec gravité pour manifester qu'il prenait intérêt à cet échange de vues, on venait de dépasser Villié-Morgon, ils seraient à destination dans moins de deux minutes, sa tentative de diversion avait fonctionné à merveille, il est vrai que Zemmour ça marche toujours, il suffit de prononcer son nom et la conversation se met à ronronner dans des voies balisées et gentiment prévisibles, un peu comme avec Georges Marchais à son époque, chacun retrouve ses marqueurs sociaux, son positionnement naturel, et en tire des satisfactions calmes. Ce qui le surprenait à présent était d'avoir pu supposer un instant qu'Indy exerçait son métier de journaliste par conviction, qu'une conviction quelconque, même, avait pu un jour lui traverser l'esprit ; rien de ce qu'il savait d'elle ne confirmait cette hypothèse. À *L'Obs* elle avait surtout traité de trans, de zadistes, voire de trans zadistes, c'était son rôle de journaliste de société, mais au fond elle aurait aussi bien pu consacrer ses articles à des néo-cathos identitaires ou à des pétainistes véganes, ça n'aurait fait aucune différence à ses yeux. Enfin elle se taisait pour l'instant, c'était déjà ça. Il détourna son regard de la route brumeuse, aperçut le visage d'Aurélien dans le rétroviseur. Il semblait perdu dans la contemplation du paysage de vignes noircies par l'hiver, mais il se retourna brusquement dans sa direction, pendant quelques secondes leurs regards se croisèrent, l'expression d'Aurélien lui parut d'abord difficile à déchiffrer, puis d'un seul coup il comprit : c'était, purement et simplement, une expression d'*ennui*. Aurélien s'ennuyait, il s'ennuyait avec sa femme, il s'ennuyait avec son fils, et cela faisait des années, sans doute, qu'il s'ennuyait sans relâche dans ce qui lui tenait lieu de famille. Il devait avoir eu, déjà, une bien triste enfance, songea Paul, leur père n'avait jamais été quelqu'un de très affectueux, de très tactile, sa famille comptait certes à ses yeux mais son travail et le service de l'État passaient pour lui avant tout, ça c'était évident depuis le début, ce n'était pas négociable. Quant à sa mère, elle les avait purement et simplement laissés tomber dès qu'elle s'était découvert une vocation de sculpteur. Cécile s'était peut-être un peu occupée de lui, mais lorsqu'elle était partie rejoindre Hervé dans le Nord il était encore tout jeune, il n'avait pas dix ans. Oui, il avait dû être bien seul. Et maintenant il l'était tout autant, entre une femme qui ne l'aimait pas et un fils qui le tolérait, qui le méprisait sans doute un peu et qui de toute façon n'était pas le sien. Paul détourna avec gêne son regard de celui d'Aurélien, qui continuait à le fixer dans le rétroviseur. Ils arrivèrent à destination tout de suite après.

Cela le frappa dès qu'il pénétra dans la salle à manger, chauffée par une magnifique flambée : Madeleine, Cécile et Hervé se sentaient bien ensemble tous les trois, ils avaient pris des habitudes communes, et en entrant il eut un peu l'impression qu'Aurélien et lui étaient des intrus. De fait, dans deux jours ils allaient repartir vers leurs activités parisiennes respectives, c'étaient les autres qui resteraient sur place, qui seraient en contact avec l'équipe médicale, qui géreraient réellement le dossier. Pour l'instant à vrai dire tout allait bien, le docteur Leroux avait fait bonne impression à tout le monde, et Cécile, faisant sans cesse la navette entre la cuisine et la salle à manger, était d'une bonne humeur exubérante, qui fut à peine troublée par l'arrivée d'Indy, Paul se demanda même si elle l'avait vue. Godefroy disparut très vite en direction de sa chambre, son iPhone toujours à la main, après avoir raflé deux canettes de Coca et une part de pizza qui traînaient dans le réfrigérateur. « Tu veux que je te la réchauffe ? » lui lança Cécile, elle avait donc remarqué leur arrivée malgré tout. Elle n'obtint cela dit pas de réponse, l'éducation de ce garçon laissait décidément à désirer.

Pendant le repas, Indy tenta de revenir sur la question de la présidentielle ; cela ne le dérangeait pas, il était habitué à garder le silence, cela faisait quelques années, quand même, qu'il était dans la profession. Elle finit par s'énerver un peu et par lâcher : « Bon, je sais que tu n'as rien le droit de dire, de toute façon… » Ça c'était exact, c'était même la première chose exacte qu'elle disait depuis le début de la soirée : au cas où il aurait su quelque chose, il aurait été dans l'obligation de le taire. Mais il ne savait rien des intentions de Bruno, et il soupçonnait à vrai dire que Bruno n'en savait encore rien lui-même. Il essayait de l'imaginer en pleine campagne électorale, répondant à des questions de journalistes, des gens dans le genre d'Indy : oui, ça n'avait rien d'évident, sa décision allait être difficile à prendre.

Sans surprise, elle enchaîna ensuite sur le danger récurrent, mais de plus en plus proche, du Rassemblement national. Hervé conservait un silence prudent, mastiquant paisiblement son gigot d'agneau, il se resservait de vin un peu plus souvent que d'habitude, c'était la seule chose qui aurait pu trahir un léger agacement, Cécile avait dû lui faire la leçon avec une certaine fermeté ; et Aurélien pour sa part n'avait jamais rien eu à dire sur ces sujets ; il pensait peut-être à ses tapisseries du Moyen âge, qu'il allait bientôt retrouver, aux belles dames nobles attendant que leur seigneur rentre des croisades, enfin à des choses enfantines et sans conséquence. Indy était en somme la seule à parler, mais ça ne semblait nullement la déranger, elle ne le remarquait probablement même pas. Ils se séparèrent quand même avec soulagement, une fois le repas terminé.

10

Paul est une star mondialement connue, mais il ignore dans quel domaine. Avec sa femme et son agent, il descend une rue boueuse du 5e arrondissement de Paris (sa femme n'est pas Prudence, c'est une jeune Noire qui ressemble aux deux Éthiopiennes d'Addis-Abeba ; mais, contrairement à elles, sa soi-disant femme n'a aucune pudeur, au contraire elle est désireuse d'exhiber son sexe en toutes circonstances, elle semble en éprouver une fierté étrange ; il pleut continuellement, tous les feux de signalisation sont à l'orange clignotant ; la pellicule de boue glissante, plus dense sur les trottoirs, rend leur marche difficile et même dangereuse.

Paul est surpris que son agent ne tourne pas sur la droite, en direction de son domicile ; il souhaite en réalité prendre un pot dans un café proche appelé le Café Parisien. Paul comprend alors qu'ils sont en bas de la rue Monge, mais que ça n'a aucune importance. Ils pénètrent dans l'établissement. La soi-disant femme de Paul a disparu. Au bout de quelque temps, comme personne ne semble venir les servir, l'agent de Paul se dirige vers le comptoir du fond. C'est alors qu'un pseudo-serveur s'assied à la table de Paul. Il se comporte avec une familiarité choquante, ses jambes pendantes obligent Paul à mettre les siennes de côté.

L'agent de Paul tarde, la commande des consommations s'éternise. À sa grande surprise, le pseudo-serveur lui demande de le prendre dans ses bras et, joignant le geste à la parole, se colle à lui dans l'attente d'un contact plus intime. Paul s'y refuse, mais les bras du pseudo-serveur semblent pourvus d'un pouvoir adhésif, il a de plus en plus de mal à repousser ses embrassements. Tournant la tête sur le côté, il remarque soudain la présence d'une équipe de tournage de la chaîne TF1. Il y a là deux cameramen, une preneuse de son, un réalisateur – Paul l'identifie en tant que réalisateur car il tient à la main un tapuscrit roulé qui doit être le scénario de la séquence, et dont on distingue le titre, « Tendresse ».

L'agent de Paul jette un regard vers lui, la préparation des commandes semble enfin avancer. Au même instant, il remarque l'existence d'un second tapuscrit, intitulé « Agression ». Heureusement son agent revient vers la table, les deux verres à la main. « François-Marie… » dit Paul avec angoisse (c'est le prénom de son agent), « François-Marie, je crois qu'il est temps d'intervenir sérieusement. »

D'un coup d'œil, l'agent de Paul a jaugé la situation et écarte les bras tout en les lançant vers le haut. Le tournage s'interrompt aussitôt. Puis il se dirige vers le fond du bar, suivi par l'équipe de tournage dans son ensemble – ils sont penauds, humbles, ils comprennent que la situation vient de basculer.

Le comptoir a disparu. L'agent de Paul s'installe dans un fauteuil relax, plutôt une chaise longue, qui a pris la place du comptoir – des plantes vertes sont elles aussi apparues, et l'éclairage, modifié, évoque la piscine d'un resort tropical. Avec le plus grand calme, l'agent de Paul retrace, dans un discours long et détaillé, l'historique du droit à l'image. Peu à peu, des exclamations désolées fusent de l'équipe de tournage. « On est dans la merde… On ne savait pas ! On est foutus… », telles sont les exclamations qui reviennent dans toutes les bouches. L'agent de Paul le leur confirme, leur situation est en effet fâcheuse ; il ne cherche pas à dissimuler l'énormité des dommages-intérêts qu'il exigera – et obtiendra, la jurisprudence est constante – de la chaîne fautive. Il ne dissimule pas non plus le coup fatal qui sera porté à la carrière des techniciens incriminés.

Paul se réveilla en sursaut à quatre heures du matin, la lumière de la pleine lune avait envahi la pièce, on y voyait presque comme en plein jour. Il tituba jusqu'à la fenêtre pour refermer les volets avant de se recoucher, se rendormit presque aussitôt. Il se réveilla de nouveau, plus doucement, un peu avant sept heures du matin ; il avait rêvé de nouveau. Il n'en avait qu'un demi-souvenir, mais ce rêve avait un rapport avec Prudence, et avec le sabbat célébré à Gretz-Armainvilliers. Sur la fin, le nom du groupement religieux qui organisait l'événement lui était apparu ; c'était quelque chose comme yucca. Il ralluma son ordinateur portable, tenta une brève recherche : non, ce n'était pas ça, le yucca était une plante ornementale. Il fit deux tentatives supplémentaires avant de tomber juste : il s'agissait du wicca, ou plutôt de la wicca, une religion nouvelle qui se développait rapidement en ce moment, surtout dans les pays anglo-saxons. Le reste n'était ni très intéressant, ni très clair : apparemment, les adeptes de la wicca adoraient un dieu et une déesse, enfin un principe masculin et un principe féminin, qu'ils estimaient nécessaires à l'équilibre du monde ; l'idée n'était pas d'une originalité bouleversante. Est-ce que, par hasard, Prudence participait à des orgies rituelles ? Ça l'aurait étonné, quand même. Il se rendormit un peu plus tard. Il aurait bien aimé, de temps en temps, faire des rêves érotiques, des jeunes déesses en robes transparentes se roulant dans l'herbe de clairières ensoleillées, et célébrant le dieu pourquoi pas, mais il n'avait aucun contrôle sur sa vie onirique, ça ne marchait pas comme ça.

Il se réveilla à nouveau vers onze heures. Sous l'azur d'un bleu absolu, un soleil généreux illuminait les bois, les prairies et les vignes, le 31 décembre serait encore une très belle journée. Ce réveil tardif était plutôt une bonne chose, il n'avait pas très envie de rencontrer les autres ; il avait cependant décidé de parler à Aurélien, il lui paraissait nécessaire qu'Aurélien et lui se parlent, mais il ne savait pas de quoi, ni même s'il en avait réellement envie, et finalement ce fut plutôt un soulagement, en arrivant devant la maison, de tomber non sur Aurélien, mais sur Madeleine qui remplissait le coffre de la voiture d'Hervé. « On va à l'hôpital pour décorer la chambre », lui apprit-elle. Au milieu des plantes en pot et des photos en vrac qui emplissaient le coffre, il aperçut les cinq dossiers rangés dans le bureau de son père, ceux qu'il avait gardés jusqu'à la fin. « Vous lui amenez ses dossiers de travail ? » demanda-t-il, surpris. « Oui, c'est moi qui ai eu l'idée, répondit Madeleine. Son travail, vous savez, c'était toute sa vie. »

Là elle était trop modeste, se dit Paul, elle aussi tenait une place dans sa vie, une place probablement plus importante, même, que celle qu'avait tenue sa mère.

À cet instant il songea que leur voyage au Portugal, l'été dernier, aurait été leur dernier voyage ; ils avaient l'intention d'aller en Écosse l'été suivant, c'était un des autres pays que son père avait envie de revoir, qu'il avait aimés. Ce voyage n'aurait pas lieu, et en voyant Madeleine qui rangeait les objets dans le coffre, en pensant à la vie brisée de Madeleine, il fut envahi par un flot de compassion si violent qu'il dut se détourner pour s'empêcher de pleurer. Heureusement Cécile arriva à cet instant, elle aussi avait l'air gaie et de bonne humeur, les femmes sont si courageuses se dit-il, les femmes ont un courage presque incroyable. Il les rejoindrait plus tard à l'hôpital, annonça-t-il, il allait prendre la Lada.

Il n'avait jamais bien compris ce qui avait poussé son père à acheter ce 4 × 4 russe premier prix, devenu à la fin des années 1970 une icône de mode paradoxale. Un tel dandysme, encore accentué par le fait qu'il avait choisi une série spéciale « St Tropez », n'était pas dans ses habitudes, en général il détestait se singulariser, et se tournait systématiquement vers les modèles les plus usuels.

Il reprit un café puis se dirigea vers le garage, installé dans ce qui avait été une étable. La voiture démarra immédiatement, au quart de tour. Il se souvint à cet instant que son père l'avait achetée en 1977, l'année même de sa naissance, il le rappelait fréquemment, comme pour établir un parallèle implicite, la longévité de cette voiture devenait du coup un peu inquiétante. Au fond, il n'y avait sans doute eu aucun dandysme dans son achat, il avait simplement choisi une Lada Niva parce qu'elle lui paraissait une bonne voiture, robuste et fiable.

Il avait envie de revoir certains paysages, et passa par Chiroubles, puis par Fleurie, avant d'emprunter le col de Durbize et celui du Fût-d'Avenas, puis de redescendre vers Beaujeu. Il s'arrêta à mi-parcours, sur une aire panoramique dont il se souvenait. On n'était qu'à quelques kilomètres de Villié-Morgon, mais les vignes avaient disparu. Le paysage de forêts et de prairies, absolument désert, lui parut baigné d'un silence religieux. Certainement, si Dieu était présent dans sa création, s'il avait un message à communiquer aux hommes, c'était ici, plutôt que dans les espaces légumes du parc de Bercy, qu'il choisirait de le faire. Il sortit de la voiture. « Quel est le message ? » se demandait-il, et il se sentit à deux doigts de crier la question, s'en abstint de justesse, de toute façon Dieu se tairait, c'était son mode de communication habituel, mais c'était sans doute beaucoup, déjà, ce paysage désert et splendide, baigné dans un silence total ; ça tranchait avec la vie de Paris, avec le *jeu politique* qu'il allait retrouver dans quelques jours. Le message était dans un sens limpide, mais on avait du mal à faire la relation avec l'existence terrestre de Jésus-Christ, marquée par de nombreux rapports humains, de nombreux drames aussi, les aveugles qui voient, les paralytiques qui marchent à nouveau, il s'intéressait même parfois aux miséreux, c'était presque politique par endroits. Ce paisible paysage du Haut-Beaujolais n'évoquait pas davantage les divinités mâle et femelle apparemment célébrées par Prudence, on n'y distinguait rien de mâle ni de femelle, mais quelque chose de plus général, de plus cosmique. Cela ressemblait encore moins au Dieu de l'Ancien testament, querelleur et vindicatif, toujours en bisbille avec son peuple élu. C'était plutôt comme une divinité unique, végétale, la vraie divinité de la terre, avant que les animaux n'apparaissent et ne se mettent à courir dans tous les sens. La divinité était maintenant au repos, dans le calme de cette belle journée d'hiver, il n'y avait pas un souffle de vent ; mais dans quelques semaines l'herbe et les feuilles revivraient, se nourriraient d'eau et de soleil, seraient agitées par la brise. Il y avait quand même, enfin il croyait s'en souvenir, une sorte de reproduction des plantes, avec des fleurs mâles et femelles, le vent et les insectes jouaient un rôle dans l'affaire, d'un autre côté les plantes se reproduisaient parfois par simple division, ou en projetant dans le sol de nouvelles racines, à vrai dire ses souvenirs de biologie végétale étaient lointains, mais cela mobilisait quoi qu'il en soit une dramaturgie moins tendue que les combats de cerfs ou les concours de tee-shirts mouillés.

Il reprit le volant, dans un état de totale incertitude intellectuelle, avant de continuer, toujours sans croiser personne, sa descente vers Beaujeu, « capitale historique du Beaujolais », Beaujeu aussi où pour la première fois de sa vie il avait embrassé une fille, l'été de ses quinze ans, c'était si loin, si désespérément loin, l'humidité chaude de ce baiser lui paraissait maintenant presque irréelle, la fille s'appelait Magalie, oui c'est ça, Magalie, il avait bandé aussitôt et ils étaient tellement collés l'un à l'autre qu'elle l'avait forcément senti, mais elle n'avait rien fait pour aller plus loin, lui non plus d'ailleurs, il ne savait pas comment s'y prendre, il n'y avait pas de porno sur Internet à l'époque, il n'avait fait l'amour pour la première fois que deux ans plus tard, cette fois c'était à Paris et la fille s'appelait Sirielle, la mode des prénoms bizarres avait déjà commencé à se répandre, en milieu urbain tout du moins, mais il n'y avait toujours pas d'Internet, les relations humaines étaient plus simples. *Love was such an easy game to play*, comme disait l'autre Paul, et d'un seul coup il se demanda s'il ne devait pas, comme Prudence, son prénom aux Beatles. Cela paraissait quand même peu vraisemblable, son père n'avait jamais manifesté de dévotion particulière pour leur musique, ni pour aucune autre musique d'ailleurs, mais en même temps c'était quelqu'un de très secret, comme si l'obligation professionnelle de secret qui était la sienne s'était étendue à tous les aspects de sa vie. Il avait ainsi découvert avec surprise, lors de sa dernière visite, qu'un de ses auteurs de chevet était Joseph de Maistre – alors qu'il n'avait jamais manifesté en sa présence la moindre conviction royaliste, qu'il s'était toujours présenté au contraire comme un fidèle serviteur de la République, quelle que soit l'ampleur de ses errements.

Il roula doucement, très doucement, au long de départementales toujours aussi désertes, il s'arrêta même brièvement à plusieurs reprises, il sentait une indécision grandir en lui, comme une maladie sournoise, si bien qu'il lui fallut presque une demi-heure pour arriver à Belleville.

La petite ville était tout aussi déserte que la campagne environnante, comme si elle se recentrait sur elle-même, rassemblait ses forces avant de bondir dans l'année 2027, qu'elle célébrait dans une curieuse banderole tendue à l'entrée de la rue du Maréchal Foch : « Belleville-en-Beaujolais souhaite la bienvenue à 2027. »

La nuit était presque tombée lorsqu'il se gara devant le centre hospitalier, et le premier couloir dans lequel il s'engagea était mal éclairé, les plafonniers devaient être en panne. En tournant à la première intersection sur la droite, il se retrouva face à face avec une vieille femme qui avançait dans sa direction en poussant un déambulateur. Elle avait au moins quatre-vingts ans, ses longs cheveux gris, en désordre, flottaient sur ses épaules, et elle était entièrement nue à l'exception d'une couche souillée, de la merde avait coulé sur sa jambe droite. Au moment où il s'arrêtait, hésitant sur la conduite à tenir, il fut doublé par une infirmière qui avançait à vive allure en poussant un chariot de médicaments. Il n'eut même pas le temps de lui faire un signe, de toute façon elle avait forcément vu la femme, mais elle la croisa sans ralentir son allure. La vieille femme continuait à avancer vers lui, inexorable, il avait du mal à détacher son regard de ses seins flasques, elle était à trois mètres de lui lorsqu'il parvint à sortir de son immobilité et rebroussa chemin, presque en courant, dans le couloir d'où il venait. L'entrée était maintenant encombrée par une civière. À cet instant, il comprit : il aurait dû prendre à gauche depuis le début pour rejoindre l'unité EVC-EPR, en prenant à droite il se dirigeait vers l'EHPAD. Il s'approcha de la civière : un très vieil homme au visage émacié, les mains jointes sur sa poitrine, respirait faiblement, il avait l'air à peu près mort mais Paul eut l'impression d'entendre un léger râle. Près de l'entrée principale, un infirmier ou un brancardier, il n'arrivait pas à les distinguer, était enfoncé dans un fauteuil, les yeux rivés sur l'écran de son téléphone portable. « Vous avez vu, il y a quelqu'un... » dit-il en se sentant complètement idiot. L'autre ne répondit rien, ses doigts continuaient à pianoter sur l'écran tactile, qui émettait de temps en temps un « Plop » léger, ça devait être un jeu vidéo. « Il ne faudrait pas faire quelque chose ? » insista Paul. « J'attends le collègue » répondit l'autre avec agacement, ce qui mettait un terme à la conversation.

Au bout d'un couloir vitré, Paul déboucha dans la salle commune de l'unité EVC-EPR ; il reconnaissait maintenant, et atteignit sans difficulté la chambre de son père. Cécile et Madeleine avaient bien travaillé : des plantes en pot ornaient l'appui de la fenêtre et le sommet d'une bibliothèque basse, son père avait toujours aimé les plantes, c'était un trait curieux chez lui, qui n'avait jamais eu d'animal domestique, cette affection pour ses plantes : il s'en occupait lui-même, les arrosait, les changeait de place régulièrement pour qu'elles aient toujours la quantité de lumière requise. La bibliothèque contenait les dossiers, qu'il reconnaissait, et des livres dont il ne se souvenait pas, mélange de romans policiers contemporains et de classiques, surtout du Balzac. Ces livres devaient venir de sa chambre, il lisait principalement le soir avant de s'endormir, et Paul n'était jamais entré dans la chambre de ses parents. Quant au mur en face du lit, il était devenu une vraie mosaïque de photos. Il fut d'abord frappé par une photo de ses parents enlacés sur une terrasse en front de mer, ça ressemblait à Biarritz ; elle montrait son père et sa mère comme il ne les avait jamais connus, tout jeunes, sûrement pas beaucoup plus de vingt ans, il n'existait pas à l'époque, pas même à l'état de projet. Beaucoup de photos, par la suite, mettaient en vedette Cécile, la fierté naïve avec laquelle son père la tenait dans ses bras alors qu'elle était tout bébé, six mois tout au plus, ne laissait aucun doute sur sa préférence et son amour. Il était quand même présent sur une photographie, aux côtés de son père ; elle avait été prise sur la terrasse devant la maison de Saint-Joseph, tous deux venaient de poser le pied de leurs vélos et souriaient en direction de l'objectif, il devait avoir à peu près treize ans. Il se souvenait de son vélo, un modèle « demi-course », avec un guidon de course mais quand même des garde-boue et un porte-bagages, ce type de vélo intermédiaire semblait avoir disparu, on ne pouvait plus trouver dans le commerce, actuellement, de vélos demi-course. D'autres images représentaient son père participant à la construction de la maison, près d'un mur de pierre à demi élevé, ou des outils à la main, occupé à des travaux de charpente, il avait l'air heureux, cette maison avait visiblement compté pour lui. La majorité des clichés, cependant, le représentaient à son travail, en compagnie de collègues, parfois dans un décor de bureaux, parfois dans des lieux plus difficiles à situer, souvent des lieux de transit – des aéroports, des gares. Une photographie surprenante le montrait au milieu d'un groupe d'hommes vêtus de combinaisons rembourrées noires, tous tenaient des fusils d'assaut, ils étaient en position de repos, le canon de leurs fusils dirigé vers le sol, et souriaient vers l'objectif, lui seul demeurait grave, ça ramenait Paul à une question qu'il s'était longtemps posée : son père avait-il dirigé, ou plus probablement donné l'ordre d'*opérations de terrain* ? Avait-il pris l'initiative d'*éliminations physiques* ?

« Ça te plaît ? », Cécile avait posé la question très doucement, il revint peu à peu à la réalité du moment et s'aperçut qu'il avait passé longtemps, une demi-heure, une heure peut-être, devant le mur de photos. Il reporta son regard vers son père, indéchiffrable, installé en position presque assise dans son lit médicalisé. « Oui, répondit-il, je pense que ça va beaucoup lui plaire, qu'il va passer des journées à les regarder. » Madeleine était, il s'en rendit compte à cet instant, absente de ces photographies, elle avait travaillé de manière complètement désintéressée. C'était sans doute normal, se dit-il, son père devait avoir atteint l'âge où l'on n'a plus très envie de prendre de photos, enfin de photos de soi, de capturer des témoignages du passage du temps ; mais où l'on a encore envie de vivre, et peut-être plus que jamais. Madeleine de toute façon était là, elle serait toujours là, jusqu'à la dernière seconde, son père n'avait aucun besoin de photos de Madeleine.

Quelqu'un frappa à la porte, Cécile répondit d'entrer. Une jeune noire pénétra dans la pièce, elle était infirmière ou aide-soignante, Paul avait l'impression qu'elles avaient le même uniforme, à l'hôpital de Lyon c'était différent, ici il ne parvenait pas à les distinguer. Elle devait avoir dans les vingt-cinq ans et elle était absolument ravissante, ses longs cheveux brillants et lisses, parfaitement décrêpés, mettaient en valeur la pureté de ses traits, il n'avait jamais compris comment elles réussissaient à faire ça, mais le résultat était impressionnant. « Je m'appelle Maryse, dit-elle, c'est moi qui vais m'occuper de votre papa, le plus souvent, enfin avec ma collègue Aglaé, on est en alternance. Et puis avec Madeleine, bien sûr, puisqu'elle va rester avec nous. Là, on va mettre votre papa en fauteuil pour le conduire dans la salle commune, c'est notre pot du 31 décembre, avec les résidents et le personnel. Vous pouvez venir aussi, si vous voulez. Ensuite on a un concert de musique classique, pour ceux qui ont envie. »

À ce moment seulement, Paul réalisa la présence du fauteuil roulant dans un coin de la pièce. Il était pourtant énorme, avec beaucoup de rembourrages ; il avait visiblement été réalisé sur mesures, et ressemblait assez aux sièges d'avion en business class. « Le fauteuil est réglable en inclinaison, dit Maryse, ça va d'une position assise à une position presque allongée. Et le moteur est puissant, on a quatre heures d'autonomie, ça permet déjà de faire de belles balades. » Elle le fit rouler jusqu'au lit, appuya sur un bouton pour soulever le lit d'une vingtaine de centimètres. « Prends-le sous les genoux », dit-elle à Madeleine, elle lui entoura les épaules de ses bras, en les voyant opérer ça avait l'air très simple, en moins de trente secondes elles le déposèrent dans le fauteuil. Malgré sa grande taille l'engin paraissait maniable, et ils tournèrent facilement dans les couloirs. Une vingtaine de patients étaient déjà réunis dans la salle commune, leurs fauteuils approximativement disposés en cercle. Son père trouva sa place dans le cercle, ses deux voisins étaient jeunes, remarqua Paul avec surprise, celui de droite avait trente ans tout au plus, et celui de gauche était un adolescent. Le docteur Leroux allait d'un fauteuil à l'autre, disait un mot à chacun, il avait l'air d'y croire se dit Paul, il avait l'air de penser que toutes ses paroles étaient comprises, même si les malades n'étaient pas en état de lui répondre, et après tout il devait avoir raison, c'était lui le médecin, mais quand même ça ne doit pas être facile de parler sans jamais avoir de réponse. Paul se dirigea vers une table à tréteaux installée dans le fond, avec des bouteilles de mousseux et des assiettes de biscuits sucrés et salés, il y avait surtout des soignantes mais aussi quelques personnes ordinaires, les familles probablement, enfin des gens dans la même situation qu'eux, il ne voyait pourtant pas comment établir le contact et but trois verres de mousseux coup sur coup dans l'espoir de trouver un sujet de conversation. Heureusement Cécile le rejoignit à ce moment, suivie de près par Hervé, elle allait sauver la situation, les relations humaines ça la connaissait.

Après avoir dit un mot à chacun des malades, Leroux parlait maintenant aux soignantes ; il se tourna enfin vers les familles, et s'adressa en premier à Cécile, qui était juste à côté de lui. « Vous êtes nos derniers arrivants, dit-il. J'espère que l'endroit vous plaît, qu'il correspond à vos attentes.

— Je vous remercie, docteur. Je vous remercie vraiment pour tout ce que vous faites.

— C'est moins difficile pour moi que pour vous. Pour moi c'est mon métier, j'essaie juste de le faire le mieux possible. »

Aimer ce n'est pas exactement un métier, en effet, se dit Paul, mais le métier est nécessaire, aussi. Il se dit qu'il était sans doute normal qu'il se laisse entraîner à des réflexions générales un peu confuses, un soir de 31 décembre. À ce moment les musiciens entrèrent par la porte du fond, et il réalisa qu'il y avait un piano demi-queue, sur une estrade en surplomb dans le fond de la salle, et un violoncelle juste à côté, posé sur son support. Deux violonistes entrèrent juste après, portant leurs instruments, puis une cinquième musicienne avec un genre de violon aussi, mais plus gros. Était-ce ce qu'on appelait un alto ? La formation était-elle un *quatuor à cordes* ? Il ne s'y connaissait pas davantage en quatuors à cordes qu'en animaux de la ferme, il savait seulement que le quatuor à cordes ouvrait l'accès à un vaste répertoire, dans l'histoire de la musique occidentale. Il aperçut alors Hervé, à deux mètres de lui, plongé dans l'étude d'une feuille polycopiée qui était manifestement le programme de la soirée musicale, et s'approcha pour l'étudier avec lui. Les musiciens accordaient leurs instruments, ça prenait pas mal de temps, mais personne n'avait l'air pressé, Leroux continuait à aller d'une famille à l'autre, échangeant quelques mots avec chacun. « Bon ! » lança-t-il finalement d'une voix forte pour couvrir le brouhaha ambiant, « moi je vais y aller, je suis attendu chez moi. Bon courage à celles qui sont de garde cette nuit. Bonne soirée, et bonne année à tous. »

« Quelle heure il est ? Tu as l'heure ? Cécile s'était retournée vers Hervé.

— Neuf heures et quart.

— Hervé, on a oublié ! On a complètement oublié les autres ! En plus je n'ai rien acheté à manger, il faut vraiment rentrer.

— J'avais entendu dire beaucoup de bien de Bartok... dit pensivement Hervé en retournant le programme entre ses mains.

— Non, écoute chéri, il faut vraiment y aller, un 31 décembre ça ne se fait pas », elle avait l'air catastrophée et il suivit le mouvement sans protester davantage, hormis par un vague grommellement : « Les autres, ils pouvaient nous accompagner... »

Ils rejoignirent le docteur Leroux dans l'entrée, sortirent des bâtiments hospitaliers en même temps que lui. Ils s'arrêtèrent, saisis par le froid. La nuit était claire, très étoilée, d'une beauté abstraite.

« Je voulais vous demander... dit Paul à Leroux. Il m'a semblé que beaucoup de vos patients étaient très jeunes.

— C'est vrai. En fait, je crois même que votre père sera le doyen de l'unité. Souvent, les EVC-EPR résultent d'un traumatisme crânien, on a pas mal de suites d'un accident de moto ou de scooter. C'est... Qu'est-ce que qu'on peut y faire ? » Il eut alors un mouvement complexe de la main droite, mélange d'envols et de retraits, qui semblait signifier à la fois la nécessité de faire attention, l'importance du port du casque, la sagesse des mesures de prévention routière et l'ivresse qu'il pouvait y avoir à rouler tête nue aux commandes d'un deux-roues lancé à toute allure dans une descente sinueuse. « Je ne suis pas venu pour juger, mais pour guérir », enfin ce n'était pas son genre de dire ça mais Paul avait l'impression que la phrase était là, suspendue dans l'atmosphère, si claire qu'on aurait cru l'entendre. Ils se souhaitèrent bonne année de nouveau, puis Leroux se dirigea vers le parking.

Madeleine avait décidé de passer la nuit à l'hôpital ; son lit de camp n'était pas arrivé, mais elle se débrouillerait avec un oreiller et des couvertures ; elle n'était déjà plus tout à fait avec eux, elle s'installait dans sa nouvelle vie. Un accord de cordes leur parvint, très assourdi par la distance, au milieu d'un allegro particulièrement vif. Ils demeurèrent encore quelques instants immobiles, dans la cour de l'hôpital, sous la lumière des étoiles, puis Cécile posa la main sur l'épaule d'Hervé. Il acquiesça silencieusement, sortit ses clefs de voiture.

11

Il aurait peut-être dû essayer de parler à Aurélien, comme il en avait eu l'intention, se dit Paul en arrivant à Saint-Joseph. Ils appelèrent mais la maison était vide, ils avaient dû prendre un taxi pour aller manger quelque part ; on pouvait trouver des taxis facilement, il s'en était rendu compte avec surprise ; le Beaujolais offrait la situation devenue exceptionnelle d'une campagne vivante, il y avait des petits commerces, des médecins, des taxis, des infirmières à domicile, c'est probablement à ça que devait ressembler le *monde d'avant*. Depuis quelques décennies la France s'était transformée en une juxtaposition hasardeuse de conurbations et de déserts ruraux, c'était la même chose un peu partout dans le monde, à ceci près que dans les pays pauvres les conurbations étaient des mégalopoles, et les banlieues des bidonvilles ; quoi qu'il en soit, Aurélien et sa femme étaient partis. Il échangea un regard désolé avec Cécile ; elle haussa les épaules avec résignation, entreprit de s'occuper du repas ; elle trouva des conserves dans la réserve, de quoi préparer une salade dans le réfrigérateur.

Du point de vue du vin, c'était le grand luxe. Sur un côté de la cuisine, quelques marches conduisaient à une cave creusée en sous-sol. Paul n'y était jamais descendu, c'était toujours son père qui s'en chargeait. En allumant les rampes lumineuses qui éclairaient les rayonnages, il fut ébloui : des centaines de bouteilles rangées à l'oblique attendaient là ; la pièce était fraîche et sèche, certainement les conditions de conservation idéales, il n'avait aucun doute là-dessus. Tentant de s'y retrouver, il parvint vite à la conclusion qu'on avait affaire à un classement par régions. Il y avait des bourgognes qui paraissaient vénérables, des bordeaux qui ne l'étaient certainement pas moins. Encore un hobby de son père – et même une passion, le terme n'était pas exagéré – dont il ignorait tout. Après quelques minutes d'errance entre les Puligny-Montrachet et les Château Smith Haut-Lafitte, il fut envahi par le découragement et décida de faire appel à Hervé ; il en avait marre de jouer le rôle de l'homme de la maison, depuis son arrivée il avait l'impression curieuse que c'était maintenant Cécile l'aînée, et lui le petit frère. Elle avait vécu, elle avait fait des enfants, enfin les choses qui comptent dans la vie, il n'avait fait que rédiger d'obscurs rapports destinés à des rectificatifs aux projets de lois de finance, évidemment c'était à Hervé de choisir le vin. Il resta lui aussi bouche bée en pénétrant dans la cave. « En effet, c'est du sérieux… commenta-t-il. Mais tu sais, je ne m'y connais pas plus que toi. Comment est-ce qu'on peut choisir ? »

Paul haussa les épaules. « Je ne sais pas… il n'y a qu'à en prendre plusieurs. » Cette cave rajoutait encore un mystère supplémentaire à la personnalité de son père, se dit-il en remontant les marches ; elle ne paraissait pas du tout correspondre au traitement d'un retraité de la DGSI, qu'il imaginait plus ou moins équivalent à celui d'un flic. Ou bien peut-être pas, il y avait peut-être des secrets d'État dont il était le dépositaire, ça pouvait justifier un supplément ; il y avait des sommes du genre *fonds spéciaux* dont le circuit dans l'appareil d'État demeurait une énigme, Bruno lui-même avait renoncé à en savoir davantage, ce n'était pas la peine de se fâcher pour ça avec ses collègues de l'Intérieur et de la Défense, avait-il estimé, ce n'était que des « clopinettes » ; en général, pour lui, en dessous du milliard d'euros ce n'était que des clopinettes.

Au milieu du repas il fut envahi par un mal de tête et un mauvais goût se répandit dans sa bouche, quelque chose de fétide, il avait hâte que ce 31 décembre se termine mais il y avait encore du fromage, en essayant de mordre dans un morceau de parmesan il fut envahi par une vive douleur à la hauteur des molaires, sur la gauche. Il tâta avec précaution sa mâchoire, la douleur persista, il devait avoir un abcès à nouveau, pendant une dizaine d'années il avait été victime d'abcès, le vieux dentiste qu'il consultait à l'époque, rue de la Montagne-Sainte-Geneviève, était à la retraite ou peut-être mort, il allait falloir qu'il en trouve un nouveau, ça allait être un jeune type qui essaierait de lui vendre des implants, c'était une obsession chez les dentistes les implants, c'est comme ça qu'ils gagnaient leur vie évidemment, mais quand même ils exagéraient avec leurs implants, il ne voulait en aucun cas d'implants, s'il avait pu l'éviter il aurait même préféré ne plus avoir de dents, les dents lui paraissaient être avant tout une source de problèmes alors les implants non merci, mais il savait que la proposition lui serait faite, et la perspective d'avoir à refuser l'épuisait d'avance.

Ils étaient en train d'achever le dessert, et Hervé venait de sortir une bouteille de Bénédictine, lorsque le raclement de la porte d'entrée se fit entendre, suivi de pas dans l'escalier. Cécile se crispa aussitôt, son visage devint très rouge ; Hervé lui posa une main sur l'épaule, qu'il caressa doucement, sans parvenir à l'apaiser.

C'étaient eux, en effet. Godefroy disparut presque aussitôt en direction de sa chambre, aussi vif et ondoyant qu'une truite ; les conflits familiaux, ce n'était décidément pas sa came. Indy au contraire s'assit lourdement, juste en face de Paul, écartant les genoux comme une vieille femme, image de la bonne volonté bafouée – mais son regard était vif et presque intelligent, elle était à cent pour cent de ses capacités de nuisance, il le comprit aussitôt. Aurélien s'assit à ses côtés, se retrouvant en face de Cécile, il jeta un bref regard à sa grande sœur, il paraissait au bord des larmes. Hervé se recula sur son siège et se servit très lentement un verre de Bénédictine, sans en proposer à personne.

« On s'est un peu attardés, à l'hôpital… commença Cécile avec gêne.

— Nous l'avions remarqué. Ce n'est pas grave, on a mangé de notre côté. » Indy laissa passer quelques secondes menaçantes avant de poursuivre. « Il va falloir, quand même, qu'on aborde certains sujets. » Elle fit un signe de tête à Aurélien ; il devait avoir répété son texte dans la voiture, et il commença assez facilement : « Papa n'est manifestement plus en état de gérer ses affaires financières. Dans ces conditions, nous pensons qu'une mesure de mise sous tutelle serait appropriée. » Puis il se tut.

Indy lui jeta un regard d'encouragement, mais il resta silencieux ; manifestement, il avait oublié la suite. Trois phrases de texte, et il était incapable de les mémoriser ; elle secoua la tête avec dégoût.

Paul attrapa la bouteille de Bénédictine, se servit un verre, fit lentement tourner l'alcool devant ses yeux. Il aimait bien l'atmosphère, les vibrations de haine qu'il sentait se développer, en plus l'alcool anesthésiait un peu ses douleurs dentaires, mais le problème maintenant c'est qu'il commençait à transpirer. Il se reprit, laissa passer quelques secondes avant de demander, en détachant bien ses mots : « Qu'est-ce qui rend nécessaire, à vos yeux, cette mise sous tutelle ? Est-ce que vous pensez qu'il y aurait un danger de malversations ? »

Indy ne répondit d'abord rien, jeta un regard impérieux sur Aurélien, sans succès, non seulement il avait bel et bien oublié son texte mais il semblait s'être absenté de la scène, son regard fixait un point indéterminé de l'espace qui aurait bien pu être le point oméga, ou la réincarnation de Vishnou.

« Est-ce que vous pensez par exemple que Madeleine pourrait profiter de la situation pour nous dépouiller de ce qui nous revient ?

— Absolument pas ! Il ne s'agit évidemment pas d'accuser quiconque ! » Elle avait réagi avec vigueur, comme stimulée par un claquement de fouet, elle retrouvait une des séquences qu'elle avait mémorisées, une des successions de phrases qu'elle avait anticipé d'aligner. « Il est vrai que votre père possède un compte commun avec Madeleine, ce qui est un peu inhabituel.

— C'est le choix de papa... » Il avait eu un tombement de voix ému sur *papa*, il avait prononcé ce dernier mot dans un souffle, Indy se tut aussitôt, elle perdait de plus en plus pied et il commençait à s'amuser vraiment, en même temps il n'avait même pas simulé, il était sincèrement ému en songeant à ce compte commun, lui-même n'avait jamais atteint ce stade avec Prudence, son père avait décidément eu accès à des niveaux de l'expérience humaine qui lui demeuraient inconnus. Il se leva, marcha jusqu'à la fenêtre, la pleine lune illuminait les prairies qui entouraient la maison, mais la lumière de la lune n'est jamais apaisante en réalité, elle a plutôt tendance à exacerber les névroses et la folie. Il revint s'asseoir, quand même un peu inquiet sur la suite de la soirée.

« La mise en tutelle est très souvent prononcée dans des cas analogues. » Aurélien avait repris la parole, à la surprise générale. Il avait prononcé ces mots mécaniquement, sans s'adresser à personne, il venait juste en réalité de retrouver par hasard la phrase suivante de son texte, et il retomba aussitôt après dans le silence.

« C'est exact. Dans une situation de ce genre, une mise en tutelle est très souvent demandée par les enfants. J'ai eu le cas très souvent, dans ma vie professionnelle. » Hervé avait parlé d'une voix forte et bien scandée ; Indy, surprise, se retourna vers ce nouvel adversaire. « La désignation du tuteur est la responsabilité du juge d'instance du domicile – en l'occurrence, il s'agira du tribunal de grande instance de Mâcon. La responsabilité du tuteur est étendue ; c'est également à lui de décider, le cas échéant, s'il y a acharnement thérapeutique. Il se trouve que la doctrine est constante, ainsi d'ailleurs que la jurisprudence : le juge s'attache toujours à désigner l'enfant le plus proche sur les plans personnel et géographique.

— Évidemment ! riposta Indy avec violence, nous on a du travail à Paris, on ne peut pas... » Elle s'arrêta net. Elle n'avait pas dit : « On ne peut pas passer notre temps dans la région à glander au chômage... », mais il s'en était fallu de peu. Hervé laissa les paroles implicites se former lentement dans l'atmosphère avant de reprendre, d'une voix aimable : « C'est bien ce que je voulais dire. Vous n'avez pas la possibilité d'assurer une proximité géographique et émotionnelle suffisantes » ; puis il se resservit une Bénédictine.

Elle battit faiblement l'air de ses bras, à la recherche d'un second souffle, tourna la tête en direction d'Aurélien – inutilement, il était toujours immobile, le regard dans le vide – mais elle réussit à se reprendre et à repartir à l'assaut, on ne pouvait pas lui dénier une vraie pugnacité. « Il me semble quand même que ça ne résout pas tout. Dans le cas par exemple des sculptures de

Suzanne, elles restent là à moisir dans une grange, le public n'y a aucun accès, il me semble que ce n'est pas ce qu'elle aurait souhaité. Aurélien est le seul à avoir compris les projets artistiques de sa mère, ils avaient une vraie complicité à ce sujet, il me semble que ça lui donne, quand même, un certain droit moral. »

Aux mots de « droit moral », Hervé se renfonça dans son siège avec un large sourire. Il attendit encore une trentaine de secondes, comme s'il laissait l'esprit du notariat affluer en lui, avant de reprendre avec aisance, son verre de Bénédictine à la main : « Le droit moral peut se décomposer en droit de repentir, droit de divulgation, droit au respect de l'intégrité de l'œuvre et droit à la paternité. Le droit de repentir est particulier, puisqu'il s'éteint avec son auteur, hors dispositions testamentaires particulières ; mais l'éventuelle exposition de ces sculptures relève plutôt du droit de divulgation. Dans le cas d'une succession *ab intestat*, le droit de divulgation bénéficie en effet de règles de dévolution anomales, dérogatoires au droit commun des successions. Les enfants en sont, solidairement, les premiers bénéficiaires, suivis par les ascendants du défunt s'il en subsiste, le conjoint ne venant qu'en troisième position. Pour les deux autres aspects, c'est le droit successoral ordinaire qui s'applique. »

Il laissa passer un temps avant de poursuivre : « En ce qui concerne le droit patrimonial – c'est le sujet qui, il me semble, vous tient réellement à cœur – ce sont également les règles du droit commun successoral qu'il convient de prendre en compte. »

Un silence prolongé s'ensuivit. Paul avait baissé la tête, il n'avait même pas envie de regarder Indy, un souffle rauque provenait de sa direction, cette fois elle paraissait vraiment anéantie. Il avait presque de la peine pour elle : non seulement c'était une rapace, mais elle appartenait à une espèce de rapaces d'intelligence inférieure ; même si ce n'était pas avec autant de détails qu'Hervé, tout le monde savait plus ou moins que l'héritage est à peu près partagé à parts égales entre les enfants ; qu'est-ce que cette conne pouvait bien espérer ? Soudain Aurélien se leva d'un mouvement mécanique, fit demitour sur lui-même et partit en direction de leur chambre. Indy se tourna dans sa direction, bouche bée, stupéfaite par cette défection, mais incapable de réagir. Cécile tordait une serviette entre ses mains, on la sentait à deux doigts d'éclater en sanglots. C'était quand même dingue qu'elle soit à ce point incapable de supporter un conflit, se dit Paul ; elle avait quand même eu deux filles, deux adottes presque du même âge, il y avait certainement eu des embrouilles sur des fringues ou des sites Internet, comment pouvait-elle être encore si fragile ?

Indy paraissait complètement sonnée, il lui fallut une bonne minute après le départ d'Aurélien pour se reprendre et tenter de repartir à l'attaque, tel un vieux buffle malade. « Il était stupéfiant, tenta-t-elle d'arguer, que son mari ait encore un droit de regard sur les œuvres de Suzanne, alors qu'il était visiblement… » Là, elle chercha en vain une périphrase pour le mot « légume », finit par expliquer qu'il était devenu incapable de toute expression, de toute communication humaine, enfin que ce n'était plus vraiment une personne, « sauf une personne morale, bien entendu ». Qu'est-ce qu'elle voulait dire par là ? Rien probablement, elle s'embrouillait dans les termes.

Paul leva la main calmement avant de répondre qu'elle n'avait peut-être pas tout à fait compris l'exposé d'Hervé : le droit de divulgation, justement, se distinguait par la priorité donnée aux enfants, et même aux ascendants éventuels, sur le conjoint. De plus, cette notion de communication était très relative, souligna-t-il, affable. Son fils Godefroy, par exemple, n'était pas dans un état végétatif ; pouvait-on dire pour autant que l'on communiquait avec lui ?

Elle se plia sur elle-même avec un râle, comme si elle venait de recevoir un coup de poing dans le plexus solaire, et c'est dans cette position courbée qu'elle se leva quelques secondes plus tard avant de quitter la salle à manger. Le coup avait visiblement porté, elle avait même des difficultés à marcher. Voilà, le réveillon familial était terminé. Paul jeta un coup d'œil à sa montre : il était 23 h 55, il fallait vraiment qu'il aille se coucher, il transpirait de plus en plus, sa dent recommençait à le lancer, et il commençait à y voir un peu flou. Il parviendrait bien à tenir encore quelques minutes.

Cécile émit un soupir las, et il réagit aussitôt, sans lui laisser le temps de parler : « Attends, je t'arrête tout de suite. Hervé a bien fait. Ce qu'il faut faire avec elle c'est être ferme, c'est la seule solution ; elle sera tout à fait aimable demain matin. De toute façon, elle a besoin de notre accord si elle veut vendre ces sculptures. » Il avait failli dire « ces merdes », mais il s'était retenu juste à temps, il se félicita de sa propre modération.

Elle secoua la tête, les enveloppant tour à tour du regard. « Vous ne comprenez pas... dit-elle finalement. Ses prétentions étaient ridicules, bien sûr, il fallait le lui dire ; mais est-ce qu'il était vraiment nécessaire de l'humilier ? »

Là, elle n'avait peut-être pas tort, se dit Paul. L'année 2027 n'était pas commencée, il y aurait peut-être des problèmes, des décisions à prendre ; ce n'était peut-être pas très intelligent de braquer Indy dès le début, elle conservait un vrai pouvoir de nuisance. Quand même, il demeurait persuadé que ses motivations étaient purement financières, qu'il serait toujours possible de s'entendre sur la base d'un intérêt commun, celui de la vente des sculptures.

« Tu m'en veux vraiment, mamour ? » Hervé passa un bras autour de ses épaules, il avait l'air tout désolé maintenant, tout penaud.

« Non, je ne t'en veux pas vraiment, c'est vrai qu'elle est insupportable, cette pétasse... dit-elle avec résignation, et puis ton numéro de notariat était plutôt marrant. » Hervé s'abstint de répondre qu'il ne s'agissait pas dans son esprit d'un numéro de notariat, mais d'un rappel à la loi. « Mais c'est toujours la même chose, il y a Aurélien, sa situation n'est sûrement pas facile... »

En effet, songea Paul, sûrement pas facile, et elle n'était pas partie pour s'améliorer. Il était minuit deux, le changement d'année était maintenant effectif. Il serra Hervé dans ses bras avec force, lui fit deux bises énergiques. Ils s'étaicnt pas mal rapprochés, au cours de ces quelques jours, quelque chose s'était conclu entre eux, comme une alliance – et sans pouvoir l'expliciter il sentait qu'il allait avoir besoin d'une alliance, que cette nouvelle année avait quelque chose de dangereux et de sombre. Tout de suite après il partit se coucher, mais il ne réussit pas à s'endormir, son mal de dents l'envahit de nouveau malgré l'alcool absorbé, et il se mit à repenser à 2027. Décidément cette année ne lui plaisait pas, il trouvait quelque chose de répugnant à cette combinaison de chiffres. 20 et 27 étaient deux multiples évidents, deux produits élémentaires de la table de multiplication, qu'on apprenait encore à l'école primaire à son époque : quatre fois cinq vingt, trois fois neuf vingt-sept. Se pouvait-il que 2027 soit un nombre premier ? Il ralluma son ordinateur, vérifia rapidement : en effet, 2027 était premier. Ça lui paraissait monstrueux, contre nature, mais en un sens cette anormalité était typique des nombres premiers. La répartition des nombres premiers avait déjà rendu fous pas mal de gens, tout au long de l'histoire occidentale.

trois

1

Le lendemain matin Indy était d'humeur affable, elle s'excusa de s'être laissée emporter, et remercia même Hervé de son remarquable exposé sur le droit successoral – là, quand même, elle en faisait un peu trop, se dit Paul. « De toute façon, j'ai l'impression qu'on est tous d'accord, sur la vente de ces sculptures… » lança-t-elle avec enjouement.

« On ne sait pas vraiment ce qu'en penserait papa… hasarda Cécile. Ni Madeleine…

— Si, en fait, on sait » répondit calmement Paul. C'était vrai, reconnut aussitôt Cécile ; en effet, on savait. Après avoir refermé un cadenas sur la porte de la grange, Édouard s'était totalement désintéressé de la question. Quant à Madeleine elle n'avait peut-être jamais mis les pieds dans cette grange, il n'était même pas sûr qu'elle sache que des sculptures y étaient entreposées. L'attitude d'Édouard par rapport aux ambitions artistiques tardives de sa femme avait toujours été curieuse : il n'avait pas manifesté de réprobation, pas non plus d'intérêt véritable, il n'en avait simplement jamais parlé, et tout portait à croire qu'il n'y avait pas tellement pensé non plus. Sa réserve, à bien y réfléchir, s'étendait à une grande partie des productions artistiques de l'humanité dans son ensemble, en particulier dans le domaine des arts plastiques. Paul se souvenait des quelques visites culturelles qu'ils avaient effectuées en famille, en particulier de la basilique de Vézelay, il devait avoir dix ans. Dès qu'ils pénétraient dans un de ces édifices religieux auxquels elle avait consacré sa vie professionnelle, sa mère se muait en guide volubile et enthousiaste, commentant chacune des ornementations, des sculptures, ils pouvaient passer des heures dans un baptistère. Son père se taisait pendant toute la visite, se contenant dans une attitude respectueuse et gênée ; il se comportait exactement comme s'il était en présence d'un dossier important, mais sur lequel il manquait d'éléments. L'art chrétien occidental était une chose importante et respectable, qui avait toute sa place dans l'éducation des enfants, il n'avait aucun doute là-dessus ; mais c'était une chose qui lui demeurait étrangère. Plusieurs fois par contre, Paul s'était demandé si ces visites d'architecture religieuse, plutôt inhabituelles chez les enfants de leur âge, n'avaient pas joué un rôle dans le déclenchement des crises mystiques de Cécile ; mais au fond il ne croyait pas. Sa petite sœur n'avait jamais été une esthète, les images saint-sulpiciennes de la Vierge qu'on lui distribuait au catéchisme la ravissaient tout autant que les reproductions de chefs-d'œuvre de la Renaissance italienne. Ce n'était pas ça qui avait joué dans son cas mais plutôt un élan humanitaire, une compassion et un amour dirigés vers l'humanité en général. Il se souvenait qu'avec d'autres jeunes catholiques exaltés elle avait fait partie d'une association, les « Éveilleurs de joie » ou quelque chose de ce genre, et qu'ils passaient leurs week-ends à aller visiter des vieillards dans des maisons de retraite, qu'on n'appelait pas encore des EHPAD. Ils s'étaient ensuite lancés dans une opération de lavement de pieds à destination des SDF, ils sillonnaient les rues de Paris avec des bassines, des jerricans d'eau chaude, des produits antiseptiques, des chaussettes et des chaussures neuves ; leurs pieds étaient en effet, le plus souvent, dans un état épouvantable. Son père accueillait ces activités avec un respect un peu interloqué, au fond il ne devait pas être tout à fait rassuré de cet étrange détour génétique qui semblait le conduire à être le père d'une sainte, et il manifesta un vrai soulagement lorsque Cécile, pour la première fois, donna des signes d'intérêt pour un homme en particulier – en l'occurrence Hervé.

Toujours est-il que, vingt-cinq ans plus tard, c'était Cécile, plus que les autres, qui avait intérêt à la vente de ces sculptures, c'était elle qui avait besoin de cet argent, bien davantage qu'eux, et elle finirait bien par s'en rendre compte, ou au moins Hervé le ferait. Paul avait toujours pensé que sa belle-sœur s'exagérait le bénéfice qu'on pouvait en tirer, mais au fond c'était surtout parce qu'il n'avait aucune estime pour les productions artistiques de sa mère ; les faits, à première vue, donnaient raison à Indy. La dernière fois qu'une vente avait été conclue, il avait le souvenir d'un chiffre relativement élevé, quelque chose comme vingt ou trente mille euros. À supposer que la cote n'ait pas bougé, cela ferait pas loin de dix mille euros pour Cécile ; il y avait une trentaine, peut-être une quarantaine de sculptures dans cette grange. Pour eux c'était une somme importante, c'était certainement davantage que leur maison d'Arras, et même que l'ensemble de leur patrimoine. Il fallait établir une liste exacte, rédiger une fiche détaillée pour chacune des œuvres, contacter des marchands. Aurélien allait s'en occuper, promit-il, il prendrait des week-ends, il était content de s'en charger. Il était surtout content, se dit Paul, d'avoir un prétexte pour s'éloigner de sa femme.

Une brume dense noyait la vallée de la Saône, ils faillirent arriver en retard à la gare

TGV de Mâcon-Loché. Paul avait un temps songé à modifier son billet sur Internet pour éviter de voyager dans le même train qu'Aurélien et Indy, mais y avait finalement renoncé. Ils étaient eux aussi en première classe, mais pas dans la même voiture ; on n'était que le vendredi 1er janvier, le week-end était loin d'être terminé, le train était à peu près vide. Il fit un signe de tête courtois dans leur direction, puis rejoignit sa place. Deux minutes plus tard, ils étaient partis. Traverser à 300 km/h un océan de brume opaque, à perte de vue, qui ne laissait rien deviner des paysages alentour, ce n'était plus tout à fait un voyage ; il avait plutôt l'impression d'un engourdissement, d'une chute immobile dans un espace abstrait.

Ils étaient à peu près partis depuis une heure, et il n'avait fait aucun mouvement, même pas pour ranger son sac de voyage, lorsqu'il aperçut Aurélien qui hésitait à l'entrée de la rame, un sachet de confiseries et une canette de Coca à la main. Il s'approcha avant de lui demander : « Tu veux des M&M's ? » Il refusa avec un mouvement de tête incrédule ; est-ce qu'il était vraiment venu jusqu'ici pour lui proposer des M&M's ?

« Je peux m'asseoir ? demanda-t-il.

— Oui, bien sûr.

— Tu sais... reprit-il au bout d'un temps, je ne suis pas toujours d'accord avec Indy. »

Au départ, poursuivit Aurélien, il ne voulait pas mettre les sculptures en vente, il aurait préféré les regrouper dans un musée. Mais créer un musée c'était compliqué, il aurait fallu prévoir une billetterie, un système de gardiennage. En plus, songea Paul, ça n'aurait probablement pas intéressé grand monde ; mais il s'abstint de le dire. S'il venait s'en occuper le week-end, poursuivit Aurélien, ça leur donnerait peut-être l'occasion de se revoir. « Ces derniers temps, dit-il, je m'étais un peu rapproché de papa. » Il détailla, et en effet Paul se rendit compte avec surprise que, ces deux dernières années, Aurélien était venu plus souvent que lui à Saint-Joseph ; en général il était venu seul. « Ça n'a pas toujours été facile avec papa, tu sais... » ajouta-t-il. C'était un euphémisme, il ne s'était à peu près rien passé entre eux pendant les vingt-cinq premières années de sa vie, hormis une hostilité sourde. « Et puis il y a Cécile, j'ai beaucoup parlé avec Cécile... » Oui, bien sûr, il y avait Cécile. Paul prenait conscience avec effroi qu'il attendait de lui qu'il lui parle comme un grand frère, ce qu'il était en effet. Mais qu'est-ce qu'il pouvait lui dire ? Il n'y avait rien, absolument rien qu'il puisse exprimer avec franchise sans le heurter. Il fallait évidemment qu'il divorce, c'était la seule chose à faire, mais ce n'était pas possible dans l'immédiat, elle s'accrocherait avec férocité tant que l'argent des sculptures ne se serait pas aggloméré aux acquêts, ensuite elle le laisserait aller, il pourrait tirer un trait, après tout il était encore jeune, plutôt bien de sa personne, il avait une situation honorable dans une administration culturelle, toutes les chances étaient de son côté, il n'aurait perdu qu'une dizaine d'années de sa vie. Tout bien réfléchi il y avait certaines choses qu'il aurait pu lui dire, mais leur intimité pour l'instant n'allait pas jusque-là, et Aurélien prit congé en exprimant l'espoir qu'ils aient bientôt l'occasion de parler de nouveau. Paul se renfonça dans son siège. La conversation l'avait un peu tendu, il avait mal aux cervicales. La brume à l'extérieur était toujours aussi impénétrable ; où pouvaient-ils être à présent ? Montbard, Sens, Laroche-Migennes ? Cela se dissiperait, probablement, dès qu'ils atteindraient les premières banlieues.

2

La brume se dissipa en effet partiellement à la hauteur de Corbeil-Essonnes, et l'algèbre lassante des barres, des pavillons et des tours avait bien de quoi annihiler toute velléité d'espérance. Plus que jamais, les imposants bâtiments de Bercy s'élevaient comme une citadelle totalitaire greffée au cœur de la ville. Bruno était probablement là, peut-être errait-il à cette minute même dans les couloirs déserts entre son appartement de fonction et son bureau ; à part lui il devait y avoir une trentaine d'agents dans l'ensemble du ministère, pour assurer la surveillance et la maintenance indispensables. Paul se sentit un peu mieux en pénétrant dans le jardin Yitzhak Rabin : des bancs de brume flottaient entre les arbres, donnaient quelque chose d'incertain au jardin presque désert, hormis quelques touristes chinois isolés, peut-être étaient-ils à la recherche de la cinémathèque proche, ou bien ils s'étaient perdus, ils avaient commis l'imprudence de quitter leur groupe dans un moment d'exaltation consécutif au réveillon. Ils n'allaient pas tarder à le regretter : Paris était une ville au niveau de contrôle social faible, où le taux de délinquance était élevé, on le leur avait pourtant répété cent fois avant leur départ de Shanghai. Au détour d'un bosquet, il se retrouva en face de deux Chinoises qui émirent des gloussements terrifiés ; il éleva la main dans un geste pacificateur avant de continuer sa traversée du parc de Bercy.

Au moment où il pénétrait dans l'espace de vie de l'appartement, un rayon de soleil filtra à travers les nuages, illuminant la brume éparse sur le parc. La pièce en parut d'un coup inhabituellement accueillante ; Prudence n'était pas là, mais sans savoir pourquoi il eut l'impression qu'elle n'était pas loin, qu'elle allait rentrer d'un moment à l'autre ; puis il aperçut le sapin.

C'était un petit sapin de Noël, d'une cinquantaine de centimètres de haut, dans un coin de la pièce, orné de guirlandes, de boules argentées et de bougies lumineuses bleues, rouges et vertes qui clignotaient alternativement. Qu'est-ce qui avait bien pu lui prendre d'acheter ce sapin ? Sans doute avait-elle reçu la visite de sa sœur, sa sœur avait une petite fille, il l'avait rencontrée il y a longtemps. Il se souvint avec gêne de l'avidité avec laquelle Prudence s'était emparée du bébé, l'avait bercée, promenée dans l'appartement en la tenant contre sa poitrine. Il y avait probablement un manque, quelque chose de biologique qui se déclenchait chez les femmes, et qu'il avait négligé de prendre en compte. Il n'y connaissait pas grand-chose en hormones féminines, pas davantage qu'en musique de chambre ou en animaux de la ferme ; il y avait tant de choses dans la vie qu'il ne connaissait pas, se dit-il en s'abattant sur le divan, saisi par un accès de découragement. Il alla jusqu'à la desserte qui, dans son souvenir, contenait les alcools. Oui, il en restait, il y avait même une bouteille de Jack Daniels inentamée. Il se servit un grand verre, à ras bord, considéra de nouveau l'espace de vie ; c'était quand même gai, ce sapin ; surtout avec un verre de Jack Daniels. Sur la table basse qui jouxtait le divan d'angle, il aperçut une pile de quelques numéros de *Sorcellerie Magazine*, une revue qu'il n'avait jamais vue auparavant. C'était sans doute lié aux nouvelles activités de Prudence dans la yucca, ou plutôt la wicca, le numéro en haut de la pile était un numéro de nouvelle année, le plus récent sans doute. La couverture avait un titre engageant : « 2027, l'année de toutes les mutations. »

Feuilletant rapidement le magazine, il tomba sur un article consacré aux prochaines échéances présidentielles. Depuis 1962, soulignait l'auteur, c'est-à-dire depuis cette évolution institutionnelle décisive qu'avait été l'élection du président de la république au suffrage universel, 2017 avait été la première date de scrutin correspondant à un nombre premier ; ce n'était pas un hasard, avançait-il, si elle avait correspondu à un bouleversement, une recomposition totale du champ politique, balayant l'ensemble des partis traditionnels. Après 2022, année paire, l'élection de 2027 correspondait de nouveau à un nombre premier ; pouvait-on s'attendre à un bouleversement du même ordre ? La prochaine coïncidence, en tout état de cause, ne se produirait qu'en 2087. L'article était signé par un certain Didier Le Pêcheur, qui se présentait comme un ancien élève de l'École polytechnique. Paul imaginait assez bien le type : un polytechnicien de second rang, ayant passé toute sa carrière dans un organisme public d'importance mineure, genre INSEE, et qui se livrait sur le tard à des spéculations numérologiques. C'est une erreur de croire que les scientifiques sont par nature des gens rationnels, ils ne le sont pas davantage que n'importe qui ; les scientifiques sont avant tout des gens fascinés par les régularités du monde – et par ses irrégularités ou ses bizarreries, quand il s'en présente ; lui-même d'ailleurs, la nuit du 31 décembre, s'était laissé aller à ce genre de rêveries arithmétiques. Il se promit de demander à Prudence s'il pouvait découper l'article, ça amuserait sans doute Bruno.

Le numéro précédent de *Sorcellerie Magazine*, paru un peu avant Noël, on avait apparemment affaire à un bimensuel, était pour l'essentiel consacré à un dossier « spécial wicca », et il lui accorda davantage d'attention. Selon l'éditorial, qui citait abondamment un certain Scott Cunningham, « la wicca est une religion joyeuse, qui vient de notre parenté avec la nature. Elle illustre une union avec la déesse et le dieu, les énergies universelles qui ont créé tout ce qui existe ; c'est une célébration enthousiaste de la vie. » On avait de toute évidence affaire à un Américain ; il poursuivit cependant sa lecture : quoique ayant de manière de plus en plus évidente perdu la partie imprudemment engagée contre les Chinois, les Américains avaient peut-être encore quelque chose à nous dire, après tout ils avaient dominé le monde pendant près d'un siècle, ils devaient en avoir retiré une certaine sagesse, sinon c'était à désespérer.

Une vision étroitement féministe de la wicca, mettant un accent exclusif sur la célébration des rituels de la déesse, s'était malheureusement développée, déplorait ensuite l'auteur. Il s'agissait, convenait-il aussitôt, d'une réaction normale à des siècles d'oppression par les religions patriarcales ; pourtant, une religion entièrement tournée vers le principe féminin serait aussi déséquilibrée que celle qui s'appuierait uniquement sur le principe masculin ; un équilibre des deux principes était nécessaire, concluait-il. Voilà qui était plutôt rassurant, surtout de la part d'un Américain, sans doute politiquement correct jusqu'au trognon, cette célébration de la masculinité était aussi bienvenue qu'inattendue.

Les difficultés apparurent dès le premier article de fond. Paul ne parvenait décidément pas à s'identifier aux érections triomphantes du jeune dieu Arès ; il était pareillement difficile d'établir un rapport entre Prudence et les seins gonflés de la jeune Aphrodite. Quelque chose avait eu lieu pourtant, dans leurs vies, qui pouvait ressembler à ça, il se souvint tout à coup de leur premier été en Corse, sur cette plage un peu au sud de Bastia, était-ce Moriani ? Il s'aperçut avec gêne que des larmes lui venaient aux yeux à ce souvenir. Prudence avait maigri depuis, la vie l'avait aplatie en quelque sorte. Il tourna quelques pages et tomba sur un article qui constituait un résumé de l'année wicca. Après le sabbat de Yule, auquel avait assisté Prudence peu avant Noël, venaient le sabbat d'Imbolc le 2 février, puis celui de Beltane le 30 avril et celui de Lugnasad le 1er août. Un cycle semblait se conclure avec le sabbat de Samhain, le 31 octobre, qui correspondait, soulignait l'article, à Halloween – à la Toussaint aussi, se dit Paul, ils étaient décidément très anglo-saxons dans leurs références. Samhain était un temps de réflexion, le moment de regarder l'année qui vient de se terminer, et d'accepter la perspective de la mort.

Scott Cunningham n'était pas uniquement un théoricien, et un autre article reprenait certaines de ses astuces pratiques, adaptées aux différentes circonstances de la vie. « Quand vous avez peur, recommandait-il, jouez de la guitare à six cordes, ou écoutez de la musique pour guitare préenregistrée ; assimilez que vous êtes courageux et plein d'assurance. Invoquez le Dieu dans son aspect cornu, protecteur et offensif. » Des difficultés financières ? « Habillez-vous en vert, puis asseyez-vous tranquillement et battez du tambour sur un rythme lent ; visualisez-vous avec de l'argent plein les poches, en invoquant la Déesse dans son aspect de pourvoyeuse d'abondance. »

Plongé dans sa lecture, il n'avait pas entendu la porte s'ouvrir, et fut surpris de voir Prudence à la porte de la pièce. Elle s'arrêta, surprise également, son visage s'était immobilisé dans un sourire hésitant, mais elle avait l'air contente de le voir ; et lui, il s'en rendit compte, était content aussi. « Ah, tu es tombé là-dessus... dit-elle en désignant le magazine. Tu vas te moquer de moi...

— Non... » dit-il doucement. Il était surpris, certes, il ne savait pas trop quoi en dire, mais il n'avait pas du tout envie de se moquer. « Et ton père, quelles nouvelles ? » demanda-t-elle, il lui fut reconnaissant de changer de sujet parce qu'en effet il avait des nouvelles, et même de bonnes nouvelles. Il reprit son bourbon, elle se servit un jus de tomates pour l'accompagner, et il lui raconta longuement la sortie du coma, le transfert à Belleville-en-Beaujolais, le docteur Leroux ; il s'abstint par contre de parler d'Aurélien et d'Indy. Elle l'écouta avec attention, en hochant la tête. « En effet, vous avez eu beaucoup de chance... » dit-elle, et il se demanda une nouvelle fois où elle en était par rapport à ses propres parents, elle ne lui en avait pas parlé depuis des années. « Tu as vu ta sœur, ces jours-ci ? » demanda-t-il. Non, répondit-elle, surprise par la question, sa sœur était installée au Canada, il ne s'en souvenait plus ? Cela faisait presque cinq ans qu'elles ne s'étaient pas revues.

« C'est à cause du sapin... expliqua-t-il, je pensais...

— Oh, le sapin... elle jeta un regard amusé dans sa direction. Je me suis dit que ça serait plus gai pour ton retour. »

Il demeura silencieux un très long moment, un peu éberlué par la tournure que prenaient les événements. Prudence se leva avec souplesse du canapé. « Je vais lire un peu avant de dormir... » dit-elle. Regardant autour de lui, il prit conscience avec surprise que la nuit était tombée, et même depuis longtemps, cela devait faire plusieurs heures qu'ils étaient ensemble, elle avait sûrement allumé les lampes dans la pièce à un moment donné, sans qu'il s'en rende compte. Il se leva à son tour, déposa doucement une bise sur sa joue. Elle lui sourit encore une fois avant de quitter la pièce. Il resta longtemps, dix minutes peut-être, debout au milieu de l'espace de vie, puis ramassa la bouteille de Jack Daniels avant de prendre l'escalier intérieur en direction de sa chambre.

3

Le lendemain matin Paul sortit tôt, les boutiques de la cour Saint-Émilion étaient fermées, et même les cafés branchés, qui tentaient d'imiter une ambiance new-yorkaise, tournaient au ralenti. Il aimait ces moments de suspension dans l'année, où la vie semble s'arrêter comme au sommet d'une grande roue, avant de replonger dans un nouveau cycle. Le 15 août, presque toujours ; et la période entre Noël et le Jour de l'An, souvent, quand le calendrier le permet.

On était le samedi 2 janvier, et le lendemain ce serait encore à peu près la même ambiance mais gâtée vers le soir, déjà contaminée par l'angoisse de la reprise. Ce matin, tout était parfaitement calme. Ce n'était pas encore tout à fait le moment, il le sentait, d'aller plus loin avec Prudence. Il fallait attendre encore un peu, laisser affluer en eux un courant d'espérance – comme le sang se remet à circuler dans un organe meurtri.

Alors peut-être pourrait advenir quelque chose de bienveillant, qui accompagnerait la fin de leur vie, et ils connaîtraient à nouveau des années douces, peut-être même de nombreuses années.

Cette perspective lui coupa presque le souffle ; il s'arrêta tout tremblant au beau milieu d'une allée, à proximité d'un massif d'hortensias, laissa sa respiration se calmer peu à peu. Puis il obliqua vers l'Est, en direction de Notre-Dame de la Nativité de Bercy. L'église était toujours aussi déserte. Il mit deux euros dans le tronc, alluma deux cierges qu'il disposa sur un présentoir. Il ne savait pas exactement à qui ni à quoi il les adressait, mais deux cierges lui paraissaient nécessaires. Il se signa hâtivement, sans être très certain des gestes à accomplir – on commençait par le haut, puis par le bas, mais ensuite était-ce à gauche ou à droite ? – avant de s'apercevoir que la statue de la Vierge était de l'autre côté de l'église. Il reprit ses cierges, recommença l'opération puis s'assit sur un banc, ferma les yeux et s'endormit presque aussitôt.

Le jeune homme se faisait appeler Erwin Callaghan, il avait cette expression dynamique et enthousiaste qu'on associe dans les films américains des années 1950 aux démarcheurs d'assurances, mais il s'agissait en réalité probablement de Louis de Raguenel, un journaliste français que Paul avait vu dans différents débats télévisés – il avait plusieurs fois interviewé Bruno.

Porteur d'une carte à son nom, le pseudo Erwin Callaghan rendait visite à différentes familles new-yorkaises de milieu modeste pour leur annoncer qu'elles étaient complètement ruinées, et que la compagnie d'assurances qu'il représentait allait cyniquement s'enrichir en tirant profit de leur ruine. Naturellement il était mal accueilli, par des gémissements et des pleurs ; il recommençait pourtant, à des années d'intervalle, poussé par une nécessité supérieure.

Louis de Raguenel, alias Erwin Callaghan, était maintenant un très vieil homme, vêtu d'un costume et d'un chapeau noir, son visage était d'un gris blanchâtre et sillonné de fines rides, il ressemblait au professeur Calys, le vieil astronome de *L'Étoile mystérieuse*, mais également un peu à William Burroughs. Il se mouvait avec la plus grande difficulté, ses membres étaient presque immobilisés par l'arthrite, mais il décidait malgré tout de reprendre une dernière fois le nom d'Erwin Callaghan, afin d'annoncer la mauvaise nouvelle.

Arrivé dans l'antichambre de la maison, il se rendait compte qu'il ne s'agissait pas cette fois d'une famille pauvre, et qu'elle n'était vraisemblablement pas new-yorkaise. Il était accueilli par une jeune femme pieuse et exaltée qui essuyait d'abord avec soin une table, comme pour effacer des empreintes digitales, puis balayait simultanément le sol avec deux balais. Elle finissait par lui révéler que les habitants de cette maison étaient d'authentiques démons, mais qu'ils n'avaient rien à craindre, car Dieu était de leur côté. On comprenait alors qu'Erwin Callaghan, avec son obstination, représentait une forme de bon droit et de justice.

Il se retrouvait ensuite dans un salon peu meublé en compagnie d'un homme dans la cinquantaine, très bronzé, à la musculature harmonieuse, et d'une femme d'une trentaine d'années, aux formes voluptueuses, nue sous une robe légère. Sur le sol était allongé un chien très long et très mince, du type lévrier, mais dont les traits avaient cette cruauté que l'on associe généralement à la belette. L'homme parlait longuement pour ne rien dire, puis donnait une suite d'ordres à la femme, d'une voix posée. Bien que chacun commence par : « Voudriez-vous ? », on comprenait que ces ordres étaient sans réplique ; ils paraissaient incohérents et sans suite, mais la femme y répondait en faisant glisser progressivement sa robe, tout en parlant au chien d'une voix rauque, dans un langage semi-humain. Le chien se réveillait peu à peu, et paraissait de mauvaise humeur. À la fin, la femme était complètement nue et se levait de son divan. Le chien, totalement éveillé à présent, se redressait sur ses pattes. La femme pressait alors une petite turgescence charnue située en dessous de la gorge du chien, on comprenait alors que l'animal allait entrer dans une fureur mortelle.

Callaghan, l'homme et la femme se trouvaient maintenant près de la porte ; la femme tenait sa robe sous son bras. L'homme, lui-même nu jusqu'à la ceinture, parlait d'une voix affectée, feignant de regretter le sort échu au pseudo Erwin Callaghan, en réalité Louis de Raguenel, qui allait être déchiqueté puis dévoré par le chien enragé ; Callaghan, apparemment résigné à son sort, hochait la tête avec tristesse. L'homme ouvrait alors la porte et sortait, accompagné de la femme. On se rendait compte à cet instant que la scène se déroulait à bord d'un yacht, qui croisait sur une mer agréable.

Lorsque Paul sortit de l'église il était deux heures de l'après-midi, un soleil éblouissant illuminait le parc de Bercy. Il n'avait pas faim et continua à marcher sans but précis, longeant le quai de la Rapée, puis traversant le pont d'Austerlitz en direction du Jardin des Plantes, les passants étaient un peu plus nombreux maintenant. Vers la fin de l'après-midi, il se décida à téléphoner à Bruno. Celui-ci répondit au bout de quelques sonneries, demanda aussitôt des nouvelles de son père. Il résuma la situation, plus brièvement qu'il ne l'avait fait avec Prudence. Bruno avait du nouveau de son côté, c'était compliqué au téléphone, ils prirent rendez-vous pour le lendemain.

Il arriva à Bercy vers treize heures, tendit sa carte au planton à l'entrée. L'ascenseur était désert, les couloirs également ; il y avait quand même quelque chose de bizarre dans le fait de ne jamais sortir du ministère, même les dimanches, se dit-il. Bruno s'était installé dans la salle à manger, avait ouvert une bouteille de Pomerol, disposé une assiette de toasts au foie gras, compte tenu de ses habitudes c'était presque la *fiesta*. Et il avait l'air de très bonne humeur. « Je suis content pour ton père, vraiment, dit-il en l'accueillant, il y a quand même encore certaines choses qui marchent bien en France… », Paul ne l'avait jamais vu aussi guilleret. « Bon… poursuivit-il, j'en viens tout de suite au fait : je déjeune demain à l'Élysée. Avec le président et Benjamin Sarfati. Il m'a appelé dans la nuit du 31, juste après son allocution de bonne année.

— Tu penses qu'il a pris une décision ?

— Oui. Je ne sais pas laquelle, mais il en a pris une. Pour tout dire, je commençais à en avoir franchement assez, de cette incertitude. »

Paul comprit alors, ou du moins crut comprendre : Bruno ne lui disait pas tout. Le président avait opté pour la candidature de Sarfati, c'est du moins ce que Bruno supposait après leur échange, et il en était soulagé. Il n'avait jamais vraiment eu envie de se lancer dans une campagne présidentielle, ni de devenir président de la république ;

le poste de ministre de l'Économie correspondait à ses vœux, à ses aspirations les plus profondes.

« Tu me tiens au courant ?

— Oui, bien sûr. Je te propose qu'on se voie ici demain vers quinze heures, je devrais être rentré. Il faut qu'on s'organise, qu'on reprenne mon agenda des prochaines semaines. Je ne suis pas du tout inquiet, je suis dans une position parfaite pour me faire entendre : les prévisions de croissance sont excellentes pour 2027, le déficit est au plus bas, si on se débrouille bien on pourrait même terminer l'année en léger excédent.

— Il s'est passé quelque chose d'important ? Tu étais optimiste avant Noël, mais quand même pas à ce point.

— Non, pas vraiment. Enfin si, il s'est passé quelque chose d'important, mais ça n'est sûrement pas ça qui me rend optimiste : il y a eu un nouvel attentat contre un porte-conteneurs.

— Personne n'en a parlé.

— Non, cette fois c'était directement un armateur chinois qui était visé, la *China Ocean Shipping Company*, le troisième armateur mondial, et les autorités ont réussi à maintenir un blocus total. C'est Martin-Renaud qui m'a téléphoné pour m'informer, et les services secrets français eux-mêmes n'étaient pas au courant, ils ont été prévenus par la NSA.

— Par les Américains ? C'est normal ?

— Non, ce n'est pas normal du tout. Déjà, c'est surprenant qu'ils aient réussi à pénétrer les communications internes du gouvernement chinois ; mais c'est bizarre aussi qu'ils se comportent comme si nous étions alliés.

— Nous ne sommes pas leurs alliés ?

— Moi, en tout cas, je ne me considère pas comme leur allié. La guerre commerciale entre les États-Unis et la Chine n'a jamais été aussi violente, ça fait presque vingt ans que ça dure, et on a l'impression que ça va aller de plus en plus loin, que ça ne se terminera jamais, sauf peut-être par une vraie catastrophe, un affrontement militaire. Commercialement les Chinois sont nos ennemis, c'est certain, mais ce n'est pas pour autant que les Américains sont nos alliés ; c'est une guerre où nous n'avons pas d'alliés.

— Il n'y a rien eu sur Internet non plus ?

— Non, et c'est ça le plus inquiétant, à mon avis. Les terroristes n'ont rien posté, ni message ni vidéo, comme si c'était devenu une opération ordinaire. Et en plus ils n'ont pas attaqué au hasard. Après le premier attentat, les Chinois ont fait escorter chacun des transports maritimes qui partaient de leur territoire par un contre-torpilleur ; ça leur coûtait cher évidemment, et au bout d'un mois ils ont décidé d'arrêter. Le premier transport qu'ils organisaient sans escorte a été attaqué ; la ligne Shanghai-Rotterdam, comme la première fois, mais cette fois le bateau a été coulé au large des Mascareignes ; comme la première fois l'équipage a été avisé un quart d'heure avant, pour leur permettre de quitter le navire : torpille par dislocation, précision du tir parfaite. Ils sont décidément très habiles. Et très dangereux.

— On ne sait toujours pas qui c'est ?

— On n'en a pas la moindre idée. Les milieux du transport maritime mondial sont aux abois, la situation est sans précédent. Voilà, on en est là au moment où je te parle ; c'est-à-dire à peu près nulle part. »

Un net silence s'ensuivit ; Bruno se servit un verre de Pomerol. Donc, la configuration du monde se modifiait à l'heure actuelle, se dit Paul. En général la configuration du monde reste stable, les choses vont sur leur erre ; mais il arrive parfois, rarement, qu'un événement ait lieu. Il en va de même, songea-t-il de manière plus générale et plus vague, de la configuration des vies humaines. La vie humaine est constituée d'une succession de difficultés administratives et techniques, entrecoupée par des problèmes médicaux ; l'âge venant, les aspects médicaux prennent le dessus. La vie change alors de nature, et se met à ressembler à une course de haies : des examens médicaux de plus en plus fréquents et variés scrutent l'état de vos organes. Ils concluent que la situation est normale, ou du moins acceptable, jusqu'à ce que l'un d'entre eux rende un verdict différent. La vie change alors de nature une seconde fois, pour devenir un parcours plus ou moins long et douloureux vers la mort.

« Martin-Renaud m'a demandé des nouvelles de ton père, reprit Bruno. Ça semblait lui tenir à cœur, je pense que ça serait bien que tu l'appelles toi-même. Ton père avait l'air vraiment important dans leur organisation, je ne sais pas au juste comment ils fonctionnent, ils sont bizarres, ces gens des services secrets.

— Je ne sais pas très bien, moi non plus ; mon père ne m'en a jamais vraiment parlé.

— Je comprends ça. Tu sais, c'est vrai ce qu'on dit, le pouvoir isole ; plus on a de responsabilités, plus on est seul. Ce que je viens de te raconter, je n'en aurais jamais parlé à ma famille – enfin, si j'en avais encore une.

— De ce point de vue-là, ça n'a pas bougé ? »

Bruno hocha longuement, négativement la tête, sans dire un mot. Paul attendit en vain qu'il parle, prenant progressivement conscience qu'en effet il resterait probablement seul, il accomplirait jusqu'au bout son travail, enfin le travail qu'il s'était fixé, mais il resterait seul maintenant, c'était peut-être dommage mais c'était ainsi, il n'est pas bon que l'homme soit seul a dit Dieu, mais l'homme est seul et Dieu n'y peut pas grand-chose, ou du moins il ne donne pas l'impression de tellement s'en préoccuper, Paul sentit qu'il était temps de prendre congé ; il reprit un toast au foie gras, peu à peu envahi par la conscience écrasante de son inutilité. Les hommes maintiennent avec effort des relations sociales, et même des relations amicales, qui ne leur servent à peu près à rien, c'est un trait plutôt touchant, chez les hommes. Le président n'était pas ainsi, il semblait exempt de ces faiblesses, les autres hommes paraissaient avoir peu d'importance à ses yeux. Paul ne l'avait rencontré qu'une fois, brièvement, à l'issue d'un conseil des ministres restreint ; le président lui avait parlé pendant une ou deux minutes de ses « belles années » à l'Inspection des finances ; il en avait parlé sans réelle nécessité, comme d'une Arcadie imaginaire, où tous deux auraient baigné dans les plus exquises délices. Il l'avait probablement confondu avec quelqu'un d'autre.

4

En se réveillant le lendemain Paul se rendit compte qu'il avait dormi plus de douze heures, d'un sommeil profond et sans rêves – enfin il paraît qu'on rêve toujours, mais que le plus souvent on ne s'en souvient pas. En pénétrant dans sa salle de bains, il eut la désagréable surprise de constater que le chauffe-eau était en panne ; il tenta de manœuvrer un clapet, obtint un hululement long, mais pas davantage d'eau chaude. Partir au ministère sans s'être douché n'était pas une bonne idée, il sentait que la journée allait être longue. Il allait utiliser la salle de bains de Prudence, c'était la seule solution.

Cela faisait au moins cinq ans qu'il n'était pas entré dans sa chambre. Il eut un choc en découvrant le pyjama soigneusement plié sur une chaise au pied de son lit : épais, très couvrant, c'était plutôt un pyjama d'enfant. Elle lisait Anita Brookner, nota-t-il ; ça ne devait pas contribuer à lui remonter le moral.

La salle de bains, c'était pire : deux minces serviettes pas spécialement moelleuses, pas de peignoir. Un savon de Marseille ordinaire posé sur le lavabo. Un gel douche et un shampooing Monoprix sur le rebord de la douche. Pas de produits de beauté apparemment, même pas de crème hydratante, elle semblait avoir oublié qu'elle avait un corps. Ce n'était pas une bonne chose, se dit-il, pas une bonne chose du tout.

Après une douche rapide il s'installa pour lui écrire un mot, d'abord pour s'excuser d'avoir dû utiliser sa salle de bains, pour lui demander ensuite si elle pouvait se charger du chauffe-eau, il lui semblait se souvenir qu'elle connaissait un plombier honnête. Il hésita quelque temps sur la formule d'appel. « Prudence » était froid. « Chère Prudence » était mieux, mais ce n'était pas encore tout à fait ça. Il faillit écrire « Ma chérie », puis se reprit avec un tremblement et se rabattit sur « Ma chère Prudence », ça c'était bien, ça pouvait aller. « Baisers », en formule de salutation, n'avait rien d'exagéré, après tout ils s'étaient fait la bise, pas plus tard que la veille au soir. Il sortit presque content de lui, les cafés de la cour Saint-Émilion étaient ouverts, ils semblaient même tourner à plein régime ; il envisagea de manger quelque chose au *Coney Island*, le nom était ridicule mais les bagels acceptables.

Il reconnut tout de suite le serveur, un grand con qui hurlait « Chaud devant ! » à tout propos et interpellait systématiquement les clients en anglais. Avec effarement, il l'entendit répondre « *OK man* » à un touriste chinois qui tentait d'obtenir un café-crème. Il ne pouvait pas rester là, en plus c'était blindé, il allait mettre des heures à se faire servir ; il se releva, se contentant d'un café au comptoir. Il y aurait sûrement quelque chose à manger au ministère, et dans le pire des cas Bruno avait un majordome et un cuisinier à son service, il n'y avait aucune raison de ne pas en profiter, se dit-il, absolument aucune.

Il arriva à l'heure exacte ; le majordome attendait devant la porte de l'appartement. « Monsieur le ministre sera un peu en retard, dit-il, il m'a demandé de vous faire entrer. » Il aurait dû s'en douter : quinze heures, Bruno avait été trop optimiste, c'était une présidentielle tout de même, ça ne pouvait pas se régler en trois phrases.

Les toasts de foie gras et la bouteille de Pomerol étaient toujours sur la table de la salle à manger, rien n'avait changé depuis hier. Les toasts étaient rassis maintenant, trop secs. Il fit un tour dans la cuisine : il y avait des biscottes Heudebert sans gluten, un Caprice des Dieux entamé dans le réfrigérateur ; ça pourrait aller, finalement, il n'avait pas très envie de faire appel au majordome.

La petite sculpture de biche était toujours là, posée sur son appui de fenêtre ; oui, décidément c'était une biche. Est-ce qu'on pouvait dire qu'il s'agissait d'une « biche aux abois » ? Qu'est-ce que ça voulait dire exactement, être aux abois, pour une biche ? Ça lui paraissait vaguement sexuel, alors que là non, elle avait simplement l'air inquiète ; mais c'était peut-être la même chose, les biches ne devaient pas avoir beaucoup d'expressions à leur disposition, leur existence n'était pas très variée.

Celle des hommes pas tellement non plus, à vrai dire, se dit-il en regardant par la baie vitrée, la circulation était déjà dense sur le pont de Bercy. Il était dix-sept heures, il s'en rendit compte avec surprise, il devait avoir eu un long moment d'absence, ça lui arrivait de plus en plus souvent, ces absences, et Bruno était décidément en retard.

Il arriva moins de dix minutes plus tard. « Oui, excuse-moi... » dit-il en s'installant sur le canapé en face de lui, « ça a été plus long que prévu.

— Mais... ça s'est bien passé ?

— Oui. Enfin, il me semble que oui. Sarfati sera effectivement candidat, il l'annoncera dès ce soir, il est l'invité du journal de 20 heures sur TF1. C'est chez lui, TF1, c'est sa chaîne, ils devraient être plutôt bienveillants.

— Qu'est-ce que tu en as pensé, du type ?

— Il n'est sûrement pas con. » Bruno hésita, plissa les sourcils à la recherche de la formulation appropriée. « Cela dit, il fait plutôt bien semblant. Il nous a développé toute une théorie, ça a pris presque une demi-heure, selon laquelle la sphère médiatique et la sphère politique avaient vraiment commencé à se rapprocher au début des années 2010, au moment où elles perdaient tout pouvoir réel. La sphère médiatique à cause de la concurrence d'Internet, parce que plus personne n'avait l'idée d'acheter un journal ni même de regarder la télévision ; la sphère politique à cause de la gouvernance européenne et de l'influence des lobbies sociétaux. Bon, je n'étais pas totalement convaincu, mais enfin il s'exprimait avec aisance, ça coulait bien.

— Et le président, à ton avis, qu'est-ce qu'il en pense ?

— Ça ne lui fait sûrement pas plaisir quand on lui dit que la sphère politique a perdu tout pouvoir, enfin tu le connais – non, tu ne le connais pas vraiment d'ailleurs, mais tu imagines. En plus, ce n'est pas tout à fait vrai ; enfin si, les lobbies sociétaux, pour certains ministères ça a une importance incroyable ; mais dans le cas de l'Europe c'est faux, là je suis bien placé pour t'en parler, les directives européennes ça fait cinq ans que je n'en tiens à peu près aucun compte, la France est un pays trop important pour être sanctionné, c'était ce qu'il suffisait de comprendre, la théorie du *too big to fail* est fondamentalement exacte. Enfin, le président s'est persuadé que Sarfati serait facile à manœuvrer parce qu'il n'a aucune idée politique, il veut juste être président pour le statut, pour le fun : l'habitation à l'Élysée, l'avion présidentiel, les voyages officiels au Kirghizstan, avec des bayadères et des sabres, toutes ces conneries. Et puis dans cinq ans il s'en ira bien gentiment, ancien président de la république ce n'est pas rien, il aura toujours un chauffeur, un bureau, des secrétaires, des gardes du corps, il pourra continuer à frimer devant ses potes de la télé.

— Tu crois que c'est vrai ? Tu crois que Sarfati, c'est juste ça ? »

Cette fois Bruno réfléchit longtemps, presque une minute, avant de répondre :

« C'est ce qu'il veut faire croire, en tout cas. Est-ce que c'est vrai ou non ? C'est difficile à dire. D'un côté, c'est visible que le mec est impressionné par les fastes de la république, le glamour du truc. Le président nous a reçus dans le bureau doré juste avant de passer à table, il était bluffé, je suis sûr qu'il ne faisait pas semblant, il en bavait presque. D'un autre côté, je te dis, il m'a fait l'impression d'être un menteur exceptionnel ; pas du tout dans le genre Mitterrand, mais, comme menteur, du même niveau. Donc, c'est quand même un peu un pari.

Au fait, tu as vu le président dans son allocution de nouvelle année ?

— Non, j'avais oublié. C'était comment ? »

Paul se remémora le 31 décembre, Indy et Aurélien dans la salle à manger de Saint-Joseph, les difficultés qu'il avait eues à se retenir d'insulter sa belle-sœur. Son mal de dents n'avait pas arrangé les choses, il fallait décidément qu'il consulte.

« Il a été très bon, répondit Bruno. Excellent, même. Son truc : “J'ai eu l'honneur d'être le capitaine du navire France, mais le capitaine n'est que le premier des matelots”, c'était bien trouvé, vraiment, en plus physiquement on l'imagine bien en costume de petit matelot. Et puis à la fin, “Vous me manquerez”, droit dans les yeux face caméra, les gens étaient émus, je crois.

— Et toi, au fait ? Qu'est-ce que tu deviens, dans le dispositif ?

— Moi ? C'est pareil, je reste ministre de l'Économie. Enfin un peu plus, peut-être que je serai nommé premier ministre au début, mais pas longtemps. L'idée du président, il n'est pas absolument certain mais je sens qu'il est très tenté, ce serait de modifier la constitution, et de le faire très vite, au maximum dans les trois mois suivant l'élection. Il voudrait qu'on l'annonce dès la campagne, qu'on en fasse un des axes du projet. Le concept, ça serait de passer à un régime présidentiel authentique : supprimer le poste de premier ministre, réduire le nombre de parlementaires et organiser des élections de mi-mandat, comme aux États-Unis.

— Supprimer le Sénat, aussi ?

— Non, il pense que ça porte malheur de s'attaquer au Sénat ; les exemples historiques ne lui donnent pas tort. Donc on garde les deux chambres, mais le pouvoir du parlement sera encore réduit. C'est un peu de la post-démocratie, si tu veux, mais tout le monde fait ça maintenant, il n'y a que ça qui marche, la démocratie c'est mort comme système, c'est trop lent, trop lourd. Bref... reprit Bruno au bout d'un temps, et pour la première fois son visage laissa transparaître une légère fatigue, je resterais à Bercy, mais mon pouvoir serait accru, bien sûr, puisque je n'aurais plus à référer de mon action au premier ministre, uniquement au président ; et en économie, Sarfati, il est du niveau seconde G. Dans l'immédiat, le problème, c'est qu'ils veulent que j'intervienne dans la campagne. Ils veulent vendre une espèce de ticket, président vice-président, c'est assez américain ça aussi. À vrai dire Sarfati a passé presque tout le déjeuner à me flatter, comme s'il s'excusait d'être candidat à ma place ; il ne se sent pas encore tout à fait légitime, c'est évident, et c'est évident aussi que le président compte là-dessus pour le contrôler. Mais, surtout, ils veulent mettre en avant le bilan économique, c'est un de leurs axes principaux ; ils ne pensent pas tellement aux interventions à la télé d'ailleurs, Sarfati a de la tchatche, c'est son univers la télé, il peut s'en sortir tout seul, il ne craint personne ; mais dans les conférences de presse, dans les meetings aussi, ils comptent beaucoup sur ma présence ; et ça, franchement, ça m'emmerde un peu. Enfin ils ne savent pas encore très bien ce qu'ils veulent, on en a pas mal discuté, j'ai rendez-vous avec une femme demain, une sorte de coach…

— Solène Signal ?

— Tu la connais ?

— Pas personnellement, non, mais c'est elle qui dirige *Confluences*, c'est un des meilleurs cabinets de consulting politique sur le marché, c'est elle qui s'occupe de Sarfati depuis le début.

— Bon, je suppose qu'elle est bonne… Enfin, c'est comme ça. Ça va durer quatre ou cinq mois, maximum. Maintenant, il faut qu'on s'occupe de mon agenda ; il va falloir réduire énormément, il y a du boulot. Plus du tout de déplacements jusqu'à l'élection, juste les déplacements de campagne ; les rendez-vous professionnels on garde ceux qui sont déjà fixés, mais tu n'en prends pas de nouveaux, il va falloir dispatcher ça entre les conseillers. On va s'y mettre, on va aller dans mon bureau si tu veux bien ? Au fait… il considéra le Caprice des Dieux entamé posé sur la table basse, tu as trouvé à manger, ça va ? Si tu as envie d'autre chose, on peut commander pour ce soir. Tu veux suivre la déclaration de Sarfati à la télé ?

— Non, Sarfati ça ira, mais du point de vue bouffe je voulais t'en parler, il faut absolument que tu changes ton hygiène de vie. Les pizzas, les sandwiches, ça suffit. Il faut que tu manges des légumes verts.

— Des *légumes verts* ? Il avait répété les mots avec stupéfaction, comme si c'était la première fois qu'il les entendait.

— Oui, des légumes verts. Et puis du poisson, un peu de viande aussi. Tu freines sur le fromage et sur la charcuterie. Des pâtes, des sucres lents, sinon tu ne tiendras pas. C'est dur une campagne présidentielle, enfin je n'en ai jamais fait, mais c'est ce que tout le monde dit. Parles-en à la fille, la Signal, je suis sûr qu'elle te dira pareil. »

Ils se dirigèrent ensuite vers le bureau de Bruno. Le trajet durait au moins dix minutes à travers les couloirs du ministère, mais ils ne croisèrent personne. « Des *légumes verts...* » répéta Bruno à mi-voix. Il paraissait atterré.

5

Les dates de la prochaine présidentielle furent connues deux jours plus tard, à l'issue du conseil des ministres, il ne restait plus qu'à les faire valider par le Conseil constitutionnel : ce serait les dimanches 16 et 30 mai. C'étaient des dates plutôt tardives, on aurait juste le temps d'organiser les législatives dans la foulée, avant les départs en vacances, mais cela n'avait rien de contraire à la constitution. On aurait, donc, une campagne relativement longue. De l'avis de la plupart des commentateurs, c'était un choix tactique surprenant. Le candidat du Rassemblement national était un presque inconnu, on savait de lui qu'il avait vingt-sept ans, diplômé d'HEC, conseiller municipal d'Orange, et qu'il était beau mec ; c'était à peu près tout, sur lui. Naturellement Marine serait présente, elle le soutiendrait dans ses meetings, mais il avait quand même un vrai déficit de notoriété. Le parti du président aurait dû l'étouffer d'emblée, sans lui laisser le temps de s'installer dans le paysage politique, c'était du moins ce que pensaient la plupart des observateurs. La seule explication à ce choix – mesquine, pas à la hauteur de l'enjeu, mais on n'en voyait pas d'autre – c'est que le président n'avait pas la moindre envie de quitter son poste, et qu'il étirerait son quinquennat jusqu'à la dernière limite. Bruno avait un peu râlé, il avait hâte d'en avoir terminé aussi tôt que possible. Sarfati par contre l'avait bien pris, il est vrai qu'il était dans un trip sagesse-lenteur, Solène Signal lui avait déniché une chamane péruvienne et tous les matins au réveil il travaillait sa sagesse-lenteur, il y passait deux heures, ça faisait presque un mois qu'il n'avait pas fait la moindre blague. De toute façon ce fut le choix du président qui, comme d'habitude, s'imposa à la fin.

Paul était présent lors de la première rencontre entre Bruno et Solène Signal, cela se passait dans le bureau de Bruno. Elle arriva à midi pile, accompagnée d'un type d'environ vingt-cinq ans vêtu d'un costume gris impeccable, chemise blanche, cravate bordeaux, un cartable de cuir brun usé à la main, il aurait parfaitement pu lui-même être un fonctionnaire de Bercy. Solène était une femme de quarante ans à peu près, un peu boulotte, maquillée à la hâte, pas très impressionnante au premier abord. Elle était vêtue d'un jean, d'un sweat-shirt gris et d'un manteau de fourrure.

« Bonjour, dit-elle en s'installant sur le canapé. On peut avoir du café ?

— Je vais m'en occuper, dit Bruno. Deux expressos ?

— Un grand pot de café noir, très fort. Et des œufs durs.

— Vous ne préférez pas des croissants, des viennoiseries ? Un jus d'orange, peut-être ?

— Des œufs durs. »

Bruno passa la commande.

« Il faut faire quel numéro, pour commander ? » demanda Solène Signal. « Je dis ça parce qu'on va être amenés à revenir pas mal de fois, je pense.

— Vous faites le 27 pour la cuisine, et si vous avez besoin du ménage le 31. » L'assistant nota aussitôt dans un calepin qu'il venait de sortir de son cartable. « Enfin la prochaine fois on s'installera peut-être dans mon appartement de fonction, ce sera plus confortable.

— Ah, vous habitez sur place ? C'est bien ça, c'est pratique. »

Elle hocha la tête avec satisfaction, puis disposa quatre cigarettes électroniques sur la table basse devant elle. Ces cigarettes, comme elle devait le leur expliquer plus tard, s'agrémentaient de quatre parfums différents : mangue, pomme, menthol et tabac brun. Elles étaient, selon elle, « nécessaires à son fonctionnement » ; et son fonctionnement, de cela au moins elle était certaine, était nécessaire au fonctionnement de l'ensemble.

Au bout de quelques secondes pendant lesquelles son regard s'était porté sur Paul, elle lâcha avec désinvolture : « Vous, vous êtes l'assistant personnel. Le confident... » Elle avait un peu baissé la voix sur le dernier mot, Paul sourit pour montrer que le terme ne le vexait pas ; il était le *confident*, en effet.

« Bon bon bon, notre candidat... » Elle tourna lentement la tête vers Bruno et l'examina cette fois longuement, pendant plus d'une minute, avant de conclure, d'une voix très basse : « Je m'attendais à pire... » ; puis elle se mordit les lèvres, ça lui avait échappé.

« Enfin évidemment, ajouta-t-elle immédiatement, je vous ai vu comme ministre, mais là il va falloir changer de braquet, et on n'a pas un temps infini devant nous. J'ai une fille, là, qui bosse avec nous depuis un an, Raksaneh. Je crois que je vais la mettre sur vous. » L'assistant nota aussitôt : « Raksaneh ».

« S'il y a un problème, poursuivit-elle, si ça ne colle pas au relationnel, il faut me le dire tout de suite. Elle n'a jamais fait de présidentielle, évidemment, mais elle a déjà eu de grosses élections... » Elle réfléchit quelques secondes supplémentaires. « Non, décidément, je la sens bien sur le dossier. De toute façon on va débriefer tous les soirs, dans un premier temps. »

« J'ai un peu réfléchi cette nuit », poursuivit-elle. Paul lui jeta un regard et comprit d'un seul coup ce qui lui paraissait bizarre, chez son assistant et chez elle, depuis le début : leurs traits étaient tirés et leurs gestes curieusement ralentis, avec de temps en temps un mouvement nerveux ; selon toute vraisemblance ils n'avaient pas dormi de la nuit, ni l'un ni l'autre.

« On ne va pas vous faire intervenir ensemble, enfin pas beaucoup, et en tout cas pas au début. Les interviews où on se congratule mutuellement ça fait toujours un peu naze, enfin ce n'est pas comme ça qu'on va faire. Benjamin va dire du bien de vous évidemment, il ne va pas arrêter de rendre hommage à votre action. Et vous aussi vous direz du bien de lui, mais plus tard, il faut vous mettre au niveau, ça sera le boulot de Raksaneh, je ne pense pas te faire intervenir avant début février. » Bruno nota avec un petit sursaut qu'elle était passée au tutoiement, involontairement sans doute, et à ce moment il comprit qu'il était devenu sa chose, son produit, et qu'il était vraiment engagé, maintenant, dans cette campagne. « Pour l'instant, c'est Benjamin qui est en première ligne. On lui a préparé des fiches... » Sur un signe de tête, l'assistant sortit un dossier de son cartable. Bruno le feuilleta un moment avec surprise avant de le passer à Paul. Il y avait une cinquantaine de bristols de format A4, les premiers titres qu'il vit étaient « L'industrie automobile », « Le nucléaire », « Le commerce extérieur », « L'équilibre budgétaire ».

« C'est pour validation, dit-elle en se tournant vers Paul. Ça va sans doute vous paraître un peu simpliste, mais je ne crois pas qu'on ait dit trop de conneries. Ce que je vous demande, surtout, c'est de reprendre les chiffres, ce ne sont pas les tout derniers. Il ne va pas aligner énormément de chiffres, Benjamin, ce n'est pas son rôle ; mais s'il en sort un de temps en temps autant qu'il soit juste, c'est toujours con de se faire gauler sur un chiffre. De notre côté, poursuivit-elle à l'attention de Bruno, on va te faire un topo sur Benjamin, on s'y met tout de suite, mais ça ne sera pas pareil évidemment, plutôt une vidéo je pense, genre deux heures. Naturellement, on va un peu zapper son début de carrière. Encore que… Tu sais on a tout checké, depuis sa première émission, ça fait des années qu'on bosse sur lui. Les vannes vraiment basses, graveleuses, ce n'est jamais lui qui les fait, c'est toujours un assistant en reportage. Lui il est en plateau, tranquille, bonhomme, même pas un gros mot, c'en est incroyable, c'est comme s'il avait prévu à l'avance… » Elle s'arrêta un instant, songeuse, avec cette fois une expression d'admiration involontaire. « Enfin, quand même, reprit-elle, on va surtout insister sur la suite. Avec les politiques, les femmes voilées, les intellos *mainstream*, bien sûr il n'y a pas de problème ; mais, même dans les cas limite, tu vas voir, il est assez incroyable : avec Badiou il est parfait, avec Greta Thunberg impeccable, et avec Zemmour carrément royal. Et puis évidemment on va faire le max sur l'humanitaire, les migrants, Stéphane Bern... »

L'assistant, qui notait à toute vitesse, eut un petit mouvement de surprise en entendant « Stéphane Bern ».

« Oui, me chipote pas... » elle se retourna vers lui avec impatience, « humanitaire-patrimonial, enfin tu vois. » Il n'avait pas l'air de voir tout à fait, en réalité, mais il nota quand même.

Le majordome frappa à la porte et entra, un plateau à la main. Elle se servit un mug de café et avala deux œufs durs coup sur coup avant de poursuivre.

« Il y a un autre point, Bruno, qu'il vaut mieux qu'on aborde tout de suite. Ta situation matrimoniale... »

Il se raidit nettement. Elle l'avait prévu, et reprit avec douceur :

« Oui, je sais, c'est embarrassant. C'est embarrassant pour moi aussi. Mais il y a deux questions qu'il faut que je te pose, c'est mon devoir de te les poser, on fait ça maintenant, une fois pour toutes, et on n'en reparle plus jamais. Premièrement : une procédure de divorce est-elle engagée ?

— Non.

— Et est-ce que ta femme a l'intention de le faire, ou quelque chose d'autre qui pourrait devenir public, avant l'élection ?

— Non plus.

— Bon… C'est excellent, tout ça. Et est-ce que, excuse-moi ça fait trois questions, enfin la réponse paraît évidente : il n'y a pas de haine, d'acrimonie particulière entre vous ? Elle ne va pas se lancer dans des déclarations à la presse ?

— Non, je ne crois pas. » Il eut un drôle de mouvement de la tête, réfléchit encore quelques secondes avant de compléter :

« Je suis sûr que non, même.

— Bon bon bon bon bon, c'est excellent tout ça, c'est royal. Je ne vais pas te faire chier sur tes relations, ça ne me regarde pas ce n'est pas mon problème. » Paul sentit qu'elle mentait un peu, elle s'était certainement renseignée, elle savait que Bruno n'avait aucune relation amoureuse en cours, sinon elle n'aurait pas manqué de s'y intéresser ; mais c'était un mensonge gentil, civilisé, bienveillant en quelque sorte. Paul se leva sous prétexte de se resservir du café, il avait toujours su lire à l'envers, c'était une petite aptitude qui l'avait bien servi lors de ses examens, il put voir que l'assistant avait noté sur son carnet, en le soulignant : « Il a le cul propre. »

« Je sens qu'on va bien bosser, poursuivit Solène Signal, je la sens de mieux en mieux cette élection. On ne va pas changer le concept, de toute façon il est au filet tu es en fond de court, c'est comme ça qu'on va la jouer. Mais, quand même, on va te faire gagner quelques points en proximité et en empathie. Si je n'arrive pas à te faire gagner des points en proximité et en empathie, c'est vraiment que je suis une nulle !... » Elle leva gaiement les mains, comme pour souligner l'absurdité de l'hypothèse, elle s'attendait peut-être à ce que son assistant éclate de rire devant cette incongruité, mais il se contenta d'attendre, son stylo à la main.

« Et sinon, tu cuisines ?

— Euh, non... Bruno réfléchit quelques secondes. Mais j'aime bien les pizzas » ajouta-t-il dans un mouvement de bonne volonté. L'assistant nota aussitôt « pizzas » sur son carnet, malgré l'absence d'enthousiasme apparent de Solène.

« Et du point de vue origine, tu es d'où ? Origine géographique, je veux dire.

— Paris.

— Paris-Paris ? Tes deux parents viennent de Paris ?

— Ma mère, oui – enfin, mes parents sont morts tous les deux. Mon père, lui, a grandi dans l'Oise.

— L'Oise... C'est pas mal, l'Oise, ça me parle bien. Où ça, exactement ?

— Méricourt.

— Et il te reste une maison, un truc sur place ?

— Eh bien… Je n'y avais pas pensé, mais en fait oui, mon père avait gardé une maison à Méricourt. J'en ai hérité, je pensais la revendre, mais je n'ai pas eu le temps de m'en occuper.

— Et c'est encore meublé ? Tu penses qu'on pourrait faire un shooting sur place ?

— Oui, probablement.

— Excellent, excellentissime !… En plus, à vue de nez, j'ai l'impression que c'est en plein territoire frontiste. »

L'assistant, pianotant sur son portable de la main gauche pendant qu'il continuait à noter à toute vitesse de la droite, confirma quelques secondes plus tard : « En effet. À donf, même. Ce qui est marrant, par contre, c'est qu'ils ont un maire communiste.

— Un maire communiste… » Elle sourit avec ravissement, la vie est décidément pleine de merveilles, semblait-elle songer. « Eh ben écoute… elle se retourna vers son assistant, tu m'organises ça assez vite ? » Il acquiesça, prit une nouvelle note.

« Bon, je crois qu'on a bien bossé… conclut-elle en se levant, visiblement satisfaite. Je peux t'envoyer Raksaneh dans l'après-midi ?

— Tu as un rendez-vous avec le PDG de Chrysler à 15 heures », intervint Paul.

Elle se tourna vers lui. « Le PDG de Chrysler, bon… Vous pensez que ça se terminera quand ?

— C'est un rendez-vous un peu compliqué. Disons 17 heures.

— Raksaneh sera là à 17 heures. C'est juste pour faire connaissance, vous ne commencerez vraiment que demain. Au fait... elle s'adressa de nouveau à Paul, vous vous occupez des fiches pour Benjamin ?

— Je peux vous donner ça dans deux-trois jours.

— Il me les faut demain matin. » Elle parlait sans brutalité, mais avec la certitude d'être obéie. « Enfin, le maximum que vous pourrez. On a plusieurs interviews dans la journée.

— Le problème, c'est que je travaille plutôt chez moi le matin » dit Paul en songeant que "travailler" n'était peut-être pas le terme exact en ce moment.

« Pas de problème, je fais envoyer un coursier chez vous. Huit heures ? demanda-t-elle en lui tendant la main.

— Huit heures » répondit-il avec résignation.

6

Le coursier arriva juste à l'heure dite le lendemain matin, il avait eu le temps de corriger une quinzaine de fiches. « Tu te lèves aux aurores, maintenant ? » s'étonna Prudence en le croisant dans l'espace de vie. Il eut un serrement de cœur en la voyant, toute menue dans son pyjama d'enfant, avec des petits lapins brodés sur la poitrine. Ce n'était pas cela, se dit-il avec désespoir, pas cela du tout. Heureusement, elle n'avait pas l'air de penser à ces choses. Heureusement ou malheureusement, d'ailleurs.

« Ça y est, maintenant ? lui demanda-t-elle, tu es vraiment dans le jeu politique ? » Malgré lui, il fut envahi par une nouvelle vague de compassion douloureuse en se remémorant la tirade de Néron dans *Britannicus* :

Belle, sans ornement,
dans le simple appareil

D'une beauté qu'on vient d'arracher au sommeil.

Eh bien non, il n'était pas vraiment dans le jeu politique, c'était même plutôt le contraire, son travail était de décharger Bruno de tout ce qui n'était pas directement politique ; il allait avoir pas mal de réunions avec les conseillers techniques du cabinet, essayer de leur répercuter les instructions du ministre pour les mois à venir ; ils s'occuperaient de faire la liaison avec les directions d'état-major.

« Et puis ensuite, ajouta-t-il, je verrai avec Bruno où il en est, s'il a besoin de moi.

— Il aura besoin de toi, j'en suis sûre. C'est nouveau pour lui, tout le cirque des médias, il va avoir des moments de doute, il aura besoin de toi plus que jamais. » Elle se tut quelques secondes avant de lui demander doucement :

« Tu l'aimes beaucoup, n'est-ce pas ?

— Oui… convint-il après un petit moment de gêne. Oui, beaucoup.

— C'est bien. Tu veux un café ?

— Avec plaisir. »

Ils passèrent dans le coin cuisine, elle prépara deux expressos avec sa nouvelle machine ; le jour se levait sur le parc de Bercy.

« Je ne suis pas certain qu'il aura des moments de doute, en réalité, dit Paul. Je ne lui en ai jamais vu. Des moments de pure fatigue physique, oui ; mais le doute, je ne crois pas qu'il connaisse. Et toi ? Ton travail ?

— Oh, moi... Projet rectificatif de loi de finances, enfin ce genre de choses, ça n'a pas tellement changé. Il faut que je me prépare, dit-elle après avoir terminé son café, j'ai un rendez-vous ce matin à neuf heures.

— Moi aussi il faut que j'aille à Bercy, j'ai besoin de consulter des statistiques de l'an dernier. On peut y aller ensemble, si tu veux. »

Ils traversèrent le parc de Bercy, l'air était froid et sec mais le ciel bas, gris, et il allait vraisemblablement le rester toute la journée. Cela faisait des années, songeait Paul, qu'ils n'étaient pas partis ensemble, comme ça, au travail. À la hauteur du jardin Yitzhak Rabin, elle glissa son bras sous le sien. Il eut un petit choc, comme si son cœur avait manqué un ou deux battements ; puis il se reprit, serra le bras de Prudence avec force.

Les deux semaines qui suivirent furent pour lui une période étrange. Il reprenait contact avec les rouages de cette administration qu'il avait de fait un peu perdue de vue ; pour la première fois depuis au moins un an, il quitta l'étage du ministre pour des réunions avec les directeurs. Il avait en réalité joué un rôle de chef de cabinet, pendant tout ce temps, il avait eu complètement la main sur l'agenda de Bruno et sur ses déplacements. Mais le véritable chef de cabinet, qu'il revoyait pour la première fois depuis la mi-novembre, ne lui en tenait pas du tout rigueur ; il appréciait peu ces tâches d'organisation, qui s'apparentaient à ses yeux à du secrétariat à peine amélioré, et surtout ça lui avait permis de dégager davantage de temps pour sa véritable passion : la législation fiscale.

De plus en plus souvent, maintenant, il partait au travail le matin avec Prudence. Elle passait son bras sous le sien dès le début du trajet, ils échangeaient des bises avant de se quitter dans le hall d'entrée du ministère, mais ils n'essayaient pas d'aller plus loin. Elle lui avait appris que, contrairement à ce qu'il croyait, les rencontres wicca auxquelles elle participait ne regroupaient pas des gens du quartier, mais des employés de Bercy – presque à tous les niveaux, de la secrétaire au directeur de service. Ainsi, les fonctionnaires qui pilotaient l'économie du pays se laissaient séduire par la magie blanche ; c'était curieux.

Le soir c'était différent, il rentrait rarement avant minuit, il travaillait maintenant beaucoup plus qu'elle, la quantité de dossiers que Bruno parvenait à suivre personnellement était effarante, un soir il se livra à une sorte de décompte et conclut que trois inspecteurs des finances à plein-temps, d'ici la présidentielle, seraient nécessaires pour assurer l'intérim. Ses propres capacités de travail étaient à peu près inchangées, depuis le temps déjà lointain de ses études. Il le constatait sans s'en réjouir, sans s'en affliger non plus, travailler beaucoup ou peu lui était indifférent. Il traversait manifestement une espèce de stase, à tous les niveaux de sa vie, dans ce sens travailler beaucoup était probablement mieux, cela chassait efficacement toute pensée – sur Prudence, sur son père, sur Cécile. Vers deux ou trois heures du matin, il regardait des documentaires de la chaîne *Animaux*. Prudence dormait depuis longtemps, elle s'était probablement endormie sur un livre d'Anita Brookner.

Au soir de sa première rencontre avec le chef de cabinet, un documentaire consacré aux NAC, les nouveaux animaux de compagnie, s'attardait particulièrement sur le cas de la mygale. Grande araignée des régions chaudes, dotée d'un venin puissant, la mygale ne supporte la compagnie d'aucun autre animal, elle attaque systématiquement toute créature vivante introduite dans sa cage, y compris les autres mygales, y compris son propriétaire, et même lorsque celui-ci la nourrit depuis des années elle continue à l'attaquer, tout sentiment d'attachement lui reste à jamais étranger. En résumé, comme le concluait le commentateur du documentaire, la mygale « n'aime pas les êtres ».

7

Paul ne revit Bruno que deux semaines plus tard, le 20 janvier ; il avait pris rendez-vous avec lui à midi. Il toqua à la porte, il lui semblait entendre quelqu'un chanter dans l'appartement de fonction. Une fille vêtue d'un body mauve lui ouvrit aussitôt. « Vous êtes Paul ? Je suis Raksaneh – c'est un prénom iranien. Je suis au courant qu'il faut que je vous le laisse cet après-midi. » Elle pouvait avoir vingt-cinq ans, son visage mat était surmonté par une masse touffue de cheveux noirs et bouclés, et elle dégageait une vitalité hors du commun, on avait l'impression qu'elle pouvait à tout instant se lancer dans des sauts périlleux et des cabrioles, uniquement pour dépenser son énergie physique excédentaire. Il écouta avec davantage d'attention : quelqu'un chantait en effet dans la salle à manger ; il avait du mal à y croire, mais ça semblait bel et bien être la voix de Bruno.

Un beau jour, ou peut-être une nuit
Près d'un lac, je m'étais endormie
Quand soudain, semblant crever le ciel,
Dans un battement d'ailes,
surgit un aigle noir.

Il s'interrompit en les voyant pénétrer dans la pièce, vint vers Paul et lui serra la main. Vêtu d'un tee-shirt, d'un pantalon de jogging et de tennis, il débordait d'énergie lui aussi, Paul ne l'avait jamais vu comme ça. Un tapis de course était installé dans un coin de la pièce, une table de maquillage dans l'autre.

« Je ne voulais pas t'interrompre... dit Paul.

— Si si, le coupa Raksaneh, vous avez des choses à voir ensemble, je sais, je vous laisse dans cinq minutes. Il est bon, non ? Enfin il ne s'agit pas d'en faire un chanteur évidemment, on fait juste ça en début de séance, pour se chauffer. Le plus important c'est la diction.

— La diction ?

— Oui, personnellement j'utilise surtout Corneille. Les imprécations de Camille ? » poursuivit-elle avec un petit signe de tête à l'intention de Bruno, qui embraya aussitôt, d'une voix forte et bien scandée :

Rome, unique objet de mon ressentiment !
Rome, à qui ton bras vient d'immoler
mon amant !

Rome qui t'a vu naître, et que
ton cœur adore !
Rome enfin que je hais parce qu'elle
t'honore !

— C'est ce qu'elle lance à son frère après qu'il a tué Curiace, c'est ça ? demanda Paul.

— Exactement, et juste avant qu'il ne la tue, elle. Après, évidemment, on remplace par la politique économique de la France ; mais, à mon avis, si on sait faire Corneille on sait tout faire. Un peu plus ? » demanda-t-elle à Bruno d'un ton taquin, presque tendre. Il s'exécuta aussitôt avec bonne humeur :

Puissent tous ses voisins ensemble conjurés
Saper ses fondements encore mal assurés !
Et si ce n'est assez de toute l'Italie,
Que l'Orient contre elle à l'Occident s'allie ;
Que cent peuples unis des bouts
de l'univers
Passent pour la détruire et les monts
et les mers !
Qu'elle-même sur soi renverse
ses murailles,
Et de ses propres mains déchire
ses entrailles !
Que le courroux du ciel allumé
par mes vœux
Fasse pleuvoir sur elle un déluge de feux !
Puissé-je de mes yeux y voir tomber
ce foudre,

Voir ses maisons en cendre,
et tes lauriers en poudre,
Voir le dernier Romain à son dernier soupir,
Moi seule en être cause, et mourir de plaisir !

« Il a une mémoire incroyable... commenta Raksaneh, il lit un texte une fois et il le sait, je n'ai jamais vu ça. Bon, j'ai dit que je vous laissais, vous avez du travail. » Plus petite que lui de vingt centimètres, elle se haussa sur la pointe des pieds pour faire la bise à Bruno – involontairement, Paul jeta un regard à ses petites fesses rondes, bien moulées dans son body. Elle récupéra sur une chaise un sac à main et un manteau de fourrure – ça semblait être une sorte d'uniforme, chez le personnel féminin de Confluences – avant de s'éclipser.

« C'est... surprenant, commenta Paul en s'asseyant à la table de la salle à manger, mais ça a l'air de te réussir.

— Oui, c'est vrai, il ne faudrait peut-être pas que ça dure des années, mais pour l'instant j'aime bien. On va déjeuner, si tu veux. Tu me racontes comment ça se passe de ton côté ?

— Je t'ai fait un mémo, répondit Paul en sortant une dizaine de pages de son porte-documents. Enfin tu verras, mais à mon avis tout est à peu près d'équerre. »

Bruno lut rapidement mais attentivement les pages, Paul était persuadé qu'il les mémorisait aussitôt au fur et à mesure, c'était agréable, quand même, de travailler avec un surdoué. Alors qu'il avait presque fini le majordome entra, posa leurs assiettes sur la table.

« Cabillaud et haricots verts, commenta Bruno, je t'ai écouté. Bon, tu vois un truc à régler d'urgence ?

— Juste le directeur de la STDR, c'est dans la dernière page.

— La cellule de régularisation fiscale ? Qu'est-ce qu'ils veulent ?

— On a quelques gros retours, en particulier Mercœur. Ils veulent lui réclamer les impôts impayés, je ne suis pas sûr que ce soit une bonne idée.

— Mercœur, c'est celui qui a créé une chaîne de boulangeries françaises au Vietnam ?

— En Thaïlande, aussi, et surtout en Inde. C'est une grosse chaîne en Inde, huit cents points de vente je crois.

— Attends... Attends, je ne comprends pas bien, là. Tu as un type qui crée mille croissanteries en Asie, il veut rentrer payer ses impôts en France, et on lui réclame ses impayés !... Ils ne veulent pas lui coller des pénalités de retard, en plus ? On amnistie évidemment, je les appelle cet après-midi. Tu n'es pas d'accord ? Il attaqua son pavé de cabillaud avec entrain.

— Si si, je n'ai rien dit, c'est toi qui décides. Mais je ne t'avais jamais vu aussi carré, aussi dynamique, ça te fait du bien cette campagne électorale, en réalité... » Paul entama, plus lentement, son plat. « J'ai l'impression que ton deuxième quinquennat va être encore plus actif que le premier...

— Deuxième si tu veux, en un sens ce sera le premier, avec le président je n'ai jamais totalement eu les coudées franches, tu sais.

— De ce point de vue-là, Sarfati c'est comme tu pensais ? Pas de mauvaise surprise ?

— Écoute, on se voit deux fois par semaine pour faire le point. Notre première conférence de presse commune c'est lundi, ce sera un gros truc, avec toute la presse économique mondiale. Politiquement je ne pense pas qu'il ait beaucoup d'idées, mais économiquement je suis certain qu'il n'en a aucune. C'est un détail, mais on ne s'est jamais vus à Bercy, ça ne l'intéresse pas. Il préfère l'Élysée, Matignon, des décors comme ça. Moi, s'il ne met pas les pieds à Bercy de tout le quinquennat, ça me convient parfaitement. Mais tu ne l'as pas vu à la télé, tu n'as pas suivi le début de la campagne ?

— Je n'ai pas eu tellement le temps, à vrai dire.

— Oui, c'est vrai que tu as beaucoup bossé. » Il saisit à nouveau le mémo de Paul. « Mais là ça va se calmer pour toi, je pense qu'on est bons maintenant. Tu n'as pas eu le temps d'appeler Martin-Renaud, non plus ?

— Ils ont du nouveau ?

— Il y a eu un nouvel attentat.

— Où ça ? J'ai l'impression qu'on n'en a pas parlé.

— C'est vrai, presque pas ; mais la France n'est pas concernée cette fois, c'est une entreprise danoise qui a été visée, Cryos. C'est une grosse entreprise, le leader mondial sur le marché de la vente de sperme. C'était un incendie criminel, leurs locaux ont été entièrement détruits. Il n'y a pas de répercussions économiques pour nous, ils n'ont pas de concurrent français, en France le don de sperme est gratuit. Enfin évidemment il y a des clientes françaises qui contournent la législation, qui achètent sur Internet.

— Oui, ça je sais… » Il n'avait aucune envie de repenser à Indy.

« Ils n'ont toujours aucune piste, c'est le même type de message, les mêmes caractères bizarres. Mais il n'y a pas de vidéo cette fois, juste une image fixe. En tout cas, les terroristes ont un certain sens du contexte : cette fois, ils ont piraté des sites pornos. »

8

De retour chez lui Paul se connecta sur Xvideos, hésita quelque temps entre « Coq affamé sucer chérie » et « Enchantement un castor succulent », tous deux proposés sur la page d'accueil, puis il passa à la page 2. « Guy reçoit une circonscription zélée » n'était pas tellement plus clair, mais de toute façon le film n'avait démarré que depuis trente secondes, et l'actrice avait à peine eu le temps d'ôter son string, lorsque le message vint se superposer. Il y avait l'habituelle juxtaposition de pentagones et de cercles, puis un texte écrit avec les caractères habituels, mais cette fois nettement plus long, au moins une cinquantaine de lignes, et il se concluait par deux nombres ; apparemment, donc, ce langage ne disposait pas de caractères spécifiques pour les chiffres. On arrivait ensuite sur une carte, ou plutôt un plan de ville, vraisemblablement capturé sur Google Maps. Les noms de rue avaient des consonances scandinaves, ça pouvait très bien être du danois, en effet. Le siège social de Cryos International, l'entreprise visée par l'attentat, était situé entre Vester Allé et Nørre Allé, au milieu d'une petite rue appelée Vesterbro Torv.

Il laissa un message sur le portable de Martin-Renaud, puis après un temps d'hésitation appela Doutremont. Il était dans son bureau, et la standardiste le lui passa aussitôt. Il paraissait accablé, et son élocution se ralentit nettement dès que Paul prononça le mot « Danemark ». Il répondit, pourtant. Paul était un serviteur de l'État, comme lui, et hors cas de secret défense avéré les serviteurs de l'État se doivent mutuellement secours et assistance, un peu comme les époux dans le mariage, c'est du moins la conception qu'il avait du service de l'État.

« Ce n'est pas trop confidentiel, ce que je vous demande ? s'inquiéta Paul.

— Ça pourrait être confidentiel si on avait quelque chose ; mais pour l'instant on est au point mort, comme les fois précédentes d'ailleurs. Tout ce qu'on peut dire, c'est que les terroristes sont très professionnels : ils ont utilisé un mélange de napalm et de phosphore blanc, ce sont des moyens militaires. Si les gardiens de nuit ont réussi à s'échapper à temps, et qu'il n'y a eu aucune victime, c'est presque un miracle.

— Mais cette fois la France n'est pas du tout concernée, n'est-ce pas ?

— Apparemment pas, mais il y a quand même un détail bizarre. Je suppose que vous avez vu les deux nombres à la fin du message. Le premier, 1039, correspond au numéro de dossier d'une cliente française ; le second, 5261, au numéro de dossier d'un donneur français ; et c'est le sperme de 5261, si je puis dire, qui a servi à féconder 1039. Les collègues danois nous ont fourni les coordonnées de nos compatriotes : un étudiant en école de commerce et une lesbienne ordinaire, en couple depuis cinq ans. Ils ne se sont jamais rencontrés, ne sont pas fichés par ailleurs, inconnus des services de police, enfin rien ne paraît faire sens. Mais rien ne paraît faire sens, depuis le début, dans ce dossier. Après les attentats contre les porte-conteneurs chinois, on était tenté de soupçonner un groupuscule d'ultragauche, disons que c'était l'idée qui venait en premier lieu ; mais là, une banque de sperme, bien que ce soit également une entreprise capitaliste, ça ne fait pas partie des cibles traditionnelles de l'ultragauche ; plutôt des catholiques intégristes, je dirais. On en a quelques-uns de fichés ; mais les catholiques intégristes n'ont jamais montré aucune maîtrise des outils de piratage Internet ; pas davantage que l'ultragauche, et même plutôt moins en fait. »

Après l'avoir remercié assez machinalement de son appel, Doutremont raccrocha ; il avait vraiment eu l'air découragé. C'était un drôle de métier, quand même, que faisaient ces gens, et que son père faisait avant eux, se dit Paul. Sans vraiment le vouloir, presque machinalement, il vérifia : 1039 et 5261 étaient effectivement des nombres premiers. Peu après, Martin-Renaud le rappela. Il faillit lui parler des nombres premiers, s'abstint de justesse, dans l'ensemble c'est préférable de dire aux gens ce qu'ils sont plus ou moins préparés à entendre ; il se contenta donc de considérations générales sur la DGSI et sur la difficulté de leur travail. De fait, répondit Martin-Renaud, son subordonné n'était pas en ce moment dans une position facile. Lui-même avait eu un cas comme ça, dans sa carrière, un cas de blocage total, Doutremont c'était la première fois. « Ça vous marque, vous savez, on ne l'oublie pas, ajouta Martin-Renaud. Votre père aussi, ça lui est arrivé. C'était quelqu'un d'exceptionnel, votre père, vous savez. »

Son affection et son admiration étaient manifestement sincères, mais quand même il avait dit « était », remarqua Paul malgré lui. Martin-Renaud fut heureux d'apprendre la sortie du coma d'Édouard, son transfert dans une unité de soins compétente ; ils devaient se connaître mieux qu'il ne l'avait laissé entendre la dernière fois. Plusieurs collègues de son père lui avaient rendu visite à Saint-Joseph, même après son départ à la retraite, ils s'isolaient dans son bureau pour parler de sujets plus ou moins *secret défense*, enfin c'est ce qu'il s'imaginait à l'époque. Il n'avait aucun souvenir de Martin-Renaud, mais il faut dire qu'il n'avait pas tellement vu son père non plus, ces dernières années.

Avant de raccrocher Paul lui rappela qu'il était le bienvenu, quand il voulait, dans le Beaujolais, s'il avait envie de rendre visite à Édouard. Son père le reconnaîtrait certainement, il reconnaissait ses visiteurs, c'était une certitude. À ce moment il aurait aimé appeler Martin-Renaud par son prénom, mais il l'avait oublié, ou plus probablement il ne l'avait jamais su, était-ce Gilles ? Il avait une tête à s'appeler Gilles.

Malgré son attitude affable, Paul ne s'était jamais senti tout à fait à l'aise avec lui, et la chaîne *Animaux* lui apporta une détente bienvenue. Il s'agissait cette fois des rats. Les rats sont des animaux sociaux, vivant en colonies ; chaque colonie a un chef qui intervient dans le partage de la nourriture, sert d'arbitre dans les conflits, conduit la colonie vers de nouveaux territoires. On peut distinguer trois espèces, entre lesquelles les rapports s'établissent comme suit : un rat noir (*rattus rattus*) pénétrant sur le territoire d'une colonie de surmulots (*rattus norvegicus*) est pris à partie et chassé. Lorsqu'à l'inverse un surmulot, de gabarit supérieur, pénètre sur le territoire d'une colonie de rats noirs, il est menacé, mais rarement attaqué ; enfin, aucun rat ne manifeste d'hostilité à la souris (*mus musculus*).

Il finit par se lasser des rats, et passa quelque temps sur *Chasse et pêche*, puis il coupa le son et appela Cécile, qui décrocha presque aussitôt. Tout allait bien, lui dit-elle, il y avait même une grande nouvelle, c'est que leur père parvenait maintenant à cligner des yeux, et qu'ils pouvaient par conséquent communiquer avec lui. Ils utilisaient le code de communication le plus simple, le plus employé avec les malades dans cet état : il fallait lui poser des questions auxquelles il pouvait répondre par oui ou non. Il clignait des yeux pour dire oui, restait immobile pour dire non. C'était étonnant, commenta-t-elle, comme on pouvait aller loin dans la conversation, juste avec oui et non. La déglutition ça progressait bien aussi, l'orthophoniste était contente, elle pensait qu'il pourrait s'alimenter normalement dans une ou deux semaines, elle était impatiente de pouvoir lui préparer des plats. Ils voyaient moins Madeleine maintenant, elle passait toute la semaine à Belleville, elle s'était vraiment installée sur place, ça se passait bien avec les infirmières, enfin elle voyait surtout Maryse, tu te souviens Maryse la petite noire, ajouta-t-elle, oui il se souvenait. Aurélien n'était pas encore revenu, il avait du mal à se libérer, mais il pensait pouvoir le faire bientôt, il avait demandé à être affecté sur un chantier dans la région, ça lui permettrait de rester plus longtemps que les week-ends.

« Et toi ? demanda Cécile, quand est-ce que tu peux venir ? Enfin, je me doute que tu n'as pas beaucoup de temps en ce moment, avec la présidentielle. » Même Cécile tenait compte de la présidentielle, constata-t-il avec un peu de surprise, c'était vraiment un rouleau compresseur médiatique, cette élection. « Ça devrait bientôt se calmer, dit-il finalement, on sera bientôt dans le dur, je n'aurai plus tellement à intervenir. » Au moment même où il prononçait cette phrase il se rendit compte que c'était vrai, la conférence de presse commune avec Sarfati, lundi prochain, marquerait le vrai début de la campagne électorale de Bruno. Bien sûr il serait là surtout en soutien technique, en fond de court, comme l'avait dit Solène Signal, mais ce serait quand même une vraie campagne, avec l'épuisement et le stress qui en découlent. Sarfati de son côté commençait à manifester quelques convictions timides, modérément progressistes, on commençait à anticiper que son quinquennat serait marqué par une ou deux réformes sociétales faciles, genre dépénalisation des drogues douces. Bruno n'avait aucune objection à ce sujet, Paul se souvenait d'avoir vu passer un dossier là-dessus, le terroir français se prêtait très bien à la culture du cannabis, bien mieux que la Hollande, en particulier dans le Périgord, le cannabis pouvait constituer une excellente solution de substitution à la culture traditionnelle du tabac – qui paraissait, elle, définitivement condamnée.

Bruno n'avait jamais été connu pour ses convictions politiques, il incarnait à l'extrême le technicien connaissant ses dossiers, c'était bien d'ailleurs l'austérité de son image qui l'avait empêché d'être choisi comme candidat par le président ; mais quand même, cette fois, il serait bien obligé d'en sortir, au moins de temps en temps, il serait « face au peuple français », dit-il à Cécile, et au moment même où Paul prononçait ces paroles il fut traversé par un doute immense et presque illimité sur la notion de *peuple français*, mais il ne pouvait pas parler de ça à Cécile, pas plus qu'à n'importe qui d'ailleurs, c'était trop négatif, trop décourageant, et en même temps trop vague dans son esprit. Il se contenta de l'embrasser, et de lui répéter qu'il reviendrait à Saint-Joseph dès que possible.

Immédiatement après qu'il eut raccroché, son doute se généralisa à l'ensemble de la communauté humaine. Il avait toujours bien aimé l'anecdote de Frédéric II de Prusse demandant à être enterré près de ses chiens, pour ne pas reposer au milieu des hommes, cette « race méchante ». Le monde humain lui apparut composé de petites boules de merde égotistes, non reliées, parfois les boules s'agitaient et copulaient à leur manière, chacune dans son registre, il s'ensuivait l'existence de nouvelles boules de merde, toutes petites celles-là. Comme cela lui arrivait parfois, un dégoût soudain l'envahit alors pour la religion de sa sœur : comment un dieu avait-il pu choisir de renaître sous la forme d'une boule de merde ? Des chants, pour ne rien arranger, célébraient l'événement. « Il est né le divin enfant », comment est-ce que ça pouvait se traduire en allemand ? « *Es ist geboren, das göttliche Kind* », ça lui revint d'un seul coup, c'était quand même agréable d'avoir fait des études, se dit-il, on acquiert un certain niveau. Depuis quelques années, il est vrai, les boules de merde copulaient en moins grand nombre, elles semblaient avoir appris à se rejeter, percevaient leur puanteur mutuelle et s'écartaient les unes des autres avec dégoût, une extinction de l'espèce humaine semblait à moyen terme envisageable. Demeureraient d'autres saloperies, telles que les cafards et les ours, mais on ne peut pas tout régler en même temps, se dit Paul. Au fond, il n'avait rien à objecter à la destruction d'une banque de sperme. L'idée d'acheter du sperme, et plus généralement de se lancer dans un projet reproductif qui n'avait même pas l'excuse du désir sexuel, de l'amour ou d'un sentiment du même ordre, lui paraissait même franchement écœurante.

Il n'avait pas de réelle objection non plus, il s'en rendit compte immédiatement après, à la destruction des porte-conteneurs chinois. Ni les industriels chinois, ni les transporteurs maritimes n'éveillaient en lui la moindre sympathie, tous concouraient à plonger dans une misère sordide la plus grande partie des habitants de la planète afin de poursuivre leurs visées bassement mercantiles, il n'y avait rien là qui puisse susciter une grande admiration.

Il ne devrait pas nourrir ce genre d'idées, se dit-il presque aussitôt, et il ralluma la chaîne *Animaux*. Du temps s'était écoulé, il était maintenant question des tapirs, principalement du tapir du Brésil (*tapirus terrestris*) et du tapir des montagnes (*tapirus pinchaque*), avec également quelques mentions du seul tapir asiatique, le tapir de Malaisie, ou tapir à chabraque. Dans tous les cas, il s'agissait d'animaux méfiants et solitaires, vivant au cœur des forêts, principalement la nuit ; leur vie sociale était nulle, et les couples ne se formaient que pour l'accouplement. En résumé la vie des tapirs paraissait incroyablement chiante, et il passa sur une chaîne sportive, mais le 110 mètres haies échoua à dévier le cours de ses pensées. Depuis le début, il s'était senti enclin à payer un tribut d'admiration à ces terroristes inconnus, pour leur exceptionnelle maîtrise des moyens informatiques et militaires, pour l'habileté aussi avec laquelle ils avaient réussi à éviter, depuis le début, le moindre dommage humain – quoi qu'en dise Doutremont, il ne voyait aucun miracle dans l'absence de victimes de l'attentat danois : ils avaient dû procéder comme avec les navires chinois, prévenir le personnel juste à temps pour qu'ils aient le temps de s'enfuir, tout en leur donnant un indice du sérieux de la menace. Il se connecta de nouveau à Internet pour en savoir plus sur l'attentat : en effet, c'était exactement ce qui s'était produit. Le bureau des gardiens de nuit avait reçu un appel téléphonique à trois heures du matin, les avertissant d'avoir à vider les lieux, cependant qu'un premier groupe de bureaux, que personne n'occupait à cette heure tardive, était ravagé par les flammes. Et bien que le siège de Cryos International soit situé en plein centre d'Aarhus, l'incendie était demeuré exactement circonscrit au périmètre de l'entreprise ; ces types étaient décidément très forts.

Le pire – mais pourquoi Prudence n'était-elle pas encore rentrée ? se demanda-t-il soudainement, il était presque vingt et une heures, il avait besoin d'elle maintenant, il avait besoin d'elle et de leurs conversations quotidiennes, mais là ce n'était pas possible, il ne pouvait pas l'attendre plus longtemps, il fallait qu'il se couche et qu'il essaie de dormir, peut-être est-ce que du saut à ski ferait l'affaire – le pire était que si l'objectif des terroristes était d'anéantir le monde tel qu'il le connaissait, d'anéantir le monde moderne, il ne pouvait pas leur donner tout à fait tort.

9

La conférence de presse avait lieu à midi dans les salons de l'hôtel Intercontinental, avenue Marceau. Il y avait en effet beaucoup de journalistes, plusieurs centaines certainement, Solène Signal était arrivée en avance et paraissait tendue, elle passa l'heure suivante à tirer alternativement sur ses cigarettes électroniques. Raksaneh, à ses côtés, était plus paisible, elle semblait avoir toute confiance dans son poulain, et en effet Bruno s'en sortait bien, c'est du moins ce qu'il semblait à Paul, il répondait avec aisance à toutes les questions, passant du transport aérien à la BCE, de la BCE aux énergies fossiles sans effort apparent, à plusieurs reprises il réussit à faire rire l'assistance, le type du *Wall Street Journal* en particulier était plié. Sarfati c'était moins évident, il ne répondait jamais vraiment aux questions, tentait presque à chaque fois de s'en sortir avec des blagues, ça ne marchait pas à tous les coups, avec le *Financial Times* en particulier il avait un peu merdé, estima Paul. Après la conférence, Solène proposa d'aller « prendre une mousse » ; en effet le bar de l'Intercontinental proposait ça, entre autres choses.

C'était la première fois que Paul voyait Bruno et Sarfati ensemble – c'était la première fois, en réalité, qu'il voyait Sarfati. « On est bien... » lâcha Solène en s'effondrant sur la banquette avant d'écarter les jambes, elle avait l'air épuisée. « Enfin en gros on est bien, pour l'instant on fait la course en tête, mais il reste trois mois. Le problème c'est qu'on est bien, mais que les autres ne sont pas mal non plus.

— Tu penses au type du RN ? demanda Sarfati.

— Oui évidemment, les autres ne comptent pas. Il est bon, ce petit mec, j'avoue qu'il m'épate.

— Tu sais qui s'occupe de lui ? »

Solène eut un sourire épuisé, comme s'il était superflu de répondre. « Bérengère de Villecraon » dit son assistant à sa place. Paul ne l'avait pas vu pendant la conférence de presse, mais c'était le type en costume gris de l'autre fois, celui qui ressemblait à un fonctionnaire de Bercy.

« Tu la connais, cette Bérengère ? » Sarfati n'avait pas l'air très au courant de ce dossier non plus. Solène eut une espèce de long rire bizarre, qui commençait en roulades d'opéra-comique pour se terminer en glapissements de grue, avant de s'exclamer en attaquant sa bière : « Si je la connais ? Je connais qu'elle, cette salope !... Une bonne pro, remarque, je dis pas le contraire ; il faut juste faire la preuve qu'on est meilleurs qu'elle. Pour l'instant on est bons, je te le répète ; si tu regardes les projections de second tour... »

Elle s'interrompit brusquement, jeta un regard furieux à son assistant. « Je n'ai rien dit... » protesta timidement le jeune homme.

« T'as failli, je t'ai entendu penser. Je sais ce que tu vas me dire : les chiffres n'ont aucune signification trois mois avant. T'as raison, mais on est quand même obligé de les regarder, on ne peut pas faire autrement. Donc, là, on est à 55. 55 c'est bien, je préfère 55 à 52, mais c'est trop juste, il faut qu'on donne l'impression de creuser l'écart, c'est autoréalisateur, si tu réussis à donner l'impression que tu creuses l'écart tu le creuses, et c'est maintenant que ça se passe. Donc, c'est vrai que j'aime pas ça, mais on va être obligés de faire appel à la gauche. »

Le pseudo-fonctionnaire de Bercy lui jeta cette fois un regard interloqué, et finit par répéter d'une voix éteinte :

« La gauche...

— Oui, la gauche !... Tu connais le terme, ça éveille quelque chose dans ta tête, t'en as entendu parler à Sciences Po ?

— Mais quelle gauche ?... finit par ânonner l'infortuné.

— Eh ben la gauche, la vraie gauche, la vieille gauche !... Là, par exemple, Laurent Joffrin va me faire un truc dans *L'Obs* la semaine prochaine.

— Il n'est pas mort, Laurent Joffrin ?

— Pas le moins du monde ! Il est en pleine forme mon Groslolo, il fait son jogging tous les matins sur la plage de Dieppe. Je viens de lire son papier, "Un fascisme propre sur lui", c'est tout joli tout mignon, comme il sait faire. Évidemment ça va pas suffire, il en faut plein comme ça, des gauche morale un peu vieux, et peut-être deux ou trois juifs si on en trouve, pour le devoir de mémoire. On fait mousser tout ça jusqu'à l'élection, on prend notre temps, l'idée c'est de faire bouger les centristes humanistes, tu vois, les gros mous de l'école Duhamel, et si les gros mous se décident à bouger leurs gros culs, et disent qu'il faut être terrifié, là ça fait la blague, on est dans les clous. En même temps... » elle se retourna vers Bruno, la bière lui avait visiblement fait du bien, elle carburait de nouveau à plein régime, « ce qui serait pas mal, ça serait de dézinguer un peu leurs propositions économiques. Tu te sens de le faire mercredi sur LCI ?

— Là, ça va être un peu difficile, répondit doucement Bruno.

— Et pourquoi donc, je te prie ?

— Parce qu'ils ont exactement les mêmes que les nôtres. Ils approuvent entièrement tout ce qui s'est fait en matière économique ces cinq dernières années.

— Ah... Celle-là je l'avais pas captée, autant pour moi. » Elle réfléchit un instant, fit signe au serveur de renouveler sa consommation. « Eh ben écoute ! s'exclama-t-elle immédiatement après, en un sens c'est encore mieux, c'est excellentissime. Là, t'attaques sur le thème : "Vos propositions n'ont rien d'innovant, et si votre idée est simplement de continuer la même politique, nous sommes les mieux placés pour le faire", et tu déroules. Et en plus ça sera vrai !... » conclut-elle, au paroxysme de la satisfaction.

Les destinées se poursuivent, elles ne se croisent que rarement, et leurs bifurcations sont encore plus inhabituelles ; mais ces bifurcations adviennent cependant, de temps à autre. Ce même jour dans l'après-midi, Aurélien avait rendez-vous à la Direction Générale des Patrimoines, au ministère de la Culture. Il se présenta à l'heure dite, attendit quelques minutes dans un couloir plutôt sale. On ne pouvait au moins pas dire qu'ils profitaient de leurs fonctions pour s'aménager un environnement de travail agréable : l'ameublement était d'un vert terne impeccablement administratif, et les rares affiches qui décoraient les murs auraient eu leur place au siècle dernier dans une MJC de la banlieue communiste.

Jean-Michel Drapier, le directeur général des Patrimoines, correspondait parfaitement à son environnement, et il accueillit Aurélien sans dissimuler sa tristesse. « J'ai une bonne nouvelle pour vous, dit-il d'une voix morte, enfin je suppose que c'est une bonne nouvelle. C'est bien vous qui aviez souhaité bénéficier d'un poste en Bourgogne pour des raisons de famille ? » Aurélien acquiesça.

« Bien, j'ai une mission pour vous, enfin une possibilité de mission : la restauration des tapisseries du château de Germolles ; c'est près de Chalon-sur-Saône. » Il prit un mince dossier sur son bureau, le considéra avec surprise avant de poursuivre, s'y référant au fur et à mesure, il le redécouvrait visiblement en même temps.

« Le château en lui-même n'est pas mal, enfin historiquement parlant : il a été acquis en 1380 par Philippe le Hardi, le premier duc de Bourgogne. Il a ensuite appartenu à Jean sans Peur, Philippe le Bon et Charles le Téméraire, avant de passer à la couronne royale. Du point de vue patrimonial, il y a un assez bel ensemble de sculptures dû à Claus Sluter, on l'a restauré l'an dernier. Les peintures murales aussi, Jean de Beaumetz et Arnoult Picornet, c'est ça qu'on a restauré en premier, comme d'habitude, ça fait déjà dix ans. Et puis, il y a les tapisseries... »

Il eut un geste fataliste. « Je ne vous le cache pas, elles ont souffert, il y a eu un incendie, des intempéries, enfin vous verrez les photos. En ce moment vous êtes sur la reine Mathilde de Hongrie, c'est bientôt fini, non ?

— Je termine à la fin de la semaine.

— Bien, c'est bien. C'est important, Mathilde de Hongrie... » Il eut un geste gracieux de la main, des volutes modérées, qui évoquait assez bien l'importance historique et patrimoniale de Mathilde de Hongrie. « Je pourrais vous mettre sur le château de Germolles deux jours par semaine, poursuivit-il. Le lundi et le mardi par exemple, ou bien le jeudi et le vendredi, comme ça vous arrange, si vous voulez passer le week-end dans votre famille.

— Trois jours, ça ne serait pas possible ?

— Je crois que ça va être difficile. » Il réfléchit un instant. « Votre autre chantier c'est le château de Chantilly, n'est-ce pas ? »

Aurélien acquiesça. « Alors non, répondit tristement Drapier, je ne vais pas pouvoir, Chantilly est prioritaire. Il y a plus de touristes à Chantilly, enfin vous savez comment les priorités sont fixées... » conclut-il sur un ton d'excuse, il semblait s'affaisser de plus en plus dans son siège. « Il y a un point sur lequel il faut qu'on soit bien clairs », dit-il en se relevant avec une inquiétude soudaine. « Vous prenez vous-même en charge votre hébergement et vos transports, n'est-ce pas ? Il ne sera pas question de défraiement ? »

Aurélien confirma. « Parce que, évidemment, notre ligne de crédit sur le château de Germolles… Enfin, disons qu'elle n'est pas énorme, et en plus on est assez dépendants du bon vouloir du conseil départemental. Mais vous commencez à être habitué, n'est-ce pas ? Ça fait dix ans que vous êtes chez nous, maintenant ? »

Cela faisait dix ans, en effet, presque jour pour jour. Que pouvait faire Aurélien, sinon acquiescer une nouvelle fois ? Il acquiesça. Drapier retomba aussitôt dans un silence accablé.

En sortant du ministère de la Culture, Aurélien entra dans le premier café venu, commanda une bouteille de muscadet. Peu habitué à l'alcool, il en ressentit rapidement les effets ; l'alcool était peut-être une solution, se dit-il, une solution partielle. Une recherche Internet rapide lui apporta une bonne nouvelle : le château de Germolles n'était qu'à quatre-vingt-dix kilomètres de Villié-Morgon, presque tout par l'autoroute A6, c'était un parcours facile. Les photos des tapisseries, par contre, auraient eu de quoi conduire au suicide n'importe quel restaurateur d'art ; limiter les dégâts, c'était tout ce qu'il allait pouvoir faire.

Un problème immédiat se posait : il n'avait pas envie de rentrer chez lui, il avait envie d'être n'importe où mais pas chez lui, ce n'était pas nouveau mais ça s'aggravait de semaine en semaine, et maintenant de jour en jour. Ce n'était quand même pas normal, se dit-il, d'avoir peur de retrouver sa femme, simplement peur, il n'y avait pas d'autre mot. Elle allait forcément gueuler, d'une manière ou d'une autre, passer sur lui les frustrations d'une journée décevante, au sein d'une carrière journalistique qui répondait de moins en moins à ses espérances, ce n'était jamais une bonne idée d'épouser une ratée, un raté non plus d'ailleurs mais il ne se considérait pas comme un raté, il aimait les tapisseries du Moyen âge, son travail minutieux et solitaire lui plaisait, il n'avait jamais envisagé d'en changer.

S'il rentrait tard ce serait encore pire, elle y verrait une raison supplémentaire de piquer une crise, elle sortait presque tous les soirs dans l'espoir de maintenir des contacts qui s'avéraient de plus en plus problématiques, elle aurait aimé qu'on la *mette sur un gros coup*, des gros coups il y en avait encore mais ils n'étaient pas pour elle, son temps était passé voilà tout, il était passé sans même être véritablement advenu, elle sortait donc, elle « dînait en ville », et elle tenait à ce que quelqu'un reste avec Godefroy pendant ces soirées, c'était pourtant manifestement inutile, son fils, enfin ce qui servait à Aurélien de fils, son colocataire masculin, restait cloîtré dans sa chambre, sur les réseaux sociaux probablement, et ne l'aurait quittée sous aucun prétexte.

Il se resservit un verre en songeant qu'il n'avait même pas encore trouvé le courage d'avouer à sa femme, et cela serait certainement l'occasion d'une nouvelle scène, que les espoirs financiers qu'elle avait placés dans la vente des sculptures de sa mère étaient largement exagérés, la cote de Suzanne Raison s'était littéralement effondrée. Il avait consulté trois marchands d'art dont les avis convergeaient, une de ses sculptures pouvait maintenant se négocier autour de mille à deux mille euros, pas davantage, et cela prendrait probablement très longtemps pour trouver des acquéreurs, peut-être même n'en trouverait-on jamais, descendre encore plus bas n'aurait servi à rien, il n'y avait simplement plus de demande. Il n'y était évidemment pour rien, mais elle l'accuserait une fois de plus d'être un minable, ça n'allait pas manquer.

Aurélien ne s'était naturellement pas rendu compte tout de suite qu'il avait épousé une merde, et de surcroît une merde vénale, c'est une chose qu'on ne réalise pas immédiatement, il faut un minimum de quelques mois pour comprendre qu'on va vivre en enfer, et qu'il ne s'agit pas d'un enfer simple, les cercles sont nombreux, il s'était enfoncé au fil des ans dans des couches successives, de plus en plus oppressantes, de plus en plus noirâtres et irrespirables, les mots acrimonieux qu'ils échangeaient chaque soir se chargeaient chaque fois un peu plus de haine pure. Elle ne le trompait probablement pas, ou peut-être juste un peu, elle devait se laisser occasionnellement troncher par un stagiaire qui ajoutait encore foi à son aura de grande journaliste, qui lui supposait une importance dans l'organigramme, l'ambition inassouvie avait dévoré beaucoup de choses en elle, demeurait son désir intarissable de montrer qu'elle était une fille cool, moderne et sympa, et qu'elle avait de nombreux contacts dans le milieu. Depuis deux ou trois ans Aurélien jouait avec l'idée de la tuer, par empoisonnement parfois, par étranglement le plus souvent, il imaginait sa respiration se raréfiant peu à peu, les craquements de ses cervicales. C'étaient des rêveries absurdes, il ne connaissait rien à la violence, il ne s'était jamais battu, ou plutôt il ne s'était jamais défendu. Il avait par contre été, pendant des années, régulièrement humilié et battu par des garçons plus âgés. Cela se passait en général très vite, une course désespérée dans les couloirs du collège, quelques supplications vaines, puis ils l'amenaient devant leur chef, un grand noir très corpulent, au moins cent kilos de graisse et de muscles, qu'ils appelaient « le monstre ». Ils le forçaient ensuite à s'agenouiller, il revoyait le sourire heureux, presque cordial du monstre au moment où il ouvrait sa braguette pour lui compisser le visage, il tentait de se dégager mais les autres le maintenaient solidement, il se souvenait de l'odeur de sa pisse aigre. Cela avait duré deux ans, entre l'âge de huit ans et celui de dix, et avait constitué son premier vrai contact avec la société humaine. Il n'avait, depuis, jamais été capable de violence physique.

La solution avec Indy lui était connue, l'alcool était supposé donner du courage, et il lui faudrait du courage pour déclencher les hostilités du divorce. Elle allait demander la moitié des biens évidemment, et l'obtenir ; elle allait demander une pension alimentaire, et l'obtenir également, restait à fixer son montant. Dans les divorces, d'après le peu qu'en savait Aurélien, il est essentiel d'avoir un bon avocat. Il connaissait des liciers, de haute comme de basse lice, des ferronniers, des estampeurs, des ébénistes ; il ne connaissait aucun avocat, et il en avait choisi un à peu près au hasard. Indy connaissait certainement des avocats redoutables, avocat et journaliste c'était un peu pareil, enfin ça lui paraissait appartenir au même monde un peu louche, en prise directe avec le mensonge, sans contact immédiat avec la matière, la réalité, ni avec une quelconque forme de travail. Il était, il ne fallait pas se le dissimuler, bien mal parti.

La bouteille de vin était presque finie, ça coulait vite ce truc ; il jeta un regard dans le café autour de lui, à moitié plein à moitié vide, et fut pénétré par l'immédiate et absolue certitude qu'il n'y avait personne dans ce café, absolument personne, et probablement très peu de gens dans le monde, qui pourraient l'écouter, sympathiser avec lui, partager ses peines. Le soir tombait maintenant, Aurélien avait fini sa bouteille, et il se trouvait plus que jamais, plus qu'à aucun autre moment de sa vie, dans une situation d'impasse absolue.

À peu près à la même heure, dans le centre de Lyon, Cécile sonnait à la porte de son premier client. Elle leur avait été envoyée par Marmilyon.org, c'était le nom du site. Il s'agissait certainement d'une start-up, du moins c'était l'idée qu'elle s'en faisait, il n'y avait qu'un seul employé, qu'elle n'avait jamais vu, tout s'était passé par téléphone et surtout par Internet. Ils fournissaient des engagements à quatre cuisiniers : un Italien, un Marocain, une Thaïe – et à partir d'aujourd'hui Cécile, pour la cuisine française, c'était leur dernière innovation, pour les clients qui souhaitaient « se faire un plan terroirs », comme ils l'indiquaient sur leur site.

Elle fut accueillie par une femme blonde, plutôt belle, d'une quarantaine d'années, elle avait réservé trois jours auparavant, elle organisait ce soir un dîner de douze personnes, cela laissait à Cécile trois heures pour la préparation du repas, c'était ce qu'elle avait prévu, elle n'était pas inquiète.

L'appartement était gigantesque, ça devait être ce qu'on appelle un loft, mais les lofts sont d'habitude installés dans un ancien atelier, là on avait l'impression qu'ils occupaient l'usine entière, il lui sembla distinguer en traversant des salons de réception et des pièces de jeu qui s'enchaînaient presque à l'infini.

La cuisine était elle aussi très grande, avec un immense plan de travail central en pierre de lave. « J'ai fait les courses selon vos instructions... » dit la femme avec un petit rictus d'agacement, cela ne lui plaisait visiblement pas d'avoir reçu des instructions de Cécile, mais elle n'y pouvait rien, les courses ne faisaient pas partie des prestations proposées par le site. « Je ne vous présente pas les équipements, ce ne sont que des choses classiques... » poursuivit-elle avec un geste impatient, des choses classiques certes mais de la meilleure qualité, en tout cas parmi les plus chères, la collection de couteaux de cuisine en particulier était impressionnante, des Haiku Itamae, il y avait même une cuisinière La Cornue, tout cela semblait avoir très peu servi, donnait l'impression de sortir directement du catalogue.

Cécile se mit au travail et se détendit peu à peu, la cuisine lui produisait toujours cet effet, et c'était heureux parce qu'elle commençait à pressentir qu'elle n'allait pas aimer cette femme, ni ses invités. Deux options étaient proposées aux clients : soit elle partait, les préparatifs du repas une fois terminés ; soit elle restait pour assurer le service à table, puis pour faire la vaisselle et pour ranger. Malheureusement la cliente avait choisi la seconde option, elle devrait probablement rester jusqu'à minuit au moins. Hervé était rentré à Saint-Joseph, il repasserait la prendre tout à l'heure.

Après avoir lancé la blanquette de veau elle se concentra sur le dessert, ce serait le gros morceau, le fraisier n'est pas un gâteau facile, ça faisait des années qu'elle n'en avait pas fait mais elle se sentait bien, à l'aise, sûre d'elle. Les entrées ne poseraient aucun problème, un céleri rémoulade tout bête et des asperges sauce hollandaise, elle ferait sa sauce en dernier.

L'impression se confirma lorsqu'elle servit les entrées, puis la blanquette : décidément, elle n'aimait pas ces gens. Elle ne se souvenait plus de ce que faisait la femme, l'immobilier sans doute, ou plutôt la rénovation immobilière, il y avait eu pas mal de rénovations immobilières à Lyon ces dernières années. Son mari en tout cas était dans la finance, il paraissait plutôt plus sympathique que sa femme, avec un visage lunaire, un peu ahuri, c'était lui bizarrement qui l'avait contactée en premier, au moins il n'avait pas cherché à négocier les prix. Les autres invités appartenaient au même milieu, certains semblaient travailler dans la culture, la conversation portait sur l'art contemporain, sur différentes expositions, elle n'avait pas le temps d'écouter et de toute façon ça ne l'intéressait pas. Elle avait l'impression d'être parfaitement transparente, personne ne semblait remarquer sa présence. Elle avait espéré, au moins, qu'ils diraient un mot sur sa cuisine, mais pas un n'y songea, aucun des douze, elle était pourtant réussie sa blanquette.

Lorsqu'elle revint avec le fraisier, la conversation roulait sur la prochaine présidentielle, elle était du reste peu animée, tous s'accordaient à soutenir la majorité actuelle, il n'y avait « pas d'alternative », selon l'expression consacrée. En découpant les parts du gâteau elle fut saisie par l'envie de lancer quelque chose d'incongru et d'enfantin, du genre : « Mon grand frère connaît très bien le ministre ! », mais elle se contint, revint vers la cuisine et commença à s'occuper de la vaisselle. À quarante ans passés, elle avait l'impression de découvrir la lutte des classes ; c'était un sentiment étrange, déplaisant, un peu sale, elle aurait préféré ne pas le connaître.

Une fois la vaisselle lancée, les cafés servis, les invités se dirigèrent vers le salon – plutôt, l'un des salons. Elle termina de ranger, et put enfin partir. « Je ne vous raccompagne pas, vous connaissez le chemin » lui dit la maîtresse de maison. Hervé était déjà là, il l'attendait au coin du cours Lafayette, comme prévu. En descendant les escaliers, elle fut envahie par une brusque envie de pleurer. La voiture n'était pas garée très loin, mais les cinquante mètres qu'elle fit dans l'air glacial lui suffirent pour se reprendre, et elle réussit, après s'être installée à l'avant aux côtés d'Hervé, après qu'il lui eut demandé comment ça s'était passé, à répondre avec le plus parfait naturel : « Très bien. »

10

Le vendredi 29 janvier, Aurélien termina son travail sur la tapisserie de Marguerite de Hongrie ; il ne lui restait plus qu'à attendre que le matériel soit transporté au château de Germolles, cela serait certainement rapide, les services de la Direction des Patrimoines étaient assez efficaces dans ce domaine.

Tous les matins, l'approche de son départ l'emplissait d'une joie anticipée ; il aimait ce parcours qui le conduisait au château de Chantilly, enfin pas tellement le début, ni Bondy ni Aulnay-sous-Bois n'avaient grand-chose de réjouissant, mais l'aéroport de Roissy une fois traversé il se retrouvait au milieu de la campagne, et immédiatement après La Chapelle-en-Serval en pleine forêt, il n'y avait plus aucune habitation humaine jusqu'à Chantilly. Le retour était bien sûr moins joyeux, et son angoisse croissait à mesure qu'il se rapprochait de leur pavillon de Montreuil, dont Indy vantait toujours le minuscule bout de jardin à ses connaissances alors que cela n'avait rien d'un jardin, tout au plus une surface inculte envahie de hautes herbes et de chardons, où rouillaient çà et là quelques boîtes de conserve, elle aurait de toute façon été bien incapable de faire pousser un légume.

Ce vendredi soir, en poussant la porte du pavillon, il se sentait presque guilleret, et il comprit aussitôt qu'il devrait le dissimuler à Indy, qu'il fallait impérativement maintenir leurs échanges sur le ton habituel de l'hostilité et du sarcasme ; cela ne serait probablement pas difficile, de toute façon elle sortirait tôt, elle sortait toujours le vendredi.

Dans la journée de samedi, sa journée la plus dure en général, il ne la vit pratiquement pas, et dans la soirée, il téléphona à Cécile. Les nouvelles de son côté étaient bonnes, et elle exultait en lui apprenant que leur père, depuis trois jours, parvenait de nouveau à s'alimenter normalement. Naturellement il fallait mixer les aliments, les réduire en purée ; mais il avait retrouvé la possibilité d'apprécier les saveurs. « Même le vin ? » demanda Aurélien. Eh bien oui, même le vin, le vin était un liquide, ça ne posait aucun problème particulier. Aurélien n'y connaissait pas grand-chose en médecine, et lorsque Cécile évoqua le risque de « fausses routes », il ne comprit pas à quoi elle faisait allusion. Elle se réjouissait de le revoir bientôt, il pouvait venir quand il voulait. Dans une semaine, dit-il, au maximum deux. Il ajouta qu'il serait seul ; elle ne fit aucun commentaire.

La dernière semaine de janvier fut chargée pour Paul, Bruno avait été un peu trop optimiste, les difficultés causées par son absence furent plus longues que prévu à se dissiper. Il le voyait une fois par semaine, et lui exposait les quelques points litigieux à trancher – c'était plutôt par acquit de conscience en réalité, ils étaient tellement habitués à travailler ensemble qu'il aurait pu prévoir sa réaction presque à chaque fois. Ensuite, la machine de Bercy se mettait en route ; c'était une bonne machine administrative, puissante, un peu lente au démarrage, mais de semaine en semaine les choses devenaient plus faciles.

La stratégie de Solène Signal n'avait pas vraiment fonctionné ; les ténors de la « gauche morale » étaient devenus définitivement inaudibles, encore plus qu'elle ne le pensait, et les gros mous humanistes n'avaient pas bougé. Il faut dire aussi que, pour la première fois, les juifs avaient fait défaut ; le fait que le candidat ne soit plus un Le Pen avait certainement joué un rôle dans leur défection. Le vieux approchait de ses 99 ans, mais ne se décidait toujours pas à mourir. Il aurait fallu qu'il se lance dans une de ses blagues sur les fours pour plomber son parti au dernier moment ; Solène nourrissait encore cet espoir résiduel, mais elle n'y croyait plus beaucoup : depuis que le candidat ne portait plus son nom, il semblait considérer qu'il ne relevait plus vraiment de son autorité. Lui-même « se préparait à comparaître devant son sauveur », voilà tout ce qu'on pouvait maintenant tirer de lui en interview, et les projections de second tour restaient bloquées à 55-45, ça n'avait pas bougé depuis le début.

Paul avait toujours plaisir à revoir Raksaneh. Elle était d'un dynamisme constant, d'une bonne humeur inaltérable, et possédait une impressionnante collection de bodys – turquoise, menthe, fuchsia, elle semblait apprécier toutes les couleurs de l'arc-en-ciel ; ils étaient, par ailleurs, tous à peu près également moulants. Elle s'entendait visiblement très bien avec Bruno, mais ils ne couchaient certainement pas ensemble, ce n'était pas possible pour Bruno, pas encore, pas à ce stade, et puis cela aurait peut-être posé des problèmes déontologiques, quoique à vrai dire la déontologie, chez Confluences, ça ne semblait pas les préoccuper énormément. Mais cela faisait déjà beaucoup de bien à Bruno qu'elle le considère comme un homme à part entière, il le redécouvrait en quelque sorte par la même occasion. Raksaneh avait une vision des êtres naturellement sexuée, et ne songeait même pas à le dissimuler, c'était incroyablement reposant.

Avec Prudence les choses n'évoluaient pas, ou très peu. Ils partaient maintenant ensemble au travail tous les matins, rentraient à des heures comparables. Tous les soirs, ils discutaient un moment dans l'espace de vie avant d'aller se coucher dans leurs chambres respectives. Ils ne prenaient toujours pas leurs repas ensemble, mais Paul fut bouleversé, un soir, de découvrir dans le réfrigérateur deux tranches de pâté en croûte que Prudence avait achetées à son intention.

Au soir du 2 février, elle se rendit à une soirée organisée par son groupe d'adeptes pour célébrer le sabbat d'Imbolc. Ce sabbat, selon Scott Cunningham, marquait le rétablissement de la déesse après avoir accouché du dieu. La chaleur fertilisait la terre (c'est-à-dire la déesse), ce qui faisait germer et sortir les semences ; ainsi se manifestaient les premiers frémissements du printemps. Prudence essayait manifestement, elle essayait avec courage de retrouver un contact avec les choses, la nature, avec sa propre nature. Ce serait une bonne idée, se dit Paul, de l'inviter à l'accompagner à Saint-Joseph, dès qu'il pourrait lui-même s'y rendre ; elle se préoccupait vraiment de l'état de santé de son père, et elle avait toujours aimé la maison ; peut-être pourraient-ils y connaître un nouvel élan, un nouveau départ, y commencer une nouvelle vie ; il avait en tout cas besoin de l'espérer.

Drapier téléphona à Aurélien le lundi 15 février en début de matinée, alors qu'il venait d'arriver à Chantilly. Tout était prêt sur place, lui dit-il, il pourrait commencer dès jeudi son travail à Germolles. En raccrochant, Aurélien réalisa qu'il allait partir mercredi soir, dans deux jours, il n'avait pas anticipé que sa libération fût si proche. En plus, Indy n'aurait rien à objecter à ce déplacement – bien au contraire, même, puisqu'il s'agissait aussi de vendre les sculptures. Il s'était finalement entendu avec un galeriste sur un montant unitaire de mille deux cents euros, mais il n'avait toujours pas osé en parler à sa femme. Installé à Romainville dans une ancienne usine, le galeriste avait un espace de stockage suffisant – et il était prêt à se charger du transport.

À midi, il invita à déjeuner sa collègue, une fille récemment entrée dans le service, qui travaillait avec lui sur le *Reniement de Saint-Pierre*. Le restaurant était situé dans le château lui-même, dans les anciennes cuisines de François Vatel, intendant du prince de Condé – bon cuisinier probablement, mais qui était surtout passé à la postérité pour son suicide.

« Tu as quelque chose à fêter ? » lui demanda Félicie, sa surprise était compréhensible, en général à midi il se contentait d'un wrap poulet qu'il mangeait en cinq minutes, sans quitter son poste de travail.

« Pas vraiment. Enfin, je pense que je vais bientôt pouvoir divorcer.

— Ah... » Elle fit un louable effort de discrétion, attendit l'arrivée du plat principal pour poser des questions. Il aborda le sujet sans vraie gêne, avec franchise presque, en édulcorant tout de même un peu. À la question de savoir s'ils avaient des enfants, il répondit que non. « Ah c'est bien, dit-elle, quand il n'y a pas d'enfants il y a moins de problèmes... » C'est ce qu'auraient pensé la plupart des gens, Félicie pensait exactement la même chose que la plupart des gens, elle était rassurante à tous points de vue, cette fille.

Il avait préparé sa valise dès la veille pour ne pas avoir à repasser à Montreuil, et partit de Chantilly à 16 heures. Le périphérique était très encombré, l'autoroute ça n'allait pas bien non plus, vers 21 heures il réalisa qu'il arriverait très tard à Saint-Joseph et qu'il commençait à être fatigué, il valait mieux qu'il fasse halte à Chalon. Il trouva facilement une chambre à l'Ibis Styles situé près de la sortie Chalon-sur-Saône Nord. Le restaurant était encore ouvert mais il n'y avait que deux autres clients, qui mangeaient seuls à leurs tables : un type d'une quarantaine d'années qui ressemblait à un VRP, enfin un VRP tel qu'on le représente dans les films, il n'avait jamais réellement rencontré de VRP, et une femme un peu plus jeune, qui elle aussi évoquait une commerciale, quelque chose dans son maquillage ou son habillement, il ne savait pas très bien, il ne connaissait pas non plus de commerciales, son expérience du monde était restreinte. Fugitivement, il se demanda si ces gens qui passaient leur vie sur les routes, à la poursuite d'un improbable idéal de fidélisation de la clientèle, qui dormaient dans des chambres Mercure ou Ibis Styles, avaient parfois entre eux des aventures d'une nuit, s'ils connaissaient des étreintes fougueuses à l'occasion d'une soirée étape. Probablement pas, se dit-il après réflexion ; ce genre de choses se produisait peut-être à l'époque de son père, mais l'habitude s'en était perdue, cela ne correspondait plus à l'esprit du temps. Il ne pensait pas non plus que ces deux-là allaient, une fois rentrés dans leurs chambres respectives, lancer une application de rencontres Internet basée sur la géolocalisation ; il ne se passerait, probablement, rien.

Son sommeil fut paisible et dénué de rêves ; le lendemain, dès huit heures, il se présenta à la porte du château de Germolles, il savait qu'on travaille tôt en province. Le gardien ressemblait assez à ces valets maléfiques, plus ou moins dégénérés, compromis dans des cérémonies de magie noire impliquant l'égorgement de poules et le tracé de signes cabalistiques sur le sol de la grange, que l'on rencontre dans certains films fantastiques de série Z ; il était au courant de sa venue. Les tapisseries étaient en aussi mauvais état qu'on pouvait le craindre ; l'une des plus belles en particulier, représentant Bethsabée à la sortie de son bain, était à moitié dévorée par les rats. Ce qu'il n'avait pas anticipé c'était le froid, les salles du château étaient glaciales ; c'était un problème, le retissage est un travail manuel délicat, difficile à mener à bien avec des doigts gourds. En maugréant un peu, le gardien alla chercher un radiateur électrique, qui s'avéra efficace ; il n'avait pas grand-chose à faire pendant les mois d'hiver, en dehors des périodes de visite du château, et il semblait consacrer la majeure partie de sa journée à nourrir ses chiens – une dizaine, et d'un type peu engageant, du genre rottweiler ou mastiff. Aurélien se promena cependant à midi dans le parc ; les bêtes le considérèrent avec méfiance, mais sans s'approcher. Il alla ensuite déjeuner au bar-restaurant de Mellecey, la commune du château ; c'était très paisible, on se serait cru dans un Maigret.

Il savait que Cécile ne lui poserait pas de questions sur Indy, qu'elle attendrait qu'il en parle de lui-même ; mais, le premier soir, il ne se sentit pas le courage d'aborder le sujet. Ils iraient au centre hospitalier samedi, lui annonça-t-elle, pour chercher Madeleine, elle dormait à Saint-Joseph tous les samedis. Ils la ramèneraient le dimanche, et pourraient de nouveau passer un moment avec leur père.

Le lendemain, après le repas, Cécile retourna dans la cuisine ; elle préparait des plats pour toute la semaine maintenant, ils seraient conservés dans des boîtes hermétiques, qu'elle remettrait à Madeleine le lendemain ; elle en avait au moins pour deux ou trois heures de travail. Une fois qu'Hervé fut parti se coucher, Aurélien demeura seul dans la salle à manger ; il ne réfléchissait pas vraiment à ce qu'il allait dire, son esprit était à peu près vide. Puis, sans l'avoir exactement prémédité, il se leva, marcha jusqu'à la cuisine, referma la porte derrière lui et s'assit à la table. Cécile termina de remuer une sauce qui mijotait dans un faitout, se retourna, s'essuya les mains et s'assit face à lui.

La vente des sculptures c'était presque réglé, commença-t-il, il ne lui faudrait pas plus d'un week-end pour réaliser l'inventaire, et le galeriste passerait les chercher le week-end suivant, c'était déjà programmé pour le samedi 27, ils arriveraient tôt le matin. Il sentait qu'il parlait d'une voix inexpressive, il ne reconnaissait pas vraiment sa voix, c'était un peu inquiétant.

Il parla encore quelque temps des œuvres de leur mère, du temps qu'elles allaient mettre à se vendre, de la somme qu'ils pouvaient espérer en tirer. Cécile attendait, patiemment, sans l'interrompre. À un moment donné elle se releva pour tourner sa sauce, puis se rassit en face de lui.

« Je vais engager la procédure de divorce juste après, poursuivit-il exactement sur le même ton. J'ai rendez-vous avec un avocat le 1er mars.

— Et ton fils ? Vous allez faire une garde alternée, un droit de visite les week-ends ?

— Je n'ai pas l'intention de revoir mon fils. »

Elle accusa le coup, resta silencieuse au moins une minute et s'approcha de lui, prit sa main entre les siennes avant de lui dire qu'elle comprenait, enfin qu'elle pouvait comprendre, évidemment ce n'était pas tout à fait son fils, ce n'était pas pareil, les choses auraient sans doute été différentes s'il n'avait pas eu le malheur d'être stérile.

« Je ne suis pas stérile » répondit Aurélien avec calme.

Cette fois, elle le regarda avec une stupéfaction qui se transforma peu à peu en épouvante à mesure qu'elle réalisait ce qu'il venait de dire. Un grincement de porte se fit entendre, assez loin. Ils se turent ; c'était probablement Hervé qui s'était relevé. Un peu plus tard, le silence revint. Aurélien évitait le regard de Cécile, mais finalement il parvint à poursuivre, de la même voix détachée :

« Je n'ai jamais été stérile. C'est elle qui a raconté ça. Je n'ai jamais compris pourquoi elle voulait un autre donneur. »

Ce n'est qu'au moment où une larme perla aux yeux de sa sœur qu'il se mit, lui aussi, à pleurer. Il pleura longuement, calmement, le flot paraissait intarissable, cependant que Cécile le berçait dans ses bras. Il ne ressentait pas grand-chose, en tout cas aucune souffrance, plutôt une sorte de pitié un peu abstraite pour lui-même, et aussi, de manière plus inquiétante, l'impression qu'il se vidait. C'était peut-être ça qu'on ressent, se dit-il, quand on est victime d'une hémorragie massive. Au moment où ses larmes commencèrent à se tarir il éprouva pourtant quelque chose d'autre, comme une détente généralisée de l'organisme, accompagnée d'une intense fatigue. Il partit se coucher tout de suite après.

Le lendemain matin, peu après être arrivés dans le centre hospitalier, ils croisèrent Maryse dans le couloir qui menait à la chambre de leur père. « Ils sont sortis, dit-elle, Madeleine l'a emmené faire un tour dans le jardin. Vous êtes son plus jeune fils, c'est ça ? » Aurélien acquiesça. « Elle l'a prévenu, elle lui a dit que vous veniez. Le docteur Leroux aurait bien aimé vous rencontrer lui aussi, mais il n'est pas là ce week-end. »

« Elle est jolie, l'infirmière » dit Aurélien en se dirigeant vers le jardin. « Ah, tu l'as remarqué… » répondit Cécile sans faire de commentaires.

Assise sur un banc près d'Édouard emmitouflé dans des couvertures, Madeleine les aperçut de loin, fit un grand signe dans leur direction et se leva, poussant le fauteuil vers eux. En chemin, elle croisa deux infirmières qui s'écartèrent de quelques mètres pour éviter de la saluer, Aurélien eut l'impression qu'elles lui avaient jeté un regard hostile.

Il s'approcha de son père, prit la main qui dépassait des couvertures entre les siennes. « Je suis revenu, papa, dit-il. On va rentrer dans ta chambre, n'est-ce pas, il fait un peu froid ? » Édouard cligna des yeux, lentement, mais de manière très perceptible. « Là c'est pour dire oui, dit Cécile, tu te souviens ? On va peut-être vous laisser, ajouta-t-elle lorsqu'ils revinrent dans la chambre, si tu as envie d'être seul pour lui parler. »

Cécile et Madeleine sortirent ; le regard de son père restait planté dans le sien, immobile. Il ne pouvait avoir aucune expression, se répétait Aurélien, il n'avait aucun moyen de faire connaître ses sentiments ; mais il lui fallut encore une ou deux minutes avant de se lancer.

« Je vais pouvoir revenir plusieurs fois, papa, dit-il finalement, j'ai trouvé un travail près de Chalon-sur-Saône. Et puis je vais revendre les sculptures de maman, j'ai trouvé un galeriste à Paris, on va débarrasser la grange. »

Son père cligna lentement des yeux. Aurélien se figea, incapable d'interpréter ce mouvement, incapable aussi de poursuivre.

« Tu avais raison, papa, parvint-il à dire finalement, ma femme est une mauvaise femme. Je vais demander le divorce. »

Son père cligna de nouveau des yeux, plus nettement cette fois, de manière plus affirmée.

Il n'avait en réalité pas grand-chose de plus à dire, mais il se sentait incroyablement bien en sortant de l'hôpital, apaisé, léger, et il fit tous les frais de la conversation au cours du dîner, leur apprenant que les tapisseries qu'il était en train de restaurer avaient très vraisemblablement été tissées à Arras, qu'Arras était à la fin du Moyen âge le premier centre de production européen, et que la ville devait à cette industrie une grande partie de son opulence. « L'opulence, ça a bien changé... » remarqua Hervé en se resservant à boire.

Dimanche matin il se mit au travail, photographiant et mesurant les sculptures, il transmettrait tout ça au galeriste par mail, c'était une tâche facile mais la grange était, elle aussi, très mal chauffée, et le soir il se rendit compte qu'il n'avait pas le courage de reprendre la route. Il allait passer la nuit à Saint-Joseph et téléphoner à Félicie pour l'avertir, le *Reniement de Saint-Pierre* attendrait un peu.

Il partit le lendemain à sept heures. Malgré l'heure matinale Cécile était levée, et elle le serra longuement, très longuement dans ses bras avant qu'il ne remonte en voiture.

11

Le vendredi suivant, Paul et Prudence prirent le train pour Mâcon. Ils n'allaient pas dormir dans la même chambre, ils en avaient discuté au dernier moment, juste avant de partir, c'était difficile, ça faisait trop longtemps ; mais Prudence dit qu'elle essaierait de le rejoindre dans son lit vers la fin de la nuit. « Le lit est tout petit, tu sais » fit remarquer Paul ; elle s'en doutait, mais ça ne la dérangeait pas, bien au contraire. Il ne comprenait pas vraiment ce qui le poussait à dormir de nouveau dans sa chambre d'adolescent ; il se dit qu'il était probablement inutile qu'il comprenne. Il ne pensait pas que des posters de Carrie-Anne Moss ornent encore les murs ; mais si c'était le cas son premier geste serait de les enlever ; là non plus il ne savait pas vraiment pourquoi, mais il sentait que c'était mieux.

D'emblée Paul réalisa, à la manière dont elle la serra longuement dans ses bras sur le quai de la gare TGV, que Cécile ferait tout son possible pour que Prudence se sente bien au cours de ce week-end, qu'elle se sente à nouveau accueillie dans une famille. Elle ne put cependant réprimer un léger mouvement de surprise en apprenant que Paul occuperait de nouveau son ancienne chambre ; mais elle se tut.

En effet, aucune image de Carrie-Anne Moss n'était visible dans sa chambre, il n'y avait que le poster de Nirvana, inoffensif. Curieusement, il s'endormit sans difficulté. Il se réveilla pourtant aussitôt, à la seconde, lorsqu'il entendit le léger bruit que fit la porte de sa chambre en s'ouvrant, mais il ne bougea pas, n'eut aucun geste pour accueillir Prudence, au contraire il se recroquevilla, se plaqua contre le mur. La nuit était complètement noire, aucune baisse de température n'annonçait l'approche de l'aube, il ne pouvait pas être plus de cinq heures du matin.

Elle posa d'abord une main à la hauteur de sa taille, puis remonta vers sa poitrine. Il ne bougeait pas d'un centimètre. Elle eut alors des mouvements vagues, des sortes de soubresauts, et d'un seul coup elle le serra de toutes ses forces en émettant des bruits peu compréhensibles, Paul eut l'impression qu'elle pleurait. Elle portait toujours son pyjama d'enfant, au contact un peu pelucheux, nota-t-il involontairement. Elle desserra un peu son étreinte, elle le serrait quand même très fort mais ce n'était pas grave, il était bien.

Il resta ainsi longtemps sans bouger, ressentant sa chaleur – elle était presque brûlante et respirait fort, son système cardiovasculaire devait fonctionner avec une rapidité folle.

La lumière du jour avait déjà largement envahi la pièce lorsqu'il se résolut à bouger, il se rendit compte en se retournant qu'il avait terriblement peur.

Il avait tort d'avoir peur. Leurs bouches étaient à quelques centimètres. Sans une seconde d'hésitation Prudence colla sa bouche contre la sienne, introduisit sa langue et la bougea lentement, entrelaçant leurs deux langues. Il avait l'impression que cela pourrait durer longtemps, toujours.

Cela cessa pourtant, rien ne dure éternellement dans le monde sublunaire. Ils se séparèrent, leurs corps étaient maintenant distants d'une trentaine de centimètres. « On va prendre un café », dit Paul.

Cécile ne put à nouveau retenir un mouvement de surprise en les voyant arriver dans la cuisine, main dans la main, en pyjama. Il devait y avoir là quelque chose de nécessaire, se dit-elle, un rituel de retrouvailles. Les problèmes de couple des autres on ne peut rien dire, on ne peut rien faire, c'est un lieu secret, où nul ne pénètre. On peut tout au plus attendre qu'ils se décident, éventuellement, à vous en parler, tout en sachant que ce ne sera probablement pas le cas. Ce qui se passe à l'intérieur d'un couple est particulier, non transposable à d'autres couples, non susceptible d'interventions ni de commentaires, assez séparé du reste de l'existence humaine, différent de la vie en général comme de la vie sociale commune à beaucoup de mammifères, même pas compréhensible à partir de la descendance que le couple a éventuellement pu engendrer, enfin c'est une expérience d'un autre ordre, même pas une expérience à proprement parler, une tentative.

« Aurélien ne vient pas avec nous à l'hôpital, dit Cécile, il s'occupe d'emballer les sculptures aujourd'hui, il en a pour toute la journée, d'ailleurs je crois que les transporteurs sont déjà arrivés. »

Il fallut une bonne minute à Paul pour comprendre de quoi elle voulait parler. En effet Aurélien devait être là, il l'avait complètement oublié, il ne l'avait pas vu la veille au soir, il est vrai qu'ils étaient arrivés très tard ; et les sculptures de sa mère, à vrai dire, il les avait oubliées également.

« Oui, tu sais, les sculptures de maman... dit-il à Prudence qui acquiesça machinalement, sans comprendre de quoi il s'agissait.

— Vous allez prendre une douche ? s'enquit Cécile, elle avait l'air un peu pressée.

— Non non, on va y aller tout de suite » répondit Paul. Prudence acquiesça avec enthousiasme, elle avait eu la même idée :

continuer la journée comme ça, sans s'être lavés. Leurs corps ne s'étaient pas véritablement mélangés, cela viendrait plus tard, mais ils s'étaient longuement touchés et il en demeurait des traces, des odeurs ; cela participait du rituel d'apprivoisement des corps. On observait le même phénomène chez d'autres espèces animales, en particulier chez les oies, il avait vu un documentaire là-dessus, il y a longtemps.

En effet, un camion de déménagement stationnait devant la grange, ses deux portes arrière grandes ouvertes. C'était encore très vague mais on sentait le début du printemps, il y avait une douceur dans l'air et la végétation le ressentait, les feuilles se dépouillaient de leur protection hivernale avec une tranquille impudeur, elles exhibaient leurs zones tendres et elles prenaient un risque, ces jeunes feuilles, un coup de gel soudain pouvait à tout instant les anéantir. En montant aux côtés d'Hervé dans sa Dacia, Paul prit conscience qu'il ne reverrait probablement jamais les sculptures de sa mère – et, par ailleurs, qu'il commençait à oublier son visage.

En arrivant dans le centre hospitalier, dans l'entrée, ils se retrouvèrent face à face avec le docteur Leroux, plongé dans une conversation visiblement orageuse avec un type en costume de cadre. Il y coupa court avec un geste d'impatience et vint vers eux. « Bon, c'est bien, vous êtes venus voir votre père… Sauf qu'il ne vous a pas attendus, il est parti avec son amoureuse. On ne les voit plus beaucoup d'ailleurs, ils partent se promener tous les matins, je ne sais pas où ils vont. Elle a retenu que le fauteuil avait une autonomie de quatre heures, alors elle revient tous les midis, pour lui donner à manger et recharger les batteries. Il n'a presque plus besoin d'infirmière, d'ailleurs j'ai demandé à Aglaé de s'occuper de quelqu'un d'autre. Il reste juste Maryse, elle aide Madeleine à le lever le matin et à le coucher le soir, mais sinon Madeleine s'occupe de tout, elle change ses couches, elle le lave, elle lui donne à manger.

— Ça ne vous dérange pas ? demanda Paul.

— Non, pourquoi est-ce que ça me dérangerait ? Elle fait le travail d'une aide-soignante sans être payée, vous savez du personnel on en manque toujours, dans un hôpital, moi je la trouve parfaite, Madeleine. »

Il y avait visiblement un problème dont il n'avait pas envie de parler, Paul le sentit mais il n'osa pas l'interroger, et ils se dirigèrent vers la chambre d'Édouard. Une nouvelle fois il fut frappé par la photo de ses parents, enlacés sur le front de mer. Ils avaient l'air jeunes, amoureux, ils suintaient littéralement le désir. Peut-être est-ce qu'ils auraient dû rester comme ça, se dit Paul, peut-être est-ce qu'ils n'auraient pas dû avoir d'enfants, sa mère n'était sans doute pas réellement faite pour la maternité.

Au bout de cinq minutes, Cécile dit qu'elle et Hervé préféraient attendre dans le jardin ; il acquiesça. Prudence décida de les accompagner, elle avait envie de visiter. Une fois les autres sortis, il s'enfonça dans le fauteuil d'invités. La contemplation des photos le plongea vite dans une nostalgie morose, c'est toujours ça les photos, elles rendent heureux ou triste, on ne peut jamais savoir à l'avance. Promenant son regard sur la pièce, il aperçut les dossiers de son père. Il pouvait les consulter, lui avait dit Martin-Renaud : ils n'étaient pas classifiés, et de toute façon il n'y comprendrait rien.

Le premier qu'il ouvrit était en effet absolument cryptique : sur une dizaine de pages, de sa petite écriture nette et penchée, son père avait noté des choses du genre : « AyB3n6 – 1282 », il y en avait comme ça des centaines de lignes, sans qu'on puisse distinguer aucune répétition ni aucune régularité, et sans que figure le moindre commentaire. Il y passa longtemps, sans qu'aucune lueur de compréhension ne naisse dans son esprit, puis le referma.

En ouvrant le second dossier il eut un choc, et pendant quelques secondes il ne parvint pas à y croire. Ce qu'il avait sous les yeux, c'était l'assemblage de pentagones, de cercles et de caractères bizarres qui précédait les vidéos et annonçait les attentats sur Internet depuis des mois. Il reconnaissait même plus précisément le message, c'était le deuxième, celui qui accompagnait la vidéo de la décapitation de Bruno. Il était apparu sur Internet, il s'en souvenait, peu avant que son père ne tombe dans le coma. Qu'il suive toujours l'actualité, ça ne le surprenait pas du tout ; mais qu'il se soit intéressé à cette image, précisément, c'était réellement étrange.

quatre

SOLVE
COAGULA
ELIPHAS
LEVI DEL

```
(t.bidState=e.bidState,e.bidState===i.b.rendered?
t.timing.renderTime=e.ts:e.bidState===i.b.set&amp;&amp;t.timing.setAtTimes.push(e.ts)),t}))))
;case"UPDATE_BID_INFO_PROP":return void 0===t[e.slotID]||t[e.slotID].filter((function(t)
{return t.matchesBidCacheId(e.iid)})).length&lt;1?s({},t):s(s({},t),
{},u({},e.slotID,t[e.slotID].map((function(t){return t.matchesBidCacheId(e.iid)&amp;&amp;
(t[e.key]=e.value),t}))));case"UPDATE_SLOT_BIDS":return
s(s({},t),e.bids.reduce((function(e,n){return Object(c.m)(e,n.slotID)?e[n.slotID]=
[].concat(d(e[n.slotID]),[n]):Object(c.m)(t,n.slotID)?e[n.slotID]=[].concat(d(t[n.slotID]),
[n]):e[n.slotID]=[n],e}),{}));default:return s({},t)}}(t.slotBids,e),slotIdMap:function(t,e)
{switch(e.type){case"ADD_SLOT_ID":return-1===t.indexOf(e.slotID)?[].concat(d(t),
[e.slotID]):t;default:return t}}(t.slotIdMap,e),sync917:function(t,e){switch(e.type)
{case"SET_SYNC_917":return e.value;default:return t}}
(t.sync917,e),targetingKeys:function(t,e){switch(e.type){case"UPDATE_SLOT_BIDS":return
s(s({},t),e.bids.reduce((function(e,n){return Object(c.m)(t,n.slotID)?e[n.slotID]=
[].concat(d(t[n.slotID]),d((n.bidConfig.targeting?
n.bidConfig.targeting:i.g).filter((function(e){return-
1===t[n.slotID].indexOf(e)})))):e[n.slotID]=n.bidConfig.targeting?
n.bidConfig.targeting:i.g,e}),{}));default:return s({},t)}}(t.targetingKeys,e)}}var b=
{getState:function(){return r},dispatch:function(t){r=l(r,t)}};Object(o.d)
("redux")&amp;&amp;Object(c.i)()&amp;&amp;Object(c.m)
(window,"__REDUX_DEVTOOLS_EXTENSION__")&amp;&amp;
(b=window.__REDUX_DEVTOOLS_EXTENSION__(l)),b.dispatch({type:"NOOP"})},function(t,e,n){"use
strict";n.d(e,"g",(function(){return c})),n.d(e,"v",(function(){return o})),n.d(e,"b",
(function(){return r})),n.d(e,"f",(function(){return d})),n.d(e,"u",(function(){return
f})),n.d(e,"d",(function(){return l})),n.d(e,"e",(function(){return b})),n.d(e,"c",
(function(){return p})),n.d(e,"n",(function(){return m})),n.d(e,"l",(function(){return
g})),n.d(e,"m",(function(){return a})),n.d(e,"k",(function(){return u})),n.d(e,"t",
(function(){return v})),n.d(e,"h",(function(){return h})),n.d(e,"s",(function(){return
O})),n.d(e,"r",(function(){return S})),n.d(e,"j",(function(){return _})),n.d(e,"q",
(function(){return w})),n.d(e,"i",(function(){return E})),n.d(e,"a",(function(){return
D})),n.d(e,"p",(function(){return T})),n.d(e,"o",(function(){return I}));var r,i,c=
["amznbid","amzniid","amznsz","amznp"],o=
["amznbid","amzniid","amznp","r_amznbid","r_amzniid","r_amznp"];(i=r=r||
{}).new="NEW",i.exposed="EXPOSED",i.set="SET",i.rendered="RENDERED";var
a,s,u,d="apstagDebug",f=
["redux","fake_bids","verbose","console","console_v2","errors"],l="apstagDebugHeight",b="apst
agDEBUG",p="apstagCfg",m=0,g=0;(s=a=a||
{}).amznbid="testBid",s.amzniid="testImpression",s.amznp="testP",s.crid="testCrid",(u||(u=
{})).video="v";var h,y,O,j,v=["amznbid","amznp"];(y=h=h||
{}).__apsid="ck",y.__aps_id_p="ckp",y.aps_ext_917="st",(j=O=O||
{}).noRequest="0",j.bidInFlight="1",j.noBid="2";var
S="600",_="7.57.00",w="https://",E="function"==typeof XMLHttpRequest&amp;&amp;void 0!==(new
XMLHttpRequest).withCredentials,D="apstagLOADED",T=13,I=1e4},function(t,e,n){"use
strict";n.d(e,"d",(function(){return l})),n.d(e,"c",(function(){return O})),n.d(e,"b",
(function(){return v})),n.d(e,"a",(function(){return S})),n.d(e,"e",(function(){return
_}));var r=n(3),i=n(2),c=n(5),o=n(0),a=n(1),s=n(7),u=[],d=!1,f=[];function l(t){var e=new
Image;return e.src=t,f.push(e),e}!0===Object(c.c)("sendPixels")&amp;&amp;
(window.apstagPixelQueue=u,window.apstagPixelsSent=f);var b,p={"blockedBidders-fetchBids":
[],"blockedBidders-init":[],adServer:[],appended:[],bidRender:[],bidRenderState:[],bidType:
[],ccpa:[],creativeSize:[],deals:[],fetchBids:[],fifFlow:[],gdpr:[],idRemap:[],iframe:
[],renderFootprint:[],schain:[],simplerGpt:[],slots:[],slotType:[],targeting:[],unusedDeal:
[],useSafeFrames:[]},m=[],g=!1;function h(){g&amp;&amp;(clearTimeout(b),g=!1),Object(o.c)
(m,5).forEach((function(t){v({_type:"featureUsage",p:t,u:Object(s.f)(window)})})),m=
[]}function y(){g||(g=!0,b=setTimeout(h,2e3))}function O(t,e)
{try{return!!i.a.getState().experiments.shouldSampleFeatures&amp;&amp;(void
0!==p[t]&amp;&amp;!Object(o.j)(p[t],e)&amp;&amp;
(p[t].push(e),m.push({cat:t,feat:e}),d&amp;&amp;y(),!0))}catch(t){return Object(a.b)
(t,"sendFeaturePixel"),!1}}function j(t){try{if(d){var e=function(){try{var
t=i.a.getState(),e=t.cfg.PIXEL_PATH,n=t.hosts.DEFAULT_AAX_PIXEL_HOST,o=Object(c.c)
("pixelHost",n);return"".concat(r.q).concat(o).concat(e)}catch(t){return Object(a.b)
(t,"buildPixelBaseUrl"),""}}();return void 0===t.bidId?
e+="p/PH/":e+="".concat(t.bidId,"/"),l(e+=function(t){try{t._tl="aps-tag";var
e=i.a.getState(),n=null,c="";Object(o.m)(e,"config")&amp;&amp;Object(o.m)
(e.config,"pubID")&amp;&amp;""!==e.config.pubID&amp;&amp;
(n=e.config.isSelfServePub,c=e.config.pubID),null!==n&amp;&amp;(n?
(t.src=r.r,t.pubid=c):t.src=c),t.lv=r.j;var s=JSON.stringify(t);return s=function(t)
{try{return t.replace(/\\.{1}/g,"")}catch(t){return Object(a.b)(t,"escapeJsonForAax"),""}}
(s),s=encodeURIComponent(s)}catch(t){return Object(a.b)(t,"objectToUrlPath"),""}}
(t.payload))}return u.push(t),!1}catch(t){return Object(a.b)(t,"sendPixel"),!1}}function v(t)
```

1

Le deuxième document était assez effrayant mais plus classique, il ressemblait assez aux représentations traditionnelles du diable. Le nom gravé sur le socle lui disait quelque chose aussi, il lui semblait se souvenir qu'Éliphas Lévi était un occultiste du XIXe siècle, bizarrement un ami de la militante socialiste Flora Tristan, elle-même grand-mère de Gauguin, enfin tout cela ne paraissait toujours pas avoir beaucoup de sens. Quant au troisième document, il n'y comprenait rien. Son père avait quoi qu'il en soit pressenti une relation entre ces trois éléments, et pendant une dizaine de minutes Paul les examina avec soin, en les posant côte à côte, sans en apercevoir aucune. Si cette relation se trouvait dissimulée dans les méandres désormais inaccessibles de son cerveau, ils n'étaient pas près de la découvrir ; la seule chose à faire était d'informer Martin-Renaud. Il laissa un message en disant juste qu'il avait découvert « quelque chose de bizarre » dans les dossiers de son père. Martin-Renaud rappela dix minutes plus tard, il lui expliqua la situation.

« Vous voulez que je vous envoie les documents par mail ? proposa-t-il.

— Surtout pas. Vous êtes près de Mâcon, c'est ça ?

— Belleville-en-Beaujolais, exactement.

— Je vais passer les chercher. Je pourrai être sur place en milieu d'après-midi, je pense. »

Puis il raccrocha, laissant Paul interloqué.

Madeleine arriva un peu après midi, comme l'avait prévu Leroux, poussant le fauteuil roulant d'Édouard. Cécile lui expliqua qu'il y avait du bourguignon, du navarin, également des potages, il suffisait de les faire réchauffer au micro-ondes, elle avait aussi préparé quelques desserts. Dès son arrivée elle avait rangé ses plats dans le réfrigérateur de la salle commune, où les repas étaient pris, du moins pour les malades capables de s'alimenter sans gastrostomie, il y en avait une dizaine dans l'unité. Paul fut impressionné par l'état de son père, il avait l'air nettement plus en forme, son visage était reposé, presque hâlé, il lui semblait même que son regard était plus vif. Après l'avoir embrassé sur les deux joues, il se pencha à son oreille pour lui dire : « Il faut qu'on parle après le déjeuner, papa, d'un sujet qui concerne ton travail. Il y a un de tes anciens collègues qui va te rendre visite cet après-midi. » Édouard cligna nettement des yeux, avec énergie lui sembla-t-il, mais il se faisait peut-être des idées. Après le repas ils s'isolèrent dans la chambre, il ressortit le dossier.

« Tu te souviens de ces documents, papa ? Il cligna affirmativement.

— Tu les as trouvés chez quelqu'un ? Il resta immobile.

— Alors tu les as imprimés sur Internet ? Tous les quatre ? Il resta immobile à nouveau.

— Mais tu as eu l'impression, l'intuition qu'il y avait un rapport entre eux ? Il cligna rapidement, à deux reprises.

— Tu crois que tu pourras expliquer ton intuition à ton collègue, quand il viendra te voir ? » Paul eut l'impression bizarre qu'il hésitait, que ses paupières étaient parcourues d'un léger frémissement, mais finalement il resta immobile.

Martin-Renaud arriva un peu après quinze heures, il était à l'arrière d'une DS pilotée par un militaire.

« Je suis surpris que vous ayez fait si vite... lui dit Paul.

— La base aérienne d'Ambérieu-en-Bugey n'est pas loin, et il y a toujours des appareils disponibles à Villacoublay.

— Je voulais dire, je trouve surprenant que vous vous soyez déplacé vous-même, que vous ayez considéré que c'était une urgence. »

Il sourit. « Là vous n'avez pas tort, c'est peut-être une utilisation exagérée des moyens de l'État... C'est vrai que ce n'est pas une urgence nationale, mais cette affaire commence à exaspérer tout le monde, pas seulement en France d'ailleurs. Et puis il y a autre chose, de beaucoup plus diffus, c'est que j'ai l'impression que c'est loin d'être terminé. Ça fait six mois qu'ils nous narguent, qu'ils font exactement ce qu'ils veulent ; à mon avis, ça ne va pas s'arrêter là. »

Avec encore moins de bases, Paul pensait exactement la même chose. Ils s'installèrent dans deux fauteuils à l'entrée de la clinique, silencieuse et paisible. Après l'avoir écouté attentivement, Martin-Renaud secoua la tête avec incrédulité. « Des satanistes, maintenant... Honnêtement, je plains Doutremont. Il va me faire un arrêt maladie, si ça continue comme ça.

— Mais ce n'est pas vraiment grave, jusqu'à présent. Enfin, je veux dire que c'est étrange, mais qu'il n'y a pas eu de catastrophe.

— Ça dépend. Du point de vue de la sécurité informatique, c'est probablement la plus grande catastrophe qu'on ait connue depuis l'apparition de l'ordinateur. Ce qui fait que personne ne panique, c'est uniquement le fait qu'il n'y ait pas de victimes. »

Paul sentit qu'il avait failli ajouter « pour l'instant », parce que lui aussi, toujours sans la moindre raison, venait d'avoir la même idée. Ils méditèrent quelque temps sur cette perspective.

« Je vais aller rendre visite à Édouard, non ? demanda finalement Martin-Renaud.

— Vous allez l'interroger ? Enfin, si on peut dire.

— Non, je n'ai pas l'intention de l'interroger, juste de lui dire bonjour. De toute façon, je trouve que vous l'avez très bien fait ; vous avez posé exactement les bonnes questions. Vous auriez peut-être pu travailler dans nos services, vous aussi.

— Je crois qu'il aurait bien aimé.

— Ah… » Martin-Renaud sourit à nouveau avant de se lever de son fauteuil. « Il comprend tout ce qu'on lui dit, mais il ne peut pas répondre, c'est ça ? » Paul confirma d'un hochement de tête. « Il peut juste cligner des yeux pour dire oui quand on lui pose une question ? » Il acquiesça de nouveau. Martin-Renaud s'engagea dans le couloir.

Il remonta dans sa voiture deux heures plus tard, en direction de la base militaire d'Ambérieu. « C'est le collègue de papa, enfin son ancien collègue ? » interrogea Cécile. Paul confirma. « C'est exactement comme ça que je les imaginais » observa-t-elle. « Oui, quand même, les séries télé sont bien faites, parfois… » conclut Hervé.

Le repas fut animé, l'apparition des services secrets les avait tous rendus surexcités, expansifs. La vie professionnelle de son père avait peut-être été passionnante, se dit Paul, pas du tout une vie ennuyeuse de fonctionnaire, comme la sienne. Enfin il exagérait un peu, sa vie était devenue plus intéressante depuis l'entrée de Bruno dans le jeu politique, mais quand même l'économie était une discipline sinistre, et le ministère un endroit passablement plombant.

Aurélien fut mis au courant des événements. Ça s'était bien passé avec l'entreprise de transport, leur annonça-t-il de son côté, tout avait été emballé, serait entreposé le lendemain et proposé à la vente en début de semaine prochaine.

Ils étaient réunis, se dit Paul, les frères et la sœur étaient réunis, pour la première fois depuis combien de temps ? Ils se séparèrent très tard, tous un peu ivres, même Aurélien s'y était mis apparemment, c'était la première fois que Paul le voyait boire ; pourtant, quelques minutes après s'être couché, il fut envahi par une angoisse atroce, par la certitude que cette réunion était une illusion, que c'était la dernière fois qu'ils avaient été réunis, ou presque la dernière, bientôt les choses allaient reprendre leur cours, tout allait de nouveau se décomposer, se dissoudre, et tout à coup il eut horriblement besoin de Prudence, de la tiédeur du corps de Prudence, au point qu'il se leva et s'engagea en pyjama dans le couloir vitré menant à la maison principale. Arrivé à la hauteur du jardin d'hiver il s'arrêta brusquement, sa respiration se calma peu à peu. La lune était pleine, il distinguait parfaitement les vignobles et les collines. Non, ce n'était pas une bonne idée, se dit-il, il fallait la laisser venir, c'était à elle de faire le chemin. En même temps, en était-il si sûr ? Dans la religion wicca, le dieu paraissait parfois avoir quelque chose de conquérant, de viril ; il ne savait pas, il ne savait vraiment pas. Avec Raksaneh il n'aurait pas hésité, se dit-il soudain ; sans même parler de l'Éthiopienne. Ils avaient décidément merdé, se dit-il, ils avaient collectivement merdé quelque part. À quoi bon installer la 5G si l'on n'arrivait simplement plus à rentrer en contact, et à accomplir les gestes essentiels, ceux qui permettent à l'espèce humaine de se reproduire, ceux qui permettent aussi, parfois, d'être heureux ? Il redevenait capable de penser, sa réflexion prenait même un tour presque philosophique, constata-t-il avec dégoût. À moins que tout cela ne relève de la biologie, ou de rien du tout, il allait retourner se coucher finalement, c'était la seule chose à faire, sa réflexion était condamnée à tourner à vide, il se sentait comme une boîte de bière écrasée sous les pieds d'un hooligan britannique, ou comme un beefsteak abandonné dans le compartiment légumes d'un réfrigérateur bas de gamme, enfin il ne se sentait pas très bien. Pour ne rien arranger, il recommençait à avoir mal aux dents ; est-ce que c'était psychosomatique, finalement, tout ça ?

Curieusement, malgré le trouble persistant de son esprit et sa mâchoire qui le lançait, il s'endormit presque aussitôt, dès qu'il eut posé la tête sur l'oreiller. De la même manière, il s'éveilla immédiatement dès qu'il entendit le bruit, pourtant très léger, de la porte de sa chambre. Elle était venue encore plus tôt que la veille, on devait être en plein cœur de la nuit, il avait l'impression d'avoir dormi dix minutes. Cette fois il ne feignit pas de dormir, il se retourna immédiatement et approcha sa bouche de la sienne, c'était probablement ce qu'aurait fait un dieu car elle réagit bien, de nouveau leurs langues se mêlèrent. Pourtant, lorsqu'il posa une main sur ses fesses, il la sentit se raidir ; il interrompit aussitôt son geste. Il fallait être patient, se répéta-t-il, il fallait qu'ils prennent tout leur temps, mais à vrai dire prendre son temps était agréable et même vertigineux, parce que sans le moindre doute ils finiraient par tomber dans les bras l'un de l'autre, l'ensemble de leur vie était en train de se transformer en une chute au ralenti, interminable et délicieuse. C'était bien, déjà, le contact de sa main sur ses fesses, elles étaient moins maigres, moins osseuses qu'il ne l'avait craint, il avait eu l'impression de bander, enfin que quelque chose se passait dans cette région, mais là aussi il avait un peu oublié, depuis combien de temps exactement ? Huit ans, dix ans ? Cela paraissait énorme, mais c'était probablement ça en effet, les années passent vite parfois. Il devrait peut-être procéder différemment, commencer par aller voir une pute, juste pour retrouver les sensations et les réflexes, c'était fait pour ça les putes, pour vous ramener à la vie. Pour l'instant, il se contenta de glisser une main sous sa veste de pyjama pour lui caresser les seins. Elle réagit bien, elle avait toujours aimé qu'il lui caresse les seins. Plus bas, évidemment, c'était plus compliqué.

Après le déjeuner du dimanche ils se regroupèrent, un peu comme un groupe de suppliants, autour de la voiture d'Aurélien, pour saluer son départ, comme s'il s'apprêtait à une montée au calvaire, et il y avait un peu de ça en effet. Il avait rendez-vous à Romainville le lendemain matin, naturellement il fallait qu'il reparte, et qu'il dorme dans le pavillon de Montreuil, c'était la meilleure solution, la solution raisonnable. Les gens sont soumis à leur destin dans l'ensemble, Cécile elle-même l'avait toujours été, et au fond elle n'avait eu qu'à s'en louer. Elle se dit cependant, sans doute pour la première fois de sa vie, qu'une attitude de révolte était peut-être, dans certains cas, préférable ; à la place d'Aurélien elle aurait dormi n'importe où, dans un hôtel Ibis de Bagnolet ou ailleurs, tout plutôt que de rentrer à Montreuil. Elle faillit le lui dire, hésita, s'abstint ; mais elle le regretta longtemps, une fois que la voiture de son frère eut disparu dans le dernier virage en direction de Villié-Morgon.

Aurélien n'en avait rien dit à Cécile, il pensait qu'il lui avait déjà bien assez parlé de ses soucis, mais il comptait annoncer le soir même à Indy son intention de divorcer ; il avait rendez-vous avec un avocat dès le lendemain, juste après le galeriste, ce n'était pas possible de différer plus longtemps. Et puis il y avait le prix des œuvres, ça aussi il fallait qu'il en parle, bref il s'attendait à une soirée abominable à tous points de vue. Il avait plus ou moins compté sur les embouteillages pour réfléchir, mais curieusement l'autoroute était déserte, on était pourtant à la fin d'une période de vacances scolaires, ou peut-être pas, il ne se souvenait plus. Godefroy, par exemple, était-il en vacances ? Il n'en avait pas la moindre idée.

Il arriva à Montreuil un peu avant vingt heures et eut beaucoup de mal à se garer, finit par trouver une place à cinq cents mètres du pavillon. Il avait sa clef. Indy était installée dans le canapé du salon, regardait la fin de « C Politique », et ne se leva pas pour l'accueillir. Il y a quelques mois elle essayait encore, plus ou moins, de donner le change ; ce temps était révolu. Il n'aimait pas la télévision en général, encore moins les émissions politiques qu'elle regardait avec assiduité, considérant probablement que cela faisait partie de son travail, mais

« C Politique » lui inspirait une aversion particulière, et le plongeait invariablement dans le désespoir. Tous ces gens réunis à l'écran, le présentateur malicieux, l'historien chauve, l'enquêtrice aguichante lui apparaissaient comme autant de marionnettes maléfiques, il n'arrivait pas à se persuader que ces gens vivaient comme lui, respiraient comme lui, qu'ils appartenaient au même monde, à la même réalité que lui. Il y avait aussi une sorte de préposée aux interviews dans la sinistre bande, et c'était probablement à elle que s'identifiait Indy, enfin qu'elle essayait de s'identifier, la plupart du temps elle devait plutôt s'enivrer d'humiliation en assistant à la prestation télévisuelle hebdomadaire de celle qu'elle ne pouvait même pas considérer comme sa rivale, tant elle planait à des hauteurs médiatiques qui lui demeureraient à jamais inaccessibles, tant elle lui rappelait à chaque instant qu'elle n'était qu'une journaliste ratée, appartenant à la presse écrite qui plus est. C'était peut-être la pire de toutes avec son air concerné, son autosatisfaction, son évidente conscience de son appartenance au camp du bien, sa promptitude à s'aplatir devant n'importe quel VIP du même camp. Indy partageait toutes ces caractéristiques, l'autosatisfaction en moins – forcément.

Il fourragea quelque temps dans la cuisine en essayant de faire le maximum de bruit. En vain : il n'y avait rien à boire, rien à manger non plus d'ailleurs, il n'avait pas faim mais une bouteille de vin, oui, il en aurait eu bien besoin. Il revint dans le salon, l'invitée était une sorte d'écrivaine débile dont il avait oublié le nom, Indy avait monté le son presque au-delà du supportable. « Il n'y a rien à boire ! » hurla-t-il. « Je ne suis pas ta bonne ! » répondit-elle en hurlant aussi. « Pas tellement ma femme non plus… » ajouta-t-il un peu plus bas, elle tourna un visage incompréhensif dans sa direction, ça lui parut inutile de répéter, la conversation était de toute façon terminée pour la soirée, leur explication attendrait demain, sans alcool ça lui paraissait insurmontable, finalement c'était peut-être mieux de voir l'avocat avant.

En se déshabillant il retrouva, dans une poche de son jean, le portable de Maryse. Il le lui avait demandé le matin même, juste avant de quitter l'hôpital. Elle lui avait donné aussitôt, sans poser de questions, sans commentaires ; personne ne l'avait remarqué, il ne pensait pas.

2

En découvrant les documents rassemblés par Édouard, Doutremont réagit mieux que Martin-Renaud ne l'avait escompté. Le dernier, il voyait assez bien ce que c'était : on avait probablement affaire à une partie du programme qui permettait de prendre le contrôle sur les machines zombies ; c'était un élément important, même si le programme complet devait comporter des dizaines de pages d'instructions analogues. Lui-même ne connaissait pas précisément le langage de programmation utilisé, mais il n'aurait aucune difficulté à se renseigner, il lui suffirait de passer un ou deux coups de fil. Où le père de Paul avait-il pu se procurer cette page de code ? Ce serait intéressant de le savoir ; mais, s'il avait bien compris ce que lui avait dit Martin-Renaud, son état de santé le rendait difficile à interroger.

La gravure représentant une sorte de diable, par contre, n'avait pas grand sens à ses yeux ; l'attentat contre la banque de sperme l'avait déstabilisé, l'obligeant à passer d'une piste d'ultragauche classique à une piste catholique intégriste beaucoup plus improbable ; cette image semblait maintenant les orienter vers une piste sataniste ; au point où il en était ça ne le dérangeait plus beaucoup, on restait à peu près dans le même domaine.

Au moment de l'attentat danois il avait fait appel à Sitbon-Nozières, qui était chargé de la veille idéologique dans le service ; il se rendit compte qu'ils ne s'étaient pas rappelés depuis. Sans bien savoir pourquoi, il se sentait mal à l'aise avec ce type sensiblement du même âge que lui, toujours impeccablement vêtu de costumes bleu sombre. Il le traitait pourtant avec une courtoisie parfaite ; mais, justement, cette courtoisie avait quelque chose d'ostensible, d'excessif. Au fond il ressentait en sa présence une sorte d'infériorité de classe, dont il avait du mal à comprendre l'origine ; Sitbon-Nozières avait la réputation d'être un type brillant, ancien élève de Normale, agrégé d'histoire, auteur d'une thèse sur les nihilistes russes, mais ce n'étaient pas ses études qui l'impressionnaient, il n'éprouvait par exemple aucune gêne en présence d'un énarque comme Paul ; les normaliens c'est vrai qu'il n'en connaissait pas, mais a priori ça ne le bluffait pas particulièrement. Ce qui lui en imposait chez Sitbon-Nozières, en y réfléchissant il dut finalement parvenir à cette conclusion désolante, c'étaient ses costumes : sans y connaître grand-chose il avait la certitude qu'ils devaient valoir très cher, des milliers d'euros probablement. C'est en grande partie un réflexe du même genre qui avait provoqué la défaite du candidat de droite à la dernière présidentielle, et permis l'arrivée au pouvoir du président. Aussi imbu de sa personne soit-il, le président n'avait rien d'un hobereau ; on sentait qu'il devait sa fulgurante ascension uniquement à ses qualités propres ; et c'était cela qui comptait, avant tout, aux yeux des électeurs.

Martin-Renaud avait embauché l'agrégé d'histoire deux ans auparavant pour surveiller toutes les publications extrémistes, et autres appels à l'insurrection, qui pouvaient traîner sur différents sites, dans les recoins les plus reculés du Net. Son bureau était vaste, il n'était pas situé au même étage que les autres bureaux du service, et il avait la particularité d'être connecté au réseau – aucun des leurs ne l'était, après différents essais malheureux ils avaient conclu que c'était la seule manière de sécuriser complètement leurs ordinateurs, et ils faisaient leurs recherches Internet sur des machines communes installées dans une pièce dédiée à cet usage. L'ordinateur de Sitbon-Nozières, contrairement aux leurs, ne contenait rien de secret ; son travail à lui était d'accéder à des contenus accessibles à tous, et même dont les auteurs aspiraient à la plus large diffusion possible.

Il fixa quelques secondes la gravure d'inspiration démoniaque avant de conclure qu'il ne voyait pas où ça pouvait les mener. Il n'avait rien sur les satanistes, pas le moindre dossier. Pour ce qu'il en savait ces types étaient des individualistes absolus, ç'aurait été absurde pour eux de se lancer dans une action terroriste ou militante, presque aussi absurde que de donner des consignes de vote.

Il n'était encore sûr de rien, mais ses propres recherches le conduisaient dans une direction différente. Les opposants à la mondialisation libérale et à la procréation artificielle n'appartenaient en général pas aux mêmes réseaux, mais il y avait un mouvement qui réunissait les deux : celui des anarcho-primitivistes. Il s'agissait d'une mouvance essentiellement américaine, lointainement inspirée par les luddites, quoique beaucoup plus extrême. Son idéologue le plus connu était John Zerzan. C'était également le plus radical : il ne souhaitait pas seulement détruire l'industrie, le commerce et la technologie moderne, mais aussi supprimer l'agriculture, les religions, les arts et même le langage articulé ; son projet en réalité était de ramener l'humanité au niveau du paléolithique moyen. Sitbon-Nozières tira de sa bibliothèque un mince fascicule de Zerzan avant de lire un passage :

« “L’agriculture permet une division du travail largement accrue, crée les fondements matériels de la hiérarchie sociale, et amorce la destruction de l’environnement. Les prêtres, les rois, les corvées, l’inégalité sexuelle, la guerre sont quelques-unes de ses conséquences spécifiques assez immédiates.”

— C’est tellement simpliste et extrémiste, j’ai du mal à croire que ça puisse avoir une influence… objecta Doutremont.

— Là, je ne suis pas d’accord avec vous. Déjà, il y a plus extrémiste que lui. Certains idéologues de la *deep ecology* prônent l’extinction de l’humanité, parce qu’ils pensent que l’espèce humaine est définitivement irrécupérable, et dangereuse pour la survie de la planète. C’est le cas de mouvements comme la *Church of Euthanasia*, le *Gaia Liberation Front*, le *Voluntary Human Extinction Movement*. Zerzan, lui, ne veut pas détruire l’humanité, mais la rééduquer. Quand il parle des hommes il les voit comme des primates sympathiques, avec un bon fond, mais qui se sont engagés dans une mauvaise direction depuis le néolithique. Ses thèses ressemblent beaucoup à celles du rousseauisme classique : l’homme naît bon, c’est la société qui le pervertit, etc. Et des gens comme Rousseau peuvent avoir une influence énorme ; on pourrait même dire que Rousseau est à lui seul à l’origine de la Révolution française. Les mythes du communisme primitif, de l’âge d’or ont toujours eu une puissance mobilisatrice incroyable, et c'est encore plus vrai aujourd'hui avec toutes les émissions sur la sagesse des civilisations traditionnelles, la chasse aux caribous par les Inuits, etc. En plus, ce qui est intéressant dans le cas de Zerzan, c'est qu'un de ses proches est passé à l'acte. Vous vous souvenez d'Unabomber ?

— Non, pas du tout.

— Ça remonte déjà à une trentaine d'années, c'est vrai. Unabomber est le nom que lui avaient donné les médias, il s'appelait en réalité Theodore Kaczynski. C'était un mathématicien très doué, je crois même qu'il a fait une découverte en algèbre, une nouvelle démonstration du théorème de Wedderburn, si je me souviens bien. Il a d'abord enseigné à Berkeley, avant de s'installer dans une cabane isolée quelque part dans le Montana. Le début de *Futur primitif*, le premier livre de Zerzan, est une véritable ode à Unabomber : "Il survivait tel un grizzly ou un couguar, tapi sous l'épais manteau de neige. Au printemps il sortait de sa tanière, parcourait la forêt, longeait les rivières. Chassait, pêchait, cueillait, glanait. Toujours seul. Libre, mais seul." Ça peut prêter à sourire, mais croyez-moi ça peut avoir de l'efficacité sur certaines personnes, ce genre de lyrisme. Zerzan a vraiment des points communs avec Rousseau : intelligence moyenne, mais une vraie musicalité dans les phrases ; c'est un mélange qui peut s'avérer extrêmement dangereux. Kaczynski, c'est autre chose : il est beaucoup plus rigoureux, plus structuré dans sa pensée, il ferait plutôt penser à Marx, si vous voulez. »

Sitbon-Nozières sortit à nouveau deux livres de sa bibliothèque : « Manifeste : l'avenir de la société industrielle », publié aux éditions du Rocher, et « La société industrielle et son avenir », aux éditions de l'Encyclopédie des Nuisances.

« Tenez, par exemple, le passage où il parle de la nature… » Il feuilleta rapidement un des livres avant de retrouver le passage : « C'est le fragment 184. Voilà tout ce qu'il trouve à dire sur la nature : "La plupart des gens s'accordent à dire que la nature est belle, et il est vrai qu'elle exerce un grand pouvoir de séduction." Vous voyez, ce n'est pas du tout le même style. D'ailleurs, il est souvent très critique à l'égard de Zerzan. Par exemple Zerzan défend des positions féministes, il prétend que le patriarcat n'est apparu qu'au néolithique, et que l'égalité entre les sexes régnait tout au long du paléolithique ; c'est une affirmation extrêmement douteuse. Il est également végétarien, et prétend que ce qu'il appelle les "pratiques bouchères" sont apparues très tard dans l'histoire de l'humanité ; là encore, les archéologues ne sont pas franchement du même avis. Kaczynski, lui, accepte l'inégalité naturelle et la prédation, et d'ailleurs il ne manifeste aucune sympathie pour la gauche, bien au contraire ;

dans un sens, c'est un écologiste plus conséquent. Toujours est-il que, dans sa cabane du Montana, il s'est lancé dans la fabrication de bombes artisanales, qu'il a envoyées à différentes personnes qui lui paraissaient être des représentants de la technologie moderne, et qu'il a fait trois morts et une vingtaine de blessés avant d'être arrêté par le FBI.

— Qu'est-ce qu'il est devenu ?

— Aux dernières nouvelles, il purgeait une peine d'emprisonnement à vie dans un pénitencier du Colorado. Mais il est peut-être mort maintenant, et s'il est vivant il doit avoir plus de quatre-vingts ans. En 1996, la *Church of Euthanasia*, un des mouvements les plus provocateurs de la *deep ecology* – ils aiment à proclamer que les quatre piliers de leur mouvement sont le suicide, l'avortement, le cannibalisme et la sodomie – a lancé une campagne *Unabomber for President* aux élections américaines ; sans le consulter, bien entendu, mais ça montre qu'il a longtemps gardé une certaine aura, un peu comme Charles Manson. Il n'est pas impossible non plus qu'il ait eu une influence souterraine en France. Son texte a eu deux traductions en français, alors qu'il n'en a eu aucune dans la plupart des autres langues ; et il ne s'agit pas exactement d'éditeurs marginaux. Une légende tenace veut qu'une jeune ethnobiologiste française ait rejoint Kaczynski, juste avant son arrestation, dans sa cabane du

Montana. J'ai recherché la trace de cette ethnobiologiste ; elle est l'auteur de travaux de grande envergure sur les vocalises des vaches, mais ne semble avoir eu aucune connexion avec Kaczynski ; toujours est-il que le bruit avait couru dans des fanzines alternatifs. Ce sont des éléments isolés, dont aucun n'a en soi une grande importance, mais j'ai la conviction depuis le début qu'il y a un lien particulier entre ces attentats et la France. Pourquoi choisir, dans la vidéo de la décapitation, un ministre de l'Économie français ? C'est vrai que Bruno Juge incarne, mieux que tout autre, la relance par l'industrie, la modernité technologique, le progrès ; mais c'est une idée qui ne pouvait venir à l'esprit que de terroristes français.

— Le théorème de Wedderburn est bien celui qui affirme que tout corps fini est nécessairement commutatif ?

— Oui, quelque chose comme ça. »

Doutremont sortit de son bureau pensif, mais pas totalement convaincu. Il n'y avait aucune place, dans le raisonnement du normalien, pour la représentation démoniaque ; ça ne cadrait pas avec l'intuition de leur ancien collègue paralysé, et à tort ou à raison Martin-Renaud lui accordait une grande importance, il n'avait pas envie d'écarter sans autre examen son point de vue. Sithon-Nozières recherchait des gens qui agissaient rationnellement, en fonction de certaines convictions, pour atteindre un but politique déterminé ; il ne pouvait pas raisonner autrement, c'était sa formation qui voulait ça, mais il était possible que ces attentats soient reliés par quelque chose de beaucoup moins rationnel, qu'une certaine forme de démence soit à l'œuvre, c'est du moins l'impression qu'il avait. Il repensa alors à quelqu'un qu'il venait d'embaucher, c'était une de ses vieilles connaissances qui le lui avait recommandé, un ancien hacker – enfin ancien il l'espérait, il n'en était pas du tout certain en réalité, il s'attendait d'un jour à l'autre à se retrouver face à lui, en tant que délinquant, de l'autre côté de la barrière. Cela faisait deux semaines que le nouveau était dans la maison, il avait juste eu le temps de se familiariser avec les services, il ne l'avait pas revu depuis son arrivée, il se souvenait juste d'un très jeune type, vingt ans à tout casser ; il aurait peut-être un avis différent sur la question, ça valait le coup d'essayer.

La plupart des jeunes contractuels embauchés par la DGSI pour leur connaissance particulière d'un secteur marginal de la société font un effort minimal d'adaptation aux codes vestimentaires de leur nouvel environnement de travail ; Doutremont lui-même l'avait fait, quelques années auparavant. Tel n'était pas le cas de Delano Durand, et Doutremont eut un choc en l'introduisant dans son bureau. Avec son jogging crasseux trop grand de trois tailles, son petit ventre de buveur de bière et ses longs cheveux graisseux et sales, il présentait au monde l'image exacte du métalleux de base, tel qu'il semble mystérieusement dans nos sociétés, depuis cinquante ans déjà, persévérer dans son être. Il prit sans un mot les documents que lui tendait son supérieur hiérarchique. Le premier, avec les lettres bizarres, il le connaissait déjà bien sûr, et il n'en savait pas davantage que n'importe qui dans le service, il le leur avait déjà dit. Comme Doutremont s'y attendait, il rejeta rapidement le dernier avec ce simple commentaire : « Comprends pas... » ; mais il garda longuement entre ses mains le second document, au point qu'il finit par lui demander :

« Celui-là vous rappelle quelque chose ?

— Ouais, bien sûr, c'est notre vieux copain Baphomet.

— Baphomet ?

— Ouais, Baphomet.

— Vous pouvez développer un peu ?

— À votre service, chef. Si on veut se la jouer pédant, on va dire que le nom date du Moyen âge, et que c'est probablement une déformation de Mahomet. On le retrouve pour la première fois dans une lettre d'Anselme de Ribemont, compagnon de Godefroy de Bouillon, datant de 1098, où il relate le siège d'Antioche. Pour les chevaliers chrétiens du Moyen âge, les musulmans n'étaient rien d'autre que des adorateurs du diable, on peut d'ailleurs se demander s'ils se trompaient tant que ça... » Il rit bruyamment, s'aperçut qu'il était le seul à rire, s'interrompit, reprit son exposé. « Bon, toujours est-il que Baphomet a ensuite été adoré par les Templiers, c'est d'ailleurs une des principales raisons de la destruction de l'ordre du Temple, avant d'être repris par les francs-maçons du rite écossais, et en ce moment il est très populaire dans les groupes de métal extrême et de death metal, principalement norvégiens, c'est une vraie star dans ces milieux-là. Le personnage est assez ambigu, il a une tête de bouc, il est barbu, mais en même temps il a des seins de femme, c'est plutôt curieux.

— Et le rapport entre les deux images ? Vous en voyez un ?

— Ah oui bien sûr, évident : le chiffre cinq. Dans les messages vous avez des pentagones, c'est ça qui les caractérise depuis le début. Plus exactement, des pentagones réguliers convexes. Sur le front de Baphomet, vous avez un autre type de pentagone : un pentagone régulier étoilé, c'est-à-dire un pentagramme ; et ça c'est important, parce que ça reste très employé en magie contemporaine. »

Doutremont sursauta en entendant les mots « magie contemporaine », puis il réfléchit quelques instants ; ce type n'était peut-être pas si nul finalement, son embauche avait peut-être été une bonne idée. « Et ça nous mène à quoi ? reprit-il, je veux dire concrètement ?

— Alors là j'en sais rien, chef, il faudrait que je me renseigne, que j'appelle des gens, enfin il faut me laisser un peu de temps. »

Il y avait une évidente ironie dans l'emploi du mot « chef », mais Doutremont ne réagit pas, il commençait à vieillir, se dit-il. Était-il aussi insolent que ce garçon, à son âge ? Il ne se souvenait plus très bien, il ne croyait pas. Il y avait certainement en lui à l'époque l'arrogance typique des nerds face aux béotiens en informatique, mais ça c'était normal, attendu, ça faisait partie du personnage, le contraire aurait presque déçu. Ces derniers temps, il commençait à comprendre un peu mieux ce que ça impliquait d'être chef, et il prit congé de Delano Durand avec calme.

3

Paul avait toujours apprécié quand le premier du mois tombait un lundi, il aimait bien en général que les choses coïncident, la vie aurait dû être une succession de coïncidences agréables, pensait-il. Idéalement. Ce lundi 1er mars le beau temps semblait s'être durablement installé sur la région parisienne, et même sur la France. Vers 17 heures il décida d'arrêter sa journée, il avait envie de boire un apéritif en terrasse, enfin des choses qu'il n'avait pas faites depuis longtemps, qu'il n'avait même jamais réellement faites, à vrai dire. Prudence serait peut-être disponible, c'était peu probable mais pas impossible, peu de choses lui paraissaient impossibles depuis leur dernier week-end.

Elle ne répondit qu'au bout d'une dizaine de sonneries, et dès qu'il l'entendit dire « Paul... » avec soulagement, d'une toute petite voix, il comprit qu'il s'était passé quelque chose de grave.

« Je suis à la maison. Il vaudrait mieux que tu rentres dès que tu pourras. C'est au sujet de mes parents.

— Qu'est-ce qui se passe ?

— Ma mère est morte. »

Elle l'attendait assise sur le canapé, les mains posées sur ses genoux, un peu recroquevillée sur elle-même. Elle devait avoir pleuré plus tôt, mais à présent elle était calme. Il s'assit à ses côtés, entoura ses épaules de son bras. Elle se laissa aller, posa la tête sur sa poitrine ; elle était incroyablement légère.

« C'est arrivé comment ?

— Un accident de voiture. Elle avait de mauvais réflexes, ça fait longtemps qu'elle aurait dû arrêter. On l'a transportée à l'hôpital de Vannes, ils ont tenté une opération, mais ça n'a pas marché. Elle est morte dans la nuit de samedi à dimanche. Ils ont essayé de me joindre tout le week-end, mais j'avais éteint mon portable, enfin tu sais... »

Oui, il savait ; lui aussi avait éteint son portable, ce dernier week-end ; ils avaient le droit de vivre.

« Finalement, la voisine m'a rappelée ce matin.

— Et ton père ?

— Il est en observation, à l'hôpital de Vannes lui aussi. Il ne va pas bien du tout, il refuse de parler à qui que ce soit. Je n'ose même pas imaginer dans quel état il peut être... » Elle se remit à pleurer, doucement, sans bruit. « Il avait dix ans de plus qu'elle, tu sais... Jamais il n'aurait imaginé lui survivre. »

Il revit son propre père prostré dans le fauteuil de la salle à manger, après la mort de sa mère, puis à l'hôpital psychiatrique de Mâcon, abruti de psychotropes, puis de nouveau à Saint-Joseph, il avait mis des mois à s'en sortir, il ne s'en serait probablement jamais sorti sans Madeleine. C'était curieux, sa mère n'avait pas été une épouse exceptionnelle, pas spécialement tendre ni aimante, pas non plus très attachée à son foyer – elle avait, si l'on y songeait, pas mal de points communs avec la mère de Prudence, à ceci près qu'elle venait plutôt de la petite bourgeoisie. Il n'avait pas l'impression, dans un cas comme dans l'autre, que leur amour ait vraiment résisté au temps ; et pourtant ils avaient continué, ils avaient passé leur vie ensemble, élevé des enfants, ils avaient passé le témoin, et après la mort de la femme le mari n'avait plus su comment vivre, il n'avait simplement pas su continuer. Dans le cas du père de Prudence c'était pire, il avait s'il s'en souvenait bien un peu plus de quatre-vingts ans, il débutait une maladie de Parkinson, enfin pour lui c'était vraiment *game over*.

« Tu vas y aller, bien sûr ?

— Oui, je prends le TGV pour Auray demain. »

Il n'y était allé qu'une fois mais il se souvenait très bien de la maison de Larmor-Baden, de la vue superbe qu'on avait de la terrasse sur le golfe du Morbihan, l'île aux Moines.

« Tu as pu joindre ta sœur ?

— Oui, Priscilla doit me rappeler tout à l'heure, il est encore tôt à Vancouver. Elle va venir aussi, dès que possible. Elle aime beaucoup papa, tu sais, elle a toujours été sa fille préférée… » Elle sourit avec résignation, sans vraie tristesse ; ça aussi, il pouvait le comprendre.

« Et elle, ça se passe bien, au Canada ? demanda Paul, entrevoyant la possibilité d'un sujet plus léger.

— Non, pas tellement en fait, elle est en train de divorcer. Ça ne m'étonne pas du tout, j'ai toujours su que ça ne marcherait pas entre eux. »

Cette fois Paul revit le mariage, un grand mariage à Boulogne, il se souvenait du jardin où avait eu lieu la réception, il avait complètement oublié la tête du mari mais bizarrement il se souvenait de sa profession, c'était un Canadien, un Canadien anglophone qui travaillait dans l'industrie pétrolière. Prudence, elle, « avait toujours su que ça ne marcherait pas », elle avait toujours su et n'en avait rien dit. La communication entre sœurs, se dit-il, n'est pas toujours meilleure qu'entre frères ; souvent, mais pas toujours.

Il l'accompagna le lendemain matin à la gare Montparnasse, ils traversèrent ensemble le parc de Bercy, il faisait presque chaud et il défit son manteau. « Oui, c'est surprenant, n'est-ce pas ? remarqua Prudence, j'ai même pris un maillot de bain. Bon, là, je m'illusionne sans doute un peu... » Le réchauffement climatique était indéniablement une catastrophe, Paul n'avait aucun doute là-dessus, il se sentait tout à fait prêt à le déplorer, voire à le combattre le cas échéant ; il n'empêche qu'il donnait à la vie un tour imprévisible, fantasque, qui lui faisait défaut auparavant.

Ils étaient largement en avance, et prirent un café dans un des bars de l'intérieur de la gare. « Priscilla arrive après-demain, juste à temps pour l'enterrement. Bon, je suppose que tu n'as pas très envie de venir, tu ne l'as jamais tellement aimée, ma mère ? » Il eut un mouvement de gêne. « Je ne t'en tiens pas rigueur, elle a toujours été odieuse avec toi. Avec moi aussi d'ailleurs, dès qu'il était question de toi. J'ai même eu l'impression, parfois, qu'elle était jalouse. »

Jalouse ? C'était une idée étrange, il n'y aurait jamais pensé, mais elle avait peut-être raison. Elle avait certainement raison, même ; il ne connaissait à peu près rien aux relations mère-fille, et il sentait que c'était un des nombreux sujets sur lesquels il valait mieux qu'il reste dans l'ignorance.

« Enfin, poursuivit Prudence, tu m'as comprise, je ne peux pas dire que je sois folle de chagrin. Tu sais, ça me fait penser aux vieux livres, quand les hommes disaient, à propos de leur femme qu'ils trompaient tout le temps : "C'est la mère de mes enfants", pour montrer qu'ils avaient malgré tout du respect pour elle ; je comprends ce qu'ils voulaient dire, ça ne m'a jamais paru bidon, comme sentiment. Eh bien là, je serais tentée de dire : "C'était l'épouse de mon père, tout de même." Le plus dur, là j'espère que Priscilla pourra m'aider un peu, ce sera de trouver quelqu'un pour papa. Même quand il ira mieux il ne pourra pas rester tout seul chez lui, c'est impensable. Et, franchement, je ne me vois pas le mettre dans un EHPAD.

— Oh non ! » Paul avait répondu avec une violence qui le surprit lui-même, dans un éclair il venait de revoir la maison, les petites chambres mansardées, le lever de soleil sur le golfe du Morbihan. C'était un endroit, très différent de Saint-Joseph, mais c'était aussi un endroit pour vivre, un endroit pour vieillir et pour mourir ; ce que n'était pas, ne pourrait jamais être un EHPAD.

L'heure du train approchait, il ne leur restait plus que quelques minutes « Tu pourras venir, maintenant… dit-elle. Ce serait bien que tu viennes. Tu avais bien aimé la région, je crois ? Et puis, on a tellement de choses à rattraper. »

Oui, tellement de choses, se dit Paul. Elle se leva avec vivacité, elle n'avait qu'un sac léger, qu'elle portait en bandoulière. « Bon, maintenant il faut vraiment que j'y aille, mon train est là. » Le TGV pour Quimper, arrêts Vannes et Auray, était en effet annoncé voie 7.

« C'est de ma faute, je sais, enfin c'est en grande partie de ma faute » dit-elle encore. C'était de sa faute aussi, enfin c'était de leur faute à tous les deux et de toute façon ça n'avait plus aucune importance, il se lança dans des explications confuses, ils ne parvenaient pas à détacher leurs regards l'un de l'autre, il le fallait pourtant, si elle voulait prendre son train. « Je sais tout ça, mon chéri » dit-elle à mi-voix, puis elle lui planta un baiser sur la bouche, un baiser rapide, avant de se retourner et de disparaître dans la foule en direction du quai.

4

« Caractéristiques : 1. Mettez-le et faites que votre amoureux vous aime plus. 2. Exprimez votre charme sexy et fascinez les hommes. 3. Exposez votre taille et vos jambes fines. 4. Le meilleur cadeau pour votre amoureux. 5. C'est un outil pour promouvoir la relation de mariage. 6. Matériel : 35 % fibre de polyester, 65 % coton. 7. Ce body lingerie la rendra très heureuse et belle. »

(Présentation des vêtements de la marque GDOFKH)

Dans le célèbre début de *La Fille aux yeux d'or*, où Balzac dépeint les humains comme mus par la quête du plaisir et de l'or, on peut s'étonner qu'il ait omis de parler de l'ambition, cette troisième passion, d'une nature tout à fait différente, à laquelle il était lui-même particulièrement soumis. Bruno par exemple n'avait jamais paru porté par un grand appétit de jouissance, de lucre encore moins ; mais ambitieux, oui, il l'était. On ne pouvait d'ailleurs pas très bien déterminer si l'ambition était une passion généreuse ou égoïste ; si elle correspondait au désir de laisser une trace positive dans l'histoire de l'humanité, ou à la simple vanité d'être compté parmi ceux ayant laissé une telle trace. En somme, Balzac avait un peu simplifié.

Prudence ne lui téléphona que trois jours plus tard, le vendredi soir. Priscilla était arrivée et c'était un vrai soulagement, sa sœur était décidément plus douée qu'elle pour organiser les choses. L'enterrement avait eu lieu, il s'était si l'on peut dire bien passé – ce qui signifiait, supposait Paul, qu'un nombre suffisant de personnes du village s'était déplacé, et que le prêtre avait correctement accompli les rites. Son père évidemment n'était pas là, d'ailleurs on ne l'avait même pas tenu informé de la cérémonie. Son esprit continuait à errer dans des zones incertaines, heureusement il dormait beaucoup, les médicaments au moins permettaient ça. Le reste du temps il demeurait mutique, détournait la tête avec dégoût dès que quelqu'un pénétrait dans sa chambre, que ce soit une infirmière ou l'une de ses filles, même l'arrivée de Priscilla n'avait éveillé en lui aucune joie. Le psychiatre était très réservé sur une éventuelle date de sortie ; il faudrait des semaines, peut-être des mois, avant qu'il ne soit stabilisé ; et une aide à domicile, dans tous les cas, demeurerait indispensable.

Le reste était plus inattendu : sa sœur envisageait de quitter définitivement le Canada, son mari lui laissait sans problème la garde de leurs deux filles, il n'avait même pas manifesté le désir de les revoir, en réalité il avait l'air de complètement s'en foutre. Priscilla pouvait travailler à peu près n'importe où, elle faisait pratiquement tout par Internet, alors pourquoi pas Larmor-Baden ? Elle avait toujours aimé la maison, et elle était certaine que ses filles l'adoreraient.

Ce qu'était le travail de Priscilla, Paul ne l'avait jamais compris, et Prudence pas davantage ; mais cela semblait impliquer des logos, des émojis, et des notions de différentes langues asiatiques. Son travail avait beau être difficile à définir pour un profane, il n'en était pas moins extrêmement rémunérateur : c'était elle par exemple qui avait dessiné le nouveau logo de Nike, un remplacement ardu vu la notoriété du précédent, et qui avait choisi le lettrage et la typographie des slogans imprimés sur les tee-shirts Apple. Elle avait de temps en temps à effectuer des voyages à l'étranger, très brefs, jamais plus d'une journée, un peu partout dans le monde, surtout aux États-Unis et au Japon. Mais à vrai dire ces voyages devenaient de plus en plus rares, les visioconférences permettaient maintenant presque tout, Larmor-Baden convenait aussi bien que Vancouver.

Si elle s'installait sur place, la recherche d'une aide à domicile se passerait évidemment dans de meilleures conditions, et Prudence, après deux premières journées difficiles (il n'était pas facile de trouver quelqu'un, une femme de ménage simple ça allait, mais dès qu'il y avait des tâches médicales, un risque d'accident, ça se compliquait tout de suite), se sentait maintenant tout à fait optimiste. En plus le temps en Bretagne était exceptionnel, on n'avait jamais vu ça début mars, elle était même allée à la plage cet après-midi, dit-elle à Paul, enfin elle ne s'était pas baignée, tout de même pas, mais elle avait pu se mettre en maillot de bain. « J'ai constaté que j'avais plutôt un beau cul », ajouta-t-elle sans transition. Pourquoi lui disait-elle des choses pareilles ? Elle ne l'avait jamais fait auparavant. Il aurait dû répondre : « Oui, ma chérie, tu as un cul magnifique », ou mieux encore : « Oui, ma chérie, j'ai toujours adoré ton cul », mais il en fut incapable. Il n'avait pas vu son cul depuis bien longtemps mais il en avait un souvenir parfait, et il avait bien senti, l'autre soir à Saint-Joseph, en posant sa main sur lui, qu'il n'avait pas tellement changé, ses mains ne pouvaient pas se tromper là-dessus. Il se sentait à deux doigts de bander, là aussi il aurait dû dire quelque chose. Par exemple, si on avait été dans un thriller américain contemporain, il aurait dit : « Arrête de me faire bander ! » avec un rire stupide mais complice. Dans la réalité il se contenta d'un gloussement modéré avant de raccrocher, lui aussi avait des progrès à faire.

Il y avait encore une autre passion que Balzac avait oubliée, c'était l'amour maternel, se dit-il immédiatement après avoir raccroché. Il avait par contre, étrangement, traité le cas de l'amour paternel, pourtant moins répandu, ce n'était pas le Canadien qui le contredirait. Son père avec Cécile, le père de Priscilla en offraient quelques exemples, mais quand même c'était moins *hardcore* que le père Goriot.

Il passa le reste de la nuit à lire, mais pas Balzac, il chercha de la philosophie dans la bibliothèque, ça lui paraissait plus approprié. Il n'avait malheureusement pas grand-chose en philosophie, une quinzaine d'ouvrages tout au plus, et il semblait s'agir de philosophes plutôt neuneus, dans le genre conciliant. Lui-même s'était toujours senti plus ou moins exempt des différentes passions qu'il venait d'énumérer, et qu'avaient presque unanimement condamnées les philosophes du passé. Il avait toujours envisagé le monde comme un endroit où il n'aurait pas dû être, mais qu'il n'était pas pressé de quitter, simplement parce qu'il n'en connaissait pas d'autre. Il aurait peut-être dû être un arbre, à la rigueur une tortue, quelque chose en tout cas de moins agité qu'un homme, avec une existence soumise à moins de variations. Aucun philosophe ne semblait proposer de solution de cet ordre, tous au contraire paraissaient s'accorder sur le fait qu'on devait accepter la condition humaine « avec ses limitations et ses grandeurs », comme il l'avait lu une fois dans une publication d'obédience humaniste ; certains émettaient même l'idée repoussante qu'il convenait d'y découvrir une certaine forme de *dignité*. Comme l'aurait dit un jeune, *lol*.

Lorsqu'il parvint enfin à s'endormir, renvoyant ces décevants philosophes à leur néant, le jour se levait sur le parc de Bercy. Dans son rêve, deux auto-stoppeurs hollandais attendaient au bord d'une route en Corse, qui menait probablement au col de Bavella, c'était un des sites qu'ils avaient visités, avec Prudence, lors de leurs vacances en Corse, et d'ailleurs les deux jeunes gens, bien qu'ils n'aient guère plus de vingt ans et qu'ils soient extrêmement blonds, qu'ils ne leur ressemblent en réalité pas du tout, paraissaient les représenter, Prudence et lui. Il eut alors l'espérance que des scènes érotiques allaient s'ensuivre, voire qu'ils allaient reprendre leurs véritables visages, jusqu'à ce qu'il ait l'impression de revivre certains moments, ces vacances en Corse avaient été merveilleusement érotiques, c'était sans doute le moment le plus érotique de sa vie. Malheureusement rien de tel ne se produisit, il était décidément impossible d'orienter le contenu de ses rêves, lui du moins n'y parvenait pas.

Au lieu de cela, une voiture de sport rouge s'arrêtait devant lui, ou plutôt devant le jeune Hollandais qui le représentait, alors que Prudence était partie chercher de l'eau à une fontaine proche. À son bord, deux jumeaux italiens d'une quarantaine d'années, aux cheveux très noirs, presque bleutés, au sourire hypnotique et faux, se tournaient symétriquement vers lui avec un regard d'invite ambigu. Sans pouvoir s'en empêcher, il montait à l'arrière de leur voiture (il s'agissait probablement d'une Ferrari, d'un modèle de type cabriolet, les sièges arrière étaient exigus, leurs dimensions tout au plus adaptées à des enfants jeunes), puis ils démarraient aussitôt. La jeune fille représentant Prudence revenait à cet instant de la fontaine, sa gourde remplie à la main ; elle faisait de grands gestes affolés dans sa direction ; les deux jumeaux éclataient d'un rire nerveux déplaisant.

Peu après une autre voiture s'arrêtait devant la jeune fille, qui montait à son bord, il s'agissait cette fois presque certainement d'une Bentley Mulsanne. Bien qu'on soit en plein été, et que la chaleur soit écrasante, l'intérieur de la voiture était froid, presque glacial, et tapissé de fourrures russes. Alors que le chauffeur avait un physique de guérillero et semblait habitué au maniement des armes, l'homme qui l'accueillait à l'arrière était presque un vieillard, et tout dans son apparence évoquait un mélange d'épuisement et de raffinement presque décadent. La pseudo-Prudence lui relatait alors les événements ; le vieux décadent semblait inquiet, et persuadé de la nécessité d'agir. « Ils sont dangereux, n'est-ce pas ? » demandait-il à son chauffeur. « Extrêmement dangereux », confirmait celui-ci.

Quelques kilomètres plus loin, ils apercevaient la Ferrari rouge garée près d'un chemin qui serpentait vers le sommet de la montagne. Le chauffeur se garait aussitôt à proximité. À la grande surprise de la pseudo-Prudence, le vieillard sortait de la limousine vêtu d'une tenue moulante de caoutchouc noir qui semblait adaptée au close-combat, il s'agissait probablement d'une combinaison de plongée ; un poignard d'une trentaine de centimètres, à la lame affûtée comme un rasoir, était accroché à sa ceinture.

Au milieu de leur ascension, la pseudo-Prudence s'étonnait de ce que leur chemin soit si escarpé, difficile, alors qu'à quelques mètres un autre chemin, qui conduisait manifestement au même endroit, se déroulait en pente douce et en courbes faciles, un groupe d'écoliers le descendait d'ailleurs en chantant. « Qui cherche la difficulté la trouve », répondait mystérieusement le vieil homme. Un peu plus loin, l'ascension devenait si périlleuse que la pseudo-Prudence manquait de chuter dans le précipice qui s'ouvrait à la gauche du chemin, la pente à cet endroit était presque verticale. Manifestant une agilité surprenante pour son âge, l'homme la rattrapait au dernier moment, l'empêchant ainsi de s'écraser une centaine de mètres plus bas.

Ils arrivaient enfin au terme de leur ascension : un vaste plateau herbeux, parsemé de pierrailles, entouré de toutes parts par des parois infranchissables. Un refuge bâti avec les mêmes pierres s'élevait au centre. Ils y pénétraient, mais l'endroit n'était rempli que de touristes indifférents qui bavardaient bruyamment tout en ripaillant en famille, et d'autochtones à l'air abruti, vaguement hostiles, qui circulaient sans mot dire au milieu d'eux ; il n'y avait aucune trace des jumeaux. Alors le vieil homme prenait conscience qu'ils étaient arrivés trop tard, qu'il n'y avait plus rien à faire, et que la jeune fille ne reverrait jamais son fiancé ; en termes mesurés, il reconnaissait sa défaite. La jeune fille, autrement dit la pseudo-Prudence, comprenait à son tour que l'amour de sa vie était définitivement perdu.

Paul se réveilla vers midi, et après s'être préparé un café se connecta à un site d'escorts, puis il passa une dizaine de coups de téléphone, laissa autant de messages sur les répondeurs des filles, et s'installa pour attendre. Vers 15 heures, sentant que sa motivation commençait à baisser, il eut l'idée de regarder un peu de porno sur Internet, mais le résultat fut décevant, et même contre-productif. Il aurait dû acheter du Viagra ou quelque chose, mais il fallait certainement une ordonnance.

La première fille qui répondit – et qui devait d'ailleurs rester la seule – appela vers 21 heures. Elle était libre à 22 heures, oui. Elle s'enquit ensuite de son âge et de son appartenance ethnique – un blanc sur la fin de la quarantaine c'était parfait, c'était exactement le genre de clientèle qu'elle recherchait ; apparemment, les critères des escorts se situaient aux antipodes du système de valeurs habituellement prôné par les médias de centre gauche. La fille rappela enfin ses tarifs : 400 euros de l'heure. Elle ne pratiquait pas l'anal, et naturellement exigeait un préservatif – hormis pour la fellation. Elle recevait dans le 16e, rue Spontini – beaucoup d'escorts, apparemment, exerçaient leur métier dans ce quartier riche, enfin moins riche que Saint-Germain-des-Prés, riche ordinaire, ce qui était finalement plutôt rassurant. Elle termina la conversation par un « Gros bisous » assez surprenant.

Il réétudia dans le taxi la fiche d'informations qu'il avait imprimée à partir du site. Mélodie était française, se présentait comme étudiante et affichait 23 ans ; au vu de ses photographies – qui ne laissaient pas apparaître son visage, mais donnaient de larges informations sur son corps – l'âge au moins paraissait plausible. Elle se déclarait en outre « sans me vanter, experte en sucettes », ce qui était rassurant au dernier degré, en cas de difficultés il pourrait se rabattre sur une pipe, c'était une situation où l'on parvenait toujours à bander, du moins c'est le souvenir qu'il en avait.

Il la rappela comme convenu arrivé en bas du 4, rue Spontini. Au bout de cinq minutes, il reçut une réponse sous forme de SMS : « 7 rue Spontini, en face. » Il se rendit à l'adresse indiquée, envoya un nouveau message. Au bout d'un quart d'heure il reçut un message très bref, « 5 mn », qui le refroidit quelque peu ; était-elle avec un client ? S'il croisait un client, il n'était pas du tout certain de parvenir à bander par la suite. Il patienta dix minutes, puis envoya à son tour un SMS, puisque ça semblait être son mode de communication. Il écrivit d'abord : « Dispo maintenant ? », qui lui paraissait correspondre à un parler jeune, puis après un temps de réflexion ajouta un « Bisous » de moins en moins dans le contexte. Elle répondit aussitôt cette fois, par le message : « B1984. Porte C. » Après avoir suivi les instructions il se retrouva en face d'une nouvelle porte, avec un nouveau code, on se serait cru dans une nouvelle de

Kafka, mais moderne, les gardiens de la porte étaient automatisés. Il envoya alors un : « Je suis là » qu'on aurait presque pu, songea-t-il dans un bref moment d'autoapitoiement, qualifier d'émouvant. Il lui fallut de nouveau attendre quelques minutes, puis il obtint un « 11B23. 5e » qui constituait, selon toute apparence, le terme de l'échange.

Sur le palier du cinquième vers le fond, une porte était entrouverte. L'appartement était plongé dans la pénombre, de petites lampes disposées çà et là faisaient des taches de lumière isolées. Il distingua à peine le visage de la fille qui l'accueillit sur le seuil, mais elle portait une minijupe noire, des porte-jarretelles et des bas résille, un haut moulant et transparent, noir également – beaux seins, nota-t-il machinalement. Cet éclairage était probablement supposé créer une atmosphère envoûtante et érotique – et de fait cela fonctionnait assez bien, l'effet était renforcé par une forte odeur d'encens, des bâtonnets se consumaient sur une table basse. Il tendit les quatre cents euros à la fille, qui recompta rapidement la somme, puis fit disparaître les billets dans son sac à main. « Vous voulez boire quelque chose ? » proposa-t-elle, il apprécia ce vouvoiement, ça le mettait plus à l'aise, maintenant il se sentait vraiment dans la position du client, la remise effective de l'argent avait sans doute clarifié les choses ; il déclina cependant l'offre, parce qu'il aurait fallu qu'il précise ce qu'il voulait boire, en plus il ne savait pas ce qu'elle avait, enfin c'était compliqué, il lui semblait qu'il valait mieux éviter de parler.

« Alors, on commence ? enchaîna la fille.

— Vous vous appelez… Mélodie, c'est ça ?

— Oui, enfin… » Elle secoua la main pour balayer ce détail sans importance, c'était un pseudo évidemment.

« Vous avez écrit… il hésita encore, que vous étiez "experte en sucettes", n'est-ce pas ?

— Ah, quelqu'un qui lit les annonces, c'est bien !… » dit-elle en souriant, finalement elle avait l'air plutôt sympa, cette fille. « Bon, asseyez-vous » ajouta-t-elle comme il restait sans réagir. Il s'assit docilement sur le canapé, sa voix lui disait vaguement quelque chose.

« Vous pouvez vous déshabiller » dit-elle au bout d'une minute, comme il ne bougeait toujours pas. Il obéit, enfin il enleva le bas, ça lui paraissait suffisant pour l'instant. « Vous n'êtes pas habitué, c'est ça ? » Il acquiesça d'un hochement de tête. « Ne vous en faites pas, ça va bien se passer » dit-elle ; puis elle s'agenouilla entre ses cuisses.

À sa grande surprise il banda, très dur, dès qu'elle referma les lèvres sur sa bite. Elle s'y prenait bien, lui caressant les couilles d'une main pendant que de l'autre elle le branlait dans sa bouche, tantôt lentement tantôt vite. Parfois elle le regardait droit dans les yeux, au moment surtout où elle le prenait très profondément dans sa bouche ; parfois au contraire elle demeurait les yeux clos, entièrement concentrée sur les mouvements de sa langue autour du gland. Il se sentait de mieux en mieux, et au bout de deux ou trois minutes il osa dire : « Il fait vraiment sombre, ici. Est-ce que je peux allumer ? »

Elle s'interrompit. « Ah, tu aimes bien regarder... » dit-elle avec un sourire. Elle était passée au tutoiement, mais ça ne le dérangeait plus à ce stade. Elle continua à le branler de la main gauche, approcha la lampe de sa main droite. Au moment où le rayon de lumière se posait sur son visage il fut traversé par un choc violent, se recroquevilla sur lui-même avec effroi : Mélodie c'était Anne-Lise, la fille de Cécile ; c'était elle, il n'y avait aucun doute. Il avait eu la fugitive impression, au début, que son visage lui rappelait quelqu'un, mais maintenant il la reconnaissait avec certitude. Elle le considéra un moment avec stupéfaction, puis le reconnut à son tour. « Oh, merde... » dit-elle. Elle demeura prostrée pendant quelques secondes avant de demander : « Tu ne diras rien à papa ? »

Pourquoi papa ? se demanda Paul, il n'était pas tellement intime avec Hervé, ce n'était que son beau-frère ; avec Cécile, oui, il pouvait y avoir un problème.

« Maman je crois qu'à la rigueur elle comprendrait, poursuivit Anne-Lise comme si elle avait deviné sa pensée, mais papa ça le tuerait. »

En effet, Cécile, étrangement, comprendrait ; sans se l'expliquer réellement, il sentait qu'elle avait raison. Il confirma que naturellement il ne dirait rien, ça ne lui serait même pas venu à l'idée, et en disant ça il eut un bref instant de panique, parce que lui non plus n'avait aucune envie que ça se sache.

« Tu te tairas, toi aussi ?

— Oui, ne t'en fais pas, on va dire que ça restera un secret entre nous. » Elle réfléchit un instant. « Je ne sais pas comment t'appeler, poursuivit-elle, avant je t'appelais "tonton", mais la dernière fois que je t'ai vu je devais avoir genre douze ans, là ça le fait pas, je trouve. Bon, on va boire un truc. »

Elle se releva. « Tu veux du fort, je suppose ? » Il acquiesça, et profita qu'elle était dans la cuisine pour se rajuster.

Elle revint avec une bouteille de Jack Daniels, remplit deux grands verres. Oui, elle était escort occasionnelle depuis quelques années, pratiquement depuis le début de ses études en fait, le job dans la maison d'édition ça avait toujours été bidon, de toute façon l'édition c'était des boulots de chiotte, elle avait l'intention de faire carrière à l'université, prof d'université c'était un vrai statut, dès qu'elle aurait un poste elle arrêterait. Ici ce n'était pas chez elle, elle habitait un studio dans le 5e, c'était un truc qu'elle louait avec deux autres filles, deux Russes un peu connes mais bon. Avec ça elle mettait de côté dix mille euros par mois, nets d'impôts, en travaillant quelques heures par semaine. « Tu veux que je te rende tes quatre cents euros, au fait ? » Il refusa, ce n'était vraiment pas la peine. « Et puis j'ai bien aimé ta pipe » poursuivit-il sans l'avoir prémédité, dans un mouvement de franchise imprévu qui le plongea dans l'embarras, mais provoqua chez Anne-Lise un sourire.

« Maman elle gagne sa vie en faisant la cuisine pour des gens qu'elle n'aime pas, poursuivit-elle, alors qu'elle adore faire la cuisine, c'est la grande passion de sa vie, est-ce que c'est mieux que ce que je fais, moi ? »

Ça ressemblait à une tentative de justification, mais outre qu'il n'était pas en position de lui faire des reproches c'était une question difficile, c'est vrai que dans l'esprit de Cécile faire la cuisine pour quelqu'un était normalement une preuve d'affection, enfin quelque chose d'intime, mais d'un autre côté il y avait la profession de restaurateur, en général considérée comme honorable. « Ta mère, ça se passe mal avec ses clients ? » se contenta-t-il de lui demander, ça c'était une chose que Cécile ne lui avait pas dite.

« Horrible. Les bobos lyonnais, elle ne peut carrément plus les supporter, elle va finir par empoisonner les plats, non je blague... Moi mes clients ils sont gentils, enfin il y a les racailles, mais tu les repères en deux questions au téléphone. Tu n'as pas que des bourgeois, ça c'est fou quand on considère le prix que ça coûte, il y a vraiment des gens de milieu modeste, ça les impressionne de venir dans le 16e, ils s'imaginent que c'est là qu'habitent les très riches, enfin c'est des braves gens, en général. Bon, la pénétration des fois c'est un peu pénible, tu sens vraiment le corps du mec, son odeur, il faut penser à autre chose et attendre. Mais il y en a beaucoup qui se contentent d'une pipe, et là ils ont payé pour une heure et au bout d'un quart d'heure c'est fini, des fois moins, c'en est limite gênant alors je fais un peu la conversation pour meubler jusqu'à une demi-heure, et là j'ai plein de commentaires sur le site, "fille sympa et intelligente", "social time génial", "un trésor prenez-en soin", enfin t'as l'impression que c'est leur premier moment de bonheur depuis des années, ils sont tellement seuls, ça fait pitié.

— Et toi, au fait, tu viens pourquoi ? continua-t-elle au bout d'un temps. Je sais, enfin maman m'a dit, que ça ne se passait pas très bien avec ta femme. »

Paul but une longue gorgée de bourbon avant de répondre. Il y avait eu des problèmes, en effet, et même de gros problèmes, mais là depuis quelque temps ça allait mieux ; et c'est justement pour ça qu'il venait.

Elle secoua la tête pensivement, un peu surprise, but elle aussi une gorgée de bourbon.

« Les clients me parlent beaucoup, dit-elle, ils ont presque tous besoin de s'expliquer. On ne m'avait jamais dit ça, pas exactement, mais je crois que je vois ce que tu veux dire. C'est un peu comme si tu avais besoin d'une fille pour vérifier que ça marche, comme une sorte d'intermédiaire avant de revenir au sexe normal ? » Paul acquiesça. Elle secoua la tête à nouveau, but une nouvelle gorgée d'alcool avant de conclure : « C'est compliqué, des fois, la vie. »

5

À peu près au même moment, Aurélien s'endormait dans les bras de Maryse. Il l'avait appelée la veille, elle ne travaillait pas, et n'était pas non plus de permanence ce week-end. Elle avait tout de suite accepté de sortir avec lui ce samedi, elle n'avait pas de voiture et n'avait jamais eu l'occasion de visiter la région depuis son arrivée, trois mois auparavant.

Il avait attendu le départ d'Hervé et de Cécile pour l'hôpital, puis, quelques minutes plus tard, avait pris à son tour la direction de Belleville. Elle habitait à la périphérie de l'agglomération, dans un quartier clairement islamiste. Il avait beaucoup entendu parler de ces quartiers dans les médias mais n'en avait jamais vu, enfin il avait déjà observé des choses de ce genre à Montreuil, mais c'était moins net, il y avait des espèces de zones intermédiaires, et surtout on s'y attendait davantage, c'était plus surprenant à Belleville-en-Beaujolais, pour ce qu'il en savait l'islamisme était plutôt un problème lié aux banlieues, mais au fond il n'en savait rien, cela avait pu se répandre dans des villes de province moyennes ou petites, il n'était pas très bien informé sur la société française. Quoi qu'il en soit toutes les femmes qu'il croisa étaient en niqab, certaines avec un grillage à la hauteur des yeux, d'autres non, et la plupart des hommes avaient un look salafiste caractérisé. Il n'y avait par contre pas de racailles, les salafistes avaient-ils réussi à chasser les racailles du quartier ? Ce n'était pas certain, il n'était que dix heures du matin et les racailles, comme la plupart des prédateurs, ne sortent généralement qu'à la tombée de la nuit.

Maryse l'attendait en bas de son immeuble, un bloc de béton de trois étages assez laid. « Je ne te fais pas monter, dit-elle, chez moi ce n'est pas terrible, enfin quand j'ai été mutée j'ai pris le premier truc qui se présentait, au moins ce n'est pas cher. Si je reste, j'essaierai de m'installer un peu mieux. » Elle avait mis une jupe courte plutôt moulante et un tee-shirt funky, et fut visiblement soulagée qu'Aurélien arrive, elle n'était pas très à l'aise avec les regards qui se posaient sur elle depuis qu'elle était sortie de l'immeuble. Elle s'était également maquillée, et portait de grandes boucles d'oreille dorées.

Il avait choisi la roche de Solutré, c'est classique, ça plaît toujours et ça faisait longtemps qu'il ne l'avait pas revue. En effet, dès qu'elle aperçut la silhouette de la montagne calcaire se profiler à l'horizon, avec sa montée par paliers et sa chute abrupte, elle fut envahie par un mouvement d'admiration spontané, sincère, alors il comprit qu'il avait bien fait, quoi qu'il advienne par la suite, de lui proposer cette promenade.

« Vraiment joli... dit-elle. Mais attends, je crois que j'ai vu l'endroit à la télé. C'est pas là qu'il venait, votre ancien président, le vieux ?

— Si, François Mitterrand. » Aurélien ne se souvenait que très vaguement de François Mitterrand, guère plus que des Chevaliers du Zodiaque ou de l'ours Colargol. Dans son enfance déjà, les industries du divertissement avaient entrepris de recycler du vintage tout en proposant de nouveaux produits, sans les différencier clairement, si bien que toute idée de succession et de continuité historique s'était peu à peu perdue. Il parvenait quand même, la plupart du temps, à situer François Mitterrand comme postérieur à Charles de Gaulle ; mais il lui arrivait parfois d'avoir des doutes à ce sujet.

La montée vers Solutré était bien aménagée, avec des escaliers et des rampes lors des quelques passages raides, c'était une demi-heure d'une marche facile sous un azur limpide, avec juste quelques petits nuages mignons. À peu près à la moitié de la montée, il passa son bras sous le sien ; à chaque pas qu'ils firent ensuite, Aurélien eut l'impression qu'ils tombaient l'un vers l'autre en même temps qu'ils se rapprochaient du sommet. Est-ce que c'était cela, l'amour ? Si c'était le cas, c'était une chose bizarre, et paradoxalement facile ; c'était une chose, en tout cas, qu'il n'avait jamais connue.

Arrivés au point culminant de la roche, ils considérèrent le paysage de coteaux, de prairies, de forêts et de vignes qui s'étendait à leurs pieds. « Alors c'est ça, la France… » dit-elle après un long moment. « Oui… répondit-il, enfin oui, ça y ressemble pas mal. » Elle hocha la tête sans faire de commentaires. Elle-même venait du Bénin, elle le lui avait dit pendant le parcours en voiture. Comme il ne réagissait pas, elle avait précisé : « C'est ce que les Français appelaient le Dahomey, quand ils possédaient le pays. » Mais le mot de Dahomey ne lui disait rien non plus. « Oui, tu préférais l'histoire à la géographie » conclut Maryse. « L'histoire ancienne, surtout » ajouta-t-il. « L'histoire ancienne… » dit-elle doucement, en détachant les syllabes, et elle lui jeta un regard de vraie tendresse, davantage que de désir, c'était un regard étrange, comme une anticipation du regard qu'elle lui jetterait peut-être beaucoup plus tard, quand ils seraient très vieux.

Beaucoup d'ossements de chevaux avaient été découverts au pied de la falaise, lui raconta-t-il. On avait longtemps cru qu'il s'agissait d'une technique de chasse pratiquée par les hommes préhistoriques : ils pourchassaient les chevaux pour les pousser à se précipiter du haut de la falaise, et ensuite ils n'avaient plus qu'à découper leurs cadavres en bas. « C'était cruel » dit Maryse avec indignation ; ça c'était classique, les femmes réagissent toujours comme ça, un guide touristique le lui avait dit, les femmes n'aiment pas qu'on tue les chevaux. « En même temps, c'était malin » convint-elle un peu plus tard. Mais c'était une légende, précisa Aurélien, en réalité les hommes préhistoriques n'avaient jamais eu cette idée, l'histoire avait été inventée beaucoup plus tard, au XIXe siècle probablement. Ils contemplèrent à nouveau le paysage, les coteaux, les vignes, et il passa un bras autour de sa taille. Il se sentait un homme, c'était perturbant et nouveau.

Pour la suite de la journée il avait prévu d'aller à Notre-Dame d'Avenas, là c'était une destination touristique toute petite, tellement petite qu'elle méritait à peine d'être qualifiée de touristique, l'église romane locale recevait peut-être une dizaine de visiteurs par an. Aussi ne s'attendait-il pas à l'intensité de la réaction de Maryse, qui dès l'entrée plongea ses doigts dans le bassin contenant l'eau bénite, se signa avant de poursuivre. Il ne savait même pas qu'elle était catholique, c'était une chose qu'il n'avait pas anticipée.

Le joyau de l'église était l'autel, une sculpture de calcaire blanc représentant le Christ en gloire, entouré par les douze apôtres. Là-dessus il n'avait rien à dire, et ils demeurèrent pendant quelques minutes, le temps qu'elle estima nécessaire.

« Il y a une autre légende au sujet de cette église, dit-il une fois qu'ils furent sortis. Il avait été au départ décidé de la construire à l'emplacement de l'ancien monastère de Pélage, détruit par les barbares. Mais après le démarrage du chantier les ouvriers constatèrent que leurs outils, tous les matins, se trouvaient dispersés, et se dirent que c'était dû à l'intervention du malin. Le maître d'ouvrage conclut que Dieu ne voulait pas de cet emplacement. Il décida alors de lancer son marteau pour déterminer le nouvel emplacement de l'église : il retomba mille deux cents mètres plus loin, près d'un buisson d'aubépines.

— Mille deux cents mètres ça fait beaucoup, dit-elle, il était fort le maître d'ouvrage… » Oui, en effet, c'était un aspect de la question qu'il n'avait pas envisagé.

« Il y a beaucoup de légendes, en France… » ajouta-t-elle rêveusement, avec un peu de malice aussi, c'est vrai que la France avait été un pays de légendes mais que ça ne se voyait plus beaucoup, sauf avec Aurélien, en raison de sa profession, il ne se rendait même pas compte qu'il était en train de la séduire, simplement en la traitant comme une personne intelligente, accessible à la culture, et pas comme une pauvre petite aide-soignante africaine – ce qu'elle était par ailleurs. Maryse était venue seule du Bénin, elle n'avait aucune famille en France, et elle commençait à en avoir un peu marre. Elle avait couché avec quelques types depuis son arrivée, mais aucun ne l'avait traitée comme ça, jamais, aucun ne ressemblait à Aurélien, elle n'avait à vrai dire qu'une image imprécise de la France, et depuis son arrivée à Belleville elle vivait dans un quartier d'Arabes, qu'elle haïssait et craignait d'instinct.

Ils décidèrent ensuite d'aller boire un verre à Beaujeu, où beaucoup de cafés étaient ouverts, et qui méritait plus que jamais son titre de « capitale historique du Beaujolais », Aurélien avait oublié à quel point ce village était charmant, c'était comme s'il avait tout combiné pour l'attirer dans ses bras, ce n'était pourtant pas le cas, il en aurait été bien incapable, et il bafouilla et bredouilla pas mal avant de lui proposer de venir à la maison, à Saint-Joseph ; elle accepta immédiatement, sans une seconde d'hésitation.

« Tu es timide, comme garçon… remarqua-t-elle.

— Oui… enfin oui, c'est vrai, mais il y a aussi ma sœur, elle est peut-être un peu rigide, elle est très catholique tu sais.

— Ta sœur, celle que j'ai vue ?... » Elle paraissait surprise. « Et l'autre qui est venu une fois, le plus vieux, c'est ton frère ?

— Paul ? Oui, c'est mon grand frère, enfin il est beaucoup plus vieux que moi, je ne le connais pas tellement.

— Lui, il me paraît un peu rigide.

— Paul ?... » C'était son tour, à présent, d'être surpris. « Non, Paul, il n'est pas du tout rigide. Mais c'est quelqu'un de sérieux.

— Il a l'air triste.

— Oui, c'est vrai. Il est très triste, aussi. »

Les Français en général étaient tristes, cela elle l'avait compris dès le début, dès son arrivée, et il le savait aussi, il le savait même un petit peu mieux qu'elle, mais ce n'était pas le moment d'aborder ce sujet. Ils arrivèrent vers cinq heures et demie à Saint-Joseph, les autres seraient là vers huit heures ou peut-être un peu avant, ça leur laissait un peu plus de deux heures.

« Deux heures, c'est beaucoup » dit-elle avec décision. « Après tout, je suis catholique aussi » ajouta-t-elle. Dans un sens c'est vrai, ça tranchait la question.

Deux heures cela pouvait en effet être beaucoup, il le comprit tout de suite, dès qu'il se fut allongé dans le lit à ses côtés. Il avait eu très peu d'expériences sexuelles avant Indy ; quand il avait treize ans, un homosexuel âgé qui habitait dans l'immeuble lui avait fait des avances, il lui avait consenti une modeste branlette, le pauvre avait eu l'air ravi, effrayé en même temps que ça se sache, il lui avait fait promettre à trois reprises de ne pas en parler, bien entendu il avait promis, mais ses expériences homosexuelles s'étaient arrêtées là. Quant aux filles il n'en avait pas connu, il en avait bien entendu croisé au lycée mais elles semblaient vivre dans un univers narcissique et bruyant, où les statuts sociaux Facebook et les marques de prêt-à-porter tenaient une place prépondérante, enfin c'était un univers dans lequel il n'avait pas sa place. Avec Maryse ce serait tout à fait autre chose, il le comprit dès la première seconde, après qu'elle eut enlevé son tee-shirt et sa jupe avec une impatience visible, on aurait presque dit un soulagement. Lui-même n'osait pas se déshabiller, il se contentait de la regarder, sa peau était d'un brun profond et chaud, presque doré, la lampe de chevet y éveillait des reflets magnifiques.

« Tu n'es pas vraiment noire, dit-il, enfin si, mais pas autant que certaines.

— Oui, c'est vrai, il se peut que ma grand-mère ait fauté avec un colon blanc. Déshabille-toi... » Il obéit, embarrassé.

« Tu as rougi ! s'exclama-t-elle, c'est la première fois que je vois un homme rougir, c'est mignon, tu es décidément timide. Et toi par contre tu es vraiment blanc, tes ancêtres n'ont pas dû fauter.

— Ils n'en ont pas eu l'occasion... » répondit Aurélien. Il avait entrepris des recherches généalogiques sur sa famille, sans soulever le moindre intérêt chez Paul ni chez Cécile. Leurs ancêtres étaient principalement des paysans du Rhône et de la Saône-et-Loire, avec aussi une lignée originaire du Nivernais ; quelques viticulteurs mais surtout des éleveurs, enfin des gens franchement enracinés, pas du tout du genre à se lancer dans une aventure coloniale ; des gens qui, probablement, ignoraient même que la France possédât des colonies.

Une fois nu il se rallongea à ses côtés, elle sentait merveilleusement bon aussi, il enfouit la tête entre ses seins. Au bout d'une à deux minutes elle décida de prendre les choses en main, déposa des baisers sur sa poitrine et sur son ventre, puis le prit dans sa bouche, les choses se déroulèrent ensuite avec une facilité déconcertante, il ne savait pas du tout que la sexualité pouvait se passer avec cette simplicité, cette douceur, ça ne ressemblait pas du tout à ses anciens rapports avec Indy, pas davantage aux quelques pornos qu'il avait pu voir sur Internet, peut-être à quelques descriptions qu'il avait lues dans des livres mais au fond pas tellement non plus, c'était un autre monde, dans lequel il plongea complètement et il avait oublié beaucoup de choses, presque tout en réalité, lorsqu'il entendit frapper à sa porte et la voix de Cécile lui annoncer que le dîner était prêt. Il se rhabilla aussitôt, ses craintes étaient revenues, la voix de Cécile avait été inhabituelle, plus lointaine lui semblait-il, plus froide, son malaise venait peut-être aussi de ce qu'il n'avait jamais fait l'amour dans cette maison, il avait l'impression d'une sorte de profanation, c'était évidemment absurde se dit-il, c'était une très vieille maison, beaucoup de gens s'y étaient aimés ; mais, quand même, la voix de Cécile avait été bizarre.

6

Ils descendirent l'escalier et s'immobilisèrent à la porte de la cuisine. Debout au centre de la pièce Madeleine était échevelée, les yeux brillants de colère, mais dès qu'elle aperçut Maryse elle éclata en sanglots et se jeta dans ses bras. Cécile restait immobile, muette, elle avait à peine remarqué leur arrivée. Comme elle gardait le silence, Aurélien finit par s'approcher d'elle et par lui demander ce qui se passait.

« Ils ont demandé à Madeleine de quitter l'hôpital. Ils ne veulent plus qu'elle s'occupe de papa. »

Des déléguées syndicales, enfin l'une d'entre elles surtout, s'étaient plaintes auprès de la direction de ce que Madeleine exerçait des fonctions d'aide-soignante sans en avoir le diplôme ; elles avaient exigé que ça cesse. La direction leur avait donné raison.

« La direction ? Leroux ?...

— Non. Leroux, c'est le responsable médical de l'unité EVC-EPR, mais il y a un responsable administratif qui dirige également l'EHPAD, où il y a beaucoup plus de résidents, et encore un troisième service, l'hôpital de jour je crois, c'est lui qui chapeaute tout ça. C'est quelqu'un qu'on n'a jamais vu. Alors voilà ils ne veulent plus que Madeleine s'occupe de papa, qu'elle le lave, qu'elle le promène, elle n'a plus le droit de manœuvrer elle-même le fauteuil roulant. Ils ne veulent pas non plus qu'elle dorme sur place.

— Ils disent que c'est contraire aux normes d'hygiène et de sécurité » intervint Madeleine. Aurélien la regarda avec stupéfaction, surtout parce que c'était la première fois qu'il l'entendait parler.

— Elle peut juste continuer de lui donner à manger, c'est la seule chose qu'on ait obtenue » conclut Cécile.

Il fallut une bonne minute à Aurélien pour se remettre et pour demander à Maryse :

« Qu'est-ce que tu en penses ?

— Je ne suis pas vraiment surprise, ça fait longtemps que ça couvait. La déléguée syndicale je vois très bien qui c'est, ce n'est pas une fille du service, elle travaille à l'EHPAD. Le fond du problème, c'est que nous, dans le service, on est quinze infirmières et aides-soignantes pour quarante patients. Elles, à l'EHPAD, elles sont vingt-cinq pour deux cent dix résidents. Alors, ça peut paraître paradoxal que ce soit une déléguée syndicale qui cherche à nous nuire ; mais le fait est qu'elles sont dans la moyenne nationale, c'est nous qui sommes des privilégiées. Comment Leroux a réussi à nous obtenir des conditions pareilles je n'en sais rien, au fond c'est le seul mystère. Mais depuis qu'il a été nommé le nouveau directeur veut la peau de Leroux, c'est sûr.

— Et tu le connais, le type, ce directeur ? » lui demanda Cécile. Aurélien nota qu'elle la tutoyait et qu'elle ne semblait même pas se demander ce qu'elle faisait là, ça ne lui était apparemment pas venu à l'esprit.

« Je l'ai vu une fois, c'est un type d'une trentaine d'années. Comme tous les directeurs d'EHPAD, il a fait l'École de santé publique de Rennes, c'est une école de la fonction publique administrative, ça ressemble davantage à l'ENA qu'aux études de médecine, si tu veux. Il n'a pas l'air spécialement méchant, mais ce qui l'intéresse c'est que la structure soit profitable, enfin c'est partout pareil maintenant, il applique les consignes.

— Et quand tu dis qu'il veut sa peau, tu penses qu'il peut le faire renvoyer ? »

Maryse réfléchit, hésita longtemps avant de répondre. « Là ça dépasse vraiment mon niveau, mais je ne crois pas... Par contre, il peut demander sa mutation. Il y a cent cinquante unités EVC-EPR en France, ça donne des possibilités de mutation ; et une plainte des syndicats, ça peut jouer. Dès que Leroux sera parti, il pourra nous répartir dans les autres services ; je ne suis pas du tout certaine de pouvoir continuer à m'occuper de votre papa. Non... elle baissa le regard, non, je ne veux pas te mentir, je crois que c'est mal parti. »

Ce fut encore plus douloureux que d'habitude pour Aurélien, le lendemain, de les laisser pour retourner à Paris. Lorsqu'il s'y décida finalement il était plus de vingt heures, et presque trois heures du matin lorsqu'il atteignit Montreuil. Indy était couchée, et il repartit le lendemain matin en direction de Chantilly sans l'avoir croisée. Le soir il s'installa dans un café proche de la gare de l'Est, incapable de se décider à rentrer chez lui, et il appela Maryse. La situation était confuse à l'hôpital, lui dit-elle, toutes les filles en parlaient bien sûr mais personne ne savait rien ; elle avait croisé Leroux dans l'après-midi, mais il avait l'air de très mauvaise humeur, elle n'avait pas osé l'interroger.

Il se résolut à rentrer un peu après vingt-trois heures et tomba sur sa femme, qui naturellement commença à lui reprocher de rentrer tard sans prévenir, il avait failli lui faire rater son rendez-vous. Elle était donc sortie quand même, se dit-il, et il répondit calmement : « Va te faire foutre » avant de monter se coucher. Elle demeura interloquée, la bouche ouverte, moins sans doute à cause des paroles que du ton employé ; il ne l'avait pas habituée à ce calme, cette froideur ; il n'avait plus peur d'elle, c'était inquiétant.

Maryse le rappela le lendemain, en fin d'après-midi, alors qu'il s'apprêtait à quitter Chantilly. Tout de suite, il sentit que les nouvelles seraient mauvaises. Elle avait parlé à une fille qui travaillait au secrétariat du directeur. Leroux avait été convoqué dans la matinée, et manifestement le rendez-vous s'était mal passé, on l'entendait gueuler à travers la cloison et il était ressorti en claquant la porte de toutes ses forces. En début d'après-midi elle n'avait pas pu y tenir, et elle était allée frapper à la porte de son bureau. Il était assis sans rien faire, contemplant des papiers posés devant lui ; un carton était ouvert juste à côté, mais il n'avait encore rien mis dedans. « Oui, ma petite Maryse, je suis viré... dit-il, enfin je suis déplacé. Je commence lundi matin à Toulon. Je ne sais pas comment il a fait pour obtenir ça aussi vite. »

« Officiellement il ne va pas se plaindre, il ne va rien dire contre sa hiérarchie, poursuivit-elle. Même, il va dire que c'est lui qui a demandé sa mutation pour revenir dans sa région – c'est vrai qu'il est de là-bas, La-Seyne-sur-Mer je crois ; mais bon, j'ai bien vu qu'il était complètement écœuré. Maintenant ça va aller très vite, dès jeudi il y a une réunion de réorganisation des services, avec les cadres de santé. Il y aura au maximum cinq d'entre nous qui resteront dans l'unité, les autres seront réparties dans l'EHPAD. Et ça m'étonnerait que je fasse partie des cinq, ils savent que j'étais proche de Madeleine, ils vont me le faire payer. »

Elle se tut. Elle était au bord des larmes, et il ne trouvait aucune réponse encourageante ni même acceptable. « Je serai là demain soir, dit-il finalement, j'arriverai un peu tard, mais je serai là.

— Je suis de nuit demain soir, on ne pourra se voir que jeudi. Là, j'aurai une journée de congé.

— On pourrait aller visiter l'endroit où je travaille, tu sais, les tapisseries… », l'idée venait juste de lui venir.

« Ah oui, ça j'aimerais beaucoup !… », elle avait une meilleure voix en disant cela, ils échangèrent encore quelques paroles sans grande signification, comme le font les amants, ou les parents avec leurs enfants jeunes, et ce fut sur un ton presque apaisé qu'elle lui dit, immédiatement avant de raccrocher : « À jeudi, mon amour. »

7

Paul s'attendait à ce que Prudence reste en Bretagne jusqu'à ce que son père sorte de l'hôpital, ou au moins jusqu'à ce que Priscilla prenne le relais. Il n'y avait aucune urgence professionnelle, toutes les administrations de France tournaient plus ou moins au ralenti, mais celle du ministère de l'Économie encore plus que les autres, dans l'attente du *verdict des urnes*, comme on dit. Bruno intervenait maintenant de plus en plus souvent à la télévision, Paul l'avait vu sur différentes chaînes et l'avait trouvé excellent, c'en était même surprenant, ce talent de débatteur qui se manifestait en lui sur le tard, Raksaneh avait vraiment fait du bon boulot. Sarfati assurait bien, lui aussi, il avait largement gommé la dimension ludique pour se présenter sous les traits d'un vieux sage, enfin un vieux sage un peu jeune, c'est une évolution normale pour un humoriste en fin de carrière, surtout lorsqu'il n'est plus drôle. Le problème est que le candidat du Rassemblement national était lui aussi très bon, à la fois punchy et imbattable sur les dossiers, il gagnait en général les confrontations au finish avec son sourire désarmant, il avait certainement à l'heure actuelle le sourire le plus désarmant du personnel politique français, il aurait même fallu, selon Solène Signal, remonter jusqu'à Ronald Reagan pour trouver un sourire aussi désarmant dans l'histoire politique contemporaine. Du coup il virait largement en tête au premier tour, et les projections pour le second tour semblaient durablement stabilisées à 55-45, c'était satisfaisant mais sans plus. Solène Signal grognait mais Bruno avait l'air de complètement s'en foutre, les rares fois que Paul le vit durant cette période, il semblait tout à fait ailleurs – c'était à se demander s'il n'avait pas sauté le pas avec Raksaneh, finalement.

En attendant le retour de Prudence, Paul essaya de se renseigner sur les croyances des adeptes de la wicca. Beaucoup de wiccans étaient « engagés dans la défense de la nature », enfin c'étaient des écolos. Des écolos vaguement mystiques ça n'avait rien de très nouveau, mais quand même il y avait une innovation par rapport au New Age, à la terre-mère, au cortex de Gaïa et à toutes ces choses, c'était l'importance des deux principes, mâle et femelle. C'était peut-être pour ça qu'elle s'était rapprochée de cette nouvelle religion, elle essayait de réveiller son corps, se dit Paul avec émotion. Son corps, à lui, s'était réveillé plutôt facilement, il avait suffi de la bouche d'Anne-Lise, se souvenait-il de temps en temps, et à chaque fois il était envahi par un léger mouvement de honte, un peu d'inquiétude aussi. Comment allaient-ils faire ? Comment allait-il pouvoir se comporter, lorsqu'il se retrouverait en présence de Cécile et de sa fille ? Mais il se rassurait presque aussitôt : Anne-Lise était une fille intelligente et dotée d'un grand sang-froid, elle n'aurait aucun mal à faire face à la situation.

De manière plus inattendue, les wiccans semblaient croire à la réincarnation. Prudence y croyait-elle également ? Si oui, c'était une nouveauté. Enfin il y avait une sorte de logique, l'écologie, la parenté fondamentale de toutes les formes de vie, la réincarnation, tout ça se tenait.

Il fut agréablement surpris quand Prudence l'appela, le samedi suivant, pour lui annoncer son retour dès le lendemain. Sa sœur s'était installée dans la maison de Larmor-Baden avec ses deux filles, elle avait organisé son déménagement du Canada – et son divorce – avec son efficacité coutumière. Il voulut aller l'attendre à la gare, mais elle l'en dissuada, elle avait une surprise pour lui, dit-elle, il valait mieux qu'ils se retrouvent directement à la maison.

La surprise, c'était elle : elle était hâlée, en pleine forme, et surtout elle portait une jupe, une jupe plissée blanche, un peu au-dessus du genou, qui mettait en valeur ses jambes bronzées.

« Tu es beaucoup allée à la plage ? demanda-t-il.

— Depuis l'arrivée de Priscilla, tous les jours » répondit-elle ; puis elle s'approcha de lui pour l'enlacer. Lorsque leurs langues entrèrent en contact il posa les mains sur ses fesses, et cette fois elle ne se raidit pas, au contraire elle se serra davantage contre lui et posa, elle aussi, les mains sur ses fesses.

Dix minutes plus tard ils étaient ensemble au lit, et lorsqu'il la pénétra elle versa quelques larmes, mais elle gémit aussi, à plusieurs reprises, sur la fin elle cria presque. Ils demeurèrent ensuite longtemps, très longtemps à se regarder dans les yeux.

8

Lorsqu'ils se décidèrent à se lever, la nuit était presque tombée. Ils s'installèrent dans l'espace de vie. Paul se servit un Jack Daniels, Prudence accepta un Martini. Était-elle la même que celle qu'il avait connue lorsqu'ils avaient vingt-cinq ans ? Pour l'essentiel oui, cela avait presque été facile de redevenir une seule chair, comme l'aurait dit saint Paul. Ils avaient perdu dix ans, mais cela n'avait pas beaucoup d'importance ; il était inutile de songer au passé, inutile même de trop songer à l'avenir ; il suffisait de vivre. Il aborda un sujet qui lui paraissait plus léger, mais quand même ça l'intriguait un peu, depuis quelques semaines : est-ce qu'elle y croyait vraiment, à la wicca ? Est-ce qu'il fallait prendre ça au sérieux ?

Les sabbats et les cérémonies, dit Prudence, n'avaient pas de réelle importance, c'était juste une manière de rythmer l'année et de se retrouver entre adeptes, comme dans toutes les religions à vrai dire. Le dieu et la déesse, par contre, correspondaient à une réalité fondamentale, cette polarité mâle-femelle était un élément décisif dans la structuration du monde. Ce n'était pourtant pas le dernier mot de la doctrine : au-delà du dieu et de la déesse il y avait l'Un, le principe ultime, la raison organisatrice de l'univers ; il était parfois évoqué, dans certaines célébrations spéciales ; le dieu et la déesse étaient beaucoup plus présents dans la majorité des cérémonies, et la plupart des adeptes s'arrêtaient là dans leur quête spirituelle.

Ce à quoi elle croyait aussi, sans la moindre hésitation, c'était à la réincarnation. Ça restait bizarre, aux yeux de Paul, c'était un peu comme si on avait abdiqué tout espoir pour l'incarnation en cours, et qu'on demandait une deuxième chance, une deuxième donne – une seule lui paraissait pourtant largement suffisante pour se faire une opinion sur la vie ; mais il est vrai que cette croyance était très répandue à travers le monde, la moitié de l'humanité ou presque avait édifié ses civilisations sur cette base. Et même d'un point de vue occidental, beaucoup de gens vivaient jusqu'à la fin de leurs jours dans l'illusion que leur existence pouvait bifurquer, prendre un tour radicalement neuf ; considérée en dehors de toute dimension religieuse, la réincarnation n'était qu'une variante extrême de cette idée. Ce qui lui paraissait par contre bizarre, et même peu vraisemblable, c'était qu'on puisse se réincarner dans un animal. C'était en effet très rare, lui dit Prudence, dans presque tous les cas les hommes se réincarnaient en hommes, et les animaux en animaux de la même espèce. Ce n'était que pour certains destins exceptionnels que se produisait une montée, ou une descente dans l'échelle des êtres.

La première idée qui vint à Paul fut que c'était loin d'être idiot. La deuxième fut que pour beaucoup de gens aujourd'hui cette vision hindouiste traditionnelle de la réincarnation, et de l'échelle des êtres, apparaîtrait comme une idée *spéciste*. La troisième fut que beaucoup de gens aujourd'hui étaient devenus très cons ; c'était un phénomène contemporain frappant, indiscutable.

« Tu as faim, ma chérie ? » demanda-t-il un peu plus tard. Oui, elle avait faim, et en plus elle avait envie d'aller au restaurant, de sortir, de manger quelque chose de bon, peut-être dans le quartier. Le *Train Bleu*, gare de Lyon, ferait l'affaire, quelque chose de rassurant et de classique, ils étaient encore fragiles.

Il n'y avait par exception presque personne au *Train Bleu*, ils furent installés à une table isolée, et aussitôt après qu'ils eurent commandé Prudence lui demanda des nouvelles de son père. Il n'en avait pas eu récemment, mais il supposait que tout allait bien.

De fait, Cécile ne l'avait pas informé des évolutions de la situation, sans trop savoir pourquoi elle avait senti que l'avenir du couple de son frère était en train de se jouer, et que ce n'était pas le moment de lui parler d'autre chose, alors elle avait tout gardé pour elle, mais en réalité les choses allaient de mal en pis. Les faits avaient rapidement donné raison aux sombres pressentiments de Maryse, qui avait été transférée à l'EHPAD dès le lendemain de la réunion de service, où ses collègues lui avaient tout de suite fait comprendre que les conditions de travail exceptionnelles, pour elle, c'était fini.

Lorsqu'il revint à la fin de la semaine suivante, Aurélien fut frappé en arrivant dans la chambre de voir que son père avait déjà sensiblement baissé. Madeleine était constamment prostrée, et ne reprenait vie qu'au moment de ces visites. Au moment de partir il vit, alors que Madeleine tenait la main de son père dans la sienne, qu'il serrait fortement ses doigts pour la retenir ; il pouvait bouger ses doigts, donc, il ne l'avait jamais remarqué auparavant ; mais il ne le faisait, apparemment, qu'avec Madeleine.

Ils rentrèrent très déprimés à Saint-Joseph. D'après Maryse, la situation allait encore s'aggraver dans les prochaines semaines. Compte tenu de la nouvelle répartition du personnel, il serait impossible de le lever tous les jours, encore moins d'organiser des sorties en fauteuil roulant. La fréquence des bains, elle aussi, allait être réduite, et même celle des soins de kinésithérapie et d'orthophonie. Demander un rendez-vous avec le directeur n'aurait servi à rien, expliqua-t-elle à Cécile ; il ne ferait que lui répondre qu'il appliquait des normes nationales, des mesures d'économie communes à tous les établissements français.

« Il faut le tirer de là, intervint Madeleine, sortant brusquement de son silence. Il faut le tirer de là, sinon ils vont le tuer. » Cécile se tut, incapable de la contredire, incapable aussi de trouver une réponse.

Le lendemain matin, Aurélien se rendit avec Maryse au château de Germolles. Elle apprécia beaucoup les tapisseries, elle apprécia surtout qu'il lui explique son travail, la manière d'entrelacer les fils de trame et les fils de chaîne. C'était une parenthèse légère, inespérée, un peu féérique aussi ; mais lorsqu'ils revinrent à Saint-Joseph l'atmosphère était encore plus morose, plus découragée que la veille.

Après le dîner, ils traînèrent un moment à table. Hervé prit un café avec son cognac – il était le seul à en prendre. Après pas mal d'hésitations, en tournant le verre entre ses doigts, il finit par dire à Cécile :

« Je connais peut-être un moyen de tirer ton père de là.

— Quel moyen ? » Elle se retourna à l'instant vers lui.

« Des gens... des gens qui peuvent intervenir dans ce genre de circonstances. » Comme elle continuait à le regarder avec perplexité, il poursuivit : « Enfin, des sortes d'activistes... Ne te fâche pas, mamour, ajouta-t-il aussitôt, je n'ai rien fait avec eux, rien d'illégal. Je ne les connais même pas, je connais juste des gens qui les connaissent. Tu te souviens de Nicolas ? » Oui, bien sûr, elle se souvenait de Nicolas ; elle demeurait réservée, méfiante. « Nicolas les connaît bien, poursuivit-il ; je lui ai téléphoné hier. Ils sont installés en Belgique, tu sais que l'euthanasie s'est énormément développée en Belgique ces dernières années, c'est surtout là qu'ils agissent, mais je crois qu'ils ont aussi des antennes en France, enfin il ne m'a pas dit grand-chose, le mieux serait que je retourne à Arras et que j'aille les rencontrer sur place, Nicolas peut me les présenter, ils font davantage confiance au contact direct. » Cécile acquiesça machinalement, encore sur la défensive. À vrai dire elle se doutait un peu, depuis quelques années, qu'Hervé avait recommencé à fréquenter des gens douteux, à la limite de la légalité ; mais elle avait gardé le silence, elle avait préféré ne pas aborder la question, elle savait que les hommes traditionnels – ce qu'était Hervé, au plus haut degré – avaient parfois besoin de revenir à ce genre de choses, qu'il n'était pas possible, et peut-être pas souhaitable, de les domestiquer entièrement.

Hervé partit le lendemain avec Aurélien. Vers neuf heures, ils s'arrêtèrent pour dîner dans un grill Courtepaille. Hervé avait visiblement envie de parler. Il estimait que la société l'avait bien baisé, et regrettait parfois ses années de militantisme, enfin avec Cécile et les filles ça n'aurait pas été possible. Il tournait machinalement un bout de camembert plâtreux dans son assiette, que voisinait une tranche de gouda huileux. « Elle est vraiment dégueulasse, leur assiette de fromages... » finit-il par conclure. Il y avait à l'évidence un autre sujet qu'il voulait aborder, sans parvenir à le faire. Aurélien gardait le silence, le fixait attentivement.

« Et toi, tu l'aimes, la petite, Maryse ? demanda-t-il finalement.

— Oui... je crois que oui. Je suis sûr, même. »

Il hocha la tête, c'était la réponse qu'il attendait, et il ajouta calmement : « Garde-la. Je crois qu'elle est bien, cette fille. »

9

Il était presque deux heures du matin lorsqu'ils arrivèrent à Paris, le dernier train pour Arras était parti depuis longtemps. Aurélien déposa Hervé dans un hôtel Ibis proche de la gare du Nord, il avait presque envie d'y prendre une chambre lui aussi, puis il se raisonna, se dit que sa femme serait certainement couchée.

Le lendemain matin, alors qu'il entamait la restauration d'une tapisserie représentant une scène de départ à la chasse, où l'excitation de la meute était admirablement rendue, il reçut un coup de téléphone de Jean-Michel Drapier. Il souhaitait le voir prochainement, le lendemain si possible ; sa voix était encore plus morne, plus éteinte que d'habitude. « Il y a un problème ? » s'inquiéta Aurélien. Eh bien oui, dans un sens il y avait un problème, on pouvait le dire comme ça, il lui expliquerait demain. 14 heures ? 14 heures irait parfaitement, répondit-il.

Cette fois son chef reçut aussitôt Aurélien, il avait l'air effondré. En l'invitant à entrer dans son bureau, Jean-Michel Drapier fut traversé par la certitude, fugitive mais douloureuse, qu'il n'aurait jamais dû s'élever dans la hiérarchie. Il n'aimait pas la gestion de personnel, la gestion de personnel consistait essentiellement à mécontenter le personnel, ça lui était à chaque fois désagréable. L'idée de karma lui traversa brièvement l'esprit, puis il invita Aurélien à s'asseoir.

« Voilà… attaqua-t-il aussitôt, c'est bien ennuyeux, mais je ne vais pas pouvoir prolonger votre mission au château de Germolles. Il y a une autre priorité qui s'est déclarée. »

Aurélien réagit encore plus mal qu'il ne l'avait prévu. C'était une catastrophe pour lui, est-ce qu'il n'était vraiment pas possible de trouver une solution ? Il avait des problèmes en ce moment, des problèmes d'ordre personnel, alla-t-il jusqu'à ajouter, il était en instance de divorce. Là, ça dépassait nettement le cadre que Drapier avait prévu de donner à l'entretien, ça devenait embarrassant, et il hocha la tête dans de nombreuses directions différentes, comme un pantin déréglé, avant de réussir à répondre.

« Non, malheureusement, c'est vraiment impossible… finit-il par articuler. La nouvelle mission concerne un château de la

Loire où il y a eu un incendie, je ne sais plus lequel... » Il promena un regard vague sur les dossiers qui encombraient son bureau. « Vous savez combien ça pèse, financièrement, les châteaux de la Loire ? Vous savez combien il y a de touristes chinois, chaque année, qui visitent les châteaux de la Loire ? » Une vision d'horreur le traversa, en songeant à ces masses compactes de touristes chinois s'engouffrant sous les portails des châteaux de la Loire. « Non, monsieur Raison, conclut-il avec tristesse. J'aimerais vous être agréable, vous êtes un de nos meilleurs restaurateurs, mais là ça ne va pas être possible, on est confrontés à une vraie priorité.

— Je ne vais pas devoir quitter Germolles tout de suite, quand même ? implora Aurélien, j'aurai un peu de temps ?

— Bien entendu. » Il se renfonça dans son siège, soulagé ; ça y est, se dit-il, on en est arrivés au stade où la victime a accepté son sort, et ne demande plus que de légers aménagements de peine. « Vous ne débuterez votre nouvelle mission que dans à peu près un mois. Entre-temps vous pourrez retourner à Germolles, ça vous permettra de protéger le chantier, de poser des bâches, en attendant qu'on le reprenne – enfin, si quelqu'un le reprend un jour » conclut-il d'une voix tombante avant de se replier à nouveau sur lui-même, dans un accès de découragement total.

Il se reprit cependant un peu pour faire le point avec Aurélien sur les aspects pratiques de sa nouvelle affectation : Chantilly était maintenu jusqu'à son terme, et il devrait trouver un hôtel pour dormir, deux nuits par semaine, près de ce château de la Loire dont il allait prochainement retrouver le nom, il suffisait qu'il fouille cinq minutes dans ses dossiers, enfin c'était un château de la Loire. Cette fois ses frais d'hôtel seraient pris en charge, et pour les pleins d'essence il pourrait même faire des notes de frais, le ministère attachait une grande importance à cette restauration, il s'agissait d'un site stratégique sur le plan du tourisme international, ce n'était pas Chambord ni Azay-le-Rideau, mais le niveau juste en dessous, pas Chenonceaux non plus, enfin ça lui était sorti de l'esprit mais ça allait revenir.

Il était 14 heures 45, et le rendez-vous était terminé. En sortant du ministère Aurélien se dirigea vers le café le plus proche, le même que la dernière fois, et commanda une bouteille de muscadet. Pas davantage que la dernière fois, aucun être humain dans ce café ne lui paraissait en mesure de comprendre, encore moins de partager son sort – et ils étaient, en cette heure du début de l'après-midi, encore moins nombreux. Au bout du troisième verre, la situation commença de lui apparaître sous un jour un peu moins catastrophique. Il pourrait retourner tous les week-ends à Saint-Joseph, ça ne présentait aucune difficulté. C'était curieux, quand même, se dit-il, la vie, l'amour, les êtres humains : il y a encore une dizaine de jours il n'avait jamais touché Maryse, le contact de sa peau était complètement en dehors de son champ d'expériences ; et maintenant cette même peau lui était devenue indispensable ; comment expliquer cela ?

Du point de vue de ses relations avec Indy, cette nouvelle mission ne changerait pas grand-chose : il dormirait dans un hôtel deux nuits par semaine, quelque part dans le Val de Loire, il n'était même pas nécessaire qu'elle soit au courant. À cet instant il se dit qu'il pourrait même déménager tout de suite, trouver un studio à Paris. L'idée ne lui était jamais venue auparavant, et il fut envahi par un mouvement de joie intense ; l'abandon du domicile conjugal ne constituait pas une faute, il ne pensait pas que ça le desservirait devant la juge des affaires familiales, enfin il valait peut-être mieux qu'il en parle à l'avocat, mais il était presque sûr.

Un début de recherche Internet refroidit nettement son enthousiasme : les prix de l'immobilier sur Paris avaient flambé dans des proportions effarantes, il n'était même pas certain qu'il puisse aujourd'hui se payer un studio, son avenir immobilier était proche du néant. En termes de pension alimentaire, Indy avait carrément demandé la moitié de son salaire ; c'était une demande ridicule, l'avait rassuré l'avocat, une demande presque insensée, il n'y avait aucun risque que la juge y fasse droit ; cependant il devait s'attendre à un montant élevé, probablement de l'ordre du tiers. Il s'était vraiment fait baiser par cette salope, se dit-il, il s'était fait baiser *jusqu'à l'os*. Les acquêts il n'y en avait pratiquement pas, ils n'avaient rien acheté ensemble, rien d'important ; tout allait se jouer sur la pension alimentaire.

L'alcool est paradoxal : s'il permet parfois de dominer ses angoisses, de voir toutes choses dans un fallacieux halo optimiste, il a parfois au contraire pour effet d'augmenter la lucidité, et partant l'angoisse ; les deux phénomènes peuvent d'ailleurs se succéder à quelques minutes d'intervalle. En terminant sa première bouteille de muscadet, Aurélien se rendit compte que voir Maryse une fois par semaine, et encore un peu moins à cause des gardes à l'hôpital, ça allait lui paraître très peu, ça lui paraissait déjà très peu, et en même temps qu'une vie commune n'allait pas être facile à organiser. Il était normalement un peu tôt pour envisager ce genre de choses, mais en réalité il se sentait tellement sûr de leurs sentiments, à lui comme à elle, tout paraissait si étrangement limpide, c'est vrai que les choses allaient très vite, mais parfois, dans la vie, les choses vont très vite. Cela dit, sur le plan matériel, la situation n'avait rien d'évident : un fonctionnaire de rang peu élevé, au traitement réduit du tiers, et une aide-soignante ; vivre à Paris, ou même dans sa proche banlieue, était à peu près impensable. Ses missions de restauration le menaient à peu près n'importe où en France, vivre à Paris n'avait au fond rien de nécessaire. Mais vivre où ? La maison de Saint-Joseph aurait été dans un sens l'idéal : il y avait de la place, ils s'y sentaient bien tous les deux, et ça ne coûtait rien. Mais Maryse détestait de plus en plus son travail à Belleville-en-Beaujolais, et elle n'arriverait pas à supporter ses nouvelles conditions de travail, elle avait connu tellement mieux dans le même hôpital, revenir en arrière était impossible. Pouvait-elle démissionner ? Elle n'était pas attachée à son indépendance financière, ce n'était pas la question. Mais pourraient-ils vivre uniquement avec le traitement d'Aurélien ? Ça paraissait difficile.

Pour y voir plus clair il commanda une deuxième bouteille, tout en se disant qu'il faudrait peut-être qu'il freine un peu sur l'alcool, ça ne pouvait pas avoir de bons effets à long terme, là-dessus tous les témoignages concordaient.

10

Mercredi dans la soirée, Cécile reçut un coup de téléphone d'Hervé. Il était à Mons, lui dit-il, c'était vraiment comme chez eux : passé opulent au Moyen âge et à la Renaissance, ensuite industries textiles et sidérurgiques, le tout sinistré dans la période récente, c'était juste un peu plus misérable qu'Arras, mais pas tellement. Il avait rencontré les connaissances de Nicolas, ils lui paraissaient bien, un peu méfiants mais sérieux. Ils avaient une antenne à Lyon, qu'ils avaient contactée, un rendez-vous le dimanche suivant était prévu, enfin les choses avaient avancé. Le type de Lyon avait demandé que Paul soit présent ; c'était important pour eux, avant d'envisager une opération, de vérifier que tous les enfants étaient bien sur la même ligne.

Vendredi soir, il arriva à la gare de Mâcon-Loché par le train de 18 h 16 ; Cécile l'attendait à la gare. C'était la première fois depuis des années qu'ils se séparaient plus de deux jours, elle avait eu beaucoup de mal à dormir seule, et en l'accueillant sur le quai de la gare elle irradiait une joie évidente ; mais sur l'objet de son voyage il voyait bien qu'elle restait dubitative, et elle l'interrogea dès qu'ils furent installés dans la voiture. Qu'est-ce que c'était que ces gens, exactement ? Est-ce qu'ils avaient un lien avec Civitas ?

« Ah... Hervé eut un grand sourire, je savais que tu pensais à ça, décidément tu as une dent contre Civitas. Eh bien non, en l'occurrence ça n'a rien à voir. C'est un milliardaire américain de l'Oregon qui a fondé le mouvement.

— Un milliardaire connu ?

— Non, ce n'est pas un milliardaire médiatique, du genre Bill Gates ou Mark Zuckerberg, de toute façon ceux-là sont tous progressistes. C'est si on veut un petit milliardaire, il a fait fortune dans l'exploitation forestière, il n'est pas dans le classement Forbes, enfin il a quand même une dizaine de milliards de dollars ; et il est protestant, baptiste exactement, comme la plupart des membres de l'organisation, donc tu vois ça n'a même rien à voir avec les catholiques. L'Oregon a été le premier état américain à légaliser l'euthanasie, c'est un état progressiste, ils sont très en pointe sur tous ces sujets. Là, Nicolas m'avait organisé un rendez-vous à Mons avec le coordinateur pour l'Europe. Il m'a expliqué que ce milliardaire américain était d'origine belge, il avait encore de la famille en Belgique, et qu'il avait été très choqué par plusieurs affaires qui se sont déroulées là-bas. Ils ont fondé le CLASH, le Comité de Lutte contre l'Assassinat en Hôpital, pour essayer de faire du lobbying auprès des parlementaires, d'intervenir dans les médias, mais ça n'a rien donné. Alors ils ont décidé de se dissoudre officiellement, mais de continuer l'action sous une forme plus directe. Plus tard ils ont créé des antennes en France, et aussi en Espagne je crois. Le type que j'ai vu était américain, mais celui qu'on va rencontrer à Lyon est français, je l'ai eu au téléphone, il m'a fait bonne impression. Ils sont très prudents : ils n'ont jamais été poursuivis, ils n'ont jamais eu recours à la violence, ils n'ont même jamais dégradé de bâtiments. Surtout, ils tiennent à ce que tous les membres de la famille soient d'accord avant l'action – le mari ou la femme, les enfants, les parents quand il y en a ; ça peut changer pas mal de choses sur le plan juridique, apparemment. C'est pour ça qu'il a beaucoup insisté pour que Paul soit là.

— Oui, ça il n'y a pas de problème... dit Cécile, il arrive demain avec sa femme. » Tout ça l'avait un peu rassuré, elle se détendit dans son siège, et ils purent aborder des sujets plus légers, ce qui se passait de nouveau à Arras, comment se portait Nicolas.

Elle n'avait rien contre les anciens identitaires, insista-t-elle, ni même contre les identitaires actuels, elle voulait juste être au courant, et qu'il lui en parle avant de se lancer dans quelque chose d'illégal.

« Je n'ai rien fait d'illégal, mamour... dit doucement Hervé. J'ai juste bu une bière avec un baptiste américain. »

Le soleil se couchait sur les monts du Beaujolais ; quelques kilomètres plus loin, elle reparla de Civitas. En effet elle ne pouvait pas les supporter, c'étaient de vrais extrémistes, qui jetaient le discrédit sur l'ensemble des catholiques, des « salafistes chrétiens » ajouta-t-elle, si on les écoutait on reviendrait au Moyen âge.

Le Moyen âge ce n'était pas si mal, d'un certain point de vue, fit remarquer Hervé. Son frère, par exemple, ne se plaisait vraiment qu'au Moyen âge.

« Oui, enfin Aurélien tu vois comment il est, depuis qu'il est petit il est comme ça, il n'a jamais été dans le réel.

— Il va sûrement être obligé de l'être un peu plus, dit Hervé, maintenant qu'il a une vraie femme. »

Cécile se tut ; depuis un peu plus d'une heure elle avait réussi à oublier le sujet de Maryse, elle avait passé presque toutes les nuits à la maison cette semaine, ça n'allait pas bien du tout, l'EHPAD c'était encore pire que ce qu'elle avait imaginé. Les résidents qui n'étaient pas en état de se lever avaient presque tous des escarres épouvantables. Elle avait dix minutes pour faire leur toilette, c'était très insuffisant, et il y en avait beaucoup qui ne pouvaient plus aller aux toilettes eux-mêmes, on l'appelait tout le temps sur son portable, sans compter les malades qui criaient, de leurs chambres, qu'on vienne s'occuper d'eux, parfois quand elle revenait le petit vieux n'avait pas pu se retenir, il avait chié sur lui et sur le sol, elle devait nettoyer tout ça, la merde et les draps souillés c'était désagréable, mais le pire de tout c'était leur regard implorant quand elle arrivait dans les chambres, et leur manière de lui dire : « Vous êtes bien gentille, mademoiselle. » Chez elle, en Afrique, des choses comme ça ne se seraient pas produites, si c'était ça le progrès ça ne valait pas la peine. Elle avait expliqué tout ça à Cécile, la veille du retour d'Aurélien, à lui-même elle n'avait pas dit grand-chose, il voyait bien qu'elle était crevée tous les soirs en rentrant, mais elle ne s'imaginait pas lui raconter ça, il valait mieux éviter de le confronter à la réalité, pensait-elle ; ils n'étaient pas encore mariés, dit Cécile, mais elle le protégeait déjà.

Hervé prit la sortie de Villié-Morgon. « C'est normal, mamour, dit-il finalement en s'arrêtant au péage, tout le monde te parle, à toi. Tu es le réceptacle de tous les malheurs du monde ; c'est ton destin. »

Cécile repensa à la confession d'Aurélien, à son aveu qu'il n'était pas stérile ; à qui d'autre aurait-il pu en parler ? Certainement pas à Paul. Oui, Hervé avait raison : c'était son destin.

Comme tous les soirs Maryse était épuisée, Aurélien et elle partirent se coucher immédiatement après le dîner. Hervé traîna dans la cuisine pendant que sa femme faisait la vaisselle, elle voyait bien qu'il avait quelque chose d'autre à dire, mais il mit longtemps à se décider, comme d'habitude.

« Tu te souviens, dit-il finalement, mes allocations de chômage s'arrêtent dans un mois. Et toi, je vois bien que ce travail de faire la cuisine chez les gens ça ne te plaît pas, à chaque fois que tu en reviens tu es nerveuse, de mauvaise humeur. »

Elle se retourna, s'essuya les mains à son tablier, s'assit face à lui ; elle avait pourtant cru que sa tentative de dissimulation était parfaite. Les femmes vivent en général toute leur vie dans l'illusion d'être intuitives et douées pour le mensonge, contrairement aux hommes. C'est parfois vrai, mais moins souvent qu'elles ne le croient. Hervé était parvenu à lui cacher qu'il fréquentait à nouveau d'anciens activistes identitaires – et encore, « anciens activistes » était l'hypothèse la plus favorable ; elle n'était nullement parvenue à lui cacher le dégoût que lui inspiraient les bobos lyonnais.

« Bon, j'ai parlé de ça à Nicolas aussi, et je crois qu'il a quelque chose pour moi, poursuivit Hervé. Ce serait pour être courtier en assurances. C'est un petit cabinet de courtage, le patron a envie de prendre sa retraite. C'est très bien situé, moins de dix minutes à pied de la maison.

— Mais tu n'as jamais fait ça ?

— Non, mais j'ai des connaissances de droit, je sais lire un contrat et suivre un dossier. En fait ça leur plaît plutôt, que je sois un ancien notaire. »

Il avait dit « ancien notaire », remarqua Cécile malgré elle. Ainsi il avait renoncé à ce métier qui avait fait sa fierté, il avait *fait son deuil,* comme on dit dans les ouvrages de développement personnel.

« C'est un ancien du Bloc, lui aussi, le patron qui prend sa retraite ? Elle connaissait la réponse, elle avait juste demandé ça pour en avoir le cœur net.

— Oui, bien sûr, répondit tranquillement Hervé. C'est comme ça que ça marche, tu sais, maintenant, les relations, les réseaux, c'est la seule chose qui fonctionne encore.

— Alors, on va retourner à la maison ? À Arras ?

— Oui, enfin c'est quand tu veux, il n'est pas à une semaine près, de toute façon il faudra qu'il reste quelque temps avec moi, pour m'expliquer les dossiers.

— D'accord... dit-elle doucement, au bout d'un temps. Je suis contente de rentrer, dans un sens. Mais c'était bien, ce séjour ici, non ? Ça nous aura fait une parenthèse.

— Oui, c'est ça. Une parenthèse.

— On n'en a pas tellement eu, dans notre vie, des parenthèses... » Elle réfléchit encore quelques secondes avant de poursuivre. « Ce qu'il faut, maintenant, c'est qu'on sorte papa de cet hôpital. Ensuite on le laissera avec Madeleine, ce sera mieux pour eux. Mais d'abord il faut qu'on le tire de là.

— Oui, bien sûr, mamour. C'est exactement ce qu'on va faire. »

11

Paul et Prudence arrivèrent dans l'après-midi du lendemain. Lorsque Cécile lui dit qu'elle avait préparé sa chambre, il eut un mouvement de gêne, mais Prudence répondit calmement : « C'est gentil à toi, mais ce n'était pas la peine, on dort de nouveau ensemble, Paul et moi. » Cécile acquiesça sans mot dire, elle avait plus ou moins renoncé à comprendre ce qui se passait, sur le plan sentimental et sexuel, dans sa famille.

Ils s'étaient donné rendez-vous avec l'activiste lyonnais au Buffalo Grill de Villefranche-sur-Saône, pour le déjeuner du dimanche. Ce serait le 21 mars, le jour du printemps, ça lui paraissait plutôt bon signe, dit Cécile. Prudence aurait pu ajouter que cela correspondait au sabbat d'Ostara : jaillissant de son sommeil, la déesse répandait sa fertilité sur la terre, cependant que le dieu parcourait les champs verdissants, enfin c'était le printemps.

Ils ne s'étaient pas précisément donné de signe de reconnaissance, mais Hervé n'eut aucun mal à les identifier. Cinq types d'une vingtaine d'années étaient assis autour d'une table, partageant des côtes de bœuf XXL et des assiettes texanes. Quatre d'entre eux, cravatés, vêtus de costumes bleu marine, auraient parfaitement pu appartenir au service d'ordre du Rassemblement National : soucieux de donner en toutes circonstances l'image de la respectabilité et de la courtoisie, mais quand même assez musclés, ça se distinguait nettement sous leurs blazers impeccables. Le cinquième était très différent, avec ses longs cheveux frisés, son jean déchiré et son tee-shirt AC/DC représentant Angus Young torse nu, avec ses petits genoux, serrant contre lui sa Gibson SG et traversant une scène gigantesque en exécutant son fameux *duckwalk*, figure inventée par T-Bone Walker et popularisée par Chuck Berry, mais qu'Angus Young avait, selon certains, portée à son point de perfection. Le tee-shirt portait également les inscriptions « *Let there be rock* » et « *Rio de la Plata* », la photo avait dû être prise lors de leur mythique concert argentin.

Ce fut le chevelu qui se leva pour venir à leur table, alors qu'ils examinaient la carte. « Vous êtes Hervé, n'est-ce pas, c'est vous que j'ai eu au téléphone ? » Hervé confirma, sans bien comprendre comment l'autre avait deviné. « Toute la famille est réunie, je vois… » poursuivit-il en promenant son regard sur les convives. « Et vous, vous êtes Madeleine, celle qui est à l'origine du drame… » dit-il en se tournant vers elle. Elle acquiesça, un peu gênée. « Hervé m'a expliqué la situation au téléphone, ajouta-t-il aussitôt, mais j'étais déjà plus ou moins au courant, il se trouve que je connais Leroux. Bon, je ne vais pas y aller par quatre chemins : vous avez raison, il faut tirer votre père de là, et dans les plus brefs délais, sinon son état va s'aggraver rapidement, et il n'en sortira pas vivant. Déjà il pourrait être mort, il a eu de la chance d'être transféré à Saint-Luc : un AVC suivi d'un coma, à son âge, dans bien des cas on ne réanime plus. Bref, on est prêts à vous aider. Seulement, il faut que je vérifie quelques trucs. Premièrement, votre père n'est pas sous le coup d'une mesure de mise sous tutelle, n'est-ce pas ?

— Non », répondit nettement Paul.

Le chevelu tourna son regard vers lui. « Vous êtes Paul, le fils aîné ? Excusez-moi, je ne me suis pas présenté, je m'appelle Brian. Par ailleurs, vous êtes bien l'ensemble de la famille ? Il n'y a pas d'autres frères et sœurs cachés quelque part ?

— Non », répondit de nouveau Paul.

« Vous comprenez, on n'est pas dans l'illégalité, jusqu'à présent, et on ne tient pas à s'y mettre. En France, il n'y a pas d'obligation de soins. Si je suis à l'hôpital, même à deux doigts de crever, et que j'exige de sortir, on doit me laisser sortir. Mais si je ne suis pas en état de faire connaître mon point de vue, alors les problèmes commencent. Dans la pratique le médecin chef a un pouvoir absolu, sauf lorsque la justice est saisie. S'il y a une tutelle, le juge tranche systématiquement dans le sens de l'autorité de tutelle. Sinon il essaie de recueillir l'opinion des proches, et c'est pour ça que je vous pose toutes ces questions. Dans certains cas on peut envisager de faire passer les gens à l'étranger, on dispose de quelques lieux de vie ; mais là ça me paraît évident que ce ne sera pas nécessaire. Si j'ai bien compris, vous avez un endroit pour l'accueillir, une maison qui lui appartient dans un hameau de Villié-Morgon, c'est ça ?

— Exactement.

— À ce propos, il y a une chose qui nous intrigue, dont je voulais vous parler. On a essayé de vérifier, la maison n'est répertoriée nulle part : pas de factures EDF, pas d'impôts locaux, rien.

— Vous avez accès à ce genre de fichiers ?

— Oh ça ce n'est rien du tout, tous les gosses le font. »

Tous les gosses peut-être pas, se dit Paul, certains gosses, oui. Ce type l'intriguait de plus en plus, avec son tee-shirt de hard-rock ringard. Il répondit cependant à la question : « C'est normal, mon père appartenait à la DGSI. Donc, quand il a pris sa retraite, ils ont sécurisé sa résidence, ils ont pris tout ce qui était administratif à leur charge, pour limiter les risques qu'il ne soit repéré. »

Brian secoua la tête en souriant largement, ça il ne l'avait pas anticipé. « Donc, je vais aider à l'exfiltration d'un ancien de la DGSI… C'est marrant, très marrant même… » Il reporta de nouveau son regard sur Paul.

« Il devait être quelqu'un d'important dans l'organisation, pour bénéficier de ce genre de traitement ?

— Oui, je suppose. Je n'ai jamais vraiment su. »

Brian hocha la tête, cette fois il n'était pas surpris ; il en savait long, apparemment, sur la vie des gens qui travaillent dans les services secrets. Puis il demanda à Paul, presque innocemment, mais cette fois il connaissait déjà la réponse :

« Vous êtes de la DGSI, vous aussi ?

— Non, j'ai choisi une autre voie. Et vous, vous êtes fiché chez eux ?

— Oh oui, je dois bien avoir ma petite fiche. Mais mes gars par contre non, ils sont inconnus des services… » Il tourna la tête avec une sorte d'affection vers ses hommes de main, qui commençaient à caler sur leurs assiettes texanes et leurs bouteilles de Morgon : de bons gros bœufs paisibles, plutôt des racistes nationaux au départ, mais tout à fait prêts à s'engager pour la cause de la morale judéo-chrétienne, voire de la morale en général, ils ne faisaient pas vraiment la différence, et ils avaient peut-être raison, se dit Brian, enfin il ne savait plus très bien.

« Est-ce que je peux vous poser une question, moi aussi ? lui demanda Paul.

— Oui, bien sûr, si je peux y répondre.

— Il n'y a même que vous qui puissiez. Je me demande ce qui vous pousse à ce genre d'actions ; d'où vous vient votre engagement. Chez le fondateur de votre mouvement, si j'ai bien compris, il s'agit de convictions religieuses ; mais vous, je n'ai pas l'impression que ce soit ça.

— Non, en effet » répondit calmement Brian. « Je comprends que ça vous intrigue. Je ne suis pas certain de bien comprendre moi-même... » ajouta-t-il au bout d'un temps. Puis il sembla rentrer en lui-même, tomber dans un silence méditatif prolongé. Tout le monde autour de la table s'était tu, et le regardait avec attention. Cela dura deux à trois minutes avant qu'il ne se décide à poursuivre.

« Il va me falloir reprendre d'un peu loin... La manière la plus simple de l'expliquer, c'est que j'ai été très tôt sensible au fait que notre société a un problème avec la vieillesse ; et que c'était un problème grave, qui pouvait la conduire à l'autodestruction. C'est peut-être lié au fait que j'ai été élevé par mes grands-parents, c'est possible. Mais je suppose que vous conviendrez que nous avons, collectivement, un problème avec les vieux... » Paul acquiesça.

« La vraie raison de l'euthanasie, en réalité, c'est que nous ne supportons plus les vieux, nous ne voulons même pas savoir qu'ils existent, c'est pour ça que nous les parquons dans des endroits spécialisés, hors de la vue des autres humains. La quasi-totalité des gens aujourd'hui considèrent que la valeur d'un être humain décroît au fur et à mesure que son âge augmente ; que la vie d'un jeune homme, et plus encore d'un enfant, a largement plus de valeur que celle d'une très vieille personne ; je suppose que vous serez également d'accord avec moi là-dessus ?

— Oui, tout à fait.

— Eh bien ça, c'est un retournement complet, une mutation anthropologique radicale. Bien sûr, du fait que le pourcentage de vieillards dans la population ne cesse d'augmenter, c'est assez malencontreux. Mais il y a autre chose, de beaucoup plus grave... » Il se tut à nouveau, réfléchit encore une à deux minutes.

« Dans toutes les civilisations antérieures, dit-il finalement, ce qui déterminait l'estime, voire l'admiration qu'on pouvait porter à un homme, ce qui permettait de juger de sa valeur, c'était la manière dont il s'était effectivement comporté tout au long de sa vie ; même l'honorabilité bourgeoise n'était accordée que de confiance, à titre provisoire ; il fallait ensuite, par toute une vie d'honnêteté, la mériter. En accordant plus de valeur à la vie d'un enfant – alors que nous ne savons nullement ce qu'il va devenir, s'il sera intelligent ou stupide, un génie, un criminel ou un saint – nous dénions toute valeur à nos actions réelles. Nos actes héroïques ou généreux, tout ce que nous avons réussi à accomplir, nos réalisations, nos œuvres, rien de tout cela n'a plus le moindre prix aux yeux du monde – et, très vite, n'en a pas davantage à nos propres yeux. Nous ôtons ainsi toute motivation et tout sens à la vie ; c'est, très exactement, ce que l'on appelle le nihilisme. Dévaluer le passé et le présent au profit du devenir, dévaluer le réel pour lui préférer une virtualité située dans un futur vague, ce sont des symptômes du nihilisme européen bien plus décisifs que tous ceux que Nietzsche a pu relever – enfin maintenant il faudrait parler du nihilisme occidental, voire du nihilisme moderne, je ne suis pas du tout certain que les pays asiatiques soient épargnés à moyen terme. Il est vrai que Nietzsche ne pouvait pas repérer le phénomène, il ne s'est manifesté que largement après sa mort. Alors non, en effet, je ne suis pas chrétien ; j'ai même tendance à considérer que c'est avec le christianisme que ça a commencé, cette tendance à se résigner au monde présent, aussi insupportable soit-il, dans l'attente d'un sauveur et d'un avenir hypothétique ;

le péché originel du christianisme, à mes yeux, c'est l'espérance. »

Il se tut à nouveau, le silence autour de la table était total. « Bon, je suis désolé, je me suis un peu laissé emporter... dit-il avec embarras. Revenons à l'opération. Mes gars donc ils sont clean, et moi normalement je n'ai rien à faire, à part conduire la camionnette. Mais il nous reste à voir l'essentiel. Ah non, il y a une petite chose avant : à domicile il vous faudra un peu d'équipement, au moins un lit médicalisé et un fauteuil roulant. Ça peut aller assez vite, je connais les fournisseurs, enfin le fauteuil c'est un peu plus long, on doit le faire fabriquer sur mesures.

— On ne peut pas prendre celui de l'hôpital ? intervint Hervé.

— Non. Ça peut paraître très con, mais on pourrait être poursuivis juste pour ça, vol de matériel appartenant à l'Assistance publique. Donc, il va falloir le laisser. Entre le lit et le fauteuil, ça nous fait un budget de dix mille euros. Vous les avez ?

— Oui, répondit Paul.

— Bon, ça c'est très bien, dans le cas contraire on aurait pu les avancer, voire carrément vous les donner, on le fait dans certains cas, mais si vous avez l'argent évidemment on préfère. Donc, j'en viens à l'opération en elle-même. A priori ça se présente de manière plutôt simple, l'unité de Belleville-en-Beaujolais n'est pratiquement pas protégée, c'est peut-être même possible de garer la camionnette dans la cour, enfin ça je ne suis pas sûr, il y a un portail à l'entrée, avec un gardien. » Il se tut, jeta à nouveau un regard circulaire sur eux. « Vous, vous êtes Maryse, n'est-ce pas ? » lui demanda-t-il en la regardant droit dans les yeux. « La fille qui travaille à l'hôpital, et qui agira sur place ?

— C'est ça.

— Vous allez jouer le rôle principal dans l'opération. Vous êtes bien décidée, vous êtes sûre ?

— Absolument sûre, répondit calmement Maryse.

— Bien. Le plan est très simple. Vous poussez le fauteuil roulant dans les couloirs, vous traversez tranquillement la cour, vous le conduisez jusqu'à l'arrière de la camionnette, et on l'embarque. Si on ne peut pas rentrer on se garera dans le coin, il y a toujours de la place, et je passe vous prendre à l'entrée qui donne sur la rue Paulin-Bussières. On aura une camionnette siglée au nom de l'hôpital Édouard-Herriot, de Lyon. Mes gars auront des uniformes d'infirmiers du même hôpital. En principe ça ne devrait servir à rien, mais il vaut mieux tout prévoir. L'idée, si on est arrêtés, c'est de dire qu'on le conduit à Lyon pour une nouvelle IRM et un PET-Scan.

— C'est quoi PET-Scan, je ne connais pas ?

— En français on devrait plutôt dire TEP-Scan, c'est l'acronyme de "tomographie par émission de positons", c'est assez nouveau comme examen, je ne sais pas au juste à quoi ça sert. De toute façon, le mieux ce serait quand même que vous passiez comme ça, juste en poussant le fauteuil. Au fait, quel jour vous paraît le plus favorable pour l'opération ?

— Le dimanche, répondit Maryse sans hésiter. C'est là qu'il y a le moins de personnel et que viennent la plupart des familles, ce n'est pas rare du tout de voir des gens promener un malade en fauteuil dans la cour. En plus il n'y a pas de gardien, et ils laissent le portail ouvert pour que les familles puissent se garer.

— Ah !... Je ne savais pas tout ça, c'est vraiment bien. Donc, oui, il n'y a pas de doute, on opérera un dimanche où vous êtes de garde, vous nous direz la meilleure heure.

— Quand même, répondit Maryse, je peux être repérée par une collègue. Je ne pense pas qu'elle m'arrêterait, mais elle s'étonnerait, ce n'est plus mon unité normalement, c'est un malade dont je n'ai pas à m'occuper. »

Il lui jeta un regard soucieux. « Là, je ne vous le cache pas, il y aurait un problème. Si votre collègue parle vous serez interrogée par la direction, et vous risquez de vrais ennuis. La seule solution ce serait de dire que votre collègue s'est trompée, qu'elle a confondu avec un autre jour.

— Il y a un enregistrement vidéo dans les couloirs. »

Il balaya l'objection d'un geste de la main. « Ça, ce n'est vraiment pas un souci. On le désactive comme on veut à partir d'Internet, et on reprend l'enregistrement une heure plus tard. Et quand je dis une heure c'est beaucoup trop, j'espère bien que l'opération sera bouclée en cinq minutes. »

Il se tut à nouveau. « Non, la vraie difficulté, c'est si vous êtes interrogée par la direction en présence de votre collègue. Là, ce sera parole contre parole. Alors... reprit-il au bout d'un temps, vous êtes toujours d'accord ?

— Oui.

— Bien... » Il promena de nouveau un regard circulaire sur eux avant de poursuivre. « Je m'occupe des détails nécessaires, et je vous tiens au courant par l'intermédiaire d'Hervé. Ça ne prendra pas plus de deux semaines, je pense ; ensuite on attend que vous soyez de garde, et on opère. Ne vous inquiétez pas... » ajouta-t-il avant de retourner à sa table pour y retrouver ses acolytes. « On a fait des choses largement plus difficiles. On va le sortir de là. »

12

L'opération dura, en effet, un total de quatre minutes et demie. Quelques secondes après l'arrivée de Maryse, deux des hommes de main de Brian soulevèrent Édouard et l'installèrent sur une civière à l'intérieur de la fourgonnette ; puis ils ôtèrent leurs blouses d'infirmiers, devenues inutiles, et repartirent dans des voitures séparées ; ils n'avaient eu aucune autre intervention à fournir, ce qui était heureux, se dit Maryse, on sentait quand même en eux un potentiel de violence, difficile à contenir. Elle était déjà installée à l'avant de la fourgonnette. Brian démarra, prit la rue Paulin-Bussières, puis la rue de la République, et en cinq minutes ils furent sortis de Belleville. Maryse gardait le silence.

« Ça s'est bien passé ? demanda Brian, comme elle continuait à se taire.

— Pas tout à fait, non. J'ai croisé une collègue ; en plus c'était Suzanne, la déléguée syndicale, celle qui est à l'origine de l'expulsion de Madeleine. Elle ne m'a rien dit, mais elle m'a jeté un regard intrigué ; je suis à peu près sûre qu'elle va parler.

— Merde !... Il donna un coup de poing sur le volant. Putain, merde, c'était une opération parfaite !... » Il se calma peu à peu avant de reprendre :

« Vous n'avez croisé qu'elle ?

— Oui. Juste quand je sortais dans la cour, en plus, c'est trop con.

— La seule chose à faire, c'est de rester sur la même ligne, comme on avait dit : vous ne comprenez pas de quoi elle parle, elle a dû se tromper.

— Votre effacement vidéo a bien fonctionné ?

— Oui, ça bien sûr, ne vous inquiétez pas.

— Mais est-ce que vous êtes sûr qu'il n'y a pas de trace de votre effacement ? Qu'on ne peut pas, en examinant la bande, se rendre compte qu'une partie a disparu ?

— Ah, bonne question... » Il sourit, lui jeta un regard empreint d'une considération nouvelle. « Enfin maintenant c'est un disque dur, je crois que ça arrange un peu les choses, mais quand même il faut que je passe un petit coup de fil. » Il s'arrêta sur le bas-côté, sortit son portable et composa un numéro ; on répondit immédiatement.

« Jeremy, c'est Brian. Oui, tu peux réenclencher l'enregistrement, comme on avait dit. Mais il y a autre chose. Est-ce que tu crois que tu pourrais télécharger le bout de disque dur et le bidouiller un peu, de manière à ce que personne ne puisse repérer ton intervention ? »

Cette fois, il y eut une longue explication à l'autre bout du fil. Brian écoutait avec attention, sans interrompre son interlocuteur, et conclut : « Bon ben OK, fais-le » avant de raccrocher.

Il se retourna vers Maryse : « C'est réglé, ne vous inquiétez pas, l'enregistrement sera nickel. À la limite, même, je vous conseillerais de demander au directeur de l'examiner, pour bien prouver que vous n'êtes pas passée dans le couloir à ce moment-là. »

Il redémarra. Quelques kilomètres plus loin, juste avant d'arriver à Villié-Morgon, Maryse se retourna vers Brian pour lui dire :

« Vous êtes très sûr de vous, n'est-ce pas ?

— Non, pas du tout. » Il sourit franchement à nouveau. « Je ne suis pas sûr de moi du tout, c'en est même pathétique ; mais je suis sûr de mes gens. »

Madeleine était seule à les attendre lorsqu'il gara la fourgonnette dans la cour, mais Paul et Hervé sortirent presque aussitôt de la maison. Paul poussait un fauteuil roulant premier prix qu'il avait acheté la veille, en attendant l'arrivée du modèle réalisé sur mesures. Avec l'aide de Brian, ils n'eurent aucun mal à soulever Édouard de sa civière, puis à l'installer dans le fauteuil ; il était complètement réveillé. Paul s'illusionnait peut-être, mais quand même il eut l'impression que son père tressaillait en reconnaissant sa maison ; en tout cas ses yeux étaient vifs, allaient de gauche à droite, exploraient les lieux avec attention.

Le lit médicalisé avait été installé dans la salle à manger ; un ouvrier devait venir le lendemain pour installer un monte-escalier, ce qui permettrait à Édouard de dormir dans son ancienne chambre.

C'était étrange, très étrange, de le voir à nouveau chez lui, au milieu d'eux. Que pouvait-il bien se passer dans son esprit ? Une fois de plus, Paul se retrouvait face à cette question insoluble. Son regard s'était calmé en tout cas, il passait lentement de l'un à l'autre de ses enfants, s'arrêta sur Maryse ; il devait se souvenir d'elle travaillant à l'hôpital, sa présence au milieu de sa famille devait le surprendre.

Aurélien confirma qu'il devait partir, il fallait absolument qu'il soit à Chantilly le lendemain. Dans ces conditions on ne pouvait pas vraiment fêter ça, regretta Cécile. Il fallait quand même marquer le coup, ajouta-t-elle en agitant les mains. À vrai dire, elle n'arrivait toujours pas à croire que ça se soit passé aussi bien, sans casse, sans le moindre incident. En désespoir de cause elle ouvrit une bouteille de champagne, insista pour que Brian accepte au moins une coupe. « Je ne sais pas comment vous remercier… dit-elle en la lui tendant, je n'oublierai jamais. » Brian hocha la tête, les capacités de s'exprimer lui manquaient, lui aussi. Ce n'était pourtant pas la première fois que ça lui arrivait, les larmes de joie, les familles, mais il ne parvenait toujours pas à s'y habituer.

Il les quitta peu après, mais il n'était pas tout à fait au bout de ses peines, par la fenêtre Paul vit Madeleine se précipiter vers lui avant qu'il ne remonte dans sa camionnette, l'étreindre avec violence, serrer sa main droite entre les siennes, à un moment même elle s'agenouilla devant lui ; il mit au moins une minute avant de parvenir à se dégager.

Aurélien ne se résolut finalement à prendre la route que vers cinq heures de l'après-midi. « À vrai dire, nous aussi, on travaille demain… » fit remarquer Paul. Aurélien se proposa de les ramener en voiture. « Vous pourrez revenir, demanda Cécile, pour qu'on fête vraiment ça ? » Oui, bien sûr, répondit Prudence, ils pourraient même rester quelques jours.

Aurélien serra longuement Maryse dans ses bras avant de se mettre au volant. Il allait s'inquiéter, dit-il, il allait vraiment s'inquiéter. Elle eut un mouvement d'épaules évasif, elle ne savait pas, elle était sûre en tout cas que sa collègue ne l'avait pas suivie dans la cour, elles s'étaient juste croisées quelques secondes ; mais ensuite elle ne pouvait vraiment pas dire. « Je t'appelle demain » conclut-elle avant de l'embrasser une dernière fois.

Dès qu'ils eurent atteint l'autoroute, il replongea dans un ressassement morose, Maryse risquait bel et bien le renvoi et c'était pour eux qu'elle l'avait fait, enfin pour lui surtout, il reprit son antienne une bonne dizaine de fois. Assis à ses côtés, Paul ne trouvait rien à lui répondre.

« Tu ne penses pas que tu pourrais intervenir, au niveau politique ? » lui demanda tout à coup Prudence. « Enfin pas directement, mais demander à Bruno.

— C'est la question que je me pose depuis tout à l'heure… »

Aurélien se tut d'un seul coup, l'idée ne lui était manifestement pas venue.

« Je ne pense pas que Bruno soit la bonne personne, dit finalement Paul. Déjà on est en pleine campagne électorale, ce n'est vraiment pas le moment pour lui de prendre des risques. Bon, je sais que si je lui demandais, il le ferait quand même ; mais c'est vraiment très loin de son domaine de compétences, je ne suis même pas sûr qu'il ait jamais parlé à son collègue de l'Intérieur. Il y a par contre quelqu'un à qui je pourrais m'adresser facilement, c'est Martin-Renaud. »

Ils lui jetèrent un regard surpris. « C'est vrai, tu ne le connais pas… » dit-il à Prudence. « Et toi non plus, Aurélien, quand j'y pense tu ne l'as pas vu, il n'est resté que quelques heures, et c'était le jour où tu emballais les sculptures. Bon, pour résumer c'est un ancien collègue de papa, ils travaillaient dans le même service et ils étaient apparemment proches, il est venu lui rendre visite à l'hôpital. Et il a un poste important dans les services secrets – un poste très important, même. »

Ils n'en parlèrent plus jusqu'à leur arrivée à Paris, un peu avant vingt-deux heures. Aurélien s'était plus ou moins habitué, les dernières semaines, à rentrer suffisamment tard pour que sa femme soit couchée. Cette fois il n'avait pas osé leur imposer un horaire aussi tardif, mais au moment de prendre la direction de Montreuil il fut envahi par une angoisse si évidente que Prudence lui demanda : « Tu veux rester dîner ? » Il accepta aussitôt.

Vers une heure du matin, il estima qu'il pouvait se permettre de repartir. « Tu peux rester dormir, si tu veux… proposa Prudence. Tu pourrais même rester quelques jours, on a une chambre qui ne nous sert plus à rien. »

Il secoua la tête avec résignation. Il allait sûrement prendre un studio dans pas longtemps, enfin il allait essayer de trouver quelque chose, mais pour l'instant il devait parler à sa femme, il fallait vraiment qu'ils se mettent d'accord sur certains points. S'ils ne se parlaient que par l'intermédiaire de leurs avocats, ça allait forcément retarder le divorce ; et ça, c'est ce qu'il voulait par-dessus tout éviter.

« Tu t'en occupes, du type important dans les services secrets ? demanda-t-il à Paul sur le pas de la porte.

— Je l'appelle demain matin. »

13

À neuf heures Paul téléphona à Martin-Renaud, qui se fit expliquer la situation et lui donna rendez-vous à quatorze heures rue du Bastion. La vue qu'on avait de son bureau était vraiment impressionnante, se dit Paul, mais le quartier avait l'air invivable ; puis il se dit que tout le monde devait se faire la même réflexion en entrant, et qu'on aurait pu se la faire à propos d'à peu près n'importe quel quartier récemment bâti.

Martin-Renaud lui proposa un expresso, en prit un lui-même. « Je me suis renseigné depuis votre appel, lui dit-il tout de suite après ; pour l'instant, aucune plainte pour enlèvement et séquestration n'a été déposée auprès du Tribunal de grande instance de Mâcon. Évidemment c'est encore très tôt, ça ne date que d'hier. On ne peut pas intervenir directement : la justice est très sensible sur la question de son indépendance, et nous n'essayons de contourner l'obstacle que dans des cas exceptionnels. »

Il s'interrompit, voyant que Paul baissait les yeux, gêné.

« Je ne suis pas du tout habitué à ça, dit finalement Paul en relevant la tête. Ça va peut-être vous surprendre, mais je n'ai jamais demandé de faveur ni de passe-droit.

— Oui, c'est inhabituel, pour quelqu'un qui appartient au monde politique.

— Je sais. Peut-être est-ce que je n'appartiens pas vraiment au monde politique ; disons que je suis à la limite. En tout cas, la personne pour qui je travaille ne pratique pas ce genre de choses. À vrai dire, pour être honnête, je n'ai jamais réellement eu à lutter pour protéger mes intérêts ; je suppose que j'ai eu ce qu'on appelle une existence privilégiée. Chaque fois que je me suis rapproché de l'univers des passe-droits, j'ai eu un peu honte, et j'ai préféré détourner le regard. Je suppose que, jusqu'à présent, j'ai réussi à conserver certaines illusions sur le monde. Enfin, je sais que ce sont des illusions, mais je n'en suis pas certain à 100 %, vous comprenez ? »

Martin-Renaud ne répondit rien. « S'il y a plainte, reprit-il sans faire de commentaires, le procureur diligentera une enquête, et cette enquête sera confiée à la police – plutôt d'ailleurs, en l'occurrence, à la gendarmerie. Là, je peux parfaitement faire en sorte que cette enquête, pardon pour le jeu de mots, ne soit pas conduite avec une grande diligence, justement ; je peux même vous garantir un enlisement définitif. Ça ne me posera aucun problème de conscience : on a déjà fait ça pour protéger des collègues, ou d'ex-collègues. En plus, en l'occurrence, votre père n'a commis aucune infraction ; ce serait même plutôt lui, si l'on se place d'un certain point de vue, qui serait la victime. Donc, voilà ce que je vous propose : pour l'instant, on ne fait rien ; et si la machine judiciaire se met en route, je fais le nécessaire pour ralentir la machine policière – enfin, parlons clairement, pour la stopper. »

Ça lui convenait parfaitement, répondit Paul avec empressement ; il n'en espérait pas tant, même.

« C'est curieux... reprit Martin-Renaud, donc vous avez rencontré ces gens, ces ex-CLASH. Qu'est-ce que vous en avez pensé ?

— Du bien. Ils sont sérieux, compétents, prudents, à aucun moment ils n'ont pris de risque inutile.

— Je suis du même avis. Ce matin, j'ai relu ce qu'on avait sur eux, ça n'a pas été long : on n'a pratiquement rien. Ils ne commettent aucune erreur, jamais. On continue à essayer de glaner des renseignements de temps en temps – ne vous inquiétez pas, je n'ai pas l'intention de vous interroger – mais c'est plutôt par routine, en plus ce sont des activistes, en aucun cas des terroristes, ils n'ont jamais commis d'action illégale ni violente.

Il n'empêche qu'ils sont extrêmement dérangeants pour l'idéologie officielle : ils l'obligent à se retourner sur elle-même, à réexaminer ses valeurs ; et c'est ce qu'elle déteste par-dessus tout. Ce qui est remarquable, c'est qu'ils ont toujours un complice sur place, le plus souvent une infirmière ou une aide-soignante, mais parfois un médecin ; et ils semblent en avoir dans tous les hôpitaux de France ; j'ai l'impression que le corps médical est très divisé, sur cette question de l'euthanasie.

— Et vous, vous en êtes où, avec vos messages sur Internet ? » l'interrompit Paul, dans l'espoir d'éviter d'avoir à lui parler de leurs complicités à l'hôpital. Cette tentative pour détourner la conversation lui paraissait assez maladroite, mais cela prit, manifestement Martin-Renaud était bien davantage préoccupé par ce sujet que par celui du CLASH. Pour ce qu'il en savait, répondit-il, les feuilles découvertes dans le dossier de son père les avaient mis sur une nouvelle piste, mais cela n'avait pas donné grand-chose jusqu'à présent. S'il voulait en savoir plus il lui proposa de voir Doutremont, c'était lui qui suivait le dossier.

Lorsque Paul pénétra dans son bureau, Doutremont était en compagnie de Delano Durand ; il fit les présentations.

« C'est vous dont le père a eu l'idée de rapprocher les deux images, c'est ça ? lui demanda Durand.

— Oui. Ça fait sens à vos yeux ?

— Sûr. Le pentagone convexe, celui qui figure sur les messages, représente le débutant, le profane. Le pentagone étoilé, ou pentagramme, qui est gravé sur le front du Baphomet, représente l'initié, celui qui possède le savoir. Donc, tout ça est assez clair ; sauf que, pour être honnête, les métalleux sont loin de ressembler à des initiés. Globalement ce sont de gentils guignols, qui font ça pour le look et pour le fun, c'est tout. Il y a bien quelques satanistes, davantage versés dans les arts magiques ; mais il y en a très peu, beaucoup moins qu'on ne croit, et surtout, pas plus que les métalleux, on ne les imagine en relation avec des terroristes ; ce n'est pas du tout le même milieu. Il y a des wiccans, aussi, qui utilisent le pentagone étoilé, mais ça ne nous avance pas davantage.

— Des wiccans ?

— Pourquoi, vous en connaissez ?

— Oui.

— Ça ne m'étonne pas, il y en a de plus en plus. Alors, pour certaines cérémonies, en effet, ils utilisent des pentagrammes et des pentacles ; mais il n'y a pas de quoi alerter la police, c'est un des symboles magiques les plus répandus, depuis la nuit des temps. Et surtout, ils sont tout aussi inoffensifs que les métalleux et les satanistes – encore plus même, si c'est possible. On n'imagine aucun de ces gens se lancer dans le terrorisme, pas davantage dans le hacking de haut niveau. Donc, apparemment, ça ne nous mène nulle part. Pourtant, je ne peux pas m'enlever de l'idée qu'il y a quelque chose... »

Doutremont jeta un regard à son jeune collègue. Le métier commençait à rentrer, se dit-il avec une satisfaction sombre ; il n'aurait pas éternellement l'insouciance et l'insolence du novice.

« Par exemple, poursuivit Delano Durand, tout à son sujet, ces caractères bizarres qu'on retrouve dans tous les messages Internet, ils ont eu un succès énorme dans le monde du métal – presque autant que Baphomet. Certains métalleux ont capturé l'image sur Internet, j'ai vu ces caractères reproduits sur des tee-shirts et des flyers ; ils figurent même sur la pochette des derniers vinyles de Nyarlathotep et de Sepultura. Alors oui, conclut-il en se tournant vers Paul, j'aimerais bien savoir ce qui a pu traverser l'esprit de votre père. »

14

Aurélien avait passé une nuit infecte ; lorsqu'il avait atteint le pavillon de Montreuil Indy l'attendait de pied ferme, malgré l'heure tardive, et il s'était ensuivi une dispute particulièrement violente, qui avait duré jusqu'à quatre heures du matin. Sans qu'il comprenne comment (des cheveux accrochés à un vêtement ? un simple relent de parfum ?), elle avait deviné l'existence d'une autre femme. Qu'est-ce que ça pouvait bien lui foutre ? songeait-il avec désespoir en essayant de supporter ses cris, ils ne baisaient plus depuis des années, ils n'avaient pas la moindre intention de recommencer, ils étaient en instance de divorce ; qu'est-ce que ça pouvait bien lui foutre ?

Le philosophe René Girard est connu pour sa théorie du désir mimétique, ou désir triangulaire, selon laquelle on désire ce que les autres désirent, et par imitation. Amusante sur le papier, cette théorie est en réalité fausse. Les gens sont à peu près indifférents aux désirs d'autrui, et s'ils sont unanimes à désirer les mêmes choses et les mêmes êtres, c'est simplement parce que ceux-ci sont objectivement désirables. De même, le fait qu'une autre femme désire Aurélien ne conduisait nullement Indy à le désirer à son tour. Elle était par contre furieuse, et presque folle de rage, à l'idée qu'Aurélien désire une autre femme et ne la désire pas, elle ; les stimulations narcissiques basées sur la compétition et sur la haine avaient depuis longtemps, et peut-être depuis toujours, pris le pas en elle sur les stimulations sexuelles ; et elles sont, dans leur principe, illimitées.

Il passa une journée nauséeuse à Chantilly, et sa première réaction, lorsque vers dix-huit heures le visage de Maryse s'afficha sur l'écran de son portable, fut l'inquiétude ; dans l'état où il était, il aurait beaucoup de mal à supporter une mauvaise nouvelle.

Il n'y avait pas de mauvaise nouvelle ; il n'y avait, en réalité, pas de nouvelles du tout. L'ambiance avait été bizarre toute la journée, à l'hôpital, lui dit Maryse. Les gens ne parlaient même pas de la disparition de son père, ou peut-être à demi-mot, de manière allusive – mais c'était sans doute la crainte qui lui faisait supposer ça, probablement est-ce qu'ils n'en parlaient pas du tout. On lui avait jeté, plusieurs fois, des regards suspicieux ; mais tout le monde, aujourd'hui, semblait jeter des regards suspicieux à tout le monde. Le directeur de l'unité n'avait pas réuni le personnel, ni même convoqué de réunion avec la hiérarchie ; il n'avait rien fait du tout.

Est-ce que ça pouvait continuer comme ça ? se demandait Maryse. Le directeur avait la réputation d'un type prudent, et même assez lâche, qui évitait autant que possible de faire des vagues ; mais quand même, est-ce qu'un malade pouvait disparaître comme ça, sans laisser la moindre trace ?

Eh bien, en fait, peut-être que oui ; si personne ne le réclamait, si personne ne s'inquiétait de son absence, ça paraissait possible. Il y avait bien un enregistrement des dossiers, un registre des admissions ; mais qui s'en préoccuperait, en l'absence de plainte ?

Ça l'intriguait tellement qu'elle avait demandé à Hervé d'appeler Brian, c'était lui qui avait son contact. D'après le jeune homme ça arrivait, et même assez souvent. Si un problème survenait, quelques années plus tard, le directeur pourrait toujours prétendre que le malade avait quitté l'hôpital à la demande de la famille – rejoignant ainsi, sans le savoir, la vérité. Il y avait des cas où tout le monde avait intérêt à se taire ; on pouvait espérer, en l'occurrence, être dans ce genre de cas.

Elle raccrocha à regret ; Aurélien lui manquait douloureusement, dans l'état de perplexité qui était le sien. Ils vivaient dans des enfers parallèles et se rejoignaient chaque fin de semaine dans un monde à eux, un mini-monde qui n'avait pas d'existence réelle, parce qu'il n'avait jusqu'à présent aucune viabilité économique. Elle était toujours aussi indignée par les conditions de travail à l'EHPAD, indignée et stupéfaite que de telles choses puissent exister en France, que des vieillards puissent, au soir de leur vie, être soumis à de telles humiliations.

Aurélien, lui, avait vécu dans l'illusion moderne que les divorces se passent bien, qu'il s'agit de procédures simples et apaisées, presque amicales ; il découvrait maintenant que c'était exactement l'inverse, que les haines longuement recuites, chauffées à blanc, atteignent au moment du divorce des proportions presque inouïes. Il était pressé d'en finir ; mais dans une négociation de divorce, lui rappelait à chaque fois son avocat, comme dans toute négociation d'ailleurs, c'est celui qui est pressé de conclure qui se met en position défavorable. Il se résignait, donc. Il prenait sur lui.

Ils prenaient sur eux, essayant de tirer le plus de joie possible de leurs brefs moments dans le mini-monde, nourrissant des rêveries dont ils ne savaient même pas à quel point elles étaient proches ; ils étaient immobiles dans l'attente d'une catastrophe, ou d'un miracle.

cinq

1

Deux semaines après le retour d'Édouard chez lui, Paul prit une semaine de congés. La campagne électorale battait son plein, quelques jours auparavant il avait vu Bruno dans un immense meeting qui se tenait à Marseille, diffusé en direct sur les chaînes info. Un plan fugitif alors qu'il rentrait, encore transpirant sous l'effort, pour se reposer en coulisses, avait découvert Raksaneh, et en voyant le regard qu'elle jetait sur lui, il n'avait plus eu aucun doute : ils couchaient ensemble.

Pour une fois il décida de partir en voiture, sans trop savoir pourquoi, peut-être parce qu'un départ en voiture lui évoquait davantage les vacances. Ils arrivèrent à Saint-Joseph vers cinq heures de l'après-midi. Laissant Prudence en compagnie de Cécile et de Madeleine, il s'engagea dans le couloir vitré qui menait au jardin d'hiver. Son père y passait la plus grande partie de ses journées, cette pièce avait toujours été sa préférée, même lorsqu'il était encore valide. Il tourna les yeux dans sa direction à son entrée. Paul l'embrassa sur la joue et serra sa main dans la sienne ; il répondit par une pression, légère mais très nette. Madeleine lui avait expliqué qu'elle changeait le fauteuil de place plusieurs fois par jour, pour qu'il puisse avoir des vues différentes sur le paysage ; en ce moment, il faisait face à un bosquet de hêtres. Paul s'assit à ses côtés, il n'avait en réalité rien à lui dire, il savait que Cécile l'avait déjà tenu au courant des évolutions de la situation d'Aurélien, et de la sienne. En quelques minutes il s'abîma dans l'identique contemplation des branchages, des feuilles agitées par le vent. Il ne demandait au fond pas grand-chose de plus à la vie ; c'était si pleinement satisfaisant que lorsque Madeleine vint l'appeler pour le dîner, deux heures plus tard, il se rendit compte que pendant tout ce temps il n'avait pas davantage que son père bougé d'un centimètre, ni prononcé une parole.

Paul savait que leurs filles rendaient visite à Hervé et Cécile ce week-end, mais il n'avait plus aucune appréhension à ce sujet, et en effet Anne-Lise se leva avec un naturel parfait pour lui faire la bise. « Ça fait longtemps que tu ne les as pas vues, elles ont bien grandi… » fit remarquer Cécile. Oui, en effet. Deborah était très différente de sa sœur, plus spontanée, plus brusque, mais ce qui frappait surtout c'est que c'était un canon, magnifiquement roulée, avec des cheveux d'une blondeur éblouissante – elle ressemblait en fait beaucoup à sa mère au même âge. Elle n'avait pourtant pas de petit ami attitré, sans pour autant partager l'engagement religieux de Cécile ; simplement, la plupart des garçons qu'elle rencontrait lui paraissaient « plutôt nuls ». Hervé l'adorait visiblement, et c'était certainement une des raisons qui le rendaient finalement plutôt content de rentrer à Arras – leur départ était prévu à la fin du mois, et il commencerait aussitôt son nouveau travail.

Le lendemain matin Paul se leva tard, et se retrouva seul face à Anne-Lise à la table du petit-déjeuner. « Ça a l'air de bien se passer, avec ta femme… » lui dit-elle, rompant le silence. Oui, ça s'était bien arrangé, confirma-t-il. « Tant mieux… Je suis contente si j'ai pu contribuer » dit-elle doucement ; ce fut sa première, et sa seule allusion à leur rencontre.

Après le départ des deux filles, l'ambiance devint très calme. Avec Prudence, ils faisaient de longues excursions en voiture, il lui faisait visiter la région – Solutré, Beaujeu, ils poussèrent une fois jusqu'à Cluny. En fin d'après-midi il passait rendre visite à son père, ils restaient une ou deux heures ensemble, en général en silence, ils contemplaient le soleil couchant sur les vignobles ; Madeleine, à ces moments, les laissait seuls.

Un soir, il remarqua un livre posé sur un pupitre – un volume en Pléiade de la *Comédie humaine* – et posa la question à Madeleine. En effet, lui confirma-t-elle, il pouvait lire, avec son aide. Lorsqu'il avait terminé une page, il la regardait et clignait des yeux ; elle tournait alors la page pour passer à la suivante. Avec les Pléiade ça allait, mais avec les livres normaux c'était plus difficile, il fallait casser le dos pour que les pages tiennent en place. En général il lisait plutôt des classiques, surtout Balzac, mais de temps en temps un roman policier ; elle désigna un livre de poche de Malcolm Mac Kay intitulé *Ne reste que la violence*. C'était le troisième volume de la trilogie de Glasgow, précisa-t-elle, il avait lu les deux premiers. Paul la regarda, surpris qu'elle connaisse le mot « trilogie ».

« Chaque fois que c'est possible je télécharge le texte sur Internet, avec des feuilles volantes il n'y a plus de problème » ajouta Madeleine. Il la considérait avec un étonnement croissant ; décidément elle n'était pas idiote, pas idiote du tout même ; simplement elle avait choisi de ne pas parler, ou le moins possible, elle devait considérer que la parole était la plupart du temps inutile ; et elle avait peut-être raison.

Son degré de communication avec son père était très élevé, il s'en rendait bien compte, ils se tenaient longuement la main, leurs doigts se mêlaient et se serraient dans des positions variées. Un soir, après les avoir quittés, remontant un instant dans sa chambre avant le dîner, Paul se demanda s'ils avaient encore une vie sexuelle. Il lui semblait se souvenir que les tétraplégiques avaient des érections, enfin il ne savait plus très bien, les mouvements volontaires n'existaient plus, mais l'érection n'était pas tout à fait un mouvement volontaire. C'était vertigineux, comme pensée. Si son père pouvait bander, s'il pouvait lire et contempler le mouvement des feuilles agitées par le vent, alors, se dit Paul, il ne manquait absolument rien à sa vie.

La semaine passa rapidement, comme le bonheur. Paul téléphona une fois à Martin-Renaud, mais il n'y avait toujours rien, aucune plainte n'avait été déposée. Maryse de son côté n'avait pas été inquiétée, à l'hôpital on parlait déjà moins de la disparition d'Édouard, les choses semblaient se diriger vers un oubli paisible. C'est vendredi en début d'après-midi que Cécile reçut le coup de téléphone d'Aurélien. La communication était très mauvaise, il n'y avait presque pas de réseau, ça arrivait certains jours, et son frère semblait dans un état de grande confusion mentale, elle ne comprit à peu près rien à ce qu'il disait, sinon qu'il était en route, et qu'il arrivait bientôt.

Quelques minutes plus tard, la voiture d'Aurélien heurta violemment le porche après un long dérapage sur les gravillons de la cour. Il en sortit aussitôt, un magazine ouvert à la main, il paraissait au bord de l'apoplexie, Cécile se demanda un instant s'il n'allait pas faire un AVC, lui aussi. Il se calma peu à peu, parvint à articuler : « Elle s'est vengée. La salope s'est vengée. »

Paul lui prit le magazine des mains. L'article d'Indy, intitulé : « Où sont les fachos ? », s'étalait sur six pleines pages. Elle y racontait l'enlèvement d'Édouard par un « commando » qui avait investi le centre hospitalier de Belleville-sur-Saône, puis sa « séquestration » à Villié-Morgon. Il comprit tout de suite que l'article serait écrit avec habileté, que le choix des mots serait très dur, mais qu'il n'y aurait aucune affirmation franchement mensongère ni diffamatoire.

C'était entièrement de sa faute si elle était au courant, expliqua Aurélien avec désespoir. Un soir ils avaient eu une dispute particulièrement violente, elle avait reparlé de son père, l'avait à nouveau traité de « légume », alors il s'était énervé, s'était vanté d'avoir réussi à le faire sortir de l'hôpital. Il ne savait pas ce qui lui avait pris, il avait juste voulu montrer qu'il était le plus fort, prendre le dessus dans la conversation, il aurait dû se douter qu'elle exploiterait l'information ; mais il ne savait pas du tout comment elle avait pu apprendre le reste.

L'article commençait par un bref historique du mouvement anti-euthanasie, créé aux États-Unis « par des fondamentalistes évangéliques, sur le modèle des groupes anti-avortement », retraçait ensuite son essaimage en Belgique, puis en France. Ce n'était pas entièrement faux, pas entièrement vrai non plus – il y avait parfois eu une certaine similitude dans les modes d'action, mais les contacts réels entre les organisations étaient inexistants. Il poursuivait en racontant l'opération de Belleville-en-Beaujolais, menée par un « commando d'activistes lyonnais » avec la complicité d'une « ravissante aide-soignante d'origine antillaise ».

« Elle n'est pas antillaise... » fit machinalement remarquer Aurélien, mais c'était jusqu'à présent la seule véritable inexactitude de l'article, et le pire était que Maryse était nommément citée. Lui-même était dépeint comme un « marginal au psychisme fragile, qui se réfugiait dans l'univers des tapisseries du Moyen âge », là aussi c'était une description possible. Le mode opératoire de l'enlèvement était parfaitement exposé : la camionnette garée dans la cour, Édouard qu'on transportait dans son fauteuil roulant...

« Comment est-ce qu'elle a pu apprendre tout ça ? » s'étonna Cécile.

Ça n'avait rien de miraculeux, fit remarquer Paul. Compte tenu de la configuration des lieux, c'était la manière la plus logique de procéder ; elle avait dû enquêter sur place, c'est certain ; et pour savoir que Maryse était avec Aurélien, il avait suffi d'interroger ses collègues.

« Il faut que je l'appelle, dit Aurélien. Il faut que je sache comment ça s'est passé pour elle.

— Il y a très peu de réseau aujourd'hui, dit Cécile. Tu ferais mieux d'utiliser le fixe, il est dans l'entrée. »

Un silence tendu s'installa dès qu'Aurélien fut sorti de la pièce. Lorsqu'il revint quelques minutes plus tard, son visage était décomposé. Il annonça aussitôt : « C'est foutu. Elle a été convoquée par son directeur il y a deux heures, et elle a tout avoué. Elle avait pourtant prévu de nier, mais quand elle a vu l'article elle a craqué, elle a perdu tous ses moyens. Elle est désolée, elle s'excuse devant nous tous ; je lui ai dit qu'elle n'avait vraiment pas à s'excuser, que c'était entièrement de ma faute, et que la première victime c'était elle. C'est d'autant plus con que la désactivation de la vidéo avait parfaitement fonctionné ; mais elle n'a pas eu la présence d'esprit d'en parler.

— Qu'est-ce qui va se passer pour elle, maintenant ? demanda Cécile.

— Elle va certainement être suspendue dans un jour ou deux. Ensuite il y aura une enquête disciplinaire, et elle risque le licenciement, c'est certain, sans préavis ni indemnités. »

Il se tut ; le silence retomba dans la pièce. « Et c'est de ma faute, entièrement de ma faute... » répéta Aurélien quelques secondes plus tard, d'une voix plaintive. Personne ne répondit rien ; il n'y avait rien à répondre. Il était inutile de l'accabler davantage, se dit Paul, mais en effet il aurait mieux fait de se taire. Pendant son absence il avait feuilleté la suite de l'article, il avait compris qu'il allait en prendre plein la gueule, et le but de la manœuvre paraissait clair maintenant : c'était de nuire à Bruno. Curieusement, la presse, tout en perdant la quasi-totalité de ses lecteurs, avait augmenté son pouvoir de nuisance ces dernières années, elle pouvait maintenant briser des vies, et elle ne s'en privait pas, en particulier en période électorale, le passage par une procédure judiciaire était même devenu inutile, un simple soupçon suffisait à détruire quelqu'un.

« Si elle perd son emploi, reprit Aurélien d'une voix vacillante, elle ne pourra plus avoir de titre de séjour non plus. Je ne peux pas l'épouser, je ne suis pas divorcé, et pour le divorce je suis complètement entre les mains d'Indy, elle est tout à fait capable de faire traîner pendant des années, uniquement pour me nuire. » Il s'interrompit, sembla un instant à deux doigts de s'évanouir, puis il s'effondra dans le canapé avant de se mettre à sangloter. Cécile et Hervé étaient comme anesthésiés, incapables de réagir, et Cécile elle-même ne fit rien pour le réconforter, sa fragilité et sa faiblesse avaient fini par avoir des conséquences réellement désastreuses. « Je ne me sens pas bien, je crois que je vais monter m'allonger dans ma chambre » dit-il une minute plus tard avant de disparaître dans l'escalier.

Il s'écoula ensuite deux minutes, toujours dans un silence total, avant que Paul ne reprenne la lecture de l'article. Cécile y était qualifiée de « catholique fanatique, proche du mouvement d'ultra-droite Civitas ». C'était vraiment dégueulasse, s'indigna-t-elle, c'était un mensonge pur et simple. Oui, répondit calmement Paul, mais « proche » ça restait vague, il n'y avait pas de diffamation caractérisée, il ne pensait pas qu'on puisse attaquer sur ces bases. Ce n'était probablement pas un hasard, poursuivait l'article, si le malade était séquestré à Villié-Morgon, commune du Beaujolais qui servait de refuge aux capucins de Morgon, le groupement catholique intégriste qui assurait l'aumônerie du mouvement Civitas.

« C'est quoi, cette histoire ? Tu étais au courant de ça ? demanda-t-il à sa sœur.

— Pas du tout.

— Et toi, Madeleine ? Tu savais que ça existait, les capucins de Morgon ?

— Non plus.

— Je vais téléphoner au curé de Villié-Morgon, dit Cécile. C'est un brave type, et il doit savoir ce qui se passe dans sa paroisse, tout de même. »

Lorsqu'elle revint peu après elle paraissait désorientée, perplexe. En effet, leur dit-elle, il s'agissait de la communauté capucine d'observance traditionnelle, qui s'était installée dans le couvent Saint-François. Le curé n'avait pas tellement de rapports avec eux, mais il les connaissait, et il savait qu'ils étaient les aumôniers de Civitas. Cela dit, même s'il était totalement en désaccord avec les options politiques de Civitas, il refusait de juger la communauté capucine. Ils vivaient dans la pauvreté et dans le service du Seigneur, pour lui c'étaient de bons chrétiens.

Dans la suite de l'article Indy s'acharnait sur Paul, qui était décrit comme « le cerveau et le financier de l'affaire ». Le financier si l'on veut, c'était lui qui avait payé les équipements médicaux. Le cerveau c'était plus douteux, ce rôle revenait plutôt à Brian, mais les investigations de sa belle-sœur n'étaient apparemment pas allées jusque-là. Il était également décrit comme « un membre très influent du cabinet du ministre », et c'était évidemment là qu'elle voulait en venir. Il était alarmant, s'indignait-elle, que les groupuscules les plus réactionnaires de l'extrême droite catholique puissent trouver des soutiens au niveau le plus élevé de l'appareil d'État. Le titre « Où sont les fachos ? » prenait alors tout son sens. Ce n'était pas mal foutu, cet article, tout de même, se dit Paul. Il se sentait étrangement détaché, paisible, comme si tout cela ne le concernait que de loin, mais il fallait quand même qu'il en parle avec Bruno. À son tour, il se dirigea vers le téléphone de l'entrée.

Bruno répondit presque immédiatement. « Je suis content que tu m'appelles, dit-il, je n'avais pas envie de le faire en premier. » Sa voix était animée, presque gaie, il ne donnait aucun signe d'affolement, Paul l'avait déjà vu largement plus tendu lors de certaines négociations commerciales.

« Bon, tu as vu le truc, je suppose... poursuivit-il.

— Oui. Je suppose que ça a été repris un peu partout, maintenant.

— Absolument partout. La première chose que je voulais te demander est extrêmement simple : est-ce que les faits relatés sont exacts ?

— Oui. À quelques détails près, c'est la vérité.

— Bien. Je m'y attendais un peu, à vrai dire. Je ne te cache pas que c'est un peu la panique, en ce moment, au QG de campagne. Solène Signal est dans tous ses états, ce qui la rend folle c'est qu'elle voit bien que le but de la manœuvre est de me nuire, mais qu'elle ne sait absolument pas d'où ça peut venir. En fait il n'y a que le candidat du Rassemblement national qui puisse en bénéficier, les autres sont beaucoup trop loin dans les sondages, mais elle n'imagine aucune connexion possible entre le Rassemblement national et ce magazine, et en plus les mouvements anti-euthanasie c'est plutôt dans leur ligne, ça correspond plus ou moins à leurs idées, dans la mesure où ils en ont, bref elle ne sait plus du tout quoi penser, et elle voulait te voir immédiatement. Je lui ai expliqué que ce n'était pas possible, que tu étais dans ta famille, j'ai réussi à la calmer un peu, mais quand même, si on pouvait se faire une petite réunion de crise dimanche matin, ce serait bien.

— Oui, dimanche matin ça va, je peux rentrer demain en voiture et être là quand tu veux dimanche.

— OK. Je la rappelle, et je t'appelle dans la foulée. À ce numéro ? »

En attendant l'appel de Bruno Paul parcourut d'abord le couloir, puis il ouvrit la porte principale et contempla un long moment le soleil qui se couchait sur les vignobles. Il se dit qu'il avait quelques réponses aux interrogations de Solène Signal. Il n'y avait en fait aucune machination politique, ce n'était pas là qu'il convenait de chercher, mais uniquement dans l'ego blessé, meurtri de sa belle-sœur, qui était prête à tout pour faire parler d'elle, et encore bien davantage si elle pouvait par la même occasion leur nuire. Tout cela était parfaitement clair à ses yeux, mais il ne pouvait pas l'expliquer maintenant à Bruno, pas comme ça, pas au téléphone. Aussi, lorsqu'il le rappela, quelques minutes plus tard, et qu'il lui demanda : « Huit heures dimanche matin, dans mon bureau, ça te va ? », il lui répondit : « Je préférerais te voir un peu avant le rendez-vous. Sept heures et demie ? »

Grimpant avec difficulté une pente terreuse dont le sol s'éboule sous ses semelles, Paul parvient à rejoindre une élévation circulaire entourée de buissons chétifs. Au centre de l'élévation, pas très profondément enfoui, repose un grand cercueil de bois verni noir. Des hommes en survêtement gris soulèvent le cercueil pour le transporter dans la ville ; il s'agit d'un mauvais coup, car ces hommes sont les adversaires politiques de Paul. Avec ses maisons en brique rouge, la ville ressemble à Amiens. Peu à peu, Paul acquiert la certitude qu'il s'agit effectivement d'Amiens. Il tente alors de soudoyer une jeune fille de seize ans qui se rend au lycée (elle est probablement en seconde, dans une section scientifique) afin qu'elle lui fournisse l'énoncé authentique d'un problème de mathématiques ; s'il dispose d'un énoncé authentique, il sait qu'il pourra confondre ses adversaires politiques. La jeune fille est au milieu d'un groupe de lycéens, mais il s'adresse à elle comme si elle était seule.

La jeune fille accepte de lui remettre un énoncé authentique ; fort de ce succès, Paul est en droit d'ordonner en pleine ville l'ouverture du cercueil ; à l'intérieur repose un géant blafard, vêtu d'une jaquette et d'un haut-de-forme noirs ; effrayés par cette vision, les hommes en survêtement gris se dispersent en agitant les bras. Résolvant le problème contenu dans l'énoncé authentique, Paul obtient la note de 16. La professeur de mathématiques est une femme jeune qui porte une minijupe plissée extrêmement courte ; elle ressemble à une professeur de mathématiques qu'il a effectivement eue en terminale, et dont il contemplait parfois les cuisses pendant des heures entières ; il est juste surprenant qu'elle n'ait pas vieilli. Paul sait qu'elle appartient à ses alliés politiques, bien qu'elle soit par ailleurs d'extrême gauche. Elle et lui sont maintenant ensemble dans un téléphérique aux cabines extrêmement petites, prévues pour deux personnes, qui grimpe le long de rues pentues dans un quartier qui ressemble à Ménilmontant ou à Montmartre. La pente augmente de plus en plus, elle devient littéralement effrayante, presque verticale ; pourtant, de petits oiseaux multicolores, qui sont presque certainement des canaris, volettent sans crainte autour de la cabine, qu'ils accompagnent dans son ascension.

Puis, sans transition, il se retrouve dans une cave sinistre, éclairée d'une faible lumière jaunâtre ; en contrebas il y a des bassins d'une saleté répugnante, qui sont probablement des bassins de vidange, où il ne subsiste que de petites mares d'eau croupie. Aussitôt après, de manière inattendue, un courant d'eau puissant dévale la pente, remplissant à nouveau les bassins de vidange. Il transporte des porcs minuscules jusqu'à une ouverture ronde et noire, dont on sait intuitivement qu'elle conduit à un abattoir.

Sur un plateau de télévision, un homme vieux, petit, chauve et un peu difforme tente de sauver une émission en faisant des plaisanteries, mais il échoue partiellement et décide d'ôter son pantalon avant de traverser le champ des caméras (on aperçoit rapidement son sexe, gros, mou et blafard). Puis on le retrouve flottant dans un des bassins de vidange. Lui aussi, au même titre que les miniporcs, va être entraîné vers l'abattoir ; il le sait, mais il semble accueillir cette perspective avec sérénité, voire avec une jubilation secrète.

Paul se réveilla d'un seul coup. Dans l'éclairage provenant du couloir il reconnut Cécile, qui lui secouait l'épaule tout en l'exhortant à voix basse : « Viens ! Viens tout de suite !... » Prudence, à ses côtés, bougea légèrement sans se réveiller.

Il rejoignit Cécile dans le couloir, referma la porte de la chambre et lui demanda aussitôt :

« Qu'est-ce qui se passe ?

— Aurélien s'est suicidé. »

2

Cécile ne parvint à continuer qu'une fois installée dans la cuisine, après avoir ramassé une bouteille de rhum qui traînait dans un placard – c'était la première fois qu'il la voyait boire un alcool fort. Elle s'était réveillée en plein milieu de la nuit, traversée par une angoisse inexplicable, dont elle savait seulement qu'elle concernait Aurélien. Après avoir frappé en vain à sa porte, elle était entrée pour constater que la chambre était vide. Elle l'avait ensuite cherché sans succès dans toute la maison, s'était rendue jusqu'à leurs chambres, puis jusqu'au bureau de leur père. Ne trouvant personne là non plus, elle avait commencé à s'affoler : Aurélien était-il parti dans la campagne en pleine nuit ? Il lui avait fallu longtemps, trop longtemps pour penser à l'ancienne grange, celle qui avait servi d'atelier à leur mère. Et dès qu'elle était entrée, dès qu'elle avait allumé elle l'avait vu, pendu à cinq mètres du sol.

Le pire, c'était que son corps se balançait encore légèrement au bout de la corde. Il s'en était probablement fallu de très peu, il aurait peut-être suffi d'une minute, qu'elle arrive une minute plus tôt pour le sauver. À ces mots, elle éclata en sanglots.

« Tu n'as pas à te sentir coupable, tu n'y es pour rien, ce n'est pas de ta faute… » répéta Paul machinalement en lui tapotant doucement l'épaule, sans pouvoir s'empêcher de se dire que lui-même aurait probablement pensé plus tôt à la grange. Aurélien avait été proche de leur mère, il lui avait souvent rendu visite pendant qu'elle travaillait à ses absurdes sculptures, alors qu'au fond Cécile avait plus ou moins effacé leur mère de sa mémoire, elle s'entendait d'ailleurs parfaitement avec Madeleine, la relation mère-fille n'est jamais simple, surtout quand la fille est jolie. Enfin, il n'allait évidemment pas aborder ce sujet. Elle dodelinait de la tête, elle commençait manifestement à être un peu saoule, c'était normal, elle n'avait pas l'habitude de boire, mais il sentait qu'il allait devoir s'occuper de tout le reste, téléphoner à la gendarmerie, etc.

Ils se dirigèrent sans difficulté jusqu'à la grange, on y voyait presque comme en plein jour, par le portail ouvert se répandait une lumière violente, sa mère travaillait souvent de nuit, elle avait installé un système d'éclairage puissant. Cécile s'arrêta à l'entrée, elle ne se sentait pas la force de le voir de nouveau et elle s'assit par terre, ou plutôt elle se laissa tomber, comme un poids mort, avant de s'adosser au portail.

C'était la première fois que Paul voyait un pendu, même plus généralement un suicidé, et il s'était attendu à pire. Le visage de son frère n'était ni congestionné ni bleuâtre, sa couleur était en réalité presque normale. Il était certes un peu convulsé, grimaçant, mais en réalité pas tant que ça, sa mort ne semblait pas avoir été très douloureuse. Moins douloureuse, certainement, que n'avait été sa vie – et au moment où cette pensée le traversait Paul fut envahi par une vague de compassion affreuse, crucifiante, mêlée de culpabilité parce que lui non plus n'avait rien fait pour l'aider, pour le soutenir, il faillit s'effondrer mais il se reprit, il fallait qu'il téléphone, il ne pouvait pas se laisser aller maintenant. Il se raccrocha à certaines choses : il y avait eu Maryse, il devait avoir eu de vrais moments de joie sur la fin ; et puis ses tapisseries, il les avait sincèrement aimées, tout cela n'avait pas été nul, on ne pouvait pas dire ça. Mais quand même il n'avait pas eu beaucoup de chance dans la vie, son petit frère, le monde n'avait pas été très hospitalier avec lui.

La gendarmerie arriva rapidement, moins d'une demi-heure plus tard, ils étaient accompagnés d'un médecin légiste et de pompiers munis d'une échelle télescopique.

Une fois décroché ils décidèrent de transporter Aurélien dans son ancienne chambre, pour que le légiste puisse se mettre au travail. Au moment où ils soulevaient le corps, Prudence, en chemise de nuit, apparut en bas de l'escalier. Elle resta d'abord bouche bée, puis se précipita dans les bras de Paul. Elle avait l'air choquée, mais pas complètement stupéfaite, et Paul se souvint avec amertume qu'elle les avait prévenus, elle lui avait dit plusieurs fois de faire attention avec Aurélien, elle le sentait fragile, pas très équilibré, et probablement en danger.

Le légiste revint moins de dix minutes plus tard. Il se livrerait ultérieurement à des examens complets, mais le suicide par pendaison ne faisait bien entendu aucun doute.

Le lieutenant de gendarmerie se tourna vers Paul et Cécile. Ils étaient ses frère et sœur, n'est-ce pas, ils étaient bien ses plus proches parents ? Paul acquiesça. Dans ces conditions, est-ce qu'il leur serait possible de venir le lendemain à la gendarmerie de Mâcon pour y faire une déposition ? Ce serait une déposition brève, l'affaire ne présentait aucun mystère. Paul devait repartir le lendemain à Paris, mais dans la matinée oui, c'était faisable.

« Vous savez ce qui l'a poussé à faire ça ? » demanda le lieutenant juste avant de partir, plutôt par acquit de conscience, en général les proches tombent des nues, ils ne comprennent pas, ils n'auraient jamais imaginé, ils n'ont pas du tout l'air d'être au courant de quoi que ce soit de personnel concernant la victime, c'était à se demander ce que recouvrait, en réalité, le terme de *proches*.

« Non, vraiment je ne sais pas, je suis effondrée… dit faiblement Cécile.

— Mais si, on sait » coupa Paul avec agacement. « On sait parfaitement pourquoi il a fait ça. Il ne pouvait pas supporter sa culpabilité par rapport à nous, mais surtout par rapport à Maryse, sa culpabilité d'avoir parlé à Indy et d'être à l'origine de l'article. En plus ça n'allait pas s'arranger, Maryse allait perdre son emploi et il le savait, il a eu l'impression que leur vie était foutue, et que c'était de sa faute.

— On ne devrait pas parler de ça à la police… protesta faiblement Cécile.

— Mais bien sûr que si ! Maintenant que ça a été écrit dans ce putain de journal tout le monde sait où est papa, la police n'aurait aucune difficulté à mettre la main sur lui si elle le cherchait. Notre seule chance, maintenant, c'est qu'il n'y ait pas de procédure judiciaire !… »

Tournant la tête de son côté, Paul surprit le regard abasourdi du lieutenant de gendarmerie, qui allait de l'un à l'autre sans rien y comprendre. « Bon, c'est une histoire un peu compliquée… conclut-il avec un geste d'impatience, je vous expliquerai tout ça demain matin. »

Lorsque les gendarmes furent repartis en emmenant le corps, le silence retomba entre eux.

« Je comprends, bien sûr, dit Cécile après un long moment, mais en même temps je ne comprends pas. Je ne comprends pas qu'on puisse manquer à ce point de confiance dans la vie. Elle allait peut-être se faire virer, c'est vrai, mais ce n'était même pas certain. Et puis il restait son salaire à lui, il était fonctionnaire. Paris c'était trop cher pour eux, mais ils n'étaient pas forcés de vivre à Paris, par exemple ils auraient pu vivre ici, il y a de la place. Enfin il avait une chance de recommencer sa vie, il était sur le point de divorcer et cette fille l'aimait, c'est une évidence. Tu crois qu'elle lui aurait reproché cet article ? Tu crois qu'elle lui en aurait reparlé, même ?... » Sa voix montait de nouveau dangereusement dans les aigus, Paul eut peur d'une nouvelle crise de nerfs mais il ne savait absolument pas quoi lui répondre, sinon qu'elle avait raison à tous points de vue. Il se servit un verre de rhum, c'était vraiment dégueulasse ce truc, il partit chercher quelque chose d'autre dans le salon. En fouillant dans le buffet, il eut honte de se comporter comme une sorte de gastronome alors que son frère venait de se suicider il y a moins d'une heure, mais bon tant pis c'était fait, il revint dans la cuisine, la bouteille d'armagnac à la main. Cécile semblait s'être un peu calmée, elle était silencieuse, recroquevillée sur elle-même.

Il se servit un grand verre avant de reprendre : « C'est difficile de dire pourquoi, mais il y a des gens qui s'accrochent et d'autres non. On l'a toujours su, qu'Aurélien faisait partie de la seconde catégorie. » C'était vraiment nul comme remarque, se reprocha-t-il aussitôt, si c'était pour dire ça il aurait mieux fait de se taire. Cécile d'ailleurs ne lui répondit même pas, elle fit comme s'il n'avait rien dit. Une minute plus tard une pensée soudaine lui traversa l'esprit, une expression de terreur envahit son visage et elle s'exclama : « Elle vient tout à l'heure, Maryse. En ce moment elle est en train de terminer sa garde de nuit, elle va dormir un peu, et elle sera là en fin de matinée. Qu'est-ce que je vais lui dire ? Qu'est-ce que je vais bien pouvoir lui dire ?... »

3

La déposition à la gendarmerie de Mâcon dura en réalité un peu plus longtemps que prévu. Paul exposa l'ensemble des faits, ne leur dissimula rien si ce n'est l'identité des activistes qui les avaient aidés, sur ce point il ne voulait pas répondre avant d'être interrogé dans le cadre de l'affaire. À vrai dire il n'était nullement inquiet, il avait eu Bruno tôt dans la matinée, et Bruno avait été très clair. Le plan initial de Martin-Renaud n'était en effet plus applicable après l'article, et tenter de peser sur la décision du juge restait une mauvaise idée, les médias étaient toujours à l'affût de ce genre de choses, et ils avaient de nombreuses complicités dans la magistrature. Il était plus efficace d'intervenir en amont, d'éviter le dépôt de plainte. Le principe était simple : les directeurs d'hôpitaux sont sous la responsabilité hiérarchique directe du ministre de la Santé ; le ministre actuel souhaitait conserver son portefeuille dans le prochain gouvernement ; il suffisait de lui parler, pour qu'il indique à son subordonné l'attitude à adopter. « Lorsqu'une voie directe existe vers l'objectif, il est préférable de l'emprunter » avait conclu Bruno, Paul ne se souvenait plus si c'était de Confucius, enfin probablement un type du genre. Peu après avoir raccroché, il s'était dit qu'il aurait pu penser avant à consulter Bruno. Sa réticence à profiter de ses relations amicales avec un ministre pour bénéficier d'un traitement de faveur était peut-être louable dans le principe, mais elle avait coûté la vie à son frère. Quoi qu'il en soit tout danger était maintenant écarté, et il se sentit très à l'aise au cours de cette déposition, où il fut d'ailleurs traité avec une urbanité parfaite, les gendarmes semblaient flattés d'avoir un membre d'un cabinet ministériel entre leurs murs, s'ils avaient eu des petits gâteaux pour accompagner le café ils les auraient sans aucun doute sortis.

Le temps était très doux et Prudence était sortie de la voiture pour l'attendre, elle contemplait les mouvements de l'eau, les tourbillons qui se formaient rapidement, disparaissaient tout aussi vite à la surface de la Saône. « C'est quand même triste, non ? dit-elle. C'est une belle matinée de printemps et il n'est plus là pour en profiter, il ne sera plus jamais là pour aucune belle matinée de printemps. » C'était triste en effet, mais que pouvait-on dire d'autre ? C'était également une belle matinée de printemps pour les asticots et pour les larves, dans quelques jours ils pourraient se repaître de sa chair, eux aussi fêteraient l'arrivée des beaux jours, voilà ce qui lui vint en premier lieu à l'esprit. Il se souvint soudain que, bien des années auparavant, Prudence avait eu de longues conversations avec Aurélien, elle-même aimait beaucoup le Moyen âge, elle était très familière de sa peinture mais ne connaissait pas ses tapisseries, et ce qu'avait à en dire Aurélien l'avait beaucoup intéressée. Ne trouvant décidément aucune parole réconfortante à prononcer, il prit la main de Prudence dans la sienne, et c'était probablement l'attitude juste, elle en parut d'un seul coup apaisée.

Ce fut encore bien pire lorsqu'ils arrivèrent à Saint-Joseph, et qu'il se gara dans la cour devant la maison. Maryse était assise sur un petit banc de pierre, immédiatement à la droite du porche. Enfin, elle n'était pas assise dans le sens où un être humain peut s'asseoir pour prendre un instant de repos. Elle semblait plutôt posée là, inerte, dans l'incapacité d'un nouveau mouvement, ni même d'envisager ce que ce nouveau mouvement pourrait être. Paul se figea lui aussi, incapable d'aller plus avant, de faire comme si Maryse n'existait pas, n'était pas posée près de l'entrée dans une immobilité qui semblait définitive. Il eut la surprise de voir Prudence se dégager de son étreinte, glisser vers elle, s'asseoir sur le banc à ses côtés, lui poser une main sur l'épaule et la caresser doucement. Comme si les femmes savaient naturellement faire ça, comme si elles étaient destinées, par une connaissance spéciale de la douleur, à accomplir certains gestes. Il passa devant elles sans s'arrêter, sans même jeter un regard supplémentaire à Prudence. Non seulement il n'était pas capable de faire ce genre de choses, mais il avait même du mal à y assister.

Ils parlèrent peu durant leur voyage de retour et se couchèrent tôt, dînant d'un peu de pain et de fromage. Paul se réveilla à l'aube le lendemain, il était prêt à six heures et demie, il savait que ce rendez-vous marquerait une bifurcation décisive. Juste avant de partir, il retourna dans leur chambre. Prudence se réveilla aussitôt, tourna son regard vers lui, il était pourtant certain de n'avoir fait aucun bruit. « Tu y vas ? » demanda-t-elle. Il hocha la tête. Elle se redressa un peu dans le lit. Il embrassa doucement ses joues, puis ses lèvres.

En pénétrant dans le bureau, il se rendit compte qu'il était heureux de revoir Bruno. Il s'assit et raconta toute l'histoire, depuis l'arrivée de son père au centre hospitalier de Belleville-sur-Saône jusqu'à sa libération. Il parla du docteur Leroux, de son éviction et de la réorganisation des services. Bruno l'écouta attentivement, sans l'interrompre, il fit juste remarquer au passage : « Étonnante, cette Madeleine... » Puis Paul détailla le rôle de Maryse, en vint enfin à l'article d'Indy et au suicide d'Aurélien. Il put alors expliquer à Bruno qu'à son avis il ne fallait chercher aucune main cachée, aucun agenda secret d'une formation politique concurrente derrière cet article, qu'il était uniquement le fait du désir de vengeance d'une femme ambitieuse et aigrie ; et si elle avait été mise au courant, ce n'était pas grâce à des sources d'information particulières, c'était seulement le fait d'une imprudence de son malheureux frère. Il avait sa part de responsabilité, ajouta-t-il, il n'avait jamais dissimulé à Indy l'antipathie et le mépris qu'elle lui inspirait ; sa vengeance avait été brutale.

L'explication avait pris du temps, et ils n'avaient pas encore pu examiner la question des mesures à prendre, lorsque Solène Signal se fit annoncer. Elle était accompagnée de son jeune assistant, aussi impeccable et blafard qu'à l'ordinaire.

« Ce qui me préoccupe ce n'est pas le premier tour, attaqua-t-elle d'emblée, sans même prendre le temps de les saluer, on va perdre quelques points mais on s'en fout on sera au second, et là c'est une nouvelle élection qui commence. Le problème, c'est que si le public se persuade que, sur le plan sociétal, on a les mêmes positions que le Rassemblement, on va avoir du mal à bénéficier du report des écolos – et aussi de la gauche, enfin ce qu'il en reste. Et là ça peut devenir très très chaud. Surtout que l'autre il est vraiment excellent, là je dois reconnaître Bérengère elle a fait un super boulot, elle n'est vraiment pas finie la vieille, si j'avais eu l'idée de la sous-estimer je me serais plantée grave. Je ne sais pas si tu l'as vu l'autre jour face à l'écologiste, tu sais la petite grosse : "Mais moi aussi, j'aime la nature !... Le chant d'une alouette, au printemps, à l'aube, je ne connais rien de plus beau", il a été carrément sublime, et l'autre conne qui ouvrait la bouche, tu parles une alouette elle sait même pas ce que c'est. Tu sais ce que c'est, toi, une alouette ? », elle se retourna pour interpeller son assistant, qui hocha la tête négativement, avec une certaine tristesse.

« Bon, mais toi tu fais pas semblant, et en plus t'es pas candidat écologiste. Et après la manière dont il bifurque sur les insecticides, la disparition des insectes, et pas d'insectes pas d'alouettes, c'est comme ça que ça marche. Enfin tu vois, genre c'était pas qu'un effet poétique je connais mes dossiers, non, il est vraiment bon le gamin. Bref, pour cette histoire, il faut vraiment qu'on fasse quelque chose, et qu'on le fasse vite. »

Elle se tut d'un seul coup. Le silence dura environ trente secondes, puis Paul dit, très calmement : « Je vais démissionner. »

Elle le regarda avec stupéfaction, elle ne s'attendait manifestement pas à une proposition si directe.

« Non, intervint nettement, avec force, presque brutalement Bruno. Non, il est hors de question que tu démissionnes à cause de cette histoire. J'aurais fait exactement la même chose si mon père avait été à la place du tien. Donc, non. En plus, on a une autre solution.

— Je t'écoute… dit Solène Signal.

— Tu vas prendre une disponibilité pour convenances personnelles, poursuivit Bruno, continuant à s'adresser à Paul. Normalement ça prend un certain temps, mais si je m'en occupe on peut accélérer, on peut même régler ça dès demain. La durée, en principe, est d'un an.

— Moi après les élections je m'en fous, vous faites ce que vous voulez… dit Solène. Mais explique-moi bien : est-ce qu'on peut annoncer qu'il a quitté ses fonctions, sans rentrer dans le détail ?

— Oui, le fonctionnaire n'a en aucun cas à se justifier sur ses motifs. Dans des conditions normales, je ne serais même pas consulté sur son départ en disponibilité, répondit Bruno.

— Bon, alors je crois que ça peut le faire. Donc, je récapitule. Un, il y a plusieurs dizaines de collaborateurs dans ton cabinet, tu ne peux pas être au courant de la vie de tout le monde. Deux, c'est un problème familial douloureux, qui n'a rien à voir avec la vie professionnelle de ton collaborateur, qui par ailleurs t'a toujours donné entière satisfaction. Trois, rien n'est clairement établi à ce jour, il faut laisser la justice faire son travail.

— La justice n'est pas intervenue jusqu'à présent, fit observer Paul, il n'y a pas eu de dépôt de plainte.

— Quoi ?... s'exclama-t-elle avec stupéfaction. Eh ben écoute c'est encore mieux, pas de souci, tu laisses la justice faire son non-travail. Je vois pas pourquoi on se fait chier s'il n'y a pas de plainte, j'étais persuadée qu'il y en avait une.

— Il n'y en aura pas, affirma nettement Bruno.

— Bon, alors là, s'il n'y a pas de suites judiciaires, on s'en bat les couilles, c'est juste un petit article de journal un peu venimeux, qu'une connasse de journaliste de second plan a écrit pour se faire un peu de mousse... Donc je t'organise une petite conférence de presse, aujourd'hui ce n'est pas la peine on n'aura personne, mais demain dix heures ça te va ?

— Est-ce qu'il faudra que j'intervienne ? demanda Paul.

— Surtout pas. Tu laisses Bruno gérer l'affaire. Toi tu es un fonctionnaire anonyme, tu vas le rester, c'est beaucoup mieux comme ça. On a bien fait de venir, quand même, je vais passer un meilleur dimanche. »

Après leur départ, le calme revint dans le bureau. Le jour était tout à fait levé maintenant, le soleil illuminait la surface mouvante de la Seine et les quais encore déserts.

« Je te remercie vraiment d'avoir réagi comme ça, dit Paul.

— Je t'en prie. » Bruno haussa les épaules avec indifférence. « Tu l'as entendue, notre spécialiste : c'est juste un article de presse, pas de quoi s'affoler. Une affaire judiciaire, ça serait autre chose. »

« C'est vraiment absurde, le suicide de ton frère » reprit-il au bout d'un temps. « Même dans le cas de son amie, je pense qu'il aurait été possible d'éviter le renvoi. Une mise à l'écart de quelques mois, le temps que les choses se tassent, et elle revenait tranquillement. »

Oui, c'était absurde, Paul en avait été immédiatement convaincu dès qu'il avait vu le corps d'Aurélien pendu à la poutre de la grange, sa mort avait été aussi absurde que sa vie ; et il s'était dit, en même temps, qu'il ne pourrait jamais faire part de ce constat à Cécile. Les chrétiens ont du mal en général, avec l'absurde, ça n'entre pas vraiment dans leurs catégories. Dans la vision chrétienne du monde Dieu prend les événements en main, parfois le monde semble temporairement abandonné au pouvoir de Satan, mais dans tous les cas les choses ont un sens fort ; et le christianisme a été conçu pour des êtres forts, au vouloir nettement marqué, parfois orienté vers la vertu, parfois malheureusement vers le péché. Quand les créatures de

Dieu tombent sous l'emprise du péché, alors la miséricorde peut intervenir. Il se souvint soudain d'un verset de Claudel qui l'avait frappé quand il avait quinze ans : « Je sais que là où le péché abonde, là votre miséricorde surabonde. » Le mot de surabonder était assez laid, il n'y avait bien que dans un poème de Claudel qu'on pouvait trouver des mots pareils, heureusement il se rattrapait avec le verset suivant : « Il faut prier, car c'est l'heure du Prince du monde. » Mais ces mots, devait-on les entendre au sens littéral ? La miséricorde devait-elle être considérée comme une conséquence du péché ? Et le péché n'avait-il été autorisé que pour permettre la surrection de la grâce, et partant de la miséricorde ?

Il n'y avait de toute façon pas de place, dans la typologie chrétienne, pour des êtres comme Aurélien, dont l'adhésion à la vie était faible, toujours sujette à caution, qui avait au fond moins cherché à participer au monde qu'à s'y soustraire. Peut-être même n'avait-il pas vraiment cru à l'existence de Maryse ; il l'avait vue passer comme un mirage heureux, comme une possibilité de vie qui lui avait été indûment offerte, qui ne tarderait pas à lui être reprise. On recevait parfois d'organismes officiels comme les impôts une lettre contenant un message disant : « Une erreur a été commise en votre faveur » ; c'était sans doute quelque chose de ce genre qui s'était produit, avait dû penser

Aurélien. Son suicide n'avait décidément rien de surprenant, il semblait déterminé par la nature des choses ; il n'en avait pas moins eu tort d'en parler en ces termes à Cécile. Le déterminisme, pas davantage que l'absurde, ne fait réellement partie des catégories chrétiennes ; les deux sont d'ailleurs liés, un monde intégralement déterministe apparaît toujours plus ou moins absurde, non seulement à un chrétien, mais à un homme en général.

Lorsqu'il songeait à ces questions dans sa jeunesse, Dieu tel qu'il se l'imaginait s'accommodait parfaitement du déterminisme, puisque c'était lui qui en avait créé les lois, et c'était certainement à son avis quelqu'un comme Isaac Newton qui s'était approché au plus près de la nature divine. Ou peut-être David Hilbert, mais c'était moins sûr, les mathématiques pouvaient parfaitement se passer du monde pour exister, devait-on considérer David Hilbert comme une sorte de collègue de Dieu ? À vrai dire il n'avait jamais consacré énormément d'efforts intellectuels à ces questions, y compris pendant sa jeunesse, sans doute même y avait-il uniquement pensé pendant son année de terminale, la seule de sa scolarité qui prévoyait une « initiation aux grands textes philosophiques ». Son intérêt pour la philosophie avait donc commencé à l'âge de dix-sept ans et trois mois, pour prendre fin à dix-huit ans tout ronds.

Le hurlement de la sirène d'une péniche passant au large du bureau le tira de ses pensées. Il redressa la tête. Bruno était toujours assis en face de lui, il avait respecté son silence, un temps assez long devait s'être écoulé, la circulation était un peu plus dense sur les quais.

« Je pense que je ne pourrais pas rester désœuvré toute la journée, ça ne m'est jamais arrivé, dit calmement Bruno. Toi, je pense que tu en seras capable. » En effet, se dit Paul, mais il ne parvenait pas à savoir si c'était une chance ; aujourd'hui, la plupart des gens répondraient probablement que non, mais il vivait à une époque qui accordait une importance exceptionnelle au travail, et à l'épanouissement dans le cadre du travail, la plupart des époques antérieures auraient considéré au contraire que le loisir était le seul mode de vie convenable au sage. Juste avant d'arriver chez lui, il s'assit sur un banc dans le parc de Bercy désert. Il était en disponibilité, se répéta-t-il ; le mot lui plaisait décidément beaucoup.

4

> « Occasion : cadeaux parfaits pour dames, copines, fiancées et épouses, et le Jour de l'An, la Saint-Valentin, Halloween, le jour de Thanksgiving, Vendredi noir, Noël, lingerie de Noël, nuit de Noël, nuit de noces, lune de miel ou chaque nuit romantique et passionnée. »
>
> (Présentation des vêtements de la marque GDOFKH)

Prudence accueillit la nouvelle avec une joie sans mélange, et aussi avec un discret soulagement – elle avait donc envisagé, se dit Paul, la pire des hypothèses, celle de son renvoi ; à aucun moment, pourtant, elle ne lui en avait parlé. Ils allaient pouvoir prendre des vacances, dit-elle, ça faisait longtemps qu'elle attendait ça. En réalité, ça ne faisait pas si longtemps qu'ils se comportaient de nouveau comme un mari et une femme, qu'ils pouvaient de nouveau envisager de prendre des vacances ensemble ; mais si elle le croyait, si elle avait vraiment réussi à chasser de sa mémoire les années de la séparation, c'était bien.

« Il y a quand même un inconvénient sur le plan financier, dit-il finalement, parce qu'il fallait bien le dire : je ne vais plus rien toucher comme salaire pendant un an.

— Tu as oublié quelque chose, mon chéri… » Elle le regarda quelques secondes, un peu incrédule, avant de sourire franchement. « C'est incroyable, tu as vraiment oublié !… Alors que moi, j'y pense au moins une fois par semaine. Le mois prochain, on arrête de rembourser le prêt qu'on a contracté pour acheter l'appartement ; le mois prochain on est vraiment propriétaires, une fois pour toutes. Et ce prêt, il ponctionnait 35 % de nos salaires ; 35 % chacun. Donc, en fait, ta disponibilité, elle ne change pas grand-chose… »

Les ponts n'étaient pas du tout avantageux cette année-là, le 1er et le 8 mai tombaient un samedi, et Prudence prit quelques jours supplémentaires autour du 1er mai pour aller à Larmor-Baden.

Sans raison précise, sa sœur savait barrer un voilier. Ils firent de longues promenades dans le golfe, dépassant l'île aux Moines pour aller jusqu'à l'île d'Arz, ou explorant cette poussière d'îlots qui les séparaient de Locmariaquer. Priscilla avait acquis lors de son long séjour au Canada une attitude assez *business* qui contrastait avec les mœurs françaises, son comportement rappelait plutôt, en réalité, ce qu'on imagine des USA, mais il est vrai qu'elle avait vécu à Vancouver, l'Ouest du Canada donc, au fond elle n'était pas loin de Seattle, enfin de ces endroits du monde où se dessine le futur de l'humanité, son futur technologique tout du moins, dans la mesure où l'humanité a un autre futur. Elle envisageait l'échec de son mariage comme celui d'un projet entrepreneurial, les objectifs n'avaient pas été atteints, il convenait donc de tirer un trait sur cette tentative afin de repartir sur de nouvelles bases, ce n'était pas la fin du monde, presque tout le monde échouait, et parfois à plusieurs reprises, avant de réussir, Donald Trump lui-même avait connu de nombreux échecs.

Elles ne se comprenaient en réalité plus vraiment avec sa sœur, mais elles parvenaient à se retrouver sur des valeurs plus élémentaires, où les différences culturelles ont une place restreinte, telles que les moyens adéquats de mise en valeur du corps féminin, et lorsqu'elles faisaient leur shopping ensemble, Priscilla n'hésitait pas à exprimer des opinions tranchées. « Quand on a un cul pareil, on le montre » affirmait-elle sans ambiguïté. « Si j'avais eu un cul comme le tien... » rêvait-elle parfois à voix haute, Prudence se demandait alors si son destin en eût effectivement été changé, mais probablement que oui, ce genre de choses pouvaient décider d'un destin, aujourd'hui plus que jamais, c'était un peu l'équivalent contemporain du nez de Cléopâtre, et on avait bel et bien affaire à un destin, à une particularité génétique injustifiable, tout à fait comparable à un décret des dieux. Pour sa part, elle en était consciente, elle n'avait rien fait pour mériter son cul. Paul fut surpris, et à vrai dire franchement excité, la première fois que Prudence revint avec un minishort, immédiatement après le dîner il l'entraîna dans la chambre pour baiser, avec un enthousiasme qu'il ne s'était pas connu depuis bien longtemps. Elle ne renouvela pas cette audace en public, mais curieusement la combinaison tee-shirt – bas de maillot lui paraissait admissible, même en présence de ses nièces, les convenances sont une chose curieuse, et deux jours plus tard elle n'hésita pas à passer du bas de maillot ordinaire au string, pour dormir elle enlevait son string de bain pour enfiler un string de coton, une des premières choses que Paul faisait au réveil était de la découvrir, elle dormait sur le ventre, et contempler ses fesses suffisait en général à le faire bander. Ils faisaient maintenant l'amour tous les matins, enfin pas tout de suite, il avait besoin de quelques tasses de café pour se remettre les idées en place, mais immédiatement après il rebandait. Il n'y avait rien de très inventif, sur le plan érotique, dans ces unions, c'était juste un rituel de retrouvailles matinal ; mais ils en éprouvaient un bonheur immense, Prudence allait visiblement mieux, physiquement mieux. Il comprenait maintenant l'étrange notion de « devoir conjugal », et ne la trouvait pas tout à fait risible.

Le père de Prudence, quant à lui, passait ses journées dans un fauteuil installé en face de la baie vitrée, sa seule activité était d'observer le flux et le reflux des vagues sur la grève, mouvement en ce moment paisible, parfois un peu plus agité mais jamais extrême, les tempêtes dans le golfe étaient beaucoup moins violentes que sur la côte faisant directement face à l'océan. Son état n'avait rien à voir avec celui du père de Paul, le cerveau n'était pas atteint, il aurait pu parler s'il le souhaitait, mais il n'avait plus rien à dire. La mort de son épouse avait constitué pour lui une fin absolue, son existence n'avait plus de raison de se prolonger à ses yeux, mais on peut vivre sans raison, c'est même le cas le plus courant, et il se réjouissait de la légère agitation des vagues, de celle aussi créée autour de lui par les mouvements de ses filles et de ses petites-filles – sa descendance était uniquement féminine, c'était curieux. Il ne semblait pas avoir bougé depuis leur dernière visite, il était toujours installé dans le même fauteuil, la seule différence étant qu'un livre était maintenant posé à côté de lui, sur un guéridon à main droite. Il s'agissait d'un ouvrage de Cesare Beccaria, *Des délits et des peines*. Fugitivement, Paul se demanda comment on pouvait lire un truc pareil ; en réalité il ne le lisait pas, l'ouvrage restait ouvert à la même page d'un jour sur l'autre, il était plutôt là en sécurité, au cas où une curiosité intellectuelle quelconque serait venue à lui traverser l'esprit. Le père de Prudence avait été juge, d'abord juge d'instance, puis juge d'assises, il avait terminé sa carrière comme premier président de la cour d'appel de Versailles, Paul avait appris tout cela au cours du séjour, enfin il le savait probablement mais il l'avait oublié, il ne s'était jamais beaucoup intéressé à son beau-père. Ce manque d'intérêt était réciproque : le vieil homme avait reconnu Paul, lui avait adressé un petit signe de tête, puis s'était remis à contempler le paysage. Un père juge à Versailles, une résidence principale à Ville-d'Avray, une maison de vacances en Bretagne, scolarité à Sainte-Geneviève, puis Sciences Po et l'ENA, il n'y avait au fond rien de surprenant à ce que Prudence soit devenue asexuelle et végane. C'était son effort actuel pour retrouver son être femelle qui était exceptionnel, et

Paul était bouleversé par ses minishorts, à presque cinquante ans peu de femmes l'auraient fait – mais il est vrai, aussi, que peu de femmes de cet âge auraient pu se le permettre.

C'était très facile de s'occuper de leur père, lui expliqua Priscilla : il était autonome, pouvait se lever seul, faire sa toilette et s'alimenter sans aide. Sa toilette à vrai dire était devenue sommaire, il n'avait pas pris de douche ni de bain depuis son retour de l'hôpital ; et il ne s'alimentait plus guère que de yaourts et de quelques biscuits. L'optimisme et le dynamisme américains de Priscilla avaient fini par céder devant l'évidence : son père attendait la mort, la seule chose à faire était de l'accompagner aussi doucement que possible, et c'était tout.

La veille de leur retour à Paris, il faisait tellement beau que Prudence et Priscilla réussirent à se baigner, et Paul s'endormit au soleil. Avançant le long d'un chemin qui traversait une forêt de sapins, il débouchait en face d'un lac immense. On était, il le savait, le jour de son anniversaire, donc en mai ou en juin, mais il avait oublié la date exacte. Cela se passait dans un pays neuf, probablement le Canada, l'air était encore un peu frais mais l'azur parfaitement limpide. Le lac semblait s'étendre à l'infini, ses eaux étaient d'un bleu surprenant, presque turquoise, qu'on associait davantage à des paysages tropicaux. Une pente douce conduisait jusqu'au bord du lac à travers une prairie piquetée de coquelicots, de marguerites et de jonquilles. Paul ôtait ses chaussures et son pantalon avant de s'avancer dans l'eau, comme il s'y attendait elle était froide, mais d'une absolue pureté, on distinguait parfaitement le fond de sable, il avançait facilement, la pente était extrêmement douce, à plusieurs dizaines de mètres du bord l'eau ne lui arrivait encore qu'à mi-mollets. Il marchait depuis cinq minutes, et avait parcouru deux à trois cents mètres, lorsqu'il s'arrêta, de l'eau jusqu'à mi-cuisses. Se retournant alors vers la rive, il constata que le paysage avait entièrement changé : les prairies verdoyantes avaient disparu, remplacées par une surface boueuse et plate. Une guinguette minable s'élevait près du bord, déserte, ses vitres étaient brisées, plusieurs parasols démantibulés gisaient dans la boue. Le ciel était maintenant bas, plombé, les forêts de sapins à l'horizon disparaissaient dans des nappes de brume, l'eau du lac était opaque et brunâtre. Revenant vers la berge, Paul apercevait des vacanciers appartenant aux classes populaires ; ils circulaient lentement dans la vase fine et gluante qui bordait le lac, leur expression de résignation était totale. Certes ils passaient de mauvaises vacances, lui expliquait l'un d'entre eux, mais c'était tellement meilleur marché.

Lorsque Prudence le réveilla, le soleil se couchait sur le golfe du Morbihan. Se baigner en Bretagne en juin c'était exceptionnel, il se dit qu'elle et sa sœur allaient en reparler de nombreuses fois au cours des années à venir. Lui-même avait du mal à oublier son rêve, et plusieurs fois au cours des semaines suivantes il rêva que les eaux du golfe du Morbihan s'étaient retirées pendant la nuit, et que la villa de Larmor-Baden se trouvait au bord d'un océan de vase. Au fond, la mer lui avait toujours fait un peu peur.

Les monts du Beaujolais ne suscitaient pas en lui d'angoisse comparable, et le samedi suivant ils se rendirent à Saint-Joseph, en voiture à nouveau. Cette fois Prudence avait pris trois jours, ils ne prévoyaient de rentrer à Paris que le mercredi soir suivant, on serait alors tout près du premier tour de la présidentielle. Hervé et Cécile étaient repartis à Arras depuis une semaine, Madeleine était seule maintenant avec son père, et ils s'étaient installés dans les habitudes qui seraient les leurs jusqu'à la fin. Son père passait la plus grande partie de ses journées dans le jardin d'hiver, à contempler le paysage, et sans doute percevait-il de subtiles modifications, d'un jour à l'autre, qui échappaient aux hommes davantage engagés dans la vie active. Il lisait parfois, grâce à l'aide de Madeleine, et ceci lui offrait à nouveau une image de ce monde humain qu'il avait largement quitté. Le soir Madeleine installait son fauteuil dans le monte-escalier, il pouvait ainsi accéder à la chambre. Pour le soulever et l'installer dans le lit médicalisé elle avait l'assistance d'une infirmière, qui venait deux fois par jour, le matin et le soir, pour l'aider à effectuer ces déplacements. Elle aurait pu à la limite le faire seule, ça lui aurait demandé un léger effort, mais l'infirmière habitait Villié-Morgon, ça ne lui prenait que quelques minutes. La nuit, le lit médicalisé jouxtait le sien, elle pouvait ainsi tenir Édouard par la main, les mouvements de ses doigts avaient encore gagné en variété et en précision, ils constituaient maintenant presque un langage – mais un langage qu'on n'aurait pas pu traduire en mots, qui exprimait plutôt des émotions que des concepts, qui se rapprochait davantage de la musique que du langage articulé.

Paul avait l'impression que son père était heureux, en tout cas l'organisation matérielle mise en place lui permettait d'avoir une fin de vie aussi agréable que possible, et toute vie, songeait-il, est plus ou moins une fin de vie. Bien entendu Madeleine était la personne essentielle, sans Madeleine tout se serait instantanément effondré, mais quand même Paul n'avait pas hésité, le moment venu, à engager le financement nécessaire à l'achat des équipements, en fin de compte il s'était montré plutôt un bon fils, ce qui n'avait rien d'évident au départ.

Alors que le père de Prudence contemplait le mouvement des vagues, le sien contemplait le mouvement des branchages agités par le vent. C'était peut-être moins ancré dans les représentations mentales archaïques de l'être humain, moins relié à ses mythes essentiels ; mais c'était aussi plus varié, plus subtil et plus doux. Décidément, Paul préférait les paisibles mouvements qui animent un paysage de campagne ; décidément, davantage que de la mer, il se sentait proche des lacs, ou des rivières.

Madeleine parlait toujours aussi peu, et Édouard, installé dans son fauteuil à la table de la salle à manger, était en lui-même une source permanente de silence, aussi leurs repas se terminaient-ils parfois sans que presque aucune parole n'ait été prononcée, mais ce n'était pas grave, c'était bien.

Le lendemain de leur arrivée Prudence s'enferma dans la cuisine, elle avait décidé de préparer des œufs en meurette, et plus généralement elle envisageait de se mettre à la cuisine, c'était sans doute la fréquentation de Cécile qui l'avait entraînée dans cette direction, Cécile était assez charismatique, en ce qui concerne la cuisine.

C'était sa première tentative et ce fut une réussite, les œufs en meurette étaient délicieux et faciles à manger, ils fondaient dans la bouche. Paul eut plus de mal avec le rôti, sa molaire sur la droite bougeait décidément beaucoup, il avait l'impression qu'elle pouvait se détacher d'un moment à l'autre, et une autre dent du côté gauche, probablement une prémolaire, commençait à donner des signes de faiblesse.

« Tu as encore mal aux dents, chéri ? Prudence s'était interrompue d'un seul coup, la fourchette à mi-chemin de sa bouche.

— Oui, ça ne va pas très bien ce soir.

— Il faut que tu prennes rendez-vous avec ton dentiste, vraiment, ça fait trop longtemps que ça traîne. Tu l'appelles quand on revient à Paris, tu t'en occupes ? » Il acquiesça avec résignation, il allait se résoudre à chercher un nouveau dentiste. Paul se souvenait encore du jour où son dentiste lui avait annoncé son départ à la retraite. À l'époque il n'avait pas encore rencontré Bruno, ses relations avec Prudence étaient inexistantes, sa solitude était presque absolue. Lorsque le vieil homme lui avait annoncé qu'il cessait son activité, il avait été envahi par une vague de tristesse disproportionnée, affreuse, il avait failli fondre en larmes à l'idée qu'ils allaient mourir sans se revoir, alors qu'ils n'avaient jamais été particulièrement proches, que leurs relations n'avaient jamais dépassé celles d'un praticien et de son patient, il ne se souvenait même pas qu'ils aient eu de véritable conversation, qu'ils aient abordé ensemble des sujets non-dentaires. Ce qu'il ne supportait pas, il s'en était rendu compte avec inquiétude, c'était l'impermanence en elle-même ; c'était l'idée qu'une chose, quelle qu'elle soit, se termine ; ce qu'il ne supportait pas, ce n'était rien d'autre qu'une des conditions essentielles de la vie.

5

Bruno les avait invités le dimanche soir à la soirée suivant l'annonce des résultats de premier tour ; elle avait lieu au QG de campagne, avenue de La Motte-Picquet. Il valait peut-être mieux, fit remarquer Paul, qu'il n'affiche pas sa présence à ses côtés. Ça n'avait plus beaucoup d'importance, répondit Bruno, l'article était bien oublié maintenant, mais c'est vrai qu'il y aurait beaucoup de journalistes qui traîneraient dans la salle, ils pouvaient s'ils le souhaitaient aller directement dans les loges.

Lorsqu'ils arrivèrent, peu avant 20 heures, Solène Signal était déjà là, accompagnée de son assistant et de Raksaneh ; son visage était fermé, elle pianotait sur son portable et les remarqua à peine, elle recevait visiblement de mauvaises nouvelles. Sarfati et Bruno faisaient le tour de la salle, posant le bras sur l'épaule de tel ou tel, cherchant manifestement à amortir le choc, quel qu'il puisse être.

Les résultats qui tombèrent à 20 heures n'étaient en effet pas bons : le candidat du Rassemblement national était à 27 %, Sarfati à 20 % et l'écologiste à 13 % – les candidats des anciens partis de droite et de gauche se répartissaient les voix restantes dans un pittoresque désordre, ils s'étaient présentés en ordre dispersé, et la plupart des électeurs, un sondage récent l'avait montré, étaient incapables de citer leurs noms. Ils parvenaient quand même, et dans le contexte c'était presque un succès, à prendre légèrement le dessus sur les trotskystes et les animalistes ; aucun d'entre eux n'atteignait cependant le chiffre magique des 5 % nécessaires au remboursement des frais de campagne.

« Les projections de second tour ne vont pas bouger, je pense, commenta aussitôt Solène Signal, depuis deux semaines on est exactement à 50-50, 51-49 dans le meilleur des cas, ce n'est pas ce que j'attendais je te l'avoue, enfin je suis déçue », elle plongeait en disant cela son regard droit dans les yeux de Benjamin Sarfati, c'était manifestement à lui qu'elle adressait ses reproches. Bruno avait été de bout en bout efficace et même souvent excellent, il avait plus que largement fait sa part du job, mais Sarfati avait montré dans certains débats de vraies insuffisances, il avait parfois vraiment été à côté du truc, la stratégie de récupération des stars de la téléréalité était peut-être en train de trouver ses limites ce soir.

Prudence et Raksaneh s'étaient dirigées vers le buffet, où il n'y avait presque personne, sur les moniteurs vidéo géants qui couvraient un mur de la salle on voyait l'assistance s'éclaircir peu à peu, l'ambiance n'était évidemment pas à la fête. Solène Signal partit peu après avoir convoqué tout le monde pour une réunion de travail le lendemain matin à neuf heures. Sarfati serra brièvement l'épaule de Bruno avant de s'éclipser à son tour, un peu gêné. Paul se retrouva seul avec lui dans la loge, il ouvrit une bouteille de whisky. « Tu es déçu ? » lui demanda-t-il finalement, comme il gardait le silence.

Bruno haussa les épaules avant de répondre : « Pas vraiment ; mais je trouverais dommage que le Rassemblement national soit élu, pour la France. » Paul le regarda avec surprise : est-ce qu'il essayait d'éluder la question ? Mais non, en fait, il s'en rendit compte aussitôt, Bruno venait simplement d'exprimer son point de vue : il aurait trouvé dommage, pour la France, que le Rassemblement national soit élu. D'où cette conviction lui venait-elle ? D'un raisonnement basé sur une certaine forme de rationalité économique ? D'une morale antiraciste, humaniste, qu'il aurait reçue en partage ? Ou plus simplement de ses origines bourgeoises ? Toutes ces explications pouvaient du reste coïncider, mais cette conviction, en tout cas, était la sienne, et c'était elle qui l'avait poussé à s'engager dans cette bataille électorale. Bruno n'était pas un cynique ; il n'avait rien d'un imbécile non plus, et il commençait à s'interroger sur les motivations profondes du président. Celui-ci n'avait-il pas souhaité, en favorisant la candidature d'un médiocre comme Sarfati, faciliter la victoire du Rassemblement national ? Dès qu'il arriverait au pouvoir, avait-il peut-être anticipé, le Rassemblement national provoquerait des catastrophes, la dégringolade économique et sociale serait immédiate, et le peuple ne serait pas long à réclamer son retour, sa réélection dans cinq ans serait assurée, peut-être même des événements graves, sortant du cadre de la légalité républicaine, se dérouleraient-ils, et n'aurait-il même pas besoin d'attendre cinq ans. Dans le cas au contraire d'un gouvernement modéré, poursuivant une politique à peu près analogue à celle du gouvernement précédent, enfin d'un gouvernement qui ne sortirait pas du « cercle de la raison », pour reprendre les termes de différents essayistes du siècle précédent, un frisson d'alternance risquait de se faire sentir et de troubler les esprits ; son retour aux affaires deviendrait alors plus problématique.

Le président avait-il l'esprit assez tordu pour avoir imaginé un tel scénario ? Bruno avait l'air de le penser, et après tout il le connaissait mieux que lui, ils se côtoyaient depuis des années déjà, et cela n'avait rien de rassurant. Il y avait autre chose, aussi, que Bruno ne lui dit pas, parce qu'il n'osait pas encore tout à fait le formuler, mais qui se lisait en filigrane dans ses propos. Il s'était révélé au cours de cette campagne, il y avait développé des talents de tribun, peu à peu il avait pris un plaisir croissant à parler devant une foule, à déclencher en elle des mouvements d'hilarité, de tristesse ou de colère. Il avait même une fois, lors d'un déplacement à Strasbourg, fait reprendre la Marseillaise en chœur par des milliers de personnes. Cela avait surpris tout le monde, à commencer par lui, le seul à l'avoir probablement anticipé était le président. Le président était intelligent, ses détracteurs les plus acharnés ne songeaient nullement à disputer son intelligence, mais de plus il avait l'usage des hommes, l'intuition de leurs potentialités inexplorées comme de leurs failles. Il avait tout de suite correctement jugé Sarfati en ne voyant en lui qu'un clown, qui se contenterait des oripeaux du pouvoir ; mais il avait aussi, très vraisemblablement, anticipé la mutation de Bruno, et que celui-ci pourrait bien, gagnant peu à peu en assurance, songer à son tour à la *magistrature suprême* ; ce n'était pas des ambitions de Sarfati que le président avait peur, mais bel et bien des siennes. Le président ne pouvait pas imaginer – c'était la seule limite de son raisonnement, son angle mort – qu'on approche si près de la fonction présidentielle sans être envahi par une fascination, un vertige qui vous poussait à la convoiter et à en faire le but ultime de votre existence. Lui-même envoûté, il n'imaginait pas qu'on puisse échapper à l'envoûtement, et dans le cas de Bruno, comme dans celui de la quasi-totalité des êtres humains, au moins des êtres humains de sexe masculin – les femmes historiquement avaient été différentes, même si c'était de moins en moins le cas – le président avait raison, se dit Paul avec résignation.

Prudence et Raksaneh revinrent du buffet, elles avaient l'air de s'entendre à merveille, c'est curieux comme Prudence l'avait immédiatement reconnue comme la femme équivalente, située dans une position symétrique à la sienne. Bruno n'avait toujours rien dit sur sa relation avec elle, mais pour Prudence cela avait d'emblée été une évidence. Il est difficile de savoir comment les femmes procèdent pour parvenir si rapidement à ce genre de conclusions, c'est sans doute une question de phéromones qui se transforment en molécules olfactives se diffusant dans l'atmosphère, tout passait probablement par les fosses nasales. Avant qu'ils ne partent Bruno fit promettre à Paul de revenir, les deux semaines suivantes seraient décisives, enfin c'était Sarfati surtout qui serait plongé dans le cœur du réacteur, mais lui aussi serait très sollicité, les visites de Paul lui feraient du bien. « Tu m'as manqué… » lui dit-il sur le pas de la porte, c'est alors qu'il prit conscience que Bruno n'était jamais venu chez lui, alors qu'ils avaient quand même été très proches, ces dernières années ; il l'invita à dîner la semaine suivante. Il savait déjà que l'appartement allait lui plaire, c'était par pur snobisme que la femme de Bruno avait tenu à continuer à habiter en plein cœur du faubourg Saint-Germain après sa nomination ministérielle. Leur petit trois-pièces de la rue des Saints-Pères, qu'ils louaient pour une somme ridiculement élevée, ne lui avait jamais plu, c'est avec soulagement qu'il avait choisi d'occuper son logement de fonction au ministère, dès que leur séparation lui était apparue comme une évidence. Malgré tout, habiter sur son lieu de travail, abolir toute distance était une solution extrême, qui déplaisait en général aux femmes, la solution choisie par Paul et Prudence, un quart d'heure à pied du ministère, était un excellent compromis.

Bruno avait prévenu qu'il « serait accompagné », c'était sans doute le point limite qu'il pouvait atteindre dans le domaine de la confidence intime, et bien sûr ils ne furent nullement surpris de voir arriver Raksaneh, elle n'était elle-même pas le moins du monde gênée et manifesta pour leur appartement un intérêt immédiat, tellement évident que

Prudence lui proposa de visiter, cependant que Paul offrait à boire à Bruno. La visite fut détaillée et technique, elle dura plus d'une demi-heure, et lorsque les deux femmes revinrent dans l'espace de vie alors que le soleil se couchait sur le parc de Bercy, Raksaneh ne put que prononcer à mi-voix : « Très bien… Vraiment très bien… »

Le deuxième tour était dans dix jours maintenant, c'était à peu près impossible d'éviter le sujet, et Paul n'essaya même pas, de toute façon ça l'intéressait, il avait enregistré une dizaine d'heures de débats sur le disque dur de sa box, sans prendre le temps de les regarder. Pendant que Prudence s'occupait du repas – elle commençait à prendre vraiment goût à la cuisine – ils en visionnèrent un, qui opposait Sarfati à un type de gauche quelconque, Paul le connaissait sans vraiment parvenir à le situer, c'était probablement un insoumis, mais plutôt un insoumis célèbre. Bruno se désintéressa rapidement du spectacle, et se resservit trois fois de champagne pendant la suite de l'émission. Raksaneh par contre retrouva tout de suite ses réflexes professionnels : la télécommande à la main, jouant des ralentis et des arrêts sur image, elle expliqua très clairement à Paul ce qui rendait le langage corporel de Sarfati absolument parfait. Il exprimait à chaque fois l'empathie, la dérision, la colère en soulignant le message par des mimiques, des inclinaisons de buste, des positions de la main à la fois précises, convaincantes et adéquates, il y avait visiblement des années de travail derrière. « Le problème avec Ben c'est pas l'emballage, c'est le contenu » résuma-t-elle brutalement avant d'appuyer sur la touche Stop ; ils passèrent à table tout de suite après.

Non, poursuivit-elle en réponse à la question de Paul, l'inquiétude de Solène Signal pour les résultats de l'élection n'était pas feinte. La victoire du Rassemblement national était inconcevable, mais ça faisait cinquante ans qu'elle était inconcevable, et des choses inconcevables, parfois, se produisent. Le décalage entre les classes dirigeantes et la population avait atteint un niveau inouï dans les petites villes de province, les mouvements sociaux qui s'étaient produits ces dernières années n'étaient à son avis qu'un début timide ; par ailleurs la haine raciale atteignait des niveaux inédits en Europe, et ça n'était pas près de s'arranger. Solène donnait l'impression de n'être qu'une Parisienne appartenant aux milieux informés, compromise à fond dans l'entre-soi de l'élite médiatique ; mais elle avait gardé certains contacts par sa famille avec les couches populaires, et la situation lui paraissait réellement alarmante. Les sondés avaient de plus découvert, depuis peu, une nouvelle manière de mentir aux sondeurs : ils se déclaraient indécis, sans opinion ; mais en fait ils avaient une opinion, et une opinion bien arrêtée.

Ils n'avaient pourtant pas l'impression de mentir : qui n'est pas indécis, au moins par moments ?

« Vous ne trouvez pas qu'on sent trop les clous de girofle, dans ma daube ? » demanda Prudence. Paul lui jeta un regard incrédule, son indifférence à ces sujets continuait à l'étonner un peu ; mais quand, à vrai dire, avait-il entendu Prudence exprimer une opinion politique quelconque ? Il fallait se rendre à l'évidence, elle s'en foutait complètement. Concernant les clous de girofle, Raksaneh s'y entendait assez, et la rassura : le clou de girofle est en effet difficile à manier, en l'occurrence on les sentait bien mais pas trop, juste ce qu'il fallait à son avis. Bruno lui fit à son tour des compliments certainement sincères, mais en matière de gastronomie son expérience n'allait guère au-delà de la pizza quatre fromages. C'était presque fini, maintenant, pour lui, ce marathon électoral, Sarfati serait seul en première ligne jusqu'au bout ; il y aurait juste un grand meeting, trois jours avant le scrutin, le dernier meeting de la campagne en fait, auquel participeraient de nombreux ministres du gouvernement. Son intervention serait la plus longue avec celle de Sarfati, ils avaient prévu vingt-cinq minutes, mais bon, il commençait à être rodé. « Ensuite… Si tout va bien, je pourrai retourner à mes dossiers », il eut un étrange petit sourire timide, son regard croisa celui de Raksaneh et tous deux détournèrent la tête avec embarras, ils avaient pensé la même chose au même moment, il retournait à ses dossiers, certes, mais quelque chose de nouveau était apparu dans leurs vies. Quelle que soit l'étendue de leurs différences culturelles, ils partageaient une très ancienne et très étrange croyance, qui avait survécu à l'effondrement de toutes les civilisations, et d'à peu près toutes les croyances : lorsqu'on a bénéficié d'un hasard heureux, d'un cadeau inattendu du destin, il importe de se taire, et par-dessus tout de ne pas s'enorgueillir, de peur que les dieux n'en prennent ombrage, et n'appesantissent leur main. Ils demeurèrent un moment silencieux, la tête baissée, puis Raksaneh releva la tête vers Bruno. Jamais Paul n'avait remarqué qu'elle avait des yeux d'un vert aussi intense, un vert émeraude absolu, leur intensité était presque effrayante. Lentement, Bruno releva la tête et plongea son regard droit dans le sien. Plus personne ne bougeait, Prudence en avait le souffle coupé, pendant quelques secondes il régna autour de la table un silence total.

6

Cécile et Hervé ne venaient jamais à Paris, et pour leur visite Paul avait prévu un programme de touristes type, celui qu'on réserve à sa famille de province : bateaux-mouches, visite de musées, dîner dans un restaurant de l'île Saint-Louis. Ce n'est que vendredi après-midi, quelques heures avant leur arrivée, qu'il reprit conscience qu'Hervé avait fait ses études à Paris, tout comme Cécile, c'était même là qu'ils s'étaient rencontrés, et surtout que Cécile avait, tout comme lui, passé la plus grande partie de son enfance à Paris, comment avait-il pu oublier ça ? Les autres n'avaient-ils jamais été pour lui qu'une présence fantomatique, restreinte, qui n'accédait qu'occasionnellement à sa conscience ? C'était probablement vrai dans le cas d'Aurélien ; mais, pour Cécile, cela le peinait un peu. À vrai dire, ce n'était pas seulement des autres dont il avait du mal à se souvenir ; il devait y avoir eu une école où il allait enfant, un collège, un lycée ; il les avait complètement oubliés. Même l'appartement où ils vivaient à Paris ne lui évoquait que des images floues, aussi inconsistantes qu'incertaines, qui auraient pu sortir d'un film en noir et blanc des années 1940. Ses souvenirs, ses vrais souvenirs d'enfance le ramenaient tous à la maison de Saint-Joseph.

Il est vrai qu'avec Cécile on oubliait facilement son passé parisien : en la rencontrant, tout le monde était immédiatement persuadé qu'elle était d'origine provinciale, et plus précisément ch'ti. Les gens de la région étaient connus pour leur caractère accueillant et chaleureux ; mais, quand même, elle avait montré des facultés d'adaptation peu communes.

Comme tous les gens du Nord et du Pas-de-Calais, Hervé et Cécile défendaient bec et ongles leur région, arguant non seulement de l'hospitalité reconnue de ses habitants mais aussi de sa beauté, des splendeurs architecturales laissées en témoignage par une ancienne prospérité, liée dans le cas d'Arras principalement à l'industrie drapière. Leur ville abritait ainsi deux magnifiques places baroques, dont l'une surplombée par un beffroi inscrit au patrimoine mondial de l'UNESCO, et c'est elle qui possédait, en France, la plus grande densité de monuments historiques – ce qui surprenait toujours les visiteurs. En même temps ils ne manquaient jamais de souligner la pauvreté, le chômage, et même la quasi-insalubrité médicale qui ravageaient la région. C'était chez eux, comme chez la plupart des habitants du Nord Pas-de-Calais, une opposition si violente qu'elle ressemblait parfois à une dissociation cognitive ; on n'aurait cependant pas pu la qualifier de schizophrénie, car ses deux aspects renfermaient une part de vérité égale. C'était la réalité, dans ce cas, qui était schizophrène.

Un peu schizophrène aussi était la relation d'Hervé et Cécile avec la vie politique de Paul. Ils ne pouvaient pas ignorer ses relations avec les cercles les plus proches de l'appareil d'État, du gouvernement – enfin de l'ancien gouvernement, mais qui allait très probablement le redevenir, un gouvernement dont ils désapprouvaient entièrement les orientations politiques ; mais cela n'avait aucune importance à leurs yeux.

Hervé avait revu Nicolas à plusieurs reprises, et son goût pour les armes de poing l'inquiétait parfois un peu, mais le fait est que sans lui ils n'auraient pas rencontré Brian, qu'ils n'auraient pas pu agir seuls, et qu'Édouard serait probablement mort à l'heure actuelle. Il n'avait pourtant pas l'intention de replonger dans le militantisme ; il aimait son nouveau métier de courtier en assurances. Les assurances sont une dépense souvent obligatoire, aux yeux de la loi, et pour les gens pauvres – et même très pauvres – qui constituaient sa clientèle, elles grevaient parfois terriblement leur budget. Il avait plaisir à guider ses clients dans le maquis des garanties, à les aider à ne pas être exagérément escroqués par les compagnies d'assurance, dont le cynisme et la voracité étaient en général sans limites, enfin il accomplissait de son mieux son travail, comme il avait accompli celui de notaire, sa vie avait de nouveau une structure et un axe – et, cela aussi, il le devait à Nicolas.

Sérieux et travailleurs, Bruno et Hervé aimaient tous deux leur pays, ils se situaient pourtant dans des camps politiques opposés. Paul savait que ces réflexions étaient vaines, il se les était déjà faites des dizaines de fois, sans parvenir à un résultat appréciable. La situation ne lui apparaissait pourtant pas tout à fait symétrique. Il partageait l'engagement de Bruno, il voterait lui aussi Sarfati aux deux tours, mais il était conscient que c'était un non-choix, un ralliement banal à l'opinion courante. Ce choix n'était cependant pas absurde, le choix majoritaire est parfois le meilleur, de même que dans les restaurants routiers il est en général préférable d'opter pour le plat du jour, sans que cela ne mérite de donner lieu à des échanges passionnés, et leurs conversations politiques non plus, au cours de ce week-end, n'eurent rien de passionné. Il y en eut pourtant, ne serait-ce que parce qu'Hervé et Cécile supposaient qu'il avait accès à des informations inaccessibles au commun des mortels, et bien entendu ils avaient envie de savoir. Paul pensait que non, qu'il ne détenait aucun secret, mais en réalité si, il s'en rendit compte avec surprise : le simple fait par exemple que le président ait l'intention de se représenter dans cinq ans, que Sarfati ne soit qu'une solution d'attente, était pour lui une évidence ; mais, après tout, cela n'avait jamais été publiquement annoncé.

Le dimanche matin, ils avaient prévu de rendre visite à Anne-Lise ; ils en revinrent enchantés. Elle avait un joli studio près du Jardin des Plantes, aménagé avec goût. Elle soutiendrait sa thèse dans moins d'un mois, et pensait obtenir un poste d'assistante dès la rentrée. En résumé elle s'en sortait bien, ils n'avaient aucune raison d'être inquiets pour elle. En effet, songea Paul, cette jeune fille conduisait sa vie avec une intelligence et une rationalité remarquables. Il ne pensait pas qu'à long terme la rationalité soit compatible avec le bonheur, il était même à peu près certain qu'elle conduisait dans tous les cas à un complet désespoir ; mais Anne-Lise était encore loin de l'âge où la vie l'obligerait à faire un choix, et à prononcer, si elle en était encore capable, ses adieux à la raison.

En raccompagnant Hervé et Cécile gare du Nord, Paul se dit que sa relation avec sa sœur était au fond du même ordre que celle qu'il entretenait avec son père : à la fois indestructible et sans issue. Rien ne pourrait jamais l'interrompre ; mais rien ne pourrait jamais faire, non plus, qu'elle dépasse un certain degré d'intimité ; elle était en ce sens exactement l'inverse d'une relation conjugale. Famille et conjugalité, tels étaient les deux pôles résiduels autour desquels s'organisait la vie des derniers Occidentaux en cette première moitié du XXIe siècle. D'autres formules avaient été envisagées, en vain, par des gens qui avaient eu le mérite de pressentir l'usure des formules traditionnelles, sans pour autant parvenir à en concevoir de nouvelles, et dont le rôle historique avait donc été entièrement négatif. La doxa libérale persistait à ignorer le problème, tout emplie de sa croyance naïve que l'appât du gain pouvait se substituer à toute autre motivation humaine, et pouvait à lui seul fournir l'énergie mentale nécessaire au maintien d'une organisation sociale complexe. De toute évidence c'était faux, et il paraissait évident à Paul que l'ensemble du système allait s'effondrer dans un gigantesque collapsus, sans qu'on puisse jusqu'à présent en prévoir la date, ni les modalités – mais cette date pouvait être rapprochée, et les modalités violentes. Il se trouvait ainsi dans cette situation étrange où il travaillait avec constance, et même avec un certain dévouement, au maintien d'un système social qu'il savait irrémédiablement condamné, et probablement pas à très long terme. Ces pensées pourtant, loin de l'empêcher de dormir, le plongeaient d'ordinaire dans un état de fatigue intellectuelle qui le conduisait rapidement au sommeil.

De manière surprenante, à l'intérieur d'une église néo-gothique assez laide, comme celles que l'on construisait au XIXe siècle, et qui était peut-être la basilique Sainte-Clotilde, dans le VIIe arrondissement de Paris, se dissimulait une authentique nécropole carolingienne, gardée par des chiens féroces. Paul était appelé à y remplir une mission, tout en sachant que les chiens le dévoreraient s'il n'était pas l'élu de Dieu. Des gens sortant de l'église exprimaient à ce sujet des opinions contradictoires : un premier, costumé en archiprêtre, insistait sur la sévérité et l'intransigeance des chiens ; pour un second, costumé en vagabond, les chiens ne mangeaient en réalité presque personne. Pourtant tous deux, mystérieusement, exprimaient le même point de vue.

Pénétrant finalement dans l'église qui était peut-être la basilique Sainte-Clotilde, Paul découvrait sans difficulté l'entrée de la nécropole. Énormes et silencieux, les chiens le regardaient passer avec méfiance, mais sans esquisser le moindre mouvement. Sa lampe de poche lui révélait, sur les murs, des ornementations géométriques évoquant la science-fiction des années 1970. Un replat en hauteur abritait des niches contenant des momies en mauvais état de conservation. Paul comprenait alors que sa mission impliquait qu'il escalade la paroi jusqu'au replat. Au milieu de son ascension il se sentait menacé par un danger, mais parvenait à agripper l'extrémité d'une échelle de pompiers ; extrêmement flexible, l'échelle se déployait aussitôt dans les airs, et Paul se retrouvait sur une petite plateforme, une quarantaine de mètres au-dessus du niveau de la rue, qui communiquait avec des structures d'échafaudage. Un enfant de sept ans grimpait rapidement l'échelle à sa suite, un couteau de boucher à la main ; arrivé au niveau de Paul, il le lui plantait dans la cuisse. Le sang coulait abondamment, mais Paul parvenait à retirer le couteau. Fou de peur à l'idée de sa riposte, l'enfant descendait rapidement plusieurs marches de l'échelle, mais Paul jetait le couteau dans la rue, quarante mètres plus bas ; l'enfant s'asseyait alors sur ses talons, le considérant avec mépris, avant d'être bousculé et dépassé par deux hommes d'une trentaine d'années coiffés de chapeaux melon qui gravissaient l'échelle à vive allure. Arrivant au niveau de Paul, ils se présentaient à lui comme un metteur en scène et son acteur. Peu après leurs sosies arrivaient par les échafaudages, tous se regroupaient sur la plateforme, qui était finalement plus large que prévu. Les quatre hommes parlaient ensuite avec animation, ayant apparemment oublié la présence de Paul, chacun montrant aux autres des armes redoutables, telles que des rasoirs escamotables, avec un émerveillement naïf.

Dans la rue en contrebas, qui était en fait une large avenue, noire de monde, circulait une voiture en forme de château fort. Au sommet du donjon, plusieurs hommes déployaient sur toute la largeur de l'avenue un long fil métallique rigide, coupant comme un rasoir. Sans la moindre difficulté, le fil sectionnait le tronc des passants qui circulaient sur l'avenue, laissant dans le sillage de la voiture des monceaux de cadavres. Un des hommes situés aux côtés de Paul sur la plateforme évoquait « Sammy le Boucher » avec une admiration naïve, comme si cette évocation pouvait lui assurer la sécurité. En cela il avait tort, car un fil métallique du même type se déployait maintenant en hauteur à partir de la voiture château fort, et les menaçait dangereusement. Immédiatement après la conversation prenait un tour philosophique, voire théologique : les occupants de la voiture château fort n'avaient en réalité rien à voir avec Sammy le Boucher, qui n'était qu'une superstition populaire dénuée de tout fondement attestable, ils étaient les tenants d'un culte rationnel basé sur la dispersion des éléments composant les êtres vivants, pour permettre la création de nouvelles structures, et dont l'unique sacrement était l'assassinat. Au milieu de la conversation une sirène se déclenchait à intervalles réguliers, c'était probablement un appel destiné à la voiture de pompiers, qui allait leur permettre d'échapper rapidement au danger qui les menaçait.

La sonnerie du portable de Paul finit par l'éveiller, il l'avait laissé en bas et ne percevait le bruit que faiblement, depuis combien de temps l'appareil sonnait-il ? Prudence, à ses côtés, dormait paisiblement.

« Paul ? dit Bruno dès qu'il eut décroché. Je suis désolé, je sais qu'il est cinq heures du matin.

— C'est grave, je suppose.

— Oui. Je pense que ça va interrompre la campagne présidentielle. »

Bruno attendit quelques secondes avant de poursuivre. Il y avait eu un nouvel attentat, annoncé par un nouveau message sur Internet. Le message était sans doute apparu vers quatre heures du matin, et cette fois ils avaient arrosé très large, la vidéo était vraiment partout. Dans une demi-heure tout au plus, ce serait sur les chaînes info.

« Mais qu'est-ce qu'il y a de si grave ? s'étonna Paul. C'est au moins le quatrième attentat, déjà.

— Le troisième, si tu ne comptes que ceux qui ont été accompagnés par un message Internet.

— Bon, d'accord, le troisième ; mais, quand même, la nouveauté commence à s'émousser un peu.

— Oui. Sauf que, cette fois, il y a cinq cents morts. »

7

« Sévère envers lui-même, le révolutionnaire doit l'être également envers les autres. Tout sentiment tendre et amollissant de parenté, d'amitié, d'amour, de gratitude et même d'honneur doit être étouffé en lui par l'unique et froide passion révolutionnaire. Il n'existe pour lui qu'une seule volupté, une seule consolation, récompense ou satisfaction : le triomphe de la révolution. »

(Serge NETCHAÏEV – *Le catéchisme du révolutionnaire*)

Depuis quelques années, les barges chargées de migrants africains à destination de l'Europe avaient renoncé à atteindre la Sicile, l'accostage ayant été rendu impossible par les bateaux de la marine de guerre italienne. Les passeurs s'étaient donc regroupés autour d'Oran, dans la zone contrôlée par les djihadistes algériens, et tentaient d'atteindre la côte espagnole entre Almeria et Carthagène. Le gouvernement espagnol, redevenu socialiste après différentes alternances, leur faisait bon accueil, d'autant qu'ils étaient presque tous francophones, et que leur objectif était de passer la frontière aussi rapidement que possible – les Pyrénées offraient de multiples voies d'accès à la France, impossibles à contrôler réellement ; ces montagnes massives et lugubres, si elles pouvaient empêcher toute invasion militaire de grande envergure, étaient depuis toujours perméables aux infiltrations clandestines. Le seul danger qui menaçait les migrants venait non pas des autorités mais de milices locales, armées de battes de base-ball et de couteaux – il n'était pas rare qu'un Africain, s'aventurant seul hors de son campement, soit égorgé ou battu à mort, et la police montrait en général peu d'empressement à rechercher les coupables, les médias espagnols eux-mêmes traitaient à peine l'événement, c'était en quelque sorte rentré dans les mœurs.

Le bateau torpillé s'était largement déporté vers le Nord-Est, et il fut coulé au large des Baléares, plus exactement une trentaine de milles marins à l'est de l'étroit chenal qui sépare Ibiza de Formentera. Plates et vétustes, les barges employées par les passeurs n'avaient rien à voir avec un porte-conteneurs moderne, et une torpille de faible puissance, lancée en surface, suffisait largement à les détruire – un lance-roquettes ordinaire, même, aurait fait l'affaire. Coupé en deux par l'impact, le bateau avait presque immédiatement sombré, et la plupart des passagers – le chiffre de cinq cents n'était qu'une approximation – étaient morts dès les premières minutes.

La vidéo postée sur Internet – il y avait probablement deux caméras situées à l'avant du bateau qui avait lancé la torpille, l'une filmant en plan large, l'autre prenant des plans de détail – s'attachait ensuite à suivre la noyade de la centaine de rescapés qui avaient survécu au premier impact. La prise de vues donnait une étrange impression de neutralité. Elle ne s'appesantissait pas à l'excès sur l'agonie de chacun de ces hommes et de ces femmes – les enfants, quant à eux, avaient presque immédiatement disparu – sans pour autant essayer de la minimiser. L'un ou l'autre naufragé, parfois, parvenait à s'approcher du bateau qui les filmait. Ils ne demandaient pas vraiment d'aide, on n'entendait aucun appel, la vidéo n'avait d'ailleurs d'autre bande-son que le battement répétitif et morne des vagues sur la coque, mais ils tendaient muettement leurs mains. Une rafale de mitraillette était alors tirée, plutôt dans le but de les tenir à distance

– mais parfois une balle les atteignait, ce qui réglait leur sort.

L'ensemble de la séquence – qui s'attachait successivement à l'agonie de chacun, le bateau se déplaçant d'un nageur à l'autre, jusqu'à la submersion du dernier – durait un peu plus de quarante minutes, mais probablement peu d'internautes la virent jusqu'au bout, hormis ceux qui ne se lassaient pas d'assister à la mort de migrants africains.

Paul le reconnut aussitôt, l'impact mondial de ces images serait en effet considérable, Bruno n'avait pas exagéré. Il revint dans la chambre, Prudence semblait à demi réveillée, il lui résuma les événements. Elle ne réagit pas vraiment, battit faiblement des paupières avant de se recroqueviller à nouveau sous la couette et de se rendormir ; elle n'avait probablement pas entendu.

Arrivé à son bureau dès six heures du matin, Martin-Renaud n'avait rien pu faire d'autre que téléphoner à ses subordonnés pour les convoquer aussitôt que possible, et subir au téléphone les reproches du ministre. Il n'avait d'ailleurs rien à lui répondre, ses services n'avaient en effet abouti à rien, ils n'avaient huit mois après le début de leur enquête aucune piste, aucun indice valable ; la seule chose qu'il pouvait dire pour sa défense, c'est que les autres services secrets, un peu partout dans le monde, n'avaient pas fait mieux.

Doutremont était mal réveillé, dépeigné et pas rasé, il s'était visiblement habillé très vite, et surtout il avait l'air cette fois complètement déstabilisé. La vidéo s'était répandue sur Internet avec une violence et une rapidité jamais vues, elle avait réussi pendant un temps à paralyser le trafic mondial, ils avaient utilisé des moyens qui lui étaient absolument inconnus, c'était sans précédent, il ne savait vraiment plus.

Du point de vue idéologique, la situation paraissait tout aussi incompréhensible à Martin-Renaud. Après l'attentat contre le porte-conteneurs, on aurait pu soupçonner un groupe d'ultragauche ; c'était surprenant qu'ils en aient eu les moyens techniques, mais enfin ça demeurait possible. Le second attentat, celui contre la banque de sperme, mettait plutôt sur la piste de catholiques intégristes ; c'est-à-dire, sur le plan logistique, à peu près nulle part. Mais là, qui pouvait-on soupçonner ? Les réactions d'indignation seraient universelles. Les suprémacistes blancs ? Trois paumés à peine capables de nouer leurs lacets de chaussures, organiser un attentat avec un retentissement mondial, et paralyser Internet pendant presque un quart d'heure ? Ça ne tenait pas debout.

Sitbon-Nozières était là lui aussi, et il paraissait par contre en pleine forme, reposé et frais, son costume était comme toujours impeccable ; il ne partageait pas le pessimisme de ses collègues. De larges extraits des écrits de Kaczynski, leur expliqua-t-il, avaient été repris dans *2083*, le manifeste d'Anders Behring Breivik, le tueur d'extrême droite norvégien. Il existait une mouvance écolo-fasciste, qui voyait l'espèce humaine, ainsi d'ailleurs que les autres espèces sociales, comme composée de tribus naturellement hostiles, combattant sans cesse pour le contrôle de territoires. Cette conception était déjà celle de Maximine Portaz, une intellectuelle française du milieu du XXe siècle. Comme Theodore Kaczynski, Maximine Portaz avait une solide formation mathématique, sa thèse de doctorat s'appuyait sur les travaux de Gottlob Frege et Bertrand Russell. Convertie à l'hindouisme, elle avait épousé un brahmane et pris le nom de Savitri Devi, ce qui signifiait « déesse du soleil ». Fervente admiratrice d'Hitler, ses écrits annonçaient par ailleurs les thèses de l'écologie profonde.

Si l'on se plaçait dans une perspective écolo-fasciste, poursuivit Sitbon-Nozières avec entrain, les deux derniers attentats avaient des objectifs parfaitement complémentaires : la reproduction artificielle et l'immigration étaient les deux moyens utilisés par les sociétés contemporaines pour compenser la baisse de leurs taux de fécondité. Les pays modernes comme le Japon et la Corée s'orientaient vers la reproduction artificielle, alors que les pays techniquement moins avancés, comme ceux d'Europe occidentale, avaient recours à l'immigration. Dans les deux cas, on obtenait le but recherché par le capitalisme : une augmentation lente mais continue de la population mondiale, qui permettait de remplir les objectifs de croissance et d'assurer aux investissements un rendement convenable. Seule une idéologie écolo-fasciste comme celle de Savitri Devi, ou bien ouvertement décroissante et primitiviste comme celle de Kaczynski, une synthèse entre les deux étant d'ailleurs envisageable, représentait une alternative. Ces mouvements pouvaient par ailleurs être considérés comme proches du nihilisme, dans la mesure où ils visaient avant tout à l'instauration du chaos, persuadés que le monde qui en résulterait serait nécessairement meilleur ; et pour les nihilistes il était nécessaire, à un moment donné, de commettre des actes réellement choquants, suscitant une réprobation unanime – comme par exemple des assassinats d'enfants – afin de séparer les militants authentiques des simples sympathisants.

« Sincèrement, j'ai des doutes... » objecta Martin-Renaud, qui n'avait pas l'air très bien réveillé non plus. Sitbon-Nozières était un spécialiste des nihilistes, c'était normal qu'il ait tendance à voir des nihilistes partout ; il commençait en fait à se demander s'il avait bien fait d'engager un type sorti de Normale Sup.

« Intellectuellement ça se tient, reconnut-il, mais ça représente combien de personnes à l'échelle mondiale ? Dix ? Vingt ?

— Il n'y a pas forcément besoin de beaucoup de monde à l'heure actuelle, répondit Sitbon-Nozières ; avec Internet, une poignée de gens compétents et déterminés peuvent obtenir des résultats importants. Breyvik était un homme seul, et l'attentat d'Utoya a eu un retentissement mondial. Plus que jamais aujourd'hui, le pouvoir réside dans l'intelligence et dans la connaissance ; et ces idéologies ultra-minoritaires sont justement celles qui ont le plus de chances d'attirer des intelligences supérieures. Si vous imaginez quelqu'un comme Kaczynski aujourd'hui, trente ans plus tard, aussi doué en informatique que Kaczynski l'était en mathématiques, il pourrait provoquer à lui seul des dégâts considérables. Pour certains attentats, c'est vrai, un financement est nécessaire ; mais il n'est pas impossible à trouver. L'attentat contre la banque de sperme danoise, par exemple, a causé un tort considérable à toutes les firmes de biotechnologie qui travaillent sur la reproduction humaine ; et, sur un marché donné, jouer à la baisse peut rapporter autant, et parfois plus, que jouer à la hausse, c'est une stratégie financière classique. Ceux qui ont vendu à temps leurs actions de l'entreprise danoise ont certainement ramassé pas mal d'argent ; ça peut en tenter certains. »

Martin-Renaud lui jeta un regard inquiet, tout à fait réveillé à présent. La biotechnologie, c'était une chose ; mais pour ceux qui avaient joué le commerce extérieur chinois à la baisse, les gains avaient dû être énormes ; et il avait déjà rencontré dans sa carrière des financiers qui n'auraient pas hésité à monter ce genre d'opérations. Si son subordonné était dans le vrai, alors les dangers à venir étaient bien pires que tout ce qu'ils avaient pu imaginer.

« Donc, voilà à mon avis comment ça peut s'articuler, reprit Sitbon-Nozières : une alliance circonstancielle entre des gens qui ont le désir de provoquer le chaos, et le savoir-faire technique pour y parvenir, et d'autres qui y trouvent leur intérêt, et peuvent financer la mise en œuvre opérationnelle. En plus, il devient de plus en plus facile de perturber le fonctionnement du système. Les transports par porte-conteneurs, par exemple, vont sans doute renoncer prochainement à l'idée d'un équipage humain, sauf pour l'entrée dans les ports. Un équipage humain serait de toute façon incapable d'intervenir pour éviter une collision, l'inertie des navires est trop grande ; un système de guidage par satellite est plus efficace et beaucoup plus économique ; à partir du moment où on utilise un système de ce type, il devient possible de le pirater. »

Il se tut, ils méditèrent un instant sur cette perspective. Martin-Renaud, perdu dans une contemplation angoissée du paysage futuriste de métal et de verre qui s'étendait derrière sa baie vitrée, songeait que son subordonné avait raison : les moyens d'attaque progressaient bien plus vite que les moyens de défense ; l'ordre et la sécurité du monde allaient devenir de plus en plus difficiles à assurer.

Lorsque Paul arriva dans son bureau à sept heures du matin, Bruno s'était déjà entretenu par téléphone avec le ministre de l'Intérieur, le premier ministre et le président ; eux-mêmes avaient eu des conversations avec leurs homologues étrangers. En gros, on s'orientait vers l'idée d'une célébration mondiale, non loin du lieu du naufrage. « Au moins c'est en pleine mer, il n'y aura pas leurs putains de bougies… » dit Bruno avec agacement ; la remarque surprit Paul, qui lui aussi avait été écœuré à l'époque des attentats islamistes par ce dégoulinement de bougies, de ballons, de poèmes, de « Vous n'aurez pas ma haine », etc. Il trouvait légitime de haïr les djihadistes, de souhaiter qu'on les abatte en grand nombre et d'y contribuer le cas échéant, enfin le désir de vengeance lui paraissait une réaction tout à fait appropriée. Il ne connaissait pas Bruno à l'époque, celui-ci n'était d'ailleurs pas membre du gouvernement, il n'avait jamais eu l'occasion d'en discuter avec lui par la suite, il ne savait pas qu'il avait eu du mal, lui aussi, à supporter cet étalage de niaiseries lénifiantes.

« Bref, poursuivit Bruno, ils sont sur l'idée de larguer des roses, d'énormes couronnes de roses fixées sur des bouées, ça peut se faire facilement par hélicoptère, les services de la présidence ont déjà préparé un devis. Cela aura lieu en présence de chefs d'État, ils pensent pouvoir en réunir cent cinquante, enfin au moins cent : les plus gros seront là, les États-Unis, la Chine, l'Inde, la Russie, en plus du pape évidemment, lui il est emballé, il a rappelé en cinq minutes, mais pour accueillir tout ça il faut un porte-avions, il n'y a qu'un porte-avions qui puisse offrir une surface plane suffisamment étendue, en pleine mer, pour que les télés puissent faire de l'image. Et il se trouve que la France est le seul pays capable d'envoyer rapidement un porte-avions sur place, on en a un stationné en rade de Toulon, le *Jacques-Chirac*, il peut être là dès demain. Bref, le président va agrandir sa stature internationale, et ça une semaine avant d'être obligé de quitter ses fonctions, là il a vraiment bien joué le coup, j'ai eu Solène Signal, elle arrive à dix heures, elle était franchement admirative, c'est un super coup de com au niveau mondial, vraiment.

Après le largage de roses il y aura des chanteurs, toujours sur la plateforme du porte-avions, là aussi ils en prévoient pas mal, une centaine aussi, autant que de chefs d'État, tous genres confondus : rap, classique, hard rock, variété internationale, au niveau musique ils ont pensé à *L'Hymne à la joie*, c'est vrai que ça peut le faire, *Alle Menschen werden Brüder*, enfin on est dans le mood. Bref, tu vois, ils ont déjà énormément bossé, depuis six heures ce matin.

« Et la campagne électorale ?

— Alors là... Bruno sourit, moqueur. Tout ce que j'ai compris jusqu'à présent, c'est qu'il était indécent d'aborder le sujet. C'est à peu près la seule chose que Solène m'a dite au téléphone avant d'ajouter : « Tu te tais surtout, aucune interview aucune déclaration, tu te tais j'arrive. »

Elle fut là en effet quelques minutes plus tard, très en avance mais elle avait l'air complètement dans le gaz, et pour la première fois Paul put l'apercevoir en l'absence de son assistant. Il arriva cependant lui aussi, juste après, il avait l'air d'aller à peu près bien, sa cravate était juste légèrement dénouée. À vingt-cinq ans on récupère mieux qu'à cinquante, c'est certain. N'était-il pas temps que Solène Signal *passe la main* ? se demanda fugitivement Paul. Mais pour quoi faire ? Écrire ses mémoires, elle qui savait tant de secrets ? Non, ce n'était pas possible, les conseillères en communication ne font jamais ça, elles ne parlent jamais, pas plus que les attachées de presse, et c'est pour cela, pour cette aptitude au secret, que ce sont en général des femmes.

« Eh ben mes chéris... », elle s'affaissa dans un des fauteuils et d'un seul coup elle avait vraiment l'air d'une vieille femme, les cuisses écartées, comme ça. « Je viens d'avoir Ben au téléphone, il a bien compris les consignes, douleur pudeur silence, de toute façon on laisse le président à la manœuvre, il sait y faire ce con. Donc la campagne c'est fini, on plie les gaules, il n'y a plus qu'à attendre dimanche. Les autres font pareil, on arrête tout, plus de meetings, union nationale, président à la télé, je crois qu'ils vont organiser leur truc sur le porte-avions après-demain, il y aura même Israël.

— Bon, je sais ce que vous allez me demander... poursuivit-elle après un long silence. Vous n'allez même pas me le demander d'ailleurs, vous le savez déjà, vous voulez juste que je confirme. Eh ben oui, je vous le confirme on va en bénéficier, c'est probable, c'est même certain. Évidemment le petit jeune du Rassemblement national va glapir comme un putois, il a déjà commencé ce matin sur RTL, il a clamé son indignation et son dégoût, je l'ai écouté je l'ai trouvé très bon, et c'est vrai qu'il ne méritait pas ça, mais là il n'y peut rien, il paie le passé de son parti, les gros mous humanistes vont se réveiller pour faire barrage, il vient de se prendre dix points dans la vue. Alors oui, on a gagné », dit-elle en hochant la tête avec une vraie tristesse, sembla-t-il à Paul, c'était la première fois qu'il avait l'impression de la voir exprimer un sentiment réel. « Je suis toujours contente de gagner ; c'est mon métier, et je suis née pour ça. Mais je vous avoue que j'aurais préféré gagner différemment. »

8

La cérémonie d'hommage eut lieu mercredi, le surlendemain ; aucun chef d'État n'avait fait défaut, et elle fut retransmise par l'ensemble des chaînes info. Sans surprises, le commentateur avait décidé d'axer sa péroraison sur la dignité, ça faisait déjà pas mal d'années que la dignité avait le vent en poupe, mais cette fois de l'avis général le président avait envoyé du bois, son niveau de dignité avait été tout à fait exceptionnel. Au bout de quelques minutes, Paul coupa le son. Quand des gens manifestement en désaccord sur tous les points se retrouvent pour célébrer certains mots, et le mot de « dignité » en était un parfait exemple, c'est que ces mots ont perdu toute signification, se dit Paul. Un soleil éblouissant faisait briller le sol du *Jacques-Chirac* ; la caméra effectuait un lent travelling incurvé pour suivre à distance constante la première ligne de chefs d'État – il reconnut le président américain et son homologue chinois, côte à côte ; le président russe était un peu plus loin derrière. Le président français était quant à lui situé au point le plus avancé de la courbe, au premier plan dans tous les axes de prise de vues ; du point de vue com, c'était en effet un succès total.

Le jeudi aussi, probablement, serait consacré aux attentats sur les chaînes info, les attentats étaient le sujet du moment et les chaînes info ne peuvent traiter qu'un sujet à la fois pendant une période donnée, c'est une des limitations des chaînes info. Il y aurait peut-être un peu de politique vendredi, à deux jours du second tour, mais ce ne serait pas bien long, tout devait s'interrompre samedi, conformément à la loi. Le résultat était joué, mais quand même les grands éditorialistes seraient là dans la soirée de dimanche, ils circuleraient d'un plateau l'autre, afin que tout soit accompli. Des politologues se livreraient à des analyses fines sur la répartition géographique des votes, qui nuanceraient, sans toutefois les invalider, les analyses déjà anciennes de Christophe Guilluy. Le bruit de fonctionnement de la démocratie s'apparentait, pour Paul, à un ronronnement léger.

Prudence fut de retour peu après dix-sept heures. « On va pouvoir prendre des vacances » dit-elle une fois qu'il l'eut informée des évolutions récentes. Son indifférence à tout événement politique, et même historique, continuait à le stupéfier, c'était peut-être le résultat de tant d'années passées à la direction du Trésor, se dit Paul ; sa nomination au cabinet d'abord, puis l'immersion de Bruno dans la campagne présidentielle, l'avaient au contraire conduit à se rapprocher du monde des médias, du show, des éléments de langage ; il aurait presque pu rencontrer des grandes consciences, des gens concernés ; il avait au moins rencontré des gens qui en connaissaient.

« On pourrait retourner en Bretagne, ou bien partir quelque part, comme tu veux. C'est la dernière occasion qu'on a, enfin avant quelque temps. » C'était vrai, la pause électorale touchait à sa fin, dès le lundi suivant les choses allaient recommencer à tourner au ministère, à un rythme de plus en plus soutenu.

« En Bretagne... dit-il finalement, j'ai envie de retourner en Bretagne. » Il avait envie de revoir Prudence en minishort, puis de l'entraîner dans la chambre, d'enlever son minishort et de la baiser, peut-être même est-ce qu'il en avait besoin, non, il n'en avait pas besoin, il en avait simplement envie, décidément Épicure avait raison sur ce point, comme sur beaucoup d'autres, la sexualité faisait partie des biens « naturels et non nécessaires », du point de vue des hommes en tout cas, chez les femmes cela s'apparentait peut-être davantage à un besoin, c'est du moins l'impression qu'il en avait. Prudence en tout cas allait visiblement mieux depuis qu'il la baisait tous les jours, ses mouvements étaient plus vifs, son teint lui-même paraissait plus lumineux, plus frais, Priscilla le lui avait d'ailleurs dit, lors de leur dernier séjour en Bretagne : « Tu as rajeuni de dix ans. »

La Bretagne conviendrait aussi parce qu'il n'avait pas envie de découvrir de nouveaux lieux, de nouveaux paysages ; il ressentait plutôt le besoin de réfléchir, de faire un point sur sa vie, une sorte de bilan d'étape. Cette disponibilité resterait, il le savait, un moment unique dans sa vie, il n'y aurait bientôt plus aucune raison de la prolonger, le petit scandale médiatique déclenché par sa belle-sœur était déjà oublié, décidément Aurélien était mort pour rien. Il n'avait pas vécu pour grand-chose non plus, peu de choses témoigneraient de son passage sur cette terre, Paul avait appris avec tristesse, à l'occasion d'un coup de téléphone à Cécile, que Maryse avait décidé de retourner au Bénin, sans même attendre de savoir si une procédure disciplinaire serait engagée contre elle. Elle était un peu écœurée de la France, c'était compréhensible ; il aurait peut-être été excessif de dire que la France lui avait brisé le cœur, des réserves d'amour demeuraient dans son cœur, mais elles s'étaient réduites, forcément.

« On pourrait partir quand ? » demanda-t-il à Prudence ; elle le regarda avec surprise, c'était lui, d'habitude, qui décidait de ce genre de choses. « Je suis en disponibilité... » lui rappela-t-il avec douceur ; c'était à elle, désormais, de décider de leur emploi du temps, il était entièrement libre de ses journées. À ce moment il comprit, sans vraiment le partager, ce qui avait pu humilier Hervé pendant sa longue période de chômage. Bruno avait été un excellent ministre, il avait réellement redressé l'économie de la France, son PIB, sa balance commerciale, mais il n'avait peut-être pas suffisamment prêté attention à la question du chômage, et cela avait failli leur coûter les élections.

« Demain matin, dit après un temps de réflexion Prudence, et on pourrait partir jeudi matin, rester jusqu'à dimanche soir.

— Il faut que je vote, quand même.

— Oui, oui. Ça ferme à 20 heures, tu pourras voter » répondit-elle en souriant avec indulgence, comme devant un enfantillage insignifiant.

Il rendit visite à Bruno dès le lendemain matin, la table de maquillage et le tapis de course avaient disparu de son appartement de fonction mais Raksaneh était là, elle sortit brièvement de la salle de bains à un moment, une serviette nouée autour de la taille, et lui sourit avant de s'éclipser dans la chambre. Bruno était déjà en train de réfléchir à la composition du prochain gouvernement, qui serait nommé très peu de temps après l'élection – toujours donner l'impression d'une opération commando, tout le monde est sur le pont et chaque minute compte pour redresser la France, c'était un truc de com qui n'avait pas vieilli. Sarfati n'avait presque rien à dire, en fait il ne connaissait à peu près personne dans le personnel politique, il devenait de plus en plus évident que Bruno serait le patron véritable, et il écouta, avec sa concentration habituelle, ce que Paul était venu lui dire.

« Le chômage, donc... répondit-il finalement, avec un long soupir. Tu penses que c'est vraiment important ? Tu penses que c'est ça qui fait grimper le Rassemblement national ?

— Il y a l'immigration aussi, bien sûr. Mais le chômage joue un rôle, oui, j'en ai peur.

— Je pense que tu as raison ; et c'est le pire problème qu'on puisse avoir à résoudre. La productivité va continuer à augmenter dans les emplois industriels, il n'y a pas d'autre issue, la course à la productivité est un chemin sans retour. On n'a qu'une seule solution, c'est de créer massivement des emplois de service peu qualifiés, mais pas ceux qui existent déjà ; les femmes de ménage, les cours particuliers, on ne peut pas compter là-dessus, ça restera toujours dans l'économie grise. Il faut en créer dans l'administration, et accorder des avantages fiscaux massifs aux entreprises qui en créent. Il faut des livreurs, des dépanneurs, des artisans, des gens qui vous aident vraiment, qui réparent les objets, qui répondent au téléphone ; parallèlement, il faut freiner sur la robotisation et l'ubérisation ; c'est pratiquement un autre modèle de société. Tout ça oui, si on met le paquet, ça peut faire baisser le chômage, mais il faut énormément d'argent. Il faut faire des économies par ailleurs, l'orthodoxie budgétaire on ne peut pas y échapper, ce n'est pas à toi, qui as passé dix ans à la direction du Budget, que je vais l'apprendre. Il va falloir réduire radicalement certaines dépenses.

— Tu as des pistes ?

— L'Éducation nationale, sans doute, c'est le plus gros budget, on a trop d'enseignants. Enfin, ce n'est pas facile… »

Non, ce n'était pas facile, mais il avait l'air heureux de se remettre au travail, de reprendre le cours normal de sa vie ; il allait pouvoir divorcer, aussi, ce n'était pas négligeable. Paul de son côté était en principe content de pouvoir faire une longue pause, du moins il l'avait cru jusqu'à présent. Ils se turent un moment, cependant qu'il se sentait envahi par une profonde tristesse à l'idée de quitter la pièce dans quelques minutes, de reprendre dans l'autre sens les couloirs du ministère, de traverser la cour d'honneur en direction de la sortie. Il n'avait pourtant pas tellement été heureux dans ces bureaux, du moins avant sa rencontre avec Bruno, mais ce n'est pas le fait d'avoir été heureux dans un endroit qui vous rend douloureuse la perspective de le quitter, c'est simplement le fait de le quitter, de laisser derrière soi une partie de sa vie, aussi morne ou même aussi déplaisante qu'elle ait pu être, de la voir s'effondrer dans le néant ; en d'autres termes, c'est le fait de vieillir. Au moment de prendre congé, il fut traversé par l'impression absurde qu'il s'agissait d'un adieu définitif, que d'une manière ou d'une autre il ne reverrait jamais Bruno, qu'un élément imprévu dans la configuration des choses s'y opposerait.

« La situation économique est bonne, ça te laisse des marges de manœuvre, non ? » ajouta-t-il sans raison précise, surtout pour prolonger la conversation, alors qu'il se sentait envahi par une immense, une inexprimable lassitude.

« Oh oui, elle est excellente, répondit Bruno sans vraie joie ; elle n'a jamais été meilleure, même. Je ne devrais pas le dire, mais au fond les attentats nous ont été plutôt bénéfiques. Après le premier les exportations des pays asiatiques ont chuté évidemment, notre balance commerciale s'est rééquilibrée. Le deuxième ne nous a pas touchés, la France est absente du marché de la procréation artificielle. Et le troisième, c'est horrible à dire, mais l'immigration va subir un coup d'arrêt, et sur le plan électoral c'est tout bénéfice pour nous. Économiquement, je ne suis pas certain que ce soit une bonne nouvelle, enfin c'est un calcul compliqué, ça dépend de pas mal de facteurs, principalement la démographie et le taux de chômage ; mais sur le plan électoral c'est parfait.

— Tu crois vraiment que ça va dissuader les migrants ?

— Bien sûr. Je sais ce que les gens disent : "Ils sont tellement dans la misère, ils sont prêts à prendre tous les risques", etc. C'est faux. D'abord ils ne sont pas tant que ça dans la misère, ce sont plutôt les diplômés demi-riches, les classes moyennes de leurs pays d'origine, qui essaient d'émigrer en Europe. Ensuite ils ne prennent pas tous les risques, ils calculent leurs risques. Ils ont parfaitement compris notre fonctionnement, la culpabilité, le christianisme résiduel, etc. Ils savent qu'ils peuvent être recueillis par un bateau humanitaire, et qu'ensuite il y aura toujours un pays d'Europe qui les laissera débarquer. Ils prennent de gros risques, c'est certain, il y a assez souvent des naufrages, certains des bateaux qu'ils empruntent sont dans un état lamentable ; mais ils ne prennent pas *tous* les risques. Et là, ils vont devoir introduire un nouvel élément dans leur calcul.

— La violence est efficace, c'est ce que tu veux dire ?

— Oui, la violence est le moteur de l'histoire, ce n'est pas nouveau, c'est aussi vrai maintenant qu'à l'époque d'Hegel. Cela dit, efficace à quoi ? On ne sait toujours pas ce que veulent ces gens. La destruction pour la destruction ? Déclencher un cataclysme ? Est-ce que tu te souviens d'une des premières vidéos, celle où j'étais guillotiné ?

— Très bien, oui. C'est à partir de ce moment qu'on a commencé à s'intéresser aux messages.

— Il y avait quelque chose de dément, de réellement glaçant dans la mise en scène. J'avais senti en face la folie de quelqu'un qui n'a plus aucune limite, ça m'avait heurté. En plus du fait, bien sûr, que je n'étais pas très heureux de me sentir détesté à ce point.

— Ça, au moins, c'est réglé. À présent les gens t'aiment, je suppose que tu as remarqué. Ce qui passait pour de la froideur est devenu du sérieux, la distance est maintenant de la hauteur de vues, l'indifférence de la pondération... Tu es plus populaire que Sarfati à l'heure actuelle. »

Bruno hocha la tête sans faire aucun commentaire, parce qu'il n'y a aucun commentaire raisonnable à faire sur les fluctuations de l'opinion publique. Rien n'était acquis, il le savait ; la libre circulation de l'information tend à introduire de l'entropie dans le fonctionnement des systèmes hiérarchiques de pilotage, et à terme à les détruire. Jusque-là, il n'avait commis aucune erreur : il s'était finalement opposé à ce projet de séances photo utilisant la maison de son père dans l'Oise, et n'avait jamais figuré dans *Paris Match* ; rien n'avait filtré sur ses relations avec sa femme, pas davantage sur l'existence de Raksaneh. L'anecdote de l'enlèvement du père de Paul, n'offrant ni malversation financière bien grasse, ni sémillante anecdote de cul, pauvre en somme d'éléments spectaculaires, à l'exception de quelques catholiques intégristes « qui ne faisaient plus bander personne », selon l'expression de Solène Signal, s'était rapidement dégonflée.

Dès le lendemain, le président prononcerait quelques paroles compatissantes et humanistes, peut-être même poétiques et remarquables, sur le rêve européen et le chagrin, sur la Méditerranée où les vents du Sud soufflaient les cendres du remords et de la honte ; quelques jours plus tard, le second tour aurait lieu. Le président s'éclipserait, conscient d'avoir préparé son retour le mieux possible ; la passation de pouvoirs se déroulerait dans une ambiance détendue, et même amicale. Puis recommencerait le vrai travail ; Paul avait raison, se dit Bruno, il fallait réintroduire la variable chômage au premier plan des calculs, il l'avait trop négligée. L'équation était déjà complexe, elle allait le devenir davantage ; la perspective était loin de lui déplaire.

9

Il était presque vingt heures, et Doutremont allait quitter son bureau, lorsqu'il reçut un appel de Delano Durand. Il avait quelque chose, annonça-t-il, qu'il aurait aimé leur montrer. Oui, ça pouvait attendre le lendemain ; il aurait besoin d'une salle avec un rétroprojecteur.

Doutremont laissa un message à Martin-Renaud, et ils se retrouvèrent le lendemain à neuf heures dans une petite salle de réunion attenante à son bureau. Lorsque Durand arriva, avec cinq minutes de retard, Doutremont eut presque un haut-le-cœur en constatant que sa présentation ne s'était nullement améliorée : son jogging était toujours aussi crasseux, ses cheveux toujours aussi longs et sales. « Delano Durand, un de nos nouveaux collaborateurs, je viens de l'embaucher... dit-il à Martin-Renaud sur un ton d'excuse.

— Curieux, votre prénom, vos parents étaient des admirateurs de Roosevelt ?

Martin-Renaud n'avait pas l'air autrement surpris par l'apparence de son subordonné.

— Oui, mon père le considérait comme le plus grand homme politique du XXe siècle » répondit Durand avant de poser un mince dossier sur le bureau devant lui. Il en tira une feuille qu'il déposa sur le plateau du rétroprojecteur avant de l'allumer ; il s'agissait de la représentation de Baphomet qu'ils avaient trouvée dans le dossier d'Édouard Raison, à la clinique de Belleville. « Ce que nous avons sur le front du Baphomet, commença-t-il aussitôt, c'est un pentagone étoilé, ou pentagramme. Comme je vous l'expliquais la dernière fois, dit-il en se retournant brièvement vers Doutremont, le passage du pentagone régulier, celui des messages Internet, au pentagone étoilé, symbolise le passage du stade profane au stade d'initié. » Il ôta la représentation de Baphomet du plateau, la remplaça par une carte d'Europe où trois points étaient marqués en rouge. « Ce que nous avons là, c'est la position géographique des trois attentats relayés par des messages Internet : le porte-conteneurs chinois au large de La Corogne, la banque de sperme danoise située à Aarhus, et le bateau de migrants entre Ibiza et Formentera. La première chose qu'il est intéressant de noter, c'est que ces trois points peuvent être reliés par un cercle – il projeta une seconde feuille, où le cercle était dessiné.

— Ce n'est pas toujours le cas ? » demanda Martin-Renaud. Durand le considéra avec stupéfaction, abasourdi par une telle ignorance. « Non, naturellement non, dit-il finalement. Par deux points quelconques, on peut toujours faire passer un cercle ; mais ce n'est en général pas le cas des ensembles de trois points : une petite minorité seulement peuvent figurer sur la circonférence d'un même cercle, doté d'un centre défini.

— Vous n'avez pas noté le centre, sur votre schéma... remarqua Martin-Renaud.

— Non, en effet. » Il considéra sa carte un instant. « En l'occurrence il se trouve en France, dans l'Indre ou dans le Cher, enfin à peu près au centre géographique du pays. Je dois dire que c'est assez curieux... » Il parut un peu déstabilisé, puis se reprit. « Enfin on s'occupera peut-être du centre tout à l'heure, ce n'est pas de ça dont je voulais vous parler pour le moment. » Il sortit une nouvelle feuille. « Ces trois points, correspondant aux trois attentats, peuvent naturellement être reliés par un triangle ; mais le point important c'est qu'il ne s'agit pas de n'importe quel triangle, mais d'un triangle sacré, c'est-à-dire d'un triangle isocèle dont le rapport des côtés est égal au nombre d'or ; et le triangle sacré est la moitié d'un pentagramme. »

Il projeta une nouvelle feuille. « Pour obtenir ce pentagramme, je pose deux nouveaux points,

Royaume-Uni
Île de Man
Manchester
Paris
France
Madrid
Portugal
Valence
Séville

Lituanie
Minsk
Мінск
Copenhague
Biélorussie
Pologne
Varsovie
Prague
Slovaquie
Munich
Budapest
Autriche
Roumanie
Slovénie
Zagreb
Belgrade
Београд
Milan
Sarajevo
Serbie
Bulgarie
Kosovo
Podgorica
Подгорица
Macédoine
du Nord
Italie
Tirana
Rome
Albanie
Grèce
Mer
Tyrrhénienne

symétriques des précédents. Mais nous n'avons pas affaire à un pentagramme droit, avec la pointe en haut, tel que celui qui figure sur le front du Baphomet ; il s'agit au contraire d'un pentagramme inversé, avec la pointe en bas. Pour la plupart des occultistes, le passage du pentagramme droit au pentagramme inversé symbolise la victoire de la matière sur l'esprit, du chaos sur l'ordre, et plus généralement des forces du mal sur les forces du bien. »

Avec un geste de prestidigitateur, il sortit une dernière feuille. « Si je trace un cercle autour du pentagramme, le pentagramme devient un pentacle, ce qui symbolise cette fois le passage de la théorie à la pratique, du savoir au pouvoir ; concrètement, le pentacle est l'outil magique le plus puissant jamais réalisé, non seulement en magie blanche, mais également en magie noire. »

Il se tut d'un seul coup. Il s'ensuivit un silence d'au moins une minute avant que Martin-Renaud ne reprenne la parole.

« Si je vous comprends bien... » dit-il en regardant Delano Durand droit dans les yeux, « les deux nouveaux points que vous avez tracés sur la carte...

— Le premier est situé dans le Nord-Ouest de l'Irlande, dans la province du Donegal si je me souviens bien. Le second est en Croatie, quelque part entre Split et Dubrovnik.

— Ces deux points, en principe, devraient désigner les emplacements des deux attentats suivants.

— Oui, ça paraîtrait logique. »

Martin-Renaud se leva d'un bond. « Je vais avoir besoin de ça ! » lança-t-il en s'emparant de la feuille posée sur le rétroprojecteur. « Attendez, attendez chef… », Durand leva une main apaisante. « Là c'était juste un schéma approximatif, pour vous faire comprendre. Évidemment, j'ai calculé les coordonnées géographiques précises des deux points ; comme j'avais celles des premiers attentats, c'était rien à faire. » Il fouilla quelque temps dans son dossier, sous le regard de Martin-Renaud bouillant d'impatience. « Voilà ! » lança-t-il finalement d'un ton guilleret en sortant une feuille gribouillée de calculs. « J'ai vos coordonnées. La première c'est effectivement dans le Donegal, quelque part entre Gortahork et Dunfanaghy. La seconde, en réalité, est un peu au large de la côte croate ; peut-être dans une île, il y a beaucoup d'îles dans le coin, je crois.

— Neuf heures, trancha Martin-Renaud en se saisissant de la feuille. Rendez-vous demain matin neuf heures, dans mon bureau. Je vais avoir quelques coups de fil à passer – pas mal de coups de fil, même. »

Doutremont arriva le lendemain à neuf heures précises. Martin-Renaud était déjà là, accompagné de Sitbon-Nozières, toujours impeccable. Delano Durand arriva une dizaine de minutes en retard, aussi dépenaillé que d'habitude, mais Martin-Renaud ne lui fit aucune remarque ; au contraire, lorsqu'il s'effondra dans un fauteuil posé devant son bureau, il le considéra avec une sorte d'étonnement respectueux.

« Il y a du nouveau, dit-il d'emblée. Des éléments importants, et significatifs. Ça n'a pas été simple, nos amis de la NSA ont été longs à convaincre, mais j'avais de quoi négocier, des éléments qu'ils avaient très envie de connaître. Grâce à vous, Durand » ajouta-t-il. Celui-ci hocha la tête brièvement.

« Les premières coordonnées en Irlande correspondent, ils ont fini par me le dire, au siège social d'une société appelée Neutrino, une société de haute technologie, le pionnier mondial de l'informatique neuronale. » Il promena un long regard sur ses subordonnés, qui en restèrent cois, à l'exception de Delano Durand, qui hocha de nouveau la tête, à la grande surprise de Martin-Renaud. Est-ce qu'il s'y connaissait, aussi, en informatique neuronale ? D'où est-ce que sortait ce type, au juste ?

« Je n'ai pas exactement compris, poursuivit-il, s'ils intègrent des neurones humains dans des circuits électroniques, ou des puces électroniques dans des cerveaux humains ; je crois que c'est un peu les deux, et que leur objectif en général est de créer des êtres hybrides entre l'ordinateur et l'homme. C'est une entreprise qui bénéficie de moyens considérables, Apple et Google sont dans son capital. Par ailleurs elle est classée secret défense, je crois que ses activités ont des implications militaires, ils mettent au point un nouveau type de combattants, qui pourraient avantageusement remplacer les soldats humains, parce qu'ils seraient incapables d'empathie comme de tout scrupule moral. Le Donegal, où est située la société, est une des régions les plus désertes d'Irlande ; ses employés sont logés dans un lotissement à l'écart des villages alentour, dont ils ne sortent jamais, ils ont leur propre aérodrome, enfin c'est vraiment une firme très discrète.

« Là où ça devient intéressant, c'est que leur siège a été entièrement détruit, il y a trois jours, par un incendie criminel. Les prototypes, les plans, les données informatiques, ils ont tout perdu. Le sinistre a eu lieu en pleine nuit, il a été déclenché par des bombardements de napalm et de phosphore blanc, les mêmes combustibles qui avaient été utilisés pour la banque de sperme danoise. Des moyens militaires, une fois de plus ; la seule différence est qu'ils ont pris moins de précautions, et qu'il y a eu trois morts parmi l'équipe de nuit. La NSA a réussi à éviter toute fuite dans les médias, donc évidemment quand je leur ai donné les coordonnées géographiques précises ça leur a fait un choc, et ils ont accepté de coopérer.

« Le second ensemble de coordonnées, reprit-il au bout d'un temps, cela a été encore plus difficile de leur arracher l'information. Il s'agit bien d'une île croate, plutôt d'un îlot, situé au large de Hvar. Il est la propriété d'un Américain, qui l'a acheté il y a une dizaine d'années pour y faire construire une résidence d'été. Ce type, ils ont fini par me dire qui c'était ; il se trouve que c'est une sorte de légende dans la Silicon Valley. Ce n'est pas vraiment un technicien, enfin il a de grosses connaissances techniques, mais c'est plutôt un investisseur. Il investit uniquement dans des entreprises de haute technologie, et il est connu pour avoir un flair exceptionnel : chaque fois qu'il a investi dans une start-up, celle-ci a multiplié son capital en l'espace de quelques années. Donc, évidemment, il est très riche ; mais, surtout, c'est une sorte de gourou des nouvelles technologies, ses avis sont craints, et extrêmement respectés. On lui prête parfois des ambitions politiques ; je ne sais pas si c'est le cas, mais en tout cas mes interlocuteurs de la NSA avaient l'air très soucieux de le ménager, c'est remonté jusqu'au secrétaire d'État à la Défense, et même je crois jusqu'au président, avant qu'ils ne partagent l'information. Tous les étés, il organise un séminaire d'une semaine dans son île, où il invite une cinquantaine de dirigeants du monde de l'informatique et du numérique ; des gens de très haut niveau, rien en dessous du directeur ou du directeur technique. C'est très informel, il n'y a pas de conférences, aucun programme précis, les gens ont juste l'occasion de se rencontrer et de discuter, ce qu'ils n'ont pas tellement le temps de faire le reste de l'année. Beaucoup de décisions importantes ont été prises au cours de ces rendez-vous, beaucoup d'entreprises ont été créées – par exemple Neutrino, dont je parlais tout à l'heure. Le prochain a lieu début juillet, dans un peu plus d'un mois. Il est logique de penser qu'un attentat était prévu au cours de ce séminaire ; ça a été la première idée de mes interlocuteurs de la NSA.

— Qu'est-ce qu'ils vont faire, maintenant ? intervint Doutremont.

— Certainement, essayer de mettre la main sur ces gens au moment où ils prépareront l'attentat ; je ne suis pas du tout certain qu'ils y parviennent. Un dossier de ce genre sera transféré à la CIA ; ils sont bons pour les opérations demandant de la force brute, mais ils manquent souvent de finesse ; et, jusqu'à présent, ceux d'en face ont été extrêmement habiles. Mais au moins, cette fois, on les a empêchés d'agir ; on a pris un coup d'avance sur eux. Évidemment, ils m'ont demandé comment on avait procédé. J'ai tenté de leur expliquer, pour le pentagramme, mais je ne suis pas sûr qu'ils aient bien compris ; je ne suis pas très sûr d'avoir compris moi-même. En tout cas, c'est à vous qu'on doit le succès, Durand. »

Il se tourna vers lui. Delano Durand hocha la tête, un peu gêné. « Il y a aussi votre ancien collègue, celui qui est à l'hôpital... tempéra-t-il. La chose difficile, c'était de faire la relation entre le pentagone régulier et le pentagone étoilé ; le reste en découlait, plus ou moins.

— Les cibles correspondent bien à ce qu'aurait pu choisir un groupe d'activistes anti-tech... remarqua Sitbon-Nozières après un temps de silence.

— Oui, en effet, dit Martin-Renaud, ça confirme entièrement vos analyses. C'est effrayant de penser que des activistes parfaitement inconnus se sont lancés dans une opération de cette envergure ; mais j'ai bien peur qu'il ne faille aboutir à cette conclusion. Ce qui est inattendu, c'est cette volonté de se rattacher à une tradition magique ; ça correspond peut-être à quelque chose, dans un contexte primitiviste. De toute façon, poursuivit-il avec résignation, ça fait longtemps que j'ai renoncé à rechercher une rationalité dans les comportements humains ; nous n'en avons pas besoin dans notre travail, il nous suffit de repérer des structures, et là », il se tourna à nouveau vers Delano Durand, plongea son regard dans le sien, « il n'y a pas de doute que vous avez identifié une structure. La conséquence, c'est que vous avez sauvé la vie des dirigeants industriels les plus importants de la planète dans le domaine des nouvelles technologies ; je ne sais pas, au fond, si vous avez bien fait ; mais c'est ce que vous avez fait. »

10

Il était 19 heures 15 lorsque Paul se gara sur un emplacement interdit, tout près du bureau de vote. « Tu es sûre ? Tu n'as pas envie d'aller voter ? » insista-t-il. Prudence haussa les épaules avec indifférence ; il lui laissa les clefs de la voiture.

Il prit les deux bulletins sur la table à l'entrée ; il y avait encore pas mal de monde, il fallait faire la queue devant les isoloirs ; beaucoup de Parisiens avaient dû profiter du week-end. Lorsque l'espace se libéra, qu'il eut refermé le rideau derrière lui, il tenait déjà le bulletin Sarfati dans sa main droite ; au moment où il s'apprêtait à le glisser dans l'enveloppe il fut envahi par une sensation étrange, paralysante, qui l'obligea à suspendre son geste. En quelques secondes, il comprit qu'il venait d'entrer dans une zone immobile, une sorte d'équivalent psychologique de la stase, comme il en connaissait parfois, pas très souvent heureusement, depuis la fin de son adolescence. Pendant les minutes, peut-être les heures suivantes, il lui serait impossible de prendre la moindre décision, d'accomplir la moindre action sortant un tant soit peu de la routine quotidienne. Ce n'était pas possible d'attendre que ça passe, des gens patientaient derrière lui, quelques secondes d'hésitation étaient permises mais pas davantage. Impulsivement il sortit un feutre de sa poche, raya le nom de Sarfati et glissa le bulletin dans l'enveloppe.

Il y avait la queue aussi devant les urnes. Paul s'engagea dans la file d'attente avant de se rendre compte qu'il ne tenait pas tant que ça à prendre part au vote, ça n'avait de toute façon aucun intérêt d'être comptabilisé parmi les bulletins nuls. Il sortit de la file, froissa l'enveloppe dans ses mains et la jeta dans une poubelle avant de quitter le bureau de vote. « Ça s'est bien passé ? » lui demanda Prudence alors qu'il reprenait le volant. Il confirma d'un hochement de tête, il préférait éviter d'en parler. C'était la première fois depuis sa majorité qu'il ne parvenait pas à voter. C'était peut-être un signe ; mais un signe de quoi ?

Il était déjà 19 heures 30, il avait juste le temps de se rendre place de la République. Benjamin Sarfati avait prévu d'y prononcer un bref discours immédiatement après 20 heures, puis le parti avait loué une grande salle boulevard du Temple pour y organiser une réception. Cette organisation annoncée longtemps à l'avance, cette absence du moindre doute sur le verdict des urnes avaient été considérées par certains commentateurs comme un peu arrogantes.

Curieusement, le parking VIP était situé boulevard Magenta, de l'autre côté de la place, et Paul mit longtemps à y accéder, la place de la République lui paraissait inutilement vaste. À quoi bon des places aussi vastes ? se demandait-il ; pour qu'on puisse voir de loin la grandiloquente statue érigée en son centre, c'était la seule réponse possible ; le kitsch républicain était décidément le pire de tous. À 20 heures, alors que ses doutes sur le concept de république s'amplifiaient, il alluma son autoradio : le score de Sarfati était de 54,2 %, contre 45,8 % à son adversaire. C'était une victoire nette, moins large que ce qu'on aurait pu espérer, mais nette tout de même.

La place de la République était noire de monde, mais ce n'était pas du tout le même public que lors des élections précédentes : beaucoup de jeunes, au look de banlieue affirmé. Paul se souvint alors que Sarfati avait fait le plein des voix dans ce qu'on continuait à appeler pudiquement les *quartiers*. À Clichy et à Montfermeil il atteignait des scores de 85, voire 90 %. Manifestement, la racaille était descendue sur Paris ce soir, à un point qu'on n'observait généralement que lors des coupes du monde de football. Des joints, des packs de Bavaria et d'Amsterdamer avaient commencé à circuler. Paul nota en traversant la foule que Sarfati n'était pas appelé autrement que « Gros Ben », et que son élection était de l'avis général considérée comme « un truc de malade ». Pour l'instant ils avaient l'air de bonne humeur, mais quand même il se sentit rassuré, en arrivant boulevard du Temple, lorsqu'il tendit son carton de réservation au vigile. À l'intérieur c'était franchement VIP, en quelques minutes il put reconnaître une grande partie des acteurs et des présentateurs de télévision français. De manière plus surprenante il aperçut Martin-Renaud esseulé, accoudé à une extrémité du gigantesque bar, devant un whisky. Il s'approcha de lui pour le saluer, s'étonna de sa présence. « Oui, je sais, je suis un *homme de l'ombre*... » répondit-il avec amusement. Il lui expliqua alors le récent succès obtenu par leurs services ; quelques heures après le ministre de l'Intérieur, c'était le président lui-même qui l'avait appelé pour le féliciter et l'inviter à cette soirée.

« Vous pensez que les attentats sont terminés, donc ?

— Certainement pas. » Martin-Renaud secoua la tête. « Je suis même certain du contraire ; deux jours après ma conférence téléphonique avec les services américains, il y a eu un nouveau message. Un message discret, cette fois, il n'est apparu que sur une dizaine de serveurs, tous français. Un message bref, aussi, il ne faisait que trois lignes ; et il était suivi d'une photographie aérienne de nos locaux rue du Bastion. Il nous était destiné, c'était une espèce de défi, une manière de nous dire qu'ils savaient que nous savions. Ils n'en ont pas moins été déstabilisés, je pense ; ils s'interrogent forcément sur l'étendue de nos informations. » Il se tut, but une gorgée de whisky. « Ils recommenceront, donc ; mais avec un mode opératoire différent, et en prenant encore plus de précautions. C'est une partie qui ne fait que commencer ; et je ne sais pas si j'en verrai la fin. »

Un immense écran vidéo s'alluma dans le fond de la salle ; il était là, essentiellement, pour retransmettre le discours de Sarfati. Paul constata avec surprise que la plupart des invités ne s'y intéressaient pas, ils étaient nombreux à poursuivre leurs conversations sans y prêter la moindre attention. Il remarqua aussi que la présence policière aux abords de la place de la République était impressionnante. Ce n'était certainement pas inutile, compte tenu du public ; une soirée s'achevant par des pillages et des voitures incendiées aurait été un *mauvais signal* adressé à la bourgeoisie de Neuilly-sur-Seine, dont les votes n'avaient pas fait défaut au nouveau président, c'était d'ailleurs un des principaux enseignements que les observateurs tireraient dès le lendemain du scrutin ; cet axe Montfermeil-Neuilly avait, en effet, quelque chose d'innovant.

L'arrivée de Bruno fut par contre un événement, les conversations se turent d'un seul coup, peu à peu remplacées par un brouhaha de chuchotements, tout le monde dans la salle semblait avoir compris qu'il était *l'homme fort* du prochain gouvernement. Paul n'avait jamais vu Raksaneh en robe de soirée ; elle était éblouissante, et le collier en argent qu'elle portait autour du cou avait une splendeur presque barbare. Des journalistes, des photographes traînaient dans la salle, mais Bruno avait manifestement décidé d'*assumer*.

Quelques minutes plus tard Sarfati et le président arrivèrent à leur tour, bras dessus bras dessous. Ils s'immobilisèrent une minute à l'entrée, le temps de recueillir les acclamations de la foule et d'être photographiés ensemble, puis le président lâcha le bras de Sarfati et disparut dans l'assistance, se dirigeant vers un type que Paul reconnut, avec difficulté, comme le ministre de l'Intérieur. Sarfati, absolument hilare, attendit que les photographes et les cameramen en aient terminé avec lui avant de se diriger vers le bar. C'est à ce moment que Paul aperçut Solène Signal. Isolée dans un coin de la salle, elle observait avec fascination les déplacements du président qui allait d'un invité à l'autre, posant la main sur l'épaule de chacun pour l'accaparer, se consacrant uniquement à lui pendant une à deux minutes, donnant à chaque fois l'impression de ne s'intéresser qu'à lui, de n'être là que pour lui. C'était quand même un magnifique animal politique, se disait-elle avec un vrai regret. Il n'avait jamais fait appel à aucun sémiologue de la communication, ni même à aucun *spin doctor*, depuis le début de sa fulgurante ascension il s'était débrouillé seul. Elle salua Paul rapidement, sans perdre de vue le président, qui venait de repérer Martin-Renaud dans la salle. « C'est qui celui-là, je ne le connais pas ? » s'interrogea-t-elle à voix haute. Pour une fois Paul savait quelque chose qu'elle ignorait, il lui expliqua les récents succès de la DGSI. C'était une chance inespérée pour le président, analysa-t-elle aussitôt ; autant son bilan économique était indiscutable, autant en matière de sécurité ça laissait à désirer. Il lui restait quelques jours pour exploiter l'information : elle allait probablement sortir dans la grande presse dès le lendemain, et il y ferait allusion dans son discours d'adieux mercredi. Sa réélection dans cinq ans semblait vraiment très bien partie – surtout si Sarfati commettait quelques erreurs, ce qui ne manquerait pas d'arriver, ajouta-t-elle avec résignation. Elle-même n'avait rien à se reprocher, elle avait fait sa part du job, et même au-delà – lorsqu'elle avait accepté Benjamin Sarfati comme client il y a une dizaine d'années, ce n'était vraiment pas évident de l'amener jusqu'à la présidence de la République ; parmi les cinq personnes qui constituaient à l'époque son équipe, elle était la seule à y croire.

Ils se dirigèrent vers le bar. Solène Signal se servit un verre de vin blanc, Paul demanda une nouvelle coupe de champagne. Il eut du mal à se faire servir, la bande de Sarfati s'était regroupée devant le bar et avait raflé la plupart des bouteilles. Ils gueulaient et riaient aux éclats, la plupart étaient déjà bien décalés, la beuh et la coke avaient commencé à circuler. Sarfati avait réussi à les tenir à l'écart tout au long de la campagne électorale, mais après la victoire ils revenaient, c'était inévitable, ils étaient tous issus du milieu de la télé, et certains l'accompagnaient depuis ses premières émissions. C'étaient eux qui allaient squatter l'Élysée, organiser des fêtes et vomir sur les canapés du Mobilier national au cours du quinquennat. C'était une perspective déplaisante, surtout pour le personnel du palais présidentiel, mais ce n'était pas vraiment grave. Le président avait vu juste : pour lui, Sarfati ne représentait aucun danger. Il paraissait de plus en plus clair que la prochaine présidentielle se jouerait entre lui et Bruno ; la clef du prochain quinquennat serait une lutte secrète, à distance, entre les deux hommes. Solène Signal hocha la tête, elle avait déjà anticipé tout cela. Elle n'allait pas faire immédiatement d'offre de services à Bruno, cela viendrait en son temps. Et lui, sa disponibilité ? voulut-elle savoir. Elle était vraiment bizarre ce soir, elle paraissait presque rêveuse, c'était la première fois depuis que Paul la connaissait qu'elle semblait s'intéresser à autre chose qu'à ses objectifs professionnels. Eh bien, lui répondit-il, il aurait pu à la limite reprendre son travail dès maintenant, dans le contexte de l'actualité ça serait passé inaperçu ; mais ça n'aurait pas servi à grand-chose, il allait laisser passer les législatives, puis la période d'été, et serait de retour pour la seconde quinzaine d'août, quand les choses commenceraient à bouger vraiment. Bruno n'avait pas totalement eu les coudées franches au cours du quinquennat précédent, il avait dû composer avec certains hauts fonctionnaires de Bercy, qui étaient protégés par le président, inspecteur des finances lui-même. Avec Sarfati, il n'aurait plus ce problème.

Solène Signal hocha la tête, elle l'avait écouté avec attention. Probablement, en effet, des drames de faible amplitude allaient se produire, allaient commencer à dessiner les prochaines lignes de fracture, mais il faudrait deux ou trois ans avant que le président ne commence réellement à se repositionner, à faire entendre sa différence. Les législatives n'étaient plus, depuis longtemps, un enjeu du niveau de Solène ; elle aurait pu se permettre de prendre un repos total pendant les prochaines semaines, peut-être en profiter pour réorganiser sa vie, pour envisager d'avoir une vie privée quelconque ; mais ce dernier aspect elle ne l'évoquait jamais, ni avec autrui, ni même dans la solitude.

Paul partit peu de temps après, sans même avoir eu le temps de saluer Bruno, qui avait été très entouré toute la soirée. La bande de Sarfati était de plus en plus bruyante et ses gencives étaient de nouveau douloureuses, un goût fétide s'était répandu dans sa bouche, il fallait vraiment qu'il prenne rendez-vous dès le lendemain matin. C'était une bonne nouvelle pour le pays, cette élection, il n'avait aucun doute à ce sujet ; c'était en tout cas une bonne nouvelle pour lui ; pourtant depuis tout à l'heure, depuis son étrange pétrification au moment de mettre son bulletin dans l'urne, il se sentait hésitant et triste.

six

1

Lorsqu'on consulte pour la première fois un dentiste, un médecin, ou plus généralement un prestataire de services quelconque, c'est presque toujours sur la recommandation de quelqu'un, parent ou ami ; mais il se trouve que Paul ne connaissait personne qui puisse lui recommander de dentiste à Paris. Et s'il ne connaissait personne qui puisse lui recommander de dentiste à Paris, c'est qu'il ne connaissait pas grand monde en général. Sa vie aurait quand même dû être un peu plus vivante, se dit-il dans un élan d'autoapitoiement qui le dégoûta aussitôt. Il y avait Prudence ; à quelques exceptions près – Bruno, Cécile – il se trouvait avec Prudence comme sur une île déserte au milieu du néant.

À bien y réfléchir, ce néant relationnel l'accompagnait depuis toujours. Il était déjà présent pendant ses études, et même pendant ses années de lycée, théoriquement si propices à l'établissement de relations humaines. Seul le désir sexuel avait parfois, rarement, été assez puissant pour abattre la muraille. On communique toujours, plus ou moins, à l'intérieur d'une même tranche d'âge ; les gens qui appartiennent à une tranche d'âge différente, et qui ne vous sont par ailleurs pas apparentés par un lien familial direct, les milliards d'êtres humains qui partagent avec vous cette planète, n'ont pas d'existence réelle à vos yeux. À mesure que Paul avançait en âge, les rencontres sexuelles se faisant naturellement plus rares, sa solitude était devenue de plus en plus profonde.

Cela dit il avait mal aux dents, de plus en plus mal, surtout du côté gauche, même les mouvements de sa langue étaient devenus difficiles, il devenait impératif de faire quelque chose. Le site Doctolib lui permit de répertorier aisément les dentistes consultant dans le XIIe arrondissement. Beaucoup d'entre eux, si l'on en jugeait par la consonance de leurs noms, étaient juifs – encore une idée reçue qui se vérifiait, nota-t-il au passage. Il en choisit pourtant un, Bachar Al Nazri, qui était plus vraisemblablement d'origine arabe. Il le choisit sans raison précise, sinon que c'était pratique d'aller rue de Charenton en partant de son domicile : il suffisait, une fois passée l'église Notre-Dame de la Nativité de Bercy, de s'engager dans la rue Proudhon – une rue qui était en réalité plutôt un tunnel, creusé en dessous des voies ferrées partant de la gare de Lyon, il devait être bien des fois, sans en avoir conscience, passé en TGV au-dessus de cette rue ; on débouchait ensuite dans la rue de Charenton, à deux pas du métro Dugommier. Il était content de cette occasion qui lui était donnée de revoir l'église Notre-Dame de la Nativité de Bercy ; il avait l'impression dans sa vie de quelque chose d'inabouti avec cette église – et peut-être plus généralement avec le christianisme.

« Ouvrez… Ouvrez très grand » répéta patiemment Al Nazri une fois qu'il fut installé, presque allongé dans le fauteuil. C'était un jeune type, brun et aux cheveux courts, moins de trente ans probablement. Il ne ressemblait pas à un maghrébin, plutôt à un Syrien ou à un Irakien, en tout cas rien en lui ne laissait soupçonner l'islamiste, ni même le musulman, il donnait en tout point une grande impression de sérieux, de professionnalisme, et d'avoir parfaitement intégré les procédures et les coutumes d'une démarche médicale rationnelle. L'immigration avait encore quelques succès en France, se dit Paul, même s'ils étaient devenus rares, et de toute évidence Al Nazri en faisait partie. Lorsqu'il introduisit une sonde métallique dans sa bouche, il eut l'air soucieux. À droite ça pouvait encore aller, mais à gauche Paul ressentit un élancement terrible dès que la tige de métal entra en contact avec sa molaire, et il ne put retenir un cri.

« Oui... » il retira sa sonde aussitôt, « ça fait des mois que vous auriez dû consulter, vous vous en doutez je suppose. Là, on ne va pas pouvoir éviter l'extraction. Si ça peut vous consoler, avoir encore ses quatre dents de sagesse c'est exceptionnel à votre âge, avec deux c'est un peu comme si vous rentriez dans la norme. Vous me dites que par ailleurs vous avez du mal à bouger votre langue, et parfois un mauvais goût dans la bouche ?

— Oui, un goût de pourriture, ça ne dure pas longtemps, mais c'est très désagréable. »

Il enfila des gants de latex, passa avec une grande douceur ses doigts sur la mâchoire de Paul. « Il y a une grosseur, dit-il finalement, vous ne l'aviez pas remarquée ? En général, les gens remarquent la grosseur. Bon, je vais faire une radio de contrôle pendant que vous êtes là. »

La radio faite il releva le fauteuil, puis examina longuement les clichés sur une table lumineuse avant de conclure : « Pour les deux extractions, il n'y a aucun doute. Par ailleurs je vais vous donner les coordonnées d'un ORL, à tout hasard. Est-ce qu'on pourrait procéder aux extractions dès aujourd'hui ?

— Oui bien sûr, je ne m'attendais pas à ce que ce soit possible si vite, mais je préfère.

— Vous verrez, vous n'aurez pas mal du tout, et vous vous sentirez beaucoup mieux après. »

En effet ce fut rapide, indolore, l'anesthésie avait parfaitement fonctionné, et il eut immédiatement dans la bouche une sensation de légèreté et de confort, comme il n'en avait pas connu depuis des années. « Vous voyez, dit Al Nazri, vous avez eu tort de tarder. Vous fumez, je suppose ? » Il acquiesça. « Il va falloir qu'on se revoie régulièrement pour un détartrage, tous les six mois au minimum. Et puis n'oubliez pas de prendre rendez-vous avec Nakkache, l'ORL dont je vous ai donné les coordonnées. Les dents on ne fait pas attention, on croit que c'est secondaire, mais des fois ça peut devenir sérieux. » Paul hocha la tête, essayant d'adopter la gravité requise, dans l'espoir de lui faire ressentir qu'il avait pleinement pris en compte son avertissement, qu'il n'était pas de ceux qui considèrent les dentistes comme des médecins au rabais, mais quand même, en ressortant rue de Charenton, son état d'esprit était plutôt à l'insouciance joyeuse, et la première chose qu'il fit fut de téléphoner à Prudence pour lui annoncer qu'il sortait de chez le dentiste, et que ça s'était bien passé. Il espérait surtout en l'appelant qu'elle le félicite pour s'être enfin occupé de ses dents, ça fait traditionnellement partie du rôle des femmes d'inciter les hommes à prendre soin d'eux, en particulier de leur santé, et plus généralement de les rattacher à la vie, l'amitié des hommes avec la vie restant toujours, même dans le meilleur des cas, assez douteuse.

Il n'était pas retourné dans l'église Notre-Dame de la Nativité de Bercy depuis les premiers jours de janvier. C'était, il s'en souvenait, le lendemain du jour où il avait découvert le sapin de Noël décoré par Prudence, et où il avait pour la première fois envisagé, sans se le dire vraiment, de manière à demi-consciente, que quelque chose entre eux pourrait être un jour, de nouveau, possible. C'était probablement dans cet espoir informulé qu'il avait à l'époque fait brûler des cierges – démarche quand même curieuse, dans la mesure où il était athée, ou plutôt agnostique, son athéisme de principe était fragile, faute de pouvoir s'appuyer sur une ontologie consistante. Le monde était-il matériel ? C'était une hypothèse, mais pour ce qu'il en savait le monde pouvait aussi bien être composé d'entités spirituelles, il ne savait plus ce que la science entendait au juste par « matière », ni même si elle employait encore le terme, il n'en avait pas vraiment l'impression, on avait plutôt affaire dans son souvenir à des matrices de probabilités de présence, mais ses études étaient loin derrière lui, de toute façon elles n'avaient pas été poussées très loin dans ce domaine, un baccalauréat scientifique pas davantage, et ce n'est évidemment pas à Sciences Po qu'il aurait pu se renseigner sur ce genre de choses. Un passage de Pascal lui revint en mémoire, un passage d'ailleurs assez peu chrétien où l'auteur se lamente de ce que, sur la question de l'existence d'un créateur, la nature ne lui offre rien « qui ne soit matière de doute et d'inquiétude ».

Peut-être Prudence se livrait-elle dans le même temps à des incantations wiccanes, ce n'était pas impossible. On était maintenant, selon leur calendrier, tout proche du sabbat de Litha, qui correspondait au solstice d'été, période « particulièrement propice pour les guérisons et la magie amoureuse », il l'avait lu la veille. Existait-il, en réalité, d'autres types de magie ? Que ce soit les marabouts africains qui déposaient parfois leurs publicités dans les boîtes aux lettres, les wiccans ou les chrétiens, tous demandaient à peu près la même chose à leurs divinités respectives : la santé et l'amour. Les êtres humains étaient-ils plus désintéressés qu'on ne le croit d'ordinaire ? Ou bien, à part dans les pays anglo-saxons, considéraient-ils les questions financières comme trop vulgaires pour être du ressort de leur Dieu ? Les cierges qu'il avait offerts à la Vierge en ces premiers jours de janvier avaient en tout cas été d'une efficacité inespérée, et il déposa deux nouveaux cierges devant l'autel.

De retour chez lui, il regarda ce qu'il pouvait dénicher comme ouvrages apportant davantage d'informations sur l'existence d'un créateur. Il constata une fois de plus qu'en philosophie sa bibliothèque était pauvre, mais finit par tomber sur un volumineux ouvrage, rangé avec les livres scientifiques, et intitulé « Philosophie et physique contemporaine », qui semblait offrir quelques éclaircissements, ou au moins quelques perspectives à ce sujet, non que l'auteur se prononçât réellement sur l'existence de Dieu, mais il formulait certains doutes sur l'existence du monde, et plus généralement amenait à s'interroger sur le concept d'existence en général. Il affirmait ainsi, en une phrase plutôt sibylline : « Le monde n'est pas composé de ce qui est, mais de ce qui arrive. » La fin de l'ouvrage comportait un lexique, il y avait une entrée pour le verbe *arriver*. Celui-ci signifiait, selon l'auteur : « Être attesté par un observateur, conformément à un certain protocole d'attestation. » Paul alluma la télévision, interrompant là sa quête intellectuelle. Public Sénat retransmettait la séance du congrès, réuni pour adopter le projet de révision constitutionnelle qui supprimait la fonction de premier ministre et créait des législatives de mi-mandat. L'adoption ne faisait aucun doute ; dès ce soir, Bruno serait en pratique l'homme politique le plus puissant de France. Les choses allaient maintenant devenir un peu plus lourdes, c'était déjà la bataille pour la prochaine présidentielle qui, de manière encore lointaine, se préfigurait.

C'était un type d'hommes très particulier qui accédaient à la *magistrature suprême*, Paul le savait depuis longtemps ; il n'avait simplement pas anticipé que Bruno puisse en faire partie. Il se souvenait pourtant d'une conversation inhabituelle, qui aurait pu le lui laisser soupçonner. Il avait attendu Bruno dans son appartement de fonction, après que celui-ci eut été convoqué par le président à l'Élysée pour une réunion de travail, parce qu'il avait senti que cette réunion allait être tendue, et qu'il aurait besoin de parler à son retour. C'était en plein hiver, la nuit était déjà tombée au moment de l'heure de pointe, et comme cela lui arrivait de plus en plus souvent il s'était senti oppressé par le flot des véhicules qui roulaient au pas le long du métro aérien, par cette accumulation de destinées individuelles aussi identiques qu'ennuyeuses. Il avait commandé une bouteille de vin au majordome, un Bordeaux avait-il précisé, le majordome avait apporté un Saint-Julien quelques minutes plus tard, il s'était proposé de le laisser reposer en carafe mais Paul avait refusé, il avait besoin de boire tout de suite.

Bruno était en effet rentré découragé. Le président avait rendu son arbitrage en sa défaveur, et choisi de fermer une dizaine de centrales nucléaires, tout cela dans l'espoir de grappiller quelques voix écologistes qui étaient de toute façon acquises à la majorité, aucun écologiste ne voterait jamais pour le Rassemblement national, c'était ontologiquement impossible, tout au plus ces fermetures lui permettraient-elles d'éviter quelques abstentions. Bruno n'était pas absolument hostile aux écologistes, il avait par exemple, de sa propre initiative, augmenté les déductions fiscales en faveur des économies d'énergie réalisées par les particuliers sur leur logement, mais il les considérait quand même globalement comme de dangereux imbéciles, et surtout il trouvait absurde de se priver du nucléaire, c'était un point sur lequel il n'avait jamais varié. Pouvait-on citer un point sur lequel les convictions du président n'avaient jamais varié ?

« Au fond, avait finalement dit Bruno à Paul, le président a une conviction politique, et une seule. Elle est exactement la même que celle de tous ses prédécesseurs, et peut se résumer en une phrase : "Je suis fait pour être président de la république." Sur tout le reste, les décisions à prendre, l'orientation de l'action publique, il est prêt à peu près à n'importe quoi, pourvu que ça lui paraisse aller dans le sens de ses intérêts politiques. »

Bruno était-il maintenant, lui aussi, gagné par ce type de cynisme ? Paul ne le croyait pas, même si certains détails auraient pu le laisser penser. L'ambiance générale depuis quelques années était en faveur du protectionnisme, et Bruno était de plus en plus ouvertement protectionniste – mais il l'était tout à fait sincèrement, et depuis longtemps, pour la France le libre-échangisme lui paraissait une option suicidaire. Par ailleurs, pensait-il, le patriotisme économique pouvait être un puissant facteur d'union. Une guerre avait toujours été le moyen le plus sûr de ressouder une nation, et d'améliorer la popularité du chef de l'état. À défaut d'un conflit militaire, devenu trop dispendieux pour un pays de taille moyenne, une guerre économique pouvait parfaitement faire l'affaire, et Bruno n'hésitait pas à pousser dans ce sens, multipliait les provocations à l'égard des pays émergents ou récemment émergés. Selon Bruno, il ne fallait pas craindre de s'engager dans une guerre économique, les seules guerres économiques qu'on était sûr de perdre, lui avait-il dit une fois, étaient celles que l'on n'avait pas le courage de mener.

Plus tard dans la soirée, alors que Paul descendait à peu près seul la bouteille de Saint-Julien, Bruno, décidément très déprimé par son rendez-vous, avait commencé à émettre des doutes sur la possibilité de l'action politique en général. Un homme politique pouvait-il réellement influer sur le cours des choses ? C'était douteux. Les évolutions technologiques le pouvaient, sans aucun doute ; et peut-être aussi, dans une certaine mesure, les rapports de force économiques – encore que Bruno ait quelque peu tendance à considérer l'économie comme un sous-produit de la technologie. Il y avait autre chose aussi, une force sombre, secrète, dont la nature pouvait être psychologique, sociologique ou simplement biologique, on ne savait pas ce que c'était mais c'était terriblement important parce que tout le reste en dépendait, la démographie comme la foi religieuse, et finalement l'envie de vivre des hommes, et l'avenir de leurs civilisations. Le concept de décadence avait beau être difficile à cerner, il n'en était pas moins une réalité puissante ; et cela aussi, cela surtout, les hommes politiques étaient incapables de l'infléchir. Même des dirigeants aussi autoritaires et déterminés que le général de Gaulle s'étaient montrés impuissants à s'opposer au sens de l'histoire, l'Europe dans sa totalité était devenue une province lointaine, vieillissante, dépressive et légèrement ridicule des États-Unis d'Amérique. Le destin de la France, malgré les pittoresques fanfaronnades du général, avait-il réellement différé de celui des autres pays d'Europe occidentale ?

Bruno parlait de plus en plus bas, comme pour lui-même, et c'était en effet des choses qu'il n'aurait en aucun cas pu exprimer en public. L'heure de pointe était passée, et la circulation était un peu plus fluide sur le quai de la Rapée, lorsqu'il en vint à dire, presque à chuchoter, que l'absence de convictions chez un dirigeant politique n'était pas forcément un signe de cynisme, mais plutôt de maturité. Les rois de France se présentaient-ils munis d'un programme politique, d'un plan de réformes ? En aucun cas. Ils n'en étaient pas moins restés dans l'histoire comme de grands rois, ou au contraire des rois exécrables, en fonction de leur aptitude à remplir un cahier des charges implicite mais précis. Ne pas réduire le territoire du royaume, au contraire si possible l'augmenter, soit par des achats, soit le plus souvent par des guerres, en évitant cependant d'augmenter les frais de mercenaires à l'excès, et plus généralement en se gardant de toute pression fiscale exagérée. Empêcher toute guerre civile à l'intérieur du royaume, en particulier toute guerre religieuse, elles avaient toujours été les plus meurtrières, ce qui passait par la désignation sans ambiguïté d'une religion dominante ; de larges licences de culte pouvaient être accordées aux religions subalternes, sous réserve de ne jamais leur permettre d'oublier qu'elles étaient tout au plus tolérées sur le territoire du pays, et que cette tolérance demeurait à la discrétion du souverain. Éventuellement augmenter le prestige du royaume par l'érection de monuments et le soutien accordé aux arts. L'application de ce programme idéal avait depuis plusieurs siècles assuré le prestige du curieux tandem Richelieu – Louis XIII, on ne savait pas très bien comment ils avaient fonctionné, mais le fait est qu'ils avaient fonctionné. Le bilan de Louis XIV était plus mitigé, comme il en était lui-même convenu sur son lit de mort, Saint-Simon et d'autres en témoignent. Le « Roi-Soleil » avait d'ailleurs moins déploré ses constructions fastueuses que son appétit excessif à guerroyer, pour des résultats finalement médiocres, et sa surdité aux souffrances de son peuple, pourtant extrêmes, allant jusqu'à la famine, alors qu'elles lui avaient été signalées par Vauban, La Bruyère, et en général par les meilleurs esprits de son temps. La tâche des présidents de la république, dit Bruno, se souvint Paul en suivant avec une attention décroissante la retransmission du congrès sur Public Sénat, la tâche des présidents de la république, contrairement à ce qu'une croyance exagérée dans le progrès, et plus généralement dans l'importance des mutations historiques, aurait pu laisser penser, était au fond de même nature que celle des rois. Dans une certaine mesure, mais pas totalement, la rivalité économique avait remplacé la rivalité militaire, et il s'agissait moins aujourd'hui de conquérir des territoires que des parts de marché ; mais la question des territoires ne devait pas être absolument oubliée. La tâche des présidents de la république, des premiers ministres ou des rois, enfin des titulaires de la *magistrature suprême*, était comme elle l'avait toujours été de défendre de leur mieux les intérêts du pays, république ou royaume, dont ils avaient la charge, un peu comme un chef d'entreprise a pour mission de défendre les intérêts de sa firme face aux intérêts jamais éteints des firmes concurrentes. La tâche était difficile, mais elle était en principe du même ordre, et n'impliquait nul choix d'une idéologie, ni d'une orientation politique particulière.

La réunion du congrès à Versailles se poursuivait sans encombre. Un à un, les sénateurs venaient à la tribune et déposaient leur bulletin dans l'urne, il s'agissait d'un scrutin secret ; ils seraient ensuite suivis par les députés ; c'était répétitif, assez conceptuel dans son principe. À peu près la moitié des élus avaient voté lorsque Paul s'endormit dans son canapé. Dans son rêve il venait de faire la connaissance d'un ami, un noir long et mince qui s'exprimait en portugais, c'était probablement un Brésilien. Ils se rencontraient dans un quartier situé derrière les gares du Nord et de l'Est, les rues étaient sombres et presque désertes. Il s'agissait en principe d'un quartier d'immigration, où vivaient de nombreuses communautés ; pourtant, Paul comprenait rapidement que ces histoires d'immigration n'étaient qu'un leurre, et que derrière les façades de ces immeubles avaient lieu des pratiques pornographiques aussi sordides qu'épouvantables. Son ami brésilien le présentait alors à l'un de ses propres amis, un jeune maghrébin, et presque aussitôt ils l'abandonnaient sur une petite place, qui était presque certainement la place Franz-Liszt, sous prétexte d'« aller chercher à manger ». La place était sombre. Des groupes d'immigrants de races variées circulaient en lui jetant des regards par en dessous. Envahi par la peur, Paul commençait à marcher au hasard dans des rues mal éclairées. Certains des immigrants le suivaient à distance, mais à sa grande surprise aucun n'osait l'attaquer, comme s'il bénéficiait d'une protection surnaturelle. Paul revenait vers la place qui était presque certainement la place Franz-Liszt. C'est alors qu'à sa grande joie son ami brésilien revenait, et lui serrait fortement les épaules. Le suivant de près, son ami maghrébin transportait des casiers remplis de coquillages et de crevettes ; ils envisageaient de les accompagner de vin blanc. Enlacé par le Brésilien et par son ami maghrébin, Paul montait ensuite les marches de l'hôtel où ils allaient passer la nuit. À leur conversation, il comprenait cependant peu à peu que ces soi-disant amis avaient pour projet de le torturer et de le dépecer, tout en filmant les étapes de son supplice ; tel était le but de leur présence, et de leur prétendue amitié ; ce n'est qu'ensuite qu'ils fêteraient l'achèvement de ce nouveau film en dégustant le vin blanc et les crevettes. La patronne de l'hôtel les attendait ; c'était une femme d'une soixantaine d'années, râblée et robuste, avec de petits yeux et un court chignon de cheveux gris ; elle ressemblait un peu à Simone Veil, un peu aussi à la grosse femme de sable. Elle annonçait que tout était prêt pour les prises de vues. Paul comprenait alors qu'elle allait y participer, et même y jouer un rôle prédominant ; la semaine dernière, postée avec une caméra sur un palier, elle avait réussi à filmer la chute dans la cour d'une main tranchée à la hauteur du poignet.

Il fut réveillé par Prudence qui lui secouait doucement l'épaule ; la réunion du congrès était terminée, c'étaient maintenant des commentateurs politiques qui s'agitaient sur l'écran de télévision. « Est-ce que le projet de révision constitutionnelle a été adopté ? » lui demanda-t-il. Elle acquiesça. Il se leva, pas très bien réveillé, la suivit dans la chambre et se déshabilla rapidement ; puis il se blottit dans ses bras et se rendormit presque aussitôt.

2

Il dormit longtemps, profondément, lorsqu'il se réveilla il était presque onze heures. Il fut surpris d'entendre du bruit provenant de la cuisine, mit quelques secondes avant de réaliser qu'on était samedi et que Prudence ne travaillait pas. Il n'était pourtant pas en disponibilité depuis longtemps, mais il commençait déjà à oublier l'alternance entre week-ends et semaine de travail, c'est curieux comme les réflexes de la soumission s'effacent vite.

« C'est vraiment difficile de t'acheter un cadeau… dit-elle lorsqu'il s'installa à la table de la cuisine. Ton anniversaire est dans une semaine, et je ne trouve toujours pas.

— Ne te fatigue pas trop, chérie. Je n'ai jamais vraiment aimé fêter mes anniversaires.

— On va faire quelque chose, quand même. Cinquante ans, ce n'est pas rien. On n'invitera personne si tu n'as pas envie, mais je vais au moins préparer un bon repas, puisque maintenant tu peux manger normalement, c'est le minimum. »

Son rendez-vous avec Amit Nakkache, l'ORL recommandé par le dentiste, tombait le 29 juin, le jour même de son anniversaire. Il consultait rue Ortolan, une rue de longueur modeste reliant la place Monge et la rue Mouffetard. Paul était content d'avoir l'occasion de revenir dans ce quartier, c'était en principe un quartier qu'il aimait ; du moins, lorsqu'une conversation venait à rouler sur ce quartier, ce qui était du reste rare, il prétendait l'aimer, c'était en quelque sorte sa *position officielle* sur ce quartier. Il n'était pas certain en réalité de parvenir aujourd'hui à *aimer* un quartier, le mot lui paraissait excessif, ce n'était pas par exemple un sentiment qu'il éprouvait à l'égard de son propre quartier, qui faisait pourtant l'unanimité chez les gens de son éducation et de son milieu, mais c'était un sujet de conversation classique, qui permettait à la plupart des gens d'exprimer des sentiments authentiques sans mobiliser de passion exagérée, enfin c'était un bon sujet.

En gravissant les escaliers menant au cabinet du spécialiste, il prit d'un seul coup conscience qu'il venait d'avoir cinquante ans. Comme c'était curieux ! Comme la vie avait passé vite !... Et la seconde moitié, il le sentait, serait encore plus rapide, elle s'évanouirait en un éclair, elle passerait comme un souffle de vent, ce n'était vraiment pas grand-chose la vie. Parler de seconde moitié était sans doute d'ailleurs exagérément optimiste, quoique ce n'était même pas certain, il y avait beaucoup de centenaires aujourd'hui, vivre jusqu'à cent ans était en passe de devenir la norme, sauf chez ceux qui avaient eu un travail physique éprouvant, ce qui n'était pas son cas évidemment.

L'ORL était un homme d'une quarantaine d'années, un peu replet, d'apparence bienveillante mais quand même angoissé, il fit asseoir Paul et lui posa quelques questions élémentaires – identité, adresse, profession, situation familiale – des questions pour se chauffer en quelque sorte. Paul de son côté essayait de concilier ses deux impressions initiales sur l'ORL, et y parvenait de mieux en mieux, un état de bienveillance inquiète est en effet ce qui convient au médecin, c'est même pratiquement la définition de son attitude professionnelle. Il lui tendit après ces premières questions la lettre d'Al Nazri. « Oui, en effet, mon confrère m'avait appelé de son côté », dit-il, il la parcourut quand même rapidement avant de dire qu'il allait se livrer à quelques examens complémentaires et de le faire asseoir sur un fauteuil large, capitonné, inclinable et muni d'accoudoirs, qui rappelait exactement celui du dentiste, Paul se sentit rassuré à l'idée qu'on demeurait dans la même zone, dentaire sans plus, avec peut-être quelques complications mineures. Au début en effet les choses se passèrent facilement, il lui demanda lui aussi d'ouvrir largement la bouche, puis palpa très délicatement sa gencive avant d'introduire une large spatule de bois clair, l'instrument n'était ni métallique ni pointu, totalement inoffensif par rapport à ceux dont dispose un dentiste. Ensuite il lui palpa longuement le cou, accentuant sa pression à différents endroits, c'était bizarre mais pas douloureux. Enfin il se munit d'une longue canule mince, transparente et souple, baissa le dossier du siège, il était presque à l'horizontale, avant d'approcher doucement le tube de plastique de ses narines. Dès les premiers instants Paul se mit à avoir peur mais au bout de cinq secondes il fut traversé par une douleur fulgurante, atroce, il hurla sans pouvoir se retenir, il avait l'impression que le tube de plastique fouaillait jusque dans l'intérieur de son cerveau. Le médecin retira aussitôt le tube, le considéra avec inquiétude.

« Je suis désolé, dit-il avec hésitation, ça a l'air très sensible chez vous, les narines.

— Oui, c'était vraiment affreux. » Paul, très gêné, s'aperçut qu'il se mettait à pleurer sans pouvoir se retenir.

« L'ennui, c'est qu'il faudrait que j'examine l'autre narine.

— Non, pas ça ! » La supplication lui avait échappé.

« Écoutez, je vais procéder le plus doucement possible, et j'irai moins profond, mais c'est un examen nécessaire, malheureusement. »

Il introduisit en effet très progressivement la canule dans sa narine droite, c'était moins violent mais dans un sens encore pire, la douleur montait, montait et il se mit de nouveau à crier, quand Nakkache retira la canule il fut à nouveau secoué de pleurs convulsifs.

« Bon, j'ai terminé l'examen.

— C'est vraiment terminé ? Vous ne recommencerez plus ?

— Non, en principe je n'aurai pas à le refaire. Je suis navré que ça ait été douloureux, mais ce n'était pas inutile. Au moins, je sais qu'il n'y a pas de complications au niveau des voies nasales.

— Des complications à quoi ? » Paul posa la question machinalement, il continuait de pleurer sans pouvoir s'arrêter. Nakkache hésita, c'était le moment difficile. « Vous vous en êtes probablement aperçu... commença-t-il très doucement, vous avez une grosseur bizarre au niveau de la gencive. À ce stade bien entendu, poursuivit-il très vite, nous ne connaissons pas encore la nature de cette lésion, il va falloir pratiquer une biopsie. » Il sortit une longue seringue qui se terminait par une aiguille. « Je vais devoir encore vous piquer un peu » ajouta-t-il avec un enjouement empressé, adoptant un ton de menace feinte pour dissimuler le fait qu'il changeait de sujet. Paul ne réagit pas. « Grosseur » et « lésion » passaient en général mieux que « tumeur », mais quand même à ce stade ils commençaient à se poser des questions, alors que lui pas du tout, constata Nakkache avec surprise, il continuait à pleurer de soulagement à l'idée qu'on n'allait plus toucher à ses narines et il ouvrit la bouche machinalement, sans protester, une petite incision ce n'était rien en comparaison. En effet cela se passa très vite, juste une légère sensation de piqûre. Nakkache introduisit le contenu du prélèvement dans un flacon rempli d'un liquide translucide, puis se mit à rédiger très vite des ordonnances tout en continuant de parler. En plus de la biopsie Paul allait devoir faire une IRM de la mâchoire et un PET-Scan, le mot au passage lui rappela quelque chose, il avait l'impression de l'avoir déjà entendu au sujet de son père. Puis il lui fixa un nouveau rendez-vous, dans une semaine exactement, même jour même heure. Ce serait peut-être juste, fit remarquer Paul, pour faire tous ces examens. Qu'il ne s'inquiète pas, répondit Nakkache, il lui avait noté le nom des praticiens qui devraient s'en charger, il leur téléphonerait lui-même de son côté, on arrivait toujours à libérer une place en cas de nécessité. Avant de quitter le cabinet Paul se sentit un peu gêné, ses larmes avaient fini par se tarir, il s'excusa de s'être donné en spectacle. Nakkache lui dit que ça n'avait aucune importance, lui pressa amicalement l'épaule et le quitta sur un « Bon courage » réconfortant, la consultation était terminée.

Ce n'est qu'après avoir descendu les escaliers, remonté la rue Ortolan et s'être assis sur un banc de la place Monge, alors que le souvenir de la douleur s'estompait, que Paul commença à s'interroger sur la nature de sa maladie. Une lésion ça pouvait être grave, il était d'ailleurs surprenant que le médecin se soit engagé à lui obtenir des rendez-vous si rapidement, il avait dit « en cas de nécessité », mais c'était peut-être un euphémisme pour « en cas d'urgence », et la manière compatissante dont il lui avait pressé l'épaule en lui souhaitant bon courage était en soi inquiétante. Il alluma son portable et se lança dans quelques recherches Internet, qui confirmèrent aussitôt tous ses soupçons : au vu des examens prescrits, Nakkache soupçonnait très vraisemblablement un cancer de la bouche. Il était onze heures du matin, c'était jour de marché sur la place Monge, il y avait des fromagers, des charcutiers, des étalages de primeurs. Il aurait aimé être capable de faire son marché, s'y connaître suffisamment pour choisir ses légumes et ses fruits, pour repérer un arrivage intéressant chez le poissonnier ; maintenant c'était trop tard, se dit-il en même temps qu'il prenait conscience qu'il allait mourir, que son cinquantième anniversaire serait probablement le dernier, qu'il n'était plus vraiment dans la même réalité que ces femmes d'âges variés qui circulaient entre les étalages, tirant leurs caddies à roulettes avec une expression avisée. Puis tout s'inversa, il se sentit de nouveau appartenir au même monde, il n'allait peut-être pas mourir tout de suite, tout dépendrait du résultat des examens, c'était une chance qu'il soit en disponibilité, il n'allait pas en parler à Prudence, si tout se passait bien elle ne serait même jamais au courant de l'incident. Il s'engagea dans l'escalier roulant, il avait toujours aimé cet immense et vertigineux escalator du métro Monge, qui descendait très vite, très profond sous la terre et n'était jamais en panne, contrairement à tous les autres escalators du métro parisien, depuis presque trente ans qu'il le connaissait il ne l'avait jamais vu en panne, cette fois pourtant il se sentit oppressé en s'enfonçant dans les ténèbres souterraines, au moment où il arrivait en bas il se retourna et aperçut, très haut au-dessus de lui, un coin de ciel, des branches d'arbres ensoleillées. Il reprit aussitôt l'escalator dans le sens de la montée, il s'en voulait de sa réaction mais quand même l'envie de se retrouver à l'air libre était la plus forte. Il allait rentrer en taxi, les transports en commun ne pouvaient pas convenir, l'impression d'avoir été *mis à part* restait sous-jacente, et pouvait revenir d'un instant à l'autre. Il ressortit juste en face de la droguerie-coutellerie de la rue Monge, elle aussi il la connaissait depuis presque trente ans. Il refit le tour des allées du marché, contempla les étalages de charcuterie italienne, de saucissons du terroir, allait-il vraiment devoir renoncer à tout ça ? C'était possible évidemment, c'est même de cette manière le plus souvent que les choses se terminent, on dit « Il a eu une belle vie », puis les obsèques ont lieu, c'est parfois plus ou moins vrai d'ailleurs, mais en même temps c'est toujours faux, une vie n'est jamais belle lorsque l'on considère sa fin, comme l'exprimait Pascal avec sa brutalité habituelle. « Le dernier acte est sanglant, quelque belle que soit la comédie en tout le reste : on jette enfin de la terre sur la tête, et en voilà pour jamais. » Le monde lui apparut d'un seul coup limité et triste, d'une tristesse presque infinie.

Le taxi n'était finalement pas une très bonne idée, le chemin de retour longeait l'hôpital de la Pitié-Salpêtrière et il fut saisi de la certitude soudaine qu'il allait y terminer sa vie dans la souffrance, cet hôpital paraissait gigantesque, une citadelle monstrueuse au cœur de Paris, entièrement dédiée à la douleur, à la maladie et à la mort. L'impression s'effaça dès qu'ils furent à la hauteur du parc de Bercy, il demanda au chauffeur de l'arrêter et termina le trajet à pied, il fallait absolument qu'il calme ses oscillations mentales, ou du moins qu'il diminue leur ampleur, avant de revoir Prudence. Au moins son père avait-il réussi à échapper à l'hôpital, il terminait sa vie chez lui, dans le cadre qu'il aimait. Il avait réussi à obtenir ce résultat pour son père, mais y parviendrait-il pour lui-même ? Ce n'était pas certain, et il se demandait si Prudence réussirait à défendre ce point de vue. Elle avait tendance à obéir aux autorités, à faire confiance aux gens compétents – en l'occurrence les médecins ; s'opposer frontalement aux autorités médicales, faire valoir ses droits d'épouse lui demanderait un effort énorme. Lui-même à vrai dire n'avait pas eu à le faire dans le cas de son père, il s'était opposé à une autorité administrative dont la stupidité était généralement reconnue, mais pas au pouvoir médical, qui était en l'occurrence représenté par Leroux. Lorsqu'il fallait réellement affronter le pouvoir médical, la seule solution était d'avoir dans sa poche un médecin suffisamment capé, au minimum un ancien interne d'un hôpital de bonne réputation, mais un ancien chef de clinique était mieux, un titre de professeur était toujours une bonne chose aussi, le système de valeurs en vigueur dans le milieu médical manifestait à peu près autant de fantaisie que celui de la cour du roi Louis XIV, Prudence serait instantanément balayée. Il fallait de son côté qu'il se durcisse, qu'il se prépare à l'affrontement.

De retour chez lui, il se servit un grand verre de Jack Daniels et se calma peu à peu, puis il rangea les ordonnances dans un tiroir du bureau de son ancienne chambre, qui était devenue une chambre d'amis et accessoirement un bureau, dans la très faible mesure où il avait besoin d'un bureau, il n'y entrait pratiquement pas et Prudence jamais, il n'y avait aucun risque.

Elle rentra du travail peu après six heures et se mit presque aussitôt à la cuisine, elle avait décidé de préparer un risotto crémeux aux coquilles Saint-Jacques, accompagné d'une sauce au safran, le risotto ce n'est jamais gagné d'avance, enfin ça demande une certaine concentration. Dégustant un verre de Sauternes tout en écoutant les bruits qui provenaient de la cuisine, Paul se dit qu'il avait au bout du compte réussi à atteindre une certaine forme de bonheur, et qu'il était dommage de mourir maintenant ; puis il tenta, avec une détermination renouvelée, de chasser cette pensée. Comme il s'y attendait Prudence n'avait pas prêté attention à son rendez-vous avec l'ORL, elle l'avait même semble-t-il oublié, il n'y avait pour l'instant rien à craindre. Pendant le repas elle parla des vacances, elle aurait aimé aller en Sardaigne, cela faisait longtemps qu'elle avait envie de découvrir la Sardaigne, ajouta-t-elle. C'était la première fois qu'elle en parlait ; elle s'imagine sincèrement qu'elle y pense depuis longtemps, se dit Paul avec émotion, elle ne se rend pas compte qu'elle cherche à renouveler le miracle de nos vacances en Corse, vingt ans auparavant. Malheureusement on était déjà fin juin, il était beaucoup trop tard pour réserver quelque chose en août. Ils pourraient peut-être prendre leurs vacances en septembre, au moins en partie, encore que le plus grand conformisme fût de règle au ministère en matière de vacances estivales, il leur faudrait sans doute prendre au moins deux semaines en août, et prévoir un voyage où que ce soit, même dans une destination moins courue que la Sardaigne, serait impossible. Il restait Saint-Joseph et Larmor-Baden, que préférait-il ? Saint-Joseph, répondit Paul sans hésiter. Choisir entre Saint-Joseph et Larmor-Baden, c'était en quelque sorte choisir entre deux agonisants, et il avait la sensation de ne pas en avoir tout à fait terminé avec son père, d'avoir encore quelque chose à éclaircir concernant son père, alors que Prudence paraissait tout à fait tranquille au sujet du sien. « On laisse tomber les minishorts, alors... » dit-elle avec un petit sourire. Pas du tout, répondit Paul, elle pourrait tout à fait faire du vélo en minishort, il y avait de très jolies promenades en vélo dans la région. Il pourrait certainement l'entraîner dans un bosquet pour la baiser, il se souvenait d'avoir lu dans un magazine, probablement un magazine féminin, que faire l'amour dans les bois représentait un fantasme pour 100 % des femmes interrogées, il devait y avoir quelque chose dans la végétation qui stimulait leur production hormonale, c'était curieux. Oui, se dit-il, ce pourrait être de très bonnes vacances ; la possibilité la plus vraisemblable, songea-t-il aussitôt après, était quand même que ses vacances d'été se déroulent à la Pitié-Salpêtrière.

3

Comme Nakkache le lui avait dit, il obtint facilement des rendez-vous pour le scanner et le PET-Scan, ça lui revenait maintenant, c'était l'infirmière de Lyon qui lui en avait parlé en premier, celle qui était sympa et bien roulée, et Brian en avait parlé lui aussi, en français on désignait ça sous le nom de « tomographie par émission de positons ». Le mot était impressionnant, l'appareil l'était tout autant, incurvé et massif, d'un métal blanc légèrement crème qui évoquait immédiatement des films de science-fiction à grand spectacle, il donnait l'impression d'absorber à lui seul la moitié du budget de fonctionnement de l'hôpital.

Le mardi suivant, à dix heures, il se rendit à nouveau au cabinet de l'ORL. Nakkache lui serra longuement la main avant de le faire asseoir, puis sembla s'abîmer dans une méditation personnelle prolongée. Paul se demanda si le but de cette mise en scène était de le plonger dans un état d'angoisse approprié à la gravité des annonces ; si c'était le cas, le résultat était atteint.

« Il y a de bonnes et de mauvaises nouvelles, dit-il finalement. La mauvaise nouvelle, c'est que la biopsie a confirmé la nature maligne de la tumeur qui touche votre gencive.

— Maligne, vous voulez dire cancéreuse ? »

Il lui jeta un regard de reproche : non, c'était justement ce qu'il voulait ne pas dire ; mais enfin oui, puisqu'il fallait en venir là, il s'agissait d'un cancer. La bonne nouvelle, enchaîna-t-il avec rapidité, c'était que ce cancer avait une extension limitée. Enfin les ganglions lymphatiques du cou étaient atteints, mais ça c'était presque systématique, de toute façon on procédait toujours à un curage ganglionnaire ; parfois, lorsqu'ils étaient atteints, on pouvait craindre qu'un cancer du larynx ne soit associé à celui de la bouche ; mais ce n'était pas le cas. « Et surtout, poursuivit-il, le PET-Scan n'a permis de déceler aucune métastase. Votre cancer n'est absolument pas en voie de se généraliser, et ça c'est vraiment une très bonne nouvelle. Donc on a une tumeur, une tumeur sérieuse, et on va faire ce qu'il faut pour vous en débarrasser. » Il avait pris un ton martial, genre Vietnam, il avait une grosse pratique des relations humaines, se dit Paul, lui-même aurait été bien incapable d'en faire autant.

« En l'absence de métastases, donc, reprit-il, la chirurgie devrait à peu près suffire, avec un peu de chimiothérapie et de radiothérapie, mais très peu, je pense, vraiment. Ce qui est une moins bonne nouvelle, c'est que la tumeur a une certaine étendue ; c'est dommage, si vous aviez consulté ne serait-ce qu'il y a deux ou trois mois, on aurait pu éviter ça ; mais là, on va devoir se diriger vers une intervention chirurgicale sérieuse.

— C'est-à-dire ?

— Je préfère laisser le chirurgien vous en parler lui-même. Si j'ai bien compris, vous ne travaillez pas en ce moment, vos journées sont plutôt libres ?

— Oui, on peut dire ça.

— Je me suis permis de vous prendre un rendez-vous vendredi matin, pour que vous puissiez le rencontrer. Naturellement, je vais vous accompagner.

— Ça se passe où ?

— À l'hôpital de la Pitié-Salpêtrière. »

Après un parcours qui parut à Paul interminable, des corridors vert pâle succédant indéfiniment à d'autres corridors vert pâle, ils parvinrent enfin devant la pièce B132. Nakkache frappa à la vitre opaque constituant la partie supérieure de la porte d'entrée. Ils pénétrèrent dans une petite pièce aux murs blancs, dont le seul ameublement était constitué d'une table, également blanche. Deux hommes y étaient assis, des dossiers posés devant eux. Tous deux étaient presque entièrement chauves, vêtus d'une blouse d'hôpital, et portaient une moustache noire – ils ressemblaient assez aux Dupont et Dupond dans Tintin, à ceci près que leur moustache était moins fournie, et leur ressemblance quand même moins totale, l'un des deux était légèrement plus corpulent et paraissait plus âgé, mais ils parvenaient l'un comme l'autre à avoir l'air à la fois légèrement renfrogné et bienveillant, comme si les malades étaient des êtres dont il ne fallait pas attendre grand-chose de bon, mais qu'il convenait cependant, quitte à prendre sur soi, de secourir. Tout cela était plutôt rassurant, comme l'était le fait qu'ils aient déjà consulté son dossier – Paul reconnaissait l'en-tête d'un des laboratoires – et il se demandait lequel des deux était le chirurgien.

« Je suis le docteur Lesage, dit le plus âgé. Je suis l'un des chimiothérapeutes du service.

— Et moi le docteur Lebon, radiothérapeute, annonça l'autre.

— Le docteur Martial est un peu en retard, précisa Nakkache, il sera votre chirurgien. »

Le chirurgien en question arriva cinq minutes plus tard. Il était très différent des deux autres, belle gueule, la petite trentaine, des cheveux mi-longs et bouclés, tout à fait un chirurgien de la collection Harlequin, ou d'une série américaine. Il se démarquait toutefois de George Clooney en affichant un style nettement plus cool, avec des tennis John. B. King, du nom d'un jeune basketteur américain, le sportif le mieux payé du monde, son salaire venait de dépasser celui de l'avant-centre du Real Madrid ; la semelle faisait au moins cinq centimètres d'épaisseur, il n'avait jamais vu de chaussures avec des semelles aussi épaisses, sauf une fois dans un documentaire sur le *Swinging London*, où la fille portait à la fois une minijupe extrêmement courte – c'était pratiquement une ceinture – et des chaussures à semelles extrêmement hautes, elles étaient remplies d'eau et des poissons rouges nageaient à l'intérieur. Dans de telles conditions les poissons décédaient en quelques jours, et ces chaussures avaient rapidement été interdites à la suite de l'action d'une association de protection animale. Il ne savait pas pourquoi il repensait à tout cela, il avait du mal à écouter le chirurgien, qui maintenant s'adressait à lui, il l'avait appelé « monsieur Raison » mais le reste de sa phrase était incompréhensible, il parlait de mandibulectomie, glossectomie, exérèse, tout cela n'avait aucun sens pour lui. Son cerveau travaillait avec lenteur depuis qu'il était entré dans cette pièce, comme s'il avait été atteint par quelque chose d'intermédiaire entre l'anesthésie et le sortilège, mais il parvint finalement à formuler une question.

« Donc, il n'y a pas que de la chirurgie... dit-il, s'adressant aux Dupond et Dupont, il y a aussi de la radio et de la chimiothérapie. »

Ils se tortillèrent avec modestie sur leur siège, comme des chimpanzés qui souhaiteraient présenter leur meilleur profil lors d'un entretien d'embauche dans un cirque.

« En effet, prononça finalement le radiothérapeute avec langueur, la chirurgie ne peut malheureusement pas tout. » Il coula un regard suave à Martial, qui frémit légèrement, mais s'abstint de répondre. « Le docteur Lesage interviendra en mode préopératoire, poursuivit-il, pour si possible réduire la tumeur, ou au moins la stabiliser ; j'interviendrai plutôt en mode postopératoire, pour éliminer les cellules cancéreuses persévérantes proches de la tumeur.

— Mais je croyais qu'il n'y avait pas de métastases... »

Lesage le considéra avec gravité, ouvrit et referma la bouche à plusieurs reprises avant de prendre la parole. Le PET-Scan, n'avait en effet permis de déceler aucune métastase ; mais, justement, il s'agissait d'un résultat surprenant. Ces cancers de la mâchoire sont souvent très invasifs, en particulier lorsqu'ils touchent les ganglions lymphatiques, les cellules cancéreuses peuvent alors passer dans la lymphe, qui irrigue toutes les zones de l'organisme. Bref, il aurait été plus réaliste de dire qu'il n'y avait pas de métastases *pour l'instant*. Par ailleurs, il arrivait que le PET-Scan échoue à détecter certaines métastases, dit-il avec tristesse ; il y avait bien de quoi être triste, en effet, se dit Paul, si cet appareil qui semblait coûter le prix d'un Airbus était incapable de remplir sa fonction.

« Le PET-Scan constitue quand même un progrès énorme », intervint à nouveau le plus jeune des deux médecins, dont Paul avait déjà oublié le nom, il convint en lui-même de l'appeler Dupond, il avait en lui quelque chose de lunaire qui correspondait bien au « d » final, le plus âgé par contre, plus terrien, plus ancré dans la réalité quotidienne, serait un Dupont parfait. Quant au chirurgien il allait l'appeler King, pour simplifier. Il reporta son attention sur lui et avoua qu'il n'avait rien compris à son explication précédente, concernant l'opération à pratiquer. En effet, convint King, il y avait certains termes techniques, qu'il aurait pu expliciter. L'exérèse était simplement l'ablation de la tumeur. La mandibulectomie segmentaire consistait à enlever une partie de la mâchoire inférieure ; en l'occurrence, il convenait de procéder à l'ablation de l'ensemble de la branche horizontale de la mâchoire gauche, ainsi que de la symphyse centrale – en d'autres termes le menton. Quant à la glossectomie, il s'agissait de l'ablation de la langue ; elle devrait malheureusement, dans son cas, toucher l'ensemble de la partie mobile.

Un silence complet se fit dans la pièce. Paul n'avait aucune réaction, ce qui inquiétait le chirurgien. À ce stade certains patients s'effondrent, atteints d'une crise de désespoir ; d'autres se mettent en colère, refusant avec énergie la perspective offerte, allant même parfois jusqu'à l'insulte ; d'autres encore entament aussitôt un marchandage, comme s'ils pouvaient, en s'y prenant avec astuce, négocier une chirurgie un peu moins lourde ; mais il n'avait jamais connu personne qui accepte aussitôt, de bon gré, l'opération ; et personne non plus qui, comme Paul, reste absolument inerte, comme s'il n'avait pas entendu le diagnostic. C'était tellement inhabituel qu'il finit par lui demander : « Vous avez bien compris ce que je disais, n'est-ce pas, monsieur Raison ? » Paul acquiesça, toujours en silence.

« Il faudra que je reste longtemps à l'hôpital ? » demanda-t-il finalement, rompant un silence de plus en plus pesant. Le chirurgien tiqua légèrement ; c'est une question que les malades posent toujours à un moment ou à un autre ; mais ce n'est presque jamais celle qu'ils posent en premier. « En l'absence de complications, il faut prévoir au minimum trois semaines de séjour, répondit-il. C'est quand même une opération lourde, vous passerez un certain temps sur le billard, comme on dit.

— Combien de temps ? » Ça allait mieux, se dit le chirurgien, il commençait à poser des questions normales. « Entre dix et douze heures. Il y aura peut-être une ou deux interventions complémentaires à prévoir, mais beaucoup plus brèves, une heure ou deux pas davantage. La première intervention est la plus importante : je procéderai à l'ablation, et dans la foulée à la reconstruction, ce qui fait que vous n'aurez pas à rester défiguré entre-temps. La solution de reconstruction classique consiste à utiliser l'os de l'omoplate pour reconstituer la mâchoire, et une partie du muscle grand dorsal, avec la peau attenante, pour la langue. Mais l'utilisation d'une mâchoire artificielle en titane, façonnée grâce à une imprimante 3D, serait peut-être possible dans votre cas, il faudrait que je consulte un collègue ; l'intervention serait alors légèrement plus brève. »

Il fallait en outre préciser, poursuivit le chirurgien, que la langue nouvellement greffée ne serait pas entièrement fonctionnelle, son intérêt était surtout de remplir la bouche. Elle n'aurait ni papilles gustatives ni muscles, or une langue humaine normale comporte dix-sept muscles. S'il parvenait à la mouvoir, ce ne serait que grâce aux muscles restants sur la base de la langue, qu'on ne pouvait de toute façon pas enlever sans provoquer la nécrose de l'ensemble. Ce n'est qu'à l'issue d'une rééducation longue, il fallait compter au moins trois mois, qu'il pourrait de nouveau parler et manger à peu près normalement. Il devrait au début être alimenté par gastrostomie, et il aurait en outre besoin d'une trachéotomie pour respirer, au moins la première semaine.

Nakkache jeta un regard inquiet à Paul, qui ne réagissait toujours pas, c'était presque comme s'il n'était qu'à demi présent, et pas vraiment concerné. Après un nouveau temps de silence, il reprit quand même la parole pour demander si l'opération était urgente. Malheureusement oui, répondit le chirurgien : plus on attendait, plus on laissait à la tumeur le temps de se développer. On devait envisager une intervention avant la fin du mois, début août au plus tard. Et à vrai dire, en y réfléchissant mieux, cela conduisait très probablement à écarter la solution d'une mâchoire artificielle en titane ; elles n'étaient à l'heure actuelle fabriquées qu'aux USA, le délai de livraison serait trop long. Paul secoua la tête silencieusement ; il n'avait pas d'autres questions.

Toujours accompagné de Nakkache, il parcourut dans l'autre sens les interminables corridors vert pâle. Une dizaine de taxis attendaient devant l'entrée principale de l'hôpital, mais il décida de rentrer chez lui à pied, c'était un trajet d'un quart d'heure, vingt minutes tout au plus. Nakkache, lui, prenait un taxi. Il se retourna vers lui, hésita, chercha ses mots. « C'est un choc pour vous, une opération qui arrive si rapidement, je comprends... » finit-il par dire avec difficulté. Paul lui jeta un regard indifférent avant de répondre calmement :

« Il est hors de question que je subisse une opération pareille. La radiothérapie et la chimiothérapie, c'est d'accord ; la chirurgie, c'est non.

— Non, attendez, attendez une minute ! s'exclama Nakkache, paniqué. Vous ne pouvez pas réagir comme ça ! C'est un cancer sérieux que vous avez. Déjà le pronostic quand l'os est atteint n'est pas bon, par rapport aux autres cancers ORL : 25 % à cinq ans. Si vous refusez la chirurgie, il va encore baisser.

— Vous voulez dire, l'interrompit Paul, que je devrais me faire enlever la mâchoire et couper la langue pour avoir une chance sur quatre de survivre ? »

Nakkache se tut brusquement ; c'était bien ça, comprit Paul. Manifestement l'ORL était gêné, il s'en voulait, il n'avait pas prévu de lâcher l'information, mais c'était bien ça. « Il faut en reparler... répondit Nakkache précipitamment. Là, je n'ai pas mon carnet de rendez-vous, mais téléphonez demain, ou même ce soir, je vous trouverai une place. » Il acquiesça sans un mot, bien décidé à ne rien faire. Sa décision était prise.

Il s'immobilisa au milieu du pont de Bercy. Sur sa gauche il faisait face au ministère de l'Économie, et au-delà il distinguait l'horloge de la gare de Lyon ; sur sa droite s'étendait le parc de Bercy. Sa vie s'était décidément déroulée dans un espace restreint, songea-t-il, et il en irait ainsi jusqu'à son terme, puisque derrière lui s'étendait l'hôpital de la Pitié-Salpêtrière, où selon toute vraisemblance elle allait prendre fin. Comme c'était curieux, tout de même ! C'était infiniment curieux. Il y a moins de trois semaines il était quelqu'un de normal, il pouvait ressentir des désirs charnels, faire des projets de vacances, envisager une vie longue et peut-être heureuse, en fait il pouvait l'envisager plus que jamais, depuis qu'il avait renoué avec Prudence, il l'avait toujours aimée, et elle aussi l'avait toujours aimé, cela était évident maintenant. Et puis, en l'espace de quelques rendez-vous médicaux, tout avait basculé, le piège s'était refermé sur lui, et le piège n'allait pas se desserrer, bien au contraire il en sentirait de plus en plus cruellement la morsure, la tumeur allait continuer à dévorer ses chairs, jusqu'à l'anéantir. Il avait été précipité dans une sorte de toboggan incompréhensible, mais dont la seule issue était la mort. Combien de temps lui restait-il ? Un mois ? Trois mois ? Un an ? Il faudrait poser la question aux médecins. Puis ce serait le néant, un néant radical et définitif. Il ne verrait plus rien, n'entendrait plus rien, ne toucherait plus rien, ne ressentirait plus rien, jamais. Sa conscience aurait entièrement disparu, et ce serait comme s'il n'avait jamais existé, ses chairs pourriraient dans la terre – à moins qu'il ne choisisse la destruction plus radicale de l'incinération. Le monde continuerait, les êtres humains s'accoupleraient, ressentiraient des désirs, poursuivraient des objectifs, nourriraient des rêves ; mais tout cela aurait lieu sans lui. Il laisserait une faible trace dans la mémoire des hommes ; puis cette trace, elle aussi, s'effacerait. D'un seul coup il fut saisi d'un véritable mouvement de haine à l'égard de Cécile, et de ses sottes croyances. Pascal avait raison, comme d'habitude : « On jette enfin de la terre sur la tête, et en voilà pour jamais. »

Dans l'immédiat il allait devoir parler à Prudence, ce n'était plus possible de différer. Heureusement on était vendredi, il ne se serait pas vu lui annoncer ça un jour de semaine, sachant qu'elle devrait retourner au travail le lendemain ; il ne s'imaginait pas très bien non plus lui en parler un samedi, à vrai dire, il ne s'imaginait pas lui en parler du tout ; mais il le fallait.

4

Il ne réussit en réalité à lui parler que dimanche en fin de matinée, après avoir fait l'amour plus longtemps que d'habitude, et lui avoir donné, il en était certain, plus de plaisir que d'habitude, mais ce n'était bien entendu pas à la hauteur de l'enjeu, il aurait fallu quelque chose comme un orgasme absolu, tellurique, un orgasme qui puisse à lui seul justifier une vie, enfin il aurait fallu quelque chose qui n'existait pas, sauf peut-être dans les romans d'Hemingway, il se souvenait d'un passage particulièrement con dans *Pour qui sonne le glas*.

Il parla longuement, de manière détaillée, pendant plus de dix minutes, sans rien lui cacher, sans même essayer de lui mentir. Elle l'écouta, accroupie dans le lit, calée contre deux oreillers, sans prononcer une parole. Elle n'eut pas de crise de larmes, ni même en réalité presque aucune réaction, de temps en temps elle faisait comme le geste de frapper de sa main droite, de frapper à vide dans l'espace, de temps en temps aussi elle respirait plus fort. Après qu'il eut fini elle se tut, pendant une à deux minutes, avant de se retourner vers lui et de dire très sèchement, avec hostilité presque :

« Il faut que tu prennes un autre avis. Un avis d'un autre médecin.

— Quel médecin ?

— Je ne sais pas. Téléphone à Bruno.

— Pourquoi lui ? Il n'y connaît rien, en médecine, Bruno.

— Il est intervenu auprès du ministre de la Santé pour ton père ; ils se connaissent, ils ont de bonnes relations. L'autre doit savoir qui est le meilleur médecin dans ce domaine ; enfin j'imagine qu'un ministre de la Santé ça sait certaines choses, au sujet de la santé.

— Oui, tu as peut-être raison.

— Tu appelles maintenant.

— On est dimanche.

— Je sais qu'on est dimanche. Tu appelles maintenant. »

Il avait un peu oublié ce qu'était le rythme de travail de Bruno, mais celui-ci rappela presque immédiatement. Il l'écouta sans dire un mot, puis conclut : « J'ai des coups de fil à passer, il faut aussi que j'attende les réponses. Je peux te rappeler dans deux-trois heures ? »

Ils attendirent son appel en regardant sur Arte des rediffusions INA de *Dimanche Martin*. Jacques Martin, un des *seigneurs* de la télévision française durant la seconde moitié du XXe siècle, était en passe de devenir patrimonial, comme ne manquerait pas de le devenir Michel Drucker, plus rapidement même, dès les premières semaines suivant son décès.

Bruno rappela exactement deux heures plus tard. « Tu as rendez-vous demain matin à 10 heures avec le professeur Bokobza ; c'est le meilleur spécialiste européen dans la chirurgie des cancers de la bouche. Il est à l'institut Gustave Roussy, à Villejuif. Le docteur Nakkache – c'est l'ORL que tu as vu, n'est-ce pas ? – lui envoie ton dossier par mail cet après-midi. »

Paul sortit de l'autoroute A6 à la hauteur de l'avenue du Président-Allende, puis obliqua dans la rue Marcel-Grosménil avant de tourner dans la rue Édouard-Vaillant, où était situé l'institut.

Fils d'Hippolyte Grosménil et de Julienne Fruit, Marcel Grosménil, après l'obtention de son certificat d'études, fit trois années d'apprentissage avant d'effectuer son service militaire dans la cavalerie à Provins. Ouvrier tourneur, il épousa le 31 octobre 1925 Marie Mathurine Cadoret. Le couple eut un fils, Bernard. La famille habitait 10, rue de Gentilly, à Villejuif, où la femme tenait un commerce. Tourneur chez Hispano Suiza à Paris, dans le XIVe, il entra dans la Société des moteurs Gnome et Rhône en 1935, et fut élu conseiller municipal à Villejuif en mai de la même année sur la liste dirigée par Paul Vaillant-Couturier. Le conseil de la préfecture le déchut de son mandat le 29 février 1940 pour appartenance au Parti communiste. Signalé par son employeur comme « en exode » au 30 juin 1940, il fut réembauché le 23 avril 1941. Arrêté avec son ami Raymond Pezart alors qu'il allait rejoindre les Forces Françaises Libres en Algérie, il fut emprisonné à Bordeaux, puis interné à Compiègne avant d'être déporté en Allemagne, au camp d'Oranienburg, où il mourut dans le courant d'avril 1945. Il fut reconnu « mort pour la France » le 14 décembre 1948.

Villejuif plus généralement, dirigée sans interruption par des maires communistes de 1925 à 2014, avait longtemps été une commune emblématique de la « banlieue rouge », avant que des mouvements de population plus récents ne viennent infléchir le cours des choses. Il n'y avait, pour commencer, plus beaucoup de juifs, et la commune s'était au contraire fait connaître par différents attentats, ou projets d'attentat islamistes. En janvier 2015, Amedy Coulibaly, qui devait plus tard prendre part à la prise d'otages de la supérette Hypercacher de la porte de Vincennes, et y assassiner quatre personnes, avait fait exploser une voiture à Villejuif. En avril 2015, un étudiant algérien, Sid Ahmed Ghlam, avait été arrêté au moment où il projetait un attentat à l'arme à feu, à l'heure de la messe dominicale, dans les deux églises de Villejuif. Le 13 novembre 2015, le hall de la mairie avait été incendié en signe d'hommage aux massacres qui, un peu plus tôt dans la soirée, avaient fait 129 morts à Paris. Remontant la rue Édouard-Vaillant en direction de l'hôpital, Paul longea le parc départemental des Hautes-Bruyères, où un déséquilibré qui venait de se convertir à l'islam avait en janvier 2020 agressé des promeneurs au couteau, faisant un mort et deux blessés graves. Il commençait à se demander s'il n'aurait pas mieux fait de venir en métro ; ce fut une surprise agréable de découvrir qu'il y avait un parking dans la cour de l'hôpital. Sa façade, égayée de touches de couleurs vives, lui rappelait un peu celle de l'hôpital Saint-Luc à Lyon. Après le PET-Scan, la perspective d'une trachéotomie et d'une gastrostomie, cette façade… Décidément, se dit-il avec un mélange de sentiments ambigu, il mettait de plus en plus ses pas dans les pas de son père.

Vêtu sous sa blouse blanche d'hôpital d'un impeccable costume trois-pièces gris clair, portant de plus un nœud papillon bordeaux, le professeur Bokobza ressemblait trait pour trait à l'image du *grand patron de médecine* telle qu'elle a pu être popularisée par différents films et séries, ce qui parut à Paul très rassurant ; il est toujours mieux, au fond, que les choses correspondent à leur cliché. Son visage austère, ses lunettes à la fine monture métallique, tout à vrai dire en lui était rassurant au plus haut degré, le chirurgien de la Pitié-Salpêtrière avait peut-être des cheveux un peu trop longs, et surtout des tennis aux semelles trop épaisses. Paul ne se savait pas si conformiste, si *vieux jeu*, mais il le devenait apparemment dès que des questions de vie ou de mort commençaient à être abordées, et tout le monde devait être plus ou moins dans ce cas, soupçonnait-il.

« Donc, vous êtes un ami de notre ministre… dit Bokobza avec un petit sourire, une fois qu'il fut assis en face de lui.

— Pas exactement, répondit Paul, plutôt un ami d'un de ses collègues.

— Je sais tout le mal qu'on dit du népotisme, des privilèges, des passe-droits… C'est évidemment justifié, mais tout le monde utilise ses relations quand il en a, même les gens situés le plus bas dans l'échelle sociale, et il faut bien reconnaître que ça permet parfois de débloquer des situations que l'excès de réglementation rend insolubles ; et il faut dire aussi, en ce qui vous concerne, que votre cancer est une affaire sérieuse, et vous avez bien entendu droit au meilleur traitement possible. Il y a une chose, déjà, qu'il faut que je précise avec vous : ça n'a rien d'exceptionnel, dans une situation comme la vôtre, d'éprouver le besoin d'un second avis médical ; mais ce n'est quand même pas une démarche anodine. Est-ce que, d'une manière ou d'une autre, ce qui vous y pousse est une absence de confiance envers votre chirurgien actuel ?

Je ne sais pas, dit Paul après un temps de réflexion assez long. Au départ, c'est ma femme qui a souhaité que je le fasse. Par ailleurs, je dois dire que l'idée de cette opération ne me plaît pas du tout ; mais je ne sais vraiment pas si c'est le chirurgien qui me déplaît, ou l'opération en elle-même ; un peu des deux, je pense.

— Je retiens que vous avez un doute, reprit presque aussitôt Bokobza ; à mes yeux, c'est suffisant. Si vous n'avez pas une confiance absolue dans le chirurgien qui va vous opérer – même si c'est irrationnel, même si c'est injustifiable – il ne faut pas vous laisser opérer par lui. Est-ce que vous avez lu *Le Lambeau*, de Philippe Lançon ?

— Non, j'en avais entendu parler, c'était un journaliste de *Charlie Hebdo*, n'est-ce pas ? Une des victimes des islamistes ?

— Exactement. Il a reçu une rafale de Kalachnikov en plein visage, ce qui l'a conduit à une situation de reconstruction assez proche de celle qui sera la vôtre après l'ablation de la mâchoire. J'en parle parce qu'on comprend bien, en le lisant, l'importance de sa relation de confiance avec sa chirurgienne ; en plus, ça se passe en grande partie à la Pitié-Salpêtrière. Enfin, je vous le recommande parce que c'est un bon livre, mais je dois reconnaître qu'il n'est pas forcément très encourageant pour les patients. L'auteur subit je ne sais plus combien d'interventions chirurgicales, dix ou quinze, on en perd le compte exact ; en tout, il passe deux ans à l'hôpital. Il faut bien vous dire que c'est exceptionnel, vous ne serez pas dans le même cas. Le livre date d'un peu plus de dix ans, et on a fait des progrès depuis ; la greffe est toujours une opération délicate, les cas d'échec sont nombreux ; mais la technique de l'imagerie 3D et des mâchoires artificielles nous a vraiment beaucoup apporté.

— Le chirurgien de la Pitié pense que ce n'est pas applicable dans mon cas ; l'opération est urgente, la prothèse doit être fabriquée aux USA, on n'a pas le temps.

— Eh bien, sur ce point, je dois dire que je suis en désaccord avec mon confrère ; votre cancer est agressif, mais il est peu invasif. Avec une bonne chimiothérapie on peut réduire votre tumeur, ou en tout cas stopper sa progression pour quelques mois, le temps de fabriquer la prothèse ; et Lesage est un excellent chimiothérapeute, je lui fais toute confiance. Si vous étiez mon patient, je lancerais la fabrication dès maintenant, et je planifierais une intervention fin octobre. C'est parfaitement possible de vous opérer ici, et de pratiquer la chimio et la radiothérapie à la Pitié-Salpêtrière ; je vous le conseillerais, même, ce sont des traitements fatigants, il vaut mieux minimiser vos déplacements. Enfin je ne veux pas m'imposer en tant que chirurgien, c'est à vous qu'appartient la décision, bien sûr ; je vous conseille d'y réfléchir calmement, et aussi d'en reparler à Nakkache, c'est un bon médecin, vous avez de la chance. »

Il avait surtout envie d'en parler à Prudence, en réalité ; après tout, qui était concerné, réellement concerné par sa mort, à part elle ? Dans une certaine mesure, lui ; dans une moindre mesure, lui semblait-il, notre propre mort nous concerne assez peu, Épicure comme d'habitude avait raison. Bon, il n'allait pas rentrer là-dedans, pas pour l'instant.

« D'après Nakkache, les chances de survie sont à peu près d'une sur quatre, poursuivit-il d'un ton curieusement détaché, il ne comprenait pas d'où lui venait ce ton.

— Oui, répondit calmement Bokobza. Dans le cas où l'os est attaqué, ce sont à peu près les chiffres. Cela dit, dans votre cas, vu l'absence de toute métastase, le caractère peu invasif du cancer, ça peut monter à une sur deux, je dirais.

— Une chance sur deux ; on se croirait dans un film, non ?

— Vous avez le droit de faire de l'humour, répondit le chirurgien d'un ton un peu peiné.

De ma part, évidemment, ce serait malvenu ; mais vous avez le droit de faire de l'humour sur votre propre survie ; ça fait partie des droits de l'homme, en quelque sorte.

— J'ai une autre question. Remplacer l'os par une mâchoire artificielle en titane, ça ne me dérange pas tant que ça, au contraire même, j'ai eu tellement d'ennuis avec mes dents que ça serait presque un soulagement. Par contre il me semble, enfin d'après ce que l'autre chirurgien me disait, qu'il n'y a pas à l'heure actuelle de bonne solution pour la langue. »

Bokobza baissa la tête, et cette fois il soupira avec lassitude avant de répondre :

« En effet. C'est vrai, nous ne sommes pas tout à fait au point dans ce domaine. Les aliments n'auront plus le même goût, et votre élocution restera difficile. La mobilité de la langue, plus généralement, sera réduite.

— Est-ce qu'on ne pourrait pas limiter l'opération à la mâchoire, et ne pas intervenir sur la langue ? »

Le chirurgien sourit involontairement. « Vous savez ce que vous êtes en train de faire ? Vous essayez d'entamer un marchandage. J'aurais un autre conseil de lecture à vous donner : Elisabeth Kübler-Ross. C'est l'auteur de la théorie sur les cinq phases du deuil. Cela s'applique à sa propre mort, à celle d'un proche, mais plus généralement à toute forme de deuil, ça peut être un divorce, ou une amputation. » Il reprit tout son sérieux, secoua la tête avec tristesse. « Pour en revenir à votre question, la réponse est malheureusement négative. Une ablation partielle de la tumeur ne servirait à rien, elle pourrait même favoriser la dissémination du cancer.

— Et si je refuse toute forme de chirurgie ? Si on se limite à la chimio et à la radiothérapie ?

— Alors, vos chances de survie seront beaucoup plus faibles ; cela dit on ne peut jamais être certain, un pronostic parfait est impossible. La chimiothérapie, à elle seule, ne produit pas la guérison ; mais il arrive, sans qu'on sache pourquoi, que la radiothérapie provoque la stabilisation puis la décroissance de la tumeur, jusqu'à sa résorption totale. C'est rare, mais ça arrive.

— Et si on ne fait rien du tout, j'en ai pour combien de temps ?

— À peu près un mois. »

Paul émit un bref éclat de rire, puis se tut brusquement. Bokobza baissa la tête, gêné, la releva quelques secondes plus tard, et fut encore plus gêné en voyant des larmes qui coulaient doucement, silencieusement, le long des joues de Paul.

« Je n'ai plus de questions, docteur » dit-il finalement, d'une voix parfaitement calme.

« Je préférerais que vous acceptiez la chirurgie, bien sûr... » dit Bokobza en le raccompagnant jusqu'à la porte. Juste avant qu'il ne reparte dans le couloir, il l'agrippa par la manche, le regarda droit dans les yeux avant d'ajouter : « Une dernière chose. Si la radio et la chimiothérapie venaient à échouer, il reste possible de revenir à la chirurgie. C'est plus difficile, les tissus sont fragilisés, le lambeau court davantage le risque d'être rejeté ; mais ce n'est pas impossible. Il m'est arrivé de tenter cette opération – et de la réussir. »

5

Avant de rentrer chez lui Paul passa à la FNAC Bercy Village, cour Saint-Émilion, où il trouva facilement le livre de Philippe Lançon. Dans la collection *Spiritualités* du Livre de Poche, il choisit *La mort, porte de la vie,* d'Élisabeth Kübler-Ross ; un titre bien peu convaincant, à première vue c'était plutôt l'inverse qui lui paraissait vrai. Après réflexion il ajouta *La mort est un nouveau soleil,* un titre assez débile là aussi, mais qui lui rappelait quelque chose, il ne savait pas quoi. Il compléta ses achats par un petit livre d'un certain David Servan-Schreiber, apparemment constitué de conseils psychologiques destinés aux cancéreux. Ce n'était pas un très bon choix, il s'en rendit compte d'emblée : très imprégné de pensée positive, l'auteur insistait sur la nécessité de maintenir des moments agréables, des bons petits repas entre amis, accompagnés de vins de pays consommés avec modération et ponctués de fous rires, il allait même jusqu'à faire l'éloge des blagues belges ; tout cela lui donnait plutôt envie de se coucher et de mourir, surtout les fous rires, à vrai dire ça faisait pas mal de temps déjà que cet éloge des vins de pays et des fous rires lui sortait par les yeux, enfin ce n'était pas un livre pour lui. Élisabeth Kübler-Ross c'était à peine mieux, il ne fut nullement convaincu par sa théorie des cinq stades du deuil. Les deux premiers stades, le déni et la colère, ne semblaient tout simplement pas avoir eu lieu dans son cas ; le troisième, le marchandage, à peine ; quant au dernier, l'acceptation, il relevait à son avis de la plaisanterie pure et simple ; il n'y avait finalement que le quatrième stade, celui de la dépression, qui lui paraisse réel ; sa théorie n'était que de la poudre aux yeux, et très vite il abandonna *La mort, porte de la vie*. En ouvrant *La mort est un nouveau soleil*, il se rappela soudain à quoi ce titre lui faisait penser : à la comparaison stupide de La Rochefoucauld, affirmant qu'aucun des deux ne pouvait se regarder fixement, ce qui était trivialement faux dans le cas du soleil, comme on peut le constater chaque matin à son lever, assez souvent aussi à son coucher. Malgré son titre idiot, ce deuxième livre était bien plus intéressant que le premier : la médecin suisse avait été une pionnière dans la description des expériences de mort imminente, *Near Death Experience*, dont il se souvenait vaguement par une comédie romantique américaine dont il avait par ailleurs tout oublié. Il retourna aussitôt à la FNAC pour acheter un livre de l'autre précurseur, Raymond Moody, et là ce fut immédiatement passionnant, bien mieux que le film. D'abord il y avait la décorporation, la sortie du corps physique et le fait de flotter à quelques mètres de lui, dans la chambre d'hôpital ou à proximité de la voiture accidentée. Ensuite la sonnerie, stridente, comme celle qui appelait au lycée à la reprise des cours, et l'aspiration dans un tunnel obscur, qu'on dévalait à une vitesse vertigineuse. Puis le tunnel vous rejetait quelque part, dans un espace nouveau, inconnu et presque abstrait. Certains revoyaient alors leur vie entière, en une succession de quelques centaines d'images très brèves. Puis apparaissaient les êtres de lumière. D'abord les proches, auparavant décédés, qui s'étaient réunis pour vous, et pour vous enseigner le déroulement des étapes suivantes ; vous les reconnaissiez tous, vos grands-parents comme vos amis âgés, individuellement, chacun d'entre eux vous le reconnaissiez. Enfin, dans la phase ultime, vous perceviez la lumière primordiale, qui avait temporairement accepté de s'incarner sous une forme visible ; vous compreniez alors qu'elle serait toujours là, mais que pour l'instant elle préférait laisser à vos proches le soin de vous guider.

Ces témoignages étaient beaux, convaincants, d'autant qu'ils venaient de gens simples, au vocabulaire limité, et qui paraissaient bien incapables d'inventer des histoires pareilles. L'expérience de la décorporation était certainement la plus cruciale ; il paraissait à Paul impossible d'imaginer la vie en dehors du corps physique, c'était inconcevable à ses yeux ; c'était pourtant exactement ce dont les gens se souvenaient à leur réveil, et ce souvenir, contrairement à ceux, pleins d'harmonie et de lumière, qui marquaient la suite du chemin, n'avait rien de spécialement agréable, ni d'ailleurs de désagréable, la plupart des gens n'éprouvaient qu'une relative indifférence à l'égard de leur corps physique, avec quand même parfois l'envie de le rejoindre, simplement parce qu'ils y étaient habitués, mais ce qui dominait en eux était une profonde incertitude, comme dans le témoignage de cette caissière de Walmart : « Je me suis dit que j'étais probablement morte, mais ce n'était pas tellement le fait d'être morte qui me préoccupait, plutôt celui de ne pas savoir où j'étais censée aller ensuite. Je me répétais : "Qu'est-ce que je vais faire ? Où faut-il que j'aille ?" et aussi : "Mon Dieu, me voilà morte ! Ce n'est pas croyable !" Alors j'ai fini par décider d'attendre que tout ce remue-ménage soit terminé et qu'on ait emporté mon corps, après quoi il serait toujours temps de voir où je pourrais me diriger. »

Son attente des prochaines directives était touchante, on avait certainement affaire de son vivant à une excellente caissière, et on ne pouvait certainement pas soupçonner ces narrations d'être liées à une production exagérée d'endorphines, elles n'avaient rien d'extatique, elles étaient simplement d'une étrangeté radicale ; ces moments étaient en tout cas à l'origine, chez tous les revenants, d'une mutation définitive dans leur conception de la vie. Sans doute, se dit Paul, s'il avait vécu une expérience de ce genre, il n'aurait eu aucune difficulté à accepter la mort. Le simple fait de parvenir à se souvenir de sa propre mort, de l'état de mort en lui-même, aurait été un apaisement considérable pour l'humanité, comme on s'en rendait compte en parcourant les témoignages des rescapés d'une mort clinique. Par exemple celui d'un fermier de l'Arizona : « Tout ce que je ressentais était une douce chaleur et un immense bien-être, tels que je n'en avais jamais ressenti auparavant. Je me rappelle avoir pensé : "Je dois être mort." » Ou bien celui d'un ouvrier métallurgiste du Connecticut : « Je ne ressentais absolument rien si ce n'est paix, réconfort, bien-être, calme. J'avais l'impression que tous mes ennuis avaient cessé, et je me disais : "Que c'est doux, que c'est paisible, je n'ai plus mal nulle part." » Simples et concrets la plupart du temps, les témoignages atteignaient au sublime lorsqu'ils s'essayaient à décrire la lumière primordiale. S'il avait eu la chance de vivre une expérience de ce genre, il ne faisait aucun doute que Paul aurait attendu la mort sans la moindre crainte ; mais ce n'était pas le cas, la mort lui apparaissait toujours comme une destruction absolue, comme une plongée effrayante dans le néant. Aucune description, aussi émouvante soit-elle, ne semblait pouvoir remplacer l'expérience vécue. Il poursuivit cependant sa lecture toute l'après-midi, captivé, et songea soudain que si Prudence tombait sur ce livre elle en conclurait immédiatement qu'il se préparait à la mort ; il allait devoir le cacher dans son bureau, et le lire en son absence. Finalement, il ne restait que Lançon ; mais en le feuilletant il s'aperçut vite que la situation était différente, l'impression 3D était encore un rêve futuriste à son époque ; et surtout, même si la mâchoire du journaliste avait été pulvérisée, la langue n'avait pas été atteinte, leurs cas finalement n'avaient à peu près rien à voir. C'est donc sans aide extérieure qu'il entreprit de bricoler une version acceptable à l'intention de Prudence ; elle allait le questionner tout de suite, dès les premières minutes suivant son arrivée, mais il ne pensait pas qu'elle allait lui en parler au téléphone avant, c'était un sujet trop important, il fallait qu'ils soient physiquement ensemble ; il lui restait un peu de temps pour peaufiner son compte rendu.

Un mensonge idéal consiste en la juxtaposition de différents éléments de vérité, entre lesquels on effectue certaines ellipses ; il se compose en fait essentiellement d'omissions, avec parfois quelques exagérations bien dosées. Le professeur Bokobza lui paraissait un médecin remarquable, il lui faisait toute confiance, bien plus qu'à celui de la Pitié-Salpêtrière ; tout cela il pouvait le dire, c'était vrai, et Prudence le crut sans difficulté, elle avait une confiance totale dans les recommandations de Bruno. Deux voies de traitement existaient, l'une faisait appel à la chirurgie, l'autre à la radio et à la chimiothérapie ; c'était également vrai, il s'abstint juste de préciser que ces deux voies n'étaient pas incompatibles, qu'elles n'avaient pas les mêmes chances de succès, et que le professeur Bokobza lui avait clairement recommandé la première. Il tenta aussitôt d'oublier cette information importune : un bon mensonge est un mensonge auquel on finit par croire soi-même, et Paul sentait, à mesure qu'il développait son explication, qu'il mentait bien, que la méfiance de Prudence s'évanouissait peu à peu, et qu'il n'allait pas tarder lui-même à oublier la réalité, au moins pour un temps.

Un récit excessivement lénifiant n'eût pas été crédible, on avait tout de même affaire à un cancer, il était donc nécessaire d'introduire des éléments inquiétants et pénibles ; la radio et la chimiothérapie feraient l'affaire, grâce à leur kyrielle d'effets secondaires, parfaitement documentés : extrême fatigue, vomissements, perte d'appétit, baisse brutale des globules rouges, des globules blancs et des plaquettes sanguines, chute des cheveux parfois. Ce cancer particulier, de la cavité buccale, présentait en outre la pénible particularité d'être fétide, une odeur pestilentielle se dégagerait peu à peu de sa bouche, avait appris Paul ; la chimiothérapie permettrait de réduire le phénomène, sans tout à fait le supprimer. Leur conversation dura un peu plus de deux heures, et Paul conserva la même attitude jusqu'au bout, avec une difficulté croissante et quelques moments de doute, il ne prononçait pourtant aucun mensonge au sens strict, mais la tentation revenait, de plus en plus forte, de lui dire toute la vérité. Il y résistait et il savait qu'il avait raison, bien sûr il était foutu et elle s'en rendrait compte tôt ou tard, et probablement dans pas bien longtemps, mais il fallait qu'elle s'en rende compte elle-même, à son propre rythme. Ce serait dur pour elle, ils auraient peut-être dû avoir des enfants quand même, cela aurait malgré tout été quelque chose, un amour de remplacement. L'idée lui avait déjà traversé l'esprit, à plusieurs reprises dans sa vie, avant qu'il ne la rejette comme absurde. Différents articles de magazines, dans sa jeunesse, avaient popularisé les conceptions des sociobiologistes américains sur le « gène égoïste » ; les sociobiologistes américains voyaient la procréation comme une sorte de hurlement primitif du gène, prêt à tout pour assurer sa propre survie, y compris au détriment des intérêts les plus élémentaires des individus support, à l'aide d'une audacieuse tromperie consistant à les entretenir dans l'illusion qu'en se reproduisant ils gagnaient la partie contre la mort, alors que naturellement c'était l'inverse qui était vrai, la reproduction était chez tous les animaux un pas décisif vers le trépas, quand elle ne le provoquait pas directement, et cette survie génétique partielle n'aurait de toute façon été qu'une parodie dérisoire de la survie authentique. Rien, dans le souvenir qu'il avait de son père, ne correspondait à ce schéma ; ayant consacré sa vie au succès des armes de la France, son père se voyait surtout, il le savait, comme un des gardiens de l'ordre et de la sécurité de son pays, et peut-être plus généralement du monde occidental ; déçu par son attitude à l'égard de la DGSI, il l'avait été encore bien davantage par celle d'Aurélien, il y avait vu un rejet des principes qui avaient gouverné sa vie, aussi l'essentiel de son affection s'était-elle reportée sur Cécile, et plus tard vers son mari, il n'y avait rien de génétique dans tout cela, on était dans la transmission culturelle à l'état pur.

Cette conception bêtement réductionniste des sociobiologistes américains venait curieusement étayer une déjà ancienne conception américaine de l'enfance, dont le roman américain contemporain continuait de témoigner : autant les relations professionnelles, amicales et amoureuses y étaient dépeintes avec le plus répugnant cynisme, autant les relations avec les enfants apparaissaient comme une sorte d'espace enchanté, d'îlot magique au sein d'un océan d'égoïsme ; cela pouvait encore se comprendre dans le cas du bébé, qui vous fait passer en quelques secondes du paradis, lorsqu'il blottit sa chair tendre contre votre épaule, à l'enfer des crises de rage sans cause, où il manifeste déjà sa nature tyrannique et dominatrice. L'enfant de huit ans, sanctifié en tant que partenaire de base-ball et que malicieux petit bonhomme, a encore son charme ; mais très vite les choses se gâtent, comme chacun sait. L'amour des parents pour leurs enfants est attesté, c'est une sorte de phénomène naturel, surtout chez les femmes ; mais les enfants ne répondent jamais à cet amour et n'en sont jamais dignes, l'amour des enfants pour leurs parents est absolument contre nature. Si par malheur ils avaient eu un enfant, se dit Paul, aucune chance de se retrouver avec Prudence ne leur aurait jamais été accordée. Dès qu'il atteint les rivages de l'adolescence, la première tâche que s'assigne l'enfant est de détruire le couple formé par ses parents, et en particulier de le détruire sur le plan sexuel ; l'enfant ne supporte en aucun cas que ses parents aient une activité sexuelle, et surtout pas entre eux, il considère avec logique que du moment qu'il est né cette activité n'a plus aucune raison d'être, et qu'elle ne constitue plus qu'un vice écœurant de vieillards. Ce n'est pas exactement ce que Freud avait enseigné ; mais Freud, de toute façon, n'y avait pas compris grand-chose. Après avoir détruit ses parents en tant que couple, l'enfant s'emploie à les détruire à titre individuel, sa principale préoccupation étant d'attendre qu'ils soient morts pour toucher l'héritage, comme l'établit clairement la littérature réaliste française du XIXe siècle. Encore peut-on s'estimer heureux quand ils ne s'emploient pas à hâter l'échéance, comme chez Maupassant qui n'inventait rien, les paysans normands il les connaissait mieux que personne. Enfin c'est comme ça que ça se passe, en général, avec les enfants.

Ils auraient peut-être dû avoir un chien, mais ils n'en avaient pas eu, et maintenant ils n'avaient plus qu'eux-mêmes, et cela devrait leur suffire jusqu'à la fin. L'entité constituée par un couple, et plus précisément par un couple hétérosexuel, demeure la principale possibilité pratique de manifestation de l'amour, et cela Prudence allait le perdre à tout jamais dans quelques mois, peut-être dans quelques semaines. Ensuite elle devrait mourir à son tour, elle le ferait rapidement, mais ses derniers moments seraient difficiles, non en raison de sa propre mort, cela elle s'en foutait complètement, les femmes s'identifient aisément à leur fonction et conçoivent aisément que, quand leur fonction est terminée, leur vie elle-même se termine – les hommes sont dans une position plus délicate, pour différentes raisons historiques il leur a parfois été possible de définir leur fonction par rapport à leur être, du moins l'ont-ils cru, ils en sont donc naturellement venus à accorder une importance particulière à l'être en question, et sont tout décontenancés quand, lui aussi, il prend fin. Les derniers moments de Prudence seraient difficiles simplement parce qu'ils seraient solitaires et absurdes : pour quoi faire ? à quoi bon ?

Elle s'endormit dans ses bras, apparemment rassurée ; quand quelqu'un, en particulier une femme, désire passionnément quelque chose, il n'est jamais très compliqué de la convaincre que cette chose va se produire. Ce serait moins facile avec Bruno : il savait que Bokobza était chirurgien, probablement même avait-il eu l'occasion de lui parler ; il allait falloir lui téléphoner dès le lendemain.

C'est au fond tout récemment que les codes de politesse en vigueur dans le milieu de Paul avaient inclus l'obligation de dissimuler sa propre agonie. C'était d'abord la maladie en général qui était devenue obscène, le phénomène s'était répandu en Occident dès les années 1950, d'abord dans les pays anglo-saxons ; toute maladie, en un sens, était maintenant une maladie honteuse, et les maladies mortelles étaient naturellement les plus honteuses de toutes. Quant à la mort elle était l'indécence suprême, on convint vite de la dissimuler autant que possible. Les cérémonies funéraires se raccourcirent – l'innovation technique de l'incinération permit d'accélérer sensiblement les procédures, et dès les années 1980 les choses étaient à peu près pliées. Beaucoup plus récemment on avait entrepris, dans les couches les plus éclairées et les plus progressistes de la société, d'escamoter également l'agonie. C'était devenu inévitable, les mourants avaient déçu l'espoir qu'on plaçait en eux, ils avaient souvent rechigné à envisager leur trépas comme l'occasion d'une méga teuf, des épisodes déplaisants s'étaient produits. Dans ces conditions, les couches les plus éclairées et les plus progressistes de la société étaient convenues de passer l'hospitalisation sous silence, la mission des conjoints ou à défaut des parents les plus proches étant de la présenter comme une période de vacances. Dans le cas où elle se prolongerait, la fiction déjà plus hasardeuse d'une année sabbatique avait parfois été utilisée par certains, mais elle n'était guère crédible en dehors des milieux universitaires, et de toute façon elle n'était plus que rarement nécessaire, les hospitalisations prolongées étaient devenues l'exception, la décision d'euthanasie était généralement prise en quelques semaines, voire en quelques jours. La dispersion des cendres était opérée anonymement, par un membre de la famille quand il s'en trouvait, sinon par un jeune clerc de l'étude notariale. Cette mort solitaire, plus solitaire qu'elle ne l'avait jamais été depuis les débuts de l'histoire humaine, avait récemment été célébrée par les auteurs de différents ouvrages de développement personnel, les mêmes qui encensaient le dalaï-lama il y a quelques années, et qui avaient pris plus récemment le virage de l'écologie fondamentale. Ils y voyaient le retour bienvenu à une certaine forme de sagesse animale. Ce n'étaient pas seulement les oiseaux qui se cachaient pour mourir, selon le titre francisé du célèbre best-seller d'une auteure australienne, qui avait par ailleurs donné lieu à une série télévisée encore plus célèbre et plus rémunératrice ; la grande majorité des animaux, et même lorsqu'ils appartenaient à une espèce au plus haut point sociale, comme les loups ou les éléphants, éprouvaient lorsqu'ils sentaient la mort venir le besoin de s'écarter du groupe ; ainsi parlait la voix de la nature dans sa sagesse immémoriale, soulignaient les auteurs de différents ouvrages de développement personnel.

Bruno, il le savait, n'adhérait nullement à ces nouveaux codes civilisés en vigueur dans la bourgeoisie cultivée ; il était plutôt du genre à aborder les choses frontalement, en appelant les choses par leur nom, et sans faire le moindre effort pour dissimuler la réalité. Ce fut en fait lui qui appela le premier, Paul n'avait pas eu tout à fait le temps de peaufiner sa présentation des choses. Il s'en sortit pourtant plutôt bien, il en eut du moins l'impression. Il avait refusé la chirurgie en première intention, ce qui, il l'avoua avec franchise, diminuait ses chances de survie ; mais il serait possible d'y revenir plus tard, au cas où la radiothérapie s'avérerait être un échec. Il s'abstint juste de préciser que l'opération, dans ce cas, aurait beaucoup moins de chances de réussir. Deux vérités, suivies d'une omission : la même tactique de mensonge qu'avec Prudence, et elle sembla fonctionner également avec Bruno ; il prendrait régulièrement de ses nouvelles, conclut-il avant de raccrocher.

Il avait rendez-vous dès le lendemain avec les Dupond et Dupont, cela se passait cette fois dans le bureau du chimiothérapeute, un petit espace cosy, aux murs tendus de velours vert, c'était vraiment surprenant de trouver ça dans un hôpital. Paul s'installa dans un petit canapé sur le côté droit de la pièce. Dupont était assis dans un fauteuil pivotant derrière son bureau, et Dupond dans un fauteuil Voltaire en face de lui. Dupond se tourna vers Paul et le regarda très longuement avant de dire : « Naturellement, nous ferons tout notre possible », et son ton résigné semblait déjà indiquer qu'il tenait l'échec pour probable. « Bokobza vous a bien décrit la situation, j'imagine » poursuivit Dupont, décidément tout le monde semblait éprouver un immense respect pour Bokobza, Bruno lui-même n'avait jamais, parmi ses pairs et ses collègues, bénéficié d'une unanimité aussi complète, et Paul s'en voulut, lui qui avait été en présence de Bokobza pendant quelques minutes, de ne pas avoir prêté davantage attention à cet homme, un spécialiste, un technicien éminent dans son domaine, un de ceux – quelques milliers voire quelques centaines, sûrement pas davantage – qui sont à la base de l'édifice, qui rendent possible le fonctionnement de la machine sociale.

Dupont ne pouvait en aucun cas lui garantir la survie, cela personne ne pouvait le faire, hormis peut-être Dieu, ou les archontes de sociétés différentes, plutôt situées dans le futur, dont la Corée du Sud pouvait peut-être fournir une approximation vague ; il pouvait simplement lui garantir que le maximum serait fait dans le cadre social en vigueur dans son pays. La France était en déclin, certes, mais elle offrait encore de meilleures opportunités techniques que le Venezuela ou le Niger.

Les thérapeutes se lancèrent ensuite dans un duo animé dont les bases étaient sans doute communes à tous les patients, mais le détail improvisé pour chacun d'entre eux, et dont l'objectif était de les habituer à l'idée que ça n'allait pas être facile, que ça allait même être franchement pénible – et cela semblait-il spécialement dans son cas, la renonciation à la chirurgie rendait nécessaire une attaque franche de la tumeur, avec des doses d'irradiation massives. La fatigue, les vomissements, les nausées seraient inévitables. Un important amaigrissement était à prévoir, d'autant que les cellules cancéreuses consommaient énormément d'énergie, bien davantage que les cellules saines. Oui, c'était ironique, convint tristement Dupont, ironique et cruel, que les cellules cancéreuses soient si gourmandes en énergie, et qu'elles parviennent à capturer à volonté toute celle qui parvient à l'organisme ; c'était vraiment une saloperie, le cancer, aucun doute là-dessus.

6

Le lundi suivant, en fin de matinée, Paul se rendit à l'hôpital pour ses premières séances. On était le 19 juillet, la ville avait déjà commencé à se vider de ses habitants, le moment de plus grand calme serait atteint dans deux semaines ; c'était une période où il aimait être à Paris, en temps ordinaire.

Il eut quelques difficultés à trouver le lieu du premier rendez-vous : c'était un vaste bâtiment préfabriqué, sans étage, isolé dans une cour intérieure – un endroit de l'hôpital où il n'était jamais venu. Une dizaine de patients attendaient dans un couloir vitré. Lorsqu'il prit place au milieu d'eux après s'être présenté à l'infirmière de l'accueil, ils levèrent la tête et lui jetèrent un bref regard avant de se détourner. Personne ne parlait, ni ne lisait ; leur solitude était totale. De temps en temps ils se regardaient les uns les autres « avec douleur et sans espérance », comme dit Pascal, avant de replonger en eux-mêmes. Indiscutablement, on avait là « l'image de la condition des hommes », comme dit également Pascal, et encore on était dans le meilleur des cas, celui d'une vieille société civilisée ; il était bien des endroits dans le monde où les hommes auraient occupé ces journées d'attente dans le couloir de la mort en se lançant avec enthousiasme dans l'ivresse du massacre ; il était bien des endroits dans le monde où le départ d'un semblable, d'un *collègue*, vers son lieu d'exécution, n'aurait pas été accueilli avec indifférence, mais avec une explosion de joie féroce.

Paul avait apporté le livre de Philippe Lançon, mais se rendit compte avec surprise qu'il n'avait pas envie de l'ouvrir. Il aurait dû l'acheter il y a quelques semaines, alors qu'il s'inquiétait à l'idée de rejoindre le camp des malades gravement atteints ; mais maintenant c'était trop tard. Philippe Lançon était gravement, et même définitivement atteint, il susciterait toujours la répulsion chez ses semblables, il n'aurait en un sens plus jamais de semblables. Mais lui-même, depuis qu'il se savait mortellement atteint, avait dépassé ce stade où l'on peut encore se chercher des semblables ; il était au milieu des condamnés, des incurables, dans une communauté qui n'en serait jamais une, une communauté muette d'êtres qui, peu à peu, se dissolvaient autour de vous, il marchait « dans la vallée de l'ombre de la mort », selon l'expression qui lui apparaissait, pour la première fois, dans toute sa force ; il découvrait une forme de vie étrange et résiduelle, complètement à l'écart, aux enjeux absolument différents de ceux qui agitent les vivants.

L'attente fut brève avant qu'il ne soit appelé dans une des salles sur le côté gauche du couloir. Au centre de la pièce trônait un appareil énorme, fait de ce même métal blanc crème que le PET-Scan, et qui semblait, comme lui, tout droit sorti de *Star Wars*. Accompagné d'une infirmière, Dupond donnait l'impression d'être une sorte de desservant de la machine ; il l'installa lui-même sur la couchette, entre des repères dessinés au feutre, avant de sortir un masque en résine rigide. « Je vais devoir vous mettre ça sur la tête, dit-il, il faut que vous restiez parfaitement immobile pendant le traitement, pour éviter d'irradier les zones saines » ; puis il clipsa le masque sur la couchette. Paul sentit qu'il sursautait malgré lui, mais son visage et ses épaules étaient solidement fixés. « Ne vous inquiétez pas, dit doucement le médecin. Je sais que c'est désagréable d'être coincé comme ça, mais ce ne sera pas très long, et en aucun cas douloureux. » Paul ferma les yeux.

Après la séance Dupond l'aida à se relever, sa tête tournait un peu, c'était normal lui dit-il, le mieux était qu'il se repose sur un lit à côté avant de repartir. Il avait rendez-vous pour la séance de chimiothérapie à

13 heures, il avait le temps de manger un morceau s'il le souhaitait, la cafétéria de l'hôpital était à son avis excellente, enfin probablement est-ce qu'il n'aurait pas très faim. Aussitôt allongé Paul fut traversé par une violente nausée et se précipita vers les toilettes, mais il ne vomit qu'un peu de bile âcre.

La chimiothérapie avait lieu dans une autre partie de l'hôpital, qu'il ne connaissait pas non plus, c'était vraiment immense cet hôpital. Il se retrouva dans une salle aux plafonds élevés, avec de longues rangées de lits identiques installés à quelques mètres les uns des autres, et qui paraissait ancienne. En effet, lui confirma Dupont, elle datait de 1910, à peu près toutes les époques depuis un siècle, voire deux, étaient représentées dans cet hôpital, évidemment les patients préféraient les salles les plus modernes, en réalité ça n'avait aucune importance, les équipements étaient bien entendu partout les mêmes, mais il est vrai que cette ambiance d'hospice de l'Assistance Publique était assez déprimante, personne n'aurait eu envie de dormir là, on n'utilisait d'ailleurs l'endroit que comme hôpital de jour. Quant à la chimiothérapie en elle-même, « je vous ai préparé un petit cocktail », dit-il avec une tentative de grimace malicieuse, mais ce n'était pas très réussi, son visage n'était pas fait pour les grimaces malicieuses. « Ça devrait permettre de réduire les aspects les plus désagréables », poursuivit-il plus sérieusement. « L'odeur ? » demanda Paul. « Oui, l'odeur en particulier, il hocha tristement la tête, votre tumeur va vraiment commencer à puer. Je sais à quel point ça peut être affreux de voir les proches qui s'écartent de vous, ils n'y peuvent rien vous savez, c'est parfois vraiment pestilentiel ; mais, là, je vous garantis qu'on va éviter ça. » Le traitement était administré par perfusion intraveineuse, une infirmière allait tout de suite venir mettre en place la poche de perfusion, le temps de passage était d'à peu près six heures, il reviendrait dans une heure ou deux pour s'assurer que tout allait bien. Paul en resta bouche bée ; six heures sous perfusion, il n'avait pas anticipé. Oui, convint Dupont, c'était contraignant, mais c'était la méthode la plus efficace ; plus tard, peut-être, si tout allait bien, on pourrait envisager une administration par voie orale ; mais, pour l'instant, la perfusion était nécessaire. L'infirmière approchait déjà, poussant le pied à perfusion sur ses roulettes. « Votre femme passe vous chercher tout à l'heure, n'est-ce pas ? » demanda le médecin. Il confirma. C'était mieux, dit-il ; normalement, les effets indésirables ne se feraient sentir que plus tard dans la soirée ; mais, quand même, il préférait.

Après son départ, Paul regarda autour de lui. La salle était presque vide, ils n'étaient qu'une dizaine de malades, très éloignés les uns des autres, comme des astres imparfaits. La plupart étaient allongés comme lui, d'autres installés dans un fauteuil à côté de leur perfusion. Par une fenêtre élevée, un rayon de soleil jouait à travers la poussière ; le silence était total. Six heures de perfusion par jour, cinq jours par semaine, ça lui paraissait énorme. Des livres allaient être nécessaires pour supporter ça ; mais lesquels ? C'était quand même sa survie qui était en jeu, il fallait des livres à la hauteur. Peut-être Pascal, tout simplement. Ou alors quelque chose de tout à fait différent, des romans d'évasion ou d'aventures mystérieuses, du genre Buchan ou Conan Doyle.

Dupont revint un peu après dix-neuf heures, juste avant de le libérer ; il était passé une première fois à quinze heures, dit-il, mais il s'était endormi. Avant son départ, il lui remit une feuille énumérant les effets secondaires indésirables, qui reprenait plus en détail ce qu'il lui avait déjà expliqué. Une prise de sang serait effectuée en fin de semaine, la diminution des cellules sanguines mettait parfois un certain temps à se manifester.

Prudence l'attendait près de l'entrée principale de l'hôpital ; elle lui jeta un regard inquiet, lui passa un bras autour de la taille avant de le conduire vers un taxi. Il n'allait pas si mal, argua-t-il ; mais en réalité, dès son arrivée dans l'appartement, il éprouva le besoin de s'allonger, et plus tard il ne parvint qu'à avaler quelques gorgées de potage avant d'être envahi par une irrépressible envie de vomir. Pauvre Prudence, songea-t-il, elle avait mixé les légumes et tout ça. Il allait quand même falloir qu'il s'alimente un peu, dit-elle ; la fiche d'informations de l'hôpital recommandait les pommes de terre, les pâtes, les féculents. C'était surtout le début qui était difficile, répondit-il, on lui avait promis que ça allait s'arranger dans quelques jours. On ne lui avait rien promis de tel, et au moment où il le disait il prit conscience que Prudence ne le croyait pas seulement parce qu'elle avait envie de croire à n'importe quelle bonne nouvelle, mais plus profondément parce qu'elle était incapable de mentir, ni même de concevoir le mensonge, ce n'était pas dans sa nature.

Il retrouva facilement dans sa bibliothèque l'intégrale des Sherlock Holmes, publiée en deux volumes dans la collection *Bouquins*, mais fut quand même surpris, dès l'après-midi du lendemain, de parvenir aussi vite à se détacher de sa propre existence, à se passionner pour les inférences du génial détective et les sombres menées du professeur Moriarty ; quoi d'autre qu'un livre aurait pu produire un tel effet ? Pas un film, et un morceau de musique encore bien moins, la musique était faite pour les bien-portants. Mais même la philosophie n'aurait pas convenu, et la poésie pas davantage, la poésie non plus n'était pas faite pour les mourants ; il fallait impérativement une œuvre de fiction ; il fallait que soient relatées d'autres vies que la sienne. Et au fond, se dit-il, ces autres vies n'avaient même pas besoin d'être captivantes, l'imagination et le talent de conteur exceptionnels d'Arthur Conan Doyle n'étaient même pas requis, les vies relatées auraient pu sans inconvénient être aussi mornes, aussi inintéressantes que la sienne ; il fallait juste qu'elles soient *autres*. Elles devaient par ailleurs, pour des raisons plus mystérieuses, être inventées ; ni une biographie, ni une autobiographie n'auraient fait l'affaire. « Quel roman que ma vie ! » s'était exclamé Napoléon ; il avait eu tort. Son autobiographie, le *Mémorial de Sainte-Hélène*, était d'une lecture aussi fastidieuse que celle de n'importe quel employé des postes, la vie réelle n'était décidément pas au niveau. Des vies comme celle de Napoléon avaient pu occasionnellement être intéressantes – on pouvait supposer par exemple qu'il s'était *bien éclaté* à Wagram ou à Austerlitz ; mais de là à en faire des stations de métro, il ne fallait quand même pas exagérer.

Des vies médiocres et de faible amplitude, transfigurées par le talent ou le génie ou peu importe le terme de l'auteur, auraient peut-être en outre eu l'avantage de lui faire prendre conscience que sa propre vie n'avait pas été aussi nulle que ça. Ses vacances en Corse avec Prudence étaient du niveau d'un film pornographique honnête, en particulier les séquences sur la plage de Moriani, décidément elle s'appelait comme ça cette plage, ça lui revenait maintenant ; certaines conversations qu'il avait eues avec Bruno auraient pu figurer sans honte dans un thriller politique. En somme, il avait vécu.

Vendredi après-midi il était plongé dans *La vallée de la peur*, plus précisément dans la scène où Mac Murdo supporte avec un courage remarquable la cérémonie d'initiation chez les Éclaireurs, quand une infirmière vint lui annoncer que sa sœur demandait à le voir. « Ma sœur ? » répéta-t-il bêtement. « Vous avez bien une sœur ? » s'inquiéta l'infirmière, elle ne pouvait pas laisser rentrer n'importe qui, sa responsabilité était engagée. Oui, en effet, il avait une sœur, confirma lentement Paul, il avait un mal fou à sortir de son livre.

Dès que Cécile fut à trois mètres du lit il comprit que ça allait mal se passer, qu'elle n'allait pas réussir à contenir sa colère. « Ton opération !... » lança-t-elle avant de se taire, suffoquant d'indignation, incapable de poursuivre. « Inutile de me baratiner, reprit-elle, je suis allée voir ton ORL. » Surpris, il bafouilla quelque chose au sujet du secret médical.

« Il n'a absolument pas trahi le secret médical. Je lui ai dit que je savais que tu avais renoncé à te faire opérer ; j'étais sûre que tu ferais quelque chose comme ça, j'ai lu sur Internet tout ce qui concerne ton cancer, et je commence à te connaître. Je lui ai dit que je venais pour lui demander de te faire changer d'avis. Il m'a dit qu'il aurait bien aimé essayer, mais que tu ne l'avais même pas rappelé pour prendre rendez-vous, tu t'étais directement arrangé avec l'hôpital.

— De toute façon, c'est trop tard... » dit faiblement Paul.

« Oui, je sais, il m'a dit ça aussi. Au point où on en est, il vaut mieux que tu poursuives ta radiothérapie, elle va durer sept semaines, ensuite ils réexamineront la situation.

— Pourquoi sept semaines ?

— Tu n'as même pas posé la question ! » lança-t-elle avec fureur, elle paraissait de nouveau au bord de l'explosion. « Avec cinq séances par semaine, il faut sept semaines pour atteindre 70 Grays, c'est la dose maximale d'irradiation que peut supporter un être humain ; ce n'est pas anodin, une radiothérapie, il y a des dégâts collatéraux, comme m'a dit ton médecin. Mais toi, apparemment, du moment que tu peux éviter la chirurgie tu t'en fous. Je ne comprends pas, Paul. Il m'a dit que le meilleur chirurgien européen était d'accord pour t'opérer. Je sais que les hommes sont des lâches, mais à ce point... En plus, je suis sûr que tu as menti à ta femme.

— Non, pas vraiment.

— Ah oui ? Tu t'es abstenu de lui dire certaines choses, alors ?

— Oui, ce serait plutôt ça.

— Je vois. Même pas le courage d'un vrai mensonge. Ne t'en fais pas... » poursuivit-elle après avoir surpris son regard inquiet, « je ne lui dirai rien, je ne me mêlerai pas de votre vie de couple. Et puis de toute façon il est trop tard pour changer de traitement, inutile de la faire souffrir pour rien. Mais je me demande vraiment combien de temps tu vas attendre avant de lui dire la vérité... »

Paul se tut ; de fait, il se le demandait lui aussi. Cécile se tut à son tour ; apparemment elle commençait à se calmer, sa colère se changeait peu à peu en tristesse.

« Il y a déjà Aurélien qui est mort cette année, là ça commence à faire beaucoup, dit-elle finalement. Tu crois que ça m'amuse, d'avoir mes deux frères suicidés ?

— Ça n'a rien à voir !... Là je ne me suicide pas, je choisis un traitement plutôt qu'un autre. Il y a des cas de guérison par la radiothérapie, tu peux demander aux médecins, ils te confirmeront. »

Elle eut une moue largement dubitative, presque méprisante ; manifestement, Nakkache ne lui avait pas chanté les louanges de la radiothérapie.

« C'est un cas difficile, mais je peux guérir comme ça, insista Paul. D'ailleurs tu pourrais prier pour moi, si tu veux.

— Arrête ! » Elle se releva d'un bond, toute sa colère revenue d'un seul coup. « Arrête ça immédiatement ! » Qu'est-ce qu'il avait dit qui n'allait pas ? Il n'y comprenait décidément rien, à sa religion. « Ça n'aurait aucun sens de prier dans ton cas, hurla-t-elle, ce serait presque un blasphème, la prière ne peut avoir aucun effet sur toi parce qu'au fond tu n'as pas envie de vivre. La vie est un don de Dieu, et Dieu t'aidera si tu t'aides toi-même, mais si tu refuses le don de Dieu il ne peut plus rien pour toi, et au fond tu n'as même pas le droit de le refuser, tu t'imagines peut-être que ta vie t'appartient mais c'est faux, ta vie appartient à ceux qui t'aiment, tu appartiens à Prudence d'abord, mais aussi un peu à moi, et peut-être à d'autres gens que je ne connais pas, tu appartiens aux autres, même si tu ne le sais pas. »

Elle se rassit, embarrassée, avant de se calmer peu à peu, sa respiration redevint normale, il lui fallut une bonne minute avant de poursuivre : « Bon, je suis vraiment nulle, tu es là avec ta perfusion et je viens pour t'engueuler… Mais je suis vraiment énervée. Ça m'a choquée que tu refuses de te faire opérer. Je ne veux pas que tu meures, Paul. »

D'une voix faible, presque inaudible, il répondit : « Je ne veux pas qu'on me coupe la langue. »

Elle soupira longuement, se releva. « Pardonne-moi. Tout ce que je t'ai dit était complètement con, je vais y aller maintenant, il faut que je me reprenne, que je réfléchisse un peu. Mais il y a une chose qu'il faut que tu saches. » Elle le fixa droit dans les yeux, son visage était de nouveau aimant, limpide, ça lui allait mieux, l'indignation morale ce n'était décidément pas son registre. « Quoi qu'il advienne tu peux toujours m'appeler, je laisserai tout et je viendrai à ton chevet, ça ne me prendra que quelques heures. Tu peux m'appeler même si c'est au tout dernier moment et que tu ne m'as jamais appelée avant, que tu ne m'as tenue au courant de rien. Je serai là. »

En se dirigeant vers la sortie de la salle commune, elle se retourna à plusieurs reprises pour lui faire de petits signes de la main, sans raison apparente sa silhouette lui apparaissait de plus en plus floue ; il avait peut-être un problème de vision, en plus de tout le reste.

sept

1

Au moment où elle franchit la porte de la salle, Paul eut la sensation très nette, la certitude même, qu'il ne reverrait jamais Cécile – ni Hervé, Anne-Lise encore bien moins. Il ne reverrait plus beaucoup de gens sur cette terre, et à chaque fois il ferait tout pour éviter de donner l'impression d'un adieu, il ne se départirait à aucun moment d'une attitude raisonnablement optimiste et même humoristique, il ferait comme tout le monde, il dissimulerait sa propre agonie. On a beau mépriser, et même haïr, sa génération et son époque, on y appartient qu'on le veuille ou non, et on agit conformément à ses vues ; seule une force morale exceptionnelle permet de s'en extraire, et il n'avait jamais eu cette force. Pour la dernière fois probablement, il y a quelques jours, il avait parlé au téléphone avec Bruno, et comme à son habitude Bruno s'était montré compétent, dévoué, efficace. Il avait revu Cécile, et Cécile avait été comme à son habitude affectueuse, emportée, émotive. Il allait revoir son père, il ne savait pas encore exactement quand, mais il avait besoin de cette dernière rencontre, et là ce serait encore plus simple, compte tenu de son état son père ne pourrait être qu'impénétrable, énigmatique et muet, comme il l'avait toujours été. Les relations entre les êtres se modifient finalement très peu tout au long d'une vie, elles obéissent à des schémas établis dès les premiers instants de la relation, et peut-être depuis toujours.

Enfin il se retrouverait seul avec Prudence, jusqu'à la fin, plus seuls qu'ils ne l'avaient jamais été. À Prudence seulement il se sentait le droit d'imposer cette épreuve que serait le dépérissement de son corps, de l'accompagner dans son affaiblissement et dans ses souffrances, elle était responsable de son corps, c'était là lui semblait-il le sens du mariage, il avait remis son corps entre les mains de Prudence et finalement il avait bien fait, elle saurait en prendre soin jusqu'au bout. Une étrange insouciance l'envahit, qui n'était pas tout à fait de ce monde, et il replongea le cœur léger dans les aventures de Mac Murdo, Scanlan et Mac Ginty. Il demeura immergé dans les enquêtes de Sherlock Holmes toute la semaine, grâce à elles il supportait sans difficulté les six heures de perfusion quotidienne. Dupont passait le voir tous les jours en milieu d'après-midi, il utilisait un abaisse-langue pour examiner son palais, procédait parfois à un prélèvement sur la tumeur et paraissait satisfait, elle ne progressait pas, peut-être même était-elle en légère régression, enfin il ne voulait pas lui donner de faux espoirs, on pouvait à tout moment assister à une repousse, cela demeurait imprévisible.

De son côté, Prudence avait fini par découvrir certaines choses qu'il pouvait digérer, qu'il lui était possible de manger sans éprouver aussitôt l'envie de vomir : il s'agissait essentiellement de pommes de terre bouillies, de pâtes sans sauce et de fromages peu goûteux, du type Vache qui Rit ; sur le plan gastronomique, sa fin de vie n'avait rien de remarquable.

La situation était moins claire sur le plan sexuel. Il était très affaibli, ses déplacements dans l'appartement se limitaient peu à peu à l'espace situé entre le lit et le fauteuil, comme dans la chanson de Jacques Brel, mais il n'en était pas encore au dernier stade, « du lit au lit ». Il parvenait à se lever, mais ne pouvait marcher que quelques mètres avant que ses jambes ne fléchissent malgré lui, il devait alors s'asseoir ; le simple fait de se retourner dans le lit lui demandait déjà un effort énorme. Dans ces conditions, faire l'amour ne paraissait pas très envisageable. Et pourtant il bandait, de manière presque normale, sa bite ne tenait apparemment aucun compte de son état de santé, elle réclamait son dû, et semblait mener une vie tout à fait indépendante du reste de son corps. Son cerveau à vrai dire était dans le même cas : il n'avait aucune difficulté à lire, il comprenait facilement les allusions et les traits d'esprit de l'auteur, il appréciait ses effets de style ; tout cela était quand même curieusement organisé.

Le sabbat de Lugnasad tombait le 1er août, c'était un moment où, selon Scott Cunningham, « le Dieu perd progressivement de ses forces à mesure que les nuits s'allongent ; la Déesse observe la situation avec tristesse et joie, en comprenant que le Dieu est à l'agonie et qu'il continue pourtant de vivre en elle comme son enfant. » Ce dimanche 1er août, il était à peu près 18 heures et Paul, assis dans le lit conjugal, soutenu par deux oreillers, venait de terminer *Le soldat blanchi,* cette admirable nouvelle qui se termine par une sorte de miracle médical, et se disait qu'il aurait de moins en moins de réticences à quémander un miracle au Seigneur, aux dieux du paganisme, ou à n'importe quelle entité, lorsque Prudence s'approcha du lit, nue jusqu'à la taille, uniquement vêtue d'un tee-shirt court, pour lui demander s'il voulait une pipe. Elle avait beaucoup hésité à le faire ces derniers jours parce que lui proposer une pipe, c'était en quelque sorte accréditer l'idée qu'il ne serait plus jamais capable de baiser, d'assurer une véritable pénétration, mais en milieu d'après-midi elle s'était rendu compte avec une évidence particulière qu'il était vraiment fatigué, que des adaptations seraient de toute façon nécessaires s'ils voulaient continuer à avoir une vie sexuelle, il fallait quand même tenir compte des réalités, en plus elle avait toujours été douée pour les pipes, elle avait l'instinct de ça.

Ce fut une très longue pipe rêveuse – commencée un peu après 18 heures, elle s'acheva vers 21 heures – et elle lui apporta un plaisir immense, un des plus grands qu'il ait éprouvés de sa vie. Au cours d'une des interruptions qu'elle s'accordait pour reprendre souffle, il entreprit de la lécher ; sans être aussi doué qu'elle, il ne s'en sortait pas mal en sexe oral, et il tenta d'ironiser sur les conséquences qu'aurait, sur leur couple, une ablation de sa langue ; mais le sujet, il s'en rendit compte tout de suite, se prêtait peu à l'ironie.

On entra dans les deux semaines de très grand calme, la première quinzaine d'août, c'est Paris tout entier qui lui paraissait ressembler à un hôpital, sans en avoir pourtant le caractère angoissant, à une maison de repos plutôt. Le mardi 3 août en début d'après-midi, peu après que l'infirmière eut posé sa perfusion, il entama la lecture de *Son dernier coup d'archet*, plus exactement de la nouvelle éponyme, la dernière du recueil. Immédiatement avant que n'éclate la première guerre mondiale, Sherlock Holmes sortait de sa retraite consacrée à l'apiculture pour servir son pays et mener à bien la capture de l'espion allemand von Bork. Paul médita longuement sur la dernière page, qui ne pouvait pas être considérée comme le testament de Conan Doyle – il avait beaucoup écrit par la suite – mais peut-être comme celui de son personnage le plus illustre.

« *Le vent d'Est se lève, Watson !*

— Je ne crois pas, Holmes. Il fait très chaud.

— Cher vieux Watson ! Vous êtes le seul point fixe d'une époque changeante. Un vent d'Est se lève néanmoins : un vent comme il n'en a jamais soufflé sur l'Angleterre. Il sera froid et aigre, Watson ; bon nombre d'entre nous n'assisteront pas à son accalmie. Mais c'est toutefois le vent de Dieu ; et une nation plus pure, meilleure, plus forte, surgira à la lumière du soleil quand la tempête aura passé. Mettez en marche, Watson ; il est temps de partir. »

Paul ne croyait nullement que l'Angleterre, pas davantage qu'aucune autre nation européenne, soit sortie renforcée de la première guerre mondiale ; il lui paraissait au contraire évident que cette boucherie stupide était à l'origine de la phase terminale du déclin de l'Europe ; mais si Conan Doyle avait réussi à se persuader que l'Angleterre allait en sortir régénérée, c'était bien ; après la lecture des deux volumes de Sherlock Holmes, il se sentait plein d'une affectueuse reconnaissance envers Arthur Conan Doyle, qui lui avait permis pendant une dizaine de jours d'oublier réellement sa perfusion, son cancer et tout le reste. Les quinze volumes de l'intégrale Agatha Christie, qu'il venait d'acheter, suffiraient très largement à sa radio et à sa chimiothérapie – il restait un peu moins de six semaines, d'après ce que lui avait dit Cécile.

Une difficulté apparut rapidement, c'est qu'Agatha Christie était un bon auteur, mais quand même pas du niveau de Conan Doyle. Ses livres étaient moins captivants, leur effet moins radical, et très vite il se mit à repenser à sa perfusion, à cette aiguille plantée dans son bras, et à éprouver le désir de l'arracher. L'idéal aurait été qu'il s'endorme, mais il n'avait jamais réussi à dormir sur le dos. Cette position lui évoquait les gisants, les rois de France figés pour la suite des siècles dans une attitude hiératique, les mains jointes dans la prière ; ce n'était pas sa conception d'une nuit de repos. Dormir sur le ventre n'était guère mieux, ce n'était réellement confortable qu'à l'issue d'un repas trop copieux, et évoquait de fait le sommeil stupide de l'animal repu. Ce qu'il préférait au fond, et qu'il avait toujours préféré, c'était dormir sur le côté. C'était par ailleurs le seul moyen de retrouver, recroquevillé, cette position fœtale qui fait naître en nous, jusqu'à la fin de nos jours, une irréparable nostalgie.

Non seulement il préférait dormir sur le côté, mais il avait toujours préféré faire l'amour sur le côté, et cela tout particulièrement avec Prudence. Il existait aux yeux de Paul peu de différence entre la position du missionnaire et la levrette, dans les deux cas c'était l'homme qui, par les mouvements de son bassin, contrôlait le rythme et la brutalité de l'étreinte. Dans les deux cas, la femme – soit en écartant les cuisses, soit en relevant son cul – se plaçait en position de soumission, ce qui était un argument fort en faveur de ces positions, mais constituait également, par ce qu'elle empruntait directement au monde animal, leur limite, et plus encore dans le cas de la levrette. La position où la femme est au-dessus de l'homme lui apparaissait à l'inverse trop solennelle, elle mettait la femme dans la position d'une divinité femelle qui se livrerait à une sorte de cérémonie d'hommage au phallus ; ni lui, ni son phallus ne lui paraissaient justifier une telle grandiloquence. La position sur le côté était surtout la seule qui lui permît, tout en pénétrant Prudence, de la serrer dans ses bras, de la caresser, et tout particulièrement de lui caresser les seins, ce qu'elle aimait depuis toujours ; de toutes les positions sexuelles, elle était aux yeux de Paul la plus amoureuse et sentimentale, la plus humaine.

Dans beaucoup de circonstances de la vie, il s'était senti mieux sur le côté. Même dans le cas d'une activité moins essentielle comme la nage, c'était la nage sur le côté, également appelée « nage indienne », qui avait toujours eu sa préférence. Elle était la seule qui permette au nez et à la bouche de rester constamment hors de l'eau, et par conséquent au nageur de respirer tout à fait à son rythme, indépendamment de la rapidité de ses mouvements ; la seule, donc, qui transforme la natation en une activité anodine, banale. La nage sur le dos, c'est vrai, aurait pu elle aussi correspondre à ces critères ; mais, par l'incapacité où elle vous laissait de contrôler précisément votre direction, elle contredisait le principe essentiel de la nage – qui est, comme la marche, un moyen de locomotion d'un endroit à un autre – et demeurait de ce fait un exercice artificiel et vain. On pouvait dire en somme de Paul qu'il avait, la plupart du temps, essayé de vivre sur le côté.

2

Le vendredi 6 août il parvint, au sujet de sa perfusion, à un agacement considérable que les livres d'Agatha Christie ne permettaient plus de chasser, à l'exception de certains Poirot, et il décida d'aborder le problème avec Dupont, c'était le jour de sa visite hebdomadaire. Celui-ci l'écouta sans surprise, avec même une certaine résignation, avant de sortir une fiche de son porte-documents. « Vous avez tenu trois semaines sans vous plaindre, constata-t-il, c'est à peu près dans la moyenne. À peu près personne n'arrive à supporter les perfusions jusqu'au bout. C'est parfois dommage, dans certains cas ça avait pu offrir un espoir de guérison, mais pas dans le vôtre c'est vrai, on ne fait au mieux que stabiliser. » Dans son cas, par contre, il y avait peut-être une nouvelle possibilité de traitement, quelque chose de tout à fait différent, ce n'était pas certain, il fallait qu'il prélève quelques cellules cancéreuses et qu'il pratique une analyse moléculaire avant de se prononcer ; il pouvait faire le prélèvement dès aujourd'hui. Paul acquiesça. Si ça ne l'ennuyait pas trop, poursuivit Dupont, on allait quand même maintenir la perfusion une semaine supplémentaire, on déciderait ensuite. Il acquiesça de nouveau.

Dupont mit une semaine à revenir, c'était le vendredi 13 août, en fin d'après-midi, Paul ne pensait pas trop à sa perfusion, il était plongé dans *Rendez-vous avec la mort*, plutôt un bon Poirot, le personnage de la despotique lady Boynton était une réussite. Elle était dépeinte comme un véritable monstre, ses enfants tremblaient de peur en sa présence, et en venaient à envisager sa mort comme leur seule possibilité de délivrance. L'analyse moléculaire avait demandé un certain temps, dit Dupont, et il avait pas mal tâtonné ensuite, enfin il fallait bien comprendre qu'il s'agissait d'un traitement innovant, qui n'avait encore jamais vraiment été testé. « Au point où j'en suis, fit remarquer Paul, on peut faire des expériences, je trouve… » Le médecin sourit involontairement. « En effet, dit-il, j'aurais préféré le dire autrement, mais ce n'est pas faux. » Ce qu'il allait lui proposer, c'était un mélange de chimiothérapie légère – par voie orale – et d'immunothérapie, qui reposait sur un principe tout à fait différent : il ne s'agissait pas directement d'attaquer la tumeur, mais d'entraîner le système immunitaire à reconnaître et à détruire les cellules cancéreuses. Concrètement, il y aurait là aussi des perfusions, mais plus brèves, elles pouvaient être réalisées à domicile, et surtout moins fréquentes, une injection toutes les deux semaines serait suffisante.

« Mais ce n'est rien, ça !… s'exclama Paul. Ça n'a plus rien à voir !

— Dans un sens oui, mais vous devez bien comprendre que nous manquons de recul sur l'immunothérapie, d'essais cliniques, enfin le résultat n'est pas du tout garanti, il peut même y avoir des effets secondaires que nous ignorons.

— Et on pourrait commencer quand ? demanda Paul, qui avait à peine écouté l'avertissement.

— Lundi prochain. »

Il était presque dix-neuf heures quand Dupont repartit, Prudence allait passer le prendre dans quelques minutes et il fut envahi par une véritable effusion de joie en prenant conscience que, pour la première fois, il n'aurait pas besoin de lui mentir. Il pouvait même souligner le caractère innovant du traitement, sans trop insister sur ce qu'il avait de hasardeux. En tout cas, dès le lundi suivant, il pourrait être à la maison à une heure de l'après-midi, et en plus la radiothérapie prenait fin trois semaines plus tard, début septembre il n'aurait plus besoin de revenir à l'hôpital, ils pourraient même envisager de quitter Paris.

Il attendit qu'ils soient à la maison pour lui en parler. Il lui était impossible d'accueillir de telles nouvelles sans être envahie par un flot d'enthousiasme et d'espérance, sans avoir la certitude que cette fois ça y était, que le processus de guérison était bel et bien entamé, Paul ne se souvenait pas de l'avoir jamais vue aussi heureuse, et il ne se sentit pas le courage de relativiser son optimisme ; il savait pourtant que la situation pouvait encore évoluer de manière bien différente. Contrairement à Nakkache, les Dupond-Dupont ne cherchaient jamais à présenter les choses sous un jour favorable, ils cherchaient au contraire à le mettre en garde contre des espoirs exagérés, leur honnêteté était même presque excessive, la plupart des médecins ne se seraient pas comportés ainsi. Ils ne lui avaient pas caché par exemple qu'il arrivait qu'une tumeur paraissant complètement résorbée sur une IRM ou un scanner soit en fait devenue microscopique et indécelable, et reprenne sa progression un peu plus tard ; il arrivait aussi qu'une chimiothérapie au départ efficace devienne d'un seul coup inopérante, la tumeur étant parvenue à s'y adapter. Paul prenait mentalement note de toutes ces informations, la plupart du temps il pensait de manière rationnelle et se disait qu'il était, en effet, très probablement foutu, mais la plupart du temps aussi il ne parvenait pas vraiment à intégrer le fait, il lui restait au fond impossible d'envisager sa propre mort.

Cela se produisait pourtant parfois, dans un éclair de conscience atroce, toujours quand il était au milieu d'autres gens, jamais dans la solitude. Il en vint peu à peu à craindre la foule et même les petits groupes, parce que le premier sentiment qui l'envahissait, et le plus horrible, était une bouffée de jalousie pure en voyant tous ces gens qui l'entouraient et qui demain, après-demain, pendant des dizaines d'années peut-être, continueraient à vivre au milieu des choses et des êtres, à ressentir leur présence charnelle alors que pour lui il n'y aurait plus rien, il s'imaginait enterré dans une boue glacée au milieu d'une nuit sans fin, le froid envahissait son être et il demeurait tremblant pendant une à deux heures, il mettait parfois la journée entière à s'en remettre. Parfois, au contraire, il était envahi aussitôt après par un mouvement d'optimisme délirant : il allait guérir, l'immunothérapie était une découverte miraculeuse et le docteur Dupont un génie ; mais cela ne durait jamais longtemps, pas plus de quelques minutes.

Ils étaient assis dans l'espace de vie, le soleil se couchait sur le parc de Bercy. De toute évidence Prudence s'était mise à croire à sa guérison dès qu'il lui avait parlé de l'immunothérapie, à y croire de toutes ses forces, et après tout ce n'était pas impossible, il y a des progrès réels en médecine, ça arrive parfois. Lui-même du coup fut envahi par un élan d'optimisme, et il se mit à boire pas mal. Il était encore un peu brumeux le lendemain matin lorsqu'il sentit Prudence le prendre dans sa bouche, elle le faisait souvent avant son vrai réveil. Le jour semblait largement levé mais les rideaux tirés, il n'y voyait pas grand-chose et il lui sembla qu'elle faisait des mouvements bizarres, elle s'était relevée et le branlait de la main droite, il comprit d'un seul coup qu'elle se branlait elle-même de la main gauche, c'était tout à fait inhabituel, il comprit d'un seul coup quand elle passa une jambe au-dessus de lui avant de saisir sa bite et de la plonger en elle, elle était très mouillée et l'accueillit sans difficulté. Puis elle se mit à se contracter rythmiquement, d'abord doucement puis de plus en plus vite, une fois arrivée à la racine de son sexe elle commença à remonter, ses mouvements se firent plus lents et plus doux lorsqu'elle atteignit le gland, puis elle redescendit à nouveau, le pompant de plus en plus fort, elle maîtrisait vraiment bien sa chatte, la montée du plaisir était irrésistible et il jouit en elle sans même avoir envisagé la possibilité de se contrôler. Elle s'abattit ensuite sur lui et lui entoura le cou d'un bras, reprenant peu à peu sa respiration. « C'est bizarre, on n'avait jamais fait comme ça, je ne comprends pas pourquoi... » dit Paul tout en songeant malgré lui que le moment était décidément bien mal choisi pour mourir. « Je ne comprends pas non plus » répondit-elle avant de poursuivre, un peu plus tard : « Peut-être qu'au fond ça m'est plus naturel d'être passive, enfin je n'avais jamais pensé à changer, ta maladie aura au moins servi à ça », elle continuait à se projeter dans le futur, elle était décidément persuadée qu'il allait vivre, cela le mit un temps mal à l'aise mais il s'employa à s'en persuader aussi, c'était une sorte d'entraînement, un coup à prendre, et il y parvenait. La plupart du temps. Mais cette fois la pensée de la mort revint très vite, avec la brutalité d'un coup de poing dans l'estomac, il en perdit le souffle pendant quelques secondes. Le problème était que Prudence se rendait compte de tout maintenant, elle réagissait aussitôt, un frisson de tristesse impuissante passait sur son visage. Il sentait que bientôt, très bientôt, il allait abandonner en sa présence toute trace d'intimité, de pudeur ; alors ils seraient vraiment ensemble, davantage qu'ils ne l'avaient jamais été, ils seraient tous les deux en permanence comme ils l'étaient maintenant dans le sexe, ils traverseraient ensemble la vallée de l'ombre de la mort. Il y aurait de l'amour physique jusqu'au bout, elle s'arrangerait. D'une manière ou d'une autre, elle s'arrangerait. Et même si sa tumeur se mettait réellement à puer elle clignerait légèrement des yeux, se concentrerait sur la mise en sommeil de ses facultés olfactives et elle parviendrait à l'aimer, certaines femmes très aimantes l'avaient fait avec les odeurs de merde qui remontaient des entrailles détruites de leur époux pour empuantir son haleine, il est vrai que là c'était encore pire que l'odeur de merde, c'était l'odeur de cadavre, de chair en décomposition, qui se dégagerait de la tumeur, c'est ainsi que la nature procède, c'est ça mère nature, c'est son style, mais de toute façon on n'en arriverait pas là, Dupont le lui avait promis, grâce à la chimiothérapie l'odeur serait considérablement réduite, et Dupont n'avait rien d'un plaisantin ni d'un guignol ; si Dupont lui avait fait une promesse, elle serait tenue.

Bizarrement, la pensée de Paul prenait parfois maintenant une tournure politique. Il était normalement trop tard pour songer à ces choses, mais il avait passé des années de sa vie dans l'univers politique sans en penser, à proprement parler, quoi que ce soit. Ses opinions n'avaient jamais eu beaucoup d'importance, elles n'en avaient maintenant plus aucune, la seule chose qui comptait était le combat incertain se livrant dans sa chair entre les cellules cancéreuses et les cellules immunitaires, et dont dépendait, à court terme, sa survie. Il n'en demeurait pas moins capable de former certaines idées, en nombre restreint, ses besoins intellectuels avaient toujours été modestes ; cela flottait, de temps à autre, à la lisière de sa conscience. Il était en cela semblable à la plupart des hommes, il ne pouvait pas totalement s'empêcher de penser à des questions d'ordre général, tout en sachant qu'il ne pourrait en résoudre aucune.

Paul avait connu des hommes qui n'auraient pas imaginé de revenir sur une parole donnée, il n'était même pas nécessaire avec eux de recourir à la formalité du serment. Il était surprenant que de tels hommes existent encore à l'heure actuelle, ils n'étaient même pas extrêmement rares. Bokobza était probablement de cette trempe, mais il connaissait mieux Dupont, et surtout Bruno. Depuis un siècle à peu près, d'autres hommes étaient apparus, en nombre croissant ; ils étaient rigolards et visqueux, ils n'avaient même pas la relative innocence du singe, ils étaient portés par la mission infernale de ronger et de corroder tout lien, d'anéantir toute chose nécessaire et humaine. Ils avaient malheureusement fini par atteindre le grand public, le public populaire. Le public cultivé était depuis longtemps acquis au principe de la décadence, sous l'effet de penseurs qu'il serait fastidieux d'énumérer, mais cela n'avait pas beaucoup d'importance, le grand public était l'essentiel, il était maintenant, depuis les Beatles et peut-être depuis Elvis Presley, la norme de toute validation, rôle que la classe cultivée, ayant failli sur le plan éthique comme sur le plan esthétique, s'étant par ailleurs gravement compromise sur le plan intellectuel, n'était plus en mesure de tenir. Le grand public ayant ainsi acquis un statut d'instance de validation universelle, son avilissement programmé était une bien mauvaise action, songeait Paul, et ne pouvait conduire qu'à une fin violente et triste.

Durant la première semaine, Dupont vint lui rendre visite tous les jours pendant sa période de repos, immédiatement après sa séance de radiothérapie. Il procédait à un examen clinique, toujours avec son abaisse-langue, et à une prise de sang ; il semblait absorbé par des réflexions obscures. Paul pour sa part, devant son miroir, évitait de regarder sa tumeur, le truc avait l'air assez dégueulasse, au moins ça ne puait pas trop. Il n'envisageait quand même pas d'embrasser à nouveau Prudence sur la bouche, mais l'odeur restait supportable.

Le vendredi 20 août, à la fin de la première semaine, Dupont lui annonça qu'il réagissait bien à l'immunothérapie, du moins il n'y avait pas d'effets secondaires évidents, à son avis on pouvait poursuivre. Il en était à la fin de son explication lorsque son collègue Dupond fit son entrée dans la chambre, et s'assit également près de son lit ; ce qu'il avait à lui dire était moins réjouissant, avertit-il d'emblée : il lui semblait préférable de mettre fin à la radiothérapie une semaine avant la date prévue, afin d'éviter des nécroses irréversibles. Cela n'avait rien d'exceptionnel ni d'alarmant, la résistance des patients à l'irradiation était variable, et dans son cas 60 Grays paraissaient plus adaptés que 70. Paul voulut alors savoir si le traitement avait eu un effet, s'il était satisfait des résultats. Mais ça, qui était en effet la question essentielle, il n'était pas en mesure de le lui dire ; la tumeur continuait fréquemment à subir une involution après l'arrêt des radiations. Il faudrait attendre au moins un mois, c'est-à-dire début octobre, tout en poursuivant bien sûr la chimio et l'immunothérapie, avant de refaire un bilan complet : scanner, IRM, PET-Scan, examen clinique approfondi. Il doutait qu'une semaine supplémentaire de radiothérapie puisse modifier la situation ; mais, en même temps, ce n'était pas absolument impossible ; il était par contre certain que son organisme ne pourrait pas supporter une dose de 70 Grays sans subir de dommages irréversibles ; ce genre de dilemme se posait constamment, en cancérologie. On pouvait peut-être adopter un moyen terme, suggéra Paul. Oui, c'était une possibilité, répondit Dupond. Il reprit ses fiches, procéda à de rapides calculs. La dose de 65 Grays, qui lui paraissait vraiment le maximum, serait atteinte si l'on cessait le traitement le 31 août.

3

Ce 31 août, il se rendit donc à l'hôpital de la Pitié-Salpêtrière pour sa dernière séance avec Dupond. C'était peut-être la dernière fois qu'il voyait Dupond, et peut-être la dernière fois, également, qu'il voyait la Pitié-Salpêtrière ; s'il devait mourir à l'hôpital, cela serait vraisemblablement à Villejuif ; à chaque fois qu'il faisait quelque chose, maintenant, il avait la sensation d'un adieu. Parfois lui revenait, malgré lui, l'ultime phrase de Sherlock Holmes : « *Mettez en marche, Watson ; il est temps de partir* », et il était à chaque fois au bord des larmes. Il n'avait pas envie de quitter ce monde, il n'en avait aucune envie ; il le fallait, pourtant.

Dans son livre, Philippe Lançon signale dans l'enceinte de la Pitié-Salpêtrière différents sites remarquables par leur beauté ou leur caractère historique ; il n'en avait vu aucun. Il est vrai que Lançon était resté deux ans, il avait eu le temps de faire du tourisme ; vu l'état de Paul, seul le tourisme par Internet était maintenant envisageable. Sur le site *www.paris-promeneurs.com,* il tomba sur un article consacré à l'ancienne prison de la Petite Force, située à l'intérieur de l'enceinte de l'hôpital, et qui, après avoir accueilli les « cancéreuses, galeuses, écrouellées, teigneuses et épileptiques », en d'autres termes les incurables de l'époque, abritait maintenant le service de psychiatrie, après avoir servi sous l'Ancien Régime à emprisonner des prostituées dans l'attente de leur transfert vers les nouvelles colonies, qu'elles devaient contribuer à peupler. Pendant la Révolution, cette prison avait été l'un des théâtres des massacres de septembre. Lançon n'en parlait pas dans son livre, il n'avait probablement pas visité l'endroit ; il faut dire que sur les photos présentées il était moche, et même franchement sinistre – aussi sinistre que les événements qui s'y étaient déroulés ; ces petites cours sombres, entourées de bâtiments gris, que le soleil ne paraissait jamais pouvoir atteindre, étaient l'endroit idéal pour un massacre.

La prison de la Petite Force avait été comme d'autres envahie en septembre 1792 par une foule de sans-culottes, agissant spontanément au dire des historiens, en quête d'aristocrates à exterminer. Comme dans les autres prisons, certains prisonniers avaient été arbitrairement libérés tandis que d'autres étaient égorgés avant d'être coupés en morceaux, littéralement. Allant plus loin dans ses lectures, Paul tomba sur une lettre du marquis de Sade, présent à Paris durant ces journées, qui relatait ainsi les événements : « Dix mille prisonniers ont péri durant la journée du 3 septembre. La princesse de Lamballe fut du nombre des victimes ; sa tête, portée sur une pique, fut offerte aux yeux du roi et de la reine, et son malheureux corps traîné dans les rues, après avoir été souillé, dit-on, par toutes les infamies de la plus féroce débauche. » Gilbert Lély, son biographe, croyait bon de préciser, en un récit qui devait frapper les imaginations : « On lui coupa les seins et la vulve. De cet organe délicieux un bourreau se fit une moustache, à la grande hilarité des "patriotes", et il s'écria : "La putain ! À présent, nul ne l'enfilera plus !" »

Il est sans doute normal que les personnes âgées s'intéressent à l'histoire, qui relativise leur trépas en retraçant les destinées de personnes importantes, illustres et parfois même toutes puissantes, qui n'en étaient pas moins redevenues poussière. Et Paul était une personne très âgée, si l'on considère que l'âge réel ne se mesure pas par les années qu'on a déjà vécues, mais par celles qui vous restent à vivre. C'est probablement ce qui le rapprocha de Joseph de Maistre, dont il avait récemment découvert que son père était un lecteur assidu. Il acheta un volume regroupant ses œuvres principales, il pourrait le lire en alternance avec Agatha Christie, ça lui paraissait un bon *mix*. Rapidement, il saisit la thèse principale de l'auteur savoyard : la Révolution française était du début à la fin d'inspiration satanique, les philosophes des Lumières qui en étaient l'origine avaient, tout comme Luther et quelques siècles après lui, reçu directement leurs instructions du Prince des Ténèbres. Il fallait bien reconnaître que cette interprétation, si l'on se plaçait du point de vue nécessairement particulier d'un catholique royaliste, ne manquait pas d'une certaine cohérence.

Il n'avait jamais réalisé que la radiothérapie l'avait épuisé à ce point, la fatigue s'était installée de manière très progressive, mais il fut frappé par la rapidité du retour de ses forces à partir du 1er septembre. L'effet était déjà perceptible au bout d'une semaine, et devint tout à fait évident au bout de deux. Non seulement il marchait plus facilement, il pouvait envisager dans le parc de Bercy des promenades assez longues, mais il parvenait à baiser Prudence sur le côté. La levrette et le missionnaire n'étaient toujours pas envisageables, et ne le seraient sans doute plus jamais, mais le retour de la position sur le côté était un bonheur suffisant, il s'endormait après avoir éjaculé mais continuait à la serrer dans ses bras, il dormait peut-être une heure ou deux puis il s'éveillait et bandait de nouveau, la pénétrait tout de suite, ils s'endormaient encore et le cycle reprenait au bout d'une à deux heures, elle était presque en permanence humide. C'était une façon de vivre idéale et parfaite, demandant peu de moyens. Maintenant qu'ils avaient terminé de payer leur appartement, un traitement à mi-temps de Prudence aurait largement pu y suffire.

À la fin de la deuxième semaine, alors qu'il commençait à se sentir de mieux en mieux, il lui proposa de partir quelques jours à Saint-Joseph ; elle accepta immédiatement. Il avait besoin de revoir son père, elle le savait sans comprendre pourquoi, moins encore bien sûr qu'il ne le comprenait lui-même. S'ils partaient dès le samedi suivant, et passaient trois jours sur place, ils pourraient être de retour le soir du 21, ce serait le premier jour de l'automne, la date idéale pour n'importe quel retour. Paul avait toujours aimé *Signe*, le poème d'Apollinaire, en particulier le premier vers, « Je suis soumis au Chef du Signe de l'Automne », à chaque fois il se sentait pénétrer sous les porches d'un mystère somptueux. Le dernier vers par contre, « Les colombes ce soir prennent leur dernier vol », l'avait toujours un peu agacé. Les colombes ? Quelles colombes ? *What's the fuck with the fucking doves ?*

Même s'il allait mieux il ne se sentait pas tout à fait en état de conduire, et Prudence prit le volant, le samedi 18 en début d'après-midi. Dès qu'ils atteignirent les premières forêts il comprit que ce voyage était une excellente idée, et qu'ils allaient pendant ces quelques jours être très heureux, peut-être pour la dernière fois ; c'était certainement, en tout cas, leur dernier voyage. Prudence conduisait bien, elle était au volant calme et sûre. Ils parlaient peu, mais ce n'était pas nécessaire ; le paysage, très beau dès leur entrée en Bourgogne, devint splendide tout de suite après Mâcon, dès qu'ils arrivèrent dans le Beaujolais proprement dit. Les vignes étaient illuminées d'écarlate et d'or, davantage lui semblait-il qu'elles ne l'avaient jamais été, mais c'était peut-être simplement parce qu'il allait mourir, qu'il ne reverrait plus jamais ce paysage qu'il aimait depuis l'enfance.

Prudence avait fourni à Madeleine une version édulcorée de la situation : en effet il allait mal, c'était quand même un cancer, mais le traitement était en cours, on avait bon espoir. La décence bourgeoise n'était pas dans l'horizon de possibilités de Madeleine, et dès qu'elle vit Paul sur le pas de la porte – la lumière sur les vignes était enveloppante, atroce de beauté – elle ne put s'empêcher de s'exclamer : « Qu'est-ce que vous avez maigri ! »

Bien sûr qu'il avait maigri, les cellules de sa tumeur consommaient à elles seules la ration énergétique de deux adultes ordinaires, et il avait toujours de grandes difficultés à s'alimenter. Ce n'était pas seulement la décence bourgeoise qui poussait Prudence à tenter d'élaborer une version optimiste, mais surtout le fait qu'elle s'était mise à croire à son propre récit, Madeleine le comprit en quelques secondes, en même temps qu'elle se rendait compte qu'elle venait de commettre une erreur, elle baissa la tête sous le regard étincelant de Prudence, et ne retrouva son équilibre qu'en se rattachant à ses anciennes fonctions serviles. « Votre chambre est prête, dit-elle, vous pouvez aller vous reposer, vous devez en avoir besoin. » Pas tellement en fait, quatre heures d'autoroute facile, mais il fallait bien dire quelque chose. Paul n'allait pas dîner ce soir, dit Prudence, il était en effet fatigué, il ne verrait son père que le lendemain ; mais un bol de potage aux légumes ce serait bien, et peut-être un peu de purée.

De fait il s'endormit presque aussitôt, une dizaine de minutes après s'être allongé, sans bien avoir compris ce qui s'était joué entre les deux femmes, c'était quand même une situation anormale à laquelle devait s'habituer Madeleine, en principe les fils ne meurent pas avant les pères, et c'était le deuxième, et cette fois c'était le fils aîné. Prudence réveilla Paul pour qu'il puisse manger le léger souper qu'elle lui avait monté, les nausées avaient diminué depuis la fin de la radiothérapie, c'était un peu maintenant comme s'il était son jeune fils victime d'une maladie d'enfance, ou son vieux père atteint d'une invalidité partielle, en même temps elle aimait plus que jamais sa bite, mais rien de tout cela ne la dérangeait, il pouvait être tout à la fois son fils, son père et son amant, la symbolique mise en jeu lui était parfaitement indifférente, l'essentiel était qu'il soit là.

Le lendemain matin, Paul eut envie de passer quelques heures dans son ancienne chambre. Prudence hocha doucement la tête ; comme toutes les femmes amoureuses elle était émue en songeant à ces quelques années où Paul, tout en étant déjà presque adulte, ne l'avait pas encore rencontrée ; ces quelques années, à la fois vides et pleines de potentialités énormes, où chacun de leur côté ils abandonnaient, de bon ou de mauvais gré, l'adolescence, où ils s'accoutumaient à porter le fardeau de l'existence des hommes.

De fait Paul comprit tout de suite, dès qu'il ouvrit la porte de la chambre, qu'il en avait définitivement fini avec Kurt Cobain. Avec Keanu Reeves, c'était moins évident. Avec Carrie-Anne Moss il n'en avait certainement pas fini, c'était même tout le contraire, et il comprit immédiatement qu'il allait devoir détruire ces photos, maintenant ou jamais, et en réalité plutôt maintenant.

Après le déjeuner, qui s'était plutôt bien passé – il avait réussi à manger un peu plus que d'habitude, mais il avait encore une fois éprouvé le besoin de s'allonger au milieu du repas – Madeleine lui dit que son père était dans le jardin d'hiver ; elle n'ajouta pas qu'il l'attendait, mais c'était bel et bien le message. Il eut encore un peu de mal à se lever mais ne s'en alarma pas spécialement, il y aurait encore pendant longtemps des incidents de ce genre, le radiothérapeute l'en avait prévenu, ils n'avaient pas de signification particulière. Prudence l'aida à descendre l'escalier, puis partit chercher l'ancien fauteuil roulant de son père, le modèle ordinaire.

Au moment où Prudence, poussant le fauteuil, s'engagea dans la galerie vitrée, il eut de nouveau un choc en découvrant le paysage de forêts et de vignes ; cette juxtaposition de vert, d'écarlate et d'or était une des images qu'il souhaitait conserver jusqu'au bout, jusqu'aux dernières secondes. Puis ils arrivèrent dans le jardin d'hiver ; son père était installé derrière une petite table ronde, son fauteuil en position inclinée. Prudence le redressa et installa Paul de l'autre côté de la table, juste en face, pour qu'ils puissent bien se voir.

« Tu veux que je vienne te chercher quand ? demanda-t-elle avant de repartir.

— Un peu avant le dîner, je pense.

— Tu veux rester tant que ça ? Toute l'après-midi ?

— Ce que j'ai à dire n'est pas simple. »

Lorsqu'elle revint, un peu après dix-neuf heures, Paul était à côté de son père, en face de la baie vitrée. Ils contemplaient le paysage qui était à présent, dans les rayons du soleil couchant, d'une beauté surnaturelle ; elle s'immobilisa, saisie. Son intention initiale était d'informer Édouard qu'elle allait emmener Paul, que c'était bientôt l'heure du dîner, et que Madeleine allait venir le chercher aussitôt après ; elle allait le faire, bien sûr, mais pas tout de suite, le dîner attendrait un peu, il lui paraissait impensable d'interrompre leur contemplation de ce coucher de soleil. Claude Gellée, dit « le Lorrain » avait fait parfois aussi bien, ou pire, dans certaines toiles, installant définitivement en l'homme l'enivrante tentation du départ vers un monde plus beau, où nos joies seraient complètes. Ce départ se passait généralement au coucher du soleil, mais ce n'était qu'un symbole, le moment véritable de ce départ était la mort. Ce soleil couchant n'était pas un adieu, la nuit serait brève et conduirait à une aube absolue, à la première aube absolue de l'histoire du monde, voilà ce qu'on pouvait en arriver à s'imaginer, pensait Paul, à force de contempler les tableaux de Claude Gellée, dit « le Lorrain », et aussi de contempler le soleil qui descendait sur les collines du Beaujolais.

Il ne fallut pas longtemps, un quart d'heure tout au plus, avant que l'obscurité ne devienne totale, et que Prudence ne se décide à le ramener vers la salle à manger. Comme il restait silencieux, elle finit par lui demander, juste avant qu'ils n'arrivent et ne retrouvent Madeleine :

« Ça s'est passé comment, avec ton père ?

— Je ne lui ai rien dit.

— Comment ça, rien ?

— Rien de particulier, rien de plus qu'avant. Que j'étais malade, que j'avais un cancer mais que j'étais bien soigné, qu'on avait bon espoir. »

Ce n'était pas tout à fait un mensonge, mais quand même une version très simplifiée. « Je croyais qu'à lui, tu voulais en dire plus… dit Prudence au bout d'un temps.

— Je croyais aussi ; mais finalement, non. »

4

Le lendemain, en milieu de matinée, ils partirent faire une longue promenade en voiture. Paul voulait reprendre cette petite départementale sinueuse qui descend du col du Fût-d'Avenas en direction de Beaujeu, celle qu'il avait déjà empruntée, seul à l'époque, lorsqu'il était allé pour la première fois voir son père à l'hôpital de Belleville-en-Beaujolais. Il ignorait qu'Aurélien avait accompli ce même parcours en compagnie de Maryse, et que cela avait été le début de leur amour, c'est-à-dire de la seule joie de sa pauvre existence. Ce moment s'était produit, il aurait pu ne pas le faire. Des moments ont lieu ou n'ont pas lieu, la vie des personnes s'en trouve modifiée et parfois détruite, et que peut-on en dire ? Que peut-on y faire ? De toute évidence, rien.

Prudence plia le fauteuil roulant avant de le ranger dans le coffre de la voiture, il aurait sûrement envie de s'arrêter quelque part. Une pensée lui vint, assez comique, concernant les minishorts, elle en avait emporté trois, mais de toute évidence elle ne pourrait pas les utiliser, pas pour l'instant.

De fait, Paul lui demanda de s'arrêter à mi-parcours vers Beaujeu, exactement au même endroit où il l'avait fait quelques mois plus tôt. Elle déplia le fauteuil et il s'assit face au paysage ; elle s'assit en tailleur à ses côtés. L'immense forêt qui s'étendait devant eux n'était pas immobile, une brise légère faisait onduler les feuilles, et ce très léger mouvement était encore plus apaisant que ne l'aurait été une immobilité parfaite, la forêt semblait animée d'une respiration calme, infiniment plus calme que n'importe quelle respiration animale, au-delà de toute agitation comme de tout sentiment, différente pourtant du minéral pur, plus fragile et plus tendre, intermédiaire possible entre la matière et l'homme, elle était la vie dans son essence, la vie paisible, ignorante des combats et des douleurs. Elle n'évoquait pas l'éternité, ce n'était pas la question, mais lorsqu'on se perdait dans sa contemplation la mort paraissait beaucoup moins importante.

Ils restèrent ainsi un peu plus de deux heures, se laissant envahir par une paix profonde, avant de remonter en voiture. « On va partir demain, comme prévu » dit Paul avant que Prudence ne redémarre. « À moins que tu n'aies envie de rester davantage. »

On pourra revenir, dit Prudence. Il répondit que oui, mais elle était devenue terriblement sensible à la moindre de ses intonations, et quelque chose lui serra le cœur dans sa réponse, elle sentit qu'il ne croyait pas du tout à ce retour, qu'il avait la sensation de faire tout cela pour la dernière fois, comme une espèce de commémoration, et qu'en un sens il était déjà loin, très loin d'elle ; mais que, pourtant, il avait plus que jamais besoin de sa présence à ses côtés.

Ils s'arrêtèrent pour boire un verre à Beaujeu, et là encore, sans le savoir, Paul choisit le même café qu'Aurélien quelques mois auparavant, lorsqu'il s'était arrêté pour boire un verre avec Maryse, le *Retinton*.

Leur séjour avait été bref, dit-il à Prudence, mais au fond il avait parfaitement rempli ses attentes. Une fois de plus il avait été frappé par la solidité, le caractère apparemment indestructible de la volonté de vivre de son père, qui contrastait si vivement avec la débilité de la sienne, sans même parler de son malheureux frère. Ensuite il généralisa, c'est un peu la faute originelle des hommes, ils aiment à généraliser ; c'est aussi dans un sens, si l'on veut, leur grandeur, où en serions-nous sans généralisations, sans théories d'un ordre quelconque ? Au moment où le serveur apportait leurs bières, il se souvint d'une conversation avec Bruno, une de leurs premières longues conversations, peu après leur retour d'Addis-Abeba, enfin c'était presque uniquement Bruno qui avait parlé, pour aborder ce qui était, il allait peu à peu le découvrir, une de ses obsessions principales. Les *baby-boomers* étaient un phénomène très surprenant, lui avait-il fait remarquer à l'époque, tout comme le *baby-boom* lui-même. Les guerres étaient en général suivies d'une vague de dénatalité, accompagnée d'un effondrement psychique ; mettant en lumière l'absurdité de la condition humaine, elles avaient un effet puissamment démoralisateur. C'était tout particulièrement vrai dans le cas de la première guerre mondiale, qui s'était élevée à un niveau d'absurdité sans précédent, et qui avait en outre été, par la comparaison qu'on ne pouvait s'empêcher de faire entre les souffrances des poilus des tranchées et les profits des planqués de l'arrière, d'une immoralité spécialement criante. Ainsi, très logiquement, elle avait été suivie d'une génération médiocre, cynique et veule – et, avant tout, d'une génération peu nombreuse ; à partir de 1935, en France, le chiffre des naissances était même tombé en dessous de celui des décès. C'était tout le contraire qui s'était produit dans les années 1950, même en réalité dès les années 1940, encore en pleine guerre, et cela ne pouvait s'expliquer, avait dit Bruno, se souvint Paul, que par le caractère idéologique, politique et moral de la seconde guerre mondiale : quelque sanglant qu'il ait pu être, le combat contre le nazisme ne s'était pas limité à la possession de territoires, il n'avait pas été un combat absurde, et la génération qui avait triomphé d'Hitler l'avait fait avec la claire conscience de combattre dans le camp du Bien. La seconde guerre mondiale avait ainsi été non seulement une guerre extérieure habituelle, mais aussi en un sens une guerre civile, où l'on se battait non pour de médiocres intérêts patriotiques, mais au nom d'une certaine vision de la loi morale. Elle pouvait ainsi être rapprochée des révolutions, et en particulier de la mère de toutes, la Révolution française, dont les guerres napoléoniennes n'avaient été qu'un prolongement stupide. Le nazisme à sa manière avait été un mouvement révolutionnaire, qui avait visé à remplacer le système de valeurs existant, et s'était attaqué à l'ensemble des autres pays européens non seulement pour les envahir, mais aussi pour régénérer leur système de valeurs ; et, comme la Révolution française selon de Maistre, son origine satanique ne faisait aucun doute. Ainsi, la génération du *baby-boom*, celle de la victoire sur le nazisme, pouvait toutes proportions gardées être comparée à la génération romantique, celle de la victoire sur la Révolution, pensait Bruno, se souvint Paul. Elle correspondait par ailleurs à ce moment très particulier où, pour la première fois de l'histoire du monde, la production culturelle populaire s'était montrée esthétiquement supérieure à la production culturelle de l'élite. Le roman de genre, policier ou de science-fiction, était largement supérieur, en ce temps-là, au roman *mainstream* ; la bande dessinée surclassait de très loin les créations des représentants officiels des arts plastiques ; et, surtout, la musique populaire rendait ridicules les tentatives subventionnées de musique « expérimentale ». Il fallait malgré tout convenir que le rock, le phénomène artistique majeur de cette génération, n'atteignait pas tout à fait à la beauté de la poésie romantique ; mais il avait en commun avec elle la créativité, l'énergie, une sorte de naïveté aussi. En défendant Dieu et le roi contre les atrocités révolutionnaires, en appelant à une restauration catholique et royale, en tentant de faire revivre l'esprit de la chevalerie et du Moyen âge, les premiers romantiques avaient eu, comme les opposants au nazisme, la certitude d'être dans le camp du Bien. Cela ne se voyait nulle part aussi clairement, affirma Bruno, que dans *Rolla*, long poème narratif retraçant le suicide d'un jeune homme de dix-neuf ans, après une nuit de débauche en compagnie d'une prostituée de quinze ans, pourtant elle aussi bonne et presque sainte, et par ailleurs *super bonne*, Musset n'était pas du genre à faire l'impasse là-dessus, mais le désespoir du jeune homme était trop intense pour qu'elle puisse le ramener à la vie, ce poème était réellement impressionnant, affirma

Bruno, Dostoïevski dans ses scènes équivalentes n'avait pas fait mieux, et ce désespoir était causé, Musset faisait plus que le suggérer, par l'athéisme destructeur de la génération précédente.

Dans un état de stupeur totale, Paul avait alors vu Bruno se lever de son bureau, il était déjà plus de minuit et le ministère était désert, pour déclamer *Rolla*. Il avait déjà été étonné par l'intérêt de Bruno pour la réflexion historique, mais qu'il puisse connaître par cœur des poèmes de Musset, il en était resté pantois ; cela ne faisait pas partie de la formation des polytechniciens, pas davantage de celle des énarques ; certains hommes politiques sortaient de la rue d'Ulm en section lettres, cela aurait pu expliquer l'anomalie ; mais ce n'était pas le cas de Bruno.

Je ne crois pas, ô Christ,
à ta parole sainte,
Je suis venu trop tard dans un monde
trop vieux.
D'un siècle sans espoir naît un siècle
sans crainte,
Les comètes du nôtre ont dépeuplé
les cieux.

Plus tard, dans la dernière partie du poème, Musset s'en prenait directement aux responsables, et même à ses yeux au principal responsable de cette catastrophe de civilisation. Comme tout le monde il éprouvait une certaine indulgence pour Rousseau, là-dessus Bruno n'était pas d'accord, à ses yeux Rousseau était responsable de la Révolution, et même bien davantage que tous les autres, Rousseau était à ses yeux le *dernier des connards* et le *pire des salauds*, quoi qu'il en soit Musset s'en prenait à l'autre *philosophe des Lumières* dans ces vers demeurés fameux :

Dors-tu content, Voltaire,
et ton hideux sourire
Voltige-t-il encore sur tes os décharnés ?
Ton siècle était, dit-on, trop jeune
pour te lire ;
Le nôtre doit te plaire, et tes hommes
sont nés.

Après avoir déclamé cette strophe Bruno s'était tu, gêné, en se rendant compte que Paul n'écoutait plus vraiment ; les mois qui suivirent, il se limita à aborder des sujets d'ordre technique. Il continuait cependant à lire Taine, Renan, Toynbee, Spengler, mais s'était peu à peu résigné à l'idée que, sur ces questions, il n'aurait probablement jamais d'interlocuteur. C'était peut-être à ce moment, dit Paul, que Bruno avait commencé, sans même en avoir pleinement conscience, à nourrir des ambitions présidentielles. Hormis dans le cas où on a affaire à un pur démagogue opportuniste comme

Jacques Chirac, ou à d'autres notables locaux de faible envergure intellectuelle, qui gagnaient parfois certaines élections à la faveur de leur popularité chez les cons et se voyaient ainsi élevés par un destin regrettable très au-dessus de leur niveau normal, on attend traditionnellement en France d'un président de la république qu'il ait un minimum de vision historique, qu'il ait ne serait-ce qu'un tout petit peu réfléchi à l'histoire, au moins à l'histoire de France, et c'était le cas de Bruno, quelque chose en lui le poussait déjà, dit encore Paul, à devenir davantage qu'un ministre. Prudence l'écoutait avec bienveillance, soulagée qu'il pense à autre chose qu'à sa maladie, à autre chose aussi qu'à cette dernière rencontre avec son père, qui, elle le sentait, l'avait, contrairement à ce qu'il voulait bien dire, légèrement déçu. Le crépuscule envahissait peu à peu la place de la Liberté, les serveurs du *Retinton* commençaient à installer les tables pour le dîner. Dans cet établissement, la cuisine, « d'esprit beaujonomique », prenait les saisons et les idées comme guides, les saveurs et la qualité comme références ; de ce fait, soulignait le prospectus, l'établissement pouvait aussi bien convenir à un repas entre collègues qu'à un festin *girly*, ou à une soirée romantique. Ils décidèrent cependant de rentrer directement à Saint-Joseph pour y faire l'amour, cette fois encore comme Aurélien et Maryse quelques mois plus tôt. Contre toute attente, alors qu'il se sentait encore très fatigué le matin, Paul avait maintenant des mouvements presque faciles. La lampe de chevet projetait un rond de lumière restreint et chaud. Ce fut lent, progressif, avec par moments de longues caresses pornographiques et tendres. « C'est bien de l'avoir fait ici, je trouve » dit Prudence juste avant qu'ils ne descendent pour le dîner.

Le lendemain, vers neuf heures, Paul était déjà assis à l'avant de la voiture lorsqu'il annonça qu'il voulait retourner voir son père une dernière fois ; Prudence coupa le moteur. Lorsqu'il revint une dizaine de minutes plus tard il resta silencieux, se contenta de s'asseoir. Elle lui jeta un regard intrigué, mais se tut et ne l'interrogea que plus tard, juste avant d'accéder à la bretelle d'autoroute. Il répondit que non, il n'avait rien dit de plus ; il s'était contenté de le regarder en silence.

5

Tous ses examens d'imagerie médicale avaient été regroupés dans la dernière semaine de septembre. C'étaient les mêmes laboratoires que la dernière fois, au début de l'été, mais cette fois, que ce soit au cours de l'IRM, du scanner ou du PET-Scan, il eut l'impression que les médecins, les infirmières, et jusqu'à la réceptionniste le traitaient avec une gravité particulière et même une sorte de pitié, d'onction, comme s'ils demeuraient en permanence conscients que c'était sa survie cette fois qui se jouait, comme s'il portait déjà la mort sur son visage. C'était probablement davantage qu'une impression, se dit Paul – sauf dans le cas de la réceptionniste, là il exagérait peut-être un peu. Quoi qu'il en soit, les examens d'imagerie médicale se déroulèrent dans l'ordre prévu. Cela se termina par un rendez-vous le 1er octobre à l'institut Gustave-Roussy, où le professeur Bokobza devait, sous anesthésie générale, procéder à la recherche d'éventuelles autres tumeurs – il en profiterait pour effectuer des biopsies.

Il ressortit de l'anesthésie un peu après 17 heures, Prudence avait prévu de passer le chercher à 18 heures, le professeur Bokobza le reçut quelques minutes ; Paul voulait simplement savoir ce qui allait se passer ensuite.

En fait pas mal de choses ; une réunion de concertation pluridisciplinaire allait avoir lieu, qui regrouperait, outre Bokobza lui-même, les docteurs Lebon et Lesage, qu'il connaissait déjà – après une brève hésitation, il traduisit en Dupond-Dupont – ainsi que le docteur Nakkache, en qualité de médecin traitant, et d'autres spécialistes : un anatomopathologiste pour décrypter les biopsies, un médecin nucléaire pour aider à la lecture du PET-Scan. Plusieurs réunions interdisciplinaires de ce type seraient sans doute nécessaires avant d'arrêter une proposition de traitement. En somme, la société technologique occidentale mobilisait toutes ses ressources – qui n'étaient pas négligeables, elles restaient les plus importantes du monde non-asiatique – afin d'assurer sa survie.

« Ensuite, termina Bokobza, nous conviendrons d'un nouveau rendez-vous afin d'examiner les perspectives ; ça pourrait être aux alentours du 15 octobre. À ce propos, je voulais vous demander : à vos rendez-vous médicaux, depuis le début, vous venez seul... » Paul acquiesça.

« Pardonnez mon indiscrétion, mais il me semble que vous avez une compagne, n'est-ce pas, enfin c'est elle qui vient vous chercher tout à l'heure ? » Il acquiesça de nouveau.

« Évidemment ça ne me regarde pas, mais est-ce qu'il ne serait pas temps de la mettre au courant ? Je veux dire, de la mettre réellement au courant ? Je comprends votre désir de la protéger ; mais quand même, à un certain stade, il vaut mieux être tout à fait transparent, vous ne croyez pas ?

— En effet, je pourrai difficilement lui dissimuler mon décès » grinça Paul, et aussitôt après, en voyant le visage de Bokobza se tordre de déplaisir, il regretta ses paroles, en fait c'était un brave type ce Bokobza, en plus d'être le meilleur chirurgien européen du cancer de la mâchoire, il faisait de son mieux. Il viendrait avec Prudence, oui, répondit-il finalement.

Il pleuvait légèrement le matin du 15 octobre, et la circulation était clairsemée sur l'autoroute A6 en direction de Villejuif. Ils trouvèrent assez facilement la salle de réunion, au fond d'un long couloir clair. Nakkache lui fit une grimace amicale, les Dupond-Dupont se contentèrent d'un signe de tête machinal, leur visage était fermé mais Nakkache au contraire semblait avoir envie de parler, c'était difficile à interpréter. Prudence s'assit à ses côtés, lui jeta un regard affolé, il avait oublié de la prévenir qu'il y aurait autant de médecins ; il lui serra la main avec force. Quelques secondes plus tard Bokobza fit son entrée dans la salle, un volumineux dossier sous le bras, qu'il posa d'un geste brusque avant de s'asseoir – il avait l'air de mauvaise humeur, tout à fait comme s'il avait été convoqué contre son gré à une ennuyeuse réunion de service – puis il jeta un rapide coup d'œil circulaire sur les participants avant de commencer. Les résultats des examens et des analyses étaient surprenants, commença-t-il, parce que contrastés. L'efficacité de la radiothérapie avait été excellente au niveau de la mâchoire, la tumeur semblait éradiquée, au point qu'une intervention chirurgicale paraissait maintenant presque inutile. Il n'en était malheureusement pas de même au niveau de la langue, au contraire la tumeur s'était étendue vers la base, au point qu'on ne pouvait plus à l'heure actuelle envisager de l'éradiquer sans une ablation totale. Paul à ce moment comprit, et fut parcouru par un léger frémissement ; les Dupond-Dupont comprirent aussi et se tassèrent brusquement sur eux-mêmes, avec un parfait synchronisme. De plus, poursuivit Bokobza, les examens avaient montré un envahissement de la zone supra-palatale. Il jeta un nouveau regard circulaire autour de la table ;

personne, cette fois, ne semblait avoir réalisé l'importance de l'information. C'était à lui de conclure, de toute façon, c'était son rôle. Il respira lentement, plusieurs fois, avant de poursuivre : « Dans ces conditions, il ne me paraît pas possible de proposer de geste chirurgical, dont les conséquences seraient extrêmement mutilantes, et ne pourraient offrir qu'une qualité de vie dégradée ; il paraît en outre peu probable que le patient, vu son état d'épuisement général, puisse supporter une intervention aussi lourde. » Cette fois Prudence comprit à son tour, et elle se mit à pleurer silencieusement, les larmes jaillissaient sans qu'elle songe à les essuyer, c'était la première fois qu'elle craquait, se dit Paul, la première fois depuis le début. Il essaya de lui prendre la main à nouveau, mais elle se recroquevilla sur elle-même dans un geste de défense. Un silence de plus d'une minute s'ensuivit, tout le monde fixait la table avec gêne, ne sachant comment reprendre, jusqu'à ce que Prudence relève la tête, elle avait cessé de pleurer. « Si j'ai bien compris, dit-elle avant de se retourner vers Dupond, qui se redressa comme si elle l'avait giflé, on ne peut pas envisager de nouvelle radiothérapie. » Il acquiesça d'un air battu avant de baisser la tête une nouvelle fois. Elle se tourna ensuite vers Bokobza, qui releva humblement la tête lui aussi. « Il ne paraît pas non plus possible d'entreprendre d'opération chirurgicale », poursuivit-elle. Il hésita, incapable de soutenir son regard, envisagea apparemment de dire quelque chose, puis eut une grimace d'acquiescement avant de baisser la tête à son tour. « Donc », Prudence se tourna doucement vers Dupont, « donc il ne reste plus que vous. » Il resta tassé sur lui-même, sans un mot, pendant une trentaine de secondes, avant de répondre d'une voix basse : « En effet, madame. » Ce n'était pas tout, il en était bien conscient, mais il lui fallut encore une trentaine de secondes avant de poursuivre : « La chimiothérapie, comme je l'avais précisé à monsieur Raison, pourra le soulager, mais en aucun cas le guérir. Quant à l'immunothérapie, pour être honnête, nous n'en savons rien, ou très peu. Des rémissions tout à fait surprenantes ont été observées dans certains cancers, du poumon en particulier ; mais malheureusement pour l'instant jamais dans le cas de cancers ORL, comme celui de votre mari. » Son regard demeura fixé sur Prudence, désolé, honnête ; alors elle se remit à pleurer, encore plus doucement.

Il était temps de conclure, se dit Paul, et il se leva avec empressement, après tout c'était sa réunion, il était en quelque sorte le *maître de cérémonies* ; Bokobza se leva à son tour et se précipita vers lui, il devait avoir eu l'intention de lui parler, mais il échoua et se contenta de lui serrer le bras avec force, c'est curieux se dit Paul, il doit avoir fait ça des dizaines de fois et il n'y arrive toujours pas. De manière encore plus surprenante, le chirurgien se tourna vers Prudence pour lui demander si elle était venue en voiture, si elle se sentait en état de conduire pour rentrer, sinon il aurait été très facile de la faire raccompagner. Typiquement masculin, se dit Paul ; les hommes ont besoin d'exercer une compétence technique, de reprendre un contrôle technique quelconque sur une situation qui les met en échec. Mais Prudence après une hésitation répondit que non, qu'elle se sentait capable de conduire, peut-être même est-ce que ça lui ferait du bien.

De retour à la maison ils n'en parlèrent pas du tout, et Paul se sentit plutôt bien après deux verres de Grand Marnier, il n'avait pas la force de bouger mais il était agréable de voir Prudence aller et venir entre le fond de la chambre et l'espace salle de bains, vêtue d'un tee-shirt court et d'un minishort, elle ressemblait vraiment à Trinity se dit-il, mais Trinity en minishort, Trinity dans un autre film. En tout cas il ne s'était pas trompé, elle avait du courage ; Trinity aussi avait eu du courage face à l'agonie de Neo, mais celle-ci avait été plus brève.

6

Le lendemain au réveil il vit avec plaisir qu'elle avait pensé à mettre un string, elle était couchée à plat ventre en travers de la couette. Il essaya de tendre la main vers ses fesses mais parvint à peine à élever le bras de quelques centimètres, ses membres lui paraissaient effroyablement lourds, il retomba sur le lit avec un soupir. Elle se réveilla et posa un bras sur sa poitrine.

« Ça ne va pas ? Tu te sens fatigué ce matin ? Tu vas réussir à te lever ?

— Ça ira, je pense. »

En effet une demi-heure plus tard il se leva, il marchait sans difficulté, il descendit même l'escalier sans aide, c'était vraiment déconcertant ces variations brusques. Le mieux serait quand même de descendre le lit dans l'espace de vie. Deux déménageurs vinrent le soir même, et l'installèrent en bas, près de la baie vitrée.

C'était étrange de vivre dans la même pièce, ça pouvait leur rappeler leurs années de jeunesse, leur premier domicile commun rue des Feuillantines. C'était le studio de Prudence, il donnait sur un grand jardin, il était bien plus agréable que le sien. Elle avait toujours eu plus de goût que lui, c'était elle aussi qui avait trouvé leur appartement, celui où il allait mourir maintenant, la vue sur le parc de Bercy restait jolie même à l'approche de l'hiver. De temps en temps il faisait l'effort de sortir du lit pour s'installer dans le canapé, il avait encore un peu peur des escarres, tout en sachant qu'il n'aurait probablement plus le temps d'en développer. Mais le plus souvent il restait tranquille, se calait sur un tas d'oreillers. Parfois Prudence montait à l'étage, ou sortait faire des courses, mais en général elle était là, il pouvait la suivre du regard lorsqu'elle entrait et sortait du coin cuisine ou de la salle de bains. Elle était parfois uniquement vêtue d'un string, elle serait heureuse jusqu'au bout de lui montrer ses seins et son cul, fière jusqu'au bout de le faire bander. Lui-même était stupéfait de bander, c'était imprévu et même absurde, insensé, grotesque, en un sens presque indigne, ça ne correspondait pas du tout à l'idée qu'il se faisait de l'agonie, décidément l'espèce poursuivait ses propres buts, tout à fait indépendants de ceux des individus ; mais elle leur permettait la tendresse, aussi, l'encourageait même, ainsi le plaisir sexuel pouvait, sous un autre angle, leur apparaître comme un simple prolongement de la tendresse. Ce qui n'avait par contre plus la moindre importance, c'était la parole ; ils passaient des journées entières sans échanger un mot.

Au début de la semaine suivante, il se rendit à un dernier rendez-vous avec Dupont. Il n'était pas retourné dans son bureau depuis le début de son traitement, presque trois mois auparavant. Il s'assit cette fois dans le fauteuil Voltaire en face de son bureau, l'endroit était encore plus charmant que dans son souvenir, il avait oublié que la fenêtre donnait sur un petit jardin. C'est vrai que ça devait être difficile de mourir au printemps, mais lui ne serait pas dans ce cas, ce n'était même pas sûr qu'il puisse tenir jusqu'à l'hiver, c'était une question à poser.

Des moments d'intense fatigue, donc ; Dupont parut surpris. Il n'avait pas d'anémie pourtant, c'était un des effets secondaires classiques, mais là non, ce n'était pas le cas, sa numération sanguine était presque normale. « Vous vous rendez compte que vous avez encore maigri ? » lui demanda-t-il finalement. Sa tumeur consommait beaucoup d'énergie, et elle allait en consommer de plus en plus, il fallait qu'il s'astreigne à manger davantage. En plus ses nausées s'étaient calmées, n'est-ce pas ? Paul le lui confirma. « Eh bien voilà, dit Dupont, vous mangez davantage et ça devrait aller, vous n'aurez plus ces coups de fatigue. » Il mangeait déjà beaucoup, objecta Paul, et de plus des aliments très caloriques : des assiettées entières de purée de pommes de terre arrosées de beurre fondu, des fromages gras comme le brillat-savarin et le mascarpone ; pourtant, la pesée le confirma, il avait encore perdu deux kilos depuis sa dernière visite.

Dupont appela un numéro interne de l'hôpital, demanda un scanner dans l'immédiat. En revenant de la salle d'examens Paul attendit quelques minutes, il avait reçu un autre patient entre-temps ; puis Dupont le fit entrer et asseoir, jeta un regard sur le scanner, le reposa. Il était probablement temps, dit-il finalement, qu'il demande à sa femme de rester avec lui en permanence. Il allait aussi lui donner le numéro d'un service infirmier, quelqu'un pourrait être sur place en dix minutes.

Il reprit son dossier en soupirant, il avait l'air fatigué et se força visiblement à se concentrer sur certaines pages avant de reprendre, d'un ton assuré : « Du point de vue traitement je ne vais rien modifier, en termes d'immuno et de chimio ; seulement, il se peut que la tumeur devienne plus douloureuse dans les semaines à venir ; je vais vous mettre sous morphine. Par voie orale, un mélange de Sevredol et de Skenan devrait suffire ; on ne devrait normalement pas avoir affaire à des douleurs trop violentes. L'installation d'une pompe à morphine à domicile ne me paraît pas nécessaire ; mais évidemment si je me trompe, si ça ne va pas, vous m'appelez immédiatement. En plus, votre femme vous aime. » Il se tut d'un seul coup, son visage se figea et il rougit, c'était troublant et presque inquiétant, cet homme chauve et austère dans la cinquantaine, qui se mettait à rougir.

« Je suis vraiment désolé, balbutia-t-il, je ne voulais pas dire ça, évidemment votre vie privée ne me regarde pas du tout.

— Non, allez-y, dit Paul très doucement, dites-moi, je ne tiens pas particulièrement à avoir une vie privée.

— Eh bien... Dupont hésita encore quelques secondes avant de poursuivre. Malheureusement, j'ai eu l'occasion d'acquérir pas mal d'expérience là-dessus. Les gens qu'on met sous morphine, enfin ceux qui en réchappent, sont très enthousiastes à son sujet. Non seulement la morphine leur a permis de vaincre la souffrance, mais ils sont entrés grâce à elle dans un univers d'harmonie, de paix, de bonheur. En général, quand la radiothérapie a échoué, que la chirurgie a été jugée impossible, ou pire quand elle a donné de mauvais résultats, et alors ils sont vraiment dans un triste état, on les place en soins palliatifs, parce que c'est simplement impossible de les maintenir à domicile. Il y a beaucoup de baratin sur la solidarité et sur les proches, mais vous savez la plupart du temps les vieux meurent seuls. Ils sont divorcés, ou n'ont jamais été mariés ; ils n'ont jamais eu d'enfants, ou n'ont plus de contacts avec eux. Vieillir seul, ce n'est déjà pas très drôle ; mais mourir seul, c'est pire que tout. Il y a quand même une exception, ce sont les riches qui ont les moyens de se payer une infirmière à domicile. À ce moment-là, je ne vois pas l'intérêt de les mettre en soins palliatifs : ils prescriraient la même chose que moi, et tout le monde préfère mourir chez soi, c'est un souhait universel. Dans ces cas, je reste le dernier interlocuteur médical. Je peux dire que j'ai vu mourir beaucoup de riches, et croyez-moi, dans ces moments-là, être riche ce n'est pas grand-chose. Personnellement, je n'hésite jamais à prescrire une pompe à morphine ; quand ils le souhaitent, ils n'ont qu'à appuyer sur un bouton-poussoir pour s'injecter un bolus de morphine et se retrouver en paix avec le monde, enveloppés dans un halo de douceur, c'est comme un shoot d'amour artificiel qu'ils peuvent se faire à volonté.

« Et puis, poursuivit-il après une nouvelle hésitation, il y a les gens qui sont aimés jusqu'à leurs derniers jours, ceux qui ont eu un mariage heureux par exemple. C'est loin d'être le cas général, croyez-moi. Dans ce cas, je trouve que la pompe à morphine fait double emploi, l'amour est suffisant ; en plus, je crois me souvenir que vous n'aimez pas tellement les perfusions. »

Paul acquiesça. Il y avait quelques photos encadrées sur le bureau de Dupont. Sans les voir, il eut soudain la certitude qu'il s'agissait de photos de famille, et que Dupont avait lui-même une vie de famille heureuse.

Il avait une dernière question, et ce fut à son tour d'hésiter légèrement. Quand même, il avait envie de savoir.

« À votre avis ? demanda-t-il finalement, j'en ai pour combien de temps ?

— Ah… Je pourrais répondre que je n'en sais rien, mais ce ne serait pas tout à fait vrai ; j'en ai quand même une idée approximative. Ça peut être quelques semaines, ou quelques mois ; si l'on s'en tient aux statistiques, je dirais entre un et deux mois.

— Donc, je devrais mourir vers la fin de l'automne ? Avant que les jours ne recommencent à augmenter ?

— Probablement, oui. »

Avant qu'il ne quitte son bureau, il lui répéta qu'ils n'abandonnaient pas l'immunothérapie, qu'un dernier espoir existait ; Paul acquiesça avec indifférence, conscient qu'ils y croyaient à peu près autant l'un que l'autre. Puis Dupont le raccompagna, son visage exprimait une vague rancune ; il lui serra la main avant de refermer la porte de son bureau.

7

Paul avait toujours aimé ce moment de l'année où les jours raccourcissent vraiment, cette sensation d'une couverture qui monte peu à peu sur votre visage pour vous envelopper dans sa nuit. Prudence l'attendait à l'entrée de l'hôpital ; il lui dit juste qu'on allait le mettre sous morphine. Elle tressaillit un peu, mais ne réagit pas davantage. Elle savait ce que ça signifiait ; elle s'y attendait.

Ils achetèrent le Sevredol et le Skenan en rentrant. Paul commença à les prendre le lendemain matin, et la douleur fut tout de suite calmée. Le plus frappant au cours des deux semaines qui suivirent fut l'absence de changement. La mort serait pourtant bientôt là, cela ne pouvait plus faire de doute maintenant ; mais il avait l'impression de ne toujours pas pouvoir l'approcher, pas au-delà d'une certaine limite. C'était comme s'il marchait en permanence à la lisière d'un précipice, et que de temps en temps il perdait l'équilibre. Il ressentait d'abord la chute affreusement étirée, la terreur qui lui coupait le souffle à mesure qu'il approchait de l'instant de l'écrasement. Puis il avait l'impression de vivre l'impact, les organes internes qui explosent, les os brisés qui transpercent la peau, le crâne qui se transforme en une flaque de cervelle et de sang ; mais tout cela n'était pas encore la mort, c'était l'anticipation des souffrances qui devaient, lui semblait-il, nécessairement la précéder. La mort en elle-même aurait peut-être été l'étape suivante, celle où les oiseaux de passage becquettent et dévorent les chairs, en commençant par les globes oculaires, jusqu'à la moelle des os brisés ; mais il n'arrivait jamais jusque-là, il se reprenait au dernier moment, et recommençait à cheminer le long du précipice.

Prudence reconnaissait de mieux en mieux ces phases, juste à la modification de sa respiration, sans même qu'il ait besoin de parler. Sa première pensée fut de le prendre dans ses bras, mais l'apaisement ne venait pas vite. Une après-midi, alors qu'il paraissait particulièrement angoissé, elle descendit sa bouche le long de son ventre en déboutonnant son pyjama. Cela n'allait probablement pas marcher, lui dit-il ; elle eut une moue dubitative, défit le dernier bouton. À sa grande surprise il banda presque aussitôt, et en moins de cinq minutes ses pensées de mort s'étaient évaporées ; c'était invraisemblable, obscène, absurde, mais c'était comme ça. Ils continuèrent même à faire l'amour, uniquement dans la position où Prudence était au-dessus, la position sur le côté était devenue trop difficile. Parfois elle restait face à lui, le regardant droit dans les yeux, et le pompait avec amour, avec désespoir aussi ; parfois elle se retournait pour lui montrer les mouvements de son cul ; les deux positions leur apportaient un égal plaisir.

Dans une semaine ce serait le 31 octobre, le jour du sabbat de Samhain, selon le calendrier wiccan, mais Prudence ne semblait pas du tout y penser. Ce jour était pourtant, dans leur foi, destiné à se remémorer l'année écoulée, voire l'ensemble de sa vie, et à se préparer à la mort. Il était un peu décevant, songeait Paul, que sa religion ne l'aide pas davantage sur ces questions ; une religion c'était fait pour ça, normalement. Il s'y rajoutait la plupart du temps un baratin d'ampleur variable sur des sujets divers, introduisant parfois des limitations ou des commandements risibles, mais quand même le vrai sujet de toute religion était la mort, la sienne et celle des autres, et il était regrettable, songeait Paul, que la wicca ne l'aide pas davantage.

Elle l'aidait pourtant, bien plus qu'il ne le soupçonnait, mais il ne s'en rendit compte que le 31, le jour même de Samhain, ou la veille de la Toussaint, selon le calendrier catholique. C'était un dimanche, et en fin de matinée Prudence lui proposa de faire une promenade en forêt. Ils déjeunèrent au *Bistrot du Château*, à Compiègne, et de manière surprenante ils purent s'installer en terrasse, il faisait vraiment doux pour la saison ; puis ils se dirigèrent vers la forêt domaniale proche. Elle était immense, et tout y était immense, à commencer par les arbres, des chênes ou des hêtres il ne savait plus, mais leurs troncs espacés et splendides, épais de plusieurs mètres, s'élevaient jusqu'au ciel.

De larges allées parfaitement rectilignes se croisaient à angle droit et s'étendaient à l'infini, recouvertes de feuilles écarlates et dorées, ce qui naturellement évoquait la mort, mais cette fois une mort paisible, celle que l'on associe à un long sommeil. Pour les chrétiens, les élus s'éveilleraient dans la lumière éblouissante de la Jérusalem nouvelle, mais Paul au fond ne souhaitait pas contempler la gloire de l'Éternel, il avait surtout envie de dormir, avec peut-être parfois des moments de demi-réveil, quelques secondes pas davantage, le temps de poser la main sur le corps de l'aimée étendu près du sien. Ils auraient parfaitement pu se perdre ce jour-là, d'autant que la forêt était déserte, ce qui était même surprenant pour un dimanche après-midi. Ils marchèrent longtemps, sans qu'il ne ressente la moindre fatigue. Les feuilles d'automne jonchaient l'allée en couches de plus en plus denses, de plus en plus belles, et ils finirent par s'arrêter pour s'asseoir contre un arbre. Ce n'était pas encore tout à fait la saison de la mort, se dit Paul, les couleurs autour d'eux étaient trop chaudes, trop éblouissantes, il fallait attendre que les feuilles ternissent, se mélangent à un peu de boue, et aussi qu'il fasse plus froid, qu'on commence à ressentir tôt le matin, dans l'atmosphère, les prémices du long gel hivernal, mais tout cela aurait lieu dans quelques semaines, quelques jours, alors ce serait en effet le moment des adieux. Ses pensées l'avaient entraîné tout à fait au-delà de la réalité présente, et ce fut sans même y penser qu'il demanda à Prudence : « Tu seras prête, ma chérie ? »

Sans marquer de surprise elle se tourna vers lui, hocha la tête et sourit ; c'était un sourire étrange, et Paul fut traversé par un vertige quand elle continua, d'une voix douce : « Ne t'en fais pas, mon amour ; tu n'auras pas à m'attendre très longtemps. » Il se demanda un instant si elle ne délirait pas, puis d'un seul coup il comprit. Cela faisait longtemps qu'ils n'avaient pas parlé de la réincarnation, mais elle devait toujours y croire, et même y croire plus que jamais. Il se souvenait parfaitement de l'idée fondamentale, telle que Prudence la lui avait résumée : au moment de la mort, son âme flotterait quelque temps dans un espace indéfini avant de rejoindre un nouveau corps. Sa vie avait été exempte de mérites comme de démérites trop marqués, il avait eu peu d'occasions de faire beaucoup de bien comme de faire beaucoup de mal, sur le plan spirituel sa position avait peu changé ; il renaîtrait vraisemblablement sous les traits d'un être humain, et le fœtus serait sans doute de sexe masculin. Quelque temps après la même chose arriverait à Prudence, sauf qu'elle renaîtrait en femme, les lois du karma en général tenaient compte du partage de l'univers entre les deux principes. Ensuite, ils se retrouveraient ; cette nouvelle incarnation ne serait pas seulement une nouvelle chance pour leur développement spirituel individuel, mais aussi pour celui de leur amour. Ils se reconnaîtraient en profondeur, et s'aimeraient de nouveau, sans pour autant se souvenir de leurs vies antérieures ; seuls une minorité de sannyâsin parvenaient, selon certains auteurs, à se remémorer leurs incarnations précédentes, et de cela Prudence doutait. Si pourtant leur incarnation à venir les menait de nouveau ensemble, un jour d'automne, dans les allées de la forêt domaniale de Compiègne, ils seraient probablement traversés par ce frisson étrange que l'on appelle le *déjà-vu*.

Cela se répéterait pendant des incarnations, peut-être des dizaines d'incarnations successives, avant qu'ils ne puissent quitter le cycle de l'existence samsarique pour passer sur l'autre rive, celle de l'illumination, de la fusion intemporelle avec l'âme du monde, du nirvana. Un chemin aussi long, aussi ardu, il était en effet préférable de le parcourir à deux. Prudence avait posé sa tête contre la sienne et semblait rêver, ne plus penser à rien en tout cas ; la nuit n'allait pas tarder, il commençait à faire un peu froid. Elle se blottit contre lui, puis lui demanda ou lui dit, il n'était pas certain que ce soit une question : « Nous n'étions pas tellement faits pour vivre, n'est-ce pas ? » C'était une pensée triste, et il la sentait prête à pleurer. Peut-être qu'en définitive le monde était dans le vrai, se dit Paul, peut-être qu'ils n'avaient aucune place dans une réalité qu'ils n'avaient fait que traverser avec une incompréhension effrayée. Mais ils avaient eu de la chance, beaucoup de chance. Pour la plupart des gens la traversée était, du début à la fin, solitaire.

« Je ne crois pas qu'il était en notre pouvoir de changer les choses », dit-il enfin. Il y eut un coup de vent glacial, il la serra plus fort contre lui.

« Non, mon chéri. » Elle le regardait dans les yeux, souriante à moitié, mais quelques larmes brillaient sur son visage. « Nous aurions eu besoin de merveilleux mensonges. »

Remerciements

Si certains faits sont inexacts, cela ne tient pas seulement à d'éventuelles erreurs de ma part, mais surtout à des distorsions volontaires de la réalité. Après tout c'est un roman, la réalité n'est qu'un matériau de départ. Encore faut-il la connaître un petit peu, c'est pourquoi j'ai essayé de me documenter, surtout dans le domaine médical.

Avant tout, je tiens à remercier le professeur Xavier Ducrocq, chef du service de neurologie du CHR de Metz-Thionville. Il est troublant que le cerveau humain soit si difficile à comprendre, que nous soyons à ce point étrangers à nous-mêmes ; en tout cas, si mes connaissances dans ce domaine ont un peu progressé, c'est à lui que je le dois.

Il m'a ensuite présenté à des gens plus directement impliqués dans les soins aux handicapés. D'abord au docteur Bernard Jeanblanc, qui dirigeait (je suppose qu'il a pris sa retraite, maintenant) une unité EVC-EPR proche de Strasbourg ; dans mon récit, le personnage équivalent serait le docteur Leroux.

Si j'écris qu'Astrid Nielsen s'occupe de son époux avec courage, elle ne va pas être contente ; je ne l'écrirai donc pas, mais je vais profiter de l'occasion pour lui dire autre chose, que je n'ai pas osé lui dire de vive voix : c'est en retournant, dans la nuit, à la gare de Thionville, après la journée que j'avais passée chez elle, que j'ai senti pour la première fois que, quoi qu'il advienne, je devais terminer ce livre.

Plus tard dans le roman, beaucoup d'informations m'ont été fournies par maître Julien Lauter, notaire ; des informations et des mots ; certains termes utilisés par Hervé dans son « numéro de notariat » sont là, je le reconnais, aussi pour le plaisir.

La fin du livre fait intervenir une autre pathologie, qui m'a conduit vers d'autres spécialistes. Je remercie d'abord le docteur Fanny Henry, dentiste ; c'est dans le cabinet d'un dentiste aussi consciencieux qu'elle que devrait en principe commencer le parcours médical décrit dans ce livre.

Parmi les médecins que je consulte régulièrement, le docteur Alain Corré, ORL, est certainement celui qui a hérité des responsabilités les plus lourdes ; compte tenu de la vie que j'ai menée, je n'aurais certainement pas volé un cancer ORL. Outre de précieuses informations médicales, je lui dois l'expression que le docteur Nakkache prononce sur un ton « genre Vietnam » ; qu'il en soit remercié.

L'état de mon personnage s'aggravant, c'est enfin lui qui m'a adressé au docteur Sylvain Benzakin, chirurgien ORL, responsable des activités de cancérologie à l'hôpital Fondation A. de Rothschild,

Paris. En relisant notre échange de mails, je reste stupéfait par la précision de ses réponses, et surtout par le temps qu'il a dû y consacrer, alors qu'il a bien d'autres choses à faire.

Au fond, les écrivains français ne devraient pas hésiter à se documenter davantage ; beaucoup de gens aiment leur métier, et se réjouissent de l'expliquer aux profanes. Je viens par chance d'aboutir à une conclusion positive ; il est temps que je m'arrête.

Crédits

DU MÊME AUTEUR (SUITE)

La Carte et le Territoire (prix Goncourt 2010), Flammarion, 2010 ; J'ai lu, 2012.

Poésie (nouvelle édition), J'ai lu, 2010, 2015.

Configuration du dernier rivage, Flammarion, 2013 ; repris dans *Poésie*, J'ai lu, 2015.

Non réconcilié : Anthologie personnelle 1991-2013, Gallimard, 2014.

Soumission, Flammarion, 2015 ; J'ai lu, 2017.

Houellebecq 1991-2000, Flammarion, coll. « Mille et une pages », 2016.

Houellebecq 2001-2010, Flammarion, coll. « Mille et une pages », 2017.

Sérotonine, Flammarion, 2019 ; J'ai lu, 2020.

Interventions 2020, Flammarion, 2020 ; J'ai lu, 2022 (paru sous le titre *Interventions*).

Quelques mois dans ma vie, Flammarion, 2023.

14002

Composition
NORD COMPO

Achevé d'imprimer à Barcelone
par CPI Black Print
le 28 janvier 2024

Dépôt légal janvier 2024
EAN 9782290404331
OTP L21EPLN003703-627283

ÉDITIONS J'AI LU
82, rue Saint-Lazare, 75009 Paris

Diffusion France et étranger : Flammarion